Terry Pratchett und
Stephen Baxter

Der Lange Kosmos

AF197395

GOLDMANN
Lesen erleben

Buch

2045–2059: Während sich die Menschheit auf ihrem Heimat-planeten weiterentwickelt, schreitet auch die Besiedelung der unendlich vielen Welten der Langen Erde voran. Lobsang, der als künstliche Intelligenz über Jahrzehnte die Lange Erde er-forscht hat, lebt inzwischen als Mensch getarnt auf einer exo-tischen, weit entfernten Erde. Dort glaubt er, ein »normales« Leben führen zu können. Doch irgendetwas stimmt mit dieser Kopie der Erde nicht. Gemeinsam mit dem zu Hilfe gerufenen Joshua entdeckt Lobsang, dass sich ein unbekannter Planet in einer der Welten der Langen Erde verfangen hat. Mit wenig er-freulichen Aussichten für deren Bewohner ...

Weitere Informationen zu Terry Pratchett und Stephen Baxter sowie zu weiteren lieferbaren Titeln der Autoren finden Sie am Ende des Buches.

Terry Pratchett und
Stephen Baxter

Der Lange Kosmos

Roman

Ins Deutsche übertragen
von Gerald Jung

GOLDMANN

Die Originalausgabe erschien 2016 unter dem Titel »The Long Cosmos«
bei Doubleday, an imprint of Transworld Publishers, London.

 Dieses Buch ist auch als E-Book erhältlich

Verlagsgruppe Random House FSC® N001967

1. Auflage
Taschenbuchausgabe Januar 2020
Copyright © der Originalausgabe 2016
by Terry und Lyn Pratchett und Stephen Baxter
This edition is published by arrangement with Transworld Publishers,
a division of Random House Group Ltd.
All rights reserved.
Terry Pratchett® and Discworld® are registered trademarks
Copyright © der deutschsprachigen Ausgabe 2017
by Wilhelm Goldmann Verlag, München,
in der Verlagsgruppe Random House GmbH,
Neumarkter Str. 28, 81673 München
Umschlaggestaltung und Gestaltung der Umschlaginnenseiten:
UNO Werbeagentur, München,
nach einem Entwurf von buxdesign, München
unter Verwendung eines Entwurfs von R. Shailer/TW
Umschlagmotive: Shutterstock/bg_knight, Shutterstock/plampy,
Shutterstock/lightweavemedia/Shutterstock/Juan Aunion
Die Konstruktionszeichnung auf S. 7 stammt von Richard Shailer.
Redaktion: Uta Rupprecht
mb · Herstellung: ik
Satz: Uhl + Massopust, Aalen
Druck und Bindung: GGP Media GmbH, Pößneck
Printed in Germany
ISBN: 978-3-442-48997-8
www.goldmann-verlag.de

Besuchen Sie den Goldmann Verlag im Netz

Für Lyn und Rhianna, wie immer

T. P.

Für Sandra

S. B.

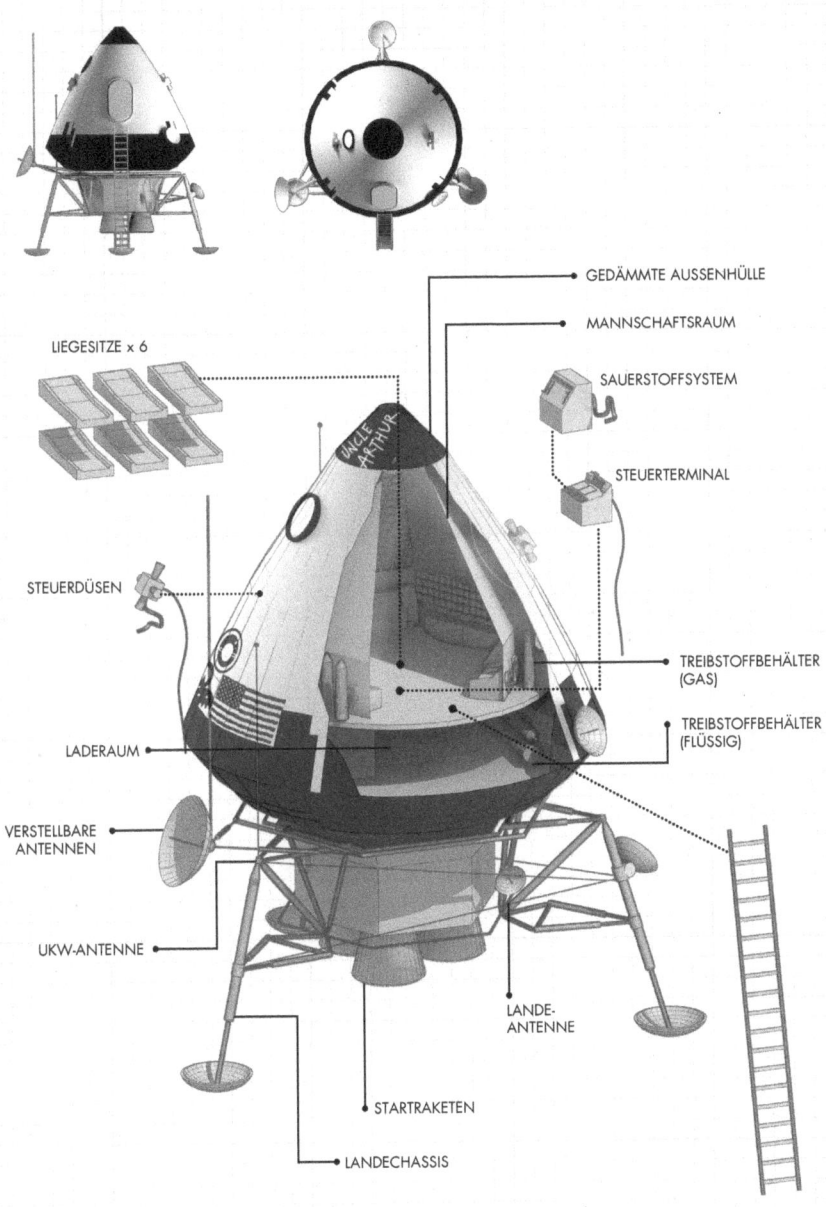

GEDÄMMTE AUSSENHÜLLE

MANNSCHAFTSRAUM

SAUERSTOFFSYSTEM

STEUERTERMINAL

LIEGESITZE × 6

STEUERDÜSEN

TREIBSTOFFBEHÄLTER (GAS)

TREIBSTOFFBEHÄLTER (FLÜSSIG)

LADERAUM

VERSTELLBARE ANTENNEN

UKW-ANTENNE

LANDE-ANTENNE

STARTRAKETEN

LANDECHASSIS

ONKEL-ARTHUR-KAPSEL

VORWORT

Das Projekt LANGE ERDE wurde Anfang 2010 im Laufe eines Gesprächs bei einer Dinnerparty geboren, als Terry mir von der Idee zu einer SF-Geschichte erzählte, die schon seit langer Zeit bei ihm in der Schublade lag. Noch vor Ende der Party hatten wir beschlossen, diese Idee gemeinsam weiterzuentwickeln. Ursprünglich waren insgesamt zwei Bände geplant, aber als wir im Dezember 2011 die Rohfassung des ersten Buches (*Die Lange Erde*) fertiggestellt hatten, waren aus diesem ersten Band bereits zwei Bücher geworden. Dann konnten wir der Idee nicht widerstehen, mit Buch 3 einen »Langen Mars« zu erforschen, und dachten bereits über einen groß angelegten kosmischen Höhepunkt für die gesamte Reihe nach... So kam es, dass wir unseren heldenhaft geduldigen Verlegern den Plan für eine auf fünf Bände angelegte Reihe vorlegen konnten.

Die Bücher wurden im Jahresrhythmus veröffentlicht, aber wir kamen viel schneller voran. Dabei arbeitete die Zeit nicht unbedingt für uns, zumal Terry noch einige andere Projekte verfolgen wollte. Die Bände 1 und 2 der Reihe wurden in den Jahren 2012 und 2013 veröffentlicht (deutsche Ausgaben 2013 und 2015), und im August 2013 war das Konzept der letzten drei Bände der Reihe fertig, einschließlich des vorliegenden Buches. Wir legten die Entwürfe unserem Verlag vor und stellten dann ein Buch nach dem anderen fertig. Im Herbst 2014 sah ich Terry zum letzten Mal, als wir unter anderem an der Passage mit den großen Bäumen in *Der Lange Kosmos* (ab Kapitel 39) arbeiteten. Mir allein oblag es schließlich, dieses Buch während des Lektorats und bis zur Veröffentlichung zu begleiten.

S. B.

1

MACH MIT

Wenn man unterwegs war, bedeutete »nach unten« immer in Richtung der Datum-Erde. Hinab zu den geschäftigen, trubeligen Erden. Hinab zu den Millionen von Menschen. »Nach oben« bezeichnete die Richtung zu den stillen Welten und der sauberen Luft der Hohen Megas.

Fünf Schritte westlich von Datum-Madison, Wisconsin, stand Joshua Valienté an einem bitterkalten Märztag auf einem kleinen Friedhof neben einem Kinderheim vor dem Grabstein seiner Frau. So weit »unten« war er schon lange nicht mehr gewesen, so niedergeschlagen und betrübt. *Helen Green Valienté Doak.* »Was ist passiert, Liebes?«, fragte er leise. »Wie konnte es nur so weit mit uns kommen?«

Er hatte keine Blumen dabei. Was auch nicht nötig war, die Kinder pflegten das kleine Grab ausgezeichnet, vermutlich unter der liebevollen Anleitung von Schwester John, einer alten Freundin Joshuas, die das Heim inzwischen leitete. Es war auch Schwester Johns Idee gewesen, diesen Stein aufzustellen als Trost für Joshua, wenn er hierher zu Besuch kam. Helen hatte darauf bestanden, auf der Datum begraben zu werden, an einem viel weniger gut erreichbaren Ort.

Auf dem Stein stand Helens Todesdatum im Jahre 2067. Jetzt, drei Jahre später, stellte Joshua fest, dass er mit dieser grausamen Tatsache immer noch zu kämpfen hatte.

Er war seit jeher gern allein gewesen, zumindest über

große Abschnitte seines Lebens hinweg. Sogar seine Erfahrungen am Wechseltag hatte er diesem Verlangen nach Einsamkeit zu verdanken. Inzwischen war es über ein halbes Jahrhundert her, dass ein unverantwortliches Genie namens Willis Linsay die Bauanleitung für einen einfachen, von jedermann ohne große Mühe zu bastelnden Apparat namens »Wechsel-Box« online gestellt hatte. Sobald man sich eine solche Box gebaut und an den Gürtel geschnallt hatte, konnte man, indem man den Schalter auf ihrem Deckel betätigte, *wechseln*, das heißt, von der alten Welt, die von allen mittlerweile nur noch die Datum-Erde genannt wurde, mit einem Schritt in eine andere Welt hineingehen. In eine stille, von dichtem Wald bedeckte Welt, falls man wie der damals dreizehnjährige Joshua von einem Ort wie Madison, Wisconsin, aus wechselte. Drückte man den Schalter in die andere Richtung, kehrte man an den Ausgangspunkt zurück. Man konnte aber auch, wenn man wie der junge Joshua mutig genug war, noch weiter gehen und Schritt für Schritt von einer Welt in die nächste gelangen... Mit einem Mal stand allen Menschen die Lange Erde offen – eine schier endlose Kette paralleler Welten, einander ganz ähnlich, aber nicht identisch, und alle, bis auf die ursprüngliche Erde – die Datum-Erde – völlig menschenleer.

Für einen Einzelgänger wie den jungen Joshua Valienté war die Lange Erde ein perfekter Zufluchtsort. Aber wohin man auch floh, irgendwann musste man wieder zurückkommen. Und jetzt war er siebenundsechzig, seine Frau war tot und Sally Linsay schon lange verschollen – jene beiden so gegensätzlichen Frauen, die sein Leben bestimmt hatten –, und nachdem sich sein einziger Sohn mehr oder weniger von ihm entfremdet hatte, blieb Joshua überhaupt nichts anderes mehr übrig, als allein zu sein.

Mit einem Mal verspürte er einen stechenden Kopfschmerz, der ihm wie ein Stromschlag durch die Schläfen fuhr.

Und während er noch so dastand, glaubte er, etwas zu *hören*. Es ähnelte dem Unterschallgrummeln eines tiefen Bebens mit so gewaltigen und dichten Klangwellen, dass man sie eher spüren als hören konnte.

Joshua versuchte, sich auf das Hier und Jetzt zu konzentrieren – den Friedhof, den Namen seiner Frau auf dem Stein, die Plattenbauten auf dieser Nahen Erde, die sämtlich aus Holzwänden und Sonnenkollektoren bestanden. Doch dieses ferne Geräusch ließ ihn nicht los.

Etwas rief ihn. Etwas, das aus den Hohen Megas herüberhallte.

MACH MIT

Und noch viel weiter von der Datum entfernt, in einem leeren, mit Sternen übersäten Himmel an einer Stelle, an der eigentlich eine Erde sein sollte:

»Das ist unmöglich«, sagte Stella Welsh und starrte auf ihr Tablet.

Dev Bilaniuk seufzte. »Ich weiß.« Stella war über sechzig und damit über dreißig Jahre älter als Dev. Zudem war Stella eine *Next* und damit so intelligent, dass Dev, der mit seinem Doktortitel von der Universität Walhalla auch nicht eben ein Dummkopf war, sofort ausstieg, sobald Stella intellektuell lossprintete und ernsthafte Berechnungen oder Analysen zu irgendeinem Thema anstellte. Allerdings sah sie aus Devs Perspektive gerade nicht besonders intelligent aus, wie sie in dieser riesigen, höhlenartigen Kammer tief im Inneren des Backsteinmondes kopfüber von der Decke hing. In der Schwerelosigkeit stand ihr üppiges graues Haar nach allen Seiten ab.

Außerdem schien sie angesichts der »Einladung«, also der Nachricht, die das Radioteleskop Cyclops soeben aufgefangen hatte, ebenso vor den Kopf geschlagen zu sein wie Dev.

»Zum einen«, stellte sie fest, »ist Cyclops überhaupt noch nicht ganz fertiggestellt.«

»Klar. Aber die Tests der Teilgeneratoren waren bis jetzt erfolgreich. Wir waren gerade dabei, die Zielmuster auszutauschen, als dieses… dieses SETI-Dings… einfach so im Datenstrom auftauchte und sich selbst runtergeladen hat, und…«

»Außerdem haben wir Berichte erhalten, dass andere Teleskope, in erster Linie auf den Nahen Erden und der Datum selbst, dieses Signal ebenfalls aufgefangen haben. Das heißt, auf anderen Wechselwelten. Es handelt sich also nicht einfach um irgendeinen Sender, der hier in unserem Himmel Funksprüche absondert. Es handelt sich um ein Phänomen, das die gesamte Lange Erde betrifft. Wie ist das möglich, verdammt noch mal?«

Zögerlich sagte Dev: »Auch im Outernet kursieren so merkwürdige Nachrichten. Da passiert ziemlich seltsames Zeug in der Langen Erde. Hat nichts mit Radioastronomie zu tun. Dazu komische Sachen im Trollruf…«

Sie schien ihn nicht einmal gehört zu haben. »Und dann diese Entschlüsselung.« Sie schaute wieder auf den Bildschirm des Tablets, auf die beiden einfachen Worte, die dort standen: MACH MIT.

»Unter diesem Grundmuster scheinen noch wesentlich mehr Informationen versteckt zu sein«, sagte Dev jetzt. »Vermutlich können wir erst dann alles herausfischen, wenn das gesamte Cyclops-Spektrum voll funktionstüchtig ist.«

»Die Sache ist doch die«, sagte sie bedeutsam, »dass das, was wir da empfangen haben, seinen eigenen codierten Entzifferungs-Algorithmus schon in sich trug, wie eine Art Computer-Virus. Einen Algorithmus, der dazu in der Lage ist, seinen eigenen Sinngehalt ins *Englische* zu übersetzen.«

»Und in jede andere Sprache«, sagte Dev. »Menschliche Sprache, meine ich. Wir haben es überprüft. Wir haben das

Ding auf das Tablet eines chinesischen Muttersprachlers in unserem Team heruntergeladen...«

Dev hatte sich dafür einen ordentlichen Rüffel der Regierung eingehandelt. Aber das angespannte Verhältnis zwischen China und den westlichen Nationen auf der Datum hatte hier oben, zwei Millionen Welten entfernt, keinerlei Bedeutung.

»Wie soll das bitte gehen?«, blaffte Stella jetzt. »Wieso kann das verdammte Ding mit uns sprechen, ohne zuvor irgendetwas über die Existenz der Menschheit und unserer Sprachen zu wissen? Wir glauben, dass es von einer Zivilisation weit draußen in Richtung des Sternbilds Schütze kommt, viele Lichtjahre entfernt, vielleicht nahe dem Zentrum der Galaxis. Unsere ins All streuenden Radiosignale können unmöglich so weit gekommen sein, nicht mal die von der Datum.«

Der so bombardierte Dev verlor die Nerven. »Professor Welch, Sie sind mir auf diesem Feld jahrzehnteweit voraus. Sie haben die Texte verfasst, mit denen ich ausgebildet wurde. Außerdem sind Sie eine Next. Wieso also fragen Sie mich das alles?«

Sie sah ihn verwundert an, und er sah hinter ihrer gereizten Ungeduld einen Funken Humor aufblitzen. »Sagen Sie mir trotzdem, was Sie davon halten.«

Er zuckte die Achseln. »Im Gegensatz zu Ihnen bin ich daran gewöhnt, meine Welt mit Wesen zu teilen, die schlauer sind als ich. Diese... na ja, Sagittarianer sind noch mal ein Stück schlauer. Auch schlauer als Sie. Sie wollten mit uns in Kontakt treten, und sie wussten auch, wie. Wichtig ist jetzt, wie wir damit weiter verfahren.«

Sie grinste. »Ich glaube, das wissen Sie ebenso gut wie ich.«

Er grinste zurück. »Wir brauchen ein größeres Teleskop.«

Und noch weiter von der Datum-Erde entfernt:

Eines Tages würde Joshua Valienté diesen älteren Troll Sancho nennen. Dabei hatte er in seiner Trollgruppe bereits so etwas wie einen Namen – aber keinen, den ein Mensch je als solchen erkennen oder aussprechen konnte. Es war eher eine komplexe Zusammenfassung seiner Identität, ein Motiv im endlosen Lied der Trolle.

Jetzt, da er sich im schwindenden Licht eines Vorfrühlingstages gemeinsam mit den anderen an köstlichem Bisonfleisch gütlich tat, wurde Sancho von irgendetwas irritiert. Er ließ sein Rippenstück fallen, erhob sich und suchte den Horizont mit Blicken ab. Die anderen grunzten, ließen sich nur kurz ablenken und widmeten sich alsbald wieder ihrer Mahlzeit. Nur Sancho blieb lauschend und Ausschau haltend stehen, ohne sich zu rühren.

Es war ein guter Tag für diese Trolle gewesen, hier im Herzen eines anderen Nordamerikas. Schon seit mehreren Tagen waren sie einer bisonähnlichen Herde gefolgt, wobei sich das kooperative Gemeinschaftsauge der Trolle recht bald auf ein schon etwas älteres männliches Tier gerichtet hatte, das der Herde deutlich humpelnd mit einem gewissen Abstand folgte. Um unsichtbar zu bleiben, waren die Trolle der Spur des Bisons in ein paar Schritte weit entfernte Parallelwelten gefolgt und hatten sich dabei stets auf die untergehende Sonne zubewegt. Nur ihre Kundschafter waren immer wieder kurz zurückgewechselt, um die Beute nicht aus den Augen zu verlieren, und hatten der Gruppe ihre Beobachtungen dann mittels tänzelnder Bewegungen, Gesten und leisem Heulen mitgeteilt.

Endlich war der Bison gestrauchelt.

Für den Bison selbst war es das Ende einer Geschichte, die schon fast ein Leben lang währte. Schon als Kalb hatte das Tier einen Splitterbruch am Hinterlauf erlitten, der nie richtig verheilt war. Das war ihm jetzt zum Verhängnis geworden.

In der Hitze schwer keuchend, war der Bison zu Boden gegangen und sofort von Jägern umzingelt worden, großen, massigen Humanoiden mit nachtschwarzer Behaarung, Steinklingen und angespitzten Stöcken in den gewaltigen Händen. Sie kamen näher, stachen und schlitzten, zielten auf Sehnen und Gelenke, versuchten Arterien zu durchtrennen und einen Stoß ins Herz anzubringen. Trolle waren auf ihre Art überaus intelligent, jedoch keine begabten Werkzeugmacher. Sie benutzten zurechtgehauene Steine und angespitzte Stöcke, aber sie wussten nicht, wie man ein Opfer aus sicherer Entfernung niederstreckte, verfügten weder über Bögen noch Wurfspeere. Deshalb setzten sie sich mit ihrer Jagdbeute stets unmittelbar und aus nächster Nähe auseinander, in direktem körperlichem Kontakt – mit ihren großen, muskulösen Leibern warfen sie sich auf das Opfer, bis es unter der schieren Kraft der Jäger aufgab.

Der Bisonbulle war alt und stolz, er bellte laut bei dem Versuch, sich wieder aufzurichten und sich zu wehren. Aber unter den unablässigen Angriffen ging er erneut zu Boden. Sancho hatte den letzten Hieb ausgeführt und dem Bison mit einem großen Stein den Schädel eingeschlagen.

Die Trolle hatten sich um das erlegte Tier versammelt und ihren Triumphgesang angestimmt, ein Lied der Freude über die Aussicht auf eine Mahlzeit, aber auch voller Respekt, weil der Bison ihnen sein Leben gegeben hatte. Dann hatten sie sich darangemacht, den Kadaver auszunehmen, und das Festmahl hatte begonnen: zuerst die Leber, dann die Nieren, das Herz. Bald schon würde die Nachricht von der erlegten Beute in den Trollgesang Einzug halten und auf Tausenden von Welten von anderen Trollgruppen aufgenommen werden. Und er würde für immer im langen Gedächtnis einiger älterer Trolle wie Sancho aufgehoben sein.

Aber jetzt, während dieser fröhliche Tag zu Ende ging, lenkte irgendetwas Sancho von der Beute und dem großen Fressen ab. Er hatte etwas *gehört*. Oder ... nicht gehört.

Was war das? Sein Verstand funktionierte nicht so wie der eines Menschen, aber er war geräumig und voll vager Erinnerungen. Menschenworte waren ihm unbekannt, sonst hätte er das, was er gehört oder gespürt hatte, wohl als »die Einladung« bezeichnet.

Sancho sah seine Gefährten an, Männchen und Weibchen und die Jungen, die alle zufrieden aßen. Er lebte schon seit vielen Jahren mit dieser Gruppe zusammen, hatte gesehen, wie die Jungen zur Welt kamen und die Alten krank wurden und starben. Er kannte sie so gut wie sich selbst, sie waren seine ganze Welt. Doch jetzt sah er sie als das, was sie eigentlich waren: eine Handvoll Tiere, verloren in einer leeren, endlosen Landschaft. Verletzbare Wesen, die sich in der Dunkelheit aneinanderkauerten.

Und von jenseits des Horizonts kam etwas auf sie zu.

MACH MIT

Und in einer Welt nur wenige Schritte von der Datum entfernt, in einer neuen, aus Steinen erbauten Kapelle am wechselwärtigen Standort einer uralten englischen Gemeinde namens St. John am Wasser:

Nelson Azikiwe war achtundsiebzig Jahre alt und offiziell im Ruhestand. Er war hierher zurückgekehrt, weil seine einstige Gemeinde auf der Datum inzwischen auf einer Welt eingefroren war, die noch immer einen langen Vulkanwinter durchlitt. Und dies war der Ort, an dem er sich in seinem langen und rastlosen Leben am meisten zu Hause gefühlt hatte. Wo sonst sollte er seinen Ruhestand verbringen?

Aber für einen Mann wie Nelson war Ruhestand nicht viel mehr als ein neues Etikett. So wie seit eh und je arbeitete er einfach weiter an seinen unterschiedlichen Projekten, bis an die Grenzen seiner Kraft. Mit dem Unterschied, dass er die Arbeit jetzt Freizeitvergnügen nennen durfte.

Natürlich war es eine große Hilfe, dass die wachsende technologische Infrastruktur auf dieser Nahen Erde ihn mit den Kommunikationsmöglichkeiten ausstattete, die er brauchte, um mit der weiten Welt beziehungsweise den weiteren Welten in Verbindung zu bleiben, ohne sein bequemes Sofa verlassen zu müssen. So verbrachte er jeden Tag geraume Zeit im Austausch mit den Quizmastern, einer Online-Gruppe alternder, mürrischer, paranoider Besserwisser. Er hatte, soweit er wusste, keinen Einzigen von ihnen je persönlich kennengelernt, inzwischen waren sie ohnehin alle über die gesamte Nahe Erde und darüber hinaus verstreut. Trotzdem hatten sie über die Jahrzehnte stets Verbindung miteinander gehalten, notfalls sogar durch den wechselwärtigen Tausch von Speicherbausteinen. Es war schon seltsam, dass auch über ein halbes Jahrhundert nach dem Wechseltag noch niemand herausgefunden hatte, wie man eine Nachricht durch die wechselwärtigen Welten schicken konnte, ohne sie buchstäblich in der Hand hinüberzutragen.

Momentan faszinierte die Quizmaster natürlich das Phänomen, das unter dem Namen »die Einladung« bekannt geworden war. Die Nachricht vom Empfang eines angeblichen SETI-Signals durch ein Radioteleskop in der Lücke war in allen Nachrichtenmedien der Nahen Erde, die ansonsten eher engstirnig, auf die eigene kleine Welt bezogen und von Lokalpolitik und Promigeschichten besessen waren, eine Woche lang DAS große Thema gewesen. Es hatte eine Reihe von sensationsgierigen Reportagen gegeben, eine wahre Spekulationslawine bezüglich der galaktischen Zukunft der Menschheit oder ihres baldigen kosmischen Niedergangs, dann hatte man sich rasch wieder anderen Themen zugewandt. Nicht so die Quizmaster.

Einige waren fest davon überzeugt, dass diese Botschaft genau das war, wonach es aussah, nämlich eine SETI-Nachricht vom Himmel herab: die Erfüllung der Träume einer jahrzehntelangen Suche nach außerirdischer Intelligenz, eine Botschaft, die auf irgendeiner wechselwärtigen Welt in Radioteleskope geflüstert wurde. Andere glaubten, dass es das nun ganz bestimmt nicht sein konnte, einfach deshalb, *weil* es die naheliegende Erklärung für dieses Phänomen war. Vielleicht handelte es sich um ein streng geheimes Militärexperiment, um irgendein von einem Unternehmen eingeschleustes Computervirus oder um die ersten Anzeichen der längst erwarteten chinesischen Invasion des seit dem Ausbruch des Yellowstone hilflos darniederliegenden Amerika.

Gerade als Nelson die Tagesausbeute zu diesem brennenden Thema durchforstete, erhielt er selbst eine Einladung.

Die Bildschirme seiner sämtlichen Tablets und aller sonstigen Geräte wurden plötzlich schwarz. Nelson lehnte sich erschrocken zurück und dachte sofort an einen Stromausfall, was auf einer Welt, die ihren Strom durch das kontrollierte Verbrennen von Holz gewann, nicht ungewöhnlich war. Dann jedoch hellte sich ein Bildschirm nach dem anderen wieder auf und zeigte ein vertrautes Gesicht – das Gesicht eines Mannes mit kahl geschorenem Kopf, der ihn gelassen ansah.

Nelson verspürte ein freudiges Kribbeln. »Hallo, Lobsang«, sagte er. »Ich dachte eigentlich, du wärst wieder mal von uns gegangen.«

Das Gesicht lächelte zurück, und als es anfing zu sprechen, klangen seine Worte durch die vielen Geräte in Nelsons Zimmer wie ein Gong in einem buddhistischen Tempel: »Guten Tag, Nelson. Ja, ich bin... weg gewesen. Stelle dir meine Anwesenheit einfach nur als eine Art Nachrichtendienst vor...«

Nelson fragte sich, mit wie viel von Lobsang er sich

eigentlich unterhielt. Als Lobsang noch voll funktionsfähig gewesen war, hatte er den Großteil der Datum-Erde am Laufen gehalten, daher war gesprochene Sprache für ihn eine vermutlich ungefähr so effiziente Kommunikationsmethode wie gemorstes Jodeln. Wahrscheinlich war dieser Avatar nicht mehr als ein avancierter Sprachgenerator. Trotzdem, überlegte Nelson, hatte Lobsang sich die Mühe gemacht, seinen alten Freund von diesem »Nachrichtendienst« mit einem Lächeln begrüßen zu lassen.

»Ich muss dir etwas mitteilen«, sagte Lobsang. Der Bildschirm des Tablets vor Nelson leerte sich erneut, und Lobsangs Gesicht wurde von dem eines Kindes ersetzt, eines sonnengebräunten Jungen von vielleicht zehn oder elf Jahren. »Das da ist jemand, den ich selbst eben erst entdeckt habe. Eine Fernsonde hat sich zurückgemeldet, mit ziemlicher Verspätung ...«

»Wer ist dieser Junge?«

»Er ist dein Enkelsohn, Nelson.«

MACH MIT

Und viel weiter von der Datum entfernt, genauer gesagt, über zwei Millionen Schritte weit draußen:

Die USS *Charles M. Duke* war nicht Admiral Maggie Kauffmans Schiff. Mit achtundsechzig Jahren war sie viel zu alt für einen Kommandoposten, außerdem befand sie sich längst im Ruhestand. Was sie jedoch nicht davon abhielt, ihre ehemaligen Vorgesetzten und ihre nominellen Nachfolger in den Rängen der US-Flotte – oder was noch davon übrig war – auf Trab zu halten. Auch diese neuerliche Mission in die Tiefe der Langen Erde hinein war ihre Idee, ihr Plan gewesen – ach was, das Ergebnis eines fünfundzwanzig Jahre währenden Einsatzes mit dem Ziel, eine unerledigte Sache endlich zum Abschluss zu bringen.

Doch dieser Abschluss musste wohl noch eine Weile warten, wie sie alsbald erkannte, als Kapitän Jane Sheridan sie von der Nachricht unterrichtete, die soeben aus Datum-Hawaii eingetroffen war.

Trotzdem wehrte Maggie sich erst einmal gegen die schmerzliche Erkenntnis. »Ausgerechnet jetzt, wo ich schon so nah dran bin! Zwei Millionen Welten plus ein paar Zerquetschte!«

»Wobei noch fünfzigtausend vor uns liegen, Admiral, und zwar die gefährlichste Strecke …«

»Pfft! Durch diese gefährliche Strecke könnte ich die Schüssel hier im Schlaf manövrieren.«

»Tut mir leid, aber der Befehl zur Rückkehr ist ziemlich eindeutig. Wir müssen umkehren. Schnelle Verfolgungsschiffe mit solchen Befehlen werden nicht alle Tage losgeschickt. Außerdem gilt die Nachricht Ihnen persönlich. Admiral Cutler verlangt ausdrücklich, dass Sie zurückkommen.«

»Ed Cutler könnte nicht mal eine angeschlagene Badewanne kommandieren.«

»Dazu kann ich nichts sagen.«

»Ich bin im Ruhestand!«

»Selbstverständlich, Admiral.«

»Ich muss von diesem elenden Schreibtischhengst keine Befehle mehr entgegennehmen!«

»Aber ich, Admiral«, erwiderte Sheridan leise.

Maggie seufzte und blickte durch die robusten Fenster des Beobachtungsdecks nach draußen auf die aufgewühlte vulkanische Landschaft dieser letzten wechselwärtigen Erde und hinüber zu dem Verfolgungsschiff, einem schlanken Luftschiff, das längsseits der *Duke* schwebte. »Aber wir sind schon so weit gekommen«, sagte sie traurig. »Und es hat so lange gedauert.« Fünfundzwanzig Jahre, seit sie eine Gruppe Wissenschaftler auf West 247.830.855, einer sehr merkwürdigen Erde, die eher der Mond eines größeren Planeten war, zurückgelassen hatte. Über zwanzig Jahre, seit ein Rettungstrupp festgestellt hatte, dass die Wissenschaftler verschwunden waren. »Es sind meine Leute, Jane.«

»Das weiß ich, Admiral.« Sheridan war erst Ende zwanzig, aber sehr tüchtig und wirkte in ihrem Auftreten deutlich älter. »Aber ich sehe es so: Nach fünfundzwanzig Jahren sind sie entweder tot, oder sie haben eine Möglichkeit zum Überleben gefunden. In beiden Fällen können sie auch noch ein bisschen länger warten.«

»Verdammt noch mal! Sie sind nicht nur lächerlich jung, Sie haben auch noch auf lächerliche Weise recht. Verflucht sei dieser Cutler. Was soll das eigentlich alles? Was denn für eine Einladung?«

»Ich weiß auch nicht mehr als Sie, Admiral.«

Noch während sie sich unterhielten, machte sich die *Duke* auf ihre lange Heimreise. Das leise, schaukelnde Gefühl des kontinuierlichen Wechselns machte sich wieder bemerkbar. Unter den Fenstern flimmerten ganze Welten dahin, erst eine pro Sekunde, dann zwei, dann vier: Sonne und Regen, Hitze und Kälte, Landschaften und Lebensformen und Klimasysteme, alles blinkte kurz auf und war im nächsten Moment schon wieder weg. Niemand schenkte diesem routinemäßigen Wunder noch große Beachtung.

MACH MIT

Ganz woanders:

An diesem kühlen Märztag wurde der kahl geschorene Novize, der im Schneidersitz hinter einem niederen Schreibtisch saß und an Texten aus dem 8. Jahrhundert nach Christus arbeitete, von einem fernen Laut abgelenkt. Einem schwachen Ruf.

Es war nicht das Gerede und Gelächter der Dorfbewohner in der klaren Himalajaluft, nicht die alten Männer mit ihren qualmenden Pfeifen, die Frauen mit ihrer Wäsche, die kleinen Kinder, die mit ihren selbst gebastelten Holzspielzeugen spielten. Es war auch nicht das Bimmeln der Kuhglocken von den Bergpässen. Es hatte sich eher wie eine Stimme angehört, dachte der Junge, wie eine Stimme auf dem kalten, eisverkrusteten Hang des Berges, der über dem Dorf aufragte, irgendwo tief im alten Tibet.

Eine Stimme, die in seinem Kopf widerhallte.

Leise gesprochene Worte:

... Die Menschheit muss sich weiterentwickeln. Es ist die Logik unseres endlichen Kosmos; letztendlich müssen wir uns seinen Herausforderungen stellen, wenn wir nicht mit ihm untergehen wollen... Stell dir vor: Wir nennen uns die Weisen, aber wie würde wohl ein wahrer Homo sapiens *aussehen? Was würde er tun? Ganz bestimmt würde er in erster Linie seine Welt – oder seine Welten – wertschätzen. Er würde zum Himmel blicken und nach anderen intelligenten Lebensformen Ausschau halten. Und er würde das Universum als Ganzes betrachten...*

Der Junge rief: »Joshua?«

Der Meister schlug mit der flachen Hand auf den Tisch, und der Junge fuhr erschrocken zusammen. »Konzentrier dich, Lobsang!«

MACH MIT
MACH MIT

Die Worte regneten aus dem Himmel auf die Lange Erde herab, überall dort, wo es Ohren gab, sie zu hören, Augen, sie zu sehen, und kluge Köpfe, sie zu verstehen.

Joshua Valienté stand vor dem Grabstein seiner Frau und das letzte, das er jetzt wollte, war eine Einladung. »Lasst mich in Ruhe, verdammt noch mal!«, sagte er und wechselte wütend davon.

Die Luft, die in die von ihm hinterlassene Lücke drang,

erzeugte eine sanfte Brise, die über die Blütenblätter der Blumen auf dem Grab strich.

Doch die Stimme aus dem Himmel ließ nicht nach.

MACH MIT
MACH MIT
MACH MIT

2

Als Bill Chambers am Morgen des letzten Apriltages, an dem Joshua zu seiner neuesten Auszeit aufbrechen sollte, im Büro eintraf, bekam er die Tür kaum auf. Dabei war es die Tür zu seinem eigenen Büro, denn Bill war der derzeitige Bürgermeister von Weiß-der-Kuckuck-wo, wie Joshua verärgert festgestellt hatte.

Joshua befand sich in dem kleinen Bad gleich neben dem Büro, und als er die unterdrückten Flüche hörte, kam er mit nacktem Oberkörper, einem Handtuch um den Hals und Rasierschaum im Gesicht heraus. Die Jalousien waren noch unten, obwohl der Morgen bereits fortgeschritten war, der Raum lag im Halbdunkel. Bill bemühte sich, das Büro zu durchqueren, ohne auf wichtige Teile der Reiseausrüstung zu treten, was nicht ganz einfach war. Joshua hatte nicht nur Bills Klappbett in Beschlag genommen, sondern zudem seine Sachen in langen Reihen und großen Haufen über den Boden und sogar den Schreibtisch verteilt.

»Heilige Mutter Gottes, Josh, was willst'n du alles mitnehm?« Bills Pseudo-Irisch klang jedes Mal, wenn sie sich trafen, noch ausgeprägter. »In Weiß-der-Kuckuck-wo leben wir schon lang nich mehr hinterm Mond, weißte? Ich muss bis Ende der Woche den vierteljährlichen Steuerkram erledigen.«

»Für so was hast du doch einen Computer, Bill.«

Bill sah ihn gequält an. Das heißt, noch gequälter als zuvor. »Solche Sachen kann man nich einfach 'nem Computer überlassen, Mann! Ehrliche Buchhaltung ist die allerletzte Zuflucht des menschlichen Verstandes!«

»Ich habe selbst mal auf diesem Stuhl gesessen, schon vergessen? Außerdem bin ich ja gleich weg...«

»Wie – gleich weg?« Bill versuchte noch, ein Stück weiter ins Zimmer vorzudringen, machte ein paar große Schritte und musste dann auf den ungeschickt platzierten Füßen balancieren. »Also ehrlich, Mann, hier drin riecht's wie im Sackschutz von 'nem Troll!« Er hatte das Fenster erreicht, zog eine Jalousie auf und zerrte an einer Schnur, um den unteren Teil des Schiebefensters hochzuziehen.

Die kühle Luft, die hereinwehte, duftete nach Staub, Heu und Frühlingsblumen. Anders als auf anderen Welten in diesem Abschnitt der Langen Erde war die Luft hier so kalt, dass es manchmal sogar noch im Juni leichten Frost geben konnte. Joshua hatte das immer als sehr erfrischend empfunden.

Inzwischen war diese Luft für ihn mehr oder weniger die Luft der Heimat. Jedenfalls hatte er an diesem Ort seine wichtigsten Sachen untergestellt. Joshua hatte die Siedlung Weiß-der-Kuckuck-wo weder mitgegründet oder bei deren Gründung geholfen, aber er hatte die Gemeinde jahrzehntelang als seinen Heimatort betrachtet, hier hatte er mit seiner Frau Helen und seinem Sohn Rod gewohnt. Als er hergekommen war, war der einzige Fixpunkt des rasch wachsenden Dorfes die Schmiede gewesen. Da man Eisen zwischen den Welten nicht mitnehmen konnte, war die Schmiede so etwas wie die Reißzwecke, mit der das Dorf an dieser Ausgabe der Erde festklemmte; damals hatte sie sogar als Versammlungsort und Umschlagplatz für Klatsch und Tratsch gedient. Daher war es auch kein Zufall, dass Joshua und Bill und die anderen später genau an dieser Stelle das erste Rathaus von Weiß-der-Kuckuck-wo errichtet hatten. Und am Tag seiner Einweihung hatten sie ein eisernes Hufeisen über die Tür gehängt. Letztendlich war es ziemlich merkwürdig, in einer solchen Welt, auf der es überhaupt keine Pferde gab, Hufeisen zu schmieden, aber die Leute wollten auf diese Glücksbringer einfach nicht verzichten – sie wollten die Schwere, die der eiserne Gegenstand ausstrahlte, das Blut der Erde.

Aber Joshuas Ehe war zerbrochen, und Helen war von hier weggezogen, zurück nach Reboot, in ihre alte Heimat im Getreidegürtel. Dann war sie gestorben, und seitdem sah Joshua seinen Sohn kaum noch. Heute sollte er hier auftauchen, auch wenn Joshua nicht unbedingt darauf wetten mochte … Jedenfalls hatten sie es so ausgemacht.

Bill trat vom Fenster zurück ins Dämmerlicht des Zimmers und stieß sofort gegen eine Leine voll mit Joshuas Hemden und Hosen aus ultraleichtem Material. »Scheibenhonig noch mal! Seit wann hängt'n hier drin 'ne Wäscheleine? Wo hastn die überhaupt festgemacht? Ach, sehe schon, an der Büste der Gründerin dieser Stadt, oben auf dem Bücherregal. Und schön um den Hals geknotet. Genau so hätte sie's auch gewollt.«

»Tut mir leid, Mann. Ich musste ein bisschen improvisieren. Möchtest du einen Kaffee? Hinten in der Küchenecke steht noch eine ganze Kanne.«

»Du meinst, ob ich eine Tasse von meinem eigenen allerbesten Kaffee haben will, bevor er in deiner Blase hier zur Tür rausspaziert? Ach, is ja auch schon wurscht. Gib mir'n Tässchen.«

Joshua wischte sich die Schaumreste vom Gesicht und goss das Gebräu in den am wenigsten schäbigen Becher, den er in dem kleinen Schrank über der Spüle finden konnte. »Hier, bitte. Ohne Milch und ohne Zucker.«

»Wär ja auch noch schöner.« Bill schob Joshuas Habseligkeiten von einer Ecke seines Schreibtisches weg.

»Prost.« Sie stießen mit ihren Tassen an.

»Weißt du was, Bill? Es gab mal Zeiten, da hättest du nach – wie hast du es immer ausgedrückt? – nach einem Tropfen Stärkung im dünnen Kaffee verlangt. Sogar zu dieser frühen Morgenstunde.«

»Wonach ein echter Mann halt so verlangt …«

»Das fing an, als du vierzehn warst, wenn ich mich recht entsinne, Billy Chambers, und zwar immer, wenn du was in die Finger gekriegt hast. Streite es bloß nicht ab.«

»Na ja, seit damals hab ich mich schon ganz schön verändert. Ist ja auch Jahrzehnte her. Hab ich alles Morningtide zu verdanken.«

»Du kannst von Glück sagen, dass du sie hast. Sie und deine Kinder.«

»Meine Leber gibt dir recht. So wie Helen dein großes Glück gewesen ist.«

»Allerdings.«

Eine verlegene Stille machte sich breit.

»Auf alle, die nicht da sind«, sagte Bill schließlich, und sie stießen wieder mit ihren Tassen an. Dann nahm er vorsichtig einen breitkrempigen Hut vom Stuhl hinter seinem Schreibtisch. »Dieser ganze Scheiß, Mann. Brauchst du das denn alles?«

»Klar.«

»Und alles so fein säuberlich hingelegt.« Er sah sich im Zimmer um. »Sachen für kaltes Klima, aha, also bleibst du'n paar Monate weg. Alle möglichen Karten …« Es waren Karten von Landformationen, die quer durch die Lange Erde anzutreffen waren. Nichts von Menschenhand Geschaffenes wie Städte oder Straßen, sondern die elementaren Berge, Flüsse, Küstenlinien und landschaftlichen Orientierungspunkte. »Rettungsdecken aus Silberfolie – ist da. Wo ist deine zusammenrollbare Matratze?«

»Du bist nicht mehr auf dem Laufenden. Guck mal.« Joshua hielt ein baseballgroßes Päckchen in der linken Hand. »Aerogel – eine komplette Matratze, nicht viel größer als deine Faust.«

»Oder in deinem Fall deine Terminator-Cyberkralle.«

»Ja, ja.«

»Stiefel, Camping-Sandalen. Socken! Socken kann man

nie genug dabeihaben. Tabletten zur Wasserdesinfektion. Essen, Trockenfleisch und so weiter – Notrationen, oder?«

»Ich versorge mich unterwegs. Jagen und Fallenstellen.«

»Das hast du nie so richtig gut gekonnt, Alter. Aber du könntest sowieso ein bisschen abnehmen.«

»Danke.«

»Medizin – lass mal sehen: Durchfalltabletten, Antihistamin, Schmerzmittel, Abführmittel, was gegen Pilze, Desinfektionskram, Mückenspray, Vitamintabletten… Was noch? Pfeilspitzen, Bogenschnur, Schlingen, Netze. Leichte Bronzeaxt. Mehr Messer, als der Metzger in seiner Schublade hat. Der übliche elektronische Krempel: Funkempfänger, Tablet, Positionsbestimmer.« Dieses Gerät ersetzte GPS auf Welten, die so weit entwickelt waren, dass sie solche Systeme unterstützten, ansonsten lieferte es immerhin eine einigermaßen genaue Standortbestimmung nach Sonnen- und Mondstand, den Sternen, der Tageslänge sowie anderen zufälligen Ereignissen wie Sonnen- oder Mondfinsternissen. Alles Technologie, in der sich die mühevoll gewonnenen Erkenntnisse jahrzehntelangen Reisens in der Langen Erde bündelten. »Ein Feuerstein. Und Streichhölzer, sehr schlau. Ein Solarofen.« Ein kleiner, umgedrehter Sonnenschirm mit reflektierender Innenfläche, den man auf ein Gestell setzen und so das Sonnenlicht einfangen und bündeln konnte, um Wasser zu erhitzen. »Beutel für den künstlichen Darmausgang. Haftkleber fürs Gebiss.«

»Ja, ja.«

»Dauert nicht mehr lang, Methusalem. Kaffee. Gewürze. Pfeffer! Zum Handeln, natürlich. Ah, und Waffen. Ein paar Bronzerevolver – elektromagnetischer Impuls?«

»Ja.« Joshua wog eine der kleinen Handwaffen in der Hand. »Das Allerneueste. Wird mit Solarkraft aufgeladen, oder indem man eine Weile am Griff pumpt.« Er richtete die Waffe nach unten und drückte ab. In Bills Schreibtisch war ein kleines Loch.

»He, ein bisschen Respekt gefälligst! Der Schreibtisch is 'ne Antiquität.«

»Quatsch. Den haben wir gebaut.«

»Jetzt wird er jedenfalls keine Antiquität mehr werden. Und das alles willst du in deinen Rucksack reinkriegen? Aber du hast da ein ganz paar nette Spielzeuge dabei, Josh, das muss ich dir lassen.«

»Dabei heißt es immer, nach dem Wechseltag hätte es keine neuen Erfindungen mehr gegeben.«

»Aber ein unzerbrechliches Herz hat immer noch keiner erfunden«, erwiderte Bill nüchtern.

Joshua wandte den Blick ab.

»Tut mir leid, Mann«, sagte Bill. »Das war echt lahm. Lahmer als zwei Trolle ohne Beine. Früher hätte ich so was nie gesagt, oder? Wir beide waren richtige Kumpel, du und ich. Gefühle, das war was für die elenden Nonnen, nicht für uns. Tja, ich hab mich verändert. Und du auch. Aber du hast dich … hm … wieder zurückentwickelt.«

Die Worte trafen Joshua ein bisschen. Um es sich nicht anmerken zu lassen, nahm er ein Hemd von der Leine und zog es an. Auf einmal kam ihm Bill, der achtundsechzigjährige Bill, wie er so hinter seinem vollgemüllten Schreibtisch saß und im Dämmerlicht Kaffee schlürfte, wie ein richtiger Bürgermeister vor. Ein reifer Mann. Als wäre der verrückte alte Bill, der Möchtegern-Ire, hinter seinem Rücken erwachsen geworden. Als hätte er Joshua einfach überholt.

»Wie meinst du das – zurückentwickelt?«

Bill spreizte die Finger. »Na ja, beispielsweise damals, als es mit diesen Rebellentypen in Walhalla losging und alle Trolle in der Langen Erde auf einmal weg waren, weißt du noch? Und als du und ich von diesem Knallkopp Lobsang das Twain gekriegt haben, damit wir Sally Linsay suchen.«

»Mann, Bill, das muss alles dreißig Jahre her sein.«

»Schon klar. Und soweit ich mich erinnere, haben wir damals kurz drüber geschlafen, dann sind wir einfach los und bis ans Ende der Langen Erde gedüst. Kann mich nicht an so eine irre Packerei erinnern. Und dass wir Socken gezählt hätten oder so 'n Scheiß.«

Joshua sah sich um, betrachtete seine überall verteilte Ausrüstung. »Man muss es richtig angehen, Bill. Man muss vorsorgen, damit man alles dabeihat und es auch funktioniert. Und dann muss man es richtig zusammenpacken...«

»Da hast du's. Das ist nicht Joshua, der Bürgermeister von Weiß-der-Kuckuck-wo. Joshua, der Vater. Joshua Valienté, der Held der halben verdammten Langen Erde. Das ist Josh, der kleine Junge, den ich damals im Heim kannte, als wir elf oder zwölf oder dreizehn waren. Als du deine Radioempfänger und deine Flugzeugmodelle zusammengebaut hast, genauso penibel, wie du jetzt deine Packliste zusammenstellst. Erst hast du alles fein säuberlich hingelegt, dann hast du die beschädigten Teile repariert...«

»Und alles vor dem Zusammenbauen bemalt.«

»Was?«

»Das hat Agnes immer zu mir gesagt. ›Du bist einer von den Jungs, die immer erst alles bemalen, ehe sie es zusammenbauen.‹«

»Ja. Ganz genau.«

»Sie hatte eigentlich immer recht. Genau genommen hat sie immer noch recht... Sie wollte doch heute vorbeikommen, und bestimmt hat sie dann auch wieder recht. Also, Bill – wie jetzt?«

»Es gibt immer ein Gleichgewicht, Mann. Man muss das richtige Maß finden. Und, um noch einen anderen Punkt zu nennen, Herr Vorsitzender: Sind Sie inzwischen nicht ein bisschen zu alt, um loszuziehen und wieder mal Daniel Boone zu spielen?«

»Das geht dich nichts an«, knurrte Joshua.

Bill hob die Hände. »Alles klar. Nix für ungut.«

Es klopfte an der Tür.

Bill stand auf. »Vielleicht ist es ja Schwester Mary Stigmata, genau aufs Stichwort. Die überlass ich dann lieber dir. Denn solange du hier nicht raus bist, komm ich mit meiner Arbeit ohnehin keinen Schritt weiter.«

»Bill, ich bin dir wirklich sehr dankbar ...«

»Aber an eins solltest du immer denken: Bring irgendwo hoch oben, wo ein Twain es sehen kann, ein verdammtes Zeichen an, eine Rettungsdecke auf einem Felsen oder so, damit sie dich finden, wenn dir endlich die Luft ausgeht.«

»Mach ich.«

Jetzt klopfte es schon energischer.

»Ist ja gut, ich komme schon.«

Vor der Tür stand jedoch nicht Agnes, sondern Joshuas Sohn. Bill Chambers machte sich ganz schnell aus dem Staub.

3

Daniel Rodney Valienté war achtunddreißig Jahre alt. Er war größer als sein Vater, hatte den hellen Teint seiner Mutter, aber sein Haar war so dunkel wie das von Joshua. In einem praktischen Kapuzenoverall stand er im Türrahmen und hatte lediglich eine kleine Ledertasche mit einem Riemen über die Schulter geschlungen. Joshua nahm an, dass er nicht mehr dabei hatte – und wahrscheinlich auch nicht mehr besaß.

Daniel betrat das Büro des Bürgermeisters, ließ den Blick leicht verächtlich über die Gepäckstapel schweifen, räumte Bills Stuhl frei und setzte sich. Alles, ohne ein Wort zu sagen.

Joshua unterdrückte ein Seufzen. In Anwesenheit seines stets ernsten Sohnes verspürte er zuallererst den Drang, sich das Hemd zuzuknöpfen. Dann nahm er Bills halb leere Tasse vom Schreibtisch und brachte sie in die Küche. »Also«, sagte er.

»Also.«

»Willst du einen Kaffee? Es ist noch was in der Kanne.«

Rod, wie er jetzt genannt werden wollte, schüttelte den Kopf. »Ich bin meine Koffeinsucht schon vor einigen Jahren losgeworden. Ein Problem weniger, wenn man sich draußen in den Hohen Megas rumtreibt.«

»Vielleicht ein Glas Wasser? Das Wasser hier ist richtig sauber, seit...«

»Schon gut.«

Joshua nickte, stellte die Tassen ab und setzte sich auf einen Hocker, von dem er erst ein paar Kletterhaken räumen musste. »Freut mich, dass du hier bist.«

»Warum?«

Joshua seufzte. »Weil wir nach dem Tod deiner Mutter nur noch einander haben, du und ich.«

Rod verzog keine Miene. »Du ›hast‹ mich nicht, Dad. Und ich ›habe‹ dich auch nicht.«

»Rod...«

»Und wieso verschwindest du wieder einmal in der Wildnis der Langen Erde? Das hast du schon damals ständig gemacht, als ich noch klein war, immer wieder. Auch zu der Zeit, als deine Ehe mit meiner Mutter in die Brüche ging. Eine kurze Nachricht aus dem Outernet – ›Hallo, ich bin dann mal weg‹ – das reicht einfach nicht, Dad. Abgesehen davon, bist du inzwischen nicht schon zu alt für solche Kapriolen?«

»Du weißt doch, Rod – *Daniel* –, es kommt mir vor, als würdest du mir das alles schon ewig vorwerfen. Vielleicht macht ja jeder seine Eltern für alles verantwortlich...«

Rod fiel ihm ins Wort. »Ich bin nur gekommen, um mit dir über dein Testament zu reden.«

Joshua seufzte wieder. »Gut. Es ist alles ordentlich beglaubigt und notariell abgesegnet, sowohl hier in Weiß-der-Kuckuck-wo als auch in einer Kanzlei in der Ägide auf Madison West 5.«

»Dieser ganze juristische Kram ist mir egal, Dad. Ich will nichts von dir. Ich will nur sichergehen, dass ich Bescheid weiß, bevor du verschwindest und dir irgendwo in der Wildnis den Hals brichst und ich dich nie mehr wiedersehe.«

»Schön. Du weißt über die grundlegenden Vorkehrungen Bescheid. Abgesehen von ein paar Geschenken, zum Beispiel an das Heim in Madison, hinterlasse ich alles deiner Tante Katie in Reboot oder ihren überlebenden Nachkommen. So einfach ist das...«

Katie war Helens ältere Schwester. Zusammen mit ihren Eltern waren die Geschwister Green zehn Jahre nach dem

Wechseltag zu Fuß mit einem Treck in die Lange Erde aufgebrochen und hatten mit den anderen Teilnehmern eine neue Gemeinde gegründet: Reboot, am Rande eines ganzen Bandes fruchtbarer Welten, die man den Getreidegürtel nannte. Nachdem Helen Joshua kennengelernt hatte, hatte sie Reboot verlassen, aber Katie war dort geblieben, hatte geheiratet und ein paar gesunde Töchter aufgezogen – und inzwischen sogar schon etliche Enkelinnen.

Aber diese Geschichte hatte auch eine dunkle Seite. Die Green-Schwestern hatten einen Bruder gehabt, Rodney, einen Phobiker, wie man diejenigen nannte, die nicht in der Lage waren zu wechseln. Als die Familie in die Lange Erde aufbrach, ließ sie Rodney bei einer Tante auf der Datum-Erde zurück. Später hatte Rodney bei der Zerstörung von Madison, Wisconsin, mittels einer tragbaren Atombombe eine Rolle gespielt und daraufhin den Rest seines Lebens im Gefängnis verbracht. Als Joshuas Sohn Daniel Rodney von dieser Familiengeschichte erfuhr, hatte er seinen Kindheitsnamen »Dan« abgelegt und den Namen seines missratenen Onkels angenommen.

»Es gibt doch auf deiner Seite niemanden, dem ich es vermachen könnte, oder?«, fragte Joshua jetzt.

Rod seufzte. »Man nennt es erweiterte Ehe, Dad. Ich bin jetzt einer von fünfzehn Ehemännern. Es gibt achtzehn Frauen und vierundzwanzig Kinder, zumindest bei der letzten Zählung. Es ist alles ziemlich ungeregelt … wir verteilen uns über viele Welten und sind ständig unterwegs. Momentan habe ich eher eine feste Beziehung zu Sofia. Sofia Piper, du hast sie nie kennengelernt und wirst sie auch nie kennenlernen. Ich bin so was wie ein Ziehonkel für ihre Neffen. Oder Stiefonkel, egal, die alten Bezeichnungen stimmen einfach nicht mehr. Unsere Beziehung ist flexibel, aber stabil, und sie passt für Migranten der Langen Erde wie mich ausgezeichnet. Solche Beziehungen gibt es inzwischen schon seit über zwanzig Jahren.«

»Das ist doch alles bloß spinnerter Streunerquatsch, mehr nicht. Außerdem in keiner Weise durch die Gesetze der Ägide anerkannt. Wenn es um die Vererbung von Eigentum geht…«

»Wir besitzen kein nennenswertes Eigentum, Dad. Genau darum geht's ja.«

»Du scheinst dich bewusst gegen eigene Kinder entschieden zu haben.«

»Soll ich mich an diesem widerlichen alten Massenzuchtprogramm der Wechsler beteiligen?«

»So muss es doch gar nicht ablaufen…«

»Du bist doch selbst das Ergebnis einer arrangierten Paarung, Dad. Und du siehst ja selbst, wie prima das geklappt hat. Deine Mutter ist bei der Geburt gestorben, dein Vater war ein Vergewaltiger und Taugenichts. Eine jahrhundertealte Verschwörung, um selektiv natürliche Wechsler zu züchten! So etwas lässt sich nicht einfach ignorieren. Und dann sieh dir an, was es über die Menschheit gebracht hat – diese vollkommene Destabilisierung seit dem Wechseltag.«

»Ohne das würden wir hier nicht sitzen, Rod. Hör zu – mich hat in dieser Beziehung nie jemand kontaktiert. Daher hat der Fonds wohl schon bereits in meiner Generation nicht mehr funktioniert. Und deine Mutter und ihre Familie hatten überhaupt nichts damit zu tun. Dein eigener Onkel war ein waschechter Phobiker.«

»Quatsch. Man kann der Träger eines Gens sein, ohne dass es bei einem selbst ausgeprägt ist. Ach, ist ja auch egal. So oder so, zumindest wird diese Linie der Familie Valienté mit mir aussterben, zusammen mit unserem verdorbenen Genom.«

»Von mir aus«, blaffte Joshua. Er musterte seinen Sohn, der steif und kein bisschen entspannt im Bürgermeistersessel saß. Er sah aus, als wollte er jeden Augenblick aufspringen und sich wieder davonmachen. »Ihr verdammten jungen Leute glaubt, ihr hättet die Weisheit mit Löffeln gefressen.«

Rod erhob sich. »Ich glaube, wir sind fertig, oder? Ach ja, ich hab dir ein Geschenk mitgebracht. War Sofias Idee.«

Er reichte Joshua ein schmales Etui. Darin lag eine leichte Sonnenbrille. Joshua sah hindurch und kniff die Augen zusammen. »Die ist geschliffen.«

»Genau. Für deine Augen. Hab das Rezept in Moms Unterlagen gefunden.«

»Ich brauche keine Brille...«

»Doch. Ach, setz sie von mir aus auf oder lass es sein. Mach's gut, Dad.«

Dann ging er nach draußen. Joshua stand noch eine ganze Weile da, die Brille in der Hand, inmitten seiner gut sortierten Ausrüstung, mit der er auf unbestimmte Zeit draußen überleben konnte.

Dann klopfte es wieder.

Schwester Agnes.

4

Praktisch wie immer machte sich Agnes sofort daran, Joshuas Rucksack zu packen. »Ich kann mich erinnern, dass ich dir deine Sachen schon gepackt habe, als du noch klein warst. Na, eigentlich hast du mir eher gezeigt, wie man so was macht. Ersatzhosen ganz unten rein, die weichen Sachen am Rücken, Messer und Pistolen und andere lebenswichtige Geräte ganz oben.« Sie ließ sich eine Tasse Tee machen, verzog aber angesichts der Sauberkeit der Tassen – beziehungsweise des Mangels daran – das Gesicht. »Billy Chambers war schon immer ein schlampiger Junge.«

»Du bist aber nicht den weiten Weg hierhergekommen, nur um mich zu sehen, oder?«

Sie schnaubte verächtlich. »Bilde dir bloß nicht zu viel ein. Ich habe ein paar alte Freunde aus New Springfield besucht. Du erinnerst dich doch noch an Nikos Irwin, der damals die Silberkäfer entdeckt hat? Inzwischen hat er selbst schon Kinder.«

Ihr eigener Rock war sauber und frisch gebügelt, genau wie ihre Bluse und der Cardigan. Schwester Agnes hielt nichts von Nonnentracht, jedenfalls nicht mehr seit ihrer Rückkehr aus New Springfield, wo sie sich mit einem Avatar Lobsangs ein neues Zuhause eingerichtet hatte. Ihr Gesicht war einwandfrei das von Schwester Agnes, dachte Joshua. Obwohl es gruseligerweise viel jünger aussah als beim letzten Mal, als er die echte Agnes gesehen hatte – auf ihrem Totenbett, vor mehr als fünfunddreißig Jahren.

»Weißt du, Agnes, ich bin jetzt siebenundsechzig, schon

bald achtundsechzig. Und auf einmal bist du viel jünger als ich.«

»Pff. Du bist jedenfalls noch nicht so alt, dass ich dir nicht sagen darf, was für eine Idiotie das ist, wenn du dich in deinem Alter noch einmal ganz allein in die Wildnis aufmachst. Komm bloß nicht zurück und heul dich bei mir aus.«

»Du bist heute Morgen schon die Dritte, die mir so was sagt.«

»Dein Gewissen mitgezählt?«

»Haha.«

Sie hörte auf, Socken zusammenzufalten, und berührte seine Hand. Die Hand aus Fleisch und Blut, die rechte, nicht die Prothese links. Er sah, dass ihre Haut fast so altersfleckig war wie seine. »Du weißt, dass du bei uns immer willkommen bist. Im Heim. Ich gehe selber ab und zu dorthin, um nachzusehen, ob die junge Schwester John alles richtig macht.«

Die junge Schwester John war ungefähr in Joshuas Alter und leitete das Heim schon seit Jahrzehnten. »Da freut sie sich bestimmt«, erwiderte er trocken.

»Sie hat mir von dem Jungen erzählt, mit dem sie so viel Ärger haben. Jan heißt er, glaube ich.«

»Jan Roderick, ja. Ich habe ihn schon kennengelernt.«

»Genau. Er saugt sämtliche Bücher und Filme in sich auf, die du dem Heim vermacht hast, wie ein Gangster aus Chicago, der sich Crack reinpfeift.«

»Agnes!«

»Ach, sei still. Damit hätten wir schon wieder einen komplizierten kleinen Jungen, genau wie du einer warst. Und ich bin mir sicher, es würde ihm guttun, wenn er dich öfter sehen würde. Denn eins fehlt dem Heim leider nach wie vor: Es gibt dort keine männlichen Vorbilder.«

»Na, ich weiß nicht, ob ich je so vorbildlich gewesen bin … Hör zu, Agnes, ich habe mich in den drei Jahren seit

Helens Tod treiben lassen. Ich muss dem ein Ende machen. Ich bleibe nicht lange weg. Das Heim ist bestimmt noch da, wenn ich wiederkomme...«

»Aber ich vielleicht nicht.«

Sie sagte es so rundheraus, dass er wie vor den Kopf gestoßen war. »Agnes, dein Körper ist künstlich, dein Verstand wurde in Black-Corporation-Gel heruntergeladen... du kannst leben, bis die Sonne verglüht...«

»Wer will sich das schon mit ansehen?« Sie strich über die papierne Haut ihrer Wange. »Es muss irgendwann ein Ende haben, Joshua. Diese Lektion habe ich von Shi-mi gelernt, als sie beschlossen hat, letztendlich einfach nur eine Katze zu sein. Ich wollte eine Mutter für Ben sein, und – tja, mehr wollte ich nicht. Dann wäre ich bereit, mein Päckchen niederzulegen. Mein Adoptivsohn ist mittlerweile schon neunzehn.«

»Wirklich?«

»Glaub's mir. Die Zeit vergeht wie im Flug. Und ich weiß nicht, wie lange ich diese Alterung noch überzeugend simulieren kann. Außerdem ist es eine Frage der guten Manieren. Ich habe das Alter schon einmal durchgemacht, also warum sollte ich wie in einer Schaufensterpuppe weiterleben und so tun, als hätte ich Schmerzen hier und da, und das nur aus Eitelkeit? Obwohl ich weiß, dass ich das Ding jederzeit abstellen kann. Oder, wenn ich will, jederzeit wieder jung werden kann. Nein, ich glaube, meine Zeit sollte eher früher als später kommen. Es ist einfach richtiger so.«

»Hm. Und Ben?«

»Er weiß Bescheid. Er hat ungefähr mit sechzehn begriffen, was wir sind, ›George‹ und ich. Er akzeptiert meine Entscheidung.«

»Hat er denn eine Wahl?«

»Hat denn irgendeiner von uns eine Wahl, Joshua?«

Plötzlich war das alles zu viel für ihn. Er beendete die

Diskussion, stand auf und machte sich wieder daran, seine Sachen zu packen.

»Es ist schwer für dich«, sagte sie. »Ich weiß.«

»Für Lobsang auch«, knurrte er.

»Ach, ich glaube, ich habe meine Verpflichtung diesem Mann gegenüber schon vor langer Zeit aufgekündigt. Kommt außerdem darauf an, welchen Lobsang du meinst. Der, den ich geheiratet habe, ›George‹, ist verschwunden, nachdem die Next die Welt von New Springfield abgetrennt hatten. Die ältere Kopie, die du aus der fernen Langen Erde mitgebracht hast, wurde dann sozusagen zur maßgeblichen Ausgabe. Ich weiß, dass sich das Konzept Identität auf Lobsang nicht gut anwenden lässt. Es gibt nie nur einen Lobsang. Er kann seine Identität aufteilen, wieder zusammenfügen, eine Kopie ergießt sich in die andere …«

Lobsang war als künstliche Intelligenz zu Bewusstsein gelangt, ein Bewusstsein, das auf einem Gelsubstrat der Black Corporation lief. Von Anfang an hatte er für sich in Anspruch genommen, ein Mensch zu sein, die Reinkarnation eines tibetischen Motorradmechanikers. Bis heute hat ihm niemand nachweisen können, dass er gelogen hat. Und seit seiner Erweckung war sein Dasein mehr als kompliziert gewesen.

»Die unterschiedlichen Kopien wurden synchronisiert, bevor George nicht mehr von New Springfield wegkonnte«, fuhr Agnes fort. »Die neue Version erinnert sich an mich, an unser gemeinsames Leben. Aber dieser Lobsang war nie mein Lobsang. Außerdem ist er … verschollen.«

Joshua hatte schon seit Jahren keinen Kontakt mehr zu irgendeiner Variante Lobsangs. »Wie bitte?«

»Selena Jones von transEarth hat gesagt, er habe sich in irgendeine virtuelle Umgebung zurückgezogen, wo er sich ›sicher‹ fühlt. Ich will gar nicht wissen, wo das ist. Obwohl seine Identität – es widerstrebt mir, das Wort ›Seele‹ zu benutzen – entfernt wurde, sind seine äußeren Funktionen natürlich nach wie vor intakt. Was gut für die Weiterentwicklung der Menschenwelt ist.«

»Es ist wie ein Muster, stimmt's, Agnes?«

»Sieht ganz so aus. Eine Zeit lang geht es ihm gut, dann baut sich irgendeine Belastung auf und er zieht sich in eine Muschel zurück. So wie damals, als wir in New Springfield Bauernfamilie spielten. Und dann fängt alles wieder von vorne an.«

»Dann heißt es Abschiednehmen, Agnes?«

»Es muss sein. Ach, wie dumm das alles doch ist, Joshua! Du bist nicht Daniel Boone und bist es nie gewesen. Du warst einfach nur ein Junge, der ein bisschen mehr Platz brauchte…«

»Etwas da draußen ruft mich, Agnes«, platzte es aus ihm heraus. »Ich habe keine Wahl.«

Sie musterte ihn aufmerksam. »Ich weiß noch, was du als Kind immer gesagt hast: *die Stille*. Sie ist wieder da, hab ich recht? Als ich diese vielen albernen Berichte über das SETI-Signal gelesen habe, habe ich mich schon gefragt, ob es jetzt wieder losgeht. Ob all diese Merkwürdigkeiten nicht irgendwie zusammenhängen. Meistens ist es ja so.« Sie seufzte. »Ich wünsche mir oft, Monica Jansson wäre noch am Leben. Sie konnte mit dieser Seite von dir viel besser umgehen als ich. Sie hätte dir gesagt, dass du das, was du verloren hast, dort oben niemals finden wirst.« Agnes erhob sich. »Ich habe gesagt, was ich sagen wollte, und nehme Abschied.«

Plötzlich konnte er sie nicht mehr ansehen.

»Ach, Blankauge«, sagte sie mit sanfter Stimme.

Dann drehte er sich um, und sie nahm ihn in die Arme.

5

Schwester John, die Oberin des Heims in Madison West 5, und ihre Mitschwestern dachten oft an Joshua Valienté und auch an Schwester Agnes.

So auch, als es um Jan Roderick ging, einen Jungen, den sowohl Agnes als auch Joshua kennengelernt hatten. Mit zehn Jahren war Jan den Schwestern und Mitarbeitern des Heims ein Rätsel, manchmal gab er sogar Anlass zur Verzweiflung, so anstrengend war die komplizierte, in seinem kleinen Körper schlummernde Persönlichkeit. Schwester John blieb nichts anderes übrig, als zur Geduld zu mahnen. Wozu waren Nonnen, Therapeuten und Lehrer denn gut, wenn sie nicht wenigstens Geduld aufbringen konnten?

Ihr selbst war es allerdings nie besonders schwergefallen, in Jans Nähe ruhig zu bleiben, ohne dass sie sich etwas auf besondere Charaktereigenschaften einbildete. Vielmehr lag es daran, dass Jan, ein schlanker, dunkelhaariger Junge, sie in mancherlei Hinsicht an Joshua erinnerte.

Joshua war jedoch immer sachlich und besonnen gewesen. Vor dem Wechseltag hatte sein Hauptvergnügen in einsamen Wandertouren und der Erkundung der rekonstruierten Prärielandschaften im Arboretum von Madison bestanden, im Heim selbst hatte er Radios gebastelt und Modelle zusammengebaut, was so manchen Rückschluss auf die Persönlichkeit zuließ, die unter seinem schwarzen Haarschopf hauste.

Nach dem Wechseltag war Joshua zu einer gewissen Berühmtheit gelangt, weil er in dieser verwirrenden ersten Nacht, als die Türen in die Wechselwelten mit einem Mal sperrangelweit offen standen und alle anderen – auch viele Erwachsene – ausgerastet waren, Ruhe und Übersicht bewahrt hatte.

Schwester John vergaß niemals, was er in dieser Nacht für sie getan hatte. Sie hatte damals überhaupt nicht verstanden, was mit ihr geschehen war: *Ich bin aber in keinen Kleiderschrank reingegangen ...* Sarah Ann Coates, wie sie damals noch hieß, hatte schon so einige Albträume durchlebt, weshalb sie letztendlich auch im Heim am Allied Drive gelandet war. Aber als sie plötzlich in diesem finsteren wechselwärtigen Wald herumirrte, war es ihr vorgekommen, als stürzten all diese Albträume erneut auf sie ein. Hände, die sich in der Dunkelheit nach ihr ausstreckten ...

Sie war einfach durchgedreht.

Joshua hatte sie nach Hause zurückgebracht. Er hatte sie gerettet.

Der Wechseltag hatte zwar Joshuas Leben verändert, aber eigentlich nicht sein Wesen, dachte Schwester John. Er hatte weiterhin seine langen, einsamen Wanderungen unternommen, nur dass er jetzt eben wechselwärts gehen konnte, bis in die Hohen Megas. Er war in allem, was er tat, immer noch äußerst methodisch und genau, aber jetzt baute und reparierte er Wechselboxen, statt Flugzeugmodelle oder Puzzles zusammenzusetzen. Dabei hatte er auch eine unheimliche Seite, denn er war der erste bekannte natürliche Wechsler und schien viel mehr zur Langen Erde als auf die gute alte Datum zu gehören. Trotzdem war er im Prinzip einfach und unkompliziert geblieben. Keineswegs beschränkt, sondern lediglich geradlinig konstruiert, mit einer kurzen und unmittelbaren Verbindung zwischen seinem tief verankerten moralischen Kern und seinem alltäglichen Verhalten.

Sie hatte versucht, ihm klarzumachen, dass die Tür des Heims immer für ihn offenstand, falls er das Bedürfnis nach Rückkehr verspürte. Es war auch ihre Idee gewesen, einen Gedenkstein für Helen Valienté auf dem wieder aufgebauten kleinen Friedhof des Heims aufzustellen. Es war das Mindeste, was sie für ihn tun konnte.

Wenn Schwester Agnes und die anderen Joshua Valienté damals helfen konnten, ein aufrechter und wahrhaftiger Erwachsener zu werden, dann würde auch Schwester John ihrerseits dem kleinen Jan Roderick helfen können.

Aber Jan war ein echtes Rätsel.

Eines Morgens kam Schwester Coleen, selbst erst knapp über zwanzig, völlig aufgelöst zu Schwester John.

»Was diesem Jungen aber auch immer einfällt!«

»Was denn?«

»*Er hört zu.*«

»Was ist daran so seltsam? Zuhören hat noch niemandem geschadet.«

»Schon. Aber er belauscht so gut wie jeden. Jeden, der zur Tür hereinkommt. Personal. Besucher.«

»Ich dachte, er bekommt keinen Besuch«, sagte Schwester John.

»Das stimmt. Ich meine die Besucher der anderen Kinder, sogar die der Schwestern. Bei jeder sich bietenden Gelegenheit setzt er sich daneben und hört zu. Und dann fragt er sie, ob sie irgendwelche guten Geschichten gehört hätten.«

»Geschichten?«

»Reisegeschichten. Ungewöhnliche Vorkommnisse in den Städten. Solche Sachen.«

»Klatschgeschichten aus der Zeitung? Werbespots?«, erkundigte sich Schwester John, die es für angebracht hielt, ernst zu bleiben.

»Vielleicht auch so was. Aber am liebsten sind ihm Sachen, die die Leute selbst erlebt haben. Die schreibt er dann in seinem alten Tablet auf, mit Datum, Uhrzeit und Ort. Wenn die Leute das mitbekommen, kriegen sie es mit der Angst zu tun.«

»Na ja ...«

»Und dann seine Fragen. Er fragt die seltsamsten Sachen. Gerade hat er wieder einen von Joshuas alten Filmen gesehen.«

»Aha.« Jans beharrliches Interesse an alter Science-Fiction aus der Zeit vor dem Wechseltag hatte die Schwestern dazu veranlasst, die Sammlung im Heim, die größtenteils noch von Joshua stammte, wieder zugänglich zu machen. Zerlesene Taschenbücher wieder in Ordnung zu bringen war eine Sache, aber es hatte jede Menge technisches Know-how erfordert, um die vielen alten Filme, die teilweise schon hundert Jahre auf dem Buckel hatten, erfolgreich von Videokassetten, DVDs oder veralteten Dateiformaten so zu konvertieren, dass sie sich auf modernen Tablets und Bildschirmen abspielen ließen. Und nach all der Mühe schaute der Junge doch immer wieder dieselbe Handvoll Lieblingsfilme. »Lass mich raten, welchen er sich gerade ansieht: *Die erste Fahrt zum Mond.*«

»Nein.«

»*Avatar* ... *Auch die Kleinen wollen nach oben* ... *Galaxy Quest!*«

»Den.«

»Ha! Wusste ich's doch!«

»Er fing an, Fragen zu stellen, als hätte er den Film noch nie gesehen, und du weißt so gut wie ich, dass er ihn fast auswendig kennt. ›Wie nennt man so was?‹ – ›Das ist ein Planet.‹ – ›Aber wie heißt er? Gibt es ihn wirklich?‹ – ›Den gibt es nur in diesem Film.‹ – ›Kann man da nicht hinfliegen? Was ist denn wirklich da draußen im Weltraum? Gibt es dort Menschen wie uns?‹ Und so weiter. Immer wieder. Dabei traut man sich nicht, ihm eine ungenaue Antwort zu geben, nicht einmal, wenn es um ein Detail aus irgendeinem blöden alten Film geht. Man weiß genau, dass er alles überprüft und einem damit dann später auf die Nerven geht.«

»Dass sich zehnjährige Jungen für den Weltraum interessieren, ist nicht besonders ungewöhnlich.«

»Weiß ich«, seufzte Schwester Coleen. »Aber er ist so... du weißt schon... er ist einfach Jan.«

»Ich rede mal mit ihm.«

So kam es, dass Schwester John sich die Zeit nahm, einen Abend mit Jan zu verbringen. Sie bot ihm an, gemeinsam auf einem alten Sofa zu sitzen und einen von den alten Filmen anzusehen oder eines seiner Bücher zu lesen, ganz wie er wollte.

Sie ließen sich vor einem großen Wandbildschirm nieder, um *Contact* anzuschauen, einen Film, den sie schon so oft gesehen hatte, dass sie jedes Bild auswendig kannte. Jan machte sich Notizen auf seinem Tablet. Auf der Couch neben ihm lagen ein paar alte Romane. Einer davon war *Contact,* das Buch zum Film – vielleicht auch das verfilmte Buch – und das andere hieß *Ringworld.* Schwester John und Jan saßen da, schauten gelassen den Film an und kauten Popcorn.

Gerade war die Radioastronomin Ellie Arroway als Kind zu sehen, mit ihrem Vater. Jan sagte: »Dieser Film ist schon achtzig Jahre alt. So ungefähr. Aber sie reden genauso wie wir heute.«

Was für eine aufmerksame Beobachtung von einem Zehnjährigen! Aber mit solchen Bemerkungen überraschte Jan die Leute ständig. »Ja, stimmt. Warum wohl – was meinst du?«

Er zuckte die Achseln. »Weil wir uns alle immer dieselben alten Filme angucken. Es gibt ja keine neuen mehr.«

Damit hatte er wohl recht. »Ich habe gelesen, dass die Fernsehindustrie nach dem Wechseltag schwer zu kämpfen hatte, weil man nichts von einer Erde zur anderen übertragen kann. Und Yellowstone hat ihr dann den Rest gegeben. Du weißt doch: der große Vulkanausbruch damals in den Vierzigerjahren.«

»Deshalb sehen wir uns alle dieselben Sachen an, immer wieder«, sagte Jan. »Als wäre alles eingefroren.«

Sie lächelte. »Kann sein. Niemand weiß mehr genau, wer eigentlich Papst ist, aber jeder kennt Captain Kirk.«

»Von dem hab ich noch nie gehört.«

»Das kommt noch, Jan, ganz bestimmt. Aber sag mal, wieso gefällt dir dieser Film hier besonders gut?«

»*Contact*? Mir gefällt, wie sie nach Mustern sucht und so. In dem Signal aus dem Himmel. Die vielen Zahlen. Deshalb wollte ich diesen Film noch einmal sehen, weil jetzt ja wirklich ein Signal aus dem Himmel aufgefangen wurde. In der Lücke. Haben sie schon Zahlen in dem Signal entdeckt?«

»Keine Ahnung«, antwortete Schwester John wahrheitsgemäß. Als das Signal in den Nachrichten erwähnt wurde, hatte sie sich nicht sonderlich dafür interessiert, denn die meisten Informationen dazu waren nicht mehr als wilde Spekulation.

Jan kaute zufrieden Popcorn. »Ich habe ein paar Bücher in der Bibliothek gefunden. Darüber, wie man Muster in Zahlen und so weiter findet. Muster in der Natur. Zum Beispiel, dass es in einer Sonnenblume die gleichen Spiralen gibt wie in einer Galaxis.«

»Im Ernst?« Schwester John war nie eine gute Schülerin gewesen. Eine schmerzliche Erinnerung an Schwester Georgina stieg in ihr auf. Sie war schon lange tot, damals aber von allen Nonnen im Heim die gebildetste gewesen. Die Bibliotheksbücher, in denen Jan gelesen hatte, stammten wahrscheinlich aus Schwester Georginas Nachlass. Georgina hatte alle immer wieder daran erinnert, dass sie in Cambridge studiert hatte. »Nicht-die-Massachussetts-Cambridge-Universität-sondern-die-echte-in-England ...«, murmelte Schwester John automatisch.

Jan sah sie verdutzt an. »Hä?«

»Ach, nichts. Mir war nur gerade was eingefallen ...«

Dann hatte sie eine Eingebung. »Muster. Hörst du dir deshalb gerne die Geschichten von anderen Leuten an? Gibt es in diesen Geschichten auch Muster?«

Er zuckte die Achseln und aß weiter Popcorn.

Vielleicht ist ihm selbst noch nicht aufgefallen, was er da eigentlich macht, dachte Schwester John. *Die Suche nach Mustern:* die Suche nach Logik im Chaos des Lebens. *Contact:* die Suche nach einer Möglichkeit, mit dem abwesenden Anderen in Verbindung zu treten. Der Film stellte diesen Zusammenhang ebenfalls her: Es gab darin eine leicht kitschige Szene, in der die junge Ellie versucht, mittels CB-Funk ihren toten Vater zu erreichen.

Angesichts von Jans familiärer Herkunft ergab das durchaus einen Sinn. Er hatte seinen Vater nie kennengelernt, und seine Mutter war bei seiner Geburt fast noch ein Kind gewesen, mit schweren Lern- und anderen kognitiven Schwierigkeiten. Nach der Katastrophe von Yellowstone hatte er die ersten vier Lebensjahre mehr oder weniger allein mit der Mutter in einem Flüchtlingslager verbracht, einem Sumpf aus Armut und Abhängigkeit. Ein Nachteil der Öffnung der Langen Erde bestand darin, dass es damit viel mehr Orte gab, an denen solche Fälle einfach unbemerkt blieben. Die Mutter hatte getan, was sie konnte, aber sie hatte Jan nicht einmal das Sprechen richtig beigebracht; sie hatten sich mithilfe einer selbst erfundenen Babysprache miteinander verständigt.

Dann war auch die Mutter verschwunden. Ein verstörtes und verängstigtes Kind wurde von Nachbarn vor dem Hungertod gerettet. Im Alter von vier Jahren hatte Jan Roderick ganz plötzlich seinen einzigen menschlichen Kontakt, seine einzige Kommunikationspartnerin verloren. Unter dem Bombardement der vielen fremden Eindrücke hatte er ein volles Jahr lang überhaupt nichts mehr gesagt.

Schwester John bemühte sich stets, derartiges Wissen nicht in den Vordergrund zu stellen. Ein Kind blieb trotz allem immer ein Kind, kein Bündel schlechter Voraussetzungen. Trotzdem waren solche Informationen wichtig.

»Was schreibst du da eigentlich die ganze Zeit auf?«

»Ich beweise, dass Ellie Arroway aus Madison, Wisconsin, stammt.«

»Echt jetzt?«, fragte sie ungläubig.

»Es wird im Film nicht direkt gesagt. Aber im Buch, im ersten Kapitel, nimmt Ellies Mutter sie mit zu einem Spaziergang auf die State Street.« Er kniff die Augen zusammen. »In Datum-Madison gab es doch auch eine State Street, oder, Schwester?«

»Ja, stimmt.«

»Und da steht auch, dass sie an einem See in Wisconsin wohnt.« Er wischte mit flinken kleinen Fingern auf seinem Tablet herum. »Sie besucht ihre Mutter in einem Pflegeheim in Janesville. Und hier, im Film...« Geübt spulte er vor bis zu einer Szene, in der eine kleine Landkarte an der Wand das Muster der CB-Funk-Kontakte der jungen Ellie zeigt, mit Klebebändern verbundene Reißzwecken. »Siehst du die Reißzwecke an der Stelle, wo sie wohnt?«

»Genau auf Madison«, sagte Schwester John erstaunt.

»Später sagt ihr Vater, wie weit Pensacola entfernt ist...«

»Ich glaube dir. Wow. Wer hätte das gedacht? Die Käsköppe aus Wisconsin stellen den ersten Kontakt her. Yippie!«

Sie schlugen sich ab, und Schwester John wagte es, den Jungen zu umarmen, wobei sie ihn ein bisschen kitzelte, um ihn zum Lachen zu bringen. Im Allgemeinen legte er keinen großen Wert auf körperliche Nähe.

Dann ließ sie ihn wieder los, und sie sahen sich weiter den uralten Film an.

»Schwester Coleen hat gesagt, du würdest immer wieder fragen, warum die Leute damals nicht tatsächlich zu anderen Planeten gereist sind«, sagte sie vorsichtig.

»Tut mir leid«, sagte er reflexartig.

Trotz aller Vorsicht hatte sie den falschen Ton erwischt. Viele Kinder im Heim reagierten hochsensibel auf Kritik, weil dieser in ihrem früheren Leben vor dem Heim meist eine harte Strafe gefolgt war. »Nein, es muss dir nicht leidtun. Ist schon in Ordnung. Wir unterhalten uns doch nur. Dass die Amerikaner zum Mond und wieder zurückgeflogen sind, weißt du aber.«

»Klar. Vor ungefähr hundert Jahren. Seitdem nicht mehr.«

»Ich vermute mal, dass es mit der Langen Erde zu tun hat. Warum zum Mond fliegen, wenn einem so viele andere Welten zur Verfügung stehen, in die man einfach reinspazieren kann?«

»Aber die sind alle langweilig! Die sind alle einfach nur Madison, nur ohne Menschen und so.«

»Ich weiß, was du meinst. Aber in der Langen Erde gibt es noch sehr viel mehr Welten. Außerdem braucht man keinen Raumanzug, man kann die Luft einfach atmen…« Schwester John musste daran denken, dass Joshua als junger Mann genau dasselbe gesagt hatte: »Draußen in den Hohen Megas bin ich eigentlich ein erdgebundener Astronaut. Das hat zwar nicht den Zauber der früheren Raumfahrt, aber immerhin den Vorteil, dass ich ab und zu einfach stehen bleiben und irgendwohin pinkeln kann…« Sie musste ein Lächeln unterdrücken.

»Ist die Lange Erde größer als die Ringwelt?«

Sie warf einen Blick auf den Buchumschlag, um eine ungefähre Vorstellung davon zu bekommen, was eine »Ringwelt« war: irgendein gigantisches Bauwerk im Weltall. »Wie groß ist diese Ringwelt denn?«

»So groß wie drei Millionen Erden«, antwortete er prompt.

»Na, da ist die Lange Erde aber viel größer.«

»Echt?« Seine Augen wurden vor Staunen ganz groß. »Cool.«

Später, als es richtig unheimlich wurde, dachte sie immer wieder an solche Unterhaltungen zurück. Es war schon seltsam, dass Jan Rodericks Vorgeschichte ihn für das, was folgte, in gewisser Weise vorbereitet hatte.

Ihn dazu bereit gemacht hatte, auf die Einladung zu reagieren.

Die Sache war nämlich die, dass Jan recht gehabt hatte. Der von SETI und mathematischen Puzzles und Mustersuchen faszinierte Junge entdeckte nach und nach, dass es in der Langen Erde etwas Neues gab – neu und wahrhaftig echt. Ein Muster, das nicht aus Zahlen bestand und auch nicht in den geflüsterten Funksignalen aus dem Himmel enthalten war – vielmehr ein Muster in den Geschichten, die die Leute einander erzählten. Geschichten, die sich in lokalen Netzwerken der Nahen Erden ausbreiteten und über die Verbindungen aus Telegrafenleitungen, Telefonkabeln und Mikro-Nachrichtensatelliten in die fortschrittlicheren Pionierwelten gelangten und noch weiter hinaus bis ins Outernet – das selbst organisierte Kommunikationssystem, das eine Million Welten der Langen Erde umspannte. Und schließlich wurden sie, wenn man es genau nahm, sogar von einem zum anderen weitererzählt, und zwar an den Lagerfeuern auf ansonsten unbewohnten Planeten, wenn sich Reisende begegneten und miteinander plauderten.

Zufälligerweise – wenn man Joshuas Abschiedsgespräch mit Agnes in Betracht zog, bei dem er zum ersten Mal seit langer Zeit wieder einmal an seine alte Freundin Monica Jansson gedacht hatte – drehte sich eine dieser Geschichten um eine sehr merkwürdige Begegnung, die Monica Jansson selbst erlebt hatte und die schon viele Jahre zurücklag…

6

Ganz egal, welches Schicksal der Menschheit in den unendlichen Landschaften der Langen Erde letztendlich bestimmt war – und im Jahr 2029, erst vierzehn Jahre nach dem Wechseltag, hatte man davon noch so gut wie überhaupt keine Ahnung –, Monica Jansson von der Polizei Wisconsin, damals dreiundvierzig Jahre alt, musste sich in Madison auf der Datum-Erde und in seinen nahen Kopien immer häufiger mit dem angespannten Verhältnis zwischen Wechslern und Nichtwechslern beschäftigen.

Mit dem angespannten Verhältnis und mit dessen Opfern.

Stuart Mann war theoretischer Physiker, kein Arzt und auch kein Psychologe. Monica Jansson hatte ihn bei einer der vielen wissenschaftlichen Konferenzen kennengelernt, an denen sie teilnahm, seit sie versuchte, das Phänomen dieser Langen Erde irgendwie zu begreifen. Mann war ihr aufgefallen, weil er menschlicher wirkte als viele der anderen Teilnehmer. Er war humorvoll, redete einigermaßen verständlich und legte nur sehr wenig von dieser stachligen Arroganz an den Tag, die so viele Wissenschaftler zeigten. Gerade sprach er sehr sanft mit der Geschädigten in der Ferienhütte, die sich ihre Familie in dieser Kopie von Maple Bluff gebaut hatte. Sie befanden sich auf Erde West 31, einer relativ weit entfernten Welt, in der es dennoch eine mit Datum-Madison verbundene Gemeinde gab. Jansson fand, dass Stuart Mann besser mit Kranken umgehen konnte als so mancher ihr bekannte Arzt. Genau deshalb hatte Jansson auch vorgeschlagen, ihn zurate zu ziehen.

Mann saß neben der Verletzten auf dem Sofa und lächelte sie an, obwohl die Frau ihn offenkundig nicht sehen konnte. Er war um die fünfzig, grauhaarig, korpulent und trug ein Tweed-Jackett mit einer hellroten Fliege, seine einzige Marotte. »Sagen Sie mir, was Sie sehen können«, bat er unumwunden.

Die Geschädigte wandte ihm das Gesicht zu. Jansson fand, dass ihre Augen nicht wie die einer Blinden aussahen. Sie zuckten, bewegten sich hin und her, fokussierten. Sie sah etwas. Nur eben nicht Stuart Mann. Immer wieder nestelte sie an den Reifen aus Kupferdraht an ihren Handgelenken. Sie hieß Bettany Diamond.

»Bäume«, sagte sie, »ich sehe Bäume. Es ist sonnig. Ich meine, ich spüre die Wärme der Sonne, aber ... Die Kinder spielen. Harry klettert aus dem Baumhaus herunter, das wir gebaut haben. Amelia rennt auf mich zu ...« Sie zuckte zusammen und richtete sich auf dem Sofa auf, und Jansson stellte sich ein kleines Mädchen vor, das durch Bettanys Gesichtsfeld rannte. Eine Seite von Bettanys Gesicht war von den Schlägen, die sie im Krankenhaus bekommen hatte, voller blauer Flecke, und auch ihre Stimme war in Mitleidenschaft gezogen. »Harry holt seinen Wechsler. Er hält seine Kotztüte in der Hand. Wir passen immer auf, dass die Kinder Kotztüten dabei haben, wenn sie wechseln.«

»Will er hierher zurückwechseln?«, erkundigte sich Mann leise.

»Ja. Sie dürfen nicht weiter fortwechseln als eine Welt, wenn wir nicht dabei sind.«

»Können Sie mir sagen, wo er gerade ist? Wohin er zurückwechseln will?«

Sie zeigte auf eine Stelle mitten auf dem Wohnzimmerteppich. »Wir haben in den Wechselwelten Klebebänder angebracht, die Umrisse des Hauses. Es ist nicht schlimm, wenn sie versuchen, in eine Wand zu wechseln. Man wird einfach nur zurückgestoßen, wissen Sie, aber es tut doch ein bisschen weh.«

Dann tauchte der kleine Harry mit einem *Plopp* verdrängter Luft auf, ein zerzauster, schwitzender Sechsjähriger, der direkt aus dem Wald auf den Teppich gewechselt war. Genau an der Stelle, auf die Bettany zeigte.

Wo sie, die in Erde West 31 feststeckte, ihn auf Erde West 32 gesehen hatte.

Harry verzog sein kleines Gesicht und hielt sich die Kotztüte vor den Mund, musste sich aber nicht übergeben. Seine Mutter streckte tastend die Hand nach ihm aus. »Mein lieber Junge. Das hast du gut gemacht. Komm her zu mir...«

Mann und Jansson zogen sich in die Küche zurück.

Bettanys Ehemann setzte gerade Kaffee auf. Er trug ein weißes Hemd mit Schlips, eine gebügelte Hose und schwarze Lederschuhe, denn als Bettany aus dem Krankenhaus entlassen worden war, hatte er sofort seine Arbeitstelle verlassen, um die Kinder von Bettanys Schwester abzuholen. Jetzt war die Familie wieder hier in diesem Ferienhaus beisammen, ihrer Zuflucht vor dem Anti-Wechsler-Wahnsinn auf der Datum. Nachdem er ihnen Kaffee eingegossen hatte, ließ der Ehemann sie allein.

Mann trank einen Schluck. »Ich verstehe, warum die Ärzte Sie dazugebeten haben, Lieutenant Jansson. Angesichts Ihres... ähm... Rufs. Nach allem, was Sie im Bereich der Wechselkriminalität und ihrer sozialen Folgen bislang geleistet haben.«

»Aber die Ärzte haben keine Ahnung. Bettany Diamond ist eigentlich fast eine Phobikerin. Obwohl sie ein Wechsler-Armband trägt und diesen Urlaub hier organisiert hat, einunddreißig Schritte von der Datum entfernt, hat sie große Schwierigkeiten beim Wechseln. Sie *glaubt* an das Wechseln und seine vielen Vorteile, obwohl sie es selbst nicht richtig beherrscht...«

Trotz der Versuche der Behörden, die entsprechenden

Beweise zu vertuschen, war inzwischen bekannt geworden, dass es Menschen gab, die auf natürliche Weise wechseln konnten, also ohne eine Linsay-Box zu benutzen. Das führte zu wachsenden Spannungen zwischen Nicht-Wechslern und natürlichen Wechslern. Wieder einmal hatte die Menschheit eine Untergruppe ausfindig gemacht, auf der sie herumhacken konnte, und wieder einmal wurde das übliche Horrorarsenal zur Ausgrenzung anderer ausgepackt, das aus der Menschheitsgeschichte nur allzu gut bekannt war. In einigen zentralasiatischen Ländern wurden Berichten von Menschenrechtlern zufolge natürliche Wechsler in Eisenbänder eingeschnürt, damit sie sich, sollten sie davonwechseln, die Arterien durchtrennten und verbluteten. Einige US-Bundesstaaten zogen ähnliche Grässlichkeiten in Betracht, nur dass hier Schwerverbrechern Schrittmacher aus Metall eingepflanzt werden sollten: Wer wechselte, dessen Herz blieb stehen.

Zumindest wurden in den meisten US-Bundesstaaten wie auch in vielen anderen Ländern die natürlichen Wechsler dazu gezwungen, irgendeine Kennzeichnung zu tragen, zum Beispiel elektronische Armbänder. Angeblich wollte man mit diesen Armbändern potenzielle Verbrecher im Blick behalten. Kritiker nannten diese Kennzeichnung nur *Gelber Stern*. Jansson ging davon aus, dass dieser Irrsinn bald wieder vorbei sein würde. Mittlerweile war es bei jungen Leuten Mode geworden, als Zeichen des Ungehorsams falsche Wechslerkennzeichnungen zu tragen. Sogar eine eigene Straßenkunst war entstanden, als Designer das Konzept der elektronischen Armbänder auf Kupferreifen und sogar Platinbänder übertrugen, die angeblich die Weltenkette der Langen Erde symbolisieren sollten.

Nichts davon hatte besonders viel mit der Anwältin, Ehefrau und Mutter Bettany Diamond zu tun. Sie war im Krankenhaus von Datum-Madison von einer Mitpatientin tätlich angegriffen worden, weil sie wegen Sehstörungen dort eingeliefert worden war, eines Krankheitsbilds, das allem Anschein nach durch das Wechseln hervorgerufen werden konnte. Dass Bettany ein Pro-Wechsler-Armband trug, war nicht gerade hilfreich gewesen, andererseits durfte so etwas noch lange kein Grund für einen derartigen Übergriff sein.

»Was halten Sie von ihrem Zustand?«, wollte Jansson wissen.

Mann nahm noch einen Schluck Kaffee. »Schwer zu sagen, in diesem frühen Stadium. Vielleicht brauchen wir noch mehr von diesen Fällen, um das Phänomen besser einschätzen zu können. Es ist ja so, dass wir in der Vergangenheit aus den Auswirkungen einer Hirnschädigung viel über die Funktionsweise des Gehirns erfahren haben. Man machte da drinnen etwas kaputt und beobachtete dann, was außen nicht mehr funktionierte. Aber ich glaube nach wie vor, dass das Wechseln eine Eigenschaft des menschlichen Bewusstseins ist – oder des Bewusstseins von Humanoiden. Tiere mit deutlich anderen Hirnstrukturen wechseln nicht, soweit wir wissen. Die besten Theorien über die Funktionsweise der Langen Erde besagen, wenn auch nach wie vor sehr unverbindlich, dass sie auf der Quantenphysik basiert. Also auf der Möglichkeit, dass rings um die vorliegende Wirklichkeit viele andere Wirklichkeiten in einer Art Wolke existieren. Und bei manchen Quantentheorien spielt das Bewusstsein eine fundamentale Rolle.«

»Zum Beispiel in der Kopenhagener Deutung.«

Er lächelte. »Sie haben Ihre Hausaufgaben gemacht.«

»Die Polizeiakademie ist schon sehr, sehr lange her, also nehmen Sie bitte Rücksicht auf mich«, sagte sie.

»Vielleicht wählt das Bewusstsein, das ein Quantenphänomen betrachtet – die Katze in der Kiste, die weder tot noch lebendig ist, bevor Sie sie beobachten –, eine Möglichkeit aus, welche die tatsächliche werden soll. So betrachtet erschafft das bewusste Sehen gewissermaßen die

Wirklichkeit. Oder vielleicht bringt es einen dorthin. Manche glauben, beim Wechseln passiert genau das: Man sieht also Erde West 32 oder schmeckt und riecht und berührt sie, und auf diese Weise gelangt man dorthin. Fast so, als würde man eine gewaltige Reihe von Quantenwellenfunktionen zum Einsturz bringen. Entschuldigung, das war jetzt ein bisschen technisch.«

Nach einer kleinen Pause fuhr er fort: »Das alles ist noch sehr vorläufig, weil wir die Grundlagen noch längst nicht ausreichend verstehen. Sogar die Vorgänge beim Sehen sind immer noch ein Geheimnis für uns. Denken Sie nur mal über Folgendes nach...« Er nahm seinen roten Kaffeebecher in die Hand. »Sie können diesen Becher von oben oder unten anschauen, im hellen Tageslicht oder im Schatten, und vor jeder Art von Hintergrund. Wie ist das möglich? Welches Muster ist in Ihrer Hirnrinde verankert? Aber ganz abgesehen von der Neurologie gibt es noch das Mysterium des Bewusstseins. Wie bezieht sich diese ständige Verarbeitung von Daten auf mich – auf meine persönlichen Erfahrungen von Rotheit beispielsweise oder Rundheit oder Tassenheit? Und dann gibt es noch das Rätsel der Interaktion zwischen Bewusstsein und der Quantenwelt. Die Erforschung der Langen Erde steckt immer noch in den Kinderschuhen, sie ist ein weites Feld, ein interdisziplinärer Sumpf aus Neurologie, Philosophie und Quantenphysik. Wir wissen lediglich, dass es eine Reihe kaum verstandener exotischer Störungen des Sehvermögens gibt, die wir Agnosien nennen und die normalerweise durch eine Schädigung des Gehirns ausgelöst werden. Es gibt eine Agnosie für Gesichter, bei der man die eigene Familie nicht mehr erkennt; es gibt eine Agnosie für Vorgänge, für Farben...«

»Dann leidet Bettany also möglicherweise an einer Wechsel-Agnosie?«

»Vielleicht, auch wenn wir damit lediglich einem Phänomen, das wir nicht richtig verstehen, ein Etikett aufkleben. Ich glaube eher, dass bei Bettany während des komplizierten Vorgangs etwas schiefgelaufen ist. Sie sieht, ohne zu wechseln. Mehrere Stunden am Tag ist die Welt, die sie sieht, nicht mehr zuverlässig die, in der sie lebt. Deshalb stößt sie hier gegen Möbel, während sie ihre Kinder in der Welt nebenan spielen sieht, aber sie kann sie weder hören noch berühren, und die Kinder können sie natürlich auch nicht sehen. Ärzte können etwas, was sie noch nicht verstehen, auch nicht behandeln. Sie sagen, dass die Zeiten, in denen sie falsch sieht, zunehmen. Noch ein Jahr, und sie sieht ständig eine andere, eine Wechselwelt.«

»Dann kann sie ihre Kinder nicht mehr sehen, auch wenn sie direkt neben ihr stehen.«

»Aber sie kann sie umarmen«, sagte Mann, »sie berühren. Sie hören.«

»Heute hat sie mir gesagt, dass sie Vogelgesang vernommen hat, aber es war ein Vogel, den sie überhaupt nicht kannte«, sagte Jansson.

»Vogelgesang?«

»Warum sollte diese Störung nicht auch ihre anderen Sinne beeinflussen? Ist es möglich, dass sich letztendlich ihr gesamter Verstand auflöst? Dann könnte sie die eine Welt mit all ihren Sinnen wahrnehmen, während ihr Körper in der anderen Welt im Koma liegt?«

»Ich weiß es nicht, Lieutenant. Wir müssen nur dafür sorgen, dass sie geschützt ist, egal, was passiert.«

Sie hörten Bettany irgendwo im Haus nach ihren Kindern rufen. Jansson wünschte sich Joshua Valienté herbei, damit er ihr half, dem Problem auf den Grund zu gehen.

Genauso vermisste auch Joshua später, nach Janssons Tod, des Öfteren schmerzlich ihren Rat.

Und Jan Roderick, der sich in seinem kindlichen Vokabular auf seinem Tablet Notizen machte, versuchte sich zu erklären, was die Geschichte der geschädigten Frau zu bedeuten hatte für das Sehen, das Wechseln und das Leben in einer unendlichen Reihe möglicher Welten.

Und darüber hinaus.

7

Die Einladung aus dem All erging an alle Welten der Langen Erde. Und auf einer Welt, die am Rande des Weltalls lag, machte man sich daran, auf die Einladung zu reagieren.

In identischen Overalls standen Dev Bilaniuk und Lee Malone nervös vor dem Eingang zur GapSpace-Anlage. Es war ein kühler Tag im April. Rings umher erstreckte sich die hiesige Version von Nordengland, eine sandige, mit Grasflecken durchsetzte Küstenebene, über die sich ein paar vereinzelte Bauernhöfe und Arbeitersiedlungen verteilten und die weiter im Landesinnern in sanfte Hügel überging. Der Gesang der Trolle, die zufrieden auf den Feldern und Baustellen arbeiteten, erhob sich mit dem frischen, vom Meer kommenden Wind. Ein ziemlich unspektakuläres Panorama, fand Dev. Es fiel schwer, sich vorzustellen, dass sie zwei Millionen Schritte von der Datum entfernt waren.

Aber vor ihnen erhob sich der hohe Zaun, hinter dem das schwer bewachte Gelände der GapSpace-Anlage mit seiner sündhaft teuren Hochenergietechnik lag. Der einzige Sinn und Zweck der über die Ebene verstreuten Ansiedlungen bestand darin, diese Anlage zu versorgen.

Jenseits davon befand sich, gewissermaßen, die Unendlichkeit.

Vierzig Jahre zuvor hatte Joshua eine alternative Erde entdeckt, die überhaupt keine Erde war. Große Steinbrocken aus dem All schlugen ständig auf unserem Planeten ein, aber in diesem speziellen Universum hatte der Champion aller Weltenzerschmetterer voll ins Schwarze getroffen. Das Resultat war die Lücke, die sich mittlerweile als außerordentlich nützlich erwiesen hatte, und zwar für jene Vertreter der Menschheit, die immer noch dem Traum von der Reise ins Weltall nachhingen. Denn von hier aus brauchte man, um ins All zu gelangen, weder ein Cape Canaveral noch Raketenabschussrampen mit den Ausmaßen von Kathedralen. Man musste nur einen Schritt zur Seite wechseln, hinein in die Lücke, wo einmal eine Erde gewesen war, und befand sich sofort im Vakuum. Seither waren immer wieder Menschen von hier aus in den Weltraum aufgebrochen.

Und jetzt kamen die Next hierher. Dev spürte, wie Lees Hand die seine suchte.

Sie waren ein bisschen früher hierher gekommen und warteten jetzt auf ihre Next-Besucher. Aber sie waren zu nervös gewesen, um noch länger herumzusitzen. Die große, schlanke dunkle Lee trug das Haar sehr kurz geschnitten, sie war Mitte zwanzig und damit ein paar Jahre jünger als Dev. In der Betriebshierarchie von GapSpace war er ihr offizieller Vorgesetzter. Sie war ungewöhnlich klug, und er vermutete, dass ihr Verhältnis in der Arbeitshierarchie sich bald schon ändern würde – selbst wenn ihr persönliches Verhältnis noch länger Bestand haben sollte. Zur Zeit hatte sie jedoch seine Unterstützung noch nötig, fand er.

Er drückte ihre Hand. »Immer mit der Ruhe. Du kennst Professor Welch doch von der Uni in Walhalla. Die Next schüchtern einen manchmal zwar ein, aber sie beißen nicht.«

»Darum geht's nicht. Na ja, vielleicht ein bisschen. Ich komme mir nur vor, als wäre ich wieder an der Uni und meine Arbeit würde von einem strengen Prüfer auseinandergenommen.«

»Vergiss nicht, dass sie viel Geld in GapSpace gesteckt haben. Das gesamte Projekt mit dem Cyclops-Radioteleskop ging von ihnen aus.«

»Aber für *uns* haben sie sich bisher überhaupt nicht interessiert. Für sie war die Lücke einfach nur ein guter Standort, wo wir eigens für sie eine große Weltraumantenne aufhängen durften. Und jetzt, nach der Einladung, kommen sie auf einmal hier an und wollen alles übernehmen.«

Dev zuckte die Achseln. »Na ja, übernehmen wollen sie uns nicht gleich ...«

»Wir werden einfach niedergebügelt.«

Die Next waren ein genetisch und morphologisch neuartiger Menschenschlag, den der eigenartige Schmelztiegel der Langen Erde hervorgebracht hatte. Und sie waren den normalen Menschen intellektuell zweifellos überlegen.

»Wenn sich die Next irgendwo einmischen, werden Menschen überflüssig. Heißt es.«

»Damit kommen wir schon klar ...«

Über ihren Köpfen erschien mit einem leisen *Plopp* ein schnittiges Luftschiff. Kaum war es da, sank es auch schon langsam herab, eine Passagierrampe rollte sich wie eine lange Zunge aus und erreichte unweit des Sicherheitstors der Einrichtung den Boden. Im Schiffsinneren waren dunkle Silhouetten zu sehen.

»Hoffentlich behältst du recht«, sagte Lee aufgeregt.

Sogar die Next mussten beim Betreten des Geländes die vorgeschriebenen Sicherheitsvorkehrungen einhalten.

Zwar gab es heutzutage kaum noch Feindseligkeiten gegenüber GapSpace, aber es handelte sich nach wie vor um eine verwundbare hochenergetische Spitzentechnologieeinrichtung, in der mit Hochenergie gearbeitet wurde, und obwohl das Thema Sicherheit in der Langen Erde seit jeher eine Herausforderung war, gab es Mittel und Wege, sich abzusichern. Stella Welch und Roberta Golding hatten den einzigen ordnungsgemäßen Weg gewählt, um nach Gap-Space hineinzugelangen: Man wechselte von den niederen Welten in einen Bereich außerhalb des Sicherheitskreises der Einrichtung und wurde dann durch das Tor eingelassen.

Devs und Lees Aufgabe bestand darin, sie zu begrüßen.

Die beiden gingen auf das Twain zu. »Ehrlich gesagt«, sagte Dev, »beschäftigt mich viel mehr die Frage, was sie so anhaben. Angeblich leben diese Next da draußen in der Wildnis ...«

Lee nickte. »Ganz nackt. Bis auf irgendwelche Umhängetaschen. Hab ich auch schon gehört. Aber Professor Welch dürfte ungefähr hundertacht Jahre alt sein.«

»So alt auch wieder nicht ...«

»Ohne Kleider sieht sie bestimmt wie ... zerschmolzen aus.«

Er lachte. »Das erzähle ich ihr nachher.«

Zwei Frauen kamen die Rampe des Twain herab, gefolgt von einem Besatzungsmitglied, das einen Handwagen mit dem Gepäck schob. Zu Devs Erleichterung war keine der Next halb nackt. Vielmehr trugen sie etwas, das nach bequemer Reisekleidung aussah – Jacken und lange Hosen in dunklen Farbtönen. Im Hintergrund machten sich ein paar weitere Besatzungsmitglieder daran, Ankertaue am Boden zu befestigen.

Dev erkannte Stella Welch sofort, denn sie hatte Gap-Space schon mehrfach besucht. Roberta Golding hingegen war er noch nie begegnet. Angeblich war sie die oberste Chefin der Next auf der Farm, ihrer geheimen Basis, in welcher hierarchischen Organisation auch immer. Sie war schlank, brünett und trug eine Brille, hatte ein eher abgehärmtes Gesicht und sah jünger aus, als er erwartet hatte – vielleicht Mitte vierzig.

»Siehst du«, sagte Dev. »Die sehen doch ganz normal aus.«

Man stellte einander vor, kurzes Händeschütteln.

»Wir fühlen uns sehr geehrt, dass Sie uns so weit hier draußen besuchen, Ms Golding«, sagte Dev.

Sie sah ihn leicht verdutzt an, als hätte er etwas Unangebrachtes gesagt. »Wie nett von Ihnen«, sagte sie. »Aber unser Besuch ist natürlich rein geschäftlich. Das von uns vorgeschlagene Projekt...«

Stella Welch fiel ihr ins Wort: »Aber das hier geht weit über das Geschäftliche hinaus, Roberta. Jedenfalls, was diese beiden ehemaligen Studenten von mir angeht. Schließlich möchten wir sie bitten, ihre eigenen Aufgaben zurückzustellen und uns dabei zu helfen, das Clarke-Projekt umzusetzen. Sie gehören zu den fähigsten Leuten hier.«

Dev musste sich zusammenreißen, um bei diesem verhaltenen Lob seinen höflichen Gesichtsausdruck zu wahren. Er schielte zu Lee hinüber. *Das Clarke-Projekt? Davon habe ich noch nie gehört.*

»Steht unser Transport bereit?«, erkundigte sich Roberta.

Dev sagte: »Das Wechsel-Shuttle zur Lücke? Sobald Sie soweit sind. Aber möchten Sie sich nicht zuerst in unserer Einrichtung umsehen...«

»Wir würden lieber gleich weitermachen«, erwiderte Stella und ging auf das Tor zu. Schließlich kannte sie den Weg. »Das erforderliche Bioscreening haben wir schon an Bord des Twain hinter uns gebracht; die offiziellen Genehmigungen werden gerade heruntergeladen.«

Dev und Lee folgten den beiden. »Sie scheinen es sehr eilig zu haben.«

Ohne sich umzudrehen, bemerkte Roberta: »Allerdings.«

»Wenn wir beide zu den fähigsten Leuten hier gehören«, flüsterte Lee Dev zu, »dann sollten wir für unsere Besucher vielleicht lieber in einem Reifen schaukeln. Vielleicht werfen sie uns ein paar Bananen zu?«

»Psst!«, flüsterte er zurück und unterdrückte ein Grinsen.

8

Der Hangar mit den Wechsel-Shuttles, ein von Treibstofflagern umgebener Betonkasten, befand sich im Zentrum der Anlage. Die konisch geformten Shuttles standen ordentlich nebeneinander. Sie sahen wie alte Apollo-Kommandomodule aus, standen aber auf vier Beinen, zwischen denen ein gedrungener Antriebsblock mit kugelförmigen Treibstofftanks hing. Mehr brauchte man nicht, um ins All zu gelangen, wenn man sich die Gegebenheiten der Lücke zunutze machte. Dazu musste man sein Shuttle nicht einmal aus dem Hangar herausholen.

Alles verlief reibungslos. Das meiste Gepäck der Besucher wurde zu den Wohnunterkünften auf dem Gelände gebracht, an Bord nahmen sie nur kleines Handgepäck mit. Unter der Anleitung von Flugbegleitern in weißen Overalls durchliefen die vier eine letzte medizinische Untersuchung, die in einer antiseptischen Dusche gipfelte. Anschließend wurden sie mit frischen Overalls in kräftigem NASA-Blau ausgestattet, jeweils mit Temperaturkontrolle, einer Sauerstoffversorgung für eventuelle Notfälle sowie mit klobigen eingenähten Windeln für eine andere Art von Notfällen.

Die Next-Besucher ließen alles gelangweilt, aber geduldig über sich ergehen. Dev beobachtete sie dabei und kam zu dem Schluss, dass sie diese Haltung im Umgang mit Menschen vermutlich ganz automatisch einnahmen. Gelangweilt, aber geduldig.

Dann bestiegen sie das Shuttle, ließen sich in einem der Sitze nieder und legten die Gurte an. Das Shuttle flog automatisch und benötigte somit keinen Piloten.

Dev stellte fest, dass er in eine Art Fremdenführermodus verfiel. »Diese Abläufe sind inzwischen längst Routine geworden«, sagte er. »Wir springen jeden Tag in diesen Shuttles hinüber...«

»Danke, aber ersparen Sie uns derlei triviale Beobachtungen«, sagte Roberta freundlich. »Wir sind keine... Touristen.«

»Das vorgeschriebene Sicherheitsprotokoll ist keineswegs trivial«, sagte Stella zu ihr. »Obwohl es sich merklich verbessert hat, seit wir hier waren und es überarbeitet haben.«

Roberta sah Dev an. »Und die kulturelle Entwicklung hier ist natürlich auch alles andere als trivial. *Dev Bilaniuk* – ich vermute mal, dass Ihr Name sich aus verschiedenen familiären Wurzeln erklärt. Er hört sich indisch und slawisch an...«

»Meine Mutter ist aus Delhi, mein Vater aus Minsk. Beide hat es damals an die Lücke verschlagen. Ich bin ein Gapper der zweiten Generation.«

»Hätten Sie es gewollt, hätten Sie bestimmt von hier weggehen können. Offensichtlich haben Sie den Traum Ihrer Eltern vom Weltraum geerbt.«

Lee beugte sich in ihren Gurten nach vorne. »Das ist gar nicht so ungewöhnlich. Angesichts dessen, was einem die Lange Erde sonst so zu bieten hat: Entweder schuftet man am Fuße von Weltraumaufzügen in irgendwelchen Fabriken, oder man streift in gebrauchten Klamotten umher, sammelt Früchte von den Bäumen und jagt komisch aussehende Tiere. Ich bin auch eine Gapperin der zweiten Generation. Wenigstens können wir einen uralten Menschheitstraum verfolgen, den es schon vor dem Wechseln gegeben hat. Einen Traum, aus dem Sie sich vornehm heraushalten – es sei denn, Sie brauchen dringend etwas.«

»Lee...«, sagte Dev.

Stella hob die Hand. »Schon in Ordnung.«

Dann führte die KI des Shuttles den Wechsel durch.

Einen Schritt weiter nach Westen fielen sie dort, wo eine Erde sein sollte, in ein Loch. Eigentlich hätte man durch die Scheiben verwaschenes englisches Sonnenlicht sehen müssen, doch dort war nichts als Dunkelheit. Und wie immer, wenn die Schwerkraft mit einem Mal aussetzte, kam es Dev vor, als würden sie fallen.

Kurz darauf vollführte das Shuttle eine scharfe Drehung und zündete seine Bremsdüsen, was eine enorme Verzögerung zur Folge hatte. Auf dem Breitengrad von GapSpace bewegte sich an der Erdoberfläche jeder Gegenstand mit einer Geschwindigkeit von Hunderten von Meilen pro Stunde durchs All. Nach dem Wechsel in die Lücke musste man diese Geschwindigkeit reduzieren. Deshalb das Bremsmanöver.

Dev war froh, dass der Übergang die Unterhaltung unterbrochen hatte. Besonders freute er sich über die leicht beunruhigten Mienen der beiden Next – sogar bei Stella, die diese Reise schon mehr als einmal mitgemacht hatte. So übermenschlich intelligent sie auch sein mochten, in diesem Augenblick machten sie die Erfahrung, dass ihr Gleichgewichtssinn und ihr Magen menschlich waren und sich genauso schlecht an Veränderungen der Schwerkraft anpassten wie die normaler Menschen.

Die jähe Raketenbremsung dauerte nur Sekunden und ließ rasch wieder nach. Für einige Augenblicke waren sie wieder schwerelos. Dann drehte sich das Shuttle abermals und näherte sich mit einem kurzen Impuls des Hauptantriebs und gesteuert von Richtungsdüsen, die Geräusche erzeugten, als würde jemand mit einem Stock auf die Außenhülle einschlagen, der Andockstation.

Jetzt erblickte Dev durch das kleine Fenster vor sich eigenartige Gebilde im All.

Direkt vor dem Shuttle waren mehrere riesige, zu einem größeren Ganzen zusammengefügte Betonkugeln zu sehen. Sie waren mit ausgeblichenen schwarzen Buchstaben von A bis K gekennzeichnet, und das Ganze sah auf eine seltsame Weise organisch aus, so ähnlich wie ein Klumpen Froschlaich. Es handelte sich um den Backsteinmond, die erste Empfangsstation von GapSpace in der Lücke. Sie befand sich genau in der Umlaufbahn, in der die Erden wechselwärtig links und rechts von ihr kreisten. Weiter draußen sah Dev die im ungefilterten Sonnenlicht hell leuchtende *O'Neill*. Diese neue und viel größere Einrichtung sah wie eine mit leuchtend grünen Lichtern gefüllte Glasflasche aus, die von großen, zerbrechlich wirkenden Aufbauten sowie Paddeln, Schüsseln und netzartigen Antennen umgeben war. Das gesamte Gebilde rotierte träge um die Längsachse der Flasche. Nur die kleinen Fahrzeuge, welche die Dockingstationen an den kreisrunden Enden des Gebildes umschwärmten, vermittelten einen gewissen Anhaltspunkt für ihre Ausmaße: Die »Flasche« war zwanzig Meilen lang und hatte einen Durchmesser von vier Meilen.

Dahinter schwebte ein gewaltiger Klumpen aus Gestein und Eis, der sogar die *O'Neill* auf Zwergenmaß schrumpfen ließ. Auf seiner Oberfläche konnte Dev reges Treiben wahrnehmen: das Schimmern von Massetreibern, das Aufblitzen landender und startender Fahrzeuge. Das von allen nur der »der Klumpen« genannte Gebilde war ein gewaltiger Asteroid, der im Verlauf mehrerer Jahrzehnte in diese Position unweit des Backsteinmondes manövriert worden war. Seither wurden seine Rohstoffe geplündert, aus denen solche Gebilde wie die *O'Neill* und das Cyclops-Teleskop gebaut wurden.

»Das ist also der Backsteinmond«, murmelte Roberta. »Von Trollen angerührter Zement. Ha! Was für ein Start für die Menschheit bei ihrer Eroberung des Weltalls.«

Lee starrte wütend geradeaus.

Dev löste seinen Gurt. »Wir müssen hier nicht lange bleiben. Es ist nur ein Übergang. Auf uns wartet bereits eine Fähre, um uns zur *Gerard K. O'Neill* zu bringen. Dort ist alles viel angenehmer. Zum einen gibt es dort dank der Drehung wieder Schwerkraft. Wir würden uns sehr freuen, Ihnen die Projekte zeigen zu dürfen, die wir hier draußen...«

»Irrelevant«, unterbrach ihn Roberta. »Verfügt dieser Backsteinmond, dieser Betonkasten, über Beobachtungsmöglichkeiten, die uns über den Fortschritt von Cyclops informieren? Außerdem brauchen wir Computerunterstützung – gibt es dort so etwas wie eine KI?«

»Selbstverständlich.«

»Ich habe keine Lust, länger als notwendig hierzubleiben. Schließlich ist die Situation als dringlich zu betrachten. Wir haben keine Ahnung, wie viel Zeit uns noch bleibt, bis die Einladung nicht mehr ausgestrahlt wird, und bis dahin müssen wir sämtliche in ihr enthaltenen Informationen sicherstellen. Das Clarke-Projekt ist der einzige Grund, warum ich überhaupt hergekommen bin.« Sie lachte leise. »Nicht, um mir Ihre neuen Spielsachen anzusehen.«

Lee kochte geradezu, und Dev versuchte, seine eigene Verärgerung zu verdrängen. »Na, dann hoffen wir mal, dass *Sie* mit Ihrem neuen Spielzeug ebenso glücklich sind, wenn *wir* es für Sie fertiggebaut haben«, sagte er.

Roberta und Stella wechselten einen Blick mit hochgezogenen Augenbrauen. Der Menschenaffe wurde aufsässig.

Bis das Shuttle am Backsteinmond angelegt hatte und die Andockverriegelung eingerastet war, herrschte eisiges Schweigen.

9

Im Backsteinmond gab es keine Schwerkraft. Man hangelte sich an Seilen entlang der Wände und durchquerte die kugelförmigen Kammern an Stangen.

Die großen Kugeln waren über runde Öffnungen miteinander verbunden. Als die vier ins Innere vordrangen, war es, als würden sie in eine riesenhafte Bienenwabe hineinschwimmen – oder, wie es ein Besucher von der Datum einmal ausgedrückt hatte, in das Abwassersystem des alten Rom: überall Zementgewölbe und zylindrische Durchgänge. Da der Backsteinmond schon seit Jahrzehnten bewohnt war, roch es dort auch ungefähr so, obwohl alle brisanten Rückstände sowie Wasser und Luft regelmäßig ausgetauscht wurden. Die Wände selbst schienen den säuerlichen Gestank von Menschen, abgestandenem Essen, Schweiß, Blut und Pisse auszuschwitzen.

Es war auch kein stiller Ort. Überall konnte man das endlose Rattern von Pumpen und Ventilatoren hören. Und die Wände waren dort, wo sie nicht hinter Kabeln, Röhren und Abzugskanälen versteckt waren, mit jahrzehntealtem Schrott verkrustet, von uralten Tablets und Funkstationen bis hin zu den Überresten abgebrochener wissenschaftlicher Experimente und dem privaten Krimskrams derjenigen, die hier gewohnt und gearbeitet hatten: verblasste Fotos, Kinderbilder, hastig aufgeschriebene Notizen, Graffiti auf dem Beton. Sogar der ganz im Inneren gelegene Wohnbereich des Clusters mit seinen Stockbetten und Kombüsen, einer Krankenstation und schmutzigen Vakuumtoiletten hätte nicht weniger einladend aussehen können.

Die meisten Raumstationen werden, wenn sie längere Zeit bewohnt sind, ziemlich schäbig, weil man nie ein Fenster aufmachen oder mal ordentlich Frühjahrsputz machen kann. Zudem handelte es sich bei dieser recht primitiven alten Station um die erste Kolonie der Menschheit in diesem Universum ohne Erde. So etwas wie Verlegenheit war da schlicht nicht angebracht. Trotzdem konnte sich Dev nicht dagegen wehren.

Er behielt seine Gäste stets im Auge. Die beiden bewegten sich fast ohne Probleme, auch wenn ihre Körperhaltung ein wenig steif war. Besonders Roberta schien sich davor zu scheuen, die schmutzigen Wände zu berühren. Hier und da wuchsen Pflanzen und Blumen in Kisten und Töpfen, und zwar an den Stellen, wo Sonnenlicht durch Fenster hereinfiel. Die Augen der Besucher richteten sich sofort auf das Grün – auch das eine menschliche Instinktreaktion, die Dev mit grimmiger Befriedigung registrierte.

Sie begegneten nur zwei Menschen, die wie Dev und seine Gäste GapSpace-Overalls trugen und den Next neugierige Blicke zuwarfen. Im Backsteinmond war es nie besonders voll. Die Aufgabe der kleinen Besatzung, die regelmäßig wechselte, bestand darin, den alten Bau in Schuss zu halten sowie das Wasser und die Luft zu reinigen. Sonst gab es hier nur ab und zu ein paar Passagiere, die von einem in das andere Shuttle umstiegen.

Die Gruppe erreichte die Kugel, die inoffiziell »das Observatorium« hieß. Hier war ein Großteil der ursprünglichen Hülle aus Trollzement durch eine Verrippung aus Stahl und Aluminium sowie Platten aus gehärtetem Glas ersetzt worden. Es gab Haltestangen für Hände und Füße, damit die Besucher nicht in der Kugel herumschwebten. Das künstliche Licht war gedämpft, es herrschte fast völlige Dunkelheit.

Hinter den Fenstern war keine Sonne zu sehen, der Himmel war pechschwarz. Die vier verteilten sich im Dämmerlicht.

Dev, dessen Vater orthodoxer Katholik gewesen war, kam sich hier merkwürdigerweise immer wie in einer Kapelle vor. Er sagte leise: »Am besten warten wir ein bisschen, bis sich unsere Augen an die Dunkelheit gewöhnt haben. Der Backsteinmond ist begrenzt manövrierfähig, damit er seinen Standort und seine korrekte Ausrichtung beibehalten kann. Zudem wird er sehr langsam gedreht, damit keiner seiner Bereiche übermäßig lang der Sonne ausgesetzt ist. Nur dieser Raum bleibt stets vom Licht abgewandt...«

»Ich sehe einen Planeten«, sagte Roberta und zeigte auf ein Licht, das in der Dunkelheit erschien. Sie überlegte einen Augenblick, während Dev sich die Berechnungen in ihrem hyperintelligenten Verstand vorzustellen versuchte: Eine Aufgabe in Himmelsmechanik, eine Bestimmung dessen, was sie da gerade sah. »Mars«, kam es aus ihrem Mund.

»Genau«, sagte Dev. »Zumindest ein Mars, der Mars dieses wechselwärtigen Universums. Aber seine Position unterscheidet sich ein kleines bisschen von der des Mars unserer eigenen Erde, weil...«

»Weil es hier keine Erde gibt, selbstverständlich.«

Wieder war sie ihm ins Wort gefallen. Diese Next erwarteten von den Dumpfbirnen, mit denen sie zu tun hatten, ein gehöriges Maß an Toleranz.

Er sah, dass Lee ihn mit in der Dunkelheit leuchtenden Zähnen angrinste.

Roberta fuhr mit dem Finger am Himmelsäquator entlang. »Und das sind Asteroiden.«

Wenn er genau hinsah, konnte Dev sie jetzt auch erkennen, wie sie als schmales Funkenband vor den Sternen im Hintergrund aufschienen.

Stella nickte. »Das sind natürlich die Überreste der hiesigen Erde. Die Tote Erde, wie sie genannt wird. Ein Großteil der Masse des Planeten scheint bei dem Zusammenprall verloren gegangen zu sein, wahrscheinlich aus dem Sonnensystem hinausgeschleudert, aber zurückgeblieben ist ein neuer Asteroidengürtel, reich an Silikatgestein und Eisen.«

»Dieser Gürtel hat beim Bau unserer Einrichtungen hier eine wichtige Rolle gespielt«, sagte Dev. »Die große *O'Neill* beispielsweise wurde aus Eisen und Aluminium von den Asteroiden der Toten Erde erbaut und mit flüchtigen Stoffen aus dieser Quelle ausgestattet. Die Tatsache, dass diese Trümmer im Vergleich zu klassischen Asteroiden so dicht bei uns sind, hat uns das Leben hier sehr erleichtert.«

Roberta blickte mit einigem Interesse nach draußen. »Eine ›Tote Erde‹. Soweit ich weiß, gibt es Leute, die dagegen sind, dass Sie diese Vorkommen abbauen. Sie vergleichen es mit Grabräuberei.«

»Andere finden, dass wir den Planeten ehren, indem wir einen so großen Nutzen aus seinen Überresten ziehen«, sagte Lee und sah Roberta trotzig an. »Vermutlich halten Sie beide Meinungen für unlogisch.«

»Keineswegs. Man müsste schon eine sehr verkümmerte Gefühlswelt haben, wenn man auf die Reste einer Welt oder vermutlich sogar einer planetarischen Biosphäre, die in jeder Hinsicht so ausgereift und reichhaltig war wie die der Datum-Erde, nicht auf die eine oder andere Weise reagieren würde. Aber was Sie hier tun, ist weder falsch noch richtig. Es ist eben so.« Sie ließ den Blick über den Himmel wandern. »Wo ist Cyclops?«

Stella ließ sich neben sie treiben und streckte den Zeigefinger aus. »Dort oben, auf vier Uhr.«

Dev schaute ebenfalls hin, sah aber nur eine pechschwarze Scheibe, die die Sterne verdeckte. »Was Sie da sehen, ist eigentlich nur das Prallblech«, sagte er. »Es schützt das Radioteleskop vor Lichtstreuung aus den Wohnbereichen und den Shuttles.« Er tippte auf eine Konsole, und ein Tablet mit einem großen Display zeigte das Bild einer riesigen, fein gewebten Schüssel: die Antennen des weltraumgestützten Radioteleskops.

Roberta blickte zum Prallblech hinauf, das für sich schon ein riesiges Gerät war. »Sehr schade, dass ich es nicht mit bloßen Augen sehen kann, aber ich ahne, was für einen enormen Umfang es haben muss.«

Stella sagte: »Wie Sie wissen, gehörten Astronomie und besonders Radioastronomie zu den ersten großen Wissenschaftsprojekten der Next, sobald wir unsere Gemeinschaft einigermaßen organisiert hatten. Ein Gebiet, auf dem mit einer einfachen Erweiterung des technischen Maßstabs große Wissensvorsprünge zu erreichen waren. Wir fingen mit einer Dreiergruppe von Super-Arecibos an. Das war auf der Datum eines der größten Radioteleskope, dessen Schüssel in einem erloschenen Vulkankrater in Puerto Rico stand. Wir bauten in den Kratern einer besonderen Erde deutlich größere Schüsseln, in der Nähe der Olduvai-Schlucht, auf dem Pinatubo und eine im Yellowstone in Nordamerika – in eine längst erloschene Kopie des Vulkans auf der Datum. Wenn man sich diese Positionen vor Augen führt, die Verteilung auf dem Globus, wird ersichtlich, dass wir damit den gesamten Himmelsäquator abdecken konnten, und zwar vierundzwanzig Stunden am Tag. Aber die Ergebnisse werden noch weit übertroffen werden, sobald wir uns damit in den Weltraum begeben. Unser erster Entwurf war Cyclops da draußen. Eine Parabolantenne mit einem Durchmesser von fünf Kilometern. Wir haben das Teleskop nach einer Idee vor dem Wechseltag benannt, die vor über hundert Jahren entwickelt wurde: Man wollte nämlich ein solches Teleskop aus tausend kleineren Antennen errichten, und zwar auf dem Boden. Obwohl Cyclops noch nicht ganz fertig ist, so hat es doch immerhin die bis jetzt klarste Version der Einladung aufgefangen.« Stella zog ihr eigenes Tablet aus der Tasche und tippte darauf herum, bis die entsprechenden Daten zu dem Signal erschienen. »In gewisser Weise ist es eine klassische SETI-Entdeckung. Ein extrem starkes Signal. Und polarisiert, so als würde es von einem

Radioteleskop ausgesandt, wie wir selbst es bauen können. Die Frequenz beträgt ungefähr das Minimum der Hintergrundstreuung der Galaxis. Wir haben jede Menge Details unterhalb der Oberflächenstruktur des Signals ausgemacht, aber das meiste davon geht in der Streuung verloren. Und das, was wir haben, ist sehr komplex. Nicht zu entschlüsseln, bis jetzt jedenfalls.«

»Genau deshalb«, sagte Roberta gelassen, »sind wir hier.«

»Wir wissen immer noch nicht, woher es kommt«, sagte Dev. »Die Quelle steht unbeweglich vor dem Sternenhintergrund. Sie scheint sich im Sternbild des Schützen zu befinden...«

»Das ist nur logisch.« Roberta warf einen Blick über die Schulter nach hinten, und Dev wusste, dass sie direkt in die Richtung des Sagittarius blickte. »Die Wahrscheinlichkeit für hoch entwickelte Intelligenz liegt eher in der Mitte der Galaxis. Die Spiralarme, wo wir leben, sind auslaufende Wellen der Sternengeburt, am Rande der galaktischen Scheibe. Der Kern hingegen, in dem die Sterne dicht an dicht stehen und gewaltige Energieflüsse toben, an diesem gefährlichen Ort, wo sich schon Jahrmilliarden vor der Erde die ersten an Gestein und Metall reichen Welten bildeten – dort müsste die Spitze der galaktischen Zivilisation zu finden sein. Und diese Mitte befindet sich in Richtung des Schützen.«

»Und Sie halten es für erforderlich, dass wir diese Einladung auffangen und entschlüsseln«, sagte Lee.

Roberta drehte sich zu ihr um. »Selbstverständlich. Was könnte denn noch wichtiger sein? Haben Sie schon mal darüber nachgedacht, warum sie ausgerechnet jetzt versuchen, mit uns in Kontakt zu treten? Sie müssen von irgendwoher wissen, dass wir hier sind, oder so jemand wie wir, womit ich eine technologisch fortgeschrittene Zivilisation meine. Und das trotz der Tatsache, dass unsere eigenen

Funksignale bis jetzt gerade mal ein Prozent der Entfernung zum galaktischen Kern zurückgelegt haben können.«

»Wir wissen auch, dass die Einladung quer durch die Lange Erde aufgefangen wird«, sinnierte Dev. Und dass sie, wie es unwissenschaftliche Gerüchte im Outernet wussten, auch auf andere Weise empfangen wurde, die nichts mit Radioteleskopen zu tun hatte – zum Beispiel direkt in den großen Köpfen dieser rätselhaften Humanoiden, der Trolle. Aber er hielt den Mund, denn er wusste aus Erfahrung, dass die Übermenschen der Next nichts von derlei Spekulationen wissen wollten. Andererseits schien es hier doch eine weitere zeitliche Übereinkunft zu geben. »Vielleicht«, sagte er vorsichtig, »haben sie irgendwie gespürt, dass wir angefangen haben, uns wechselwärts zu bewegen. Deshalb haben sie genau jetzt darauf reagiert…«

Stella ging nicht darauf ein. »Natürlich müssen wir alle Informationen zusammentragen, die wir aus der Einladung herausfiltern können – restlos alles, wenn wir eine begründete Entscheidung treffen wollen, wie wir darauf reagieren sollen.«

Lee sagte: »Sie meinen, wie wir darauf antworten.«

»Nicht unbedingt«, erwiderte Roberta. »Wir haben eine Einladung erhalten. Wir müssen sie nicht annehmen. Nicht, ehe wir sicher sein können, dass es in unserem Interesse liegt.«

Lee schnaubte verächtlich. »Im Interesse der Next?«

»In unser aller Interesse. Aller Bewohner der Langen Erde.«

Dev lächelte. »Die alte Debatte. Sie reicht zurück bis Carl Sagan und Stephen Hawking. Kontaktoptimisten gegen Kontaktpessimisten.«

Roberta nickte ernst. »Ja, ein echtes Dilemma. Auch wir streiten uns über solche Dinge. Aber eins nach dem anderen: Erst müssen wir herausfinden, womit wir es eigentlich zu tun haben.«

Stella sagte: »Zuhören kann gewiss nicht schaden. Und was die Teleskope angeht, da haben wir ganz neue Entwürfe, die die Möglichkeiten des Cyclops schon bald weit übertreffen werden.« Sie wedelte mit ihrem Tablet vor den Konsolen vor ihnen, und die großen Bildschirme an den Wänden füllten sich mit neuen Bildern.

Dev sah die grafische Darstellung einer im All hängenden Kugel, von der aus in alle Richtungen Türme wie Stacheln abstanden, die den Körper in ihrer Mitte klein erscheinen ließen. Das ganze Gebilde erinnerte auf seltsame Weise an einen Seeigel.

»Was ist das?«, erkundigte sich Lee.

»Sagen Sie mir, was Sie sehen«, erwiderte Roberta.

Lee zuckte die Achseln. »Sieht aus wie ein Asteroid, aus dem lauter Türme herausragen.«

»Es ist ein Asteroid«, sagte Roberta ausdruckslos, »aus dem Türme herausragen.«

»Ist das Ihr Clarke-Projekt?«

»Benannt nach einem Schriftsteller aus dem vergangenen Jahrhundert, der vorgeschlagen hat ...«

Dev schluckte. »Diese Stacheln müssen Hunderte von Meilen lang sein.«

»Eher Tausende.«

»Und wo bekommen Sie Ihren Asteroiden her?«

Roberta warf einen Blick aus dem Fenster. »Wir nehmen dafür das Objekt, das Sie bereits abernten. Ihren ›Klumpen‹.«

»Der ist für andere Zwecke gedacht. Weitere O'Neills ...«

»Wir zahlen dafür«, sagte Roberta herablassend.

»Ich glaube, ich weiß, was Sie damit machen wollen«, sagte Lee. »Mit einem Ding von solchen Dimensionen können Sie sehr langwellige Strahlung empfangen, sogar noch jenseits der üblichen Funkwellen, von bis zu mehreren Zehntausend Metern. Auch Gravitationswellen?«

»Genau. Es gibt keinen Grund, davon auszugehen, dass

die Einladung nur auf die Wellenlängen beschränkt ist, die wir bislang auffangen konnten. Wir wollen alles haben.«

Jetzt war Devs technische Neugier geweckt. »Was für ein gigantisches Bauprojekt. Für die *O'Neill* haben wir schon zehn Jahre gebraucht. Wie lange dauert es wohl, einen derartigen Koloss zu bauen?«

»Zwei Monate«, kam es prompt von Roberta.

Dev musste lachen. Lee verzog keine Miene. Sogar Stella wirkte nachdenklich.

»Wie wollen Sie das so schnell bewerkstelligen?«, wollte Dev wissen. »Angesichts der Kapazitäten, die uns hier in GapSpace zur Verfügung stehen... Selbst wenn Sie die plötzlich um hundert Prozent steigern würden...«

»*Replikatoren*«, sagte Stella. »Du sprichst davon, die Technologie der Silberkäfer zum Bau des Clarke einzusetzen? Anders kriegt ihr es so schnell niemals hin.«

»Wir überlegen noch«, erwiderte Roberta.«

Dev warf Lee einen Blick zu. Sie blinzelte zurück. Es war schön zu sehen, dass auch die beiden Next sich uneins waren, obwohl Dev keinen Schimmer hatten, worüber sie stritten. »Was ist denn diese ›Silberkäfer-Technologie‹?«, fragte er freundlich.

Stella sah ihn an. »Das erfahren Sie noch früh genug. Eine hocheffiziente Replikatoren- und Remontagetechnologie. Außerirdische Technologie. Sie hat, soweit wir wissen, bereits eine wechselwärtige Erde vernichtet.«

Dev schaute sie verwundert an. »Sie hat eine *Erde* vernichtet?«

»Das ist eine lange Geschichte«, sagte Stella.

»Keine Technik ist gefährlich, wenn sie korrekt angewendet wird«, sagte Roberta. »Mit ihrer Hilfe lässt sich sehr schnell etwas aufbauen, genau wie du gesagt hast. Das Clarke-Teleskop wird sehr groß sein, vom Aufbau her jedoch vergleichsweise einfach. Ein idealer Anwendungsbereich für die Methoden der Replikatorentechnik. Vorläufige Ergebnisse würden natürlich schon lange vor der endgültigen Fertigstellung eintreffen – und dann müssen wir uns entscheiden, wie wir darauf reagieren. Ich glaube, ich habe hier genug gesehen. Über genauere Einzelheiten müssen wir noch reden. Deshalb möchte ich mich mit Ihren Vorgesetzten treffen, ohne dass diese uns gleich eine Führung durch die *O'Neill* aufs Auge drücken – Stella, was treiben die eigentlich in dem Ding?«

Stella grinste. »Sie spazieren auf grünem Gras und jagen Schwerelosigkeitshühner entlang der Drehachse.«

Lee lief rot an. »Sie können uns nicht leiden, was? Alles, was wir hier gebaut haben, passt Ihnen nicht. Der Raumflug ist ein alter Traum, den es schon länger gibt als Leute wie Sie, und letztendlich werden wir ihn wahr machen.«

»Das mag sein, mein Kind«, sagte Roberta traurig, »aber verstehen Sie denn nicht, dass das alles längst hinfällig geworden ist? Weil die Galaxis jetzt zu Ihnen kommt. Aber bis dahin ist noch einiges zu tun. Bringen Sie uns wieder zu unserem Shuttle zurück?«

10

Joshua verbrachte seine erste Nacht auf Erde West 1.520.875 allein auf einem Baum.

Zumindest glaubte er, auf dieser Erde zu sein. Aber da er sich auf einer Auszeit befand, zählte er nicht allzu genau mit, denn es ging hier nicht ums Zählen. Seit der Auslöschung einer ganzen Welt, der Erde West 1.217.756, die von außerirdischen Käferkreaturen befallen gewesen war, und nachdem die Lange Erde links und rechts von dieser Wunde versiegelt worden war, kamen ihm solche Zahlen ohnehin bedeutungslos vor.

Außerdem war hier vor Ort die Wahl des Baumes wichtiger gewesen als die der Welt.

Er hatte diesen Baum auf einer felsigen Anhöhe gefunden, hatte sich einen stabilen Ast ausgesucht und es sich in dem Winkel zwischen Ast und Stamm gemütlich gemacht. Seinen Rucksack hängte er so auf, dass er ihn jederzeit erreichen konnte, dann legte er sich den Mantel um die Beine und band sich selbst mit einem Seil fest. So machte er es, seit er als kleiner Junge allein unterwegs gewesen war und zum ersten Mal die Sicherheit hoher Bäume zu schätzen gelernt hatte.

Er musste lachen. »Alles, was ich über das Überleben in der Wildnis weiß, habe ich von Robinson Crusoe gelernt«, sagte er in die leere Welt hinein. Denn auch Robinson Crusoe war in seiner ersten Nacht auf der Insel auf einen Baum geklettert. Zufällig hatte Joshua auch jetzt eine Ausgabe des Buches dabei – eines von nur zwei Büchern, die er mitgenommen hatte. Der Crusoe war ein altes Taschenbuch, jenes Buch, das er damals als Junge im Heim gelesen hatte, mit vielen Anmerkungen in seiner eigenen, runden Kinderhandschrift versehen – eine Art von Graffiti, für die er damals von Schwester Georgina immer wieder Strafarbeiten aufgebrummt bekommen hatte. Kartoffelschälen, wie ihm jetzt wieder einfiel. Jedenfalls hatte er ernsthaft vor, dieses Buch wieder in das Regal zurückzustellen, das Schwester John nur halb im Scherz die »Joshua-Valienté-Bibliothek« nannte. »Aber ich bleibe ja nicht ewig hier draußen«, murmelte er vor sich hin.

Er war hundemüde, aber bis jetzt war es ihm noch nicht gelungen, ein Schläfchen zu machen. Andererseits war auch die Sonne noch nicht untergegangen.

Mit einem Stück Trockenfleisch zwischen den Zähnen und einem gelegentlichen Schluck aus der Wasserflasche sah er sich seine neue Umgebung genauer an. Er befand sich in einem fernen Verwandten von Montana, mehr als anderthalb Millionen Schritte von der Datum entfernt, irgendwo in der Nähe der nur ziemlich ungenau definierten Grenze zwischen dem Band sattgrüner Welten, in denen die Kopien von Nordamerika von einem gewaltigen flachen Ozean bedeckt waren – dem sogenannten Walhalla-Gürtel –, und den deutlich trockeneren, noch weiter entfernt liegenden Welten, die so unwirtlich waren, dass sie lediglich den wissenschaftlichen Namen »Paravenusischer Gürtel« trugen. Diese Welt hier sah eindeutig nach einer Übergangswelt aus, wo die erodierte Trockenheit einer typischen Para-Venus immer wieder von Wasserläufen und Baumgruppen unterbrochen wurde. Die Bäume, die ihm unbekannt waren, sahen sommergrün, von Jahreszeiten abhängig und wasserliebend aus.

Er war ganz allein, wie Robinson Crusoe. Niemand wusste, dass er hier war. Um das zu erreichen, hatte er sich auch einige Mühe gegeben.

Nachdem er Agnes, die Schwestern, Bill Chambers,

Rod und ein paar andere Bekannten darüber informiert hatte, dass er sich zu einer Auszeit verabschiedete, war er mit einem der wenigen großen kommerziellen Twains, die immer noch die Lange Mississippi-Route von den Nahen Erden bis nach Walhalla bedienten, eins Komma vier Millionen Schritte nach Westen gewechselt. In den wenigen Tagen an Bord hatte er möglichst viel reichhaltiges Essen zu sich genommen und seinen alternden Körper mehrmals in sauberem Seifenwasser eingeweicht; außerdem hatte er sich vom Bordzahnarzt alle Zähne in Ordnung bringen lassen. Er hatte sogar seine linke Prothesenhand bei einem Techniker der Black Corporation, der zur Besatzung gehörte, in Inspektion gegeben.

In Walhalla angekommen ließ er sich vom nächstbesten kleineren Twain mitnehmen, dem Privatfahrzeug eines Mineraliensuchers. Damit war er noch einmal an die hunderttausend Welten weit gesegelt und auch in geografischer Hinsicht weitergereist, bis in die Kopien von Montana. Von dort aus war er zu Fuß weitergewechselt und immer tiefer in dieses Band aus Übergangswelten vorgedrungen, immer tiefer in die Wildnis hinein.

Jetzt war er also hier, auf dieser Welt, auf diesem Felsenhügel, hoch oben auf diesem Baum.

Vor ihm mussten schon viele Leute auf ihrem Weg nach Westen durch diese Welt gekommen sein. Er selbst war oft noch viel weiter draußen gewesen. Vielleicht hatten sich sogar einige Leute hier niedergelassen, obwohl sich nur die zähesten Pioniere so weit draußen ansiedelten. Na und? Sogar die meisten Nahen Erden, die Kopien direkt neben der Datum, waren nie ernsthaft erforscht worden, nicht weiter als bis zu den Orten, an denen es sich am bequemsten siedeln ließ. Warum also sollte man sich an einen so schwierigen Ort begeben? Über fünf Jahrzehnte nach dem Wechseltag brauchte man sich nur ein, zwei Schritte von den ausgetretenen Pfaden zu entfernen, schon befand man sich in einer völlig fremden, unberührten Wildnis. Genau so mochte es Joshua.

Auch seinen geografischen Standort hatte er mit Bedacht gewählt. Er befand sich nicht weit von einem Fluss entfernt. Der Baum, in dem er saß, eine Art Ahorn mit kleinen Blättern, gehörte zu einem kleinen Wäldchen, das auf der Kuppe einer Sandsteinerhebung gewachsen war. Weiter unten an der Südwestseite des Hügels, noch oberhalb des Sandbodens, hatte er eine breitere Spalte im Stein entdeckt – keine richtige Höhle, aber mit etwas Mühe konnte man sich wahrscheinlich in den weichen Stein hineingraben und die Spalte vertiefen. Dort würde er ausreichend Schutz finden und zugleich ausreichend Licht und einen guten Ausblick auf die Landschaft ringsumher haben.

Was die Sicherheit anging, hatte ihm sein erfahrenes Auge verraten, dass es nicht allzu viel Arbeit machen würde, eine Palisade zu errichten, um sich gegen unerwünschte Besucher aus der Ebene zu schützen. Der Rauch seiner Feuerstellen würde irgendwelche Kreaturen vom Hügel fernhalten. Er konnte ein paar Fallen auslegen, um etwaige menschliche oder menschenähnliche Angreifer aufzuhalten, die sich von oben her anschlichen. Obendrein versorgte ihn das Wäldchen auf dem Hügel mit Feuerholz, falls er tatsächlich belagert werden sollte. Joshua würde alles so bauen und sich genug Vorräte anlegen, dass er sogar überwintern konnte – jetzt war es mitten im Sommer –, außerdem hoffte er, dass es auf dieser Welt nicht allzu kalt werden würde.

Er musste sich die Grundzüge der hiesigen Landschaft einprägen, die kleinen Wäldchen und die Wasserstellen – wichtige Anhaltspunkte, falls er in einem Sturm die Orientierung verlor oder vor einem Grizzlybären oder etwas Ähnlichem fliehen und sich schnell entscheiden musste, in welche Richtung er rennen sollte. Mit der Zeit würde er diese geistige Landkarte um eine dritte Dimension ergänzen

und ähnliche Bezugspunkte in den nahe gelegenen Wechsel-
welten mit einbeziehen sowie wichtige Unterschiede zur hie-
sigen Welt, die ihm als Referenz diente. Sobald er die viele
Arbeit in seine Palisade investiert hatte, würde er an diese
Welt gebunden sein, zumindest, bis er sich irgendwann
entschloss, seine Auszeit abzubrechen. Da nur intelligente
Wesen wechseln konnten, würden ihm die umliegenden
Wechselwelten stets eine Zuflucht bieten – als alternative
Beschaffungsorte für Nahrung, als Schutz vor schlechtem
Wetter, sogar als Versteck bei der Jagd. Mit dieser geistigen
Kartografie hatte er noch nie Probleme gehabt. Lobsang
war zu dem Schluss gekommen, dass diese Fähigkeit zur
Visualisierung einer oder mehrerer Welten der eigentliche
Grund für seine erweiterte Wechselfähigkeit war.

Es zahlte sich jedoch stets aus, vorbereitet zu sein, denn
da draußen lauerten immer irgendwelche Gefahren. Aber
zumindest wusste man, dass das, was die Tiere von einem
wollten, etwas Einfaches, Grundsätzliches war: Sie wollten
dich entweder fressen oder vermeiden, von dir gefressen zu
werden. Die Bedrohungen durch intelligente Wesen waren
schlimmer, sowohl die durch bösartige Menschen als auch
durch unterschiedliche Arten von Humanoiden. Viele Menschen hielten die Humanoiden aus der Langen Erde schlicht
für Tiere, aber niemand konnte Joshua davon überzeugen,
dass in den Herzen einiger Mörderelfen, denen er im Laufe
der Jahre begegnet war, keine vorsätzliche Grausamkeit
nistete.

»Tja, Robinson hatte seine Kannibalen«, verkündete
er der Welt jetzt, »und ich habe Banditen und Elfen. Aber
genau wie er will auch ich überleben und meine Geschichte
erzählen.«

Keine Antwort.

Eine stille Welt, dachte er. Nicht einmal Vogelzwitschern
ist zu hören.

Auch den Trollruf hatte er nicht vernommen, nicht einmal einen schwachen Widerhall davon. Was ziemlich ungewöhnlich war, denn Trolle waren so gut wie überall anzutreffen. Genau diese Abwesenheit war jedoch ein Grund dafür, dass er hiergeblieben war. Er mochte die Trolle, aber gerade jetzt wollte er nichts mit ihnen zu tun haben, denn wenn ein Troll einen sah, erzählte er gleich dem ganzen Rudel davon. Und das wiederum wob die Nachricht in den Trollgesang ein, in diese endlose, improvisierte Oper, die sämtliche Trolle in einer Art Informationsbad miteinander vereinte. Wenn man Joshua Valienté hieß, sprachen sich Neuigkeiten schnell herum, und im Handumdrehen wusste die gesamte Lange Erde, welche Farbe deine Unterhose hatte…

Jetzt vernahm er in dieser stillen Welt doch ein Geräusch. Ein tiefes Grollen, von weither aus dem Norden, wie das Knurren eines Löwen, aber tiefer, fast wie etwas Geologisches. Ein gewaltiges Tier, das seine Anwesenheit verkündete. So wie er die Landschaft kennen musste, musste Joshua auch über die Tierwelt Bescheid wissen, die mit ihm auf dieser Welt lebte, obwohl er mit einem bisschen Glück mit den meisten Kreaturen nicht in Berührung geraten würde.

Es war eine für die Hohen Megas geradezu klassische Landschaft. Als die Sonne sich zum Horizont senkte, war Joshua Valienté der König all dessen, was er erblickte.

»In Madison, als ich noch klein war, war ich nichts«, verkündete er. »Ich wollte auch nichts sein. Sobald ich die Lange Erde betrat und alle anderen hilflos herumtappten und heulten, während ich einfach weiterzog, war ich etwas. Ich. Joshua Valienté. Ich bin hier!«

Na prima. Warum zum Teufel konnte er dann nicht schlafen?

Er zog sein zweites Buch aus dem Rucksack. Es war ein dickes Taschenbuch, auf das grobe Papier der Nahen Erde gedruckt und ebenso grob gebunden. Besonders robust war es nicht. Es war Helens Tagebuch, das sie mit elf Jahren angefangen hatte, noch bevor sie sich mit ihrer Familie auf den Treck in die Lange Erde aufgemacht hatte. Es war so gut wie alles, was ihm von seiner Ehe geblieben war: dieses Buch und sein Ehering. Er blätterte wahllos ein paar Seiten um.

Ich vermisse das Internet! Ich vermisse mein Telefon! Ich vermisse die Schule. Jedenfalls ein paar Leute aus der Schule. Andere weniger. ICH VERMISSE ROD. Obwohl er manchmal ziemlich genervt hat. Ich finde es auch blöd, dass ich keine Cheerleaderin mehr bin. Papa sagt, ich soll aufschreiben, was mir gefällt. Sonst wollen seine Enkel dieses Tagebuch später bestimmt nicht lesen. Enkel? Da kann er lange drauf warten...

Wenn er sich an diesem Abend in den Schlaf weinte, dann ging das verdammt noch mal niemanden etwas an.

Mitten in der Nacht, unter einem etwas anderen Mond, wurde er von etwas gestört.

In der Dunkelheit waren die üblichen Schreie zu hören, als die Allesfresser und Jäger aus ihren Verstecken, Bauten und Baumstümpfen hervorkamen, um ihr nächtliches Leben aufzunehmen: Eine unterschwellige Sinfonie des Hungers und des Schmerzes, bei der ein kleines Leben nach dem anderen geopfert wurde, um etwas anderem mit schärferen Zähnen für ein paar Stunden den Hunger zu vertreiben. Nein, das störte Joshua Valienté nicht. Daran war er gewöhnt.

Es war die Stille. Sie hatte ihn geweckt.

Die Stille: Das gewaltige Atmen der Welt, aller Welten, die Stille, die er schon seit jeher in den Pausen zwischen den kleinen Geräuschen des Lebens und dem Rumoren des Wetters wahrgenommen hatte. Er war sogar schon Verkörperungen dieser Stille begegnet, jedenfalls glaubte er das. Zum Beispiel jener gigantischen zusammengesetzten Einheit, die sich selbst Erste Person Singular nannte und der er mit Lobsang und Sally Linsay auf einer weit von der Lücke entfernten Welt begegnet war, vor... ach, das war schon vierzig Jahren her. Aber das Schweigen war mehr, sogar mehr als das. So war es schon immer gewesen und würde es immer sein. Es war die Stimme der Langen Erde selbst, die etwas in ihm ansprach, was tief in seinem Bewusstsein verwurzelt war.

Die Stille hier war jedoch ganz anders. Ihr haftete etwas Drängendes an. Fast so, als säße ein riesiges wildes Tier unter seinem Baum, das versuchte, ihn hinabzulocken, zu den scharfen Zähnen und den schlitzenden Klauen... Eine sehr zweifelhafte Einladung.

So ganz allein auf diesem Baum, in dieser leeren Welt, unfähig, einzuschlafen, kam er sich sehr klein vor.

Trotz all seiner Auseinandersetzungen mit Agnes und Bill und nachdem er seit seinem Aufbruch von Weiß-der-Kuckuck-wo seinen achtundsechzigsten Geburtstag hinter sich gebracht hatte, war er sich seiner zunehmenden Gebrechlichkeit bewusst, dem allmählichen Nachlassen seiner Sinne. Ja, er brauchte diese elende Brille von Rod, und er spürte auch, dass er langsam aber sicher schwächer wurde. Er war sich bewusst, dass sein eigener Lebensfunke allmählich erlosch. Die Welt – alle Welten, das große Panorama der Langen Erde, für dessen Erschließung er so viel getan hatte, kam ihm überwältigend vor, erdrückend, unermesslich. Das alles würde weiterhin bestehen, egal, ob er noch am Leben oder längst tot war. Aber was hatte das alles zu bedeuten? Was hatte das, was er mit seinem Leben angefangen hatte, zu bedeuten?

Und warum ließ ihn die Stille nicht einmal jetzt in Frieden? Derlei Fragen hatten ihn immer, wenn er es zuließ, geplagt, sein ganzes Erwachsenenleben hindurch, und auch jetzt schien er einer Antwort nicht mal ein kleines Stückchen näher gekommen zu sein.

Laut sagte er: »Also, Agnes, Lobsang, Sally – gibt es ganz hinten im Buch irgendwelche Antworten?«

Auch jetzt erhielt er keine Antwort darauf. Er zurrte die Gurte fester um sich und machte, allein in der Dunkelheit, entschlossen die Augen zu.

11

Am Morgen war Joshuas erste Priorität Wasser.

Er ließ den Großteil seiner Ausrüstung sicher auf dem Baum zurück und kletterte hinab. Die Waffen stets griffbereit, ging er auf das Ufer des trägen Flusses zu, den er ungefähr eine halbe Meile östlich von seiner Position wusste. Er hatte faltbare Plastiksäcke für den Tagesvorrat an Wasser und Nahrung dabei. Wie er gesehen hatte, trugen einige Bäume große Nüsse, ungefähr wie Kokosnüsse, und er hatte sich vorgenommen, einige davon auszuhöhlen, um sie als Flaschen zu benutzen und damit innerhalb seiner Palisade einen Wasservorrat anzulegen. Aber alles zu seiner Zeit. Zunächst musste er sich um sein Frühstück kümmern.

Unterwegs hielt er nach möglichen Gefahren Ausschau – nicht nur nach exotischen wie einem Mini-T-Rex, der urplötzlich aus seinem Versteck heraushüpfte, sondern auch nach ganz gewöhnlichen, lebensbedrohenden wie Schlangen und Skorpionen oder ihren hiesigen Verwandten. Er achtete sogar auf womöglich von Elfen oder anderen Reisenden ausgelegte Fallen. Seine Augen waren verkrustet und brannten; er hatte nicht genug geschlafen und war gereizt und ungeduldig. Die ganze Arbeit, die er aufwenden musste, um ein gesichertes Lager zu errichten, alles, was ihm bei der Planung noch so viel Freude bereitet hatte, kam ihm jetzt am frühen Morgen längst nicht mehr so verlockend vor. Jetzt sah er sich mit der Herausforderung konfrontiert, zumindest einen Teil davon sehr bald zu erledigen.

Vielleicht war er abgelenkt. Er sah die Gruppe Bisons erst, als er nur noch fünfzig Meter davon entfernt war.

Sofort blieb er regungslos stehen.

Es waren staubige schwarze Tiere, die dicht beieinander auf einem grünen Flecken grasten. Jedenfalls sahen sie wie Bisons aus, rinderartige Säugetiere. Aber sie waren auf unheimliche Weise still und drängten sich sehr eng aneinander, außerdem hatten sie eindrucksvolle, gefährlich aussehende Hörner. Zwischen den Beinen der ausgewachsenen Tiere sah er einige Kälber herumstaksen.

Jetzt hatten sie ihn entdeckt, wie er dastand und sie beobachtete.

Ein großes Männchen hob den Kopf und stieß zur Warnung ein dumpf grollendes Bellen aus. Sofort drängten sie sich noch dichter aneinander, wobei die Jungtiere energisch mit den Köpfen in die Mitte der Herde gestoßen wurden und die ausgewachsenen Tiere sich nach außen drehten. Sie sahen wie ein mit großen Stacheln gespickter Zaun aus, ein einziges gepanzertes Lebewesen, etwa wie ein riesiger, mit fiesen Stacheln ausgerüsteter Igel.

Dieses Verhalten kam Joshua als Reaktion auf die Anwesenheit eines einzigen dürren Menschleins ziemlich übertrieben vor. Die Gefahren hier auf dieser Welt mussten extrem sein. Kein beruhigender Gedanke.

Vorsichtig wich er zurück und ging in weitem Bogen um die Herde herum.

Südlich eines kleinen Steilhangs, einer staubigen, erodierten Landschaftsformation, erreichte er den Fluss. Am Ufer beobachtete er das Wasser lange und aufmerksam. Schon vor langer Zeit hatte er gelernt, dass man in so gut wie allen Inlandsgewässern überall in der Langen Erde mit Krokos oder Alligatoren oder ihren Verwandten rechnen musste. Aber der Fluss war breit und floss träge und voll Schlamm und dunkelgrünem Zeug dahin, und Joshua sah, dass er ein ganzes Stück vom Ufer entfernt immer noch sehr flach war. Er setzte sich in Bewegung und faltete dabei seine Tragebehälter auf.

Als er das trübe Gewässer erreicht hatte und nach Norden blickte, an dem steinigen Abhang vorbei, konnte er noch mehr große Tiere sehen.

Er duckte sich, wich sofort in die Deckung des Hanges zurück und ging dort in die Hocke. Schon zum zweiten Mal war er in unmittelbare Nähe einer Herde großer, massiger Tiere geraten, ohne ihre Anwesenheit auch nur bemerkt zu haben. Zum Glück standen sie gegen den Wind und konnten ihn nicht wittern, zeigten auch keinerlei Anzeichen einer Reaktion auf seine Anwesenheit. »Genau wie du immer gesagt hast, Lobsang«, murmelte Joshua. »Wenn du wilde Tiere sehen willst, musst du ans Wasser gehen…«

Vorsichtig spähte er um den seitlichen Rand des Abhangs herum und versuchte sich das, was er sah, zu erklären. Diese Tiere waren keineswegs Rinder, obwohl die ausgewachsenen Exemplare große Vierbeiner mit muskelbepackten Leibern waren. Was seine Aufmerksamkeit gefangen nahm, war die gepanzerte Maske auf dem Gesicht der Tiere, die von den Wangen aus nach hinten und rings um die Augen herumreichte, und über der Stirn einen strahlend weißen Kamm bildeten.

Auf den ersten Blick sahen sie aus wie gepanzerte Dinosaurier, Triceratopse oder Ankylosaurier. Als Kind hatte er die Nachbildungen solcher Tiere in Büchern und Online-Quellen fasziniert betrachtet. Später dann sah er, draußen in den Weiten der Langen Welt, mit eigenen Augen Geschöpfe, die diesen Sauriern sehr ähnlich waren, Ergebnisse anderer möglicher Evolutionen. Diesen Kreaturen vor ihm wuchs jedoch Pelz oder dichte braune Wolle auf den kräftigen Körpern, keine schuppige Reptilienhaut oder Federn, die er üblicherweise mit Sauriern assoziierte. Jetzt sah er auch ihre Jungen, die vorsichtig zwischen den Beinen der großen Tiere standen. Bei ihnen war die Panzermaske nicht so ausgeprägt und noch nicht voll ausgebildet, was die eigentliche Kopfform deutlicher sichtbar machte.

Als sie sich am Fluss zum Trinken hinabbeugten, sah er, wie sich Rüssel entrollten und ins Wasser tauchten.

Es handelte sich um Elefanten oder vielleicht auch Mammuts. Bei diesen Tieren hatten sich die Stoßzähne – Merkmale, die immer den Launen der natürlichen Auswahl unterworfen waren – offensichtlich zu jener schweren Panzermaske entwickelt, die das halbe Gesicht bedeckte. Warum ein Tier von der Größe eines Elefanten eine solche Panzerung benötigte und sich beinahe geräuschlos im Schutz einer Gruppe fortbewegen musste, um am Wasser trinken zu können...

Das Untier, das aus dem tieferen Wasser herausgeschossen kam, glich einem Alligator, lief aber aufrecht auf zwei kräftigen Hinterbeinen.

Joshua duckte sich hinter den Vorsprung.

Das Raubtier rannte wie eine Maschine – unaufhaltsam, zielgerichtet, fast lautlos – und an jeder seiner stummeligen Vorderpfoten saßen riesige Klauen, lang und gebogen, wie die Sense des Sensenmannes. Diese Klingen mussten ideal zum Ausweiden sein, selbst wenn man damit ein so großes Tier wie einen Elefanten bearbeitete. Joshua sah derartige Tiere nicht zum ersten Mal. Er war vor solchen Tieren schon davongelaufen.

Zu seiner großen Erleichterung ignorierte ihn der Alligator, da er es offensichtlich auf die Elefanten abgesehen hatte.

Diese wiederum reagierten mit einer für ihre Größe erstaunlichen Schnelligkeit. Mit warnenden Trompetenstößen – jetzt mussten sie nicht mehr still sein – bildeten sie genauso schnell zuvor wie die Bisons so etwas wie eine Formation, bei der die ausgewachsenen Tiere ihre gepanzerten Gesichter eng aneinanderhielten, während die Jungen sich hinter diese Barriere duckten. Sie sahen aus wie eine Kohorte römischer Legionäre, dachte Joshua, die gegen die angreifenden Barbaren einen Schilderwall bildeten.

Dann machte das Alligatorenvieh einen Satz, flog über den Schilderwall und landete direkt *auf* der Elefantenreihe. Der Alligator säbelte und senste mit seinen Klauen um sich, während die Elefanten blökten und versuchten, ihm die Spitzen ihrer Gesichtsmasken in den Bauch zu rammen. Staub stieg auf, es stank nach Blut und Kot, die Elefanten brüllten schrill vor Angst und Schmerzen.

Von allen Tieren unbeachtet schlich Joshua sich ans Wasser, füllte eilig seine Schläuche und suchte das Weite.

Erst als er wieder verschnürt in seinem Baum saß, fühlte er sich sicher.

Das hiesige Muster schien also so auszusehen: Die großen Pflanzenfresser sahen aus wie Säugetiere, und die Raubtiere, die es auf sie abgesehen hatten, waren Reptilien.

Dieser ökologische Mischmasch, Dinosaurier gegen Säugetiere, war in diesem Bereich der Langen Erde keine Seltenheit, wie Joshua schon vor langer Zeit festgestellt hatte. Jede Welt in der Kette der Langen Erde unterschied sich mehr oder weniger von ihren Nachbarn, je nachdem, so schien es jedenfalls, welche erdgeschichtlichen Vorkommnisse sich in der Vergangenheit ereignet hatten oder auch nicht – und hin und wieder war ein Umschlagpunkt erreicht, von dem ab sich eine ziemlich dramatische Diskontinuität fortsetzte. Je tiefer man sich in die Lange Erde hineinbegab, desto häufiger akkumulierten sich solche Unterschiede, und desto weiter reichten jene Verzweigungspunkte in die Vergangenheit zurück. Das Ganze war ein grundsätzlich von Zufälligkeiten bestimmter Schmelztiegel.

Diese Welt hier war so weit von seiner eigenen entfernt, dass das gewaltige Ereignis, das die Abstammungslinien der Saurier auf der Erde ausgelöscht hatte, allem Anschein nach kaum mehr als ein Gerücht war, ein Beinahezusammenstoß, ein böser Traum aus der fernen Vergangenheit.

Jedenfalls musste er vorsichtiger sein, so viel war klar. Er musste sich auf seine Umgebung konzentrieren und nicht auf das, was in seinem eigenen achtundsechzigjährigen Kopf vor sich ging.

Und das war, wie er mit grimmiger Befriedigung dachte, auch gut so. Sogar als verwirrter dreizehnjähriger Wechselpionier hatte er rasch begriffen, dass man die Ängste, Zweifel und Bedenken im Frachtraum des eigenen Verstandes nie ganz zurücklassen konnte. Aber wenn man ganz allein war, konnte man sich zumindest auf die wesentlichen Dinge des Lebens – auf das Überleben selbst – konzentrieren und den sonstigen Ballast ganz weit nach hinten schieben, in die Dunkelheit, in die er gehörte. Auch aus diesem Grund brauchte er seine Auszeiten.

Er goss Wasser aus einem der Behälter in eine Flasche, warf eine Reinigungstablette hinein und trank einen Schluck. Kurz darauf spuckte er sandigen Flussgrund aus; er brauchte einen Filter. Er brummte unzufrieden vor sich hin. Jetzt war er schon fast vierundzwanzig Stunden hier und hatte es noch nicht einmal geschafft, sauberes Trinkwasser zu beschaffen.

Er sei zu alt, hatte ihm Schwester Agnes erklärt. Vielleicht hätte er in einem ungefährlichen Park auf einer Nahen Erde zelten sollen, in der noch erhaltenen Prärie rings um Madison West 5 etwa. Und wenn er nicht ganz so eigensinnig wäre, hätte er sich zumindest eine Welt ausgesucht, in der Elefanten keine Panzerung brauchten. Er grinste. Quatsch. Auf gar keinen Fall.

Sobald sein Herz nicht mehr so aufgeregt pochte, stieg er vom Baum herunter und machte sich daran, mit langen Schritten seine Palisade abzumessen.

12

Es geschah am fünften Tag.

Nach einem Frühstück, das aus kleinen, ziemlich sauren Beeren, einem Streifen des noch verbliebenen Trockenfleischs und einem schmalen Stück Hasenfleisch bestanden hatte – zumindest stammte das Fleisch von einem Tier, das wie ein Hase aussah –, begab sich Joshua auf seine übliche Runde. Er ging seine Fallen ab und überprüfte die Schlingen, die er gelegt hatte, die meisten am Saum kleiner Wäldchen. In dieser trügerisch stillen Welt blieb er stets wachsam und hatte seine Waffen griffbereit, aber allmählich gewöhnte er sich an seine neue Routine. Leider musste er sich auch daran gewöhnen, Hunger zu leiden, und es sah ganz so aus, als hielte seine Pechsträhne an. Die Fallen waren leer, und sie blieben leer.

Vielleicht musste er tiefer in die Wäldchen hineingehen. Er wusste, dass es dort Wild gab, zumindest oben in den Baumkronen. Bis jetzt hatte er am Waldrand einen einzigen glücklosen Hasen in einer Schlinge gefangen. Glücklos deshalb, weil der Hase wohl schon vorher verletzt war, ehe er in die Falle ging. Das Tier war durchaus hasenähnlich, hatte aber wie ein Flughörnchen schlaffe Hautfalten zwischen den Gliedmaßen und war womöglich an ein Leben in den Baumkronen angepasst. Vielleicht war es von einem anderen fliegenden Tier angegriffen worden, denn sein linker »Flügel« war aufgeschlitzt und der Großteil der linken Wange weggerissen, was seine kleinen Zähnchen im blutigen Maul entblößte. Das Tier lebte noch, als Joshua es fand, und er entschuldigte sich eindringlicher als sonst, als er sein kleines Leben so behutsam wie möglich beendete.

Er hatte den Hasen eine Weile liegen lassen, damit er auskühlte und die Flöhe von ihm ließen, dann hatte er ihn mit nach Hause genommen, gehäutet und zusammen mit einheimischen Beeren und etwas wildem Knoblauch über dem Feuer gebraten. Das Fleisch war zart und köstlich, aber einfach zu wenig gewesen.

Mehr hatte er bis jetzt nicht gefangen, deshalb erinnerte er sich auch noch so genau daran. Auf dieser Welt schien es keine Kaninchen oder Hasen zu geben, die auf dem Boden herumhoppelten, nichts, was er mit seinen Schlingen fangen konnte. Möglicherweise waren die am Boden lebenden Raubtiere hier einfach zu erfolgreich. Oder es gab einfach zu wenig Gras.

Als er zur fünften leeren Schlinge kam, strich ein Schatten über ihn hinweg.

Er duckte sich instinktiv in den Schutz eines Baumes. Was sich dort am Himmel über ihm bewegte, war bestimmt nichts Gutes.

Als er misstrauisch den Blick hob, sah er eine riesige Silhouette über das Blätterdach segeln. Zuerst dachte er an eine Art Gleiter – die Flügelspannweite musste über fünfzehn Meter betragen –, aber er stellte rasch fest, dass es dafür zu organisch war. Die Flügel waren anmutig gebogen, die Knochen deutlich durch die fest gespannte, beinahe durchsichtige Haut hindurch zu erkennen. Er sah Füße an dünnen Beinen, bewaffnet mit übel aussehenden Klauen, und einen Schnabel, der so lang sein musste, wie Joshua groß war, und voll mit blitzenden Zähnen. Keine Federn an den Flügeln, aber Farbflecken auf dem spindelförmigen Körper. Eine Art Pterosaurus vielleicht, der Größte seiner Art, den er jemals gesehen hatte, und trotz der zerbrechlich wirkenden Flügel ein richtig brutal aussehendes Raubtier. Kein Wunder, dass es hier keine Vögel gab – sie wären von dieser Kreatur, diesem in Millionen Jahren meisterlich geformten Produkt der Evolution mit Leichtigkeit ausgestochen worden.

Vielleicht waren diese riesigen Flugsaurier ein weiterer Grund, weshalb es so wenige oder gar keine kleinen, kaninchenartigen, am Boden lebenden Säugetiere gab. Sie wären für diese fliegenden Raubtiere viel zu leicht zu erlegen. Joshua erinnerte sich daran, dass Bill Chambers ihn gedrängt hatte, etwas Auffälliges wie seine silbern glänzende Rettungsdecke auf der Kuppe seines Hügels auszulegen, falls ihm irgendein Unglück zustieß und die Twains nach ihm suchten. Jetzt war er froh darüber, dass er diesen Rat instinktiv abgelehnt und die Aufmerksamkeit dieser fliegenden Ungeheuer nicht auf sich gelenkt hatte.

Der Pterosaurus segelte in Richtung Westen davon, und Joshua sah ihm argwöhnisch nach. Zum Glück stand er heute nicht auf dem Speisezettel dieses Monsters.

Als er den Blick wieder senkte, sah er den Troll.

Der Humanoide war ein großes, schon älteres Männchen, ein massiger Haufen mit schwarzem Fell, aber auch ein paar grauen Flecken rings um das Gesicht und auf dem Rücken. Einer von jenen, die von den Menschen, wenn auch nicht sehr passend, Silberrücken genannt wurden. Der Troll kauerte in der Hocke am Boden, starrte auf ein Fleckchen Erde direkt vor sich. Er war allein. Seine Gruppe war nirgendwo zu sehen, aber Joshua wusste, dass sie irgendwo in der Nähe sein musste.

Seufzend trat Joshua aus dem Baumschatten hervor. Schon oft hatte er sich über den Anblick eines Trolls sehr gefreut, aber nicht jetzt. »Tja, so viel zum Thema Einsamkeit ...«

Der Troll warf ihm einen finsteren Blick zu. Dann hob er eine Hand, groß wie ein Dampfhammer, und legte den Zeigefinger an die Lippen. *Sei still.* Die Geste war unmissverständlich, ein Element der informellen Zeichensprache, die sich quer durch die Lange Erde verbreitet hatte. Entstanden war sie in den Labors und Bauernhöfen, Fabriken und den anderen Orten, wo Trolle lebten und gemeinsam mit Menschen arbeiteten – manchmal sogar freiwillig.

Joshua blieb stehen und schwieg. Er hatte gelernt, sich mit Trollen nicht zu streiten. Der Troll wandte sich wieder seiner konzentrierten Betrachtung des Bodens zu.

Eine ungewisse Zeit verging. Der Troll rührte sich nicht, wobei er durchaus entspannt wirkte. Was Joshua etwas schwerer fiel. Während die Sonne am Himmel höher wanderte, bekam er Durst, und ihm knurrte der Magen.

Immer noch sah er keine Spur von der Gruppe des Trolls, vernahm auch keinen ihrer Rufe. Es war nicht ungewöhnlich, dass man Trolle allein antraf. Dieser hier konnte ein Kundschafter sein, den das Rudel ausgesandt hatte, um Nahrung oder Wasser zu suchen oder nach möglichen Gefahren Ausschau zu halten. Aber es war nicht sehr wahrscheinlich, denn Kundschafter waren normalerweise jünger, Exemplare mit möglichst wachen Sinnen und gut zu Fuß. Vielleicht wollte dieses alte Männchen am Ende seiner Tage einfach nur ein bisschen Zeit für sich; vielleicht hatte es sich ähnlich wie Joshua eine Auszeit genommen. Nach so vielen Jahren des Zusammenlebens und einem intensiven Studium des kollektiven Verhaltens der Trolle durch Lobsang und andere wussten die Menschen immer noch recht wenig über diese Wesen, schon gar nicht darüber, wie sie sich in freier Wildbahn verhielten. Wenn er einen Trollrufer mitgenommen hätte, dachte Joshua, könnte er jetzt fragen.

Allmählich wurde ihm langweilig und auch ein bisschen schwindlig. Es reichte jetzt. Gerade, als er den Mund aufmachte, um etwas zu sagen...

Rumms!

Der Troll hämmerte mit beiden Fäusten fest auf die Erde,

und Joshua sah staunend, wie der Boden unter der Wucht des Hiebes nachgab: Eine dünne Kruste stürzte ein und eine unterirdische Kammer wurde sichtbar, ungefähr eineinhalb Meter tief. Und Joshua sah mehrere Tunnel, die in die Dunkelheit führten ...

Und Tiere. Sie purzelten übereinander, bleiche Geschöpfe wie Kaninchen oder Ratten ohne Fell, mit Krallen und Zähnen, die zum Graben gemacht waren, mit winzigen rosafarbenen Augen, die sie zum Schutz gegen das Sonnenlicht zusammenkniffen. Sie versuchten sofort, aus dem großen Nest zu fliehen und sich vor dem plötzlichen Tageslicht zappelnd und strampelnd in die Tunnels zu retten.

Der Troll hüpfte mit lautem Brüllen in das Loch, zertrampelte dabei mit seinen großen Füßen etliche der Tiere und versuchte, mit jeder seiner großen Pranken möglichst viele davon zu packen. Dann schüttelte er sie, bis sie sich nicht mehr bewegten, warf sie zur Seite und bückte sich nach den nächsten. Er warf Joshua einen kurzen Blick zu, die Einladung in seinem zerknitterten, gorillaähnlichen Gesicht war unmissverständlich.

Also ließ Joshua sein bisschen Ausrüstung fallen und sprang gleich neben dem Troll ebenfalls in das Loch. Er versuchte, es dem Troll gleichzutun, aber er brauchte beide Hände, um wenigstens eins dieser Kaninchen zu erwischen, und als er es geschnappt hatte, erwies sich das Tier als unerwartet kräftig und wehrhaft. Es bohrte nadelartige Zähne in das Fleisch von Joshuas Daumen, bis er es fallen ließ.

»Verdammt noch mal!«

Er bückte sich und versuchte es noch einmal, benutzte jetzt aber ausschließlich seine künstliche Hand. »Hier, beiß mal da rein!« Diesmal erwischte er ein Kaninchen am hinteren Ende, hielt die Zähne von sich weg und blieb auf der Hut vor den fiesen Krallen an den strampelnden Hinterläufen. Mit einer gemurmelten Entschuldigung schmetterte er den Kopf des Tieres auf den Boden und hörte das Genick brechen. »Ha!« Dann warf er den zitternden Kadaver beiseite und sah sich nach dem nächsten Opfer um.

Aber sämtliche überlebenden Kaninchen waren verschwunden, in ihre Tunnel geflüchtet. Joshua hatte nur dieses eine Tier erlegt. Neben dem Troll türmten sich zwei ordentliche Haufen mit jeweils fünfzehn oder zwanzig von ihnen. Der große alte Troll betrachtete Joshuas klägliches Ergebnis und dann seinen eigenen aufgestapelten Fang. »Huuh!«

Joshua hatte schon früher Trolle lachen gehört. Es war ein Geräusch, an das man sich nicht gewöhnte. Aber bald stimmte er in das Lachen ein, er lachte, bis ihm der Bauch wehtat.

Dann warf der Troll eins von seinen toten Kaninchen neben Joshuas Jagdbeute, lud sich den Rest ohne jede Anstrengung auf die gewaltigen Arme, stieß ein letztes Lachen aus – »Huuh!« – und wechselte davon.

Noch vor Sonnenuntergang nahm Joshua an diesem Abend die die beiden Maulwurfkaninchen aus und säuberte sie, ehe er sie an Spießen über seinem Feuer briet. Er konnte es kaum erwarten, die Zähne in das weiche, saftige Fleisch zu schlagen. Aber er wusste auch, dass er nach fünf Hungertagen nicht zu viel essen durfte, und beschloss, das zweite Tier zu salzen und in der Sonne zu trocknen.

Natürlich waren diese kleinen Säugetiere mit ihren großen Nagetierschneidezähnen keine Kaninchen und auch keine Ratten oder Maulwürfe, obwohl sie diesen Tieren in verschiedener Hinsicht ähnelten. Vielleicht waren sie eher wie die Maulwurfsratten, die seines Wissens in Afrika lebten, in großen Bauen unter der Erde, wo sie in der Dunkelheit übereinander krochen ... Maulwurfsratten bildeten soziale Gemeinschaften, die wie Bienenstöcke organisiert waren. Wie bei manchen Insekten sorgten nur wenige Paare für den Nachwuchs und wurden dabei von einer Heerschar steriler Geschwister, Neffen oder Nichten unterstützt. Vielleicht lebten diese Kaninchen so ähnlich.

»Und vielleicht sind alle Kaninchen und Hasen in den Untergrund gegangen«, redete er vor sich hin. »Unter die Erde, wo sie vor den Killerkrokos und den Superpterosauriern sicher sind, oder gegen wen die Elefanten sich hier so einen Panzer zugelegt haben. Aber nicht sicher vor einem schlauen Troll. Oder vor Joshua, dem mächtigen Jäger. Ha!«

Kaum hatte er die Worte ausgesprochen, bemerkte er, dass der Troll ihn beobachtete.

Der große Silberrücken war zurückgekommen und saß nicht weit außerhalb von Joshuas Lagerfeuerschein. Sogar im schummrigen Licht der hereinbrechenden Nacht sah Joshua seinen blutverschmierten, menschenähnlichen Mund. Wahrscheinlich hatte ihn der Bratengeruch angelockt. Trolle mochten gebratenes Fleisch und benutzten auch Feuerstellen, wenn sie zufällig auf eine stießen, weil zum Beispiel irgendwo ein Blitz eingeschlagen hatte, aber die Kunst des Feuermachens beherrschten sie nicht.

»Es hat nie einen King Louie der Trolle gegeben, Kumpel.«

»Huuh?«

»Ach, egal.«

Mit heftigem Bedauern nahm Joshua das Kaninchen, das er erst halb aufgegessen hatte, und das zweite, nicht angeknabberte Kaninchen und trug beide zu dem Troll hinüber. Er ging vor ihm in die Hocke und legte ihm wie ein respektvoller Ober den noch ganzen Braten vor die Füße. »Ihre Ratte, der Herr, gut durch, so wie gewünscht…«

»Huuh!«

Schon hatte der Troll es zwischen den Zähnen.

Joshua ließ sich ebenfalls nieder, aß gemeinsam mit dem Troll, wenn auch langsamer, und betrachtete seinen entfernten Verwandten.

Schon seit dem Wechseltag hatten die Archäologen, unter ihnen der junge Nelson Azikiwe, versucht, hinter den Grund für die Abwesenheit der Menschheit in all den vielen neuen Welten zu kommen. Sie hatten in tiefen Höhlen in Kopien Europas Steinwerkzeuge gefunden, aber nirgendwo war dieser gewisse Funke hinter den gewölbten Stirnen entfacht worden, auf keiner anderen Welt außer der Datum. Vielleicht hatte, wie es ein Scherzbold einmal ausgedrückt hatte, der schwarze Monolith auf allen anderen Planeten einfach die Adresse der Menschenaffen nicht gefunden …

Aber man traf in diesen menschenfreien Welten auf andere Humanoide, die sich vermutlich aus derselben gemeinsamen Wurzel wie die Menschheit entwickelt hatten. Sie alle waren wahrscheinlich Nachfahren des *Homo habilis,* des »geschickten« Menschen, der vor zwei Millionen Jahren ausgestorben war, aber mit jeweils völlig unterschiedlichen Ausprägungen. Einigen von ihnen begegnete man lieber als anderen. Und manche waren soweit entwickelt, dass sie sämtliche Vorteile, die ihnen die Lange Erde bot, ausgiebig nutzen konnten.

Die Trolle waren der Inbegriff dieser Vettern der Menschen.

»Tja, Kumpel, da sitzen wir beide jetzt wie zwei alte Buchstützen mitten in der Wildnis«, sagte Joshua. »Eben noch hielt ich mich für Robinson, schon tauchst du auf. Freitag kann ich dich nicht nennen. Wie wär's mit – Sancho?«

»Ha?«

»Hilf mir, Schwester Georgina! Wir haben dieses Buch damals gemeinsam gelesen, auf Spanisch, aber nur einmal … *La mejor salsa del mundo es el hambre.*«

»Ha!«

»Iss nur, mein Freund.«

Der Wind frischte auf, und aus dem Feuer wirbelten Funken in den hohen, dunklen und leeren Himmel.

13

Am neunten Tag wagte sich Joshua allein an die Jagd auf Maulwurfkaninchen.

Natürlich konnte ihm der Troll Sancho nicht erklären, wie er seiner Beute auf die Spur kam. Joshua konnte nur beobachten, Vermutungen anstellen, imitieren und lernen.

Nach und nach erkannte er die äußerlichen Anzeichen für ein Kaninchennest. Der Boden wies an den betreffenden Stellen eine weite, kreisförmige Verfärbung von vielleicht zwanzig Schritten Durchmesser auf – womöglich hervorgerufen durch die Pisse von Abertausenden Kaninchen, die in diesem unterirdischen Bau in die Erde sickerte. Außerdem sah man gelegentlich über der großen Hauptkammer eine leichte Bodenerhebung, eine sehr flache Kuppel, die Joshua oft nur erkennen konnte, wenn er sich auf den Boden legte und mit einem zusammengekniffenen Auge genau hinsah. Man musste sich in die Mitte der Erhebung setzen, unter der sich die Hauptkammern mit ihren vergleichsweise dünnen Dächern befanden, und dort sehr lange ausharren, reglos wie eine Statue, bis die von den Schritten alarmierten Kaninchen aus den tiefer gelegenen Tunneln, in die sie sich geflüchtet hatten, wieder in die unmittelbar unter der Oberfläche liegenden Kammern zurückgekehrt waren. Dann musste man nur noch das dünne Dach zerschlagen, wozu Joshua seine kleinen Menschenfäuste mit einem Stein bewaffnete, und in die zappelnden Fleischpakete hinabtauchen, bevor sie alle entwischen konnten.

Nach drei erfolgreichen Jagden mit Sancho hielt Joshua also in der Nähe eines kleinen Wäldchens allein nach einer verdächtig aussehenden Stelle Ausschau. Ja, dort war ein leicht verfärbter Kreis zu erkennen. Auch eine im wehenden Staub kaum sichtbare, kuppelförmige Erhebung. Joshua stand eine anstrengende gute halbe Stunde reglos in der Sonne mit einem Stein von der Größe seines Kopfes in den Händen.

Gerade als er langsam mit dem Stein ausholte, kam der kleine Elefant aus dem Wald herausgestürmt.

Joshua wollte seinen Augen nicht trauen. Er hatte nicht einmal gewusst, dass die Elefanten sich in den Wäldern aufhielten, obwohl es keinen Grund dafür gab, weshalb sie es nicht tun sollten. Er brauchte eine halbe Sekunde, bis er registriert hatte, dass das Jungtier auf der Flucht vor dem, was es aufgeschreckt hatte, direkt auf seinen kostbaren Kaninchenbau zurannte. Noch schlimmer war, dass ihm seine Mutter mit schrillem Trompeten folgte.

Und Joshua, dessen Gedanken in seinem alten Verstand so langsam flossen wie Wackelpudding durch einen Strohhalm, stand dieser Parade mitten im Weg. Das Elefantenbaby war schnell, schneller, als er es für möglich gehalten hätte.

Plötzlich hatte es ihn schon fast erreicht.

Er ließ den Stein fallen und warf sich im allerletzten Moment zur Seite. Der Stoßzahnpanzer des Kalbes war noch nicht vollständig ausgebildet, aber doch schon hart wie Stahl und mit spitzen Stacheln bestückt. Er verfehlte ihn nur um wenige Zentimeter. Jetzt stürmte das Muttertier heran, das sein Kalb einholen wollte und Joshua kaum eines Blickes würdigte.

Es war schieres Pech, dass einer ihrer schweren Hinterfüße Joshuas Bein erwischte, als er verzweifelt durch den Staub zur Seite robbte.

Er spürte, wie der Knochen brach, hörte ihn knacken wie einen brechenden Ast. Und als er noch ein Stück weiterkroch, fühlte er, wie die Knochenenden aneinanderschabten.

»Wie blöd kann man sein!«, brüllte er. Warum war er so langsam gewesen? Außerdem war er doch Joshua Valienté, der berühmteste Wechsler der Welt. Warum war er nicht einfach in Sicherheit gewechselt? Weil er unbedingt seinen kostbaren Maulwurfkaninchenbau verteidigen wollte?

Weil du zu alt bist, hörte er Schwester Agnes in sein Ohr flüstern.

Dann schlug der Schmerz zu, er schrie laut auf und fiel in Ohnmacht.

Als er wieder zu sich kam, war der Schmerz im Bein einem dumpfen Pochen gewichen.

Immer noch lag er dort im Staub, wo er hingefallen war. Er hatte sich nicht bewegt, hatte sich nicht einmal umgedreht. Vor sich auf dem Boden sah er ganz deutlich die Spuren der platten Elefantenfüße, dazu eine kleine Spur getrockneter Kacke, wahrscheinlich die Angstentleerung des Jungtiers auf der Flucht vor dem, was es dort im Wald auch erschreckt haben mochte. Schon seltsam, dachte er, dass Elefantendung gar nicht so schlimm riecht. Ist vermutlich der vegetarischen Ernährung zu verdanken.

Seltsam auch oder vielleicht bloß reines Glück, dass er noch am Leben war, wenn man bedachte, dass er hier unbeweglich und schutzlos auf dem Boden lag, ein Fleischsack, dessen Blut in den Boden dieser Welt in den Hohen Megas sickerte.

Er ging seine Möglichkeiten durch. Schon oft hatte er solche Szenarien durchgespielt. Im Notfall konnte er davonwechseln, falls etwas mit hungrigem Magen und scharfen Zähnen Ausgestattetes es auf ihn abgesehen hatte. Abgesehen davon war er Angriffen jetzt auf schreckliche Weise ungeschützt ausgesetzt.

Trotzdem war für ihn das Beste, in dieser Welt zu bleiben, falls er es irgendwie hinbekam. Hier befand sich hinter der kaum angefangenen Palisade seine gesamte Ausrüstung.

Die Lebensmittelvorräte, Wasser und seine Medizintasche für Notfälle. Wenn er es bis zu seiner kleinen Felsenhöhle schaffte oder vielleicht sogar bis hinauf zu seiner Zuflucht im Baum, konnte er versuchen, so lange durchzuhalten, bis seine Verletzung so weit verheilt war, dass er sich wieder bewegen konnte. Falls nicht vorher der Winter über ihn hereinbrach. Wie schlimm waren die Winter auf dieser Welt?

Aber bis dahin war es noch eine Weile hin, sagte er sich. Zuerst musste er zu der verdammten Palisade gelangen, sonst würde er keine einzige Nacht überleben, von der Zeit bis zum Winter ganz zu schweigen. Er sah nichts, was er als Krücke benutzen konnte, um das Gewicht von dem gebrochenen Bein zu nehmen. Wenn er sich bis zu dem Wäldchen schleppen könnte, sich dort einen abgefallenen Ast zum Aufstützen suchen, dann zurückhumpeln ...

Guter Plan, sagte ihm seine skeptische Seite, während er dort lag.

Konzentrier dich, verflucht noch mal.

Zuallererst musste er sich umdrehen, auf den Rücken. Er holte mit dem Arm aus und rollte auf die Seite.

Als sich sein verletztes Bein bewegte, kehrte der Schmerz zurück. Er war schlimmer als alles, was er erduldet hatte, seit die beiden Beagles ihm vor vielen Jahren – in eher guter Absicht – die Hand direkt am Gelenk abgebissen hatten. Der Schmerz warf ihn nieder, lähmte ihn, beinahe hätte er wieder das Bewusstsein verloren.

Er zwang sich, den Kopf zu heben. Wenigstens sah das Bein gerade aus, auch war kein herausstehender Knochen zu sehen. Seine Hose war allerdings kaputt, das Bein zertrampelt und blutig. Er ließ sich wieder zurücksinken.

Der Bruch hätte schlimmer sein können, aber offensichtlich war er schlimm genug. Er würde nicht von hier wegkriechen können, an Aufstehen war überhaupt nicht zu denken. Was er brauchte, war ein Rettungshubschrauber, ein modernes Krankenhaus, ein Chirurg und ein Schwesternteam. Und einen Anästhesisten, klar. Momentan wusste er nicht einmal, wo sein Trinkwasser war, und schon gar nicht, wie er es erreichen sollte.

Ich hab's dir gesagt, flüsterte Schwester Agnes in seinem Ohr. *Du bist alt geworden. Hast zu viel riskiert. Du hättest nicht noch einmal da hinausgehen sollen, ganz allein.*

Bill Chambers stimmte ein: *Nich mal das verkackte Weltraumsilbertuch hast du auf dem verkackten Berg ausgebreitet, du blöder Knallkopp.*

Du wirst für deinen Stolz bezahlen, Vater, sagte Rod. *Und zwar mit deinem Leben …*

»Noch ist es nicht so weit«, knurrte Joshua. Sein letzter bewusster Gedanke war ein unbestimmtes Gebet. Er betete, dass der Troll hoffentlich das erste Lebewesen war, das auf seine Schreie reagierte.

Sancho bemühte sich, ganz vorsichtig zu sein. Auf seine Art. Für seine Spezies war er, wie Joshua bald feststellte, ungewöhnlich intelligent. Aber er war ein Humanoide mit der Größe und der Kraft eines großen Orang-Utans, und bis jetzt hatte er noch nichts Feinfühligeres zuwege gebracht, als aus einem Felsbrocken eine Steinklinge zu hämmern.

Er hob Joshua vom Boden auf und warf ihn sich wie einen Sack Kohle über die Schulter.

Joshua schrie. Aber noch ehe der Troll von dem blutbefleckten Stück Erde, auf dem Joshua gelegen hatte, weggewechselt war, hatte er das Bewusstsein verloren.

14

Pünktlich um 11.30 Uhr stieg die *Reverend William Buckland* sanft und leise in die hochsommerliche Luft auf. Unter ihrem Bug wurden die luxuriösen Einrichtungen der Twenty-Twenty-Touristenanlage immer kleiner: Eine Ansammlung gläserner Gebäude, umgeben von mehreren Landeplätzen für Twains und weiter hinten die geradezu absurd grün leuchtenden Golfplätze, die man in dieser Kopie von Südengland auf Erde West 20.000 in den Kiefernwald hineingefräst hatte.

Nelson Azikiwe und Schwester Agnes saßen nebeneinander vor einem großen Aussichtsfenster und sahen zu, wie sich das Panorama vor ihnen entfaltete. Eine diskrete Kellnerin hatte auf dem kleinen Tisch vor ihnen Tee serviert, Kanne und Tassen aus feinstem Porzellan, dazu einen Teller mit Keksen und Papierservietten. Agnes trug einen langen schwarzen Rock, robuste Schuhe und einen blassrosa Cardigan über einer weißen Bluse. Ihre grauen Haare waren kurz geschnitten und gepflegt. Nelson hatte sie noch nie in Schwesterntracht gesehen, trotzdem schien sie sich stets im Schatten einer Nonnenhaube zu bewegen, sogar jetzt noch. Unbewusst fasste sich Nelson an den eigenen Hals mit dem offenen Hemdkragen.

Da Agnes nun mal Agnes war, fiel ihr die Geste sofort auf. »Keine Sorge, Nelson«, sagte sie lachend, »Sie sehen immer noch wie ein Pastor aus. Wahrscheinlich haben Sie schon so ausgesehen, ehe Sie überhaupt einer wurden. Aber ich glaube nicht, dass es sonst jemandem auffällt. Außerdem wäre das diesen Leuten auch egal, meinen Sie nicht?«

Nelson ließ den Blick über die anderen Passagiere schweifen. Viele von ihnen gehörten zu den gelangweilten Reichen, zumeist ältere Paare, die schweigend beisammensaßen. Sie trugen Kleidung in dem längst aus der Mode gekommenen, unpraktischen Stil der Datum vor der Yellowstone-Katastrophe, der in letzter Zeit zu einem Kennzeichen für Reichtum im Überfluss geworden war – aber genau solches Geld sorgte dafür, dass es diesen Twain-Dienst überhaupt noch gab. In einer Ecke saß eine Schülergruppe mit ihren geplagten Lehrern, vielleicht von einer Schule auf einer der Nahen Erden unterwegs zu einer kostspieligen ökologischen Exkursion. Dazu gesellten sich ein paar ernster dreinblickende Passagiere, junge Erwachsene, die sich auf ihren Tablets eifrig Notizen machten und Fotos knipsten, selbst dann, als das Twain über die Golfplätze und die Saunas am Seeufer schwebte. Nur Nelson und Agnes, die, hätte jemand ihre Lebensgeschichten gekannt, von allen die Rätselhaftesten waren, erregten keinerlei Aufmerksamkeit.

»Damit haben Sie natürlich recht. Keiner achtet auf die anderen.«

Sie zwinkerte. »Und niemand in der ganzen Nahen Erde weiß, dass Sie einen geheimen Enkel haben, Nelson. Niemand außer mir und Lobsang.«

Sein Herz klopfte heftig, sogar jetzt, mehrere Monate, nachdem ihn jener geheimnisvolle automatisierte Anruf mit der merkwürdigen Nachricht erreicht hatte.

Der Schatten des Twain glitt über einen Wald und schreckte eine kleine Herde rehartiger Tiere auf. Erstaunlich, dass sie sich so nah an der Touristenanlage aufhielten, dachte Nelson. Vielleicht gewöhnten sie sich gerade daran, in den Abfällen herumzuwühlen. Auch das war eine subtile Veränderung des Verhaltens wilder Tiere durch den Menschen.

Und schon wieder dachte er über alles Mögliche nach, nur nicht über seine unverhoffte neue Familie. *Ein Enkel…*

Dann fing das Twain zu wechseln an.

Die Rehe waren wie weggewischt, der Flecken aus Beton und Glas, der das Resort ausmachte, verschwand und wurde durch Seen und jungfräulichen Wald ersetzt. Dann veränderte sich der Ausblick wieder. Und wieder und wieder, ein Flimmern von Welten, die schon bald im Rhythmus des menschlichen Herzschlags vorüberzogen. Die grundsätzlichen Landschaftsformen blieben erhalten: der Fluss, an dessen Ufer man das Resort angelegt hatte, die Umrisse der Hügel dieser fernen Kopie Südenglands. Aber alles andere war flüchtig, sogar die Bäume, die Kiefernwälder und die Anordnung der Grasflächen zwischen ihnen. Nach einigen Dutzend Schritten wechselten sie aus dem Sonnenschein in eine Welt, auf der ganz kurz ein Gewitter gegen die Scheiben toste, bevor sie mit einem Lidschlag schon wieder weg davon waren, ein Flackern wie von Lampen, die durch eines der fehlerhaften Kraftwerke nach Yellowstone immer wieder ausgingen.

Agnes seufzte und drückte einen Finger an die Schläfe.

»Ist was, Agnes? Ich bin selbst kein Wechsler, aber es gibt Tabletten dagegen, jedenfalls für Leute wie mich, altmodische Menschen aus Fleisch und Blut. Für Sie ...«

»Nein, alles in Ordnung. Ich bin kein Joshua, aber mit einer Box konnte ich schon immer ziemlich gut wechseln, wenn es sein musste. Und nachdem mich Lobsang, äh, restauriert hat wie ein altes Möbelstück aus einem Müllcontainer, bin ich so etwas wie ein unerschrockener Superwechsler-Android geworden. Aber Spaß gemacht hat mir das Wechseln noch nie.« Sie sah ihn an. »Warum auch? Schließlich hatte ich alles, was mir etwas bedeutete, die Menschen, immer um mich – zu Hause. Obwohl das Wechseln natürlich das Bewusstsein erweitern kann, stimmt's? Und das wiederum ist, so glaube ich jedenfalls, die Idee hinter diesem Reisedienst, den Sie da mitaufgebaut haben.«

»Die *Buckland*? Ja, es war wohl meine Idee, nachdem

ich von der Existenz des Twenty-Twenty-Zentrums erfahren hatte, obwohl ich in dem Konzern, der daraus entstanden ist, nur an untergeordneter Stelle mitspiele … Ist Ihnen aufgefallen, dass insbesondere die Welten mit runden Zahlen immer die Einrichtungen mit dem großen Geld anziehen? Besonders Golfplätze. Wenn ich nur am Wechseltag daran gedacht und mir entsprechende Grundstücke gekauft hätte! Und die Gründer von Twenty-Twenty waren von der Idee, von ihrem Resort aus Ausflüge in die Natur anzubieten, sehr angetan. Alle reden von Joshua und seinen Abenteuern, von der Romantik der Hohen Megas und den sehr weit entfernten Welten. Ich bin auch kein großer Wechsler, Agnes. Abgesehen davon habe ich mich immer eher von den näheren Welten angezogen gefühlt, vom sogenannten Eisgürtel. Welten, die mehr oder weniger so wie die Datum sind, über dreißigtausend davon gibt es sowohl nach Osten wie nach Westen. Zu ihnen fühle ich mich genau deshalb hingezogen, weil sie der Datum, unserer Welt, so ähnlich sind.«

»Nur ohne Menschen.«

»Allerdings. Mann, sogar in Großbritannien kann man in Ost 1 und West 1 Wölfe und Braunbären und Luchse umherstreifen sehen, Tiere, die sich die Inseln noch bis in die Bronzezeit mit uns geteilt haben. Eine Landschaft ohne ihre großen Raubtiere ist nicht mehr im Gleichgewicht – sie ist krank.« Er lächelte. »Ihnen ist bestimmt aufgefallen, dass ich eine Referenz an einen meiner großen Helden eingeschmuggelt habe.«

»Sie meinen den Schiffsnamen? William Buckland? Von dem habe ich noch nie gehört.«

»Ein Kirchenmann und Naturforscher, frühes 19. Jahrhundert. Und ein Diluvianer. Sogar dann noch, als die ersten Fossilien ausgegraben wurden und die Geologen nach und nach herausfanden, wie die Welt wirklich funktioniert, argumentierte Buckland unerschrocken weiterhin dafür, dass es Noahs Arche wirklich gegeben habe. Das Besondere an Buckland war jedoch, dass er sich immer um handfeste Beweise bemühte. Er hielt sich sogar eine Hyäne als Haustier!«

Agnes lachte. »Seine Hausangestellten waren bestimmt begeistert.«

»Er wollte herausfinden, ob, wenn das Tier bei Bucklands Abendgesellschaften an den Knochen nagte, die Bissspuren zu den fossilen Spuren passten, die in Großbritannien ausgegraben worden waren – um zu beweisen, dass es hier früher einmal Hyänen in freier Wildbahn gab. Buckland war ein lebendes Beispiel für das spannende Wechselspiel zwischen Religion und Wissenschaft.«

»So ähnlich wie Lobsang«, sagte Agnes. »Ein tibetisch-buddhistischer Kern in einem Hightech-Körper.«

»Vielleicht. Aber ich kann mich wie viele andere auch durchaus für die Dinosaurier begeistern! Besser gesagt, für die hoch entwickelten, von der Ausrottung verschonten Abstammungslinien der Dinos, mit denen wir uns die Lange Erde teilen. Buckland selbst hat übrigens den allerersten Dinosaurierknochen gefunden, Agnes – von einem Megalosaurus, hier in England, in Oxfordshire. Viel später machte sich dann ein Team vom Naturkundemuseum auf den Weg in die Lange Erde – ich glaube, sie mussten bis über die Lücke hinaus – und fand so etwas wie einen existierenden Megalosaurus. Sie brachten ein Gelege mit nach Hause, und jetzt laufen die Kleinen in einem Reservat in London West 3 herum. Sie sind beinahe niedlich! Aber das sollen andere erforschen.«

Von der Szenerie abgelenkt, spähte Agnes nach unten. Nelson sah, dass die flimmernden Landschaften unter ihnen immer karger, die verstreut liegenden Kiefernwälder immer seltener wurden. Das Twain verringerte seine Wechselgeschwindigkeit und schwebte jetzt mehrere Sekunden über jeder Welt. Gewaltige Wesen, behaart und von schlammig brauner Farbe, bewegten sich wie Wolkenschatten über das Terrain. Sobald die Passagiere genug Zeit zum Staunen und für ein paar Fotos gehabt hatten, wurde weitergewechselt und die Tierherde verschwand.

Agnes richtete sich auf. »Waren das Mammuts?«

»Ich glaube schon. Die Welten im Eisgürtel sind nicht alle gleich. Einige sind von mehr Eis überzogen als andere. Hier, rings um das Twenty-Twenty-Resort, befinden wir uns in einem ziemlich kühlen Weltenband. Das Klima entspricht dem von Südskandinavien. Das heißt, dem Skandinavien auf der Datum, bevor Yellowstone das ganze Klima durcheinandergebracht hat. Aber rings um West 17.000 treffen wir auf ein Band dick vereister Welten. Erden, die die Eiszeit fest im Griff hat. Bald schon werden wir Tundra sehen, wo die einzigen Bäume Weidensträucher sind, die sich am Boden festkrallen, und wo Mammuts, Moschusochsen und Wollnashörner leben.«

»Da gibt es nicht viel zu sehen, könnte ich mir vorstellen.«

»Man kann auch Glück haben, aber es ist ein sehr karges Gebiet. Die Zwischeneiszeitwelten – dort, wo sich das Eis eine Zeit lang zurückgezogen hat – haben wesentlich mehr zu bieten. Löwen und Flusspferde und Elefanten.«

»Allem Anschein nach ist England viel interessanter, als ich es mir immer vorgestellt habe.«

Nelson lächelte. »Na ja, *so* interessant auch wieder nicht. Aber es ist schön, dass Sie den weiten Weg zurückgelegt haben, um sich mit mir zu treffen. Ich wäre auch zu Ihnen hinausgekommen ...«

»Ach, es hat mir nichts ausgemacht, noch einen Termin in meine Abschiedstournee, wie ich es nenne, einzubauen. Außerdem hatte ich einen Hintergedanken, wie Sie wissen. Es war nett von Ihnen, mir das zu zeigen, was Sie über Joshuas Familiengeschichte väterlicherseits herausgefunden haben. Es hilft mir, den armen Jungen und auch seine Familie nach all der Zeit besser zu verstehen.«

Dieser »Junge« war, wie Nelson wehmütig einfiel, inzwischen achtundsechzig Jahre alt.

»Ich habe damals, als Joshua bei uns aufwuchs, versucht, seinen Vater ausfindig zu machen«, sagte Agnes. »Ich wusste, dass er sich bei uns Schwestern langweilte. Aber jetzt ist der alte Mann gestorben und hat seine Geschichte mit ins Grab genommen. Nach dem, was mir Joshua erzählt hat, war Freddie letztendlich doch noch stolz auf seinen Sohn. Von daher hat er ein gewisses Erbe hinterlassen, trotz der schrecklichen Umstände von Joshuas Geburt.« Sie sah Nelson streng an. »So wie es allem Anschein nach auch Ihnen ergehen wird, Sie Schlingel.«

Nelson kam es vor, als würde sein Gesicht plötzlich glühen. »Also ehrlich, Agnes, damit sollten Sie mich wirklich nicht aufziehen.«

»Nein. Entschuldigen Sie. Ich kann mir vorstellen, dass Lobsangs Nachricht auf dem Anrufbeantworter ein ziemlicher Schock für Sie war.«

»Allerdings.«

»Und als Sie mit mir Kontakt aufnahmen und mich fragten, ob ich etwas über Ihren mysteriösen Enkel wüsste, war ich selbst erschrocken. Lobsang ist noch nie einfach so *verschwunden*. Das ist nicht sein Stil. Er lässt mir immer kleine Geschenke zurück, in den Steuerungssystemen meines Hauses und sogar in meinem Tablet. Ordner, die aufploppen, wenn man einen speziellen Auslöser betätigt – zum Beispiel eine Verbindung zwischen Ihrem Namen und dem Wort ›Enkel‹. Dann sind mir einige Sekunden oder Minuten mit irgendeinem Avatar des Mannes vergönnt, manchmal lange genug für eine Unterhaltung. Joshua nennt sie aus irgendeinem Grund ›Ostereier‹.«

»Ein alter Computerspiel-Begriff.«

Sie runzelte missbilligend die Stirn. »Mir solche Nachrichten unterzujubeln ist kein Spiel.«

Nelson beugte sich aufmerksam vor. »Ich weiß lediglich,

dass ich einen Enkel habe, mehr nicht. Und obwohl mein Leben nicht ohne Fehl gewesen ist, kann ich mich an nur eine einzige Gelegenheit erinnern, bei der ich womöglich ... Hat Lobsang vielleicht mal Erde West 700.000 oder etwas in dem Dreh erwähnt?«

»Ja, allerdings.« Jetzt lächelte sie. »Dann wissen Sie doch, wo Sie sie finden können.«

»Sie?«

»Ihren Enkel und Ihren Sohn.«

Er war völlig verdutzt. »Was bin ich doch für ein Dummkopf. Ich habe mich immer auf den Enkel konzentriert, eine Tochter oder ein Sohn ist mir nie in den Sinn gekommen.«

Sie beugte sich zu ihm und legte eine Hand auf seine. Die künstliche Haut ihrer mobilen Einheit war angenehm warm. »Bei solchen Sachen gibt es keine Regeln, Nelson. Sie müssen sich einfach durchfinden.«

»So sehr ich normalerweise lange Ausflüge in die Lange Erde vermeide, ich muss zu ihnen.«

»Ganz gewiss. Und Sie müssen zurückkommen und mir alles erzählen, falls ich dann noch da bin. Oh – tut mir leid.« Sie drückte seine Hand noch einmal. »Ich wollte nicht so unverblümt sein.«

Er lehnte sich zurück. »Gemeinsame Freunde haben mir bereits von Ihren Absichten berichtet. Von Ihren Sterbeplänen.«

»Joshua?«

»Nein. Schwester John im Heim. Wir stehen in Kontakt miteinander.« Er überlegte, was er noch sagen sollte. In seiner Zeit als Geistlicher hatte er natürlich viele Gespräche zu diesem Thema geführt, aber noch nie mit einem Wesen wie Schwester Agnes. »Müssen Sie es denn tun?«

»Wie sähe denn die Alternative aus?« Sie lächelte ihn fröhlich an. »Seien Sie nicht traurig, Nelson. Es ist schon über hundert Jahre her, seit ich zur Welt kam. Ich habe ein reicheres Leben geführt, als ich mir je hätte vorstellen können. Oder womöglich verdient habe. Sogar mehr als eins.«

Er schnaubte verächtlich. »Ich kann das nicht akzeptieren.«

»Jetzt möchte ich nur noch, dass alles ein ordentliches Ende findet.« Sie dachte darüber nach und nickte. »Ja, ganz recht. Ordentlich. Und Sie könnten mir dabei helfen, lieber Nelson.«

»Selbstverständlich. Wie denn?«

»Helfen Sie *ihnen*. Allen, denen ich fehlen werde, allen, denen ich etwas bedeutet habe.«

»Joshua zum Beispiel.«

Sie lächelte. »Mir fällt niemand Besseres ein, den ich darum bitten könnte.«

»Es liegt an dem unsichtbaren Hundehalsband um meinen Hals, oder?«

»Ich fürchte, einmal angelegt bleibt es einem erhalten.«

»Was ist mit Lobsang?«

»Ach, von dem habe ich mich schon verabschiedet. Zumindest von seinen Ostereiern...«

Inzwischen war unter ihnen immer mehr Eis zu sehen, die Landschaft wechselte zwischen Tundra und einer offenen Polarwüste, wo der Wind Eiskristalle über den gefrorenen Boden jagte.

»Genau wie in dem Lied«, murmelte Agnes. »Winters without end – endlose Winter.«

»Schwester?«

»Ich glaube, ich muss mich ein bisschen aufs Ohr legen. Das Privileg alter Damen.«

»Soll ich Sie zum Mittagessen wecken?«

Sie lächelte und erhob sich. »Aber ja doch. Ich will keinesfalls die Löwen und Flusspferde verpassen, die Sie mir versprochen haben... Ach, noch eins. *Troy*. Er heißt Troy. Ihr Enkel. Erzählen Sie ihm von mir.«

»Ganz bestimmt, Agnes. Vielen Dank.«

15

Unter dem nur leicht bewölkten Junihimmel dieser fernen Kopie von Nordwestengland standen Lee Malone und Dev Bilaniuk mit Stella Welch und Roberta Golding vor dem Zaun um das GapSpace-Gelände und warteten. Ihr Gepäck lag neben ihnen auf dem Boden.

Ein Twain näherte sich, ein Punkt am Horizont, der rasch größer wurde. Dev sah, dass es ziemlich klein war und auf der grauen Hülle keine Kennzeichnung, sondern nur mehrere Flächen mit Solarzellen aufwies. Die Gondel wirkte recht einfach und nicht sehr geräumig. Solche Twains befuhren die Lange Erde schon seit vierzig Jahren, der Anblick war nicht außergewöhnlich. Trotzdem war dieses einfache Fahrzeug etwas ganz Besonderes, denn es würde Dev und Lee zur Farm bringen, der Heimat der Next. Dort sollten sie an einem Projekt teilnehmen, das durch eine Nachricht aus dem Himmel ins Leben gerufen worden war.

»Weißt du, was?«, murmelte Dev Lee zu. »Bevor ich zum ersten Mal hierher zur Lücke kam, konnte ich mir vorstellen, wie es hier ist. Ein Loch in der Langen Erde – ein Schritt ins All. Exotisch, aber nachvollziehbar. Aber jetzt, bei dieser ›Farm‹, habe ich nicht den geringsten Schimmer, worauf wir uns einlassen. Aber ich vermute mal, wenn wir uns vorstellen könnten, was die Next dort vorhaben, wäre das alles für sie doch ziemlich witzlos.«

»Ich frage mich eher, wieso uns ein Twain abholt«, murmelte Lee sachlich.

»Hä?«

»Ich meine, warum wechseln wir nicht einfach drauf los und fertig?«

»Dafür gibt es garantiert einen guten Grund«, sagte Dev. »Den wir in unserer Beschränktheit aber nicht verstehen können.« Er sah zu Stella und Roberta hinüber, die in ihren schlichten Overalls geduldig dastanden und warteten. »Ziemlich frustrierend, einer Unterrasse anzugehören, was?«

Lee grinste. »Keine Ahnung. Aber es macht Spaß, sich auszudenken, was sie vorhaben.«

Das Twain senkte sich mit dem Summen leise arbeitender Turbinen, und eine Treppe fuhr aus der Längsseite der Gondel herab.

Kurz darauf kam ein Mann mit energischen Schritten die Stufen herunter. Er war hochgewachsen, dünn, um die vierzig und trug lediglich Khaki-Shorts mit breiten Hosenträgern. Auf den Shorts waren überall Taschen aufgesetzt, und an mehreren Stoffschlaufen hingen alle möglichen Werkzeuge. Oberkörper und Arme waren nackt, ebenso wie die dünnen Beine, und Dev freute sich diebisch, ihn im sogar jetzt im Juni noch recht frischen Küstenwind ein bisschen frösteln zu sehen.

Lee grinste immer noch. »Außerdem haben die Next einen echt schlimmen Kleidergeschmack.«

»Das habe ich gehört«, sagte Stella, die aussah, als müsste sie selbst ein Lächeln unterdrücken. »Im Gegensatz zu euch eitlen Wesen zählt bei uns das Praktische mehr als irgendwelcher Schick. Der Mann dort ist Jules van Herp. Er wohnt auf der Farm, aber wir haben ihn um seine Hilfe gebeten, weil...«

»Ich bin einer von euch«, sagte Jules sofort mit breitem und etwas nervösem Grinsen und gab allen die Hand. »Kein Next, meine ich. Was bin ich dann? Ein Davor? Haha. Kommt, schnappt euer Gepäck und ab an Bord. Nichts wie raus aus diesem Wind und dann geht's los...«

Jules führte sie die Treppe hinauf in die Gondel. Kaum hatten sie das Twain betreten, wurde die Tür hinter ihnen verschlossen. Die Turbinen summten, und Dev spürte einen leichten Ruck, als sich das Schiff sofort in Bewegung setzte.

Während Stella und Roberta irgendwo anders hingingen, führte Jules Lee und Dev durch einen Korridor mit glatten Wänden in eine kleine, fensterlose Kabine. Jules machte die Tür von innen zu, drückte hier auf Schaltflächen, die Sitze ausklappen ließen, öffnete dort einen Schrank, in dem sich Getränke und Knabberzeug befanden. »Setzt euch, nehmt euch, was ihr wollt…«

Dev und Lee stellten ihr Gepäck ab und wechselten ein paar argwöhnische Blicke. Neugierig strich Dev mit der Hand über die glatte, strukturlose graue Wand. »Keine Fenster. Was ist das für ein Material? Keramik? Und wenn ich diese Tür hier aufmache…«

»Das würde ich dir nicht raten. Also, macht's euch gemütlich hier. Die Reise dauert nicht lange, aber…«

Auf einmal fühlte es sich an, als würden sie jäh abstürzen, fast so, als wären sie in den schwerkraftlosen Bereich der Lücke hinübergewechselt, und sie verspürten eine jähe Kälte, die sie erschaudern ließ.

Jules grinste. »Das passiert jetzt noch öfter.«

Dev hielt sich instinktiv an einer Stuhllehne fest. Er sah, dass Lee fröstelte.

»So bin ich noch nie gewechselt«, sagte sie.

»Vielleicht war es eine weiche Stelle. Davon habe ich schon gehört. Wie Wurmlöcher in der Langen Erde, festgelegte Tunnel von einer Welt zur anderen. Angeblich ist es so, als würden sie einem die Energie aussaugen. In diesem Fall könnten wir jetzt schon sonst wo sein, sowohl geografisch als auch wechselwärts.«

Lee betrachtete die nackten Wände. »Jede Wette, dass Stella und Roberta in irgendeinem Salon mit Aussicht herumlungern. Und wir sehen hier absolut nichts…«

Schon folgte der nächste magenunfreundliche Absturz. Dev fühlte sich richtig seekrank, ließ sich aber nichts anmerken.

»Verdammt«, sagte Lee, »das tut richtig weh. Wie ein Schlag in die Magengrube.«

Und wieder so ein schlingernder Übergang.

»Setzt euch lieber hin«, sagte Jules.

Lee und Dev tasteten nach ihren Stühlen.

Lee sah Jules an. »Warum halten die Next die genaue Lage ihrer Farm eigentlich so geheim?«

»Würdest du das nicht auch machen? Schließlich gab es schon mindestens eine militärische Aktion, die sie vernichten sollte. Sie war so halb von offizieller Seite befürwortet und wurde deshalb auch beinahe vollendet. Ihr wisst doch, warum ihr mit von der Partie seid?«

Lee zuckte die Achseln. Ihr Gesicht war ganz weiß. »Sie wollen darüber diskutieren, wie man auf die Einladung reagieren soll.«

Von der Einladung war inzwischen über das Clarke-Teleskop noch viel mehr empfangen worden. Dieses Instrument, das wie eine riesige Seegurke aussah, war von den Next mithilfe der fast magischen Molekular-Replikations- und-Montagetechnologie in der Lücke durchgepeitscht worden.

Lee fuhr fort: »Und da wir beide in der Lücke von Anfang an bei dem Projekt mitgearbeitet haben…«

»Eure Perspektive wird sehr hilfreich sein«, sagte Jules. »Die Next lassen sich bei Projekten, die höchstwahrscheinlich Auswirkungen auf Normalmenschen haben, gerne von gut informierten Dumpfbirnen beraten. Was hier eindeutig der Fall ist.« Er sah sie an. »Ihr gewöhnt euch besser gleich an diesen Ausdruck. Dumpfbirnen, meine ich. Auf der Farm benutzen sie ihn, ohne groß darüber nachzudenken. Aber sie meinen es nicht böse.«

Dev und Lee sahen ihn nur an, sagten aber nichts.

»Sie werden euch zuhören«, fuhr Jules fort. »Was nicht heißt, dass sie etwas von dem, was ihr empfehlt, auch umsetzen. Aber sie ziehen das, was ihr sagt, in Betracht, wenn sie eine Entscheidung über das weitere Vorgehen fällen. Meiner Meinung nach geht es hauptsächlich darum, dass ihr dort anwesend seid, auch wenn sie nicht darauf hören, was ihr sagt. Aber ihr werdet in ihre Denkprozesse einbezogen, während sie noch viele andere Faktoren berücksichtigen. Allein eure Anwesenheit erinnert sie bereits daran, dass Menschen existieren. Wisst ihr, ihr werdet sehr viel sehen und sehr viel hören, was euch vielleicht schockiert oder sogar rätselhaft vorkommt.«

Er sah an sich herab. »Glaubt mir, ihre seltsamen Klamotten sind bei Weitem nicht das Ungewöhnlichste. Lasst es einfach auf euch wirken. Mich könnt ihr als euren Fremdenführer ansehen. Oder als Dolmetscher.«

»Du bist doch ein normaler Mensch, oder?«, fragte Dev. »Und du lebst bei den Next. Von dir hast du noch kein bisschen erzählt. Was hast du für eine Ausbildung, hast du eine Familie? Warum lebst du so?« Ein Leben, bei dem man jeden Tag Erniedrigungen ausgesetzt ist, dachte er, sagte es aber nicht laut.

Jules' Augen glänzten. »Ihr werdet schon sehen – jedenfalls, wenn ihr die nötige Fantasie aufbringt und euren eigenen kleinen Stolz ablegen könnt.«

»Du bist verblendet«, sagte Lee schlicht. »Ich habe schon gehört, dass manche Leute in der Gesellschaft der Next so reagieren.«

»Aber sie sind ja auch unglaublich.« Jules zupfte an seiner Hose im Next-Stil und grinste nervös. Er sah sich in dem Raum um, als glaubte er, von seinen Herren beobachtet zu werden, die er doch so gerne zufriedenstellen wollte.

Dev sah Lee an und nahm in ihrem Gesicht einen Anflug von Mitleid wahr, Mitleid für Jules. Dev hingegen empfand lediglich Ekel. Er hatte nicht vor, sich vor lauter Begeisterung für die Next selbst zu verlieren, ganz egal, was er auf der Farm auch sehen würde. Da war er sich ganz sicher.

Wieder dieses schlingernde, Kälte ausstrahlende Sturzgefühl.

»Sind wir nicht bald da?«, erkundigte sich Lee wehleidig.

16

Die Farm erwies sich als eine Reihe von Lichtungen, die in einen üppigen Wald geschlagen und durch breite, gerade Pfade miteinander verbunden waren.

Nach der Landung führten Roberta und Stella sie auf einen dieser Pfade, die von hohen Baumstämmen gesäumt waren, weg von dem vertäuten Twain. Jules bildete die Nachhut. Ihr Gepäck werde später geholt, meinte er. Es war ein milder, frischer Tag, der Himmel war blau, und der Wald duftete kräftig. Dev ließ die Arme kreisen, um die letzten unangenehmen Nachwirkungen der Reise abzuschütteln.

»Wir könnten überall sein«, sagte Lee. »Geografisch gesehen.«

»Sieht aus wie der Wald in einer gemäßigten Klimazone«, erwiderte Lee. »Sind diese Bäume irgendwie mit Eichen verwandt? Sie hängen voller Laub, als wäre Sommer. Deshalb könnten wir uns immer noch auf der Nordhalbkugel befinden. Aber je nach dem Klima vor Ort findet man Erden mit solchen Wäldern überall zwischen dem Äquator und den Polregionen.«

»Außerdem«, mische sich Jules ein, »muss es sich hierbei keineswegs um die einheimische Flora handeln. Vielleicht ist alles hierher transplantiert worden; vielleicht befindet ihr euch in einer riesigen, täuschend echten Baumschule.«

Lee sah ihn leicht verärgert an und sagte: »Wir arbeiten im Weltall. Wir kennen die Sterne und die Planeten. Wir können den Breitengrad anhand der Tageslänge berechnen und sogar über den Längengrad spekulieren, wenn wir so etwas wie eine Sonnenfinsternis zu sehen bekommen…«

»Aber was hilft euch das? Selbst wenn ihr die geografische Position kennt, wisst ihr noch lange nicht, wo ihr euch wechselwärts befindet.«

»Wir sind keine natürlichen Wechsler«, sagte Dev. Keiner von ihnen hatte eine Linsay-Wechselbox mitnehmen dürfen. »Und selbst wenn? Was wäre, wenn wir unsere Boxen mitgebracht hätten und zu wechseln versuchten?«

Jules zuckte die Achseln. »Die Wechselwelten in jeder Richtung sind viel unwirtlicher als diese hier. Und das über ein ziemlich breites Band hinweg. Nicht einmal ein Twain käme da durch. Hier kommt man nur durch die weichen Stellen rein, glaubt mir.«

»Dann bist du hier gefangen, genau wie wir«, sagte Lee.

»Na und? Ich vertraue den Next. Sie wissen, was das Beste ist, für die Menschheit und für mich.«

Lee wich erkennbar vor ihm zurück.

Schließlich kamen sie auf eine größere Lichtung, auf der mehrere kegelförmige Gebäude standen. Das Gelände dazwischen war zertrampelt und staubig. Roberta und Stella, die mit ihren nüchternen Hosenanzügen, die sie auf der Reise getragen hatten, auf einmal fehl am Platz wirkten, führten sie wortlos auf das größte Haus zu.

Jedes Gebäude war mit Strohgeflecht gedeckt, die Wände bestanden aus langen, geraden Baumstämmen hinter einer niedrigen Umfassungsmauer aus aufgeschütteten Steinen, wie Dev im Vorübergehen registrierte. In der Mitte war eine Feuerstelle, und aus dem Dach einiger Häuser stieg Rauch auf. Dev staunte, wie einfach, beinahe primitiv alles aussah. Es hätte fast eine Szene aus dem Eisenzeitalter im alten Europa sein können. Doch hier und da war auch technisch Höherentwickeltes zu erkennen, überall dort, wo Metall aus dem Gefüge der Häuser herausblitzte.

Ein paar Erwachsene standen in Gruppen beisammen und unterhielten sich. Die meisten waren ähnlich wie Jules gekleidet, was Dev insgeheim als »nackt mit Taschen« bezeichnete. Überall rannten Kinder herum, einige mehr oder weniger nackt, andere in Miniversionen dessen, was auch die Erwachsenen anhatten. Im Vorübergehen bekam Dev ein paar Gesprächsfetzen mit. Es war kein Englisch, obwohl er auch ein paar englische Ausdrücke heraushörte. Vielmehr handelte es sich um Schnellsprech, ein Hochgeschwindigkeitsschnattern, das er nicht verstehen konnte. Am meisten staunte Dev, wenn drei oder vier von ihnen beisammenstanden und alle gleichzeitig drauflosratterten. Offensichtlich waren sie in der Lage, einem Redeschwall zuzuhören, während sie selbst einen anderen von sich gaben. Er konnte fast sehen, wie die Information in rasender Geschwindigkeit von einem Geist in den anderen überwechselte.

Ein paar Leute nickten Roberta und Stella zu, aber niemand schenkte Dev und Lee irgendeinen Blick, auch Jules nicht. »Sie nehmen uns ebenso wenig wahr«, murmelte Dev Lee zu, »wie man einen Hund an einer Leine wahrnimmt.«

»Rex! Platz!«

In dem Haus, in das sie gebracht wurden, hielt sich niemand auf. Der Innenbereich war offen gestaltet, es gab keine Zwischenwände, aber in einer Ecke gegenüber der Tür lag etwas aufgestapelt, was wie mobile Trennwände aussah. In den dunkleren Ecken brannten freistehende zylindrische Lampen, allem Anschein nach elektrisch. Es gab auch ein paar Möbel, niedrige Betten, Sofas und eine Art Küchenzeile mit glänzenden Kisten aus Metall und Keramik. Ein Durchgang führte ins Badezimmer.

Jules machte sich in der Kombüse zu schaffen. Roberta und Stella setzten sich auf eine Couch, atmeten tief durch und schnatterten kurz in Schnellsprech aufeinander ein. Dann wandten sie sich an Dev und Lee, die wie Falschgeld in der Tür standen.

»Entschuldigen Sie bitte«, sagte Roberta. »Kommen Sie doch rein und setzen Sie sich. Wenn wir uns in den Welten der Menschen aufhalten, versuchen wir, auf Schnellsprech zu verzichten. Es ist eine große Erleichterung, wieder hier zu sein und sich richtig ausdrücken zu können... Dieses Gebäude dient zwar anderen Zwecken, aber es kommt einem Gästehaus ziemlich nahe.« Sie zeigte in die Ecke hinter der Tür. »Mit diesen Trennwänden können Sie individuelle Kammern einrichten. Wahrscheinlich brauchen Sie ein bisschen Privatsphäre.«

Lee runzelte die Stirn. »Das würde heißen, dass Sie so etwas nicht brauchen.«

»Sie sind kultivierter als wir, Lee«, rief Jules herüber. »Sie müssen einander nicht so oft aus dem Weg gehen.«

»Ihr Gepäck wird gleich gebracht«, fuhr Roberta fort. »Was noch? Jules zeigt Ihnen, wie die Küche funktioniert. Im Allgemeinen essen wir frische Sachen aus dem Wald, aber vielleicht benutzen Sie lieber die Nahrungsmitteldrucker.«

»Nahrungsmitteldrucker?«, fragte Dev verdutzt.

»Sie funktionieren wie Ihre Materiedrucker«, klärte ihn Stella auf, »nur sehr viel fortschrittlicher. Bis zu einem gewissen Grad basieren sie auf der Technologie der Silberkäfer. Davon haben Sie schon gehört. Alles läuft über Sprachbefehle, und Sie können aus einer großen Bandbreite von Nahrungsmitteln auswählen.«

»Replikatoren«, sagte Dev. »Sie haben Replikatoren.« Er ging zu den undefinierbaren Keramikkisten hinüber. Nirgendwo war eine Stromversorgung zu sehen. Vielleicht handelte es sich um eine Art Energiestrahltechnik, um unsichtbare Übertragung.

»Mit diesen Geräten haben wir einen großen Schritt in Richtung einer Post-Mangelgesellschaft getan«, sagte Roberta. »Der Hunger ist besiegt, ohne jede Arbeit, für alle Zeit.«

Dev konnte nicht widerstehen. »Macht mir das Ding einen Earl-Grey-Tee?«

Lee grinste. »Heiß!«

Die beiden blieben an diesem Abend in ihrem Gästehaus.

Damit befolgten sie in erster Linie Jules' Rat. Sie sollten für sich bleiben und sich besonders von den Kindern der Next fernhalten, sagte er. Auch jetzt noch, ein halbes Jahrhundert nach der Einrichtung der Farm, waren viele der Erwachsenen in den Welten der Menschen groß geworden und wussten, wie man mit normalen Leuten umging, ob nun respektvoll oder nicht. Aber die auf der Farm geborenen Kinder waren anders. Für sie waren Menschen einfach nur exotische Tiere.

Jules hatte sie nervös angegrinst. »Sie sind nicht immer … freundlich. Dabei halten einige Next es sogar für besser, wenn ihre Kinder bei den Menschen aufwachsen. Weil ihr einen gewissen Selektionsdruck ausübt. Die wirklich Klugen lernen, sobald sie herausgefunden haben, dass sie schlauer sind als die anderen um sie herum, sehr schnell, dass es am allerklügsten ist, dafür zu sorgen, dass diese anderen nichts davon erfahren. Roberta hat erzählt, ihr Lehrer habe ihr geraten, sich den Spruch »Klugscheißer kann niemand leiden« in Spiegelschrift auf die Stirn tätowieren zu lassen, damit sie jeden Morgen vor dem Badezimmerspiegel daran erinnert würde …«

Sie stellten ein paar Trennwände zusammen und klappten ihre Betten auf.

»Sollen wir die Betten nicht zusammenschieben?«, fragte Dev zaghaft.

Lee sah sich die Trennwände an. »Ich sehe nirgendwo Kameralinsen. Aber ich bezweifle, dass unsere Privatsphäre ihnen irgendetwas bedeutet. Nicht mehr, als wir uns bei einem Käfighamster Gedanken über sein Recht auf Privatsphäre manchen würden. Wenn sie es für vorteilhaft oder lehrreich halten, haben sie bestimmt keinerlei ethische Bedenken, das Paarungsverhalten dieser speziellen Affengattung zu beobachten, oder? Geilt euch gefälligst anderswo auf, ihr Arschlöcher.« Sie hielt eine Hand mit gestrecktem Mittelfinger in die Luft. »Und jetzt alle in Schnellsprech!«

17

Am Morgen frühstückten sie Rührei mit Brot und Kaffee aus den Replikatoren. Dann kam Roberta Golding vorbei, um sie zur ersten Besprechung des Tages abzuholen.

Die Sitzung wurde in einem der größeren Rundhäuser abgehalten. Bei ihrer Ankunft waren bereits an die zwanzig Leute anwesend, die nebeneinander auf dem Boden oder auf Kissenbergen saßen. Bis auf ein oder zwei Jugendliche handelte es sich um Erwachsene. Alle trugen individuelle Variationen der »Nackt mit Taschen«-Kleidung, die zumindest Schritt und Brüste bedeckte, und alle hatten Tablets dabei, die aussahen, als wären sie gerade frisch aus einer Fabrik in einer der Nahen Erden geliefert worden.

Stella Welch stand bereits vor einem eindrucksvoll aussehenden Konferenzbildschirm und feuerte ihr Schnellsprech auf die Zuhörenden ab. Roberta führte Dev und Lee zu Plätzen im hinteren Bereich des Raumes. Der eine oder andere Next sah sich nach ihnen um, die meisten verhielten sich jedoch eher gleichgültig.

»Stella fasst nur kurz zusammen, was wir bis jetzt aus der Einladung herausgefiltert haben«, flüsterte Roberta. »Hoffentlich findet diese Gruppe einen Konsens, damit wir unsere Schlussfolgerungen und Empfehlungen später an Ronald und Ruby weitergeben können.«

»Wer ist das?«, wollte Lee wissen.

»Das werden Sie noch erfahren. Die ganze Veranstaltung findet selbstverständlich in Schnellsprech statt, aber ich werde mich bemühen, Sie auf dem Laufenden zu halten. Eine wortwörtliche Übersetzung wäre natürlich unmöglich;

Schnellsprech beinhaltet viele Konzepte, die man nicht auf die menschliche Sprache herunterbrechen kann. Es kommt vor, dass sich am Ende einer intensiven Sitzung wie dieser hier auch die Sprache selbst weiterentwickelt hat, mit neuem Vokabular und sogar neuen grammatikalischen Strukturen ...«

»Wir haben's verstanden«, erwiderte Dev ermattet. »Verlesen Sie einfach die groben Schlagzeilen.«

Der Bildschirm wurde hell, und während Stella die Hände bewegte, setzte sich nach und nach ein komplexes technisches Schaubild zusammen. Eine Komponente nach der anderen tanzte in kaum nachzuvollziehenden dreidimensionalen Bewegungen über das Display. Ab und zu zog Stella mit einer zupackenden Geste eine Komponente aus dem allgemeinen Entwurf heraus, um sie zu vergrößern, zu drehen oder bestimmte Einzelheiten zu zeigen. Jedes Einzelteil kam Dev völlig fremdartig vor; sogar das, was nach grundsätzlichen Komponenten aussah, war auf komplizierte Weise gestaltet, verbogen, verknotet.

Obendrein wurde das alles mit haarsträubender Geschwindigkeit vorgeführt.

»Die Hälfte von Stellas Präsentation ist schon vorbei«, sagte Roberta. »Aber sie muss noch so einiges zusammenfassen.«

»Das hat alles mit der Einladung zu tun?«, fragte Lee. »Sieht mir eher wie ein technischer Entwurf aus.«

»Nein, davon befand sich nichts in der Nachricht selbst«, antwortete Roberta. »Und die darin eingebettete Information, die wir mit dem Clarke empfangen haben, war nicht zu entziffern. Viel zu komplex ...«

Lee konnte sich nicht zurückhalten, sie grinste triumphierend. »Sogar für Sie? Ha!«

Roberta blieb gelassen. »Wir glauben sogar, dass der eigentliche Inhalt der Daten eine Art Köder war, ein Ablenkungsmanöver. Die Einladung scheint auf einem viel ursprünglicheren Level zu wirken, nämlich auf das Bewusstsein selbst. Als wäre der Signalinhalt indirekt... hypnotisch ist nicht das richtige Wort dafür...«

Was wir bereits wussten, dachte Dev bei sich. Und wie es zum Beispiel Trollbeobachter aus der gesamten Langen Erde berichtet haben – aber diese Next hören ja nicht zu. Das eigentliche Funksignal aus dem All war nur ein einzelnes Element. Die Botschaft hatte sämtliche Welten der Langen Erde erreicht, und zwar in der Gestalt von – ja was? Träumen? Visionen? Sehnsüchten? Den Aufsehern der Trollarbeiter bei GapSpace zufolge hatten diese tiefsinnigen Bewohner der Langen Erde eine eigene Einladung aufgefangen. Es ging also nicht nur um die Menschen oder gar um die Next. Es ging um alle.

»Also handelt es sich um eine Art – kosmische Telepathie«, sagte Lee unsicher.

Roberta zog die gepflegten Augenbrauen hoch. »Wir verzichten auf derlei ungenaue und mythisch aufgeladene Begriffe. Aber es gibt kein... herkömmliches Wort dafür. Stellen Sie es sich eher wie eine... Vision vor. Eine Vision, die sich, womöglich, in technischer Hinsicht realisieren lässt. Genau das haben unsere klügsten Geister versucht. Das Resultat haben Sie heute hier gesehen. Ein Entwurf der Next als Erwiderung auf eine außerirdische Vision. An der Oberfläche lautete die Botschaft: MACH MIT. Eine Ebene darunter heißt es: SO GEHT'S. Aber dieses Ziel müssen wir selbst erreichen.«

Unter Mithilfe der Menschheit, dachte Dev, sowie der Trolle und anderer, die alle durch eigene Varianten der Nachricht darauf vorbereitet wurden.

»Ich glaube, ich habe es verstanden«, sagte Lee. »Die Vision eines Entwurfs. So wie da Vinci Hubschrauber skizziert hat, die man erst Jahrhunderte später bauen konnte. Aber mit einem Hubschrauber kann man fliegen. Was kann man mit diesem Ding hier?«

»Um genau das herauszufinden, müssen wir es erst konstruieren«, antwortete Roberta.

»Hmm. Falls wir es dann je anschalten«, sagte Lee.

Roberta sah sie an. »Eine instinktiv vorsichtige, wenn nicht sogar paranoide Reaktion. Wir Next sind nicht so argwöhnisch wie ihr Menschen. Wir sehen sowohl die Vor- als auch die Nachteile deutlicher als ihr, ohne Aberglauben und ohne Vorurteile.«

»Ja, schon gut«, schnaubte Lee. »Wissen Sie, wo dieses Signal herkommt?«

»Das lässt sich unmöglich mit letzter Sicherheit sagen, aber der Ursprung ist irgendwo im Sternbild des Schützen. Wir glauben immer noch, dass es geradewegs aus der Mitte der Galaxis kommt. Wir haben nämlich seit einiger Zeit – noch vor dem Zwischenfall mit den Silberkäfern und lange bevor die Einladung aufgefangen wurde – anomale Gravitationswellen festgestellt, die aus dem System mit einem Schwarzen Loch genau in der Mitte der Galaxis kommen.«

»Anomal?«

»Sie enthalten Strukturen, die wir nicht analysieren können.«

Lee grinste. »Beruhigend, dass es auch Dinge gibt, die Sie nicht beherrschen.«

»Wir haben es also mit superfortschrittlichen Aliens zu tun«, sagte Dev, »die versuchen, mit uns Verbindung aufzunehmen. Wir Dumpfbirnen haben das alles schon vor hundert Jahren durchgedacht. Eine interstellare Botschaft? Wenn es gut geht, *Contact*. Wenn wir Pech haben, *A wie Andromeda,* Versklavung und Vernichtung.«

Roberta schien nachzudenken. »Diese Fantasieprodukte könnten ein nützlicher Input sein.«

Dev wusste nicht genau, ob sie es ernst meinte. »Immer gern zu Diensten.«

Jetzt veränderte sich der Maßstab, und in der virtuellen Grafik auf dem Bildschirm fügten sich die einzelnen

Komponenten zu einer gewissen Struktur zusammen – ausufernd, flächig, verworren. Sie erinnerte Dev an ein riesiges Solarzellenfeld oder einen Antennenpark, an Hunderte von Schüsseln, die gemeinsam in den Himmel spähen. Vielleicht war es auch etwas viel Fremdartigeres, weniger Planmäßiges, wie das Raster einer außerirdischen Stadt.

»Die Komponenten lassen sich in zwei Kategorien einteilen«, sagte Roberta, »obwohl es deutliche Überlappungen gibt. Die größeren Komponenten sind einfacher, zumindest was ihren Informationsgehalt angeht, und weitgehend konstruktionstechnischer Natur. Aber wie Sie sehen, sind auch sie oft sehr komplex. Die kleinen Komponenten sind noch vertrackter – und schlauer. In jeder Hinsicht viel zu kompliziert für den menschlichen Verstand. Sogar zu kompliziert für den Verstand der Next.«

»Ist das möglich!«, entfuhr es Lee, und Dev musste sich ein Grinsen verkneifen.

»Wir glauben – falls entschieden wird, dieses Gerät zu bauen –, dass unsere Replikator-Technik hier auf der Farm dazu in der Lage sein müsste, viele der kleineren, komplexen Komponenten zu drucken. Bislang haben wir jedoch noch nicht das Potenzial, die größeren Elemente herzustellen. Schon gar nicht in der allem Anschein nach erforderlichen Anzahl.«

»Aha«, sagte Lee. »Sie müssten das also alles zu uns Banausen auslagern. Zu den Industriekomplexen auf der Datum und den Nahen Erden.«

»Ja.« Roberta lauschte einen Augenblick. »Einer der Teilnehmer weist auf die praktischen Schwierigkeiten hin, überhaupt mit Menschen zusammenzuarbeiten, und das zu einer Zeit, in der sich die Zentralregierung und die gesamte Unternehmenskultur auflösen. Dann gibt es noch die Gruppe, die als ›Die Bescheidenen‹ bekannt ist, eine ideologische, kollektivistische Next-Menschen-Bewegung, die in den industrialisierten Nahen Erden viel Zulauf gefunden hat – also dort, wo ein Großteil dieser Arbeit getan werden müsste. Vielleicht haben Sie schon vom Sprecher dieser Gruppe gehört, einem gewissen Marvin Lovelace. Er ist ein ehemaliger Kollege von mir, der inzwischen die meiste Zeit auf den Welten der Menschen verbringt. Marvin misstraut den Motiven derjenigen, die diese Nachricht gesandt haben. Er befürchtet eine Manipulation unseres Bewusstseins. Eigentlich ist es gut, dass gegensätzliche Auffassungen zum Ausdruck kommen. Wir Next sind wesentlich weniger paranoid als die Menschen, aber es ist nie schlecht, einen Advokaten des Teufels zu haben, der mögliche Bedrohungen artikuliert.«

Roberta fuhr fort: »Andere sprechen die Frage der Dringlichkeit an. Es könnte nämlich sein, dass die Zeit knapp wird. Wenn die menschliche Industrialisierung im großen Stil zusammenbricht, wäre es möglich, dass man das Einladungsprojekt eine ganze Weile nicht mehr weiterverfolgen kann – bis wir Next im großen Stil eigene Herstellungskapazitäten entwickelt haben, vermutlich auf Roboterbasis. Das Zeitfenster schließt sich. Andere aus dieser Gruppe erinnern uns daran, dass wegen dieser Dringlichkeit bereits erste Anstrengungen unternommen wurden, um die Menschenpopulation der Langen Erde auf ein solches Projekt vor-vorzubereiten.«

»Vor-vorzubereiten?«, fragte Dev. »Was soll das denn heißen?«

»Bis haben wir uns dazu viraler Narrative bedient…«

»Viraler was?« Lee sah sie fragend an.

»Meme«, sagte Dev. »Ich glaube, sie meint, dass sie Ideen in unsere Kultur einspeisen, um uns in eine bestimmte Richtung zu lenken.«

»Das ist unglaublich. Was gibt Ihnen das Recht dazu, sich in unsere Angelegenheiten einzumischen? Noch dazu, ohne uns darüber zu informieren?«

»Über dieses moralische Dilemma streiten sich andere

bereits. Genau genommen ist die Debatte über unsere Beziehung zur Menschenwelt seit den Lehren von Stan Berg sehr intensiv geworden. Was den Umgang mit dem Signal angeht – sollten wir denn komplett ohne eure Beteiligung mit einem solchen Projekt fortfahren? Schließlich dürften die Konsequenzen die Menschheit ebenso betreffen wie die Next.«

»Allerdings«, sagte Lee ungehalten. »Haben Sie allen Ernstes daran gedacht, uns überhaupt nicht miteinzubeziehen?«

Roberta sah sie an. »Im Lauf Ihrer ersten mechanisierten Kriege wurden Millionen Pferde auf den Schlachtfeldern getötet. Haben Sie diesen Tieren vorher die Möglichkeit einer Teilhabe ermöglicht?«

»Ich bin kein Pferd, verdammt noch mal. Außerdem ist das Ganze hier vielleicht nichts anderes als die Rache von euch Schwachköpfen.«

»Rache?« Roberta runzelte die Stirn. »Ich kann Ihnen nicht ganz folgen.«

»Oder eine Kompensation, ist doch egal. Weil die Sagittarianer Meme in Ihre Köpfe einpflanzen, genau wie Sie es mit uns machen. Ha! Dann wissen Sie ja jetzt, wie es uns so ergeht!«

Dev wurde vom neuesten Bild auf dem Monitor abgelenkt, das, während die virtuelle Kamera zurückfuhr, immer mehr zeigte. Jetzt lösten sich individuelle Komponenten in einem wahren Ozean der Vielschichtigkeit auf. Der Blick schwenkte auf einen mit Technologie vollgestopften Horizont – und Dev sah zu seiner Verwunderung, dass der Horizont gekrümmt war.

»Roberta ... wie groß soll dieses Ding werden?«

Sie zuckte die Achseln. »Wir haben noch nicht alle Daten, deshalb wissen wir es nicht genau. Wenn es komplett zusammengesetzt ist, dürfte es größer sein als die meisten Länder. Aber kleiner als die Vereinigten Staaten.«

Lee starrte sie entgeistert an. »Größer als ein ganzes Land?«

Jetzt kam Bewegung in die Gruppe. Die Versammlung löste sich in kleinere Grüppchen auf, während Stella ihren Bildschirm ausschaltete. Einige Teilnehmer eilten mit ernsten Gesichtern nach draußen.

»Ich glaube, wir haben einen Konsens erzielt«, sagte Roberta.

»Wir?«, wunderte sich Dev. »Ein Haufen menschlicher Wissenschaftler und Ingenieure würde Tage oder Wochen brauchen, um sich über so etwas zu einigen. Falls überhaupt.«

»Uns fällt es leichter, derlei Dinge zu besprechen«, sagte Roberta nachsichtig. »Wir sind in der Lage, unsere Persönlichkeit – Stolz, persönliche Animositäten, Revierverhalten – viel leichter als ihr außer Acht zu lassen. Außerdem erlaubt uns unsere Logik, viele grundsätzliche Fragen zu lösen, da wir die offensichtlichen Antworten sofort erkennen. Wir können uns daher leichter auf irgendwelche Methoden einigen. Nur auf der strategischen Ebene haben wir wesentliche Meinungsverschiedenheiten. In diesem Fall ist die Debatte darüber, ob wir diese Einladung annehmen, also die Vision erfüllen sollen oder nicht, jedoch abgeschlossen. An dieser Stelle kommen Ronald und Ruby ins Spiel.«

Lee tippte Dev auf die Schulter. »Sieh dir das an.«

Dev drehte sich zur Tür.

Dort sah er ein halbes Dutzend Next, die eine Art hölzerne Sänfte auf den Schultern in den Raum trugen. In der Sänfte saßen zwei Next, mit lockeren Gurten aufrecht an hochlehnige Stühle fixiert. Sie trugen die üblichen Shorts und Westen mit Taschen, und ihre Körper sahen normal aus – etwas dünne, fast schon magere Erwachsene, wie Dev sah. Ein Begleiter überwachte einen Tropf, von dem aus eine Flüssigkeit in den Arm des links Sitzenden lief. Ronald oder Ruby? Er konnte nicht erkennen, wer von den beiden männlich und wer weiblich war.

Aber das alles bildete lediglich den Hintergrund. Denn unwillkürlich starrte er auf die Köpfe dieser beiden Kreaturen – ballonartig angeschwollene Schädel mit vereinzelten dunklen Haarinseln auf der, wie es aussah, schmerzhaft gespannten Haut und darunter mehr oder weniger normale, unter dem Riesenschädel viel zu klein wirkende Menschengesichter.

Während diese bizarre Prozession durch die Halle marschierte, fiel Dev eine junge Next auf, eine normal proportionierte Frau, die stets sehr nah bei der Sänfte blieb, obwohl sie nicht zu den Trägern gehörte. Ihr Gesicht war verschlossen und ausdruckslos.

Ronald und Ruby wurden überaus vorsichtig so vor dem großen Bildschirm abgesetzt, dass sie ins Publikum sehen konnten. Einer der beiden, vielleicht Ruby, die Frau, ergriff die Hand des sie begleitenden Mädchens.

»Das Mädchen dort ist Indra Newton«, flüsterte Roberta und hörte sich beinahe ehrfürchtig an. »Sie ist eine Cousine von Stan Berg und rangiert auf jeder Skala, mit der wir unsere Fähigkeiten messen, ganz oben. Sie gilt als die klügste Vertreterin der neuen Generation, vielleicht die Klügste überhaupt seit Stan, und sie ist unsere wichtigste Dolmetscherin für die Lollipops.«

Dev konnte den Blick nicht von den beiden in der Sänfte abwenden. »Lollipops?«

»Großer Gott«, murmelte Lee. »Was ist das denn?«

»Eines unserer Experimente«, antwortete Roberta. »Ein Versuch, das Erbe unserer menschlichen Natur mitsamt seinen Einschränkungen zu umgehen. In diesem Fall die Größe des Schädels, die das Wachstum und die Entwicklung des Gehirns beschränkt. Bei dieser neuen Art können die Föten die Gebärmutter ohne Umweg über den Geburtskanal verlassen.«

»Davon habe ich schon gehört«, sagte Dev. »Joshua Valienté hat in dem Bericht über seine erste Expedition in die Hohen Megas davon erzählt. Eine Elfenart hat diesen Trick entwickelt, irgendwo weit draußen im Getreidegürtel.«

»Wir haben diese Idee aufgegriffen«, sagte Roberta. »Valienté zufolge hat Sally Linsay sie ›Lollipops‹ genannt. Wir haben sie aufgespürt und die entsprechende Gen-Kombination isoliert. Diese Kreaturen haben mit ihren größeren Stirnlappen nichts Sinnvolles anzufangen gewusst. Vielleicht gelingt es uns mit der Zeit, etwas … Ronald und Ruby sind bereits deutlich intelligenter als die meisten unserer größten Gelehrten, dabei sind sie noch nicht mal zwanzig Jahre alt. Sie sind zu einer Art Streitschlichter geworden, so wie im vorliegenden Fall. In dieser Hinsicht hat das Experiment funktioniert … Auch jetzt waren Ronald und Ruby entscheidend daran beteiligt, die außerirdische Vision in Entwürfe umzusetzen. Ich glaube, sie wollen etwas sagen.«

»Jetzt schon?«

»Sie wurden schon vor der heutigen Sitzung über alle Aspekte rund um die Einladung informiert. Stella dürfte nicht lange gebraucht haben, die Entscheidungen früherer Versammlungen für sie zusammenzufassen …«

»Willkommen.«

Erschrocken stellte Dev fest, dass die beiden Lollipops ihn und Lee ansahen. Der- oder diejenige auf der linken Seite hatte gesprochen. Das Wort war von einer zarten, papiernen Stimme geäußert worden, einer sehr alten Stimme – nicht die eines Jugendlichen. Aber immerhin auf Englisch. Lag da womöglich ein Lächeln in dem verzerrten Gesicht?

»Wir heißen unsere Gäste herzlich willkommen«, sagte der Lollipop. »Dev Bilaniuk, Lee Malone. Sie sollten hören, was beschlossen wurde, denn es wird auch Sie und Ihre Familien betreffen. Ich heiße Ruby. Das ist Ronald. Wie

Sie wahrscheinlich ahnen, befassen wir uns normalerweise nicht mit solchen Dingen. Ich verdiene mein Geld als professionelle Balletttänzerin, und Ronald ist ein berühmter Football-Quarterback.«

Dev starrte sie ungläubig an. War das ein Scherz? Lee lachte nervös.

»Aber jetzt zu unserem eigentlichen Thema. Sie sollten wissen, dass sich die Wissenschaft der Next schon jetzt grundlegend von der der Menschen unterscheidet...«

»Wie wahr«, bestätigte Ronald mit ebenso schwacher, wenn auch ein wenig tieferer Stimme. »Grob gesagt, sind wir bis auf Leibniz zurückgegangen, der sich mit Newton gestritten hat, und haben von dort aus noch einmal neu angesetzt. Ich meine, wenn wir schon von Anfängerfehlern reden.«

Stella Welch hüstelte.

Ruby lächelte. »Entschuldigen Sie bitte. Unsere eigene Wissenschaft ist noch im Entwicklungsstadium, deshalb sollten wir lieber etwas bescheidener auftreten – so wie es uns Stan Berg angeraten hat. In unserer Wissenschaft, genauer gesagt unserer Philosophie, gehen wir Next von Bergs Dreidaumenregel aus. Er gab uns den Rat, *im Angesicht des Universums bescheiden zu sein.* Also werden wir uns auch hier so verhalten. Wir sollten diese Vision aus der Galaxis mit Dankbarkeit annehmen, dabei allerdings Vorsicht walten lassen. Auch wenn wir nicht so arrogant sein dürfen anzunehmen, eine so überlegene Rasse hätte es nötig, unsere Vernichtung zu planen. ›Mach mit‹, haben sie gesagt. Es gibt keinen Grund, diese Einladung als Täuschungsversuch aufzufassen.«

Ruby fuhr fort: »*Begreife die Welt,* hat Berg gesagt. Wir sollen das Universum in seiner Totalität akzeptieren – und wenn die Erkenntnismöglichkeiten dieses Denkers, dieser Maschine aus dem Himmel, ein besseres Fenster zum Universum ist als unsere eigenen Sinne und Apparaturen, dann müssen wir das Geschenk annehmen. Berg hat auch noch gesagt: *Tue Gutes*. Für diesen Teil des Unternehmens werden wir Ihre Hilfe brauchen. Aber wir wollen sichergehen, dass diese Hilfe mit Ihrem vollständigen Einverständnis geleistet wird, dass Sie auf ethisch einwandfreie Weise eingesetzt werden und Ihre Sicherheit an erster Stelle steht. Genauer gesagt, die Sicherheit von uns allen, die Sicherheit aller unserer Welten. Wir werden persönlich die notwendigen Schritte veranlassen, um das sicherzustellen.«

Dev fragte sich, wie diese »notwendigen Schritte« wohl aussehen würden.

Ronald bewegte sich und hob eine bleistiftdünne Hand. »Mir ist klar, dass Sie diese Entscheidung nicht allein treffen können. Niemand spricht für die gesamte Menschheit. Trotzdem ist uns an Ihrer Einschätzung gelegen. Stimmen Sie mit unseren Schlussfolgerungen überein?«

Lee und Dev wechselten einen Blick. Dev bemerkte, dass Indra Newton sie mit leerem Blick anstarrte, fast so, als wunderte sie sich über ihre Anwesenheit.

»Wie ist so etwas überhaupt möglich?«, fragte Lee. »Telepathische Botschaften aus dem Zentrum der Galaxis zu verschicken, meine ich. Und mit der gesamten Langen Erde auf einmal zu reden?«

Ruby nickte bedächtig mit ihrem großen Kopf. »Was glauben Sie?«

Dev zuckte die Achseln. »Manche behaupten, die gesamte Lange Erde sei bloß ein Hirngespinst. Ein Quanteneffekt. Kein Traum, aber so etwas Ähnliches. Und wenn es sich hier um Telepathie oder etwas in der Art handelt, dann spielen wohl auch die Grenzen der Lichtgeschwindigkeit keine Rolle, denke ich.«

Lee verzog das Gesicht. »Das sind doch alles bloß Worte. Wenn die uns so unglaublich überlegen sind, können sie doch sowieso machen, was sie wollen. Sogar auf Chinesisch.«

Wieder nickte Ruby. »Wir hätten es nicht besser ausdrücken können. Einige von uns raten zur Vorsicht. Auch wir haben etliche Vorbehalte. Wir würden gerne Vorsichtsmaßnahmen treffen. Wir glauben, dass wir eine gewisse Verpflichtung zur Fürsorge haben, für euch alle – für alle Welten. Wenn nicht wir, wer dann? Trotzdem herrscht eine eher positive Stimmung vor, oder? Wir sind alle vom gleichen Enthusiasmus erfüllt, einer freudigen Dringlichkeit, etwas zu tun, was die Kategorien des Denkens und der bloßen Vernunft übersteigt. Außerdem fällt es schwer zu glauben, dass ein böser Wille dahintersteckt. Was also sollten wir jetzt tun?«

Dev zwang sich zu einem Grinsen. »Ich war schon immer eher pro-Kontakt. Deshalb wollte ich überhaupt in der Lücke arbeiten. Also bauen wir dieses Ding. Wann fangen wir an?«

»Verraten Sie mir nur eins«, sagte Lee zu Roberta und Stella, während die Versammlung sich auflöste. »Sie sagten, die Menschheit wurde vor-vorbereitet. Von welchen ›viralen Narrativen‹ haben Sie da geredet?«

»Geschichten«, antwortete Roberta, »mündlich überlieferte Geschichten. Wie sollte man sonst eine Nachricht an die Menschheit übermitteln, nachdem sie jetzt quer über die Lange Erde verstreut ist? Es sind Geschichten. Kleine Erzählungen und Schilderungen, die wie Viren in eure kindlichen Vorstellungswelten eindringen.«

»Geschichten wie zum Beispiel …?«, hakte Lee nach.

Roberta lächelte. »Zum Beispiel eine Geschichte wie die von Erde West 314.159 …«

18

Zufällig ging es auch bei dieser Geschichte, wie bei der ersten Begegnung mit den Lollipops, um eine Begebenheit aus der Großen Reise – Joshua Valientés erster Forschungsreise, die er vor vierzig Jahren in Begleitung Lobsangs tief hinein in die Lange Erde unternommen hatte. Der Zwischenfall war nicht groß bekannt geworden, es war eher eine Fabel, die jetzt ausgegraben, weitergesponnen und überall in der Langen Erde von einem Ohr ins andere geflüstert wurde, nur um den Zwecken der Next zu dienen...

Sie waren schon einige Wochen unterwegs gewesen. Joshua hatte bereits von der erstaunlichen und zugleich beunruhigenden Existenz der Lollipops erfahren, einer unerwarteten neuen Art von Humanoiden.

Eines Morgens hatte er nach dem Aufwachen festgestellt, dass die *Twain* nicht mehr wechselte. Sie befanden sich im westlichen Segment einer Weltenkette, die später den Namen Getreidegürtel erhalten sollte, auf Erde West 314.159.

Dass Joshua von dem Anhalten nichts bemerkt hatte, sagte so einiges über den Grad seiner Erschöpfung aus. Und als er aus dem Fenster blickte, sah er sofort, weshalb Lobsang ausgerechnet auf dieser Welt angehalten hatte.

Diese Erde sah wie eine Bowlingkugel aus, völlig blank lag sie unter einem wolkenlosen tiefblauen Himmel.

»Ein Joker. Wir haben schon andere gesehen«, sagte Joshua.

»Stimmt.« Lobsang warf einen Blick auf sein Tablet. »Der Letzte war West 115.572. Ich dachte mir, dass wir uns diesen mal genauer ansehen sollten.«

»Wir, Lobsang?«

»Darf ich nicht auch mal neugierig sein?« Er lächelte. »Keine Bange, Joshua, in deinen Händen fühle ich mich absolut sicher ...«

Sie standen im Nichts.

Nein. Nicht im Nichts. Nicht ganz.

Joshua ließ die Leiter des über ihnen in der Luft stehenden Twains los und machte einen vorsichtigen ersten Schritt. Dann stand er auf einer eierschalenblauen Ebene, absolut glatt und ohne jede Struktur. Der Himmel über ihm war ein abstraktes weißes Gebilde, eine Kuppel. Er machte noch einen Schritt und drehte sich um. Soweit er sehen konnte, erstreckte sich die leere Ebene unter diesem Himmel in jede Richtung bis zum verschwommenen Horizont. Sie sah wie etwas Künstliches aus, nicht wie eine Welt. Wie etwas Abstraktes und obendrein seitenverkehrt – oben weiß und unten himmelblau.

Zwischen diesem Himmel und der Erde standen zwei leicht angeschmuddelt aussehende Menschen, besser gesagt, ein Mensch plus eine Simulation. Sie warfen keine Schatten, wie Joshua jetzt auffiel. Das Licht war zu diffus. Der leere Himmel erhellte das Land zwar, aber es hätte ebenso gut auch umgekehrt sein können.

Lobsang sah genauso verdutzt aus wie Joshua. Er ging ein paar Schritte, klatschte in die Hände und rief: »Hallo?« Die Geräusche wurden ohne jedes Echo verschluckt.

Verunsichert schaute Joshua sich um. »Was ist das hier, Lobsang?«

»Ich habe schon von Welten wie dieser gehört«, antwortete Lobsang. »Auch von der, die wir gefunden haben. Die Wanderer nennen sie Spielbälle. Es handelt sich um eine Art

Joker – unheimliche Orte, an denen man sich nicht lange aufhält.«

»So etwas wie ein Schönheitsfehler in der Langen Erde?«

»Vielleicht. Oder...«

»Was denn?«

»Ich spinne nur ein bisschen herum, Joshua. Vielleicht auch so etwas wie ein Schnittpunkt mit einer anderen... ich meine, mit einer anderen Langen Welt. Wie zwei Halsketten, die sich an dieser Stelle kreuzen.«

Den Historikern fiel in dieser Bemerkung später Lobsangs bemerkenswerte Vorahnung auf, wenn man bedachte, dass die beiden Reisenden an diesem Punkt ihrer Fahrt Sally Linsay, der Königin der weichen Stellen, noch nicht begegnet waren. Andererseits war das Ausmaß von Lobsangs Wissen immer wieder ein großes Geheimnis.

»Zwei Welten, die sich kreuzen...«

»Welten, die irgendwie miteinander verschmelzen«, fuhr Lobsang fort. »Sich vermischen. Bis am Ende diese... Abstraktion übrigbleibt. Als der kleinste gemeinsame Nenner, ihre grundsätzlichen Eigenschaften.« Er sprang ein paar Zentimeter in die Luft. »Schwerkraft. Also besitzt diese Welt Masse. Dann die Größe. Wenn wir wollten, könnten wir die Entfernung bis zum Horizont messen. Das hier ist keine Welt, sondern ein mathematisches Modell. Eine Reihe von Zahlen ohne irgendwelche Details.«

»Oder wie die Emulation eines Computerspiels.«

»Joshua«, seufzte Lobsang, »*ich* bin die Emulation eines Computerspiels.«

»Warum leuchtet es dann so, warum dieser blaue Boden?«

Lobsang sah sich um. »Es ist wie das Zeug, aus dem alles andere gemacht ist. Das Licht, das hinter der Wirklichkeit strahlt, das ihr Substanz verleiht... Sieh mich nicht so an, Joshua. Vergiss nicht, dass mein Erkenntnisvermögen größer ist als deins, die Größenordnung meiner Verarbeitungsgeschwindigkeit beträgt ein Vielfaches. Ich habe viel Zeit zum Nachdenken. Sogar dann, wenn Leute wie du reden.«

»Na schön.«

»Und ich denke über die Beschaffenheit der Langen Erde nach. Sogar über platonische Realitäten, und…«

»Und dann rauchst du noch ein bisschen mehr?«

Lobsang erwiderte nichts.

»Komm schon. Wir haben alles aufgezeichnet, wir fahren weiter.« Joshua streckte die Hand nach der Leiter des Luftschiffes aus.

Aber Lobsang stand ein Stück von ihm entfernt und starrte in die Luft. »Joshua. Sieh dir das an.«

Sie waren wie Regentropfen, so ähnlich. Nebelpartikel. Rings um Lobsang hingen absolut kreisrunde Wassertropfen in der Luft, unbeweglich.

Rückblickend war das Jahr 2030, in dem er sich mit Lobsang in die Lange Erde aufgemacht hatte, ein sehr gutes Jahr für Joshua Valienté gewesen. Es hatte ihn sogar berühmt gemacht.

So würde es im Jahr 2070 wohl nicht ausgehen.

19

Joshua Valienté steckte in einem Albtraum fest.

Man hatte ihn irgendwo auf den Boden geworfen.

Er hatte Blut im Mund, Dreck unter der Wange.

Er wurde auf den Rücken gerollt, wobei ihm der Schmerz vom Bein aus durch den ganzen Leib schoss. Er wurde wie eine Puppe in den Händen eines Grobians hin und her geschubst. Als er sich schwach dagegen wehrte, drückten ihn noch mehr Hände nieder.

Ringsumher riesige Gestalten, schwarzzottelige Körper, die er durch einen Blutschleier sah. Und alles von höllischen Schmerzen durchtränkt.

Er verlor das Bewusstsein. Kam wieder zu sich. Und alles wieder von vorne.

Das machte er immer und immer wieder durch. Der Albtraum dauerte mehrere Tage lang.

Nur langsam, nach und nach kam er wieder zu sich.

Er lag da und ließ es einfach geschehen. Was blieb ihm anderes übrig?

Er dachte an die Puzzles, die er im Heim immer ganz hinten aus irgendwelchen Schränken ausgegraben hatte. Achtlos liegengelassene Überbleibsel in eingerissenen Schachteln, auf denen Bilder aus Welten zu sehen waren, die schon weit vor seiner Geburt verschwunden waren: Range Riders im Wilden Westen, Mercury-Astronauten in silbernen Raumanzügen. Verlorene Träume. Manchmal saß er stundenlang alleine da und sortierte die Teile in Kategorien: Ecken, Ränder, die Teile mit Himmel oder Meer und die mit silberfarbenem Raumanzugstoff, Ränder mit Himmel oder Meer oder Raumanzugsilber… Man musste nur Geduld haben, immer ein Teil nach dem anderen, und langsam, ganz langsam, fügte sich das Bild zusammen. Und je mehr man von dem Bild schon hatte, desto schneller bekam man es zusammen.

Raumanzugsilber. Er fragte sich, wieso er gerade daran denken musste.

Es war dunkel, dann war es wieder hell. Tage vergingen.

Bald kommt der Herbst, dachte er, auf dieser Welt wie auf allen anderen Welten der Langen Erde. Bald wurden die Tage kürzer und kälter. Aber daran konnte er jetzt nichts ändern. Er musste es einfach durchstehen.

Ein dumpfer Schmerz im Bein war sein ständiger Begleiter, und er sorgte sich um den Zustand des Bruchs.

Und um den seiner zerrissenen Hosen. Er hatte noch nie besonders gut nähen gekonnt. Bei dem Gedanken wollte er lachen, aber dazu tat ihm die Brust zu weh.

Der Himmel über ihm war das erste Puzzleteil, das klarer wurde. Ein blauer Himmel mit ein paar Wolken. Und die Luft war kühler, als er sie in Erinnerung hatte. War es schon so viel später im Jahr? Wie lange lag er hier schon?

Er roch die Erde und den kräftigen animalischen Moschusduft der Trolle, und er hörte irgendwo Wasser plätschern. Von Menschen keine Spur, nicht einmal ein Lagerfeuer. Er befand sich immer noch weit draußen in den Hohen Megas. Also war niemand gekommen, niemand hatte ihn gefunden. Er hatte keine Ahnung, ob er überhaupt noch auf der Welt war, auf der er seine Palisade errichtet hatte…

Das Trollgesicht, das plötzlich über ihm auftauchte, schien aus dem Nichts zu kommen. Er zuckte zusammen.

Der Troll erschrak ebenfalls und wich zurück, näherte sich aber gleich darauf ganz vorsichtig von Neuem. Es handelte es sich um ein junges Exemplar, wie Joshua jetzt erkannte, ein sehr junges sogar, dessen rundliches Gesicht aus einer Maske dichten schwarzen Fells bestand, mit noch babyhaften Zügen – es sah beinahe menschlich aus, wenn man sich den Bart wegdachte. Jedenfalls war es nicht der alte Troll, der ihn gerettet hatte, nachdem ...

Nachdem ihn das Elefantenbaby mit der Maske eines Sturmtrupplers aus *Star Wars* beinahe überrannt hatte. Jetzt fiel es ihm wieder ein. Und seine Mutter war einfach auf ihn draufgetreten.

»Huuh!«

Wieder kam der Troll auf ihn zu. Joshua, der hilflos auf dem Boden lag, zuckte vor den schnellen, entschlossenen Bewegungen des kräftigen Jungtiers zurück, denn letztendlich handelte es sich um ein Tier. Er musste sich zwingen, nicht einfach wegzuwechseln. Er musste einfach daran glauben, dass er hier besser dran war als irgendwo anders. Abgesehen davon würden die Trolle wahrscheinlich einfach hinter ihm herwechseln.

Plötzlich spürte er eine Hand am Hinterkopf, eine kräftige, haarige Pfote, die ihn anhob. Eine zweite Hand vor seinem Gesicht – mit Wasser in der hohlen Handfläche. Instinktiv machte Joshua den Mund auf, und das Wasser lief hinein, mehr als erwartet, sandig und kalt. Er würgte ein bisschen, schluckte es aber fest entschlossen hinunter.

Dann wurde sein Kopf einfach fallen gelassen, der Aufschlag löste eine neuerliche Schmerzenswoge in seinem zerschlagenen Körper aus. »Huuh!« Ein ausgewachsener Troll schlenderte aus seinem Blickfeld, irgendwohin.

Während Joshua dort keuchend auf dem Boden lag, spürte er nach und nach die Anwesenheit von noch mehr Trollen, Erwachsenen, einer ganzen Familie. So ein Jungtier war eigentlich nie allein. Jetzt hörte er, wie sich schwere, ledrige Fußsohlen durch den Staub bewegten, und er schnappte ein paar Melodiefetzen auf, wie Ausschnitte aus einer klingonischen Oper.

»Tja«, sagte er. Seine Stimme hörte sich merkwürdig an, sehr kratzig, sein Mund war ausgetrocknet wie eine Wüste auf der Venus. »Ich hätte gerne noch so einen Schluck Wasser.«

Wie zur Antwort beugte sich ein anderer Troll über ihn. Es handelte sich um ein großes Männchen, noch nicht alt; es war nicht Sancho. Das Männchen blickte Joshua neugierig in die Augen und quetschte ihm die Wange so fest, dass es wehtat.

»Au!«

»Huuh!«

Er hob Joshua hoch, diesmal etwas sanfter, bis er halbwegs aufrecht saß. Joshua sah den jungen Troll hinter dem Männchen, und er sah ein Weibchen, das ihn mit einer gewissen Neugier, wenn nicht gar Besorgnis anschaute. Neben ihr befand sich noch ein Jungtier, das Joshua wie ein Weibchen vorkam, obwohl man bei dem vielen schwarzen Fell sogar bei Erwachsenen nur schwer erkennen konnte, welchem Geschlecht sie angehörten. Die Kleine klammerte sich an das Bein des Weibchens, als wäre sie schüchtern. Womöglich handelte es sich wirklich um eine Familie. Er wusste, dass Trolle in der Wildnis durchaus monogam leben und kleine Familiengruppen bilden konnten, die auch innerhalb von größeren Horden aus mehreren Dutzend Exemplaren zusammenblieben. Soweit ihm bekannt war, wusste niemand, ob die erwachsenen Männchen in einer solchen »Familie« auch tatsächlich die biologischen Väter der Nachkommenschaft waren, für die sie sorgten.

Das alles spielte sich vor einem undefinierbaren Hintergrund ab: einer staubigen Ebene, an deren Peripherie ein kleines Wäldchen aus Obstbüschen stand und etwas, das sich nach einem nicht allzu weit entfernten Bach oder kleinen Fluss anhörte. Ein gutes Land, wenn man ein Troll war. Joshua konnte nach wie vor in der Welt sein, in der er seine Palisade angefangen hatte, oder aber auch weit weg.

Flatsch. Ohne Vorwarnung stopfte ihm jemand Essen in den Mund – einen Fetzen blutiges Fleisch und irgendein Gemüse. Das Männchen fütterte ihn, aber so grob, dass es sich anfühlte, als hätte es ihm einen Hieb verpasst, und sein Mund war auf einmal so voll, dass er befürchtete zu ersticken.

Er hob eine Hand und schaffte es, einen Großteil des Essens wieder herauszuziehen. Das Fleisch ließ er auf den Boden fallen; es konnte sich durchaus um rohes Elefantenfleisch handeln. Aber dann hob er, etwas vorsichtiger, das Gemüse wieder auf, eine aufgebrochene Wurzel, die einer rohen Kartoffel glich, etwas Grünes und wirr Verschlungenes, auch etwas Rotes, Weiches, vielleicht irgendein Obst. Als er anfing, auf der Wurzel herumzukauen, verspürte er mit einem Mal schrecklichen Hunger. »Der Salat ist wirklich vorzüglich«, sagte er. Das große Männchen, das ihn immer noch stützte, versuchte, ihm noch mehr Essen in den Mund zu stopfen, aber Joshua wehrte die Hand ab und suchte sich stattdessen mit den Fingern selbst ein paar mundgerechte Stückchen aus.

Das Weibchen mit den beiden Jungen kam langsam näher und beobachtete ihn. Er bemerkte auch noch weitere Trolle am Rand seines Gesichtsfeldes, die neugierig herüberblickten. Erst jetzt kam ihm der Gedanke, dass sie vielleicht nicht an so alte Menschen wie ihn gewöhnt waren.

»Ich danke euch«, sagte er an den Essensbrocken vorbei und kaute weiter. »Ich weiß nicht, wie ich hierhergekommen bin, wahrscheinlich hat mich mein Kumpel Sancho bei euch abgeliefert, aber den sehe ich hier nirgends ...« Er seufzte. »Aber es sieht ganz so aus, als müsste ich euch noch eine Zeit lang zur Last fallen. Und ich kann euch ja schlecht ›erwachsenes Männchen‹ oder ›Jungtier von unbekanntem Geschlecht‹ nennen. Du bist Patrick.« Er zeigte auf ein ausgewachsenes Exemplar. »Du bist die Mutter, du bist Sally. Ich habe mal eine Sally gekannt ... Der Junge heißt Matt, und das Mädchen heißt Liz. Wo zum Teufel habe ich bloß diese Namen her?« Er schüttelte den Kopf. Dann zeigte er auf die eigene Brust. »Ich bin Joshua Valienté. Ihr findet mich im Trollruf.«

Dann nahm er allen Mut zusammen und sah langsam und ganz vorsichtig an sich herunter, betrachtete zum ersten Mal sein verletztes Bein. Zu seiner großen Erleichterung sah es mehr oder weniger gerade aus. Seine Hosen waren jedoch noch zerfetzter, als er sie in Erinnerung hatte. Das Bein war natürlich weder geschient noch bandagiert, und nach den Schmerzen zu urteilen, die ihn befielen, sobald er sich bewegte, war er auch nicht mit etwas behandelt worden, das einem Betäubungsmittel gleichkam.

Wenn er das Bein aber soweit wieder hinbekam, dass er ohne Hilfe darauf stehen konnte – und falls er so lange am Leben blieb –, dann bestand durchaus die Möglichkeit, bis in eine bewohnte Welt zurückzuwechseln. Und sobald er wieder in Walhalla oder einer Nahen Erde war, würde er sich um eine ordentliche Korrekturoperation kümmern.

Wenn. Falls.

Er sah in die Gesichter der ihn beobachtenden Trolle. Patricks Gesicht verzog sich fragend. »Wenn ich doch bloß einen Trollrufer hätte. Hört mal, ich glaube, ihr habt mir das Leben gerettet. Vielen Dank ...«

Plötzlich zog sich sein Magen in einem Anfall von Übelkeit zusammen. Er drehte sich von Patrick, dem ausgewachsenen Männchen, weg, obwohl sein Bein höllisch wehtat, und brach das halb gekaute Essen, das er hinuntergewürgt hatte, wieder aus.

Dann setzte er sich abermals auf und ließ sich in Patricks starke Arme sinken. Sein Körper und sein Kopf wurden von Wärmeschüben durchflutet. »Scheiße. Ich hab mich infiziert. Ist ja auch kein Wunder.«

Hinter Sally sah er etwas Silbriges wie einen Raumanzug im Schmutz aufblitzen.

Er blinzelte, verfluchte seine alten Augen und bemühte sich, genauer hinzusehen, wobei er sich weiter aufsetzte. Der silberne Fetzen war eine Rettungsdecke. Gleich daneben lag seine restliche Ausrüstung auf einem Haufen: das Wüstentarn-Set, sein Mantel, seine Aerogel-Matratze, sein Schlafsack und seine Messer. Es sah so aus, als wäre Sancho so schlau gewesen, alle seine Sachen mit hierherzubringen. Abermals hatten sich seine Chancen, diese Geschichte zu überleben, deutlich verbessert.

»Sancho, du bist mein Held.«

»Ha?«

»Und Raumschiffanzugsilber! Wusste ich doch, dass es einen Grund dafür geben musste, warum mir das im Kopf herumgespukt ist. Wahrscheinlich habe ich es aus dem Augenwinkel gesehen, halb im Schlaf. Patrick, hilf mir. Bring mir bitte den ganzen Kram hierher ...«

Es bedurfte einiger bemühter Zeichensprache, um sein Anliegen deutlich zu machen. Das männliche Junge, Matt, kapierte es als Erster, und kurz darauf war die ganze Familie dabei, seine Ausrüstung herbeizuholen. Die für Menschen gemachten Gegenstände sahen in ihren großen Händen wie Spielzeug aus.

Inzwischen war es Joshua leicht schwindlig, ihm war schlecht, und er hatte schrecklichen Durst. Er versuchte, herauszufinden, was er zuallererst machen musste, ehe ihn das drohende Delirium überkam. Zuerst schob er die gesamte Ausrüstung unter die Rettungsdecke, um sie vor der Witterung zu schützen. Dann kramte er einen kleinen Funksender aus dem Rucksack, stellte ihn in die Sonne, damit er sich auflud, und setzte ihn in Gang. Jetzt sandte er über Kurzwelle Hilferufe aus. Falls jemand durch diese Welt kam, musste er sie auffangen – falls er überhaupt zuhörte, anders als die meisten Streuner heutzutage, und falls sich überhaupt jemand die Mühe machte zu helfen. Die Chancen standen nicht besonders gut, aber es war besser als nichts.

Dann fand er ein paar Antibiotika, die er trocken hinunterschluckte.

Er war fast am Ende und konnte sich kaum noch konzentrieren. Aber er musste noch eine große Sache erledigen, ehe er sich der Dunkelheit ergeben konnte.

Patrick und Matt waren noch da, Vater und Sohn, und stocherten neugierig in dem Haufen mit der Ausrüstung herum. Er packte ihre Arme, damit sie ihn ansahen. »Ich muss mein Bein fixieren. Wenn ich mich hin und her wälze, solange ich krank bin, kann der verdammte Knochen wieder brechen. Außerdem ist es wahrscheinlicher, dass er mit einer Schiene wieder gerade zusammenwächst.« Er kramte in seinem Rucksack. »Hier ist eine elastische Binde. Ich zeige euch, was ihr tun müsst. Aber ihr müsst mir ein paar Bretter bringen. Holzlatten. Ein paar gerade Äste ...«

Er brabbelte vor sich hin. Sie sahen ihn völlig verständnislos an. Schließlich ging er zu einer Zeichensprache-Pantomime über, nahm ein paar Zweige vom Boden und drückte sie gegen sein Bein, wobei er immer wieder auf das Wäldchen zeigte.

Wieder kam Matt als Erster dahinter, und Joshua fragte sich, ob er schon einmal mit Menschen zu tun gehabt hatte.

Es schien endlos zu dauern, bis sie ein paar passende Äste gefunden und hergebracht hatten. Joshua schluckte eine Aufputschpille, um noch ein bisschen länger bei Bewusstsein zu bleiben. Er überlegte kurz, ob er eine seiner kostbaren Morphinampullen opfern sollte. Nein, er hatte bis jetzt auch ohne sie überlebt, außerdem konnte er nicht wissen, was ihm noch bevorstand, ehe er hier wegkam ...

Als Patrick anfing, den Verband fest um das geschiente Bein zu wickeln, meldete sich ein erstaunlich greller Schmerz, sogar verglichen mit dem, was er vorher verspürt hatte. Es lag nicht nur an der übermenschlichen Kraft, sondern an den rücksichtslos hantierenden Händen. Dabei wusste Joshua, dass Patrick sich große Mühe gab. Aber

155

Joshua versuchte, sich aufzusetzen, und drückte und schob, um sicherzustellen, dass die Bandage nicht zu fest wurde, denn sonst riskierte er ein abgestorbenes Bein und Wundbrand.

Schließlich ließ er sich nach hinten sinken und spuckte das Holzstück aus, das er sich zwischen die Zähne geklemmt hatte. »Ja, ich weiß, ich bin selbst dran schuld, Agnes! Du hast mich gewarnt!« Seine Worte entluden sich in einem lauten Schrei, als Patrick die großen Muskeln seines Rückens dazu einsetzte, um die Bandage fester zu zurren. »Ich habe es nicht anders gewollt. Meine Schuld, okay? Aber mach bitte, dass es aufhört! Es soll aufhören!«

20

Während jenes Sommers 2070, in dem Joshua Valienté eine Auszeit durchlitt, die unversehens zu einer Strandung geworden war, und Dev Bilaniuk und Lee Malone auf der Farm einen Blick in die Zukunft der Menschheit warfen, unternahm auch Nelson Azikiwe eine lange Reise. Eine lange Reise in die Lange Erde trotz seiner anhaltenden Probleme beim Wechseln. Aber für Nelson war es die Sache wert. Denn er machte sich auf die Suche nach einem Enkel, von dem er vor Kurzem überhaupt erst erfahren hatte.

Trotz seiner älter gewordenen Augen gehörte Nelson zu den Ersten, die den herannahenden Sturm auf dieser lebenden Insel, dem Durchquerer, herannahen sahen.

Er saß im weichen, hellen Sand des Strandes auf der Nordseite der Insel – besser gesagt, auf der sandbedeckten Flanke, die dieses inselartige Wesen an jenem Morgen der tief stehenden nördlichen Sonne präsentierte. Der Durchquerer, wie sein Entdecker Lobsang die zweite Person Singular bei Nelsons erstem Besuch vor beinahe dreißig Jahren genannt hatte, war ständig in Bewegung, er reagierte auf Strömungen und Windverhältnisse, auf den Lauf der Jahreszeiten – immer unterwegs und immer den eigenen Notwendigkeiten folgend.

Das Meer erstreckte sich vor Nelson bis zum Horizont, kleine Wellen schwappten an den Strand, weiter draußen war es glatt und friedlich und tiefblau. Zumindest war es momentan noch friedlich. Sie befanden sich in der Tasmanischen See, irgendwo im Osten lag Neuseeland – besser gesagt, eine unbewohnte Kopie der Inselgruppe, die auf der Datum diesen Namen trug. Diese milde, wohlriechende Welt war siebenhunderttausend Schritte westlich von der Datum-Erde entfernt.

Direkt über der Insel schwebte, von der an Bord befindlichen KI geduldig auf Kurs gehalten, das kleine Zweipersonen-Twain, das Nelson den weiten Weg bis hierher gebracht hatte. Das schnittige Luftschiff mit den glitzernden Solarmodulen erinnerte Nelson stets daran, dass er eigentlich nicht hierher gehörte, dass seine Heimat weit entfernt war, jenseits des Horizonts dieses Planeten und viele Schritte in der geheimnisvollen Kette der Langen Erde entfernt. Aber jetzt saß er auf diesem Strand, der kein echter Strand war, neben seinem Sohn Sam. Einem Sohn, von dessen Existenz er bis vor ein paar Monaten überhaupt nichts gewusst hatte.

Sam war neunundzwanzig Jahre alt, fast so dunkel wie sein Vater und sah mit seinem nackten Oberkörper so durchtrainiert wie ein Zehnkämpfer aus. Er blinzelte nach oben. »Dein Schiff bewegt sich. Es weiß, Sturm kommt.« Er zeigte nach Norden.

»*Dass* Sturm kommt… Ach, egal.« Seit Nelson auf der Insel angekommen war, hatte er erfahren, dass Sams Mutter, eine auf der Insel geborene Frau namens Cassie, dem Jungen nie verschwiegen hatte, dass keiner der Männer auf der Insel sein Vater war, sondern ein »gut aussehender schlauer Bursche«, der vor vielen Jahren einmal zu Besuch gewesen und nur ein einziges Mal mit ihr in den Dschungel gegangen war… Cassie hatte unter den bescheidenen Bedingungen, die ihr zur Verfügung standen, das Beste getan, um Sam so viel Erziehung mitzugeben, dass er sich eines Tages, wenn Nelson zurückkehrte, mit seinem Vater unterhalten konnte. Denn dass er kommen würde, darauf hatte Cassie stets vertraut. Sie hatte ihre Aufgabe sehr gut gemacht, deshalb stand es Nelson nicht zu, an der Grammatik des jungen Mannes herumzukritteln. Außerdem war Sams Muttersprache ein perfektes, anständiges Kreol, das größtenteils aus Englisch, aber auch vielen anderen hineingemischten Sprachen bestand. Es war Nelsons Manko, dass er die einheimische Sprache nicht konnte, nicht umgekehrt.

Sam fuhr mit dem Zeigefinger über den nördlichen Horizont. »Siehst du? Schwarzer Fleck dort?«

»Scheint noch sehr weit weg zu sein. Harmlos.«

»Noch viele Meilen weg, aber nicht harmlos. Schon bald hier. Himmelsschiff dreht sich in den Wind?«

»Falls nötig, steigt es höher, über das Wetter... Haben wir irgendwo einen Schutzraum?«

»Ach, Insel kümmert sich um uns, keine Sorge.«

Sam meinte es wirklich so. Wenn man so auf diesem sehr authentisch wirkenden Strand saß und die Insel unter Nelson sich haargenau so fest und echt anfühlte, wie ihre geologischen Entsprechungen, wollte man kaum glauben, dass diese Insel keine Insel war, kein unbeseelter Klumpen aus Korallen oder Gestein, sondern ein Lebewesen, allem Anschein nach mit einer gewissen Intelligenz ausgestattet und in der Lage, sich um seine aus vielen anderen Lebewesen bestehende Fracht, die auf seinem Rücken wohnte, zu kümmern. Unter diesen Lebewesen befanden sich auch mehrere Generationen von Menschen. Trotzdem musste man sich nur selbst ein paar Tage dort aufhalten, um herauszufinden, dass es wirklich so war.

Seine Gedanken schweiften schon wieder ab. Sam sah ihn geduldig an.

»Tut mir leid, Sam. Ich war gerade... woanders.«

»Soll ich dir was zeigen?«

»Ja.«

Sam griff in eine Tasche seiner Hose, einem ziemlich alten Paar Jeans, die längst zu einem undefinierbaren Weißblau verwaschen waren. Er zog ein kleines Figürchen hervor und reichte es Nelson.

Nelson nahm es entgegen und drehte es um. Es war eine schlanke, aus Elfenbein geschnitzte Gestalt. Auf dieser Insel gab es Zwergelefanten, sogar Mammuts, und wenn sie starben, hinterließen sie jede Menge Elfenbein. Die Gliedmaßen der Figur waren kaum mehr als angedeutete Kratzer, aber das Gesicht war eine deutlich erkennbare Karikatur. Und in den Haaren war noch ein Klecks roten Pigments zu erkennen.

Die Erkenntnis durchfuhr Nelson wie ein warmer Strom. »Cassie. Sie lächelt.«

»Ja.«

»Sie trug immer rote Blumen im Haar, daran erinnere ich mich.« Nelson kam es vor, als wäre er wieder in seinem Arbeitszimmer, damals, als Lobsangs Avatar ihm mitgeteilt hatte, dass er eine Familie habe, weit weg. Er war ein sehr alter Mann, dachte er, der unversehens der intensivsten emotionalen Erfahrung seines Lebens ausgesetzt war. »Na ja, eigentlich wollte ich nicht, dass es geschieht.« Er warf Sam einen Blick zu und kam sich lächerlicherweise verlegen vor, weil er mit seinem Sohn über solche Angelegenheiten wie seine Zeugung redete.

»Mutter sagt, *sie* wollte es. Gleich als du auf einmal da warst ...«

»Ja, ja, stimmt schon. Und ich bin auch von der anderen Seite dazu gedrängt worden.«

»Von Freund Lobsang? Ich kenne Geschichte.«

»Von ihm, genau. Er hielt es sozusagen für meine Pflicht, jemanden zu schwängern, ein Geschenk an den Genpool der menschlichen Bevölkerung dieser Insel. Ha! Und dann, dann war es auf einmal doch Liebe ... Doch, es war Liebe, Sam. So kurz sie auch dauerte, einen kleinen Augenblick nur, aber so war es. Glaubst du mir?«

»Mutter hat auch so gesagt. Immer.«

»Obwohl Lobsang ständig von Genpools gefaselt hat, habe ich nie daran gedacht, dass tatsächlich etwas daraus entstehen könnte... dass sie wirklich schwanger würde. Dass es dich geben könnte. Vom kleinen Troy ganz zu schweigen! Es lag einfach jenseits meiner Vorstellung. Wahrscheinlich kann man dafür ein halbes Leben im Dienste der anglikanischen Kirche verantwortlich machen. Wenn ich es gewusst hätte, wäre ich zurückgekommen.«

»Nein.« Sam nahm die Elfenbeinfigur zurück und hielt sie zärtlich in der Hand. »Mutter wusste. Dein Leben weit weg von hier. Ich war Geschenk von dir, sagte sie, und später der kleine Troy. Vater, wenn Menschen hier sterben, die Toten werden nicht begraben, wie in England.« Er sprach das Wort ein kleines bisschen falsch aus – Enn-klann. Nelson korrigierte ihn nicht. »Wir stammen von Insel. Wir kehren zu Insel zurück. Kammern, voll mit Lebewesen – grün und rosa – dort legen wir die Toten hin.«

Nelson stellte sich Bottiche voller Leben tief im Inneren des Inselkörpers vor, wo sich die Kadaver seiner Passagiere zersetzten – Menschen, ja, und vermutlich auch die der anderen Tiere, die auf seiner Oberfläche lebten. »Kommt mir passend vor«, sagte Nelson leise.

»Wir behalten nichts von den Toten«, sagte Sam. »Nicht wie du sagst. Keine Asche. Keine Steine auf Insel – werden weggespült! Nur Gedenkzeichen. In Kammer, tief in der Insel.« Er betrachtete die kleine Figur. »Das hier von ihr.«

»Ich würde es gerne sehen.« Diese reisende Insel schwamm schon seit Jahrhunderten durch ihre wechselwärtigen Ozeane, mindestens. Diese Totenkammer musste voll mit solchen Figürchen sein, vielen Reihen grob geschnitzter Figuren mit lächelnden Gesichtern, deren älteste aus längst vergangenen Generationen herüberblickten. »Weißt du, ich war ein ganzes Stück älter als deine Mutter. Ich hätte nicht gedacht, dass ich sie überlebe.«

»Sie war siebenundvierzig. Ein gutes Alter! Die Alten gehen mit einem Lächeln, machen Platz für viele neue Babys.«

»Wie den kleinen Troy.«

»Wie Troy.« Sam nahm seinen Vater bei der Hand, seine kräftigen braunen Finger legten sich um Nelsons rauere, mit Altersflecken übersäte Haut. »Meine Mutter hat Enkelsohn gesehen, glücklich und gesund. Was will man mehr?«

Dann ertönte ein tiefes, dröhnendes Geräusch, kräftig und nachhallend. Als stimmten tausend Mönche mit Bassstimmen einen Choral an. Der Ton schien aus der Tiefe der Insel zu kommen.

»Was zum Jupiter ist das denn?«

Sam erhob sich und verstaute Cassies Figürchen sorgfältig in seiner Hosentasche. »Inselruf. Komm.«

Nelson stand ebenfalls auf, ein wenig steif nach dem langen Sitzen im Sand. Das Dröhnen hielt an. Er schien es durch die Füße zu spüren, der unechte Inselboden selbst vibrierte. Jetzt sah er, dass das ferne Unwetter sich inzwischen als schwarze Wolkenwand am Himmel auftürmte, wobei die obersten Wolken rasch heranströmten. Es würde nicht mehr lange dauern, bis sie die Sonne verdeckten. Er blinzelte nach oben und suchte das Twain, das jedoch nicht mehr zu sehen war.

Sam hielt Nelson an der Hand, als sie langsam am Strand entlanggingen.

Die großen Luken öffneten sich bereits, wie Nelson sah, wulstige Scheiben klappten an gewaltigen Muskeln auf, als öffneten sich gigantische Austern oder Muscheln. Es handelte sich um große Platten des chitinartigen Panzers, der sich unter der Decke aus Steinen, Erde und Pflanzen befand. In den Öffnungen wurden, wie Nelson jetzt erkannte, grobe Rampen sichtbar, die zu Kammern hinabführten, die in einem sanften, tiefblauen Unterwasserlicht schimmerten.

Jetzt kamen Leute von der ganzen Insel herbei, Männer, Frauen und Kinder, manche mit Babys auf den Armen, auch ein paar sehr alte, aber keiner so alt wie Nelson. Sie alle gingen friedlich die Rampen hinunter ins Innere der Insel. Nirgendwo gab es Anzeichen von Angst oder Panik.

Die Erwachsenen plauderten unaufgeregt, als sie ins Dämmerlicht hinabschritten. Ältere Kindern rannten um sie herum, ihre Stimmen hallten, als sie sich in die höhlenartigen Kammern drängten. Alle sahen glücklich aus, erfreut über die Unterbrechung der alltäglichen Routine.

Nelson schüttelte den Kopf. »Wie eine Menschenmenge beim Weihnachtsschlussverkauf. Jedenfalls wie damals, als es noch Weihnachtsschlussverkäufe gab ...«

»Was sagst du, Vater?«

»Schon gut.«

»Die Rampe runter, bevor Tiere kommen. Und bevor Sturm ...«

Hoch über Nelson schoben sich die Wolken vor die Sonne. Mit einem Mal wurde es dunkel und deutlich kühler. Und Nelson hörte ein schrilles Trompeten. Die Mammuts kamen! Nelson verspürte eine tiefe, sehr ursprüngliche Aufregung.

Dann ließ er sich von seinem Sohn die Rampe hinabführen.

21

angsam, Troy! Ich bin nicht mehr der Jüngste ...«
Aber der zehnjährige, bewegliche schlanke Junge, der
nur mit einer Art Lendenschurz bekleidet war, explodierte
schier vor Energie. »Komm schon, Opa! Ist lustig, komm,
wir sehen Pferde, Stachels, Elefanten!« Schon zog er Nelson
an der Hand tiefer in den Bauch des Durchquerers.

Troys Mutter hieß Lucille. Nach allem, was Nelson
wusste, war sie Sams dauerhafte Partnerin. Irgendwie
freute es ihn, dass Troy wenigstens in einer annähernd normalen Familie aufwuchs, dass er wusste, wer seine Mutter
und sein Vater waren. Dabei hatte Nelson in dieser Beziehung keinerlei Vorurteile. Schließlich war ihm schon beim
ersten Mal, als er die Insel mit Lobsang besucht hatte, aufgefallen, dass in einer derart kleinen Gemeinschaft Partner-
schaften notwendigerweise flexibel und moralische Ansichten eher pragmatisch sein mussten.

Lucille, eine kleine, hübsche Frau, wies ihren Sohn leise
zurecht. »Geh weg, unter-unter, still! Sieh nur, die anderen
Kinder. Die kleine Moll und Rosita und Parker, ganz still
unter-unter, ganz, ganz brav.«

Sie befanden sich alle in einem sehr organisch ausssehen-
den Raum mit glatten, gewölbten, alles umschließenden
Wänden, die kompliziert geformt – nein, *gewachsen* –
waren. Als befände man sich in einer riesigen Meeresmu-
schel. Nelson war ein großer Mann. Er überragte die eher
gedrungenen Inselbewohner und musste sich ducken, um
nicht mit dem Kopf anzustoßen. Aber die Kammer war erstaunlich geräumig. Und das Licht von oben, das durch

mehrere durchscheinende Schichten des Durchquerer-Panzers hereinfiel und vom Meerwasser gefiltert wurde, war jetzt von einem ozeanischen Blaugrün, aber noch einigermaßen hell. Sie waren untergetaucht.

Er fragte sich kurz, was wohl mit den Insekten passierte, mit den Fliegen, Ameisen, Termiten und auch mit den Spinnen. Man konnte sich schwer vorstellen, dass auch sie immer zwei und zwei in die natürlichen Laderäume des Durchquerers marschiert waren, andererseits waren auch solche Tiere für jedes funktionierende ökologische System notwendig. Er stellte sich vor, dass sie ihre eigenen Methoden entwickelt haben mussten, um diese periodischen Überflutungen zu überstehen.

Diejenigen, die im großen Bauch des Durchquerers Aufnahme gefunden hatten, waren unterdessen in Sicherheit. Er sah sich in der Kammer um, in der die Leute hin und her gingen, Decken auslegten und sich leise unterhielten. Abgesehen von anderen Berufungen war Nelson auch schon einmal Entwickler gewesen, zumindest von Software. Jetzt versuchte er, wie ein Software-Entwickler zu denken. Wie funktionierte dieser Durchquerer? Dieser trockene, mit Luft angereicherte Raum musste als Schwimmkammer dienen und zugleich als luftdichter Schutzraum für die Bewohner der Insel, Mensch wie Tier. Die Luft roch nicht einmal abgestanden, obwohl man darin durchaus eine eigenartig salzige, organische Note wahrnehmen konnte, die an Seegras erinnerte. Nelson fragte sich, wie lange diese Luft wohl ausreichte. Wahrscheinlich eine ganze Weile, denn die Insel musste, so groß wie sie war, mit vielen solcher luftgefüllten Kammern ausgestattet sein, um überhaupt an der Oberfläche schwimmen zu können. Vielleicht verfügte der Durchquerer ja auch, so überlegte er, über irgendeine geniale Methode, um die Luftvorräte zu erneuern.

Aber jetzt sah es erst einmal so aus, als wollte ihn sein Enkel durch einige dieser Kammern führen.

»Ach, Troy, lass den armen Opa in Ruhe!«

»Schon in Ordnung«, sagte Nelson und senkte die Stimme auf den Pegel, den alle anderen hier, unter Wasser, *unter-unter,* angenommen hatten. »Ich freue mich über die Gelegenheit, mir das alles mal anzusehen. Keine Bange, er überfordert mich schon nicht.«

»Na schön. Aber nur dieses eine Mal. Und nicht auf die Jungen und Mädchen treten, die brav ihr Schläfchen machen.«

»Nö. Komm schon, Opa ...«

Sie gingen vorsichtig über den unebenen Boden der Kammer, stiegen lächelnd und Entschuldigungen murmelnd mit großen Schritte über die dort Liegenden. Wie Lucille gesagt hatte, schienen die Leute daran gewöhnt zu sein, sich in kleinen Familiengruppen hinzusetzen oder zu -legen und sich leise zu unterhalten. Ein paar Kinder schliefen eng aneinander oder an ihre Eltern gekuschelt. Andere spielten leise mit Muscheln und Perlen oder mit Tafeln, die sie mit etwas bekritzelten, das wie Eukalyptusrinde aussah.

»Sehr sinnvoll«, flüsterte Nelson Troy zu.

»Was, Opa?«

»Dass alle sitzen und schlafen. So verbrauchen sie am wenigsten Luft.«

Troy sah ihn verwirrt an, aber Nelson freute sich, dass sein Enkel dieser Bemerkung auf den Grund gehen wollte und sie nicht einfach ignorierte oder nicht wahrhaben wollte.

Nelson vermutete, dass fast alle Menschen, die auf der Insel lebten, an diesem Ort versammelt waren. Es war nicht ganz leicht, sie im Dämmerlicht zu zählen, aber er schätzte sie auf ungefähr einhundert. Viel weniger durften es wohl auch nicht sein, um eine Population zu erhalten, die in genetischer Hinsicht vielfältig genug war, um mehrere Generationen zu überdauern – eine Vielfalt, die durch Ergänzungen von außerhalb hin und wieder aufgefrischt wurde, wie damals durch ihn, wie ihm zu seiner Beschämung einfiel.

Andererseits gab es keinen Platz für noch mehr Leute. Soweit Nelson in Erfahrung gebracht hatte, praktizierte man hier Abstinenz oder Sex ohne Penetration oder Interruptus-Methoden, außerdem schien die Flora der Insel mehrere Verhütungsmittel zur Verfügung zu stellen. Natürlich war keine dieser Methoden absolut sicher, aber alles in allem schienen die Leute ihre Anzahl in einem vernünftigen Rahmen zu halten. Nelson hatte sich schon gefragt (aber nicht nachgefragt), ob sie in der Vergangenheit aufgrund von Bevölkerungsniedergang, Überbevölkerung und Nahrungsmittelverknappungen auf die harte Tour gelernt hatten, die Population zu kontrollieren. Dabei war gewiss auch die kurze Lebenserwartung hilfreich, wie Sam bemerkt hatte: Die Alten verabschiedeten sich anstandslos und machten Platz für die Jungen.

Nelson stolperte im Dunkeln über ein Bein. Er hatte sich schon wieder in seinen Gedanken verloren.

»Opa! Pass doch auf!«

»Tut mir leid, Troy. Du musst mich führen, und ich passe auf, wo ich hintrete …«

Troy führte Nelson, immer ein kleines bisschen zu schnell, Rampen hinauf und hinunter, durch kurze Korridore und weiter durch andere Kammern, von denen viele genauso geräumig wie der große Schlafsaal, aber fast leer waren. Alles war sehr organisch, die Wände waren glatt und zu Boden und Decke hin abgerundet, ohne rechte Winkel. Die kurzen Verbindungsgänge, die wie ineinandergesteckte Trompeten aussahen, führten von einer Kammer in die nächste. Nelson spazierte hier zweifellos in der Anatomie eines lebenden Wesens umher, und zwar eines, das viel, viel größer war als er selbst. Er kam sich klein und unbedeutend vor.

Die Kammern über ihnen, die sich näher an der Oberfläche befanden und das grünliche Licht durchließen, waren mit schaumigem Wasser gefüllt. Nelson fragte sich, ob das Plankton und die anderen Organismen darin zu weiterem Wachstum ermutigt wurden, um die Luft im Inneren zu erneuern, wie er bereits angenommen hatte. Und für das Plankton war, wie er vermutete, der Schutz vor den grasenden Kreaturen des Meeres die Belohnung für die Sauerstoffabgabe.

Auf einigen tieferen Ebenen erwartete Nelson ein noch seltsamerer Anblick. Die Unterseite der Insel war dort, wo sie sichtbar wurde, überaus komplex, mit riesigen Formen überzogen, einige davon große Schläuche, an deren Enden Klumpen aus grünlicher Materie wuchsen.

Mit einiger Verwunderung stellte Nelson fest, dass Troy bereits alles darüber zu wissen schien. »Delfine. Wale, ganz kleine. Tümmler. Schwimmen rein zum Fressen. Zappeln in Schläuchen hin und her!«

Dann glaubte Nelson, das System durchschaut zu haben. Vielleicht war das hier ein Mechanismus – womöglich einer von mehreren –, den die Insel einsetzte, wenn sie sich unter Wasser fortbewegen musste. Sie lockte die großen Meeressäuger in diese mit Nahrung versehenen Schläuche, und im Gegenzug für die Leckereien, die dort wuchsen, schwammen die Tiere mit aller Kraft drauflos und schoben die Insel in die Richtung, in die sie wollte.

Schutz im Tausch gegen Luftversorgung, Nahrung im Tausch gegen Fortbewegung. Das ganze Arrangement roch nach ungewöhnlicher Pfiffigkeit, dachte Nelson, als sie weitergingen. Intelligent entwickelte, natürliche Techniken, bei denen alle Teile dieser merkwürdigen symbiotischen Kreatur zum Wohl des Ganzen harmonisch zusammenarbeiteten.

Trotzdem sah er nirgendwo einen Hinweis auf so etwas wie ein zentrales Nervensystem, weder dicke Nervenstränge noch ein Rückenmark. Nelson dachte, dass Lobsang, der von solchen Dingen wesentlich mehr verstand als er (wobei Lobsang selbstverständlich von *allen* Dingen mehr verstand als so gut wie jeder andere), vermutlich gesagt hätte, dass Nelson sehr beschränkt dachte. Der Durchquerer stammte offenbar von Koloniewesen ab, Lebewesen, die in sich eine ganze Gemeinschaft waren. Ein Durchquerer musste denken, aber dazu brauchte er keineswegs ein menschenähnliches oder auch nur säugetierähnliches Gehirn. Vielleicht bestand das Bewusstsein des Durchquerers aus einem Netzwerk von Interaktionen in der Gemeinschaft von Lebewesen, die er an Bord hatte. Zum Beispiel diese Plankton-Kommunen in den oberen Kammern. Auf einer Ebene war jede dieser Algenzellen damit beschäftigt, sich um ihre eigenen Angelegenheiten wie Nahrungsaufnahme und Fortpflanzung zu kümmern, während auf einer anderen Ebene eine Algengemeinschaft für sich genommen ein sehr vielschichtiges Netzwerk war. Ganz ähnlich nahm ein Zwergpferd an Bord des Durchquerers, das ein Maulvoll Gras ausrupfte, seine Mahlzeit zu sich, zugleich konnte diese Handlung der »Gedanke« eines höheren Organismus sein.

Vielleicht waren ein solches Zusammenleben und die Kooperation vieler verschiedener Spezies in der Langen Erde sogar die Norm – womöglich sogar die Norm für irdisches Leben. Allein während seiner Zeit auf der Insel war Nelson Zeuge geworden, wie verschiedene Delfinarten Seite an Seite schwammen. Und von der Großen Reise von '30 hatten Valienté und Lobsang sogar berichtet, dass sie mehr als neunhunderttausend Schritte von zu Hause entfernt auf eine Gruppe hominider Spezies von unterschiedlicher Gestalt getroffen waren, Produkte verschiedener wechselwärtiger Entwicklungen, die glücklich und zufrieden beieinander wohnten. Vor langer Zeit hätte man, so vermutete Nelson, solche Szenen auch auf der Datum beobachten können, aber im Laufe seiner glorreichen Karriere hatte der *Homo sapiens* jede andere Spezies, die ihm näher stand als der Schimpanse, ausgerottet. Die somit isolierten Menschen mussten fortan glauben, dass rücksichtsloser Wettbewerb und sogar die Auslöschung von Rivalen unvermeidlich waren. Nelson beschloss, über all das mit Lobsang zu reden, sobald er die Möglichkeit dazu hatte – und falls Nelson selbst die Rückreise überhaupt überlebte. Und falls Lobsang jemals wieder aus seiner neuesten elektronischen Gebärmutter auftauchte ...

Er hörte ein Pferd wiehern. Die Tiere waren nicht weit weg.

Sie erreichten eine Kammer mit einer Herde Mammuts. Es handelte sich zwar um recht kleine Exemplare, aber für Nelson boten sie trotzdem einen erstaunlichen Anblick. Nach allem, was er noch aus seiner paläobiologischen Ausbildung wusste, handelte es sich hier eher um präkolumbische Mammuts, die in niederen Breitengraden vorkamen, nicht um die zottigere Version, die sich an das kalte Klima angepasst hatte. Die Gruppe schien aus Weibchen und Jungtieren zu bestehen. Die ausgewachsenen Tiere standen beisammen, wanden Rüssel um Rüssel und stießen sanft mit den Stoßzähnen aneinander, wohingegen die jüngeren zwischen ihren Beinen Schutz suchten. In einer Bodenmulde stand eine kleine Wasserpfütze, aus der sie trinken konnten, aber Nelson sah nirgendwo Futter. Ihre brummenden Stimmen klangen wie Donnergrollen.

Die Kammer selbst kam Nelson groß vor, für wilde Tiere war sie vermutlich klaustrophobisch klein – insbesondere für Steppentiere wie die Mammuts –, mit Sicherheit war sie viel kleiner als viele Zoogehege, die Nelson gesehen hatte. Trotzdem warteten die Tiere ebenso gelassen wie die Menschen in ihrem Schlafsaal darauf, wieder hinauszudürfen. Er fragte sich jetzt, ob die Luft vielleicht etwas enthielt, ein sanftes Beruhigungsmittel, das der Durchquerer ausschied, um seine Bewohner während der Tauchperioden zu besänftigen. Auf manchen Durchquerern, wie etwa auf dem allerersten, den Joshua und Lobsang auf einer noch viel weiter entfernten Erde als dieser hier entdeckt hatten, waren die Tiere dem Anschein nach beinahe betäubt gewesen; im Inneren der gewaltigen Kreatur, die sie Erste Person Singular genannt hatten, entdeckten die Reisenden Vögel, kleine Tiere, sogar Elefanten wie diese hier in einer Art Flüssigkeit, in der sie, weder wach noch schlafend, nicht umhergegangen und auch nicht geschwommen waren. Niemand wusste Genaueres. Die Durchquerer trugen, wie Nelson sich erinnerte, so manches seltsame Lebewesen mit sich, aber keines war so seltsam wie sie selbst.

Auf Zehenspitzen führte Troy Nelson weiter, und Nelson folgte ihm.

Sie fanden Pferde, kleine zottige Pferde. Und etwas, das wie Wombats, Gürteltiere oder auch Faultiere aussah: eine wilde Mischung von Lebewesen, von denen viele auf der Datum-Erde längst ausgestorben waren, aber auf dieser Welt und ihren wechselwärtigen Nachbarn vermutlich immer noch vorkamen. Der einzige Vergleich, der Nelson zu allem, was er sah, einfiel, war die Arche Noah. Ab und zu erblickte er etwas Kleineres, eine Ratte oder eine Maus, aber er und Lobsang waren schon vor langer Zeit zu dem Schluss gekommen, dass diese »Sammlung«, falls überhaupt irgendein Zweck dahintersteckte, das Ergebnis einer Strategie zum Sammeln von Tieren war, deren Körpermasse in etwa der eines ausgewachsenen Menschen entsprach, von der reinen Größe einmal abgesehen. Die Mäuse und Ratten waren einfach nur Besucher – genau wie Nelson.

Aber er und Lobsang konnten damals zum Sinn hinter dem Ganzen lediglich Vermutungen anstellen. Lobsang hatte spekuliert, dass die Durchquerer, ursprünglich natürliche Wesen und das Ergebnis einer darwinschen Evolution, *modifiziert* worden seien. Zu irgendeinem bestimmten Zweck auf geschickte Weise künstlich verändert. »Vielleicht sind sie tatsächlich Sammler«, hatte Lobsang damals überlegt. »Darwins der Moderne oder deren Abgesandte, die überall interessante Geschöpfe einsammeln, um … tja, wofür wohl? Zum Wohle der Wissenschaft? Um irgendeinen riesengroßen Zoo damit zu bestücken? Oder einfach nur aus ästhetischen Gründen?« Diese Unterhaltungen hatten vor sehr langer Zeit stattgefunden, und Nelson hatte immer noch keine Antworten.

Die Pferde wieherten unruhig, und Nelson spürte, dass der Durchquerer zitterte und schaukelte. Es war ein mulmiges, gewaltiges Gefühl, wie bei einem kleineren Erdbeben.

Er spürte, wie Troys kleine Hand in die seine schlüpfte.

»Alles in Ordnung, Troy?«

»Ja.« Aber der Junge klang nicht sehr überzeugt.

»Macht er das öfter? Der Durchquerer?«

»Nicht oft. Manchmal. Ist aufgeregt.«

»Wegen des Sturms?«

»Nicht Sturm.«

»Was dann? Ach, ist ja auch egal. Na komm, wir gehen zurück und suchen deine Mama und deinen Papa.«

22

Drei Tage nach dem Sturm saß Nelson in einem kleinen Segelboot auf dem ruhigen Meer, vielleicht eine halbe Meile westlich von der Insel, die keine Insel war. Sam und seine kleine Mannschaft waren bei der Arbeit, sie kümmerten sich um die Leinen und die Netze und überprüften die Hummerkörbe. Fischfang war anstrengend, doch wie bei allem, was die Inselbewohner taten, verliehen sie auch dieser Tätigkeit etwas Spielerisches. Fast nackt lachten und scherzten sie in der hellen Morgensonne und wetteiferten, wer die stärksten Knoten binden oder die größten Fische aus den Tiefen dieses fernen Ozeans ziehen konnte.

Sogar Nelsons Twain war wieder da. Sobald der Sturm sich gelegt hatte, war das Schiff auf seine Position direkt über der Insel zurückgekehrt und schwebte jetzt wie ein durchsichtiger Fisch in der hellen, warmen Luft. Es war schön, wieder draußen an der frischen Luft zu sein, die Welt schien wieder in Ordnung.

Nelson gab sich damit zufrieden, dass er sich einfach ausruhen durfte. Er betrachtete jedes Jahr seines achten Lebensjahrzehnts, das er einigermaßen gesund verleben konnte, als Geschenk, und da alle Inselbewohner rings um ihn herum wesentlich jünger waren als er, sollten sie die Arbeit machen. Wenn die Fische an seiner Angelschnur anbissen – gut. Wenn nicht – auch gut.

Dem Sonnenstand nach war es ungefähr Mittag, als Sam sich zu ihm setzte. Nelson kam nur langsam wieder zu sich, er musste eingedöst sein. Sam stellte einen aus Palmwedeln geflochtenen Sonnenschirm auf und zauberte einen Korb hervor, der Wasser, den Saft einer exotischen Frucht und gebratenen Fisch enthielt. Nelson aß dankbar und wünschte nur, sein Gaumen, der im Alter abgestumpft war, könnte die Gewürze besser schmecken.

Sam kaute an seiner eigenen Portion und schaute den Vater an. »Morgen fährst du weg?«

»Spätestens übermorgen. Ich habe einen Termin beim Arzt, mein Sohn. Wenn du mal so alt bist wie ich... Jedenfalls klappert das Twain dort oben schon mit den Tabletten, die ich nehmen muss.«

Sam lächelte. »Bleib hier. Schöne Sonne. Angeln. Bleib hier bei uns.«

Nelson seufzte schwer. »Ach, das habe ich nicht verdient. Ich hab doch nicht mehr getan, als ein paar Nächte hier zu verbringen und deiner Mutter einen Braten in die Röhre zu schieben. Entschuldige meine Ausdrucksweise.«

»Sei froh, dass du lebst, Vater. Sei glücklich über Geschenk des Lebens. Ich bin glücklich mit Lucille, froh über Troy. Glücklich, glücklich. Wenn du wiederkommst, wir kümmern uns um dich, so lange du...«

»So lange ich noch da bin?«

»So lange du willst.«

Nelson seufzte wieder. »Und ich hatte schon daran gedacht, euch alle nach England mitzunehmen. Da kommen wir wohl nicht zusammen, was? Deshalb müssen wir uns voneinander verabschieden. Ich gehe meinen Weg, ihr geht den euren, und das ist wohl die schlechteste aller Lösungen...«

Genau in diesem Augenblick, als er dort in dem Boot auf einem fast endlosen Meer saß und unter einem perfekten Himmel von Abschied sprach, glaubte er, Troy nach ihm rufen zu hören.

Hinterher war er nicht mehr so sicher, ob er den Ruf wirklich vernommen hatte oder nicht. Noch später erinnerte sich Nelson daran, dass Troy gesagt hatte, der Durchquerer sei ein paar Tage zuvor »aufgeregt« gewesen. Ob das Inselwesen gewusst hatte, was ihnen bevorstand?

Jedenfalls schienen auch einige Bootsinsassen *irgendetwas* zu spüren. Sie setzten sich auf oder kamen auf die Beine, blickten verstört zum Horizont.

Dann richtete sich ein junger Mann hoch auf und zeigte nach Westen. »Seht!«, rief er aufgeregt und verängstigt. »Insel! Insel!«

Alle im Boot, egal ob sie saßen oder standen, drehten sich um und schauten in die Richtung. Nelson erkannte sofort, weshalb der Ausguck so besorgt war.

Der Durchquerer, eben noch eine geduckte dunkle Masse auf dem Ozean, umgeben von den grünen Fransen des Waldes in seiner Mitte, war weg. Nicht untergetaucht, denn dieser Vorgang nahm einige Zeit in Anspruch. Er war verschwunden, nicht mehr da – weggewechselt, wie Nelson jetzt mit einem tief sitzenden Schock bewusst wurde.

Mit dem Elan und der Entschlossenheit der Jugend kam Bewegung in die Besatzung. Nelson wurde klar, dass sie eine herannahende Welle erwarteten, denn das plötzliche Verschwinden eines dermaßen großen und umfangreichen Wesens bedeutete, dass eine Unmenge an Wasser ersetzt werden musste. In größter Eile banden alle die Töpfe und die Ausrüstung fest. Ein besorgter junger Mann legte zur Sicherheit sogar eine Leine um Nelsons Taille. Nelson nahm die Geste kaum wahr, auch nicht das jähe Aufsteigen des Bootes unter ihm, als die große Welle vorüberzog. Sam, der von seiner Familie abgeschnitten war, brüllte beim Hantieren seinen Schmerz unter Tränen heraus.

Und der erschöpfte, erschrockene, tränenüberströmte Nelson sah zu dem Twain hinauf, das im aufgewühlten Himmel schwebte. »Lobsang! Wenn du mich hören kannst – hilf mir, Lobsang. Hilf mir, Troy wiederzufinden!«

23

Als die Next ihre subtile Kampagne der Vor-Vorbereitung der Menschheit auf ihre Teilnahme an dem bevorstehenden Projekt starteten, wusste Jan Roderick fast von Anfang an um das Spiel. Dabei hätte er das, was er empfand, nicht in Worte kleiden können, ja, er begriff nicht einmal, dass er es wusste, dachte Schwester John. Inzwischen gab es noch viel mehr Geschichten, wahre oder unwahre, eine ganze Flut davon. Schwester Coleen fand schließlich heraus, dass alle diese Geschichten zu dem Memeplex beitrugen, das sich rings um die Einladung verdichtete. Die Geschichten wurden mündlich weitergegeben, quer durch die in der Langen Erde verstreuten Gemeinden, und als Jan auf sie stieß, untersuchte er sie aufmerksam.

Geschichten wie zum Beispiel jene, die Schwester Coleen über Jans Schulter schauend mitlas. Sie handelte von einem Mann, der als »Johnny Shakespeare« bekannt wurde, und hatte sich angeblich ungefähr zwanzig Jahre nach dem Wechseltag ereignet.

Mr Clifford Driscoll, geboren in Datum-Massachusetts, war Englischlehrer. Seine besondere Leidenschaft hatte seit jeher Shakespeare gegolten, wozu er sich auch ohne Wenn und Aber bekannte. Zum Wohle der Schüler, die zuhören konnten und lernwillig waren, befeuerte diese Leidenschaft einen ehrgeizigen, intensiven, aber auch unwiderstehlichen Unterrichtsstil, der oft große Erfolge zeitigte.

In den Tagen vor der Yellowstone-Katastrophe hatte es ihn in eine kleine Privatschule in seiner Heimat, dem Datum-Massachusetts, verschlagen. Hier – im Gegensatz zu den neuen Welten der Langen Erde – stand Shakespeare und mit ihm das gesamte kulturelle Erbe der Datum-Zivilisation Mr Driscolls Schülern wenigstens zur Verfügung, es war mit der Berührung einer kleinen Tastatur oder dem Flüstern in ein Telefon allen zugänglich. Aber er hatte den Eindruck, dass seine Schüler immer mehr von ihren technischen Spielzeugen abgelenkt wurden, vom unablässigen Hintergrundgeschrei der wuchernden Hightech-Kultur auf der Datum. Dazu kam die immerwährende Ablenkung durch den eigenen, sich entwickelnden Körper und die Körper der anderen.

Auch Mr Driscoll selbst wurde immer ruheloser. Er war schon über fünfzig, ein Junggeselle, der seit über zwanzig Jahren zölibatär lebte, und für ihn war die letzte Phase seiner beruflichen Laufbahn vor der Pensionierung angebrochen. Da fasste er einen Entschluss: Er musste dorthin gehen, wo man ihn brauchte. Dorthin, wo er nützlich sein konnte.

Mit beinahe missionarischem Sendungsbewusstsein fand er eine Lehrerstelle an einer Schule in einer Koloniewelt, wie er dachte, und zwar auf West 3, in einer Kleinstadt im wechselwärtigen Massachusetts, mit wachsender Bevölkerung und einer vom Holz beherrschten Wirtschaft. Zunächst fand Mr Driscoll diesen Arbeitsplatz sehr romantisch, eine Insel menschlichen Strebens inmitten des großen Schweigens eines weltumspannenden Waldes. Zudem bescherte ihm das schnelle Wachstum der Kolonie ein paar Jahre nach dem Wechseltag erfreulich volle Klassenzimmer.

Aber es gab auch Probleme.

Schon Anfang der 2030er-Jahre war das Amerika von West 3 keine primitive Kultur mehr. Die größeren Siedlungen waren bereits mittels Glasfaserkabel, Fernsehen und Telefon miteinander verbunden. Aber sie waren noch nicht von Technik übersättigt, die Schüler wurden hier deutlich weniger abgelenkt. Was in ihren Köpfen nicht unbedingt Platz für die englische Literatur schuf, auch nicht für Shakespeare. Außerdem waren diese jungen Leute dafür vorgesehen, ihr Arbeitsleben in der Holzindustrie zu verbringen. Die Datum und ihre jahrtausendealte Kultur waren für sie ein schillerndes und sehr weit entferntes Konzept. Was sollten sie hier mit Literatur anfangen? Was brachte ihnen Shakespeare in einer solchen Welt?

Die Frage bekam für Mr Driscoll eine noch tiefer greifende Bedeutung, als er ein paar vorsichtige Schritte in die Lange Erde unternahm und mehr über sie erfuhr.

Er machte Chet Wilson zu seinem Verbündeten, einen Hobby-Ingenieur, der in den weiträumigen Werkstätten der Schule ungemein beliebte praktische Technikseminare abhielt. Wilson, der aus dem ländlichen Massachusetts der Datum stammte, sorgte sich einzig und allein um seine Geräte. Er war ein aus der Zeit gefallener Mann, den man zu Hause vor allem unter der Haube eines alten Ford Modell T gefunden hätte, und wenn er den lieben langen Tag mit Herumbasteln hätte verbringen können, so hätte er wohl genau das getan. Mr Driscoll hätte wohl kaum einen Menschen auftreiben können, der seinem eigenen ernsthaft kulturellen Selbstverständnis weniger entsprach. Trotzdem fanden sie in ihrer Leidenschaft für ihre jeweiligen Fächer und dem Streben, anderen etwas beizubringen, zueinander.

Eines Tages fragte Mr Driscoll Chet Wilson beiläufig, wie weit sich das Band der menschlichen Besiedlung wohl schon in die Lange Erde erstreckte.

Chet Wilson verzog den Mund und erwiderte: »Lassen Sie mich mal kurz nachdenken.«

Nachdem eine geraume Zeit verstrichen war, sagte Wilson: »Genau genommen kann das niemand so recht sagen. Ich weiß, dass es einen breiten Streifen landwirtschaftlich genutzter Welten gibt, der jenseits von hunderttausend anfängt.«

»Sagten Sie hundert*tausend*?« Mr Driscoll war schon jetzt überfordert.

»Nicht sämtliche Erden dazwischen werden besiedelt werden. Noch nicht. Aber Sie wissen ja, wie sich die Leute vermehren, wenn sie die Gelegenheit dazu haben.«

Mr Driscoll war erschüttert. »So viele Erden. So viele Kinder... und so viele junge Gemüter! Und alle werden sie nichts anderes lernen als Holzfällen, Äcker umpflügen und nach Eisenerz zu graben. Oder sie wandern einfach nur ziellos herum und sammeln Obst. Und wenn ihre Kinder aufwachsen, werden sie *noch* weniger wissen. Was wird da nach nur wenigen Generationen vom Erbe unserer Zivilisation noch übrig sein, Wilson? Sagen Sie's mir! All die Jahrtausende des Strebens, zu lernen und sich zu erinnern, werden sein wie ein Traum... Ich muss darüber nachdenken. Ich muss nachdenken.« Vor sich hinmurmelnd ging er davon.

Wilson blieb ruhig und sagte nichts.

Vierundzwanzig Stunden später kam Mr Driscoll in die Werkstatt zurück. Er sprudelte förmlich vor Begeisterung. »Ich hab's, Wilson. Ich hab's!«

Wilson musterte ihn misstrauisch und wich ein Stück zurück.

»Shakespeare! Shakespeare ist die Antwort. Was repräsentiert die Krone unserer Zivilisation? Shakespeare und seine Werke! Und wie könnte sich eine von Menschen bewohnte Welt je zivilisiert nennen, wenn sie Shakespeare nicht kennt? Genau das wird von nun an meine Mission sein, Wilson. Ich habe an der Schule meinen Abschied bereits eingereicht, weil ich die mir verbleibende Zeit nicht vor einer Handvoll uninteressierter Schüler verplempern will. Stattdessen werde ich Shakespeare in die Lange Erde bringen! Und damit einfache Geister formen. ›Das Schauspiel sei die Schlinge, in die den König sein Gewissen bringe‹...« Gewissen, genau, darum geht es. Ich werde der Langen Erde ein Gewissen geben.«

»Wie denn?«

»Wie was?«

»Wie wollen Sie Shakespeare denn mit rübernehmen?«

»Also, so genau habe ich es mir noch nicht überlegt«, rief Mr Driscoll aufbrausend. »Ich kann dort hinausgehen und ihnen von dem Barden berichten ...«

»Bringt nicht allzuviel, wenn sie's nicht lesen können.«

»Wohl wahr, wohl wahr. Dann vielleicht eine Schaustellertruppe, die seine großartigen Werke auf die Bühne bringt? Nein, nein, das ist zu kompliziert, außerdem bin ich kein Impresario.« Plötzlich sprang er auf. »Ah! Jetzt weiß ich's! Ich nehme seine gesammelten Werke in einer kompakten Ausgabe mit. Auf Papier selbstverständlich, denn soweit ich weiß, kann man sich in den echten Pionierwelten nicht auf die Elektronik verlassen. Eine Ausgabe pro Siedlung, die kopiert und verteilt wird. Aber sogar das wäre bei so vielen Erden ... Dann also nur eine pro Welt! Ein symbolischer Akt, der andere dazu inspirieren mag, meinem Tun nachzueifern und das Wort des Barden sozusagen seitwärts zu verbreiten.«

»Dafür brauchen Sie einen Künstlernamen.«

»Einen was?«

»Damit alle erfahren, was Sie eigentlich vorhaben. Etwas, was sich einprägt.«

»Aha, verstehe. Wie eine geheime Identität. Vielleicht ... ›Der Bänkelsänger‹? Oder ›Der Minnesänger‹?«

Chet Wilson verzog das Gesicht und sagte: »Lassen Sie mich mal kurz nachdenken.«

Kurz darauf sagte Wilson: »Johnny Shakespeare.«

»Aber ich heiße nicht John. Ich verstehe nicht ganz, was ...«

»So wie Johnny Apfelkern. Bei ihm waren es Äpfel. Bei Ihnen ...«

»Shakespeare! Genau! Wilson, Sie sind ein Genie. Eine Welt nach der anderen, so wie Johnny Apfelkern durch den alten Westen gewandert ist. So werde ich die Saat Shakespeares auf jeder neuen Erde aussäen. Und so wird der großartige Baum unserer Zivilisation gedeihen, so weit, wie der Mensch vorgedrungen ist – oder zumindest so weit, wie ich selbst wechseln kann. Das muss ich sofort bekanntgeben. Und eine Kiste mit Büchern von der Datum bestellen, um einen Anfang zu machen ...«

»Da brauchen Sie aber eine große Kiste.«

»Wie meinen Sie das?«

»Na ja, die Menschen haben sich angeblich bis zu Erde West 1.000.000 über die Welten verteilt und noch weiter. Wenn nur ein Zehntel von einem Prozent dieser Welten besiedelt ist, brauchen Sie tausend Bücher. Was glauben Sie denn, wie weit Sie tausend Bücher tragen können?«

»Also ...« Mr Driscoll war noch nie ein besonders praktischer Mensch gewesen. Jetzt sah er seinen Plan kläglich scheitern, noch ehe er sich an die Umsetzung gemacht hatte. Hilflos ließ er sich auf seinen Stuhl sinken. »Was soll ich denn machen, Wilson?«

Chet Wilson verzog wieder das Gesicht und sagte: »Lassen Sie mich mal kurz nachdenken.«

Am darauffolgenden Tag rief Wilson Mr Driscoll wieder in seine Werkstatt.

»Also, das hier ist bloß ein Prototyp. Da muss noch ein bisschen was dran gemacht werden. Aber ich denke mal, dass ich's hinkriege ...«

Das Ding auf Wilsons Werkbank sah für Mr Driscoll auf den ersten Blick wie eine groteske Krabbe aus. Es war ein Buch, eine vollständige Shakespeare-Ausgabe, aber sie stand auf mehreren spindeldürren Beinen, nur wenige Zentimeter über der Bank, und an ihrer Unterseite baumelten winzige Manipulatoren.

»Wilson ... was ist das?«

»Schon mal was von Materiedruckern gehört, Driscoll?«

Wilsons Lösung für Mr Driscolls Dilemma war im Prinzip ganz einfach und angesichts einer fortgeschrittenen Materiedruckerindustrie auch recht unkompliziert anzuwenden. Letztendlich handelte es sich dabei um eine komplette Ausgabe von Shakespeares Werken, die dazu imstande war, sich selbst zu reproduzieren.

»Sie kommen also in eine neue Welt. Sie stellen dieses kleine Ding hier auf den Waldboden und setzen es in Gang, während Sie sich Ihr Pfeifchen anzünden und zurücklehnen.«

»Ähm, ich rauche nicht, Wilson.«

»Ist dafür auch nicht unbedingt erforderlich. Die Sache ist die…« Wilson machte mit seinen Fingern kleine Krabbelbeinchen nach. »Unser kleiner Freund hier krabbelt zum nächstbesten Baum, es reicht auch ein umgestürzter Stamm oder ein Schössling, und schon fängt er an, das Holz zu Brei zu zerkauen, um daraus Papier zu machen, und dann sucht er sich Pflanzengalle oder so was und stellt Tinte her. Und dann, immer schön eine Seite nach der anderen…«

Jetzt hatte Mr Driscoll es verstanden. »Schon hüpft ein Shakespeare heraus.«

»Genau der. Unser Freund braucht ungefähr einen Tag, um eine Kopie auszuspucken.«

Für Mr Driscoll gehörte Wilson zu der Sorte Mensch, die sich, sobald sie in einer höheren Schule arbeiteten, Wörter wie »ausspucken« wahrscheinlich antrainieren mussten, um nicht ständig weniger appetitliche Alternativen zu benutzen.

»Und zwar hübsch gebunden und so weiter. Das da auf seinem Rücken ist die Kopiervorlage, den Text scannt er mit einem wandernden Laserstrahl, der überprüft, dass sich kein Fehler eingeschlichen hat.«

»Und ich kann schon einen Tag später einer wissbegierigen jungen Generation einen brandneuen Shakespeare überreichen. Hervorragend, Wilson. Wirklich ausgezeichnet!«

Wilson redete noch eine Weile weiter davon, dass der Drucker sich in begrenztem Maße selbst reparieren und warten könne, wozu er ebenfalls Komponenten aus dem Wald benutze. »Mit ein bisschen Nanotech kann man aus Kohlenstoff so gut wie alles herstellen. Sogar einen Diamanten, um den Laserscanner auszurichten oder sich gleich einen neuen zu bauen.« Dann erklärte er, dass keine Störungen auftreten würden, solange der Drucker nicht von seiner Programmierung abwich...

Mr Driscoll hörte schon nicht mehr zu. Er träumte bereits von der Rede, die er halten würde, um der Welt sein neues Projekt vorzustellen.

Sobald er seine Reisesachen gepackt hatte, kehrte Mr Driscoll zur Datum zurück und begab sich nach Brokenstraw Creek, südlich von Warren in Pennsylvania, wo der ursprüngliche Johnny Apfelkern – der eigentlich John Chapman geheißen hatte und vor fast dreihundert Jahren auf die Welt gekommen war – seine erste Baumschule gepflanzt hatte. Dort stellte Mr Driscoll ein Tablet auf eine Mauer, um den Augenblick für die Nachwelt festzuhalten, in dem er, nur mit dem Materiedrucker und Shakespeare an seiner Seite, seine Absicht erklärte, den Barden in die neuen Welten hinauszutragen.

»Früheren Generationen wäre diese Technik sicherlich merkwürdig vorgekommen. Aber heute, mit dieser Vermählung der erhabensten Leistungen aus dem Bereich der Künste und der Wissenschaften der Datum-Erde, wird sie junge Menschen inspirieren und die Zivilisation in der gesamten Langen Erde befruchten. Es ist genau wie zu Shakespeares Zeiten. Das London des Barden war eine Weltstadt im Herzen einer aufkeimenden Weltkultur, und Shakespeare brachte seinem Publikum durch seine Stücke diese neue Welt nahe. Und jetzt, in diesem neu entstandenen Panorama so vieler Erden, möchte ich... oh, Entschuldigung...«

Die Aufnahme musste abgebrochen werden, weil der Materiedrucker an seinem Stuhlbein nagte und versuchte, es zu Papierbrei zu verarbeiten.

Dann machte sich Mr Driscoll mit einer kleinen Drehung am Schalter seiner Wechselbox auf und davon.

Zunächst lief alles wie am Schnürchen.

Mr Driscoll schüttelte seinen Mangel an Erfahrung schon bald ab und wurde ein gestandener Reisender in der Langen Erde. Sein Atem wurde tiefer und gleichmäßiger, seine Beine kräftiger, seine Füße ausdauernder, und sein Magen gewöhnte sich sogar an die Übelkeit beim Wechseln. Er machte nicht auf jeder Welt halt. Er beschloss, so weit in die Lange Erde hinauszuziehen, wie es ihm möglich war, dort an ausgewählten Orten seine literarische Saat auszubringen und sich alsdann auf die Zeit und auf Shakespeare selbst zu verlassen, um das Gute und Wahre immer weiter zu verbreiten.

Wenn er irgendwo anhielt, dann jeweils für mehrere Tage. Er schickte seinen Materiedrucker mit der Druckvorlage in den Wald, um dort abzulaichen, und wartete, bis eine neue Kopie der Werke hergestellt war. Manchmal übernachtete er im Freien, manchmal stellte er sich den Einheimischen vor und blieb vielleicht, um eine Rede zu halten, aus den Werken des Barden vorzulesen oder die eine oder andere Unterrichtsstunde zu geben. Sobald die frisch gedruckten Gesammelten Werke Shakespeares ausgeliefert waren, machte er sich wieder auf den Weg, normalerweise voller Dankbarkeit und mit reichlich Verpflegung und einer Flasche frisch gepresster Limonade im Gepäck.

Allmählich eilte ihm sein Ruf voraus. In einigen Welten wurde er bereits von den Bauern und ihren Kindern begrüßt, und man bot ihm eine Mitfahrgelegenheit zur nächsten Siedlung an.

Innerhalb von drei Jahren hatte er auf diese Weise Hunderte von Welten bereist und verspürte eine große und tiefe Befriedigung hinsichtlich des Erfolgs seines Projekts.

Dann kam er zu Erde West 31.415, im entlegenen Eisgürtel.

Er schickte seinen Drucker los, und nachdem er sich wie üblich mit einem erfrischenden Nachtschlaf auf einer Waldlichtung gestärkt hatte, machte er sich auf, um die druckfrische Kopie der Werke Shakespeares für diese Welt in Empfang zu nehmen. Bald darauf fand er Drucker und Vorlage, inaktiv wie sonst und in einer Stellung, die Mr Driscoll, der kein Techniker war, stets als wohlverdiente Ruhe nach einer durchgearbeiteten Nacht interpretierte. Aber daneben lag kein neues Exemplar mit noch feuchten Seiten und hell glänzender, auf Pflanzengalle basierender Tinte – sondern ein zweiter Drucker, ein zweites krabbenartiges Gerät, eine zweite Ausgabe des Buches auf spindeldürren Beinen. Verdutzt streckte er die Hand nach der neuen Kopie aus – aber sie krabbelte rasch davon, bis sie seinen Blicken entschwand.

Mr Driscoll war eher irritiert als alarmiert. Er war kein praktischer Mensch und daran gewöhnt, dass ihn alle möglichen Maschinen immer wieder im Stich ließen. Darum schickte er die Originalvorlage in einen anderen Teil des Waldes, denn vielleicht war ja mit den hiesigen Bäumen irgendetwas nicht in Ordnung. Er wartete noch eine Nacht. Am nächsten Morgen fand er auf einem Blätterhaufen eine druckfrische Kopie von Shakespeares Werken, so wie es sein sollte.

Mr Driscoll nahm sie in die Hand, trug sie in die nächste Siedlung und verbrachte dort einen angenehmen Tag, indem er sich mit einigen nur flüchtig interessierten Bauernkindern in ihrer malerischen kleinen Schule unterhielt. Mr Driscoll fand, dass es sich bei dieser Gemeinde um eine besonders hübsche Ortschaft handelte, die, ganz wie die Amish, beschlossen hatte, bei der Gestaltung ihrer neuen Welt die moderne Technik so weit wie möglich zu meiden.

Am nächsten Morgen wechselte Mr Driscoll weiter, ohne noch weiter über Erde West 31.415 nachzudenken.

Bis ihn zehn Tage später ein aufgeregter Bauer aufspürte und verlangte, dass er mit ihm zurückkehrte.

Wieder auf Erde 31.415 angekommen, brachte man ihn auf die Waldlichtung, wo er den Shakespeare-Materiedrucker losgelassen hatte – aber die Lichtung war nicht mehr da. Es sah aus, als hätte sich ein ganzes Wäldchen selbst entwurzelt. »Hm«, sagte Mr Driscoll verdutzt. »Fürcht nichts, bis Birnam Wald vorrückt auf Dunsinane ...«

«Was? Was? Sieh doch, was du getan hast!«

Der Bauer schleppte Mr Driscoll tiefer in den Wald – und jetzt sah Mr Driscoll, dass der Flecken freigelegter Erde nicht leer war, sondern voll mit krabbenartigen Wesen, die durcheinanderkrochen und an den Stämmen der Bäume ringsum emporkletterten, wobei die Blätter auf ihren Rücken wie die Flügel von Marienkäfern flatterten. Es waren Shakespeare-Seiten, aber keine Bücher, wie er sie auf den Welten, die er besuchte, zurückließ, sondern Materiedrucker mit Druckvorlagen, die Kopien ihrer selbst erstellten. Und diese Kopien stellten wiederum Kopien her und breiteten sich im ganzen Wald aus ...

»Was wollen Sie dagegen machen?«, schrie der Bauer.

»Ich? Was kann ich schon machen?«

»Wir haben schon jetzt ungefähr eine Tonne bestes Holz verloren. In zehn Tagen! Und die Dinger vermehren sich immer schneller.« Er packte Mr Driscoll am Kragen. »Sie wissen, was Sie getan haben, oder nicht? Wir sind den ganzen Weg bis hierher gereist, um diesem modernen Technikblödsinn zu entkommen. Und dann kommen Sie mit Ihren dämlichen Büchern und lassen die reinste Nanotech-Katastrophe auf uns los. Eine graue Lawine! Ja, das alles ist Ihre Schuld, Sie hirnloser Waldschrat! Was wollen Sie jetzt dagegen unternehmen, hä?«

Ihm blieb nur eine Möglichkeit. »Ich lasse mich so schnell wie möglich von einem Twain in die Nahen Erden zurückbringen.«

»Und dann?«

»Dann frage ich Wilson.«

»Eine Tonne Holz in zehn Tagen, im Ernst?« Chet Wilson verzog das Gesicht und sagte: »Lassen Sie mich mal kurz nachdenken.«

Kurz darauf sagte er: »Wir haben es da mit einer waschechten Mutation zu tun.«

»Einer Mutation?«

»Der Vorlagen-Shakespeare konnte von Anfang an weit mehr, als nur die Seiten des Buches kopieren. Also, das habe ich Ihnen aber gesagt. Er konnte Ersatzteile für sich bauen, sogar für den Replikationsmechanismus. Damit er sich auch von einer schweren Beschädigung erholen kann. Der Sicherungsprozess ist einfach nur ein bisschen zu weit gegangen, mehr nicht.«

»Ein bisschen zu weit? Sind Sie übergeschnappt, Wilson?«

»Jetzt repariert er sich nicht mehr nur, sondern er erstellt völlig neue Kopien von sich. Schieben Sie die Schuld jetzt nicht mir in die Schuhe. Wahrscheinlich ist es ein Bedienungsfehler.«

»Was?!«

»Sie hätten ihn einfach mal aus- und dann wieder anschalten sollen. Das funktioniert fast immer. Das Mastergerät hat sich offensichtlich selbst resetted und wiederhergestellt. Aber das ungeplante Kind, das er produziert hat ...« Er kicherte nachsichtig. »Dieser kleine Racker!«

»Aber ... aber ... ich kann keine Verantwortung für dieses Schlamassel übernehmen! Und selbst wenn, ich verstehe überhaupt nicht, wie ein zwei Pfund schweres Buch in nur zehn Tagen eine Tonne Holz verputzen kann.«

»Na ja, so was nennt man exponentielles Wachstum. Wenn es erst mal losgeht, vermehren die sich wie die Karnickel, verstehen Sie? Am ersten Tag werden aus einem zwei. Am zweiten Tag werden aus den zweien vier. Am dritten werden aus vieren acht...«

»Ja, ja.«

»Nach zehn Tagen haben Sie an die tausend Kopien. Und tausend Kopien eines zweipfündigen Buches ergeben eine Tonne, mein Freund. Dorthin ist Ihr Holz verschwunden.«

»Genau gesagt ist es nicht mein Holz.« Mr Driscolls nicht-mathematischer Verstand versuchte, dieses Prinzip zu begreifen. »Aber wenn ich Sie recht verstanden habe... werden am elften Tag aus einer Tonne schon zwei. Und dann werden aus zwei Tonnen vier. Und dann...«

»Genau so läuft's.«

»Aber... wann hört das auf, Wilson? Wann hört es auf? Und was soll ich dagegen tun?«

»Er entflieht, von einem Bären verfolgt«, antwortete Wilson.

Die folgenden vier Wochen sorgten für große Aufregung, zumindest für die Bewohner von Erde West 31.415 und für die Behörden von der Datum-Erde, die zu Hilfe gerufen wurden.

Die empörten Kolonisten wurden eilig evakuiert, da schon nach zwanzig Tagen ein Wald mit tausend Tonnen Holz vernichtet war.

Nach dreißig Tagen war eine Million Tonnen Bäume zerkaut, was eine Narbe hinterließ, die man vom All aus sehen konnte.

Und nach vierzig Tagen war eine Milliarde Tonnen Holz weg, die überlebenden Tiere des Kontinents flohen vor dem anschwellenden Shakespeare-Meer.

Nur fünfzig Tage, nachdem Mr Driscoll seine Materiedrucker-Druckvorlage losgelassen hatte, war so gut wie jeder Baum auf Erde West 31.415 und letztendlich der Großteil der Biomasse dieses Planeten umgewandelt. Die Bücher des Barden zogen, hungrig nach mehr, über die verwüsteten Ebenen.

Mr Driscoll rief Wilson vom Gefängnis aus an, wo er auf seine Verhandlung wartete.

»Es ist schrecklich, Wilson! Angeblich mutieren die Bücher schon wieder. Jetzt fressen sie auch anderes Pflanzenmaterial: Gras, Sträucher. An der Meeresküste machen sich einige auf ins Wasser und verschlingen den Seetang. Im Landesinneren gehen manche aufeinander los. Barde frisst Barde! Und ich soll an allem schuld sein! ›Stürm, stürm, du Winterwind! Du bist nicht falsch gesinnt, wie Menschenundank ist.‹ Die Regierung hat jetzt eine Quarantäne verhängt und denkt darüber nach, ob sie dort einfach Großreinemachen soll...«

»Gute Idee. Dafür brauchen sie ein Codewort.« Chet Wilson verzog das Gesicht und sagte: »Lassen Sie mich mal kurz nachdenken.«

Kurz darauf erklärte Wilson: »Wie wär's mit ›Der Widerspenstigen Lähmung‹? Was halten Sie davon, Driscoll? Driscoll...?«

Die Entdeckung solcher Geschichten veranlasste Jan Roderick nur dazu, noch weitere auszugraben. Und Schwester Coleen machte sich immer größere Sorgen um ihn.

24

Wenn Joshua später an seine Zeit im Fieber zurückdachte, kam sie ihm vor, als hätte er sich unter Wasser befunden. Als hätte er nicht geschlafen, sondern in einem flachen See gelegen und durch eine leicht gewölbte, sich kräuselnde Oberfläche zur Luftwelt emporgeblickt, wo er Tage und Nächte vorüberziehen sah und die großen Gesichter der Trolle, die wie Monde auf ihn herabschauten.

Manchmal verlegten sie ihn woanders hin. Dann hob ihn das große jüngere Männchen auf, legte ihm einen haarigen Arm um den Rücken und eine Hand unter die Achsel. Sein verletztes Bein jagte neue Schmerzen durch seinen Körper, aber er konnte sich kaum wehren und nur schwach dagegen protestieren. Zu seiner Schande erinnerte er sich später an einige der Ausdrücke, die er benutzt hatte. Sie hätten selbst Bill Chambers zum Erröten gebracht.

Wenn er gelegentlich aus dem trüben Rot des Schlafes zum Tageslicht aufstieg, versuchten sie, ihn zu füttern. Er hatte keinen Hunger, aber immer höllischen Durst. Dann spuckte er das Essen aus und verlangte Wasser. Manchmal kam er ohne Essen davon, aber manchmal zwangen sie ihn dazu. Das Männchen setzte ihn auf und zog seinen Kopf nach hinten, bis der Mund aufklappte. Dann ließ das Weibchen – Sally – Essen hineinfallen, Wurzeln und Blätter und den sauren Saft einer Frucht. Er verschluckte sich, schüttelte den Kopf und versuchte, alles wieder auszuspucken. Aber Patrick hielt ihm den Mund fest zu, und Sally strich ihm über die Kehle, und dann schluckte er. Es blieb ihm nichts anderes übrig.

Hinterher vermutete er, dass sie ihm wohl irgendeine Kräutermedizin verabreicht hatten, die über die Jahrtausende hinweg aus einer Reihe zufälliger Erfahrungen entwickelt worden war: Weisheit, die in dem eigenartigen kollektiven Bewusstsein der Trolle, dem Trollruf, gespeichert war. Da es ihm mit der Zeit besser ging, musste er annehmen, dass die Medizin gewirkt hatte. Obwohl die modernen Antibiotika aus seinem Arzneipack, die er jedes Mal schluckte, wenn er wach genug war, um sich daran zu erinnern, sicherlich auch geholfen hatten.

Er wusste, dass die Trolle ihm das Leben retteten. Aber mussten sie dabei so grob sein? Natürlich, sie waren muskulöse Humanoide, und ihre Jagdmethode bestand darin, in der Gruppe ein Vieh von der Größe eines jungen Elefanten zu Boden zu ringen. Die Mütter schleppten ihre Kinder gelegentlich mit sich, indem sie sie einfach an einer Hand oder am Schlafittchen neben sich herbaumeln ließen.

»Als Krankenpfleger müssen diese Trolle noch ein bisschen an sich arbeiten...«

Er stellte fest, dass er die Worte laut ausgesprochen hatte. Also befand er sich in einer seiner wacheren Phasen.

Er lag auf dem Rücken und blinzelte in einen wolkenlosen Himmel. Die Luft war kühl, kühler, als er sie vor dem Fieber in Erinnerung hatte. Wahrscheinlich wurde es auf dieser Para-Venus allmählich Herbst. Er fragte sich, wie lange er schon hier lag. Und er wusste immer noch nicht, wie schlimm es im Winter werden würde. Der Charakter einer Welt ließ sich ungefähr aus dem Band ableiten, in dem sie sich befand, aber um ihn genauer bestimmen zu können, musste man erst einen Jahreslauf oder gar mehrere auf ihr durchmachen. Erst dann wusste man, ob man so einen Zyklus auch überstehen konnte...

Ein Trollgesicht schob sich in sein verschwommenes Gesichtsfeld und musterte ihn von oben. Zuerst war er verwirrt, denn es war kein ausgewachsenes Tier, weder Sally noch Patrick. Er sah ein ergrautes, faltiges, von grau meliertem schwarzen Haaren eingerahmtes Gesicht.

»Sancho!«

»Huuh!«

»Hallo, alter Freund. Du hast mich gerettet. Du und deine Verwandten ...«

Etwas Weiches, Rosafarbenes kam von links herangesegelt, traf Sancho seitlich am Kopf und rollte weg.

»Was ... war das?«

»Ha!« Sancho wandte sich nach links, machte ein wütendes Gesicht und entschwand dann aus Joshuas Blickfeld.

Joshua gelang es, den Kopf zu drehen. Er sah, wie Sancho einem der Jungtiere hinterherhumpelte, vielleicht Liz. Offenbar hatte sie ihm einen Cheerleader-Puschel an den Kopf geworfen. Sie rannte davon und lachte dabei, wie nur ein Troll lachen konnte.

Einen Cheerleader-Puschel. Wo zum Teufel hatte ein Troll einen Cheerleader-Puschel her? Abgesehen davon glaubte Joshua, die typische Farbgebung in Pink erkannt zu haben.

»Sancho!« Joshua versuchte, sich auf den Ellbogen aufzurichten, um mehr zu sehen. Aber allein der Versuch kostete zu viel Kraft, und als er sich bewegte, fühlte es sich an, als hätte sich der Inhalt seines Schädels verflüssigt. Er fiel zurück und wurde ohnmächtig.

25

Es kam der Tag, an dem er wieder gesund war.

Zumindest fühlte es sich so an, als er aus einem vergleichsweise normalen Schlaf erwachte. Er konnte klar und deutlich sehen, in seinem Schädel brummte nur noch ein dumpfer Schmerz, aber er hatte immer noch Durst.

Probehalber setzte er sich auf. Sein Oberkörper war immer noch vom Fieber geschwächt, und wenn er den Kopf bewegte, wurde ihm leicht schwindlig, aber das ging vorüber. Sein rechtes Bein, das gerade vor ihm ausgestreckt lag, war wirklich sehenswert: schmutzige, nackte Haut mit blutigen Bandagen zwischen zwei dicken Ästen fixiert. Die Trolle machten nichts besonders feinfühlig. Aber das Bein tat kaum noch weh, er spürte nur ein leises, bis ins Mark reichendes Pochen, mit dem er sich, wie er befürchtete, von nun an bis an sein Lebensende arrangieren musste.

Als er sich umschaute, sah er gleich neben sich, im Schutz eines Felsvorsprungs, seine Sachen liegen. Sie waren immer noch von der Rettungsdecke zugedeckt und schienen unangetastet zu sein, davon abgesehen, dass er selbst auf der Suche nach Medikamenten darin herumgekramt hatte. Er suchte in seinem Rucksack, bis er eins seiner Messer fand, das er sich am Rücken in den Gürtel schob. Trolle hin oder her, mit einer Waffe in Reichweite fühlte er sich wesentlich sicherer.

Als Nächstes musste er sich um seinen brennenden Durst kümmern, aber hier gab es nirgendwo Wasser. Außerdem meldete sich seine schmerzhaft volle Blase. Er war nicht weit vom Ufer eines flachen, träge dahinfließenden Flusses entfernt, vielleicht zehn oder zwölf Schritte. Keine Entfernung, wenn man sich auf beide Beine verlassen konnte, aber in seinem Zustand eine gewaltige Herausforderung. Er sah sich noch einmal um. Nichts zu sehen, was sich als Krücke benutzen ließe. Er richtete sich auf den Ellbogen auf, winkelte das gesunde Bein an, aber sein schlimmes Bein war ein nicht zu überwindendes Hindernis. Kurz darauf zitterten seine geschwächten Muskeln, und er musste sich wieder auf den Boden zurücksinken lassen.

Ein Trollgesicht tauchte auf, eine Vision aus der Zeit seiner Krankheit. Es war Liz, das junge Weibchen. Als er sich umsah, erblickte er noch weitere Trolle, die am Fluss beisammensaßen und Fellpflege betrieben. Der Großteil der Gruppe schien jedoch nicht da zu sein.

Liz war ziemlich klug und erkannte sofort, was er wollte. Ohne zu zögern, schob sie ihm die Hände unter die Achseln und riss ihn mühelos und mit der üblichen Grobheit der Trolle hoch. Er schrie auf, als sein in Holz eingefasstes Bein unkontrolliert herumschlenkerte, aber Liz war bei ihm und hielt ihn aufrecht. Er warf ihr einen Arm über die Schulter und stand jetzt einigermaßen stabil auf dem linken Bein.

»Danke.« Ihm gelang sogar ein Grinsen. »Du hast genau die richtige Größe dafür, weißt du das? Und jetzt – Wasser?« Er zeigte auf den Fluss und auf seinen Mund.

Sie setzte sich dorthin in Bewegung, aber zu schnell, sodass er wie verrückt hüpfen musste und sein verletztes Bein hinter sich über den Boden schleifte. »He! Immer schön langsam, mein Fräulein!« Hüpf, hüpf. »Ein Schritt nach dem anderen...«

Als sie sich von seiner Lagerstätte entfernten, sah er, dass der Boden rings um seine Ausrüstung aufgewühlt und verdreckt war. Sie mussten ihn sauber gemacht haben, wenn er sich beschmutzt hatte, oder ihn zumindest aus seinem eigenen Dreck gezogen haben, und das immer wieder. Es war bekannt, dass Trolle sich um ihre Kranken und Alten kümmerten, vielleicht wussten sie auch, wie man Bewegungsunfähige umlagerte, um solche Probleme zu vermeiden. Trotzdem musste er sich dringend gründlich waschen, sich ausziehen und nachsehen, ob er sich wund gelegen hatte und dergleichen – ganz abgesehen davon, dass er sich sein Bein genauer betrachten musste.

Plötzlich schämte er sich dafür, dass er vor diesen Trollen so hilflos gewesen war, und eine Woge der Dankbarkeit erfüllte ihn. Er drückte Liz' breite Footballer-Schultern. »Eine bessere Krankenschwester als dich hätte ich nicht finden können, meine Kleine.«

»Huuh?«

An einem größeren Stein pisste er gefühlte zehn Minuten lang.

Dann half ihm Liz weiter bis an den Fluss. Der große alte Troll namens Sancho saß am Ufer und zupfte Flöhe aus den langen, schmutzigen Haaren seiner Beine. Als Joshua näherkam, blickte er neugierig auf. Neben ihm lag eine flauschige rosafarbene, dreckbespritzte Kugel. Der Cheerleader-Puschel.

Joshua nickte Sancho zu, während es ihm mit Liz' Hilfe gelang, sich auf dem schlammigen Uferboden niederzulassen. »Wie schon gesagt, Kumpel, ich bin dir zu tiefem Dank verpflichtet. Mein Erstretter.«

Sancho zuckte die Achseln, eine sehr menschliche Geste. Dann widmete er sich wieder seiner gewissenhaften Jagd nach Flöhen.

Joshuas Blick wurde wieder vom leuchtenden Pink des Puschels abgelenkt. Seit wann trugen Trolle irgendwelche Besitztümer mit sich herum? Noch dazu einen Cheerleader-Puschel? »Na ja, geht mich ja nichts an, Kumpel. Von mir aus kannst du mit diesem Puschel rumziehen, alles klar.«

Sancho sah ihn nicht einmal an.

Joshua beschäftigte sich wieder mit sich selbst. Vorsichtig schob er sich, auf dem Hintern rutschend, näher ans Wasser, tauchte die Hand ein und spritzte sich Wasser in den Mund und über das Gesicht. Dann goss er es über die schmutzige Kruste seines verletzten Beines. Am liebsten hätte er sich ganz ins Wasser gelegt, aber er wusste, dass darin durchaus unangenehme Überraschungen lauern konnten. Er nahm sich vor, daran zu denken, wieder Reinigungstabletten zu benutzen, ehe er das Wasser trank. Andererseits hatte er, solange er krank war – und wie lange das genau angedauert hatte, wusste er nicht –, auch überlebt, und das mit der hohlen Hand eines Trolls als einzigem Trinkgefäß. Vielleicht hatte er in all den Jahren in der Langen Erde so etwas wie Immunität erworben?

Wolken zogen an der Sonne vorbei, und der dumpfe Schmerz im Bein nahm zu. Na toll, dachte er. Jetzt würde er auch noch einer dieser alten Knacker werden, die immer das Wetter in den Knochen spürten.

Er wickelte den Verband und die Reste seines Hosenbeins ab. Auf der freiliegenden Haut seines Beines waren Dreck und Blut und etwas, das wie getrockneter Eiter aussah, und nachdem er die Schmutzschichten abgewaschen hatte, roch es auf einmal nach Fäulnis. Andererseits fand er Reste von zerdrückten Pflanzen, die dort aufgetragen waren, eine Mischung aus Blättern und Wurzeln, eine grünliche Kruste auf seiner Haut. War das Trollmedizin? Falls ja, dann schien sie gewirkt zu haben. Die aufgeplatzte Haut war nicht vernäht worden, aber sie war erstaunlich gut verheilt. Wenn er wieder in Reboot war, konnte er seine Großnichten mit einer mordsmäßigen Narbe erschrecken. Aber mit einiger Erleichterung stellte er keinerlei Anzeichen für eine Infektion fest, keinen Hinweis auf Wundbrand – in diesem Fall hätten auch die Trolle nichts mehr für ihn tun können. Er hätte unweigerlich sein Bein verloren, und wahrscheinlich kurz darauf auch sein Leben.

Er betastete sein Schienbein, vorsichtig und ganz langsam, bis er zur Bruchstelle kam. Dort fand er einen harten Knubbel unter der Haut, der wehtat, wenn er darauf drückte. Also hörte er auf zu drücken. Demnach war der Knochen nicht perfekt zusammengewachsen. Aber er hatte, gestützt von Liz, laufen können. Wenn er sich ein paar Krücken basteln konnte, war er wieder mobil. Die Sache hätte wesentlich schlimmer ausgehen können.

Als er vorsichtig noch mehr von seinen elastischen Bandagen abschälte, fand er etwas Unerwartetes. Die provisorischen Schienen waren nicht nur von den Bandagen, sondern auch von mehreren Schnüren, die offensichtlich aus seinem Rucksack stammten, mit Knoten zusammengebunden.

»Nicht zu fassen«, sagte er laut. »Trolle mit Puscheln. Und jetzt sogar Trolle, die Knoten binden können. Jede Wette, dass du so was noch nicht gesehen hast, Lobsang, oder?«

»Trolle können Knoten binden.«

Die Worte klangen so, als kämen sie aus einem kleinen Megafon. Joshua zuckte erschrocken zusammen und legte sich der Länge nach auf den feuchten Uferboden. Worte auf Englisch! Das kam jetzt völlig unerwartet.

Hinter ihm ertönte dröhnendes Trolllachen. Es war natürlich Sancho, der Joshuas Tun amüsiert verfolgt hatte. Sancho mit einem Trollrufer in der Hand.

Joshua sah ihn erstaunt an. »Also du warst das!«

Sancho setzte den Trollrufer wieder an den Mund. Er sah ungefähr so aus wie eine Klarinette, ein mit irgendwelchen Schaltkreisen überzogenes Rohr – ein Übersetzungsgerät, das funktionierte, wenn man es sich dicht vor den Mund hielt. »Trolle können Knoten binden! Gute Knoten, große Knoten, feste Knoten.«

»Du hast Cheerleader-Puschel und jetzt einen Trollrufer. Wie ist das möglich?« Aber da er nicht durch einen Trollrufer redete, konnte Sancho kein Wort verstehen. »Gib das Ding mal her.«

Sancho reichte ihm den Trollrufer.

Einzelne Trolle konnten intelligenter als Schimpansen sein, aber nicht so intelligent wie Menschen. Manche Experten waren der Ansicht, sie seien ungefähr so intelligent wie der vor langer Zeit ausgestorbene *Homo erectus*. Allerdings machte ihr kollektives Verhalten die Trolle so immens klug: Sie gingen gemeinsam auf die Jagd, standen über den Trollruf in Verbindung miteinander, jenen immerwährenden Gesang, der die tiefsten Erinnerungen ihrer Spezies enthielt und dabei eine auf und ab wogende Erzählung der Gegenwart zu sein schien. In diesem Gesang wurde alles festgehalten, etwa welche Nahrung die Kundschafter woanders gefunden hatten, oder welches Jungtier unterwegs Anzeichen von Ermüdung zeigte.

Trotzdem konnte auch der einzelne Troll sprechen, er verfügte über Ausdrucksmittel wie Heulen und Keuchen, über Gesten und, ja, über jenen Gesang – eine Sprache, die weitaus entwickelter als die eines Schimpansen war, so viel stand fest. Um mit ihnen zu kommunizieren, musste man diese Sprache einfach nur übersetzen.

Und genau das war Lobsang schon vor Jahrzehnten mit seinem bahnbrechenden Trollrufer gelungen.

Joshua drehte den Apparat in der Hand hin und her. Dass dieses Gerät ausgefeilter aussah als Lobsangs alte Prototypen, verwunderte ihn nicht. Viel erstaunlicher war, dass dieser exzentrische alte Troll so ein Ding mit sich herumtrug. Als Joshua es umdrehte, fand er ein kleines Plastikschild mit dem Text:

EIGENTUM DER
UNIVERSITÄT VON WALHALLA
INNENSTADT ZWEI
NICHT MITNEHMEN

Joshua schlug sich mit der flachen Hand an die Stirn. Walhalla! Genau dort hatte er auch solche Puschel schon einmal gesehen. Sein Sohn Rod, der damals noch Dan hieß, war in Walhalla, der größten Stadt in den Hohen Megas, zur Schule gegangen. Er war nicht lange genug dortgeblieben, um auf eine höhere Schule zu wechseln, aber er und Joshua hatten sich das eine oder andere Football-Spiel angesehen.

Jetzt wandte sich Joshua an Sancho und sagte: »Hast du etwas mit der Universität von Walhalla zu tun?« Dann hob er den Trollrufer an die Lippen und wiederholte seine Frage.

Sancho lauschte ihm mit gerunzelter Stirn, nahm den Trollrufer wieder entgegen, und sein ledriges Gesicht legte sich vor lauter Konzentration in tiefe Falten. Trolle und Menschen bedienten sich völlig unterschiedlicher Sprachen, die sich in jeder linguistischen Hinsicht unterschieden, angefangen bei den einfachsten grammatikalischen Grundlagen. Ein Trollrufer konnte nicht mehr anbieten als eine ungefähre Übersetzung.

Schließlich zeigte Sancho auf seine eigene Brust. »Lehrkörper.«

»Was? Du gehörst zum Lehrkörper? Einer Hochschule? Ach so, verstehe. Sie haben dich studiert, stimmt's? So wie Lobsang in seinem Trollreservat. Hm. Oder vielleicht hast du ja auch sie studiert ...«

»Festanstellung! Sancho hat Festanstellung! Huuh!« Damit ließ er den Trollrufer auf den Boden fallen, heulte laut auf, spritzte mit Wasser herum und faltete die großen Hände über dem Kopf, wobei er sich sichtlich amüsierte.

Joshua fragte sich, ob er sich immer noch in einem Fiebertraum befand.

Als der Abend nahte, kamen die restlichen Trolle zurück. Einige brachten etwas zu essen mit, ganze Arme voll Wurzelgemüse und kleinere Wildtiere. Sally, das große Weibchen, trug ein totes Tier über der Schulter, das wie ein junges Reh aussah, aber vermutlich etwas anderes war.

Sie versammelten sich unweit der Stelle, wo Joshua so lange gelegen hatte, in der Nähe der felsigen Erhebung. Das Gemüse und das Obst wurden grob verteilt.

Jetzt, da er etwas fitter war, sah Joshua, dass sie ihn an einen guten Ort gebracht hatte, mit dem Rücken gegen den Stein zur Verteidigung und nicht weit entfernt vom Wasserlauf. Gar nicht so anders als die Stelle, die er sich für seine Palisade ausgesucht hatte, fiel ihm jetzt wieder ein. Wenn diese gepanzerten Elefanten angriffen, konnte man sich zwischen den Felsen verstecken. Es gab sogar Gesteinsüberhänge zum Schutz gegen die lästigen Pterodaktylen.

Joshua sah zu, wie die erwachsenen Trolle das rehartige Tier auseinandernahmen. Um dem Tier die Haut abzuziehen, benutzten sie Steinklingen, die sie aus einem auf dem Boden liegenden Haufen aussuchten. Anschließend zerteilten sie den Kadaver, schnitten die Gliedmaßen ab und zogen Eingeweide und Organe heraus. Dabei gingen sie sehr geschickt vor, sogar gemessen an menschlichen Standards, obwohl Joshua vermutete, dass Menschen Haut und Sehnen sorgfältiger beiseitegelegt hätten, um sie später weiterzuverwenden. Außerdem hätten sich Menschen normalerweise nicht schon während des Zerteilens die Münder mit rohem Fleisch vollgestopft.

Joshua saß derweil mit dem Rücken an den Fels gelehnt neben Sancho und stellte fest, dass er ganz im Mittelpunkt der Aufmerksamkeit stand. Sowohl Sally als auch Patrick kamen herüber und teilten ihm leise heulend mit, wie sehr sie sich darüber freuten, dass er wieder auf den Beinen und allem Anschein nach bei Sinnen war und ein Lächeln im Gesicht hatte. Matt vollführte einen Purzelbaum und hätte wohl sofort mit einem Ringkampf mit Joshua angefangen, wenn ihn nicht, zu Joshuas großer Erleichterung, Sancho mit starkem Arm zurückgehalten hätte.

Dann bot Patrick Joshua einen Fetzen rohes Fleisch an.

Joshua nahm ihn und nickte dankend. »Danke, aber ich glaube, das ist noch ein bisschen zu blutig für mich. Ich schiebe es lieber erst in die Mikrowelle…«

Obwohl sein Bewegungsradius noch ziemlich eingeschränkt war, dauerte es nur ein paar Minuten, bis er aus ein paar flachen Steinen eine kleine Feuerstelle gebaut und aus den Felsspalten vom Wind dorthin verwehtes trockenes Holz und etwas Reisig gesammelt hatte. Mit seinem Anzünder aus Feuerstein und ein paar Streifen Papier gelang es ihm ohne Mühe, ein Feuer zu entfachen. Die Trolle waren geradezu verzückt. Bald darauf brachten Kinder und Erwachsene größere Holzstücke herbei und fütterten die Flammen damit.

Joshua steckte Patricks Geschenk auf einen rasch geschnitzten Spieß und hielt ihn über die Flammen. Fett zischte, und schon bald rieben sich die Trolle beim Duft gebratenen Fleisches genüsslich die Bäuche.

»Du… beliebt.« Das war Sancho mit dem Trollrufer.

Joshua grinste und nahm den Rufer in die Hand. »Na, das hoffe ich doch. Schließlich dürfte ich noch eine ganze Weile hier sein. Da muss ich mir so langsam meinen Unterhalt verdienen. Ach, hör mal, Sancho…«

»Ha?«

Er schüttelte den Kopf. »Ich dachte, ich kenne die Trolle. Ich begegne ihnen schon seit vierzig Jahren. Mein bester Freund war eine Zeit lang der beste Trollkenner auf der ganzen Welt… Jetzt anscheinend nicht mehr. Denn so ein Troll wie du ist mir noch nie begegnet.«

Sancho überlegte. Zu welchem Schluss er auch gekommen sein mochte, er nahm den Rufer jedenfalls wieder an sich und heulte. »Schlauer als die meisten Trolle.«

»Hm. Wer dir das wohl erzählt hat?«

»Bibliothekar.« Er stieß sich mit dem Zeigefinger gegen die Brust. »Sancho Bibliothekar.«

Das Wort war deutlich und unmissverständlich gewesen.

»Was? Ich wünschte, Lobsang wäre hier. Das würde ihm garantiert gefallen.«

»Du bleibst. Mach mit.« Etwas an dieser Bemerkung schien den alten Troll zu amüsieren, und er fing an zu lachen. »Mach mit. Mach mit!«

Die anderen rückten näher und lachten mit ihm, während sie aßen, sich spielerisch balgten und aneinanderkuschelten. Dann fingen sie an zu singen, sie stimmten ein auserlesen schönes, mehrteiliges Lied an, das wie der Rauch in den Himmel aufstieg.

Joshua saß neben seinem Feuer und brauchte eine Weile, bis er die Melodie erkannte. »›Surf's Up‹! Ich habe schon andere Trolle kennengelernt, die große Fans von Brian Wilson waren. Aber diesen Song habe ich schon seit Jahren nicht mehr gehört. Erinnere mich mal daran, Sancho, dass ich dir von Schwester Barbara erzähle, die hat dieses Lied sehr geliebt. Sie kam aus Kalifornien, musst du wissen. Wir nannten sie immer die Surf-Schwester ...«

»Huuh?«

Joshua fragte sich, wozu man eigentlich einen Troll-Bibliothekar brauchte.

26

Wenn man Schwester Coleen fragte, hätte Jan Roderick dafür, dass er einfach so nach Madison West 3 abgehauen war, Hausarrest bekommen müssen. Und nicht noch *ermutigt* werden, indem er auf eine unbefristete Reise in die Ferneren Welten mitgenommen wurde. Nicht auch noch dafür *belohnt* werden.

Und warum musste ausgerechnet Schwester Coleen ihn dorthin begleiten?

Schwester John lächelte. »Schwester Coleen, die Reise geht doch nur nach West 31 und nicht in die Hohen Megas.«

»Aber er ist schon ganz allein bis 3 gewesen. Er sagt, wenn er das – was auch immer es sein mag – auf 31 nicht findet, dann gibt es noch eine ganze Reihe anderer Welten, die er besuchen will.«

»Allerdings. Lass dir von ihm die Zahlen mal zeigen. 3, 31, 314 … Er hat das alles sehr gut ausgetüftelt, eine richtige kleine Strategie.«

»Aber nach allem, was ich weiß, kann er selbst nicht sagen, was er da eigentlich sucht.«

»Wenn er es wüsste, müsste er ja nicht auf die Suche gehen, oder?«

»Dann soll ich wohl immer weiter und noch weiter mit ihm ziehen, solange er will?«

»Ich gehe mal davon aus, dass du deinen gesunden Menschenverstand einsetzt.«

»Aber warum ich? Ich bin ein Stadtmädchen.«

»Im Ernst?«

»Geboren und aufgewachsen in Madison.«

»Du meinst in Madison West 5. Glaub mir, Schwester Coleen, ich weiß, dass West 5 inzwischen die Hauptstadt unseres Landes ist, aber verglichen mit den großen Städten auf der Datum vor Yellowstone, ist West 5 doch eher Kleinkleckersdorf.«

»Was?«

»Egal.«

»Und was ist mit seinen Zahlen? Mathematik interessiert mich nicht, Schwester. Ich kann nicht mal ein Rezept lesen.«

»Also *das* stimmt.«

»Warum schickst du nicht Assumpta mit, oder Joan...«

»Weil er dich mag, Schwester Coleen.«

»Im Ernst?«

»Im Vergleich zu den meisten anderen hier? Ja.«

»Woher willst du das wissen?«

»Lebenserfahrung. Und jetzt keine Widerrede mehr. Es ist ja auch für dich eine großartige Gelegenheit, und für ihn ist es die Chance, sich zu beweisen. Jetzt pack schon eure Sachen, Coleen. Nur Rucksäcke!«

»Unmöglich«, hauchte Schwester Coleen, die nie mit leichtem Gepäck reiste.

Schwester John lächelte und reichte ihr ein abgegriffenes Taschenbuch mit dem Titel *Per Anhalter durch die Lange Erde.* »Mach schon, ab mit dir. Wie du weißt, decken sich existenzielle Geheimnisse nicht von allein auf.«

»Hat Jan es so bezeichnet?«

»Falls er über das entsprechende Vokabular verfügen würde, hätte er es bestimmt so bezeichnet.«

So kam es, dass sich Schwester Coleen nach einem Tag Vorbereitung in einem praktischen Trainingsanzug und Nonnenhaube gemeinsam mit Jan auf den Weg machte. Beide trugen einen leichten Rucksack auf dem Rücken und eine Wechselbox am Gürtel. Sie verließen das Heim auf West 5 früh am Morgen. Eine dampfgetriebene Straßenbahn brachte sie in die Stadtmitte, die von der großen Holzscheune eines Kapitol-Gebäudes dominiert wurde, einer Kopie des zerstörten Originals auf der Datum. In ihm war inzwischen der US-Kongress untergebracht.

Dort stiegen sie aus und wechselten von da an immer weiter auf Madison West 31 zu. Keiner von beiden war ein geübter Wechsler, weshalb Schwester Coleen darauf bestand, es langsam angehen zu lassen und zwischen den einzelnen Schritten immer zehn bis fünfzehn Minuten Pause zu machen, obwohl die Tabletten gegen die Übelkeit, die sie genommen hatten, ziemlich gut wirkten. Deshalb dauerte es mehrere Stunden, bis sie durch einen Flickenteppich von Madison-Kopien gewechselt waren, alle mehr oder weniger ausgebaut, aber keine so sehr wie West 5.

Zum Mittagessen gingen sie in West 20 in einen Schnellimbiss.

Gegen sechzehn Uhr erreichten sie West 31. Es war bereits September, aber auf dieser Welt war es freundlich und warm. Die Geographie auf dieser Kopie von Madison war natürlich mehr oder weniger dieselbe wie in West 5. Es gab den Hügel mit dem Kapitol, und nicht weit davon entfernt würde man zweifellos auf den See stoßen. Aber hier war von Fortschritt und moderner Entwicklung nicht mehr viel zu sehen, nur Wagenspuren, die durch die Prärie zum Seeufer führten. Es war schon eigenartig, dass eine so Nahe Erde immer noch so leer war. Aber sogar nach dem großen Exodus nach dem Vulkanausbruch von Yellowstone und der Evakuierung der Datum hatte das erste Dutzend Welten nach Osten oder Westen genügt, um den größten Teil der fliehenden Bevölkerung aufzunehmen. Schließlich war jede Welt eine ganze Erde für sich, so groß wie das Original, und jedes wechselwärtige Amerika eine kontinentale Wildnis, nicht kleiner als die Heimat auf der Datum.

Immerhin gab es hier in West 31 oben auf dem Kapitolhügel eine Unterkunft für Reisende, gleich unter einer Flagge, die tapfer an ihrem Mast flatterte, ein holografisches Sternenbanner der US-Ägide. Schwester Coleen hatte sich über diesen Ort informiert und vorab eine Unterkunft gebucht. Jetzt stapfte sie den Hügel hinauf, Jan trödelte hinter ihr her. Bis sie die Veranda erreicht hatten, waren ihre Stiefel mit Schlamm bespritzt.

Man hätte diese Ansammlung einstöckiger Unterkünfte Motel nennen können, dachte Schwester Coleen missmutig, falls hier jemals Autos vorbeikommen würden – und wenn man nicht wüsste, dass sie aus einer provisorischen Baracke entstanden war. Das amerikanische Militär hatte sie in den Tagen des Chaos und der Flucht, als sich alle wechselwärtigen Madisons in Flüchtlingslager verwandelt hatten, eilig errichtet. Aber sie wurden freundlich empfangen, und ihre nebeneinanderliegenden Zimmer waren sauber.

Kaum war er in seinem Zimmer, dachte Jan nicht mehr daran, auszupacken. Er breitete als Erstes sein Tablet und seine Unterlagen auf dem Bett aus und stellte sein selbst gebasteltes Funkgerät auf den kleinen Tisch. Dann legte er einen Schalter um, und sofort leuchteten mehrere Bildschirme auf. Schwester Coleen ließ ihn seufzend gewähren. Sie hatte ihn schon mehr als einmal so erlebt.

Sie selbst stellte in ihrem Zimmer einen Kessel mit Wasser auf den kleinen Gasofen. Man versorgte sich hier allem Anschein nach selbst, und das ohne Elektrizität; Heizung und Licht kamen aus großen Flaschen mit Biogas. Wenn sie sich waschen wollte, musste sie noch einen Kessel aufsetzen. Außerdem hoffte sie, dass Jans Akkus nicht so schnell leer wurden.

Sie trug zwei Kaffeetassen durch die Verbindungstür in Jans Zimmer. Der saß, immer noch im Mantel, aufmerksam vor dem Funkgerät. Lautstark stellte sie eine Tasse neben ihm auf dem Tisch ab.

»Bloß nichts auf meine Sachen schütten.«

»Keine Sorge. Aber jetzt hör mal zu, Jan. Du trinkst jetzt deinen Kaffee, dann ziehst du dir den Mantel aus, dann mache ich uns was Leckeres zu essen, und das isst du dann.«

Er sah sie an und lächelte. Er war ein schmalgesichtiger, unterernährter Junge, aber jedes Mal, wenn er lächelte, war ihr, als würde im Zimmer gleich viel heller. »Was Leckeres zu essen?«

»Sei nicht so frech. Vergiss nicht, dass ich hier bestimme.«

»Klar doch, Coleen.«

Sie schürzte die Lippen. »Für dich immer noch Schwester Coleen.« Sie war kaum doppelt so alt wie er und hatte gelernt, dass sie bei den älteren Kindern im Heim eine gewisse Autorität an den Tag legen musste. Freundlichkeit mit einem stählernen Kern, das war die richtige Mischung. Sie sah sich im Zimmer um: nackte Wände, abgewetzter Fußboden. »Was für ein trostloser Ort. Sieht aus, als wären die Soldaten, die das hier aufgebaut haben, gerade erst raus … Du hättest mich lieber nach West 3 schleppen sollen, wo du zuerst warst. In West 3 gibt es richtige Motels. Mit Strom. Und Duschen.« Sie seufzte. »Und wenn wir nicht finden, wonach du suchst, dann müssen wir sogar noch weiter, oder? Wohin dann?«

»Nach West 314, vielleicht.«

»314? Das ist aber ganz schön weit.« Sie warf einen Blick auf sein Tablet und die Papiere. Er hatte ein Ringbuch voll mit Computerausdrucken und Zeitungsausschnitten auf dem grobem Papier der Nahen Erde. »Na schön. Wir folgen also dieser Spur, die du aufgenommen hast. Vielleicht ist es besser, wenn du mir ein bisschen auf die Sprünge hilfst. Woher hast du diese Zahlen, Jan?«

Er sah sie an. »Ist doch klar wie Kloßbrühe, oder?«

Sie seufzte wieder. »Mathe habe ich schon immer gehasst, und Rätsel hasse ich noch mehr. Tu einfach so, als hätte ich nicht die leiseste Ahnung von dem, was du mir da erzählst.«

Er nahm sein Ringbuch und blätterte darin herum, bis er eine Seite gefunden hatte, die mit langen Zahlenreihen bedeckt war. »Sieh dir das an.«

Sie beugte sich vor und las. Die Zahlen lauteten...

$$3.14159\ 26535\ 89793\ 23846\ldots$$

Sie zuckte die Achseln. »Was soll das sein? Lotteriezahlen? Astrologie?«

Er verzog gequält das Gesicht. »Schwester, das sind die ersten dreitausend Stellen von Pi.«

»Pi was? Ach so, *Pi*. Hat das was mit Kreisen zu tun?«

»Ganz genau. Es ist das, was herauskommt, wenn man den Kreisumfang durch den Durchmesser teilt. Die Stellen gehen endlos weiter.«

»Im Gegensatz zu meiner Aufmerksamkeitsspanne. Lass noch mal sehen. Dreikommaeinsviereinsfünf... Ach so, verstehe. Wir suchen also Welten, die zu den Zahlen von Pi passen.«

Jetzt sah er richtig gequält aus. Was denn sonst?

»Du hast in Madison West 3 angefangen. Jetzt bist du nach West 31 gekommen. Als Nächstes dann 314.« Sie verspürte eine gewisse Zufriedenheit, dass sie das Rätsel gelöst hatte, auch wenn er es ihr erst unter die Nase reiben musste. »Aber das heißt, wenn wir das, was du suchst, nicht hier oder auf 314 finden, dann müssen wir nach 3.141...« Die Zahl kam ihr gewaltig vor. »Wo ist das denn? Ist das überhaupt noch im Eisgürtel?«

»Klar, Schwester.« Er zog eine Karte hervor, die eine Art Steinsäule zeigte, nur farbkodiert. Einige der Schichten hatte er mit großen roten Sternchen markiert. »Sieh dir mal diese Mellanier-Karte von der Langen Erde an. Das hier sind die Gürtel: der Eisgürtel, der Minengürtel und das da ist der Getreidegürtel. Ich habe die Welten in den codierten Botschaften markiert.«

»Verstehe…« Sie dachte bereits an die Machbarkeit. Auch nur ein paar Hundert Welten, das war ziemlich weit weg, wenn man zu Fuß wechselte. Schwester John hatte ihr aufgetragen, sich so viel Zeit wie nötig zu nehmen, und ihr zugesichert, dass ihr Konto, abgesichert durch die Konten des Heims, immer gedeckt war.

Vielleicht fuhren ja einige Twains so weit von einem wechselwärtigen Madison zum anderen. Aber Tausende von Welten… Mussten sie da nicht quer durch den Kontinent, zu einem der großen Bahnhöfe der Transportgesellschaft des Langen Mississippi? Wie weit würde Schwester John einer solchen Reise wohl zustimmen?

Jahn beobachtete sie aufmerksam.

»Diese… diese Pi-Welten… die haben also etwas mit den Geschichten zu tun, die du schon die ganze Zeit sammelst?«

»Ja«, sagte er und ließ sich anmerken, dass seine Geduld mehr als strapaziert wurde. »Die Geschichten tauchen in den Nachrichten auf oder online. Die Leute reden darüber, und dann verbreiten sie sich sozusagen wie ein Virus. Und dann bekommt man Geschichten zu diesen Geschichten. Und auf einmal erkennt man bestimmte Muster.«

Er zeigte ihr ausgeschnittene Artikel in seinem Ringbuch und heruntergeladene, archivierte Seiten auf seinem Tablet. Zum Beispiel die seltsame Geschichte einer Frau, die nicht wechseln, aber in die Welten nebenan *sehen* konnte, obwohl es ihr unmöglich war, dorthin zu reisen. Sie hieß Bettany Diamond und war die Mutter zweier Kinder. Schwester Coleen erinnerte sich daran, einmal eine Version davon in irgendeiner billig gemachten »Wahren Geschichten«-Doku gesehen zu haben; Diamond war im Jahre 2030 gestorben, in einem der Krawalle nach der Zündung der Atombombe in Madison. Es stellte sich heraus, dass die Frau einen Großteil ihres späteren Lebens hier in dieser kleinen Gemeinde in West 31 verbracht hatte.

Dann gab es die Legende von »Johnny Shakespeare«. Diese Fabel, eine »Vielleicht-doch-nicht-so-wahre-Geschichte«, war in einem Kinderbuch erschienen. Und dieser Johnny Shakespeare hatte seine sich selbst reproduzierenden Shakespeare-Bände angeblich auf Erde West 31.415 losgelassen.

»Verstehst du?« Jan tippte mit einem schmutzigen Zeigefinger auf die Seite. »Diese Geschichte hat mich auf die richtige Fährte gebracht. Die ersten fünf Zahlen! Sie starrten mich förmlich an...«

Coleen glaubte, eine Frauenstimme zu hören, sehr leise, als wäre sie weit weg. Auf dieser Welt war es wirklich ungewöhnlich still.

Geistesabwesend wandte sie sich wieder Jan zu. »Du glaubst also, dass diese ganzen Geschichten...«

»Ich glaube, dass sie eine Botschaft sind. Ich glaube, dass sie bewusst platziert wurden, in den Nachrichten, im Internet, im Outernet. Man muss nur die Hinweise verbinden und das Muster erkennen. Dann ist es offensichtlich.«

»Was ist offensichtlich?«

Er schüttelte den Kopf. Wieso war sie nur so langsam? »Dass auf einer dieser Welten etwas Wichtiges vor sich geht.«

»Auf den Pi-Welten?«

»Ja! Diese Leute machen irgendwas. Und sie brauchen Hilfe.«

»Woher willst du das wissen?«

»Weil sie darum bitten. Was soll das alles denn sonst bedeuten?«

Wieder hörte sie diese leise Stimme. »Und jetzt, wo du hier bist, hast du dein Funkgerät aufgebaut und... was sendest du da eigentlich?«

»Meinen Namen, wo wir sind, und die Pi-Zahlen. Ich

sage ihnen, dass ich weiß, dass sie rufen, und dass ich es verstanden habe.« Er klopfte mit dem Zeigefinger auf sein Funkgerät. »Das hier ist ein Kurzwellengerät. Seine Nachrichten lassen sich überall auf dieser Erde empfangen.«

»Aber welche Hilfe erwarten sie sich denn, von ...«

»Von einem Kind wie mir?« Er funkelte sie trotzig an. »Wenn ich so schlau bin, um den Code rauszukriegen, bin ich vielleicht auch schlau genug, ihnen zu helfen. Obwohl ich bloß ein Kind bin.«

»Entschuldige«, sagte sie rasch. »Mir ist das alles nur so ... fremd.«

»Aber du kannst nicht bestreiten, dass es so ist.«

»Wahrscheinlich nicht ...« Wieder diese Stimme. Sie warf einen Blick zu dem schmutzigen Fenster hinüber. »Hörst du das auch? Die Frau an der Rezeption hat gesagt, wir seien die einzigen Gäste.«

Er sah sie an. Dann drehte er die Lautstärke seines Funkgeräts auf.

Plötzlich war die Stimme kristallklar zu verstehen. »... bleib dort, wo du bist, und sende weiter. Wir haben dein Signal lokalisiert, aber wir brauchen ein paar Stunden, um dich zu erreichen. Danke für die Antwort auf unsere Nachricht und für die Mühe hierherzukommen. Ich heiße Roberta Golding und freue mich darauf, dich kennenzulernen. Versuche nicht zu antworten, diese Nachricht ist automatisiert. Aber wir sind auf dem Weg zu dir. Bleib dort, wo du bist, und sende weiter ...«

Schwester Coleen und Jan sahen einander verdutzt an.

Dann sprang Jan auf, rannte im Zimmer hin und her und stieß mit den Fäusten in die Luft. »Ja! Ich hatte recht!«

Schwester Coleen hätte es am liebsten genauso gemacht, sagte aber stattdessen: »Wir müssen jetzt vernünftig sein, Jan. Wir wissen nicht, was das alles zu bedeuten hat.«

»Es wird bestimmt ganz prima ...«

Sie packte ihn an den Schultern, damit er stehen blieb. Er

keuchte heftig. »Aber ich bin immer noch für dich verantwortlich«, sagte sie. »Abgemacht?«

»Abgemacht.«

Natürlich hätte er alles versprochen, um sich mit dieser Frau namens Golding zu treffen. Schwester Coleen seufzte. »Wahrscheinlich muss ich froh sein, dass ich nicht mit dir bis in die Hohen Megas oder noch weiter ziehen muss… Aber bevor diese Dame hier auftaucht, beruhigst du dich wieder, ziehst deinen Mantel aus, wäschst dich und isst etwas.«

27

Letztendlich traf Roberta Golding erst am nächsten Vormittag ein.

Sie kam mit einem kleinen Hubschrauber aus dem leeren blauen Herbsthimmel über Wisconsin und landete vor dem Kapitolhügel. Jan war natürlich völlig begeistert.

»Tut mir leid, dass es so lange gedauert hat. Auf den Zielwelten gibt es jeweils nur eine Handvoll von uns Ansprechpartnern. Ich musste erst aus der Gegend von Manhattan herüberkommen.«

Schwester Coleen runzelte die Stirn. »Zielwelten?«

»Sie meint die Pi-Welten«, flüsterte Jan.

»Ach so ...«

Jan wäre am liebsten erst mal eine Runde mit dem Hubschrauber geflogen, aber Roberta bestand darauf, mit ihnen in ihre Unterkunft zu gehen. »Schließlich hast du mich darum gebeten herzukommen«, sagte sie zu Jan. »Und falls wir zusammenarbeiten wollen, ist es wichtig, dass ich dich ein bisschen kennenlerne.«

Jan machte große Augen. »Wir arbeiten zusammen?«

»*Falls*«, warf Schwester Coleen energisch ein, als sie zurück zum Motel gingen. »Sie hat gesagt *falls*. Und ich sage auch immer noch *falls*, junger Mann. Wir wollen erst einmal schauen, worum es überhaupt geht.«

Roberta stand in Jans Zimmer, sah sich in aller Ruhe seine Unterlagen an, warf einen Blick auf sein Tablet, sein selbst gebasteltes Funkgerät, seinen Ordner mit den Artikeln und schien davon durchaus angetan zu sein. Obwohl sich nur schwer erkennen ließ, was sie wirklich dachte, wie

Schwester Coleen zugeben musste. Roberta war etwa Anfang vierzig, sie war schlank, ernsthaft und trug eine Brille sowie einen schlichten, unauffälligen Hosenanzug. Und sie war ziemlich beeindruckend.

Schließlich nickte sie Schwester Coleen zu. »Er ist richtig gut. Ich kann mir lebhaft vorstellen, wie schwierig das Leben für so ein Kind sein muss. Für Sie natürlich auch. Ich war früher so wie er. Viele von uns waren so.«

»*Uns? So ein Kind?* Mrs Golding, Sie haben noch kein Wort darüber verloren, was hier überhaupt vor sich geht, wer Sie sind ...«

»Wir sind die Next«, erwiderte Roberta einfach.

Schwester Coleen sah sie verdutzt an.

Jan sagte: »Cool.«

Schwester Coleen riss sich zusammen. »Die Next. Aha. Und ... hat Jan recht? Ich meine, dass Sie irgendwelche Nachrichten übermittelt haben?«

»Ja. Wir betreiben ein großangelegtes Projekt, ein Bauvorhaben, das ... Jedenfalls ist es viel zu groß, als dass wir es allein bewältigen könnten.«

»Was denn für ein Projekt?«, wollte Jan wissen. »Was soll gebaut werden? Wozu denn?«

»Das wissen wir noch nicht. Um das herauszufinden, müssen wir erst einmal anfangen, es zu bauen, glaube ich – falls wir es überhaupt bauen, denn darüber wird noch gestritten. Aber wir haben ebenfalls eine Nachricht erhalten, von ... irgendwo anders. Das erfährst du alles noch, wenn du bei uns mitmachst.«

»Aber ich weiß, was es ist! Ein SETI-Signal. Wie in *Contact*. Es ging eine Zeit lang durch die Nachrichten.«

Roberta lächelte. »So hat es jedenfalls angefangen. Aber es ist auch schnell wieder aus den Schlagzeilen verschwunden. Seltsame Nachrichten aus den Hohen Megas, aber dann doch nicht so wichtig wie zum Beispiel das neueste Säbelrasseln zwischen den Vereinigten Staaten und China.

Jan, du hast offensichtlich eine größere Aufmerksamkeitsspanne als die meisten anderen deiner Art.«

»*Deiner Art.*« Schwester Coleen runzelte wieder die Stirn. »Das gefällt mir nicht. Wie nennen Sie uns? *Dumpfbirnen?* Dann brauchen Sie für Ihr großartiges Projekt also die Hilfe von uns Dumpfbirnen?«

»Wir sind noch nicht sehr viele«, erwiderte Roberta gelassen. »Und unsere Ressourcen sind begrenzt. Ihr seid viele, und ihr habt die Ressourcen vieler Welten.«

»Warum wenden Sie sich nicht an die großen Baufirmen? Oder an die Regierung?«

»Das tun wir ja. Wahrscheinlich werden Sie noch davon hören. Wir nennen uns die Kuriere – na ja, jedenfalls treten wir unter diesem Namen auf.« Sie lächelte. »Die Kuriere GmbH. Ja, wir haben Verträge mit vielen der größten Baukonzerne der Welt geschlossen, und zwar sowohl auf der Datum-Erde als auch auf den Nahen Erden und sogar in Walhalla. Aber es sieht ganz so aus, als wäre das Projekt weitaus größer als das.«

»Wie groß ist es denn?«, wollte Jan wissen.

Sie lächelte. »Nicht so groß wie ein Planet.«

Jan fielen schier die Augen aus dem Kopf.

Schwester Coleen hatte das alles noch nicht ganz verdaut. »Gut«, sagte sie. »Sie haben also diese Geschichten in Umlauf gebracht ...«

»Wir brauchten eine Möglichkeit, alle um Hilfe zu bitten, in allen Welten, ganz einfache Menschen, die gesamte Öffentlichkeit. Aber die Lange Erde ist ausschließlich durch zwischenmenschlichen Kontakt verbunden. Daher gibt es kein besseres Medium zum Verschicken von Nachrichten, als sie in Geschichten zu verpacken, die mündlich weitererzählt werden. Natürlich musste es eine Nachricht sein, die nur von solchen Menschen gehört wird, die in der Lage und auch bereit sind zu helfen.«

»Wie zum Beispiel einem zehnjährigen Jungen?«

»Aber ich hab sie doch gehört, Schwester«, sagte Jan rasch. »Es sind auch nicht bloß die Zahlen. Es geht auch um die Geschichten selbst. Sie erzählen etwas über das Projekt. Die Geschichte von Bettany Diamond hat damit zu tun, wie wir die Welten der Langen Erde sehen. Die Geschichte mit dem Spielball erzählt, wie die verschiedenen Erden miteinander verbunden sind. Und Johnny Shakespeare... na ja, der hat eine komplette Welt neu erschaffen, ganz zufällig. Vielleicht so ähnlich wie dieses große Projekt.«

Roberta warf Schwester Coleen einen vielsagenden Blick zu. »Wie Sie sehen, Schwester, kommt es immer darauf an, welchen zehnjährigen Jungen man fragt.«

»Aber was soll ich jetzt machen?«, fragte Jan.

Roberta legte die Hand auf sein Funkgerät. »Hast du das aus einem Bausatz zusammengebastelt?«

»Ja. Plus ein paar Verbesserungen.«

»Wenn du so etwas bauen kannst, Jan, dann kannst du auch Sachen für uns bauen. Wir geben dir die technischen Daten eines Replikators. Das ist so etwas Ähnliches wie ein Materiedrucker. Damit kannst du Teile herstellen.«

»Teile? Wofür?«

»Tja, das wissen wir nicht so genau. Noch nicht. Keiner von uns weiß Genaueres. Wahrscheinlich wissen wir es erst, wenn alles zusammengefügt ist. Früher hat man so etwas mal Crowdsourcing genannt, etwas, an dem man quer durch die Lange Erde arbeitet. Die endgültige Montage findet dann auf Erde West drei Millionen...«

»Lassen Sie mich raten.« Schwester Coleen blätterte Jans Notizen zu den Pi-Zahlen durch. »Erde West 3.141.592. Stimmt's?«

»Sie haben's erfasst, Schwester. Wir haben uns diese Welt eigens ausgesucht. Obwohl die Idee mit der Pi-Nummerierung durch die Ereignisse auf 3.141 zustande kam.« Sie lächelte schmallippig. »*Darauf* hatten sogar die Next keinen Einfluss.«

Schwester Coleen wusste nicht genau, was das heißen sollte. »Aber 3.141.592 ... ist ziemlich weit weg. Schon jenseits der Lücke?«

»Allerdings. Wir wissen nicht, was diese Maschine tun wird. Aber wir halten es für eine gute Idee, sie sehr weit weg zu bauen. Falls wir sie überhaupt bauen.«

»Ich kann mich daran erinnern«, sagte Coleen, »dass vielen Menschen diese Vorstellung überhaupt nicht gefiel, als es damals in den Nachrichten kam. Vielleicht ist es eine Falle, wie eine riesige Bombe, die sie uns bauen lassen, damit wir uns damit selbst in die Luft jagen.«

Roberta lachte. »Es dürfte Sie beruhigen, dass wir solchen Gedanken ebenfalls nachgehen, und zwar sehr viel tiefer gehend.«

Coleen machte ein finsteres Gesicht. »Wenn ich nicht daran gewöhnt wäre, von den älteren Schwestern bevormundet zu werden, könnte ich mich von Ihrer Ausdrucksweise direkt beleidigt fühlen.«

»Kann ich da hin und mir alles ansehen?«, fragte Jan.

»Warum nicht. Aber das musst du erst mit der Schwester besprechen.« Roberta erhob sich. »Ich glaube, für heute haben wir alles durch. Wir bleiben in Verbindung.«

Schwester Coleen sagte: »Wir wohnen in ...«

»Im Heim in Madison West 5, ich weiß.«

Instinktiv zog Jan an Robertas Hand. »Pi kommt in *Contact* vor. Deshalb bin ich auf die Idee mit den Codezahlen gekommen.«

Roberta lächelte und zwinkerte Schwester Coleen zu.

Aber Schwester Coleen überlegte bereits, wie sie das alles Schwester John erklären sollte.

28

Nachdem er seinen Enkel im Bauch des verschwundenen Durchquerers von dieser warmen Welt siebenhunderttausend Schritte gen Westen hatte verschwinden sehen, war Nelson als Erstes instinktiv eingefallen, Lobsang zu Hilfe zu rufen.

Sein Sohn Sam und die anderen Fischer hatten sich sofort zum nächsten Ufer aufgemacht – einer mit Pflanzen bewachsenen, aber unbewohnten Insel. Hier gab es Nahrung und Wasser und Brennstoff für die Feuerstellen; hier konnten sie, wie Sam nach einer Unterredung mit seinen Gefährten sagte, darauf warten, dass der Durchquerer mitsamt ihren Familien zurückkam. Was blieb ihnen anderes übrig?

Nelson hingegen wusste, dass es nur wenig Hoffnung gab, dass sich das Problem einfach von selbst löste. Welches neue Phänomen der Langen Erde hier auch aufgetreten war, es spielte sich auf einer viel höheren Ebene ab als der des Menschen. Und um darauf zu reagieren, brauchte man die Hilfe einer Einheit, die größer als der Mensch war.

Also hatte er sein Twain gerufen und sich sofort auf den Rückweg zu den Nahen Erden gemacht.

Zu Hause angekommen, hatte Nelson erfahren, dass sein Erlebnis in der fernen Kopie der Tasmanischen See in der Tat Teil eines größeren Phänomens war. Mithilfe von Online-Quellen und alten Freunden wie den Quizmastern hatte er herausgefunden, dass sein eigener Durchquerer, siebenhunderttausend Schritte entfernt, nicht als Einziger verschwunden war. Durchquerer konnten schon seit jeher von einer Welt in die andere wechseln. *Aber jetzt waren sie total verschwunden,* zusammen mit der Fracht an Lebensformen, die sie mit sich trugen. Das berichteten verschiedene entsetzte Beobachter auf etlichen weit voneinander entfernten Welten.

Wo gingen sie hin? Wie reisten sie? *Und warum ausgerechnet jetzt?* Darauf hatte niemand eine Antwort.

Natürlich bereitete Nelson nicht das Problem mit den Durchquerern an sich Sorgen, ihm ging es um Troy, seinen im Bauch des verschwundenen Wesens gefangenen Enkel, den er innerhalb weniger Wochen gefunden und wieder verloren hatte… und um Sam, Nelsons Sohn, der zusammen mit der kleinen Fangflotte auf einer Insel in der Nähe eines wechselwärtigen Neuseeland festsaß.

Jetzt konnte nur noch Lobsang helfen. Aber Lobsang war abgetaucht.

Nelson erfuhr, dass Lobsang sich in einer künstlichen Realität aufhielt, einer Zuflucht, die selbst wiederum hinter einer Firmen-Firewall verborgen war. Als Nelson hilflos gegen diese Barriere stieß wie ein Schmetterling an eine Fensterscheibe, lernte er bei transEarth Selena Jones, Lobsangs Türsteherin, kennen, und zwar besser, als ihm lieb war.

Erst im Dezember 2070, anlässlich der Beerdigung von Schwester Agnes im Heim in Madison West 5, bot sich ihm endlich die Chance, auf die er gewartet hatte. Die Beerdigung war eine eigenartige, unheimliche Angelegenheit. Nelson hielt eine Grabrede und half, den Sarg zu tragen, der unerwartet schwer war. Die Hymne, die dabei gesungen wurde, war »Morning Has Broken«, wobei eine ausrangierte mobile Einheit Lobsangs die Klavierbegleitung von Rick Wakeman übernahm, und zwar überaus gefühlvoll.

Bei der Beerdigung lernte er auch Ben Abrahams – eigentlich Ben Ogilvy – kennen, den von Agnes und Lobsang adoptierten Sohn. Ben hatte mitgeholfen, Lobsang zu verstecken, und nun war er bereit, Nelson zu helfen, ihn zu finden.

Aber er warnte Nelson, dass er sich dabei auf eine noch viel merkwürdigere Reise begeben würde…

29

Als die Reisenden vom letzten Bergpass herabkamen, ließen sie endlich die Schneegrenze hinter sich. Nelson stellte fest, dass er auf massivem Fels ging, der Boden unter seinen dicken Stiefeln war in diesem eisigen Himalaja-Frühling zwar kalt, aber wenigstens wieder fest. Er blieb kurz neben Ben Abrahams stehen. Sie mussten beide wie Trolle aussehen, dachte Nelson, so dick, wie sie in mehrere Kleiderschichten eingemummt waren, in ihren dicken Hosen, den wattierten Jacken und Handschuhen sowie den tibetischen Wollmützen. Ihr Atem dampfte.

Nelson hob das Gesicht und musterte den Berg vor sich. Er schien beinahe senkrecht in den kristallblauen Himmel zu ragen, eine mit glitzerndem Eis verzierte Granitwand.

»Das Dorf liegt in dem Tal direkt unter uns«, sagte Ben Abrahams.

Nelson blickte hinab und sah einzelne Rauchfahnen aufsteigen. In der überwältigenden Stille glaubte er sogar, das Bimmeln von Kuhglocken zu hören, doch angesichts der alles überragenden Präsenz des Berges wirkte alles andere winzig. »Stell dir vor, dein ganzes Leben unterhalb dieses Kolosses zu verbringen. Die Menschheit ist hier völlig irrelevant.«

»Ja, aber eine höllisch gute Aussicht hat man von hier, was? Oh, entschuldige, Nelson ...«

»Warum? Weil du das H-Wort benutzt hast? Keine Sorge. Mein Hundehalsband bin ich schon lange los. Aber es ist schön, endlich wieder auf festem Untergrund zu stehen.«

»Allerdings.«

»Trotzdem«, sagte Nelson und dachte darüber nach, »bin ich nicht so erschöpft, wie ich gedacht hätte. Wenn man bedenkt, wie hoch wir sind.«

»Mehr als zwei Meilen über dem Meeresspiegel.«

»Und das in meinem Alter.« Er betrachtete seine im Handschuh steckende Hand und drehte sie um. »Andererseits... bin ich das gar nicht, oder? Es ist nicht mein Körper.« Dessen runzelige Hülle momentan in einer Art Reizabschirmungstank in einer Einrichtung von transEarth lag, umgeben von Scannern und ausgestattet mit internen Monitoren, die sich in seine Nase und Ohren hineingebohrt hatten, während sein Bewusstsein an diesen unwirklichen Ort projiziert wurde.

Er erschauerte.

»Ist dir kalt?«, fragte Ben.

»Nein. Ich würde es eher... existenzielle Angst nennen.«

Ben grinste. »Einfach ignorieren. Das Draußen. Akzeptiere das, was du siehst, was du fühlst. Wir haben den Pass da oben überquert...«

»Ja. Ich erinnere mich. Gewissermaßen. Ich weiß noch, was *davor* passiert ist.« Die anstrengenden Wochen, bis sie die Erlaubnis für den Zugang zu dieser Simulation bekommen hatten. »Ich erinnere mich auch an die Wanderung, aber der Weg kommt mir so vor, als hätte ich ihn im Tagebuch von jemand anderem gelesen. Ich kann mich an keinen einzigen Schritt erinnern, den ich selbst gemacht hätte. Sogar der letzte Schritt, den ich gemacht habe, bevor ich genau hier stehen geblieben bin...«

»Man kann's auch übertreiben, Nelson«, sagte Ben. »Deine Erinnerungen an die Wanderung sind reine Simulationen. Sie gehen nicht tiefer als notwendig.«

Mit seinen neunzehn Jahren war Ben ein ruhiger, starker, selbstbewusster junger Mann. Sein Akzent hatte einen leicht provinziellen Einschlag, was nicht so recht zu einem jungen Mann, der offensichtlich eine so hervorragende Ausbildung genossen hatte, passen wollte, dachte Nelson. Andererseits hatte er seine ersten Lebensjahre mit seinen Adoptiveltern Lobsang und Agnes in einer abgelegenen Siedlergemeinde verbracht.

»Dann ist das hier also…«

»Nicht weit weg von Ladakh. West-Tibet. Jetzt innerhalb der Grenzen von Indien und von daher vor den schlimmsten Auswirkungen der chinesischen Besatzung geschützt. Nach dem Wechseltag sind von hier die meisten Menschen aus der Datum ausgewandert. Ganze buddhistische Gemeinden versammelten sich hier und gingen hinaus in die leeren Kopien des Himalaja. Dorthin, wo es keine Chinesen gab. Du siehst da unten eine Nachbildung der Datum-Gemeinde, wie sie vor Yellowstone aussah, sogar noch vor dem Wechseltag. Lobsang hat ausdrücklich darum gebeten.«

»Ja. Lobsang. Den wir hier eigentlich treffen wollten.«

Leicht besorgt wandte Ben sein rundwangiges, von einer Fleece-Kapuze eingerahmtes Gesicht Nelson zu. »Es war doch deine Idee. Du wolltest hierher kommen…«

»Ja, jetzt fällt es mir wieder ein. Tut mir leid.«

»Schon gut. So eine Vermengung der Erinnerung ist nicht ungewöhnlich, Nelson. Aber in einer Sim wie dieser muss es eben auch einen Horizont geben. Toleranzgrenzen der Erinnerung ebenso wie physikalische Grenzen. Eine Sim kann nicht unendlich sein, auch nicht unendlich detailliert; bei einer Sim muss man irgendwo anfangen, an irgendeiner in Raum und Zeit verorteten Basis. Und wenn wir so wie jetzt die Berge herunterkommen, sind wir mit der Sim absolut im Einklang. Wir sollten Lobsang selbst keine kognitiven Probleme bereiten.«

»Dann also weiter.«

Aber Ben zögerte. »Bist du sicher, dass das alles notwendig ist? Lobsang wächst seit Jahren hier drin auf und führt ein ganz normales Leben.«

Nelson lächelte. »*Normal* für einen tibetischen buddhistischen Mönch?«

Ben seufzte. »Ich überwache ihn nicht täglich. Mein Studium in Walhalla hält mich oft davon ab. In letzter Zeit habe ich ihn wieder genauer beobachtet, als die Gesundheit meiner Mutter sich verschlechterte ... Er muss mit ihrem Tod klarkommen. Das ist eine Sache. Außerdem hat es bei Lobsang in letzter Zeit Hinweise auf irgendeine kognitive Störung gegeben. Als würde ihn etwas ablenken. Vielleicht kommt es aus ihm selbst, vielleicht aber auch von außerhalb seiner künstlichen Umgebung.« Er warf Nelson einen kurzen Blick zu. »Vielleicht wusste er, dass du kommst.«

»Oder das, was mein Kommen – wie auch immer – veranlasst hat, hat auch Lobsang verstört.«

»Na los, es ist nicht mehr weit. Die Dorfbewohner heißen uns bestimmt willkommen, und wir können uns ein bisschen aufwärmen. Sie sind immer sehr freundlich zu Fremden. Na ja, an einem solchen Ort geht es wohl auch nicht anders ...«

Sie wanderten nebeneinander ins Dorf hinab. Die einzigen Fahrzeuge auf dem Weg, dem sie folgten, waren Fahrräder und ein paar Handkarren.

Das Dorf kam Nelson klein und eng vor, ein Durcheinander aus dicht gedrängten einstöckigen Häusern. Es gab auch ein paar moderne Gebäude aus Ytong-Steinen und Wellblech, aber die meisten Wohnhäuser und öffentlichen Gebäude bestanden aus alten, verwitterten Steinen. Nelson stellte sich vor, mit welchem Aufwand jeder einzelne Quader aus dem Gestein geschnitten und herabgezogen worden sein musste; war er erst einmal hier, wurde er immer wieder benutzt. Am Dorfrand sah er Vieh hinter einer Stallwand, große Tiere mit zotteligem schwarzem Fell und gedrehten Hörnern, mit Glocken um den Hals. Als sie das eigentliche

Dorf betraten, gab es dort noch mehr Tiere, Hunde und zottige Ziegen, die einfach frei herumzulaufen schienen.

Die Menschen musterten sie neugierig, aber nicht unfreundlich. Sie waren kleiner als Nelson, der allerdings ohnehin ein groß gewachsener Mann war. Aber viele Dorfbewohner trugen moderne westliche Kleidung – gesteppte Jacken, Schnürstiefel und grellbunte Handschuhe. Kinder waren nur wenige zu sehen, womöglich waren sie in der Schule, die Erwachsenen arbeiteten sicher auf den Feldern oder in nicht weit entfernten Kleinstädten. Die jüngeren Frauen und Männer fand er sehr gut aussehend, die Gesichter der älteren Leute waren hart und ledrig wie alte Satteltaschen.

Nelson blieb bei einer Gebetsmühle stehen, einem aufrecht stehenden, über und über verzierten Zylinder, der ungefähr halb so groß war wie er. »Von einer beinahe sinnlosen Schönheit«, murmelte er Ben zu.

Noch während sie dort standen, kam ein sehr alter Mann zu ihnen, nahm Nelsons Hand und schüttelte sie heftig, wobei er etwas plapperte, was Nelson nicht verstand. Nelson lächelte zurück.

Dann näherte sich ein Mann von vielleicht sechzig Jahren den Besuchern. Er trug ein kunstvoll gefärbtes Gewand unter seinem Mantel. »Mr Azikiwe, Mr Abrahams? Ich heiße Padmasambhava. Nennen Sie mich einfach Padma. So hat es Lobsang auch immer gemacht. Wir waren miteinander in Kontakt, Mr Abrahams ...«

»Nennen Sie mich Ben.«

»Und wir, Mr Azikiwe, sind uns natürlich bei Lobsangs Beerdigung begegnet, vor ... ach, vor fünfundzwanzig Jahren? Seltsam, wenn man das jetzt so bedenkt.«

»So ergeht es einem, wenn man mit Lobsang befreundet ist«, sagte Nelson. »Ich erinnere mich noch sehr gut daran. Und ich würde Ihnen gern die Hand geben, wenn dieser alte Knabe sie endlich loslassen würde!«

»Er ist einer der ältesten Dorfbewohner. Er vermutet, dass Sie entweder Afrikaner oder Amerikaner sind. Aber wie auch immer, er heißt Sie als Freund und Unterstützer des Dalai-Lama herzlich willkommen bei uns. Er ist zweiundneunzig Jahre alt. Und falls Sie sich wundern, sein Avatar ist eine authentische Nachbildung des echten Mannes, seines physischen Körpers.« Etwas leiser fügte er hinzu: »Ungefähr fünf Prozent der Leute hier sind Avatare lebender Personen. Der Rest sind computergenerierte Figuren. Aber oft fällt einem der Unterschied nicht einmal auf. Ich selbst bin in Wirklichkeit schon deutlich älter als die Gestalt, die hier vor Ihnen steht.«

»So gesehen bin ich wirklich beeindruckt. Der alte Knabe hier ist ziemlich gelenkig.«

»Er wirft sich Tag für Tag einhundertmal vor dem Buddha-Schrein seiner Familie nieder. Eine hervorragende Methode, um den Rücken geschmeidig zu halten. Aber folgen Sie mir doch bitte in mein Haus, wir müssen ja nicht in der Kälte stehen …«

Padmas Zuhause war ein kleines Haus am Dorfrand. Die Wände waren mit bunten Wandbehängen geschmückt, auf dem Boden lag ein dicker Teppich. An einer Wand stand ein kunstvoller Schrein, gepflegt, symmetrisch und bunt bemalt, mit einem vergoldeten Rahmen um die rote Täfelung. Auf den Regalen standen jede Menge Figürchen und Buddha-Statuen.

»Nehmen Sie bitte Platz. Ich würde Ihnen einen Tee anbieten, aber Lobsang ist nicht weit weg. Ich könnte mir denken, dass Sie ihn so bald wie möglich sehen möchten.«

»Deshalb sind wir hier«, erwiderte Nelson.

»Eigentlich ist das hier das Haus eines Cousins, nicht mein eigenes. Ich bin der Abt eines Klosters in Ladakh – das heißt, in der richtigen Welt, auf der Datum. Aber wie Sie wissen, bin ich schon lange sehr gut mit Lobsang befreundet. Ich arbeite, was geistige Angelegenheiten angeht, seit vielen Jahren mit ihm zusammen. Als er in der letzten Version seiner Existenz beschlossen hat, sich, äh, in diese Umgebung zurückzuziehen, habe ich ihm mit Freude einen Teil meiner Zeit gewidmet, um ihm Gesellschaft zu leisten und sein geistiger Führer zu sein, während er an diesem Ort aufwächst.«

Nelson stellte sich vor, dass Padma eine so enge Beziehung zu Lobsang hatte wie jeder andere in seiner »Familie« – womit Agnes, Ben, Selena und natürlich Joshua Valienté gemeint waren. Was Lobsangs Behauptungen hinsichtlich seiner Herkunft anging – er sei die Seele eines tibetischen Motorradmechanikers, die in einem Supercomputer aus Gelsubstrat wiedergeboren worden war –, so hatte keiner von ihnen, nicht einmal Nelson, die vielfältigen Implikationen dieser Idee je ergründet. Trotzdem zog es ihn immer wieder zu diesem exotischen Hintergrund zurück.

»Sehr freundlich von Ihnen«, sagte Ben.

Padma sah ihn an. »Und von Ihnen, seinem Adoptivsohn, ist es sehr nachsichtig, ihm gegenüber keine Feindseligkeit zu verspüren, weil er sich so abrupt aus Ihrem Leben entfernt hat. Körperlich und seelisch hat sich Lobsang jünger gemacht als Sie. Wie eigenartig!«

Ben zuckte die Achseln. »Ich wusste seit jeher, dass meine Eltern … anders waren. Noch bevor sie mir die Wahrheit über sich eröffneten. Eigentlich schon ehe sie mir sagten, dass ich von ihnen adoptiert worden war.«

Und sogar, bevor außerirdische Planetenfresser in seiner Heimatstadt New Springfield aufgetaucht waren, dachte Nelson.

»Ah«, sagte Padma. »Ein Kind kann man nicht hinters Licht führen.«

»Aber ich war Waise. Was wohl ohne Agnes und Lobsang aus mir geworden wäre? Deshalb kann ich ihnen ihre Merkwürdigkeit verzeihen. Sie waren nun mal so und nicht anders.«

»Sie sind sehr klug für einen so jungen Mann. Und was das Geld angeht, das für diesen Ort hier ausgegeben wird ...«

Nelson grinste. »Ich habe mich bei transEarth umgehört. Diese Simulation verbraucht den Jahresetat eines Kleinstaates.«

»Aber Lobsang kann es sich leisten. Sind Sie wirklich sicher, dass Sie ihn jetzt stören müssen?«

Nelson blickte zu Ben hinüber. »Ben hat mich dasselbe gefragt. Aber es muss sein. Er ist der Einzige, an den ich mich wenden kann ... Anders ausgedrückt: Er würde es mir nie verzeihen, wenn ich mich nicht an ihn wenden würde. Aber es kommt mir vor, als wäre das, was da draußen vor sich geht, ohnehin so gewichtig, dass er es früher oder später erfahren muss. Schließlich ist er immer noch Lobsang.«

Ein schrilles Pfeifen ertönte, der Lärm jubelnder Jungs.

»Ah.« Padma lächelte. »Hört sich an, als hätte jemand ein Tor geschossen.«

»Ein Tor?«

»Vielleicht eine gute Zeit, um sich einzumischen. Folgen Sie mir bitte ...«

Auf einer unebenen Wiese hinter dem Dorf spielten unter dem hochaufragenden Berg zwei Mannschaften aus Novizen Fußball, sechs gegen sechs. Alle Jungs waren zwischen zwölf und fünfzehn, trugen dunkelrote Gewänder und hatten rasierte Schädel. Eine Mannschaft bejubelte gerade ein Tor, während die andere darüber stritt, wer schuld daran war.

»Jetzt habe ich alles gesehen«, sagte Ben. »Junge Mönche, die Fußball spielen.«

Padma lächelte nachsichtig. »Junge Männer können nicht pausenlos tausendjährige Manuskripte über das Wesen des Bewusstseins studieren.«

»Ich frage mich nur«, sagte Nelson, »wie sie die Mannschaften auseinanderhalten.«

Padma lachte, ein lautes, dröhnendes Lachen, das sich an den Bergwänden zu brechen schien.

Jetzt hörte Nelson, wie einer aus der Verlierermannschaft, offensichtlich der Kapitän, seine Mittelfeldspieler in den Senkel stellte. »Ja, schon klar, ich weiß, dass es nicht eure eigentliche Position ist, aber wenn der Verteidiger nach vorne geht, lasst ihr euch zurückfallen und übernehmt für ihn. Ihr springt für ihn ein. Man braucht immer jemanden, der für einen einspringen kann!«

Ben und Nelson wechselten einen Blick. »Ich glaube, wir haben ihn gefunden«, sagte Nelson trocken.

Padma winkte den Spielführer heran. Er kam locker angetrabt, jung, gesund, mit gesunden, vom tiefen Schnaufen aufgeblasenen Wangen. Als er Nelson und Ben sah, wurde er langsamer und machte ein langes Gesicht. Nelson spürte, wie ihm das Herz brach, nur ein kleines bisschen. Der Himalaja-Traum war für diesen Jungen bereits zu Ende.

»Ich kenne diese Leute, Meister«, sagte der Junge zu Padma.

»Allerdings. Dieser Mann ist dein Freund. Ein guter Freund, schon seit vielen Jahren. Und dieser Bursche hier, tja, das ist dein Sohn. Dein Adoptivsohn.«

Etwas arbeitete im Gesicht des Jungen. »Warum sind sie hergekommen?«

Nelson trat vor. »Es ist meine Schuld. Ich habe Ben dazu überredet, mich herzubringen. Ich glaube, es ist sehr wichtig.«

»Sie brauchen dich da draußen«, sagte Padma sanft.

»Jetzt fällt es mir wieder ein.« Der Junge drückte die Fäuste an die Augen. »Ich erinnere mich! Warum seid ihr gekommen?« Er weinte, wie Nelson erschrocken feststellte. Der Junge sackte zusammen und hockte sich auf den Boden, Tränen quollen hinter seinen geballten Fäusten hervor.

Padma ging steif neben ihm in die Knie. »Erinnere dich, Lobsang. Erinnere dich an die Lehren, an die Schriften. *Die wahre Natur seines Wesens zu erkennen ist eine Befreiung.*«

»Wir liegen nur ein Tor zurück! Ach, warum seid ihr nur gekommen? Warum?«

30

Als der Winter ins Frühjahr 2071 überging, schien die Trollgruppe weiterhin bei dem Felsen ausharren zu wollen, zu dem sie Joshua gebracht hatten.

Seine Genesung machte Fortschritte, und er wartete auf eine Mitreisegelegenheit, die kommen mochte oder auch nicht. Unterdessen hatte er sein eigenes Lager an dem Felsvorsprung wieder hergerichtet. Er hatte sein kleines Zelt aufgebaut und die Aerogel-Matratze mitsamt dem Schlafsack ausgerollt. Sein Funkgerät funktionierte noch und sandte unablässig den Standardnotruf aus: *Hier bin ich.* Nach nochmaliger Überlegung breitete er die Reste seiner raumanzugsilbernen Rettungsdecke auf dem Hügel aus, so dass man sie aus der Luft sehen konnte, wie es ihm Bill Chambers geraten hatte – zumindest dann, wenn Sancho und die anderen sie sich nicht gerade ausborgten. Natürlich musste man immer aufpassen, wessen Aufmerksamkeit man damit auf sich lenkte. Joshua hatte die großen Pterosaurier noch nicht vergessen. Aber er stellte sich vor, dass in dieser Situation der Vorteil, dass er möglicherweise von irgendeinem guten Samariter zu den von Menschen besiedelten Welten mitgenommen wurde, das Risiko deutlich überwog. Abgesehen davon waren die Trolle bei ihm. Sie würden ihn schon vor Angriffen aus der Luft warnen, ihn wahrscheinlich sogar beschützen.

Bis dahin lebte er mit den Trollen zusammen.

Ihnen beim Jagen zuzusehen, war ein großartiges Schauspiel. Kundschafter schwärmten weit in die Landschaft und auch in die benachbarten Welten aus, von wo sie mit Informationen über Bedrohungen, Unwetter oder Nahrungsquellen sowie Wasser und Unterschlupfmöglichkeiten zurückkehrten, die sie per Gesang an die Gruppe weitergaben. Weitere Kundschafter überprüften diese Berichte und sangen nach der Rückkehr ebenfalls ihre Erkenntnisse. Es dauerte nicht lange, bis die Gruppe sich auf eine Lösung geeinigt hatte. In Joshuas Ohren hörte sich das an wie ein improvisierter Chor, der plötzlich triumphierend in einen perfekten Vortrag der »Ode an die Freude« ausbrach. Dann zogen sie los, machten sich auf die Suche nach den Leckerbissen. Lobsang war zu dem Schluss gekommen, dass genau darin die eigentliche Intelligenz der Trolle lag, eine Intelligenz, die sie zu einem Leben befähigte, das sich über mehrere wechselwärtige Welten zugleich erstreckte. Eine Trollgruppe war wie ein Bienenschwarm, mit Kundschaftern, die von den Welten nebenan zurückkehrten und der Hauptgruppe Nachrichten über Nahrung oder Gefahrenquellen vortanzten.

Jetzt hatte er so viel Zeit wie wohl kaum jemand vor ihm, um sie genauer und über einen längeren, zusammenhängenden Zeitraum in freier Wildbahn zu beobachten, überlegte er. Schon bald glaubte er, einige bisher unbekannte Verhaltensweisen bei ihnen zu erkennen. Wenn zum Beispiel Kundschafter, die er nicht kannte, auftauchten – wobei man bei den vielen Haaren nie so genau wusste, wer eigentlich wer war – und sich mit Kundschaftern aus »seiner« Gruppe oder vielleicht auch noch anderen zusammentaten, dann sprangen sie – Dutzende Trolle aus mehreren unterschiedlichen Gruppen – schon bald laut johlend auf und ab, schlugen auf den Boden und begannen, gelegentlich spielerisch zu kämpfen, alle kreuz und quer durcheinander.

»Sieht aus wie die große Silvesterparty in Boston«, murmelte Joshua und sah dem Treiben belustigt zu.

Aber obwohl es dabei offensichtlich ein starkes spielerisches Element gab – ebenso wie einen gewissen erotischen

232

Unterton, denn immer wieder lösten sich Pärchen aus der Gruppe –, zweifelte Joshua nicht daran, dass all das etwas mit dem Kollektiv zu tun hatte, dass jede Geste, jedes Heulen und jeder Schrei ein Gedanke war, der ausgedrückt und von den anderen verstanden wurde.

So etwas wie einen einzigen Troll gab es gewissermaßen überhaupt nicht; es gab nur die Trolle, das Kollektiv, so wie keine vom Schwarm getrennte Biene je ein richtiges Individuum sein konnte. Und mit Bienen kannte sich Joshua aus, nachdem er als kleiner Junge viele angsterfüllte Stunden damit verbracht hatte, sich mit Schwester Regina um den einzigen Bienenstock des Heims zu kümmern. Eine Trollgruppe sah und fühlte als Ganzes, ihre Erinnerung bestand aus den Tänzen und dem Trollruf. Und dieses neue, von ihm beobachtete Verhalten passte sehr gut dazu. Bienenzüchter wussten, dass sich Drohnen von meilenweit voneinander entfernten Stöcken manchmal zu einer Art Kongress versammelten und dabei mit ihren summenden Lufttänzen eifrig Informationen austauschten. Womöglich passierte hier etwas sehr Ähnliches. Einzelne Trollgruppen breiteten sich über viele Meilen und wechselwärts über viele Erden aus und teilten einander ihr Wissen über günstige Gelegenheiten und drohende Gefahren mit.

»Muss ich unbedingt Lobsang sagen«, sagte er. »Immer wieder was Neues in der Langen Erde.«

Und als ein Junges aus der Gruppe an einer Krankheit starb, die Joshua weder identifizieren noch behandeln konnte, wurde er Zeuge eines Verhaltens, von dem er schon gehört hatte: Das Junge wurde in einem groben, aus dem Boden herausgekratzten Grab beerdigt, und ringsum versammelte sich die Gruppe und verstreute Blütenblätter.

Entweder hatte er einfach Glück, dass die Trolle während seiner Genesung so lange vor Ort blieben, oder noch viel mehr Glück, dass sie sich entschlossen hatten, sich um diesen zerlumpten alten Menschen mit dem kaputten Bein zu kümmern.

Mehr Glück als Verstand, dachte er in seinen finsteren Momenten.

Schließlich hatten die Trolle ihn nicht darum gebeten, hier aufzutauchen. Und er hatte es seiner eigenen Dummheit zu verdanken, dass ihm so übel mitgespielt worden war. Draußen in den Hohen Megas gab es nicht wenige Menschen, die ihn einfach liegen gelassen hätten, nachdem sie ihm alle Wertsachen weggenommen hätten. Vielleicht hätte ihn sogar Sally Linsay zurückgelassen, überlegte er missmutig und stellte sich vor, wie er verhungert oder zwischen den Zähnen eines großen Raubtiers geendet wäre, ein passender Lohn für seine Unachtsamkeit. Die Lange Erde war kein Kindergarten, sie war ein unbarmherziger Ort, ein Ort, der einem nichts schuldig war. Am Ende wurden die Dummen ausgesiebt, und sogar der große Joshua Valienté, der berühmteste Pionier von allen, war dagegen nicht immun.

Nur dass es so nicht gekommen war. Den Trollen sei Dank.

Er redete sich gerne ein, dass er ihnen etwas zurückgab.

Immerhin hatten sie so einiges gemeinsam. Trolle und Menschen teilten sich angeblich eine gemeinsame Herkunft, die bis in die afrikanische Savanne der Datum-Erde zurückreichte. Die Vorfahren der Trolle waren in die Lange Erde aufgebrochen, wo sie herausragende Wechsel-Jäger geworden waren, wohingegen die Vorfahren der Menschen auf der Datum geblieben waren und sich über die Kontinente verstreut hatten, wo sie schlaue Überlebenskünstler wurden, die Steine aufeinanderschlugen und schließlich Atome spalteten. Aber, dachte Joshua, sie müssen ähnliche Urerinnerungen an jene gemeinsamen frühen Jahre haben – Erinnerungen an die Zähne von Leoparden. Hier gab es keine Leoparden, jedenfalls hatte Joshua noch keine gesehen, aber es gab so extreme Raubtiere, dass sich sogar Elefanten eine Rüstung wachsen ließen. Trolle waren große, schwere, kluge Tiere, aber trotz der Komplexität ihres Rufes, trotz all ihrer Muskelkraft waren sie in der Wildnis ebenso nackt wie der *Homo habilis* vor zwei Millionen Jahren. Joshua hatte gesehen, wie sie sich im Dunkeln vor der Felswand aneinanderschmiegten. Wie sie aufwachten, sobald Stimmen aus der Dunkelheit kamen, wie die Eltern die Jungtiere fester an sich drückten. Wie eine Wolke der Angst über der gesamten Gruppe schwebte.

Also spielte Joshua seine Rolle, um diese Angst zu lindern. Er zeigte den Trollen seine Werkzeuge, seine Messer, seine kleinen Handfeuerwaffen, er zeigte ihnen, was man damit machen konnte. Und er sorgte dafür, dass jeden Abend vor Sonnenuntergang ein loderndes Feuer brannte, und zeigte ihnen, wie man es über Nacht nicht ausgehen ließ.

»Nenn mich Menschenjunges, Sancho.«

»Huuh?«

Also blieben sie bei ihm, während er langsam gesund wurde, und er blieb bei ihnen.

Aber er war kein Troll.

Die Wochen und Monate vergingen, und er steckte hier draußen fest, in seiner freiwilligen Auszeit, die zu einem erzwungenen Exil geworden war.

Letztendlich war Helen der Mensch, der ihm am meisten fehlte.

Rückblickend wunderte er sich, wie viel Zeit er vergeudet hatte, Zeit, die er fern von ihr verbracht hatte. Die gemeinsamen Jahre kamen ihm am Ende so kurz vor. Er hielt Helens Tagebuch in der Hand, das die vielen Monate seines Krankseins überstanden hatte. »Helen«, sagte er, »wenn ich aus dieser Falle wieder herauskomme, besuche ich dich in Datum-Madison, wo du liegst, und wenn ich den Weg dorthin auf einer Hüpfstange zurücklegen muss. Das schwöre ich dir.«

Immer, wenn er in dieser Stimmung war, gesellte sich der alte Troll Sancho zu ihm.

Es war mitten am Tag. Die Sonne stand hoch am Himmel. Joshua saß oben auf dem Felsen, hatte einen verbeulten Hut mit breiter Krempe auf und trug das Hemd offen.

Seit dem Herbst war es nicht mehr so warm gewesen, die Luft war wie ein großes, drückendes Tuch. Von hier oben konnte er ein gutes Stück der Landschaft überblicken, in der sich kaum etwas bewegte. Ein paar Trolle rekelten sich in dem wenigen Schatten, den der Felsvorsprung bot, aber die meisten waren nirgendwo zu sehen. Wahrscheinlich hielten sie sich in einer benachbarten Welt auf und sammelten Nahrung. Ein Stück flussaufwärts trieben sich einige Elefanten am Wasser herum, ihr schrilles Trompeten, während sie sich Wasser in die gepanzerten Gesichter spritzten, war nur leise zu vernehmen.

Da kam Sancho mit seinem Trollübersetzer herauf, der Universität Walhalla sei Dank! Mit recht steifen Bewegungen zog er seinen schweren Körper den felsigen Abhang empor, wenn auch nicht so ungelenk wie Joshua mit seinem immer noch starren rechten Bein. Sancho ließ sich neben Joshua nieder, legte sich die raumanzugsilberne Decke um die Schultern und ließ den Blick mit einem leisen Anflug von Altmännerverachtung über die Landschaft schweifen.

Dann streckte er schweigend, aber fordernd eine Hand aus, wuchtig wie ein Boxhandschuh. Joshua seufzte und reichte ihm seine Sonnenbrille. »Aber nicht wieder den Rahmen verbiegen!«

»Huuh!«, erwiderte der Troll und rammte sich die Brille vor das breite Gesicht. Joshua musste zugeben, dass sie ihm nicht schlecht stand.

So saßen sie manchmal stundenlang stumm nebeneinander, ein jeder nachdenklich an einem Grashalm kauend. Wie zwei alte Flussschiffer am Mississippi, ging es Joshua durch den Kopf, die schweigend die Stunden an sich vorüberziehen ließen wie das Wasser im Fluss.

Manchmal sagten sie auch etwas.

Sancho spuckte einen Batzen grünen Schleim aus. »Allein.« Er reichte Joshua den Trollrufer, damit der antworten konnte.

»Wer, ich? Oder du?«

»Warum allein warum?«

Joshua zuckte die Achseln. »Ich bin gern allein. Jedenfalls war ich früher gern allein.«

Der alte Troll schürzte die Lippen, kniff die Augen zusammen und hörte Joshua zu. Joshua fragte sich, ob das, was er sagte, überhaupt sinngemäß übertragen wurde. Bei diesen Trollübersetzern musste man immer laut reden und dann das Beste hoffen.

»Kind allein?«

»Ja. Ich war als Kind auch allein. Ich hatte Freunde, die sich um mich gekümmert haben. Aber ich glaube, wenn ich dir Schwester Agnes erklären wollte, würde ich diesen Trollrufer kaputtmachen.«

»Huuh.«

»Du bist allein. Das sehe ich. Wo ist deine Familie?«

Der Troll spuckte wieder aus, legte den Arm wie ein Orang-Utan über den Kopf und kratzte sich in seiner schmutzigen Achselhöhle. »Familie glücklich gesund hungrig, weit weg. Babys bei Mama-und-Papa. Mama-und-Papa bei Babys. Alte Trolle, ich, gehen weg. Keine Babys, kein Mama-und-Papa, gehen weg. Diese Gruppe, diese Gruppe, diese Gruppe.«

Joshua stellte sich einen Unterclan aus älteren, einzelgängerischen Trollen vor, deren eigene Kinder schon erwachsen und unabhängig waren, die Weibchen vielleicht nicht mehr fruchtbar, wie sie durch die wechselwärtige Landschaft wanderten, nicht unbedingt allein – vermutlich würde ein wahrer Einzelgänger nicht so lange überleben –, aber doch immer wieder bei einer anderen Gruppe. Ob die Menschen dieses Verhalten schon beobachtet hatten? Vermutlich hatten sie einfach angenommen, die älteren Mitglieder einer Trollgruppe seien die Großeltern oder gar die Urgroßeltern, die den jüngeren Generationen halfen. Sogar Lobsang war womöglich in diese Falle getappt, als er die Trolle in der begrenzten Umgebung seiner Reservate in der Nahen Erde beobachtete, wo alte Leute wie Sancho nicht die gewohnte Bewegungsfreiheit besaßen.

Jetzt tippte sich Sancho an den Schädel. »Bibliothekar.«

»Ja. Hast du schon mal gesagt. Du bist Bibliothekar. Haben sie dich so an der Hochschule genannt? Was heißt das, Sancho?«

»Große Köpfe. Viel zum Erinnern.«

»Gedächtnis?«

»Viel zum Erinnern. Erinnern für Trolle. Alte Zeit, lang vergangen. Wetter. Vor den Menschen.«

»Hm. Vor dem Wechseltag. Als das goldene Zeitalter für die Trolle vorbei war…«

»Kopf voll.«

»Voll womit? Erinnerungen, wahrscheinlich. Geschichten? Verdienst du dir so dein Brot? Du bringst deine Geschichten unters Volk?«

»Bibliothekar.«

Joshua lächelte. »Ja, Kumpel. Wahrscheinlich hast du alles, was du weißt, in den Trollruf eingespeist…«

Er verstand durchaus, wie nützlich solche Informationen für Trolle sein konnten, so wie auch für jede Menschengruppe. Es lohnte sich immer, eine Handvoll alter Leute dabeizuhaben, die sich noch daran erinnerten, was sie gemacht hatten, als die letzte Einmal-alle-zehn-Jahre-Flut kam, oder der große Sturm, oder die Hungersnot, oder der schlimme Winter, in dem man eine besondere Pilzsorte unter dem Schnee finden konnte, um zu überleben… Bei den Trollen kam es vielleicht eher auf Informationen aus einer ferneren Vergangenheit an, vor vielen Generationen. Erinnerungen an Vulkanausbrüche und Erdbeben, ja sogar an Asteroideneinschläge, Lektionen darüber, wie Trolle solche Katastrophen schon einmal überlebt hatten. Joshua fing an, sich Sanchos Verstand als Höhle vorzustellen, eine tiefe, dunkle, geheimnisvolle Höhle, randvoll mit Schätzen, mit Informationen – mit *Erinnern*.

Schon damals, als sie sich im Jahre '30 auf die Große Reise gemacht hatten, war Lobsang sehr an den Trollen interessiert gewesen. Einmal hatte er Joshua erklärt, dass die Kultur, im Gegensatz zu instinktivem Verhalten, außerhalb der Genome aufbewahrt wurde, außerhalb des Körpers, jenseits individueller Erinnerungen. So war die Kultur des Menschen in Kunstgegenständen, Büchern, Werkzeugen, Gebäuden und einem ganzen Haufen Erfindungen und Entdeckungen eingelagert, die aus der Vergangenheit weitergereicht wurden und jeder neuen Generation einen Zugang zu ihr boten. Bei den Trollen war es genauso, nur dass alles, was sie über die Welt wussten, im Trollruf aufgehoben war, dem Gesang, der außerhalb des Kopfes eines jeden individuellen Tieres existierte. Lobsang hatte den Trollruf als etwas Ähnliches wie ein Computersystem bezeichnet, ein gewaltiges, anpassungsfähiges Netzwerk von Informationen, die in Musik verschlüsselt waren.

Vielleicht waren die Bibliothekare – zähe alte Überlebende mit großer Erfahrung – so etwas wie hochkonzentrierte Gedächtnisspeicher, eingebettet in das flüchtige Netzwerk, eine Art tiefer reichender Zwischenspeicher der Weisheit dieser Spezies.

Während Joshua noch darüber nachdachte, tätschelte ihm Sancho mit ungewohnter Zärtlichkeit den Arm. »Mama, Papa, kleines Kind alleine, bu-hu-hu. Alter Sack alleine, wen juckt's?«

Joshua wurde klar, dass er dem Troll leidtat. Er tat diesem *Tier* richtig leid. Zuerst flackerte ganz kurz Ableh-

nung in ihm auf. Joshua hatte sich nie besonders wohlge-
fühlt, wenn andere ihn beobachteten, und Mitleid konnte
er schon gar nicht vertragen. Aber dieses Gefühl verging
rasch. »Du hast mir das Leben gerettet, alter Freund. Wahrscheinlich hast du dir das Recht verdient, so zu empfin-
den.«

»Bu-hu-hu«, sagte der alte Troll leise. Dann legte er den
anderen Arm über den Kopf und machte sich daran, die
andere Achselhöhle zu säubern.

In diesem Augenblick vernahm Joshua ein dumpfes
Dröhnen, das vom Himmel her kam. Es hörte sich nicht
wie ein Insektenschwarm oder wie ein Pterosaurus an.

Sancho ließ sich nicht stören.

»Hört sich an wie ein Flugzeug, mein Freund.«

»Huuh?«

»Gib mir die Dinger…« Joshua zog dem Troll die Son-
nenbrille ab und setzte sie selbst auf. Er kam mit einiger
Mühe auf die Beine und sah sich um, stützte sich auf seine
Krücke und legte eine Hand zum Schutz gegen das grelle
Sonnenlicht an die Stirn. Das Geräusch schien sich in der
trockenen Landschaft zu brechen. Es dauerte mehrere Se-
kunden, bis er das Flugzeug entdeckte, einen glänzenden
Punkt im knochentrockenen Himmel. Aber es hielt jetzt auf
ihn zu, vielleicht angelockt von dem silbernen Glanz der
Rettungsdecke.

Als es über den Felsen hinwegflog, wackelte es mit den
Flügeln, und Joshua sah die glatte weiße Hülle des Flugzeugs, die bis auf eine Zahlenfolge und den stilisierten
schwarzen buddhistischen Mönch der Black Corporation,
der die Fähigkeit zum Wechseln anzeigte, keine weitere
Kennzeichnung trug. Es hatte Stummelflügel, die Heck-
flosse war ziemlich massig, und der Hauptkorpus glich
einem gedrungenen Zylinder.

Die Trolle waren zutiefst desinteressiert.

Aber Joshua grinste. »Ich bin nur einmal in meinem

Leben in einem solchen Ding geflogen. Könnte mir schon denken, wer das ist.« Er stützte sich ziemlich riskant auf seine Krücke, nahm den Hut vom Kopf und wedelte damit in der Luft herum. »Rod! Rod Valienté! Hier bin ich!«

31

Das Flugzeug landete ohne große Umstände ungefähr eine halbe Meile von dem Felsen entfernt. Joshua setzte sich, an seiner selbst gemachten Krücke humpelnd, sofort dorthin in Bewegung.

Sancho und die anderen erwachsenen Trolle stellten ein betontes Desinteresse an diesem Wunder der modernen Technik zur Schau, das ganz plötzlich aus dem leeren Himmel zu ihnen gekommen war. Nur Matt sprang fröhlich hüpfend vor Joshua her auf das Flugzeug zu, ein Bündel an Neugier und Energie, das über den staubigen Boden fegte.

Matt erreichte das Flugzeug, als sich die Luke öffnete und Rod herausgeklettert kam. Er hatte seinen Fliegeranzug bereits gegen ein praktisches, wenn auch ausgeblichenes Hemd sowie eine Reisejacke, Jeans und einen Hut mit breiter Krempe getauscht, außerdem trug er einen schwer aussehenden weißen Rucksack auf dem Rücken. Matt sprang vor ihm auf und ab, schlug sich mit der Handfläche gegen den Kopf und kugelte sich im Staub. Joshua sah, wie sein Sohn in die Knie ging, grinste und etwas zu Matt sagte, dann zog er etwas aus der Hosentasche und warf es in die Luft. Matt schnappte es sich mit einer Hand, heulte auf und rollte noch einmal umher, dann jagte er vergnügt zum Felsen zurück.

Rod marschierte los und traf kaum hundert Meter vor dem Felsen auf seinen Vater. Er verlangsamte seinen Schritt, fast ein wenig misstrauisch, als wollte er die Stimmung seines Vaters erst richtig einschätzen. »Hallo, Vater.«

»Rod.«

»Hör mal, ich weiß, dass ich dich in deiner Auszeit störe. Ich sehe auch, dass du Probleme hast.« Er klopfte auf den Rucksack, der vermutlich eine medizinische Notfallausrüstung enthielt. »Aber ich komme nicht unvorbereitet. Du wirst mir jetzt entweder vorwerfen, dass ich zu lange gebraucht habe, um herzukommen, oder du sagst mir, dass ich mich wieder verziehen soll. Stimmt's?«

»Rod ...«

»Aber ich habe mich nicht einfach nur aus einer Laune heraus auf die Suche nach dir gemacht, oder weil du längst überfällig bist. Ich habe Nachrichten für dich ...«

»Jetzt halt doch mal die Klappe.« Joshua humpelte die letzten Schritte und umarmte seinen Sohn. Rod roch nach Flugzeug, nach Motoröl und Elektrizität und einem neuen Teppich in der Kabine. Wie er selbst roch, darüber wollte Joshua nicht näher nachdenken. »Ich habe Probleme. Ich hab mir das verdammte Bein gebrochen. Danke, dass du gekommen bist, Rod.«

Sie lösten sich ein wenig verlegen voneinander und marschierten in Joshuas Schneckentempo zurück zum Felsen.

Während die beiden noch mit einer gewissen Scheu miteinander umgingen, zeigte sich Matt alles andere als ängstlich. Er gesellte sich mit seiner Schwester Liz im Schlepptau zu ihnen, und beide gingen in ihrem wiegenden Gang leise glucksend neben Rod her. Rod kramte wieder in seinen Taschen. »Hier, Leute, ich hab jede Menge Zucker für euch beide.« Sie schnappten sich die weißen Brocken aus der Luft und stopften sie sich sofort in die breiten Münder.

»Du kannst gut mit Trollen«, bemerkte Joshua.

»Wundert dich das? Vater, wir, also meine Familie, wir leben mit den Trollen zusammen. Oder sie mit uns. Das müsstest du eigentlich wissen. Du würdest es auch wissen, wenn du uns mal besucht hättest.«

»Ja, ist ja gut. Aber bei ihren Eltern machst du dich nicht besonders beliebt, wenn du sie mit Zucker fütterst.«

Rod hob die Augenbrauen. »Er ist gentechnisch verändert, Vater. Verursacht keinen Karies und flutscht unbedenklich durch das Verdauungssystem. Du bist nicht mehr auf dem Laufenden.«

Als sie am Felsen und bei Joshuas provisorischem Lager angekommen waren, saß Sancho immer noch auf der Kuppe und hatte sich wieder in die Rettungsdecke eingewickelt. Rods Ankunft beobachtete er mit ernstem, aber reserviertem Interesse. Rod verneigte sich vor ihm und sagte: »Huuh?«

»Huuh.« Sancho drehte sich weg und hatte Rod damit offensichtlich einfach so akzeptiert.

»Diese Trolle haben mir das Leben gerettet«, sagte Joshua. »Besonders mein Freund Sancho hier. Nachdem ich mir das Bein gebrochen hatte. Ohne sie wäre ich nicht durchgekommen.«

Rod drehte sich zu Sancho um und nickte. »Ich bin beeindruckt. Nicht überrascht, aber beeindruckt. Lass mich mal nach dem Bein sehen.«

Sie ließen sich im Schatten des Felsen nieder. Rod stellte seinen Rucksack ab und machte den Reißverschluss auf. Abgesehen von der Medizintasche enthielt er eine kleine Kühltasche, aus der Rod ein paar Flaschen kaltes Bier zog. Eine gab er seinem Vater, zusammen mit einem Öffner. »Betäub dich selbst. Walhallas beste Marke.«

Joshua saß auf dem Boden, löste den Verschluss und trank einen langen, genüsslichen Schluck. Dann reichte er auch dem Troll eine Flasche.

Die Flasche verschwand fast in Sanchos riesiger schwarzbehaarten Hand. Er beäugte sie misstrauisch, dann griff nach seinem Trollrufer und fragte: »Lite?«

»Von wegen«, erwiderte Rod.

Der Troll grunzte, riss den Kronkorken mit einem grabsteingroßen Zahn ab und nahm einen großen Schluck.

Rod wusch sich die Hände mit Desinfektionsmittel, streifte Operationshandschuhe über und machte sich über Joshuas Bein her. Er schnitt den groben Verband weg und hob Fasern und Splitter aus zerkauter Pflanzenmasse ab. Erstaunt stocherte er in dem dunkelgrünen Klumpen herum. »Ein Trollwickel?«

Joshua zuckte mit den Achseln. »Denke schon. Ich war ohnmächtig, als sie das gemacht haben. Ein bisschen was davon hab ich später selbst wieder draufgeklebt.«

»Ich habe schon gesehen, wie sie so was machen. Sie sammeln das Zeug, vermahlen es zwischen ihren schwarzen Zähnen und schmieren es auf die Wunde. In ihren großen Köpfen ist sehr viel Volksmedizin gespeichert, auch ganz unterschiedliche Sachen, je nach den Weltengruppen, die sie gerade besuchen... Kein Anzeichen für eine Infektion. Aber das hätte ich inzwischen längst gerochen. Ich mache alles sauber und verpasse dir eine Antibiotikaspritze.« Er sah seinen Vater an. »Ich kann auch nur ein bisschen Feld-, Wald- und Wiesenmedizin. Wahrscheinlich stelle ich mich ungeschickter an als die Trolle. Willst du ein Schmerzmittel?«

»Falls ja, sag ich dir Bescheid.« Rod machte sich an die Arbeit, und Joshua ließ sich mit dem Bier in der Hand zurücksinken. »Wie hast du mich eigentlich gefunden?«

»So schwer war's auch wieder nicht. Dein alter Kumpel Bill Chambers hat mir geholfen. Als du überfällig warst, hat er mich angerufen.«

»Überfällig? Wie kann ich denn überfällig sein? Ich bin auf einer Auszeit. Wenn man eine Auszeit nimmt, kann man nicht zu spät zurückkommen.«

Rod lachte. »Bill hat mir eine Tabelle gezeigt, die er über dich angelegt hat.«

»Eine *Tabelle*?«

»Er hat das alles in einem Karteikasten.«

»In einem *Karteikasten*?«

»Egal, als du überfällig warst, hat Bill jedenfalls Alarm geschlagen, und ich habe mich an den wahrscheinlichsten Orten umgesehen. Sobald ich die richtige Welt gefunden hatte, hat mich dein Funksignal hergeführt, und die Rettungsdecke, die sich dein Kumpel umgelegt hat...«

»Aua.«

»Entschuldigung. Bist du sicher, dass du kein Schmerzmittel willst?«

»Ich könnte noch ein Bier vertragen.«

Rod reichte ihm die Flasche und arbeitete weiter. »Mal ganz ehrlich, Vater, als ich mich auf den Weg gemacht habe, war ich mir nicht sicher, was ich finden würde. Oder ob es überhaupt noch was zu finden gibt.«

Joshua warf ihm einen düsteren Blick zu. »Glaubst du das wirklich? Dass ich mich... so etwas vorhatte?« Aber schockierte es ihn wirklich, dass Rod sich das überhaupt vorstellen konnte? Er sah Bill Chambers' Gesicht vor sich, so faltig und ledrig wie sein eigenes, und wie er ihn streng ansah. *Ich hab dich gewarnt. Wenn du da draußen weiter so allein rumziehst, bist du bald erledigt, du blöder Idiot. Wie lange willst du dir denn noch was vormachen?*

Bei Joshuas unverblümten Worten zuckte Rod zusammen. Aber er sagte: »Wir können eben nicht so richtig verstehen, warum du diese Auszeiten brauchst, Vater. Und das immer wieder.«

»Weil ich es schon immer gemacht habe. Von Anfang an haben mir Agnes und die Schwestern erlaubt, jederzeit eine Nacht allein vom Heim wegzubleiben.« Er suchte nach Worten. »Und seit dem Wechseltag, als sich die Lange Erde öffnete, jedenfalls für mich... wenn ich jetzt auf die Datum zurückkehre, wo Milliarden von Menschen auf einem kleinen Stück Welt zusammengepfercht sind, einer Welt, die kaum breiter als die Schneide eines Messers ist... das packt meinen Verstand wie eine Faust.«

»Hm. Aber du bist jetzt eher siebzig als siebzehn, Vater.«

Er zeigte auf das verletzte Bein. Der Handschuh war mit grünen Pflanzenresten verschmiert. »Das alles hätte noch viel schlimmer ausgehen können. Bill hat mir gesagt, dass du normalerweise die Welten meidest, auf denen es viele Trolle gibt.«

»Ich will alleine sein. Wenn man die Stille sucht, können Trolle ziemlich laute Nachbarn sein, so sehr ich sie und ihren Ruf auch mag. Und ich suche eine ganz bestimmte Stille.«

»Dann hast du echt Glück gehabt, Vater. Du hast Leute, die sich Sorgen um dich machen. Die dich brauchen. Eine Familie.«

Joshua sah ihn finster an. »Eine Familie, die mich verlassen hat.«

Rod wandte den Blick ab und konzentrierte sich auf seine Heilkunst. »Ja, gut, vielleicht ist jetzt ja alles anders.«

»Wie anders?« Joshua überlegte. »Hast du nicht gesagt, du hättest Neuigkeiten für mich? Was denn für Neuigkeiten?«

Rod zuckte die Achseln. »Gute und schlechte. Und auch ein paar Neuigkeiten, die dich nicht überraschen dürften.«

»Sag mir erst, was mich nicht überraschen dürfte.«

»Lobsang will dich sehen.«

Joshua nippte an seinem Bier, lehnte sich zurück und lachte. »Nein, das überrascht mich wirklich nicht. Ich dachte, er wäre wieder mal verschwunden. Dass er mal wieder einen seiner regelmäßig auftretenden Zusammenbrüche hatte.«

»Soweit ich gehört habe, stimmt das auch. Aber dein alter Freund Nelson Azikiwe hat ihn zurückgeholt.«

»Von wo? Ach, egal. Also braut sich in der Langen Erde mal wieder was zusammen. Eine neue Krise?«

»Irgendwas ist doch immer. Und sie wollen dich dabeihaben, Vater, Nelson und Lobsang…«

»Also alles beim Alten. Wie lautet die schlechte Nachricht?«, fragte Joshua unvermittelt.

Rod sah ihn an. »Schwester Agnes ist gestorben.«

»Aha.«

»Es gab eine kleine Andacht, im Heim. Tut mir leid, Vater. Ich weiß, wie nahe ihr euch standet.«

»Stimmt. Sogar als Lobsang sie zurückgeholt hatte, war sie immer noch Agnes. Da sind inzwischen schon einige Jahrzehnte zusammengekommen. Aber wir haben uns voneinander verabschiedet. Und die gute Nachricht?«

Joshua hätte geschworen, dass Rod unter seiner Sonnenbräune ein bisschen rot wurde. »Sofia ist schwanger. Falls du dich nicht mehr erinnerst, wer sie ist ...«

»Sofia Piper. Ich bitte dich. Deine ...« Er zögerte, weil er keinen falschen Ausdruck benutzen wollte. »Partnerin?«

»So ähnlich.«

»Dann wirst du also Vater.« Ob das bei Rods erweiterter Familie der richtige Ausdruck dafür war? »Ich meine ... biologischer Vater?«

»Und du wirst biologischer Großvater«, erwiderte Rod.

Das war wirklich eine freudige Nachricht. Und eine unerwartete dazu. Ehrlich gesagt, ein kleiner Schock. Joshua hatte das Gefühl, als würde sich die Welt um ihn neu sortieren, als erhielte alles, die Beziehung zu seinem Sohn, sogar die Steine und die Bäume und die Trolle, eine neue Bedeutung.

Das war's dann wohl mit der allmählichen Selbstzerstörung, falls es sie überhaupt je gegeben hatte.

»Mannomann«, sagte er schließlich.

»Und? Wie findest du das?«, fragte Rod.

»Zigarren hast du wahrscheinlich nicht dabei, oder?«

»Nimm dir noch ein Bier.«

»Du auch ... Ihr habt doch immer gesagt, dass ihr das nicht wollt. Ein eigenes Kind.«

Rod zuckte wieder die Achseln. »Wir sind Menschen. Ziemlich komplizierte, unerklärliche Wesen. Weißt du, wir haben unsere Meinung geändert.«

»Du hast dich in diese Sofia verliebt, so sieht's aus.«

»Wahrscheinlich. Und dass ihre Neffen ständig zu Besuch waren, hat uns wohl auch beeinflusst. Der Abschied von ihnen fiel uns immer sehr schwer. Die restliche Familie hat gleich eine Party veranstaltet, als sie es erfahren hat. So ist es bei uns.«

»Gut. Aber, Rod…«

»Ja?«

»Danke, dass du gekommen bist. Danke, dass du es mir gesagt hast.«

Rod sah ihn verlegen an. »Na ja, ich musste ja sowieso hier raus, um dir den Arsch zu retten. Ich hätte es dir ja schlecht verschweigen können…«

»Trotzdem danke.«

»Egal.«

Joshua beschloss, dass jetzt nicht der richtige Zeitpunkt war, Rod an Oswald Hackett, an den Fonds und das grausige genetische Erbe der Valientés zu erinnern. Joshua hatte beschlossen, einfach damit zu leben. Vielleicht hatte Rod dieselbe Entscheidung getroffen.

Es dauerte noch eine Zeit lang, bis Rod sich zurücklehnte und die Operationshandschuhe abstreifte. »Fertig. Das hält, bis wir in Walhalla oder in der Nahen Erde sind.« Er blickte zum Himmel. »Zeit zum Mittagessen?«

»Warum nicht? Ich habe immer alles mit den Trollen geteilt. Mein Lagerfeuer, meine Gewürze, ihr Fleisch. Ich muss dir allerdings sagen, dass die Trollküche am besten schmeckt, wenn man sehr, sehr, sehr großen Hunger hat…«

Rod grinste. »Ich weiß, Vater. Dann hole ich noch ein paar Biere aus dem Flugzeug.«

32

Der Killerstern leuchtete aus dem frühen Abendhimmel auf Erde West 3.141.

Er war so hell, dass er einen Schatten warf, wie Schwester Coleen bemerkte, und das im Wettbewerb mit der untergehenden Sonne. Er war heller als jeder andere Stern in den üblichen Sternbildern – heller als die Venus, sogar heller als der Mond. Aber der Himmel war von vorübertreibenden Rauchschwaden getrübt. Am Horizont brannte ein Waldrand unruhig vor sich hin, ein langer Strich aus Feuer, der sich wie ein Spezialeffekt aus *Der Herr der Ringe* – auch das einer von Jans Lieblingsfilmen – über eine ganze Hügelflanke zog. Der Flusslauf unter dem Bug des Luftschiffs schien von den Kadavern einer großen pflanzenfressenden Spezies verstopft zu sein, ganze Herden waren tot und hinweggeschwemmt.

»Eine Supernova«, sagte Roberta finster.

»Meine Güte«, sagte Schwester Coleen.

Jan stellte sich mit weit aufgerissenen Augen neben sie. Er hielt immer noch die Hand des jungen Mannes von der Besatzung, der ihn zum Oberdeck begleitet hatte. Als die Zeit gekommen war, um Jan zum Projekt der Next nach West 3.141.592 zu bringen, hatte Roberta die beiden für die Teilstrecke nach Walhalla auf einem kommerziellen Luftschiff eingebucht, einer ganz regulären Tour. Die Mannschaft war an den Umgang mit Kindern gewöhnt und kümmerte sich hervorragend um Jan.

Jetzt stand der Junge zwischen Roberta und Schwester Coleen und blickte verständnislos nach draußen.

»Also Jan«, sagte Roberta, »hier siehst du, was an *dieser* Pi-Welt so besonders ist. Es ist kaum zu glauben, dass ein Stern, der vielleicht Tausende von Lichtjahren entfernt ist, für das alles verantwortlich sein kann, für einen Zusammenbruch, der nur eine Sekunde ...«

»Eine Supernova«, sagte Jan. »Ich habe von so was gelesen.«

»Ja, eine weit entfernte Supernova. Aber nicht weit genug. Für die Lebewesen auf dieser Welt gab es keine Warnung. Die erste Vernichtungswelle muss mit Lichtgeschwindigkeit angekommen sein, zusammen mit dem Bild der eigentlichen Explosion: hochenergetische Gammastrahlen, Röntgenstrahlen, die im gleichen Augenblick auftrafen, als die Explosion sichtbar wurde. Die Ozonschicht wurde weggefegt, die Oberfläche mit solarer Ultraviolettstrahlung bombardiert. Es kam wahrscheinlich so plötzlich, dass es sogar die meisten wechselfähigen Wesen überrascht hätte. Und die Supernova ist noch nicht fertig. Eine Welle kosmischer Strahlen ist noch unterwegs, Strahlen, die langsamer als das Licht reisen und erst in ein paar Jahren hier eintreffen.«

»Die abschließende Anzahl menschlicher Opfer ist uns noch immer nicht bekannt«, sagte der Mann von der Besatzung. »Die ersten Berichte stammten von Reisenden, die ein paar Tage danach hier vorbeikommen wollten. Die Lange Erde ist natürlich ziemlich unorganisiert. Wahrscheinlich muss man die Vermisstenanzeigen abwarten, die erst nach und nach eingehen.«

»Puh«, sagte Jan leise. »Weiß man denn, welcher Stern es war?«

»Noch nicht«, antwortete Roberta. »Die Astronomen von der Uni Walhalla oder von der Lücke finden es wahrscheinlich noch heraus. Es gibt viele Kandidaten. Große, aufgedunsene Sterne, von denen jeder, ausgelöst durch irgendein zufälliges Ereignis in seinem jeweiligen Universum, in die Luft geflogen sein könnte. Sirius, Kanopus, Rigel, Altair, Deneb, Spica, Wega...«

»Wega?«, fragte Jan.

Auch Schwester Coleen hatte nichts von diesem Vorfall gewusst. »Wirklich unheimlich, dass es sich so nahe an Zuhause ereignet hat. Man denkt immer, Supernovas gibt es nur irgendwo weit draußen in den Hohen Megas. Nicht hier...«

»Nicht hier im Eisgürtel«, ergänzte Roberta. »Nicht im Heimatgürtel der Datum. Wir schätzen, dass eine nahe Supernova nur etwa eine von zehn Millionen wechselwärtiger Welten beeinflusst. Deshalb ist es einfach Pech, dass sich eine so ganz in der Nähe ereignet hat.«

Nach einer kurzen Pause fuhr sie fort: »Also, Jan, was du hier siehst, ist so ziemlich der schlimmste Schaden, den dieses Universum ereilen kann: eine Massenauslöschung von Leben, die Tausende von Lichtjahren überbrücken kann. Aber du musst keine Angst davor haben. Wenn einen die Supernova erwischt, kann man nichts dagegen tun. Im Angesicht des Universums müssen wir bescheiden sein, wie wir Next sagen. Denn nach einiger Zeit, natürlich nach sehr langer Zeit, kehrt das Leben zurück, neues Bewusstsein bildet sich und es beginnt eine neue Entwicklung. Und wenn es sich, dabei um eine Lange Welt handelt, geht es mit der Erholung sogar noch schneller. In ein paar Jahren, wenn keine Gefahr mehr droht, kommen die Menschen auch wieder hierher. Und die Trolle. Sie bringen Tiere mit, Saatgut. Sie bringen das Leben auf diese Erde zurück.«

Roberta beugte sich ein wenig nach unten, etwas steif und linkisch, und sah Jan direkt ins Gesicht. »Und jetzt, Jan, haben wir die Einladung erhalten. Eine Nachricht von weit entfernten Wesen. Du siehst also, trotz solcher Schrecken wie Supernovas steckt das Universum auch voller Leben.« Sie betrachtete den Jungen mit einem eher gespielten Lächeln. »So muss es einfach sein.«

Jan dachte darüber nach. »Also die Wega«, sagte er schließlich. »Dort ist Ellie Arroway hin. Ich weiß, dass es bloß eine Geschichte ist. Aber ich frage mich, was mit den Leuten dort oben passiert ist.«

33

Rod hatte sich entschlossen, ein paar Tage zu bleiben. Er müsse nicht dringend zurück, sagte er, obwohl sich Joshua fragte, ob seine Behauptung der Wahrheit entsprach. Schließlich hatte Rod irgendwo da draußen eine schwangere Partnerin – und Lobsang hatte angeblich nach Joshua verlangt. Aber Rod meinte, vor der Heimreise wolle er erst sichergehen, dass Joshuas Bein stabil genug sei, auch wenn diese Reise in einem wechselfähigen Flugzeug vergleichsweise komfortabel ausfallen würde.

Also richteten sie sich erst mal ein.

Die Trolle mochten Rod sofort, wie Joshua feststellte. Wozu natürlich auch sein Schachzug, überall Zuckerstückchen zu verteilen, nicht unerheblich beitrug. Aber Rod war jung und gesund und offensichtlich an Trolle gewöhnt, und er war außerdem wesentlich aktiver, als es Joshua gewesen war, auch bevor er sich das Bein kaputt gemacht hatte und zum Pflegefall geworden war. Er spielte mit Matt und Liz Weitwurf, Fangen, Wettlaufen und tat so, als würden sie gemeinsam etwas jagen. Er war klug genug, sich nicht am Lieblingsspiel der Trolle, dem Ringen, zu beteiligen, denn sogar ein Jungtier hatte, wie Joshua aus Erfahrung wusste, einen so kräftigen Griff, dass es einem locker ein paar Rippen brechen konnte. Er überprüfte Joshuas Fallen und stellte ein paar eigene auf. Und natürlich machte er jeden Abend zusammen mit Joshua ein Feuer, um die Zähne und Klauen der Nacht fernzuhalten – und um gewaltige Mengen Fleisch zu braten, das die Trolle mit großer Wonne verzehrten.

Am Abend führten sie lange, weitschweifende und sehr bedächtige Gespräche, fast so langsam und bedächtig wie sein Heilungsprozess, dachte Joshua, und vielleicht war das gar kein so schlechter Vergleich. Denn auch zwischen Vater und Sohn gab es ziemlich viel zu heilen. Joshua war fasziniert von Rods Neuigkeiten, von der ungeheuren Sensation, die sich in der Langen Erde immer weiter verbreitete: die sogenannte Einladung, eine Art SETI-Nachricht aus dem Himmel, und die Gerüchte von einem gewaltigen industriellen Projekt, das die Next angeblich irgendwo in den Hohen Megas, noch jenseits der Lücke, in Angriff genommen hatten. In der Langen Erde war ständig etwas los, dachte Joshua.

Am dritten Tag seines Aufenthalts gewann Rod bei den Trollen sogar noch mehr Anhänger, indem er ihnen bei einer Jagd half.

Es fing damit an, dass Trollkundschafter aufgeregt zwischen wechselwärtigen Welten hin und her sprangen und in Liedfetzen berichteten, dass sie auf einen großen, alten männlichen Elefanten gestoßen seien, der verletzt sei und seiner Junggesellenherde nicht mehr folgen könne. Joshua saß mit Rod und Sancho zusammen und beobachtete, wie das unendliche Lied der Trolle die Berichte in sich aufnahm und wie weitere Kundschafter hinüberwechselten, um sich den Fund genauer anzusehen. Sancho hielt Rod und Joshua durch kurze Kommentare über den Trollrufer auf dem Laufenden.

Als sich die jüngeren erwachsenen Männchen und Weibchen mit Steinmessern bewaffneten und zur Jagd bereit machten, und das Lied dringlicher und aufgeregter wurde, schnappte sich Rod ein paar seiner Messer und einen Speer, den Joshua eher aus Langeweile aus dem geraden und glatten Stamm eines Schösslings geschnitzt hatte, und trabte zu dem Trupp, um sich anzuschließen.

Jetzt konnte sich Joshua auch nicht mehr zurückhalten.

Dieser Elefant war die bei Weitem spektakulärste Beute, die die Gruppe in der Zeit, die er mit ihr verbracht hatte, zu erlegen versucht hatte. Er ließ sich von Sancho aufhelfen, und gemeinsam sprangen sie zwischen den Welten hin und her, bis sie den Schauplatz der Jagd gefunden hatten, um zuzuschauen.

Die Trolle hatten den Elefantenbullen bereits eingekreist. Das Tier hatte einen gewaltigen Riss an einem Oberschenkel, den ihm vermutlich ein großes Raubtier beigebracht hatte, und konnte sich deshalb kaum mehr bewegen. Der Boden unter seinen Füßen war bereits von seinem Blut bedeckt.

Der Kreis der Trolle schloss sich um ihn.

Der Bulle wehrte sich. Er trompetete, warf den Kopf von einer Seite zur anderen und setzte die große Gesichtsmaske ein, um sich die Hammerschläge der Trollfäuste vom Leib zu halten. Dabei versuchte er, die ihn umgebenden Angreifer mit den scharfen Knochenkanten zu treffen. Joshua stellte erleichtert fest, dass Rod sich aus dem Nahkampf heraushielt, bei dem die Trolle den Bullen mit Fäusten, Messern und Knüppeln in die Knie zwingen wollten.

Aber als der Bulle seine Peiniger mit einem unvermutet wilden Ausbruch in die Flucht geschlagen hatte und kurze Zeit unangefochten dastand, den Rüssel trompetend in die Luft gereckt, schleuderte Rod Joshuas Speer auf ihn. Die Spitze drang in die Wange des Bullen ein, an einer verletzbaren Stelle direkt unterhalb der Gesichtsmaske. Der Elefant brüllte schrill auf, Blut schoss ihm aus Maul und Rüssel. Als Rod zurückwich und abwartete, kamen die Trolle wieder näher und knüppelten das sterbende Tier nieder.

Sancho schaute gelassen zu und sagte in den Trollrufer: »Guter Wurf.«

»Ist ja auch mein Sohn.«

Sancho musterte Joshua von oben bis unten. Dann fragte er mit einem vernichtenden Blick: »Ehrlich? Deiner? Ha!«

Als sich der Tag dem Ende zuneigte, waren die Trolle reichlich mit Elefantensteaks versorgt. Jetzt ruhten sie sich aus. Mütter säugten ihre Kleinkinder, die Männchen suchten in ihren Achselhöhlen und diversen Körperöffnungen nach Flöhen und anderen Parasiten, die Jungen wälzten sich bei spielerischen Ringkämpfen auf der Erde herum, und einige der jüngeren Erwachsenen übten sich im Spalten von Steinen für Werkzeuge und vermehrten dabei den Abfall auf dem Boden, der letztendlich ihr immer wieder aufgefülltes Lagerhaus war. Ein oder zwei Pärchen waren mit üblicherweise recht lautstark ausgeübtem, explosivem und nur kurz andauerndem geschlechtlichem Treiben beschäftigt. Über allem hing wie eine Wolke das endlose Lied, ein beruhigendes Murmeln.

Joshua saß wie üblich neben Sancho. Der große Troll trug wieder die silberne Decke, die ihm inzwischen fast schon gehörte. Aber heute Abend war Rod bei ihnen, immer noch mit dem Blut des Elefanten besprizt, bei dessen Tötung und Zerlegung er ihnen geholfen hatte.

»Ich weiß, dass ich es schon mal gesagt habe«, brummte Joshua, »aber ich wusste gar nicht, dass du so gut mit Trollen kannst.«

»Weil du mich noch nie da draußen in der Wildnis besucht hast. Mich und meine Familie. So leben wir. Wir ermutigen unsere Kinder, es auch zu tun. Sich mit den Trollen anzufreunden. Man muss natürlich dafür sorgen, dass den Kindern nichts passiert, denn Trolle sind große, schwere Tiere und können ziemlich tollpatschig sein… Aber die Vorteile machen das wieder wett. Die Trolle unterscheiden sich schon sehr von uns Menschen, und um mit ihnen auszukommen, muss man herausfinden, was man an Gemeinsamkeiten hat, und dann darauf aufbauen. Das rückt im Kopf so einiges zurecht.«

»Hm. Man lernt dabei, was es heißt, in diesem komplizierten Universum mit Verstand ausgestattet zu sein. Während du die ganze Zeit glaubst, du spaltest nur einen Feuerstein für eine Klinge und baust ein Lagerfeuer.«

»Ganz genau. Und unsere Kinder saugen diese Lektionen in sich auf. Zum Beispiel: Hinterlasse nirgendwo deinen Dreck.«

Joshua lächelte. »Bei diesem Spielchen kann ich mitmachen. Wie wäre es mit ... lerne aus deinen Fehlern?«

»Du darfst nichts stehlen.«

»Nimm nichts weg – es ist viel besser, wenn du etwas geben kannst.«

»Erkenne dich selbst.«

Jetzt staunte Joshua. »So tiefsinnig?«

»Warum nicht? Der Umgang mit den Trollen hat sich seit deiner Zeit wesentlich verbessert, Vater.«

»Seit meiner Zeit? Ich bin noch nicht im Ruhestand, mein Sohn.«

»Hast du nicht mal bei Präsident Starling eine Klage eingereicht, bei der es um die Grausamkeit gegenüber Trollen ging?«

»Schon, aber damals war er nur Senator Jim. Wer weiß, vielleicht hat es letztendlich ja doch etwas bewirkt.«

»Wir müssen zurück. Ich glaube, ich mache morgen das Flugzeug flott, damit wir übermorgen loskönnen.«

»Was drängt denn auf einmal so?«

Rod grinste. »Na, nachdem dein Kumpel Sancho auf den Geschmack gekommen ist, dürfte das Bier nicht mehr lange reichen ...«

Aber es sollte alles ganz anders kommen.

34

Lange, bevor Rod mit dem Flugzeug aufgetaucht war, hatte Joshua langsam wieder gehen gelernt. Jeden Tag ein Stück weiter.

Fast den ganzen Winter über hatte er Krücken benutzt, passende Äste, die ihm Sally oder Patrick aus den kleinen Wäldern mitgebracht hatten und die er dann mit seinen eigenen Messern zurechtgeschnitzt hatte. Es hatte einiger Mühe bedurft, sie auf die richtige Länge zu bringen und einigermaßen bequem auszustatten. Er hatte sogar eines seiner Hemden geopfert, um daraus mit Moos ausgestopfte Polster für die Achselhöhlen anzufertigen. Außerdem hatte er die abgeflachten unteren Enden der Krücken im Feuer gehärtet, aber sie nutzten sich trotzdem schnell ab.

Dennoch machte er jeden Tag kleine Fortschritte.

Er ging um den Felsen herum und bis zum Waldrand, dann am Flussufer entlang, wobei er versuchte, das gesunde Bein sowie Arme und Rücken wieder zu kräftigen. Bei den meisten Bedrohungen war die beste Antwort nach wie vor das Davonwechseln, was ihn für die meisten Raubtiere, mit Ausnahme von Humanoiden wie zum Beispiel Elfen, unerreichbar machte. Aber er wusste, dass er für den Rückweg zu den bewohnteren Erden, sollte er ihn je antreten können, über größere Mobilität verfügen musste, allein schon, um Gefahren wie Überflutungen zu entgehen, und um geografische Veränderungen wie den Anstieg der Binnenmeere auf den Walhalla-Welten zu umgehen. Deswegen die Krücken und die energischen Gehübungen.

Dann war Rod aufgetaucht. Jetzt verfügte Joshua über

ordentliche, in Walhalla hergestellte Krücken, sehr leichte, ausziehbare Dinger, die zur Ausrüstung des Flugzeugs gehörten, und es gab eine viel einfachere Möglichkeit, nach Hause zurückzukehren, als mühsam von einer Welt zur anderen zu wechseln. Trotzdem ging er jeden Tag weiter an Krücken und baute seine Kraft wieder auf. Schließlich konnte man nie wissen; er und Rod waren weit von zu Hause entfernt, und falls das Flugzeug den Geist aufgab, wären sie, um zu überleben, doch wieder auf sich selbst und ihre Körperkraft angewiesen.

An jenem Tag humpelte Joshua am Flussufer entlang und lauschte müßig dem Trollgesang im Hintergrund, dessen unangestrengte Schönheit ihn wie üblich umgab. Ungeachtet dessen blieb diese Welt eine gefährliche Welt, weshalb er bei jedem Spaziergang mehrere Waffen dabeihatte: einige Messer und seine Bronzepistole. Außerdem achtete er immer darauf, im Sichtfeld möglichst vieler Trolle zu bleiben. Als er sich jetzt umsah, erblickte er Sally, die mit Liz in der Nähe des Felsens spielte, und ein Stück weiter die Männchen, die beim Wechseln zwischen den Welten hin und her flimmerten und wahrscheinlich eine Jagd auskundschafteten. Der alte Sancho saß im Schneidersitz oben auf dem Felsen, wie üblich mit Joshuas silbernem Rettungsdeckenumhang. Beim Anblick des stark behaarten Superman musste Joshua lächeln. Rod befand sich ein Stück weiter weg und bastelte am Flugzeug herum.

Joshua ging ein Stück weiter am Flussufer entlang, wobei er versuchte, sich vom klebrigen Uferschlamm fernzuhalten, in dem seine Krücken ziemlich tief einsinken konnten. Da erblickte er den jungen Matt, der ganz allein am Wasser saß, vor sich hin sang und mit dem Zeigefinger irgendwelche Formen in den Schlamm malte. Niemand war in seiner Nähe. Niemand, der herbeirennen konnte, falls das Schlimmste passierte, wobei es für »das Schlimmste« mehrere Optionen gab.

Das war eigenartig.

Wieso war Matt so isoliert von den anderen? Die jungen Trolle hatten für so etwas einen sehr guten Instinkt. Wie Sally Linsay immer gesagt hatte: Wer keine guten Instinkte entwickelt, macht's nicht lange in den Hohen Megas. Etwas musste Matt in der Gewissheit wiegen, immer noch nah genug bei den anderen zu sein, sonst hätten seine üblichen Alarmglocken längst gebimmelt.

Joshua ging zu ihm und blieb schwer atmend neben ihm stehen. Sein verletztes Bein hing wie ein totes Gewicht an ihm. Er drehte sich auf den Krücken um und ließ den Blick über die leere Landschaft schweifen, über das Ufer und den Fluss. Bis auf das Trolljunge zu seinen Füßen war er allein. Von dieser Stelle aus waren keine anderen Trolle zu sehen. Matt schaute nicht einmal auf. Er war einfach nur ein Troll am Fluss, der im Schlamm spielte, leise vor sich hin sang und sich so am Gesang der Gruppe beteiligte, völlig versunken in die Musik …

Das Lied. Etwas stimmte mit dem Lied nicht. Es war viel zu laut. Deshalb war Matt nicht beunruhigt; er hatte dem Lied gelauscht und, bewusst oder unbewusst, die Lautstärke so interpretiert, dass viele Trolle ganz nah bei ihm waren. Was aber nicht stimmte. Aber wenn die Trolle das Lied, das er hörte, nicht sangen, wer dann? Oder *was*?

Wie aufs Stichwort kam das Tier in diesem Augenblick aus dem Wasser geschossen. Und Joshua sah nur noch ein Maul voller Zähne.

Das Untier aus dem Fluss glich keineswegs den alligatorähnlichen Flussjägern, die Joshua in dieser Welt bereits gesehen und sorgfältig gemieden hatte. Stattdessen handelte es sich um eine humanoide Art, die Joshua völlig unbekannt war, mit einem massigen, extrem muskulösen Oberkörper, der mit stromlinienförmigem Fell bedeckt war, und einem Maul, ja, es war durchaus ein Maul, das aussah, als wäre es randvoll mit Alligatorzähnen. Joshua hätte nicht geglaubt, dass ein Otter auf Steroiden so wunderschön singen konnte.

Hinterher, als Joshua die Gelegenheit hatte, noch einmal über all das nachzudenken, fand er die Entwicklung eines solchen Raubtiers eigentlich folgerichtig.

Raubtiere entwickelten Fähigkeiten, mit denen sie die Schwächen ihrer Beute ausnutzen konnten, und eine Strategie bestand darin, die Leichtgläubigen zu täuschen. Auf dieselbe Weise lockten fleischfressende Pflanzen mit farbenprächtigen, aber falschen Aussichten auf Nektar Insekten in ihre tödlichen Fallen.

Das besondere Merkmal der Trolle war ihr Lied. Der einzelne Troll wurde in das Lied eingebunden, ging darin auf, wurde davon abgelenkt. Das Lied war ein Ausdruck der Identität einer jeden Gruppe, innerhalb derer sich ein Individuum, besonders ein Jungtier wie Matt, absolut sicher fühlte. Wenn man nun als gerissenes Raubtier dieses Lied imitieren konnte … Man musste nicht den gesamten Reichtum dieses Gesangs abdecken, nicht die Geschichte jedes einzelnen Trolls bis zurück in die Savanne der urzeitlichen Datum-Erde erzählen. Man musste nur das herausfiltern, was einen jungen Troll einlullte und dazu veranlasste, seine natürliche Vorsicht zu verlieren und sich sicher zu fühlen, obwohl er sich in tödlicher Gefahr befand.

Nur ein paar Sekunden Ablenkung, mehr brauchte es nicht.

Für Joshua wurde die Zeit zäh wie Sirup.

Matt rührte sich nicht von der Stelle, nicht einmal jetzt, als der singende Mörder mit aufgerissenem blutrotem Maul auf den Strand zugerannt kam. Ein ausgewachsener Troll wäre angesichts einer solchen Gefahr einfach weggewechselt, aber jugendliche Trolle neigten dazu, nicht zu wechseln, wenn sie dadurch von ihren Eltern getrennt wurden –

sie hatten Angst, verloren zu gehen. Also würde Matt einfach dort sitzen bleiben, so lange bis...

»Nicht mit mir, verdammt noch mal!«

Joshua warf die Krücken weg, griff noch im Vornüberkippen mit beiden freien Händen nach seinen Waffen und schleuderte ein Jagdmesser auf das Untier. Es gelang ihm, die Klinge in einem der großen kalten Augen zu versenken. »Ja!« Dann feuerte er seine elektrische Pistole direkt in das klaffende Maul ab, wobei er auf ein baumelndes Organ weit hinten in der Kehle zielte, das wie ein Ballon zerplatzte und Blut verspritzte.

Brüllend drehte das Tier den verletzten Kopf zu ihm um. Dann fiel es, vom eigenen Schwung weitergetrieben, kopfüber auf den Strand, nur wenige Zentimeter neben Matt, der rasch davonkroch. Auch Joshua, der gestürzt war, rollte sich eilig zur Seite.

Der Angreifer, dessen Plan so unerwartet vereitelt worden war, wälzte sich hin und her und glitt ins tiefere Wasser zurück, wobei er eine breite Blutspur hinter sich herzog.

Joshua setzte sich mit einiger Mühe auf und sah nach Matt. Der Junge blickte sich erschrocken um. Sie mussten weg von hier. Das Vieh war verletzt, aber nicht unschädlich gemacht, und Joshua wartete jeden Augenblick auf einen zweiten, noch wütenderen Angriff – aber er kam nicht an seine Krücken heran...

Kräftige Trollarme packten ihn unter den Armen und zogen ihn aus dem Schlamm. Dabei schleifte sein verletztes Bein über den Boden, und er heulte vor Schmerz auf. Aber er sah, dass Patrick Matt hochgenommen hatte und mit ihm davonrannte. Der Junge war in Sicherheit.

Jetzt kamen noch weitere erwachsene Trolle zum Ufer gerannt, schleuderten Steinbrocken so groß wie Joshuas Kopf in den Fluss, schrien und trommelten sich auf die Brust. Das singende Raubtier tauchte wieder auf. Blut rann ihm aus dem Maul, eine durchsichtige Flüssigkeit tropfte aus seinem kaputten Auge. Es sah sich einem Haufen wütender, wachsamer Trolle gegenüber. Trotzdem spannte es, wie Joshua sah, die Muskeln zu einem neuen Sprung an. Die Trolle kamen näher, ihre Rufe wurden immer kühner.

Da bahnte sich Rod einen Weg durch die Gruppe. Er trug seinen orangefarbenen Fliegeranzug – offensichtlich kam er direkt vom Flugzeug –, schrie laut und fuchtelte mit einer schweren, rot glänzenden Pistole herum.

»Rod! Nein! Bleib zurück!«

Aber bei dem lauten Rufen der Trolle und dem Brüllen des singenden Untiers konnte Rod seinen Vater garantiert nicht hören, außerdem hätte er ihm ohnehin nicht gehorcht. Er rannte an den Trollen vorbei auf den Sänger zu, vor dem er wie ein Zwerg aussah, richtete die Pistole auf ihn – eine Leuchtpistole, wie Joshua jetzt erkannte – und feuerte aus nächster Nähe direkt in dessen Maul.

Das Ergebnis war spektakulär. Die Signalrakete explodierte im Riesenmaul des Untiers, und der Angreifer würgte von innen durch grell orangenes Licht erleuchteten Rauch aus. Die Trolle wichen zurück, denn die Signalrakete jagte ihnen ebensolche Angst ein wie der mörderische Sänger.

Aber der war, obwohl er vor Schmerzen heulte, noch nicht am Ende. Er beugte sich, immer noch mit Rauch zwischen den mächtigen Kiefern, nach unten und riss Rod wie eine Puppe in seinen kleinen Vorderarmen empor – dann war er plötzlich weg... davongewechselt!

Joshua versuchte, immer noch verzweifelt nach Rod rufend, ohne die Krücken auf die Beine zu kommen. Das Untier war gewechselt! Selbstverständlich war es gewechselt – es war ein Humanoide! Überall in der Langen Erde konnten Humanoide wechseln. Joshua wechselte verzweifelt in die Welten nach Osten und Westen, einen Schritt, noch einen. Er konnte nicht stehen, lag flach auf dem Boden, aber er konnte wechseln – Joshua Valienté konnte schon immer wechseln. Aber in den Welten nebenan war nichts von den beiden zu sehen, obwohl dort ein paar Trolle beisammenhockten, die instinktiv vor der Gefahr geflohen waren. Keine Spur von dem singenden Raubtier oder von Rod. Obwohl er rief, bis er heiser war, und immer wieder wechselte, wusste Joshua, dass Rod, wo er auch sein mochte, weiter, viel weiter entfernt war.

Schließlich kehrte er auf die Welt seiner Trollgruppe zurück. Dort lag er immer noch hilflos am Ufer und sah, wie Sally, Matts Mutter, auf ihn zugeeilt kam. Weinend legte sie die Arme um Joshuas Brust und drückte ihn vorsichtig an sich. Joshua hatte den Mund voller Haare und musste sich ihrer regelrecht erwehren, um etwas sagen zu können: »Ihr müsst mir helfen. Ich habe Rod verloren. Ich habe meinen Sohn verloren. Ihr müsst mir helfen. Sancho! Holt Sancho her ...«

35

Als die USS *Charles M. Duke* ihre letzte wechselwärtige Annäherung an Erde West 3.141.592 durchführte, stand Admiral Maggie Kauffman auf der Beobachtungsplattform im Bug des Schiffes, wo sie die Verringerung der Wechselrate des Schiffes deutlich wahrnahm. Sie erkannte auch, wieso die *Duke* langsamer wurde, denn obwohl die mittelamerikanischen Landschaften in diesen letzten Welten davor unbewohnt aussahen, herrschte am Himmel reger Verkehr – große Fracht-Twains unterwegs zu ihren jeweiligen Zielorten flackerten herein und wieder hinaus. Einige trugen Bauteile, die so groß waren, dass sie außerhalb der Fracträume transportiert werden mussten und in großen Transportvorrichtungen unter den Gondeln hingen. Man konnte nicht an eine Stelle wechseln, die bereits von einem anderen festen Gegenstand, wie zum Beispiel einem Twain, besetzt war. Wenn man es trotzdem versuchte, spielte die Steuerung verrückt, was angesichts der Größe und Komplexität einiger dieser gigantischen Frachten, die hierher gebracht wurden, tunlichst vermieden werden sollte. Es hieß also, Vorsicht walten zu lassen. Während ständig Schiffe und Frachten über der öden Landschaft aufflimmerten, weigerte sich Maggie, sich vom Ausmaß der Operation beeindruckt zu zeigen.

»Der ganze Himmel sieht aus wie in einem schlecht bearbeiteten 3D-Film«, schimpfte sie.

Sie stand neben Kapitänin Jane Sheridan, die von anderen Pflichten entbunden worden war, um Maggie auf diesem bizarren Ausflug zur Inspektion der Baustelle

266

der Kuriere GmbH zu begleiten. »Was für ein unglaublicher Strom von Material und Arbeitskräften, der da nach Apple Pi hinein und auch wieder hinaus fließt«, sagte Sheridan. »Abgesehen von den Nahen Erden gibt es nirgendwo eine solche Industriekonzentration. Da kommt nicht mal Walhalla mit, und das ist die größte Stadt in den Hohen Megas.«

Das Ergebnis davon waren überfüllte Himmel in den benachbarten Welten.

»Und das alles hat es vor ein paar Monaten überhaupt noch nicht gegeben? Kein Wunder, dass sie Ed Cutler Beine gemacht haben, damit er hier eine gewisse Kontrolle über die Situation bekommt, und warum er mich jetzt angefordert hat... Wissen Sie, ich bin alt genug, um mich an Joshua Valientés ersten Ausflug zu erinnern, bei dem er die Lücke überhaupt erst entdeckte. Jetzt sind wir eine Million Welten weiter und... finden *so etwas* vor.«

Jane Sheridan war eine sehr begabte junge Offizierin, die wahrscheinlich erst zehn Jahre nach dem erwähnten Ausflug von Valienté zur Welt gekommen war. Sie verzichtete höflich darauf, auf Maggies Altfrauengemurmel einzugehen. »Das alles hat unglaublich an Fahrt aufgenommen, seitdem die Kuriere, also die Next, damit angefangen haben, die Konstruktion, die Fertigung und die Montage an Dritte zu vergeben. Ein Problem dabei ist die Verkehrsüberwachung, wie Sie hier sehen können. Auf Apple Pi selbst hat die Flotte bereits feste Ladezonen ausgewiesen. Diejenige, die wir ansteuern, ist der Flotte und anderen Regierungsschiffen vorbehalten. Diese Basis wird übrigens Little Cincinnati genannt, weil sie sich in der entsprechenden Kopie befindet. Sämtliche Kontrollprozeduren gehen auf Initiativen der hier stationierten Offiziere zurück. Aber das überprüfen Sie bestimmt noch alles, wenn Sie erst mal angekommen sind.«

»Es sei denn, ich kann Ed Cutler dazu überreden, diesen

Traumjob einem anderen Trottel zu übergeben«, brummte Maggie. »Aber verraten Sie mir noch eins – *Apple Pi?*«

Sheridan zuckte die Achseln. »Ich weiß auch nicht genau, woher der Name kommt, Admiral. Aber Sie wissen, dass die Next, die dieses Projekt ins Leben gerufen haben, die Zielwelt teilweise danach ausgesucht haben, weil ihre ...«

»Weil ihre Ziffern den Stellen von Pi entsprechen, schon klar. Und irgendein Knallkopf fand das lustig, ja?«

»Na ja, wir sind schließlich bei der US-Flotte, Admiral. Und hier wird eine Kopie von Nordamerika umgebaut.«

Maggie sah sie verdutzt an. »Nordamerika ... umgebaut? Das ist ja eine sehr merkwürdige Ausdrucksweise.«

»Sie sehen es sich am besten selbst an, Admiral«, erwiderte Sheridan diplomatisch und zeigte nach unten. »Dort ist unser Einweiser.«

Ein Typ in einer gelben Warnweste gab ihnen mit großen Kellen Zeichen, und Maggie vernahm das Knistern und Knacken einer Funkverbindung. Bei den letzten paar Welten arbeiteten die Einweiser auf Sicht und wechselten, um Kollisionen zu vermeiden, vor den hereinkommenden Twains im Schritttempo weiter, immer eine Welt nach der anderen.

»Wir sind gleich da, Admiral ...«

Von dem überfüllten Himmel einmal ganz abgesehen, war der letzte Schritt hinüber nach Apple Pi ein regelrechter Schock.

Nach dem üblichen Teppich aus grüner Vegetation in der Nachbarwelt schwebte das Twain ganz plötzlich über einem Teppich aus modernster Technik. Überall stapelten sich die Komponenten, einige offensichtlich aus Metall und mit einer stumpfen, korrosionshemmenden Farbe bemalt, andere aus rätselhafteren Materialien, womöglich Keramik. Viele dieser Komponenten, besonders die großen, sahen seltsam organisch aus, so gar nicht wie gewöhnliche technische Module. Mit ihren Bögen und Kurven und Blasen wirkten sie wie mit Farbe angesprühter Seetang, dachte Maggie, nur viel, viel größer.

Aus der Luft und noch in mittlerer Entfernung vom Boden sah es für Maggie so aus, als landeten sie auf einem gigantischen Baustofflager, das die Landschaft bis zum Horizont bedeckte. Unablässig sanken Twains hinab, wie Bienen auf eine Wiese voller Blumen.

Der Flottenlandeplatz unter ihnen, der, wie Sheridan bereits erklärt hatte, von den Technikhalden der Kuriere frei gehalten wurde, war ein breiter Betonstreifen mit provisorisch aufgemalten Landezonen. Bodenfahrzeuge flitzten zwischen ein paar verstreut angeordneten, aus Fertigbauteilen oder lediglich aus Zeltplane errichteten Behelfsbauten hin und her. Maggie sah, dass dort bereits mehrere Schiffe an Ankermasten vertäut waren. Trotz des gewaltigen Ausmaßes wirkte alles eher hastig aufgestellt und ziemlich improvisiert. Ein holografisch verstärktes Sternenbanner hin schlaff an einem Fahnenmast.

Und das alles unter einem ganz banalen amerikanischen Frühlingshimmel, blau mit vereinzelten Wolken und der Aussicht auf leichten Regen am Nachmittag…

»Ich wüsste zu gern, was das hier alles soll«, brummte Maggie.

Sheridan erwiderte vorsichtig: »Ich glaube, unsere Befehlshaber erhoffen sich…«

»Dass ich genau das für sie herausfinde? Da können sie mal schön weiterträumen.«

Sobald das Twain festgemacht hatte, führte Sheridan Maggie, begleitet von ein paar rangniederen Offizieren, über eine Treppe auf die Oberfläche dieser Erde. Nach der wiederaufbereiteten Luft im Twain war es hier draußen schwül, außerdem roch es nach Motoröl, heißem Metall und nassem Beton. Als Maggie in ihrer schweren Uniform die Stufen hinabstieg, spürte sie jedes einzelne ihrer neunundsechzig Jahre.

Am Fuß der Treppe erwartete sie neben einem kleinen elektrischen Bodenfahrzeug ein Empfangskomitee.

»Gütiger Himmel«, sagte sie. »Da steht ja Ed Cutler höchstpersönlich. Die schmeißen mich gleich ins kalte Wasser.«

»Ich stehe fest an Ihrer Seite, Admiral.«

Cutler trat vor, um sie zu begrüßen. Abgesehen von zwei Unteroffizieren – beide bewaffnet, wie Maggie registrierte – bestand seine Begleitung nur aus einer Frau mittleren Alters in einem nüchternen Geschäftsanzug, die sich förmlich und reserviert im Hintergrund hielt. Sie kam Maggie irgendwie bekannt vor.

»Admiral Kauffman«, sagte Cutler und salutierte. »Willkommen im Irrenhaus.«

Sie salutierte zurück. »Freut mich, hier zu sein, Admiral Cutler.«

»Nennen Sie mich Ed. Jedenfalls, wenn wir unter uns sind. Ich glaube, für solche Formalitäten kennen wir uns schon zu lange, Sie und ich ...«

Maggie musterte ihn skeptisch. Ed Cutler war genauso, wie sie ihn in all den Jahren – genau genommen Jahrzehnten –, die sie schon zusammenarbeiteten, kennengelernt hatte. Der dünne, stets angespannt und zerbrechlich wirkende Mann, der Ordnung und Kontrolle über alles schätzte, war wesentlich besser für einen Schreibtischjob geeignet als für die vielschichtigen Herausforderungen der Praxis. Mehr als einmal hatten ihm Maggie und ihre Offiziere den Arsch retten müssen, wie zum Beispiel damals, als er beim Versuch der Flotte und anderer Organisationen, eine mehr oder weniger friedliche Rebellion in Walhalla einzudämmen, völlig den Kopf verloren hatte. Aber er war ein Stehaufmännchen. Und er war jemand, der Befehle ausführte, wie schädlich sie für ihn persönlich auch sein mochten. Aus diesem Grunde schätzten ihn seine Vorgesetzten, und deshalb war er immer weiter noch oben gefallen.

Inzwischen hatte er, obwohl selbst bereits im Rentenalter, den Admiralsrang inne und war der Oberkommandierende von USLONGCOM, der riesigen militärischen Kommandozone, die sämtliche Langen Erde umfasste. Hier draußen in den Hohen Megas verfügte außer Präsidentin Damasio niemand über mehr Macht als er. Aber nichts, was Ed Cutler jemals erreicht hatte oder tun würde, konnte Maggie beeindrucken.

»Tja, da bin ich, Ed. Wie geht's weiter?«

Ed grinste Sheridan an. »Da können Sie mal sehen, Captain, was ich an der Frau Admiral am meisten schätze. Entschlossenheit. Tatendrang. Ja, Maggie, hier gibt tatsächlich viel zu sehen. Ich habe mir die größte Mühe gegeben, aus diesem Durcheinander schlau zu werden, aber Sie sind für so eine Aufgabe viel besser geeignet, außerdem muss ich mich wieder meinen anderen Verantwortlichkeiten widmen. Ich weiß, dass Sie kein ordentliches Briefing für diesen Job bekommen haben. Ist natürlich mal wieder typisch Lange Erde – jede Nachricht muss mit der Postkutsche von hier nach da gebracht werden. Ich habe für Sie eine kleine Infotour organisiert, damit Sie gleich loslegen können.«

»Danke.«

Er drehte sich um und machte eine Handbewegung in Richtung der Frau, die ihn begleitete. »Zuerst möchte ich Ihnen jemanden ...«

»Wir kennen uns bereits.« Die Frau mit dem streng am Hinterkopf zusammengebundenen Haar und der Brille lächelte schmal zurück und streckte ihr die Hand entgegen.

»Roberta Golding«, sagte Maggie, die sich jetzt wieder an sie erinnerte, und schüttelte der Frau die Hand. Ihr Händedruck war fest und entschlossen. »Ja, wir sind uns schon einmal begegnet. Nach dem Zwischenfall von Happy Landings ...« Bei dem Ed Cutler eine ganz besondere Rolle gespielt hatte, wie Maggie einfiel, denn er hatte damals eine Atomwaffe eingeschmuggelt, um die Next vollständig auszuradieren. Das alles war mittlerweile ein Vierteljahrhundert her, und jetzt stand er neben dieser Repräsentantin der Next, als wäre sie eine Geschäftspartnerin. »Wir leben in merkwürdigen Zeiten, Doktor Golding.«

»Allerdings, Frau Admiral. Aber inzwischen bin ich Professor Golding. Wobei derlei Titel angesichts all dessen hier nicht die geringste Rolle spielen.« Sie machte eine umfassende Geste.

»Sie meinen damit Ihr Projekt.«

»Es ist nicht *unser* Projekt. Wir Next und die Menschen an unserer Seite sind lediglich ... Vermittler, würde ich sagen. Das Projekt gehört den Sagittarianern, aber auch das ist nur ein Name für die Instanz im Herzen der Galaxis, die die Einladung ausgesandt hat.«

Maggie seufzte. »Kaum vom Twain runter, schon diskutiere ich mit einem amtlich verbürgten übermenschlichen Megahirn über außerirdische Intelligenzen aus einer fernen Galaxis.«

»Deshalb«, warf Sheridan ein, »wurde die Flotte zu Hilfe gerufen, Frau Admiral.«

Roberta sagte: »Ich freue mich jedenfalls, Sie wiederzusehen, Admiral. Ich erinnere mich an Ihre Entschlossenheit bei der Sache mit Happy Landings – und an ihr gutes Urteilsvermögen. Ich hoffe, dass Ihre Anwesenheit das Projekt voranbringt.«

Maggie runzelte die Stirn. »Voranbringen soll ich hier in erster Linie die nationale Sicherheit.«

»Selbstverständlich. Aber die beiden Ziele müssen sich nicht notwendigerweise widersprechen.«

»Das zu beurteilen ist unsere Sache«, sagte Ed Cutler brüsk. »Von diesem Projekt unterliegt nur sehr wenig der Kontrolle unserer Regierung, ganz zu schweigen von US-LONGCOM – obwohl alles komplett innerhalb der US-Ägide stattfindet. Obendrein ist alles so verdammt schnell passiert. Aber kommen Sie doch mit an Bord dieses kleinen

Elektroflitzers.« Er drehte sich um und ging ihnen voran. Einer nach dem anderen kletterten sie in das kleine Vehikel, jeder suchte sich einen Platz und schnallte sich an. »Ich möchte Ihnen einen Teil dessen zeigen, was bereits entstanden ist, Maggie. Alles, was hier so herumsteht. Und wer so alles für uns arbeitet. Und unsere, äh, Gäste.«

»Gäste?«

»Sie werden schon sehen«, knurrte er. Das Fahrzeug fuhr los, am Steuer saß einer von Cutlers bewaffneten Unteroffizieren. »Wenn ich mich recht erinnere, waren Sie die Erste, die nicht menschliche Lebensformen in Ihre Besatzung aufgenommen haben. Zuerst Trolle, und dann diese verdammten Hunde.«

»Beagles. Sie heißen Beagles.«

»Einer der Gründe dafür, dass ich mich dafür eingesetzt habe, Sie für diese Aufgabe auszuwählen. Sie dürften sich in diesem Zoo so richtig zu Hause fühlen. Hören Sie, Maggie, wir haben direkten Druck von der Regierung bekommen, wir müssen eine Lösung finden. Ich habe mit Präsidentin Damasio persönlich gesprochen. Ist ein ganz schöner Brocken, den sie da mitten in ihrer ersten Regierungszeit einfach so vor die Füße geworfen bekommt. Und aus Regierungssicht kam es völlig überraschend. Uns ist lediglich aufgefallen, dass von den Nahen Erden und sogar von der Datum Fertigungskapazitäten im großen Stil umgelenkt wurden. Und dass immer noch mehr Kapazitäten geschaffen wurden.« Er warf Roberta einen kurzen Blick zu. »Keiner von uns wusste, dass die Next so verdammt viel Geld haben, nach menschlichen Maßstäben.«

»Wir verfügen über beträchtliche Ressourcen«, sagte Roberta. »Sie wurden angehäuft, indem wir entsprechende Ideen und Innovationen an menschliche Unternehmer verkauft und die Erträge dann investiert haben. Das geschah alles sehr vorsichtig, um eine Destabilisierung zu verhindern.«

»Sehr vorsichtig, dass ich nicht lache«, knurrte Cutler. »Maggie, das Erste, was wir gehört haben, war lautes Geschrei der nach Yellowstone eingerichteten Rekultivierungs- und Naturschutzeinrichtungen, weil plötzlich die industriellen Ressourcen von ihren Projekten abgezogen wurden. Dann gab es eine Flut von Patenten von neureichen Typen, die ihre Finger in neuartiger ET-Technik hatten. Und schließlich die Kampagnen von diesen paranoiden Typen, die das Ganze bloß für eine Falle der Außerirdischen halten, ein Trojanisches Pferd.«

»Nicht zu vergessen die Chinesen«, sagte Jane Sheridan mit einem Anflug von Humor.

»Herrgott noch mal, genau. Die selbst ein Stück von dem Alien-Kuchen für ihre eigenen wirtschaftlichen Zwecke abhaben wollen. Und deswegen haben wir auch noch die Schreibtischhengste von der Long Unity hier…«

Eigentlich fand Maggie die Long Unity eine gute Einrichtung. Sie war so etwas wie ein Schmalspurableger der alten UN, die sich vorsichtig in die Lange Erde ausdehnte und einer zunehmend verstreuten Menschheit Hilfe, Unterstützung und Zusammenhalt anbot. Zumindest war die Long Unity harmlos.

»Um das alles durchzuziehen, haben die Next alle möglichen Leute auf sehr gerissene Weise beeinflusst und sie für ihre Zwecke rekrutiert. Überall, in der ganzen Ägide. Nicht nur die großen industriellen Konzerne, auch kleinere Betriebe. Hobbybastler. Jugendliche, die in irgendwelchen Werkstätten Einzelteile bauen. Wir haben das alles erst nach und nach herausgefunden. Nun hat die Präsidentin ein Beratergremium eingesetzt. Mit dabei sind die Stiftung Nationale Forschung, die NASA, das Verteidigungsministerium, der Nationale Sicherheitsrat, die Sicherheitsdienste sowie jeder gottverdammter Futurologe und Thinktank, den wir auftreiben konnten. Aber die ganze Operation war schon in vollem Gange, ehe wir überhaupt etwas mitgekriegt haben. Wir sind von Anfang an hinterhergerannt.«

»Und deshalb wurde die Flotte gerufen.«

Cutler grinste. »Na ja, wir waren schon längst da. Weil wir überall sind. Maggie, Sie wissen so gut wie ich, dass sich seit Yellowstone alles irgendwie in Auflösung befindet. Nur die Flotte ist noch in Schuss, insbesondere in Form der Twain-Verbände. Ja, sie haben die Flotte zu Hilfe gerufen, weil es in der gesamten Ägide niemanden mehr gibt, den man sonst rufen könnte …«

Die Präsidentin hat die Flotte zu Hilfe gerufen, dachte Maggie säuerlich, *und die Flotte hat mich zu Hilfe gerufen.* Es lag auf der Hand, dass Wissenschaft und Forschung hier eine große Rolle spielten. Sie machte sich eine innerliche Notiz, dass sie unbedingt Margarita Jha herbeischaffen musste, die ihr schon bei verschiedenen Expeditionen als Wissenschaftsoffizier gedient hatte. Expeditionen, die sie an weitaus merkwürdigere Orte als diesen geführt hatten …

Cutler versuchte noch immer nach Kräften, ihr Angst einzujagen. »Wir wissen nicht, mit welcher Bedrohung wir es hier zu tun haben. Was hat das da …« – er wedelte mit der Hand hinüber zu der industrialisierten Landschaft – »diese grandiose Vergeudung von Zeit und Geld für Auswirkungen auf unsere wirtschaftliche Leistungsfähigkeit? Und dass sich das alles innerhalb der US-Ägide abspielt, in dieser Kopie der nordamerikanischen Landmasse, scheint reiner Zufall zu sein. Die Next haben einfach beschlossen, das Ding eben hier und nicht woanders zu bauen. Sie erkennen hier draußen keine internationalen Grenzen an, Maggie, so wie wir uns nicht um die Reviere von Schimpansen im Dschungel scheren. Wie sollen wir das bloß mit den Chinesen und allen anderen Ländern klären? Wie wird es sich auf unsere Beziehung mit den Next auswirken? Es ist vor allem eine strategische Frage, glauben Sie mir. Und vor allem – was *ist* das überhaupt für ein Ding? Wozu soll es gut sein? Wozu ist es in der Lage, wenn es erst mal fertig ist?«

Maggie warf Roberta einen Blick zu. »Durchaus vernünftige Fragen, würde ich sagen. Wenn man bedenkt, dass dieses Ding in der US-Ägide gebaut wird.«

»Der Ort wurde in der Einladung festgelegt«, erwiderte Roberta sanft. »Das haben wir herausgefunden, nachdem wir damit angefangen haben, sie zu decodieren. Was den Denker angeht ...«

Maggie hörte diesen Namen zum ersten Mal. »Der Denker? Worüber denkt er denn nach, verflixt noch mal?«

Roberta lächelte. »Wir glauben, dass er uns das mitteilen wird, wenn er so weit ist.«

»Und bis dahin müssen wir ihm vertrauen, und Ihnen auch«, fauchte Cutler. »Und dabei kriegen wir aus euch Next immer nur denselben nichtssagenden Schwachsinn heraus.«

»Die Experten des Präsidenten müssen doch irgendwelche Ideen entwickelt haben«, sagte Maggie.

Cutler zuckte die Achseln. »Reine Vermutungen. Sie kennen mich, Maggie. Ich stehe eher auf der konservativen Seite. Die benebelten Weltraumträumer halten mich für paranoid, sie sagen: Warum sollte sich jemand die Mühe machen, aus der Mitte der Galaxis heraus Kontakt mit uns aufzunehmen, nur um uns etwas anzutun? Darauf kann ich nur antworten: Wenn sie sich die ganze Mühe schon machen, dann bestimmt nicht ohne Grund.«

»Auch wir sind nicht alle einer Meinung«, sagte Roberta. »Aber die meisten von uns glauben vorbehaltlos an die grundsätzlich wohlwollende Absicht dieses Projekts. An eine Geste von den Sternen.«

Cutler funkelte Maggie vielsagend an. »Und *wir* erinnern uns an New Springfield.«

Maggie verstand, was Cutler damit sagen wollte. Falls Roberta Golding falsch lag, falls sich diese Maschine letztendlich doch als schädlich herausstellte – dann war es Maggies Pflicht, diesem Treiben hier Einhalt zu gebieten.

Falls sie dann überhaupt wüsste, wie sie das anstellen sollte.

36

Sobald sie aus dem relativ übersichtlichen Gelände des Flottenstützpunktes heraus waren, fuhren sie auf einer schmalen, unbefestigten Straße durch eine Landschaft, dicht an dicht vollgestellt mit Anlagen und Maschinen, deren Sinn und Zweck sich ihnen nicht erschloss.

Cutler deutete auf einen Wegweiser aus Holz mit rot bemalter Spitze und einer eingebrannten Zahl. »Wie Sie sehen, versuchen wir, hier eine gewisse Ordnung reinzubringen.«

»Die ganze Anlage organisiert sich zu einem hohen Grad selbst«, erwiderte Roberta. »Der Denker kennt seinen grundsätzlich erforderlichen Aufbau, zumindest entwickelt er ein zunehmendes Wissen davon ...«

»Trotzdem bringt dieser ganze wortreiche Schwachsinn dem durchschnittlichen Lastwagenfahrer aus Detroit natürlich überhaupt nichts, der hier verzweifelt herumsucht und nicht weiß, wo er seinen Kram abladen soll. Deshalb haben wir ein paar Twains der Flotte hergebracht, die die entstehenden Bereiche kartografieren und nummerieren sollen, und zwar nach unserem eigenen System.«

Worauf Roberta trocken erwiderte: »Mit dem Bemalen von jeder Menge Wegweisern kann man sehr viele Menschen in Uniform beschäftigen.«

»Allerdings«, sagte Cutler völlig ironiefrei. »Noch ein Vorteil.«

Sie erreichten einen Abschnitt, den Roberta Fertigungszone nannte. Der Elektrokarren hielt vor einer Art Fabrik, einem lang gestreckten, flachen Gebäude mit Aluminiumwänden und großen Dachflächen aus Glas. Als sie das Gebäude betraten, sah Maggie auf dem eilig gegossenen Zementboden etwas, das wie Montagebänder aussah, sowie ein paar andere Geräte, die ihr bekannt vorkamen: kantige Fertigungsroboter, wie man sie von einer Twain-Werft kannte, automatisierte Gabelstapler, die ihre Ladungen von hier nach dort brachten, und über allem ein großes Metallgerüst, von dem schwere Ketten herabhingen. Mehr Roboter als Menschen, schätzte sie, aber die Menschen, die sie sah, waren fleißig bei der Arbeit. Nur *woran* sie da arbeiteten, war nach wie vor ein Rätsel.

»Ich habe diese Baustelle für Sie ausgesucht«, sagte Cutler, »weil hier mehrere repräsentative Mitarbeiter tätig sind, wie Sie gleich sehen werden ...«

»Darunter meine jungen Freunde aus der Lücke.« Roberta übernahm abrupt die Führung und ging mit großen Schritten bis zu einem kleinen Werkstattbereich, der vom Boden bis zur Decke von einem durchsichtigen Staubschutzvorhang von der restlichen Halle abgetrennt war. Als sie näher kamen, tauchten daraus zwei Arbeiter auf, ein Mann und eine Frau, die Maggie beide auf nicht älter als dreißig schätzte. Sie trugen blaue Overalls mit GapSpace-Logos auf der Brust. Die Frau hielt eine Scheibe in der Hand, aus einem Material, das wie Glas aussah.

»Freut mich, Sie zu sehen, Professor Golding«, sagte der Mann, dann zeigte er auf sich und seine Begleiterin: »Dev Bilaniuk, Lee Malone. Beide Angestellte und Aktionäre bei GapSpace ...«

Als ihnen Maggie und Cutler vorgestellt wurden, schienen die beiden Arbeiter keineswegs von den hohen Rängen oder den Uniformen eingeschüchtert zu sein. Sie wirkten nicht einmal besonders interessiert, fand Maggie.

Lee sagte: »Man hat uns gesagt, dass Sie sich womöglich ansehen möchten, woran wir arbeiten. Das hier ist ein Muster.« Sie hielt die seltsame Scheibe hoch. »Dieses Teil hat leider den Einbautest nicht bestanden, deshalb dürfen wir es aus der sterilen Umgebung herausbringen. Wir zerbrechen es in kleine Bestandteile, die wir später wieder verwenden können...«

Maggie durfte das Bauteil in die Hand nehmen. Es fühlte sich tatsächlich wie Glas an, verfügte jedoch über eine komplexe innere Struktur, die mit bloßem Auge kaum zu erkennen war, wie bei einem unglaublich komplizierten Quarzkristall. Trotzdem war diese Scheibe offenbar rein synthetisch, denn sie erkannte darin etliche Subkomponenten: etwas, was für sie nach Siliziumchips aussah, Fäden aus Draht oder dünnem Kabel, und winzige Lichtquellen, die in bestimmten Mustern grün und gold glitzerten. »Es sieht aus, als steckte da eine ganze Welt drin«, sagte sie.

Lee lächelte. »Es ist schön, oder? Es wäre nicht ganz zutreffend, wenn wir behaupten würden, *wir* hätten es gemacht. Es ist eher eine Frage von Selbstmontage – na ja, so ist es bei allen Komponenten des Denkers, abgesehen von den allereinfachsten Bauteilen.«

»Man hat uns für diese Arbeit wegen unserer Erfahrung bei GapSpace geholt«, sagte Dev. »Selbst wenn man die Lücke nutzt, hängt das Raumprogramm stark von Miniaturisierung ab. Eigentlich sind wir zwei angesprochen worden, weil wir an dem RT in der Lücke gearbeitet haben, das die Einladung aufgefangen hat.«

»RT?«, fragte Maggie vorsichtig nach.

»Radioteleskop«, murmelte Roberta.

»Erzählen Sie ihr, was sie da in der Hand hat«, blaffte Cutler.

»Es handelt sich um eines unserer klügeren Untermodule«, sagte Dev. »Das heißt, die meisten Komponenten sind in einem gewissen Sinne intelligent, und wenn das ganze Ding dann mal fertig ist... Tja, keiner weiß so genau, wie schlau das dann sein wird. Was Sie da in der Hand halten, ist in etwa so etwas wie Computronium.«

Schon war Maggie wieder draußen. »Was für ein Ding?«
Roberta lächelte. »Die menschliche Bezeichnung für eine
außerirdische Technologie.«

»Eine Substanz, bei der jedes Quäntchen, jedes Molekül
und jedes Atom der Verarbeitung von Information dient«,
sagte Lee. »Das hier kommt wahrscheinlich der endgültigen Version sehr nahe, aber es fehlt noch etwas. Trotzdem
können wir Rechensysteme auf mehreren unterschiedlichen
Ebenen erkennen, angefangen von der Mechanik – sehen
Sie diese kleinen Hebel? – über elektronische Transistoren
und dergleichen bis hin zu chemischen Elementen, Nano-
technik und, so glauben wir jedenfalls, Quanten.«

»Wir nehmen jedoch an«, fuhr Dev fort, »dass es letztendlich um die Materialstruktur selbst geht. Es sieht ganz
so aus, als bestünde es aus einer Art Diamant, also weiter-
verarbeitetem Kohlenstoff. Ein noch deutlich fortschrittli-
cheres Material als das Kabel des Weltraumaufzugs.«

Roberta sagte: »Eine Innovation, die allein für sich die
Industrie der Menschen revolutionieren dürfte.«

Cutler rieb sich das Kinn. »Da kommt man schon ins
Grübeln über die Ausmaße dessen, was hier vor sich geht,
was? Hier kommen pausenlos Twains an, ein ständiger Zu-
strom von Rohmaterialien aus der gesamten Langen Erde.
Und dann kommt so was dabei heraus wie dieses Ding, das
Sie in der Hand halten, mit einem Computer in jedem einzelnen verdammten Molekül.«

»Wie intelligent genau?«, erkundigte sich Maggie.

Dev antwortete: »Also, wir schätzen den Datenspeicher auf zehn hoch zweiundzwanzig Bits pro Gramm.« Als
Maggies Gesicht Verständnislosigkeit signalisierte, ergänzte
er: »Das sind, äh, zehn Milliarden Billionen Bits...«

»Im Vergleich dazu«, sagte Roberta, »speichert das
menschliche Gehirn, und auch das eines Next, ungefähr
einhundert Billionen Bits. Also um einen Faktor von hundert Millionen weniger. Die Zahl, die er genannt hat, be-

läuft sich auf zehnmal mehr als der geschätzte derzeitige globale Datenspeicher der gesamten Menschheit.«

»Hört sich nicht besonders viel an«, schnaubte Cutler verächtlich.

»Aber er sagte: pro Gramm«, sagte Maggie und wägte die Scheibe in ihrer Hand ab. »Wie schwer ist das hier? Ungefähr ein Kilogramm? Und es kann mehr als zehnmal so viel speichern wie das gesamte menschliche Wissen – *pro Gramm.*« Sie blickte sich in der Einrichtung um. »Verdammt noch mal, Ed, Sie hätten mir wirklich ein paar Vorabinfos schicken müssen. Das hier ist ... überwältigend.«

»Hätten Sie es mir geglaubt? Kommen Sie, ich mache Sie mit noch ein paar anderen von unseren ehrenamtlichen Bürgern bekannt ...«

»Carly Maric.«

»Jo Margolis.«

»Wir kommen von der Bohnenstängel-Anlage in Miami West 17.«

Die beiden waren zwei kluge, nervöse Zwanzigjährige, die ihre Erfahrungen im Bereich Großanlagenbau, die sie bei der Konstruktion eines Weltraumaufzugs gewonnen hatten, auf eine der größeren Komponenten vor Ort anwendeten. Was sie da gerade bauten, war ein funkelndes, fugenloses Gerüst aus einer hellen, glatten Substanz, mit einer deutlichen Basis, die sich nach oben zu einer aufwendig gestalteten Spitze verjüngte, an der eine Art Kugelgelenk die untere Einheit mit einem breiten Schild verband. Maggie fand, dass es wie das Kniegelenk eines surrealen, daliesken Monsters aussah.

»Wir haben nicht die geringste Ahnung, wozu es gebraucht wird. Wir wissen noch nicht mal, ob es schon fertig ist«, sagte Carly.

»Aber es hat großen Spaß gemacht, daran zu arbeiten«, sagte Jo. »Einige der Bestandteile sind auf herkömmliche

Weise gefertigt worden. Wir können hier Eisen verhütten, es gibt ein Stahlwerk, aber die meisten Metallbauteile sind aus Aluminium, das per Twain von wechselwärtigen Zulieferbetrieben hergebracht wird. Es gibt auch Sachen, die aus abgefahrenerem Material wie zum Beispiel Karbonverbundstoffen bestehen. Oder das hier. Ehrlich gesagt wissen wir nicht, woraus es besteht. Die Chemiker könnten es Ihnen erklären. Es ist sozusagen in einem großen Behälter gewachsen, eine Schicht nach der anderen.«

»Wir mussten es überwachen«, fügte Carly hinzu, »gewisse Toleranzen einhalten und den Nachschub von Material in den Behälter im Auge behalten, auch die Temperatur...«

»Wir sind einfach froh, hier sein zu können, General«, platzte Jo heraus.

»Admiral«, korrigierte Maggie sie automatisch.

»Ich meine, zu Hause gab es einfach keine Arbeit mehr, seit sie den Bohnenstängel eingemottet haben.«

Maggie, die so einige Einsätze zur Erhaltung des Friedens auf unruhigen, halb verfallenen Industriestandorten in den überentwickelten und unausgelasteten Gemeinden der Nahen Erde geleitet hatte, konnte das absolut nachempfinden.

Aber als sie weitergingen, grummelte Cutler: »So viel zum Thema ›Botschaft von den Sternen‹. Kommt mir manchmal wie ein verdammtes Sozialhilfeprogramm vor. Wir haben sogar die Bescheidenen hier, genau wie in den Industriebrachen der Nahen Erden.«

»Die Bescheidenen?«

»Stellen Sie sich eine Gewerkschaft vor, die von frömmelnden Next geführt wird. Mit denen müssen Sie sich auch noch auseinandersetzen. Viel Spaß dabei«, antwortete Cutler düster.

Die Besichtigungstour ging weiter. Maggies letzte Begegnung fand überraschenderweise mit einem Kind an einem

Materiedrucker statt. Der Junge war nicht älter als zehn oder elf und saß einfach da und fütterte den Trichter der Maschine mit Abfall. Auf der anderen Seite kam so etwas wie sehr dicke Schrauben heraus, mehrere Zoll lang, mit breiten Köpfen, aber ohne Gewinde, jedenfalls konnte Maggie keines erkennen. Der Junge machte das offensichtlich schon eine ganze Weile, denn neben ihm stand eine halb volle Kiste mit solchen Schrauben.

Neben ihm saß eine Nonne und las einen Roman auf einem Tablet. Sie lächelte und stellte sich als Schwester Coleen vor. Der Junge hieß Jan Roderick. Beide kamen aus einem Kinderheim in Madison West 5.

»Nicht aus irgendeinem Heim«, flüsterte Cutler Maggie zu. »Aus demselben Heim, aus dem auch der große Joshua Valienté stammt. Man sollte meinen, einer von der Sorte reicht völlig…«

Maggie wusste alles über Joshua Valienté und über das Heim. Sie beugte sich zu dem Jungen hinab. »Hast du die alle selbst gemacht?«

»Nein. Der Materiedrucker«, antwortete Jan schlicht.

»Ja, schon…«

»Aber ich habe ihn programmiert. Wenn die Schicht vorbei ist, sammle ich Abfallmaterial zusammen und recycle es zu so was.«

»Sehr tüchtig«, sagte Roberta wohlwollend.

»Weißt du denn, wozu diese Dinger gut sind?«, erkundigte sich Maggie.

»Nein. Aber niemand weiß, wozu das alles hier gut ist. Noch nicht. Für irgendwas müssen sie ja gut sein, sonst würden sie sie nicht haben wollen, oder?«

»Wahrscheinlich nicht.« Maggie sah Jan genau an. Sie dachte an das Pärchen aus der Lücke und an die jungen Frauen vom Weltraumaufzug. An ihre strahlende Begeisterung. Dieses Projekt befeuerte auf jeden Fall die Fantasie, die von Kindern aus Heimen in der Nahen Erde und auch die von Mitarbeitern am Weltraumprogramm. »Warum machst du das, Jan? Was reizt dich daran?«

Jan sah sie an, als hätte er die Frage nicht verstanden. »Wir haben eine Einladung aus dem Himmel bekommen. Sie lautet: MACH MIT. Und dann gab es Botschaften von den Next, und die hab ich ganz allein rausgekriegt. Die viralen Geschichten. Die Zahlenhinweise, die zu dieser Welt führten. Apple Pi.«

»Das stimmt«, sagte Schwester Coleen kleinlaut.

»Und deshalb mache ich diese Schrauben.« Wieder war eine fertig. Jan bückte sich, nahm sie aus dem Ausgabeschacht des Druckers und legte sie zu den anderen in die Kiste. Dann drückte er auf den Startknopf des Druckers und grinste Maggie zahnlückig an. »MACH MIT. So lautet die Nachricht. Ich helfe eben.«

Cutler tippte Maggie auf die Schulter. »Machen Sie erst mal bei mir mit. Ich will Ihnen vor der Kaffeepause noch ein paar Sachen zeigen...«

37

Zügig wurde sie an einem umzäunten Gelände vorbei-
gefahren:

KOMMUNIKATIONS- UND GEMEINDEZENTRUM

ZUTRITT NUR DURCH DIE SICHERHEITSSCHLEUSE

Hinter dem Zaun sah Maggie flüchtig hier und da Gruppen von Zelten, einige feste Gebäude und mehrere, allem
Anschein nach voneinander getrennte Gruppen von Leuten. Einige standen um Lagerfeuer herum, einige sangen
Lieder, ein Häuflein hatte sich zu einer Art Demonstration
am Zaun versammelt. Aber alle befanden sich hinter dem
Zaun. Vor dem Zaun standen Soldaten mit ausdruckslosen
Gesichtern, schweren Panzerwesten und demonstrativ offen
getragenen Waffen und starrten nach drinnen.

»Ganz schön schwere Bewachung für ein Kommunika-
tions-und Gemeindezentrum«, sagte Maggie leise zu Cutler.

»Ja. Ich leihe Ihnen Lieutenant Keith aus, sie ist ziemlich
gut, wenn es um diese Bekloppten geht…«

»Bekloppte, Ed?«

»Die Protestler. Sie protestieren gegen das Projekt. Wir
mussten ein paar Sicherheitsüberprüfungen vornehmen,
ein paar Bomben haben wir auch gefunden. Und dann gibt
es noch die anderen, die mit ein bisschen zu viel Begeisterung rangehen. Sie tauchen einfach so auf – das Wechseln
macht's möglich –, und wir müssen sie dann überall auf der
Denker-Baustelle einsammeln, und das ist ein ganz schön

großes Gebiet, glauben Sie mir. Die sind da drin in einem Käfig, ob sie es wissen oder nicht. Wir befragen sie, scheinbar ganz offiziell, außerdem haben wir ein internes Kommunikationssystem, damit können sie ihre kleinen Videoprogramme machen und sich gegenseitig was vorjammern und irgendwelche Nachrichten schreiben. Aber sie sind in einem Käfig, und da bleiben sie auch. Solange sie ruhig bleiben und sich vom Zaun fernhalten, sind alle zufrieden.«

Maggie glaubte, aus der Ferne Musik zu hören, einen sanften, einlullenden Gesang, wie von einem großen, weit entfernten Chor ... Sie versuchte, sich zu konzentrieren. »Was für Protestler sind das denn genau?«

»Ach, von denen gibt es alle möglichen Sorten, und wir haben sie alle hier. UFO-Spinner zum Beispiel. Oder Verschwörungstheoretiker, die glauben, dass die Kommunisten dahinterstecken und jetzt von den Sternen zurückkommen.«

»Oder Hitler«, sagte Sheridan grinsend. »Der alte Adolf ist auch so ein Kandidat.«

»Hätte mich auch sehr enttäuscht, wenn er gefehlt hätte.«

»Dann haben wir die Christen«, fuhr Cutler fort, »die sich um das Heil der Leute sorgen, die uns ihre Nachricht aus der Tiefe der Galaxis geschickt haben, wer oder was sie auch sein mögen; dazu noch ein paar Islamisten, die befürchten, der Denker könnte eine Gotteslästerung sein, weil wir vielleicht irgendein Abbild Gottes bauen. Auf der anderen Seite gibt es auch Anhänger eines christlichen Kults, die glauben, dass wir ihn trotzdem bauen sollen, weil er die Welt zerstören und somit für die schnellere Wiederkunft Jesu sorgt. Suchen Sie sich was aus.«

»Ehrlich gesagt«, mischte sich Roberta ein, »gibt es bei den Next ganz ähnliche Ansichten, zumindest, was die von dem Projekt ausgehende unbestimmbare Bedrohung angeht.« Sie lächelte. »Außerdem vermute ich, dass einigen

Next die Vorstellung nicht sehr behagt, dass sie es hier mit Intelligenzen zu tun bekommen, die der unseren so weit überlegen sind wie wir den Menschen, oder genauer gesagt: noch viel überlegener.«

Maggie lächelte säuerlich. »Willkommen im Club.«

»Die Sache ist wirklich ernst, Maggie«, sagte Cutler. »Diese Schlaumeier von den Next sind sich nicht einiger als wir. Es gibt hier eine Gruppe von ihnen, die sich, wie schon erwähnt, Die Bescheidenen nennen. Sie können zu Arbeitsniederlegungen, Bummelstreiks oder völliger Verweigerung aufrufen. Sie sind aber nicht einfach nur Aufwiegler. Sie sind eher so was wie…«, er wedelte hilflos mit der Hand und suchte nach einem Ausdruck, »ein Kult.«

Roberta lächelte. »Ein Kult. Ja, ich finde, das trifft es ganz gut, Admiral. Sie behaupten von sich, Stan Bergs Lehren zu befolgen. Sagt Ihnen das etwas, Admiral Kauffman? Bergs Lehren waren ursprünglich gut gemeint. Ich selbst habe damals der Predigt unter dem Bohnenstängel gelauscht…«

Maggie sah Cutler an und hob fragend die Augenbrauen. Cutler zuckte mit den Achseln.

»Aber sie pervertieren Bergs Worte. *Sei bescheiden im Angesicht des Universums.* Das wird von Den Bescheidenen interpretiert als: Sei bescheiden in meiner Anwesenheit! *Tue Gutes.* Klar. Solange das Gute das ist, was ich sage, und solange es gut für mich ist. *Begreife die Welt…*«

»Philosophen!«, schnaubte Cutler verächtlich. »Von denen haben wir hier einen ganzen Zoo voll. Wissen Sie, woran man einen Philosophen erkennt? An den vielen Worten, die er braucht, um sich darüber zu beschweren, dass das Klo verstopft ist. Pff, alles bloß heiße Luft. Aber man muss diese Leute im Auge behalten, Maggie.«

»Wie ich sehe, haben Sie bereits alles unter Kontrolle, Ed.«

Er sah sie von der Seite an, offensichtlich war er sich

nicht ganz sicher, ob sie sich über ihn lustig machte. Wobei sie sich da selbst nicht ganz sicher war.

Sie entfernten sich von dem Freiluftgehege, und Maggie sah, dass sie auf ein zweites umzäuntes Gebiet zuhielten, das viel größer als das erste war. Der Zaun erstreckte sich von einem Horizont zum anderen, was sie unwillkürlich an die angeblich kaninchendichten Zäune erinnerte, die früher überall in Australien errichtet worden waren. Hier schien alles mehrere Nummern größer zu sein, geradezu monumental, sogar die Zäune. Als sie hinter den Zaun blickte, sah sie, dass dort mehr Betrieb herrschte. Weitläufige, ausladende Gebäude. Wachtürme, von denen Aufseher oder vielleicht auch Gefängniswärter auf das Treiben herabschauten. Große Bauteile wurden von ganzen Trupps kräftiger Arbeiter bewegt... nein, für Menschen waren sie viel zu massig... Jetzt hörte sie auch wieder diesen Gesang, volltönend, die vielen Stimmen wunderschön ausgeprägt, ein unendlicher Kanon.

»Trolle«, keuchte sie. »Sie haben Trolle hier.«

»Nein«, erwiderte Ed vergnügt. »*Sie* haben Trolle. Haben Sie nicht schon immer für diese verdammten Felldinger geschwärmt? Man sollte sich immer genau überlegen, was man sich wünscht. Es ist wie bei diesen UFO-Typen mit ihren Helmen aus Alufolie. Diese Biester tauchen hier einfach auf, und wir müssen uns um sie kümmern. Also haben wir den Zaun aufgestellt, um sie von den komplizierteren Sachen fernzuhalten. Aber nicht nur Trolle sind hier aufgekreuzt, auch andere Humanoide. Kobolde, jedenfalls diejenigen, die ein bisschen Englisch können. Herrje, sie sprechen sogar besser Englisch als unsere einfachen Soldaten.«

Jane Sheridan meldete sich zu Wort: »He, nichts gegen die Kobolde. Ohne die Tauschbörsen von Fingers wäre mir schon lange die Unterwäsche ausgegangen.«

»*Mach mit*«, sagte Roberta Golding lächelnd. »Die Einladung galt nicht nur uns. Sie war nicht nur für die Menschen oder die Next bestimmt. Und sie wurde nicht nur im Funkfrequenzspektrum ausgestrahlt, sondern über viele andere Kanäle. Deshalb tauchen die Humanoiden hier auf.«

Maggie glaubte, sich verhört zu haben. »Sagen Sie das bitte noch mal. Oder ... nein, lieber nicht. Später vielleicht. Wir müssen uns dringend unterhalten, Professor Golding.«

»Selbstverständlich ...«

»Runter!«

Maggie spürte Ed Cutlers Hand im Genick, die sie nach vorne, zur Seite und dann auf dem Sitz ihres Fahrzeugs nach unten drückte. Sie hörte, wie ringsum Waffen gezogen und entsichert wurden.

Dann hörte sie ein ruppiges Bellen wie von einem großen Hund oder einem Wolf.

Maggie grinste. »Dieses Bellen kenne ich doch.«

»Unten bleiben!«

»Lassen Sie mich los, Ed, verdammt noch mal! Nicht schießen, das ist ein Befehl.«

Eine gewisse natürliche Autorität wirkte sich, wie gewöhnlich, zu ihren Gunsten aus. Ed, der streng genommen ihr Vorgesetzter war, ließ sie los, und sie richtete sich wieder auf. Die anderen, Jane Sheridan sowie Eds Offiziere und Wachleute, ließen die Waffen vorsichtig sinken.

Etwas kam von der anderen Seite auf den Zaun zugerannt.

Ein großer, kräftiger Körper auf vier Beinen: unverkennbar ein Wolf, und zwar ein sehr großer. Sogar Maggie zuckte zusammen, als er den Zaun erreicht hatte. Aber er blieb kurz davor hechelnd stehen und stellte sich dann auf die Hinterbeine. Nicht wie ein Hund, der ein Kunststück aufführte, eher wie ein Mensch, der sich aufrichtete, ein Männchen mit vergleichsweise tief sitzendem Brustkorb und eher kurzen Beinen. Er stand ganz selbstverständlich aufrecht. Jetzt sah man auch, dass das Tier so etwas wie eine Jacke trug, die mit vielen Lederringen und noch mehr tiefen Taschen ausgestattet war. Und in einer pfotenähnlichen Hand hielt es einen Schraubenschlüssel.

Maggie stieg aus dem Fahrzeug, ging zum Zaun und drückte die Hand gegen den Zaun. »Du auch?«

»Wir-rrh haben gehör-rrht. Mach mittrh ... Sind mittr Twains her-rrhgekommen. Habe dein Schiff gese-hennrrh..«

»Schön, Sie zu sehen, Leutnant Schneeball.«

»Freut mich auch, Ad-rrh-mirrh-al.« Worauf der Beagle korrekt salutierte.

»Gib mir Kraft«, murmelte Ed Cutler.

38

Maggie war von ihrer ersten mehrstündigen Erkundigungstour durch die Denker-Baustelle in dieser fernen Kopie von Ohio geradezu überwältigt. Erschöpft wollte sie sich in ihre Kabine auf der *Duke* zurückziehen, an einem guten Whiskey nippen und ihre bisherigen Eindrücke mit Joe Mackenzie besprechen – oder, da der gute alte Mac schon seit Jahren tot war, mit einer vergleichbaren Seele wie Jane Sheridan.

Aber das stand allem Anschein nach nicht zur Debatte.

Als das Tageslicht allmählich schwand, brachte sie der Elektrokarren zurück zum Landebereich, wo die *Duke* vor Anker lag. Neben ihr schwebte jetzt ein anderes Schiff, das sie nicht kannte. Es war schlank, pechschwarz, sah sehr teuer aus und befand sich offensichtlich in Privatbesitz. Aus dem großzügigen Beobachtungsdeck an der Unterseite der Hülle schien helles Licht herab.

»Wir sind dort zum Abendessen eingeladen«, sagte Cutler.

»Eingeladen? Von wem?«

»Einem alten Freund.« Er warf ihr einen kurzen Blick zu. »Keine Sorge, Sie haben genug Zeit, sich vorher frisch zu machen. Sie riechen noch ein bisschen nach Hund. Wir haben bereits Ersatzuniformen an Bord bringen lassen. Außerdem machen wir einen kleinen Ausflug. Wir wollen uns Ihr neues Herrschaftsgebiet mal aus der Luft betrachten.« Jetzt grinste er sie beinahe boshaft an. »Das Beste haben Sie noch gar nicht gesehen, Kauffman.«

Beim Losen Pech zu haben war Maggie vertraut. Sie nahm die Dinge, wie sie kamen.

Vielleicht hatte es sogar sein Gutes, dass ihre Kapazität für Überraschungen bereits weitgehend erschöpft war, als sie wenige Stunden später in dem strahlenden, mit Gästen gut gefüllten Salon des Beobachtungsdecks ihren Gastgeber zu Gesicht bekam. Er saß im Rollstuhl, wirkte ansonsten aber so rüstig und verschmitzt wie eh und je. Ein junger Mann, so massig wie ein Troll, stand gleichmütig hinter ihm.

»Douglas Black!«, sagte sie und sah ihn ungläubig an.

Der Alte verzog sein faltiges, aber sonnengebräuntes Gesicht zu einem fast elfenhaften Grinsen. Er war völlig kahl, die Kopfhaut von großen Altersflecken überzogen, und die Augen hinter den dicken Brillengläsern waren riesig. »Ganz recht.« Er streckte ihr einen dürren Arm mit einer knochigen Hand entgegen.

Sie klemmte sich ihre Schirmmütze unter den Arm und musste bei dem Gedanken, diese klauenartige Hand anzufassen, einen kindischen Schauder des Abscheus unterdrücken, aber dann war die Haut zwar ledrig, aber warm. »Wann habe ich Sie das letzte Mal gesehen ...«

»2045«, antwortete er, ohne zu zögern. »Als Sie mich auf Karakal abgesetzt haben.«

»Erde West 239.741.211.«

»Gutes Gedächtnis. Mein Shangri-La. Meine Zuflucht vor Krankheit und Alter. Wie Sie sehen, hat es funktioniert.« Er hob die Arme und sah dabei wie eine ungeschickt gefertigte Marionette aus. »Ich bin hundertsechs Jahre alt. Dabei sehe ich, wie Sie neidlos anerkennen müssen, keinen Tag älter als achtundneunzig aus. Und *dieser* Witz ist sogar noch älter als ich. Herzlich willkommen auf meinem bescheidenen Kahn.«

Mit einem sanften Zittern hob das Luftschiff ab.

Maggie sah sich um und stellte fest, dass riesige Fenster und durchsichtige Bodenplatten einen weiten Blick auf die rasch unter ihnen zurückbleibende Oberfläche eröffneten.

Die untergehende Sonne warf lange Schatten über einen Teppich aus Denker-Komponenten, und Maggie hatte den deutlichen Eindruck, als flöge sie über ein gewaltiges Kunstwerk, das, wenn auch noch unvollständig, unter ihr ausgebreitet lag. Als das Luftschiff höher stieg, weitete sich der Blick. Dort war der »Kaninchenzaun«, das Gehege der Trolle und Beagles, ein ungeheuer großes Areal, das jedoch, wie sie jetzt sah, auch nur eine Insel war, die in der Ferne von noch mehr Fertigungsteilen des Denkers umgeben war ...

»Hier.« Ed Cutler stellte sich neben sie und reichte ihr ein Glas Champagner. »Ich dachte mir, so was brauchen Sie jetzt.«

Black erhob ein Glas mit Fruchtsaft. »Auf die Gesundheit, ein langes Leben und eine fruchtbare Zusammenarbeit.«

Maggie lächelte. »Na, darauf kann man immer anstoßen.« Der Champagner war ausgezeichnet und schmeckte köstlich, aber er war, wie sie wusste, deutlich zu kultiviert für ihren Geschmack. Sie hätte einen ganzen Eimer davon gegen ein gediegenes Glas Single Malt getauscht.

»Hören Sie, Mr Black, das alles ist sehr ungewohnt für mich.«

»Ich weiß.«

»Sie sagten *Zusammenarbeit*. In welcher Weise?«

Cutler knurrte neben ihr: »Dafür können Sie sich bei Professor Golding und ihren Mitarbeitern von der Kuriere GmbH bedanken. Die Next machten sich Sorgen, dass das Projekt womöglich nicht schnell genug vorankommt. Die Entwicklung kam ein bisschen holprig in Schwung, denn die Industriekonzerne, mit denen sie in der Nahen Erde zu tun haben, verfügen entweder nicht über die entsprechende Kapazität, oder sie können nicht die gewünschte Qualität liefern. Chaotische Organisationen wie zum Beispiel die Handelsgesellschaft Lange Erde.«

»Deshalb haben sie sich an mich gewandt. Natürlich«, sagte Black. »Die Black Corporation setzt die Standards für höchste Qualität, höchste Kapazität, schnelle Lieferung und Innovation, und das bereits seit achtzig Jahren. So eine Herausforderung konnte ich wohl kaum ablehnen, Kapitän Kauffman.«

»Admiral.«

»Obwohl ich einige der bestehenden Bedenken durchaus teile. In erster Linie deshalb, weil wir eigentlich nicht wissen, was wir da zusammenbauen.« Er lächelte Cutler kalt an. »Auch ich bin skeptisch, Admiral Cutler. Wenn ich mein Schiff verlassen würde, müssten Sie mich zweifellos zu den anderen Katastrophenaposteln ins Lager sperren.«

Cutler schüttelte den Kopf. »Keineswegs, Sir. Ich bin selbst ein großer Skeptiker.«

»Was mich angeht, so glaube ich, dass wir stets das Beste hoffen, aber mit dem Schlimmsten rechnen sollten. Admiral Kauffman, ich zweifle nicht daran, dass wir in den kommenden Tagen noch viele fruchtbare Unterhaltungen zu diesem Thema miteinander führen werden …«

Aber Maggie wurde zunehmend von dem abgelenkt, was sich ihren Blicken darbot, während sich unter dem aufsteigenden Luftschiff die umgewandelte Landschaft immer mehr öffnete. In dem gewaltigen Maschinenteppich gab es immer noch vereinzelte Flecken blanker Erde, auch hielt die sich ausbreitende Technik Abstand von Flussläufen und stehenden Gewässern. Abgesehen davon war das gesamte Land von technischen Komponenten überzogen. Nach und nach erkannte Maggie Muster, die nichts mit der örtlichen Geographie zu tun hatten: runde Strukturen, größere Kreise, die Nester aus kleineren Kreisen umgaben.

Cutler stellte sich neben sie. »Je höher wir steigen, desto besser sieht man alles. Obwohl es offensichtlich noch längst nicht fertig ist.«

»Was hat es mit diesen Kreisen auf sich?«

»Sie sind das auffälligste Designelement, das wir bis jetzt ausmachen können. Die Kleinsten haben einen Durchmesser von ungefähr zehn Metern, sind also etwa so groß wie eine kleine Wohnung. Dann werden sie größer, immer in Zehnerschritten. Hundert Meter, so groß wie ein Wohnblock, dann tausend Meter. Die Schlaumeier sind der Meinung, es hat etwas mit der verteilten Produktion zu tun. Man bricht ein Problem auf viele kleine Bestandteile herunter, die in diesen Kreisen und Unterkreisen ausgearbeitet werden. Erst dann wird alles auf der höchsten Ebene zusammengebaut.«

»Es ist ein großes Privileg, dabei zuzusehen, oder?«, sagte Black, der in seinem Stuhl angerollt kam. »Die Vision eines außerirdischen Verstandes, habe ich mir sagen lassen, entworfen und erbaut von den übermenschlichen Next. Bemerkenswert.«

»Ich muss ehrlich zugeben, dass ich mich sehr wundere, Sie hier zu sehen«, sagte Maggie. »Ich dachte, dort auf Karakal geht es Ihnen gut.« Sie sah Cutler an. »Der Planet war ein Joker, weit draußen in der Langen Erde. Niedrige Schwerkraft bei hohem Sauerstoffgehalt. Mr Black war davon überzeugt, dass diese Umweltbedingungen das menschliche Leben verlängern würden.«

»Sieht so aus, als hätte ich recht behalten«, sagte Black. »Ich bin der lebende Beweis dafür!«

»Sie hatten doch gehofft, ähnlich Gesinnte dorthin zu locken. Reiche alte Leute, die eine Seniorensiedlung suchen.«

»Ich hatte mir so etwas wie einen Braintrust für die Menschheit vorgestellt«, sagte er wehmütig. »Eine Arena für medizinische Innovationen, finanziert von mir und den anderen Struldbrugs. Aber es sollte nicht sein, leider. Die Geologie hat mir einen Strich durch die Rechnung gemacht.«

»Die Geologie?«

»Admiral, ich war dumm genug, eine Untersuchung zu

finanzieren, die herausfinden sollte, warum ausgerechnet diese Erde eine dermaßen niedrige Schwerkraft und so viel weniger Masse als die Durchschnittserde aufweist. Zu meinem Verdruss kehrten meine angeheuerten Spürhunde mit einer Antwort zurück. Sämtliche Erden enthalten, wie es scheint, radioaktives Material, und auf allen Erden kann es sich zusammenfinden, um gewaltige natürliche Atomreaktoren zu bilden – oder auch natürlich vorkommende Atombomben. Nur in viel größerem Maßstab.«

Er sprach von der frühen Datum-Erde, von der Konzentration an Thorium-, Uran- und Plutoniumisotopen, die sich in großen Mengen an der Grenze zwischen Erdkern und Mantel ansammeln. Bis die Masse dann irgendwann einmal kritisch wird ...

»Einige Theoretiker glauben, solche Explosionen hätten den Mond von der Datum-Erde abgesprengt, zumindest aber das Material des Erdmantels, das später dann den Mond gebildet hat. Die größte Atomexplosion, die je von Menschenhand gezündet wurde, war die Zar-Bombe. Sie verursachte einen Feuerball von sechs Meilen Durchmesser. Die Explosion, die den Mond der Datum erschaffen hat, muss ungefähr zehn *Billionen* Zaren entsprochen haben. Und auf Karakal gab es allem Anschein nach sogar noch größere Explosionen.«

Cutler pfiff durch die Zähne. »Aha. Wenn dort so viel Masse weggepustet wurde, dass es die Schwerkraft des Planeten reduziert hat, muss es wirklich ganz schön geknallt haben.«

»Nachdem einige meiner Investoren erfuhren, dass mein Zufluchtsort in Wirklichkeit der Überrest gewaltiger Atomexplosionen war, schreckten sie zurück. Aus Angst vor verbliebener Radioaktivität, verstehen Sie?«

»Das ist doch absurd«, erwiderte Maggie. »Der Fallout und sogar die Isotopen, die diese Explosion ausgelöst haben, müssen schon vor Äonen zerfallen sein.«

»Ich weiß! Aber wir reden von kostbaren Seelen, die hoch motiviert sind, ihre eigene Haut zu retten – und die dafür auch riesige Investitionen tätigen. Schon die kleinste Andeutung der Möglichkeit eines Problems bei einem Ort wie Karakal reicht aus, um alles abzublasen. Ich wohne immer noch dort, ich und ein paar andere. Aber mein Traum von einem Shangri-La für die Lange Erde ist ausgeträumt.«

»Umso mehr freuen wir uns, dass Sie jetzt hier bei uns sind«, sagte Cutler. »Stimmt doch, Admiral Kauffman? ... Admiral?«

Das Twain stieg immer noch, und immer noch dehnte sich diese gewaltige Techniklandschaft unter Maggie aus. Ihre Augen verloren den Halt, suchten nach bekannten Mustern. Vielleicht gab es noch irgendwo einen Hinweis auf das Kreismotiv, Kreise und noch mehr Kreise, die sich wie Mondkrater überlappten.

»Jetzt mal ohne Quatsch, Ed. Wie groß soll dieses Ding werden?«

»Lassen Sie sich überraschen.« Dann fügte er geheimnisvoll hinzu: »Drei Worte nur zu der Schnelligkeit, mit der das alles gebaut wurde: *außerirdische Replikatoren-Technologie*. Und das hier, auf dem Grund und Boden der Ägide. Darüber müssen wir beide uns dringend unterhalten.«

»Sie haben von diesen Kreisen gesprochen. Erst hundert Meter, dann tausend, dann zehntausend ... Wie viel ist das? Sechs Meilen?«

Er nickte. »Wir haben ein paar Satelliten raufgeschickt. Man kann die kreisförmigen Gruppierungen erkennen, jedenfalls eine Software, die nach Mustern Ausschau hält, erkennt so was. Sechs Meilen, ja, dann sechzig, dann sechshundert. Und es wird immer noch größer, sogar ohne unsere Hilfe. Am äußersten Rand gibt es irgendwelche selbstreplizierenden Komponenten, die ganz von allein loslegen ...«

»*Sechshundert Meilen?*«

»Wir schweben hier bloß über der Kopie von Cincinnati. Sie wissen, dass diese Version von Nordamerika nicht ganz identisch mit der unseren auf der Datum ist... Der Denker erstreckt sich in ostwestlicher Richtung bereits von Washington, D.C., bis nach St. Louis, in nordsüdlicher Richtung von Detroit bis Atlanta, Georgia. Er meidet die natürlichen Wasserläufe, deshalb werden zum Beispiel die Großen Seen umgangen. Aber im Osten breitet er sich bereits bis über die Appalachen aus.«

»Meine Güte. Dann bedeckt es ja schon die halbe Fläche der USA.« *Pro Gramm,* hatten diese schlauen Jugendlichen gesagt. Und davon war hier so viel konzentriert, dass es schon die Hälfte ihres ursprünglichen Heimatlandes bedeckte. »Was zum Teufel bauen wir hier, Ed?«

Maggie bemerkte, dass schräg hinter ihr am Rande ihres Gesichtsfeldes eine Gestalt in einer einfachen schwarzen Robe auf Black zuging.

»Mr Black? Tut mir leid, wenn ich Sie störe. Wir sind uns nie begegnet, aber Ihre Leute waren so freundlich, mich an Bord einzuladen. Ich habe vorhin unabsichtlich Ihre Unterhaltung über die Risiken dieses Projekts belauscht, also die Einladung und der Denker. Ich repräsentiere eine Dissidentengruppe der Next, eine konservative Gruppe, die wie Sie überaus besorgt ist. Wir sind Meinung, dass wir – wie haben Sie es ausgedrückt – mit dem Schlimmsten rechnen sollten. Vielleicht könnten wir uns etwas ausführlicher über andere Möglichkeiten unterhalten? Wir nennen uns Die Bescheidenen. Ich heiße Marvin Lovelace...«

39

Schließlich mussten die Trolle Joshua vom Fluss wegziehen und zu seinem Lager am Felsen schleppen. Sancho war bei ihm, ernst, verlässlich und wie immer mit umgelegter Silberdecke. Er bot Joshua eine Schulter zum Anlehnen, als er niedergeschlagen die restliche Strecke zum Lager zurückhumpelte. Sogar als es Nacht wurde und Joshua längst keine Kraft mehr hatte, sich von der Stelle zu rühren, redete er sich Sancho gegenüber in Rage, weil er Rod nicht gerettet hatte, und brüllte nach Hilfe suchend in sein Funkgerät. Er rief nach Lobsang, nach Sally Linsay, sogar nach Schwester Agnes, und er schämte sich dafür. Aber niemand hörte ihn.

Endlich schlief er ein.

Als er aufwachte, war sein Gesicht von Tränen verkrustet. In der Nacht hatte Sancho fürsorglich die Rettungsdecke über ihn gelegt.

Wenigstens war er jetzt ruhiger. Vielleicht war es auch nur ein neues Stadium seiner Erschöpfung.

Als er sich im Morgenlicht umschaute, sah er, dass rings um das Lager lauter Geschenke standen: Wurzeln, rohe Fleischstücke – sogar lange Äste, vielleicht ein hilfloser Versuch, ihn mit besseren Krücken auszustatten.

Als die Trolle sahen, dass Joshua wach war, kamen sie vorsichtig näher, um nach ihm zu sehen. Sancho saß immer noch neben ihm. Die Trolle klopften ihm aufmunternd auf den Rücken, boxten ihm hin und wieder auch gegen die Schulter, was ihn trotz Sanchos warnendem Knurren mehr als einmal umwarf. Allem Anschein nach war er jetzt ein Held, weil er Matt gerettet hatte. Sally bot ihm sogar Sex an, was ihm besonders peinlich war. (Jedenfalls glaubte er, dass es darum ging, als sie sich vor ihm umdrehte, sich vornüberbeugte und rückwärts auf ihn zukam, wie ein zurückstoßender Lastwagen ...) Nachdem er das Angebot einmal abgelehnt hatte, wurde es zum Glück nicht wiederholt. Aber er hatte den Eindruck, dass er von der Gruppe jetzt noch mehr akzeptiert wurde als zuvor.

Nur Rod war nicht mehr hier. Und niemand schien nach ihm zu suchen.

Zwei Tage nachdem er Rod verloren hatte, saß er mit Sancho oben auf dem Felsen, ihrem gewohnten Altmännerausguck, als es ihm etwas einfiel. »Ich kann nicht mehr hierbleiben, Sancho.«

»Ha«, erwiderte Sancho nachdenklich und zog an seiner Raumanzugsilberdecke.

»Ich muss Rod suchen. Und wenn ich ihn nicht finde, dann finde ich einen Weg nach Hause. Vielleicht mit diesem Flugzeug. Und hole dort Hilfe. Dann komme ich wieder her und suche weiter nach ihm. Schließlich ist er auch wegen mir bis hierher gekommen.«

»Huuh.«

»Und was ist mit dir, alter Freund? Früher oder später findest du bestimmt eine andere Trollgruppe und fängst wieder von vorne an. Vergiss nicht, ihnen von dem singenden Flussaffen zu erzählen. Der war neu für mich.«

Sancho hob den Trollrufer an den Mund. »Gefährlich.«

»Ja, sehr, sehr gefährlich. Ein Raubtier, das in der Lage ist, Trolle zu erledigen! Diese verfluchte natürliche Auslese! Immer ist sie der Entwicklung einen Schritt voraus.«

Sancho schien intensiv nachzudenken. Und zu einer Entscheidung zu kommen. Er sagte: »Finden.«

»Was?«

Leise stöhnend kam Sancho auf die Beine, zog sich die

Decke zurecht und streckte Joshua eine Hand entgegen. »Finden.«

»Was denn? Wen finden? Rod? Willst du mir helfen, Rod zu finden?« Mit plötzlicher Begeisterung und neuer Energie stützte Joshua sich ungeschickt auf eine Krücke. »Wie sollen wir ihn finden? Wo sollen wir suchen? Weißt du, wo der Sänger ihn hingebracht hat?«

Darauf gab ihm der Troll keine Antwort. Stattdessen zeigte er in Richtung Lager, wo Joshuas Sachen auf verschiedenen Haufen lagen, ergänzt durch Rods Sachen aus dem Flugzeug.

»Ja, ja, verstehe. Ich muss mich entscheiden, was ich mitnehmen will.«

Joshua humpelte vom Felsen hinunter. Rods weiße Medizintasche war noch da. Joshua setzte sich auf den Boden, öffnete die Tasche und packte alles hinein, was er für notwendig hielt: Messer, Streichhölzer, seine Pistole, ein Stück Seil. Den Medizinkram ließ er ebenfalls drin, trennte sich aber schweren Herzens von den letzten ungeöffneten Bieren. Zuletzt schob er Sanchos ramponierten rosa Puschel in die Tasche. Alles ging möglichst schnell vonstatten, ehe der Troll seine Meinung ändern konnte.

Dann zog er den Reißverschluss zu, zerrte die Rucksackriemen heraus und warf sich, immer noch ungeschickt auf dem Boden sitzend, den ganzen Packen auf den Rücken. »Alles klar, Kumpel, ich bin so weit.« Schließlich steckte er sich den Trollrufer in eine Jackentasche, um weitere Unterhaltungen zu verhindern.

Sancho grinste sein breites Orang-Utan-Grinsen, bei dem er sehr viele Zähne entblößte. Dann packte er Joshua mit einer Hand am Kragen, zog ihn hoch und schüttelte ihn, als wollte er die Glieder einer Marionette zurechtrütteln. Joshua rang nach Atem, halb erstickt von seinem eigenen Hemdkragen. Sein herumschlenkerndes Bein tat weh, und er tastete verzweifelt nach seinen Krücken. Sogar die Riemen seines Rucksacks schnitten ihm in die Schultern.

»Huuh!«

Dann fiel er in ein Loch zwischen den Welten.

40

Es war nicht wie beim Wechseln.

Beim Wechseln ging man von einer Welt in die nächste über, in eine Welt, die mehr oder weniger identisch war, mit Ausnahme von solchen Kleinigkeiten wie Zivilisationen und dem Aussterben vieler Arten. Es war, als würde man zwischen aufeinanderfolgenden Einzelbildern eines Filmstreifens hin und her springen. Dann wechselte man ins nächste Bild und dann ins nächste...

Das jedoch war... anders. Es war ein Sturz. Es glich eher dem Durchgang durch weiche Stellen, wie ihn Joshua Valienté allzu oft mit Sally Linsay durchgemacht hatte. Mellanier, ein Theoretiker der Langen Erde und ein akademischer Rivale von Sallys Vater Willis Linsay, hatte als Erster die Möglichkeit solcher weichen Stellen auf eine theoretische Grundlage gestellt. Er stellte sich die Lange Erde wie eine Halskette mit lauter blauen Perlen vor, jede von ihnen eine eigene Welt. Einfaches Wechseln war gleichsam ein Sprung von einer Perle zur nächsten. Aber Mellanier entwickelte die Hypothese, dass diese Halskette sich in einer höherdimensionalen Schmuckschatulle verheddert haben könnte und sich daher einzelne Stränge oder Fäden kreuzten und überlagerten. Seiner Meinung nach war es möglich, in einen kreuzenden Strang überzuwechseln und auf diese Weise mit einem Sprung viel weiter durch die Lange Erde zu reisen, als immer nur einen Schritt nach dem anderen. Man konnte sich, im Gegensatz zum regulären Wechseln, mittels der weichen Stellen sogar in geografischer Hinsicht über die Lange Erde bewegen. Angeblich waren die begabtesten Wechsler der Next sogar in der Lage, ihre eigenen Routen durch die weichen Stellen selbst zu erzeugen ...

Für Joshua Valienté waren die weichen Stellen so etwas wie Wurmlöcher in der Langen Erde, wie in *Contact,* und es war auch ungefähr so angenehm, durch sie hindurchzufallen. Was er jetzt erlebte, war etwas Ähnliches wie eine weiche Stelle, aber eine weiche Stelle mit geölten Wänden.

Es hatte sogar eine gewisse Logik. Trolle waren körperlich stärker als Menschen und hatten bereits ein paar Millionen Jahre damit verbracht, sich an die merkwürdigen Bedingungen der Langen Erde anzupassen. Deshalb war es nicht erstaunlich, wenn ihre Methode des Wechselns, ihr Durchtunneln der weichen Stellen, eine weitaus härtere Probe darstellte als alles, was sich ein einfacher Mensch zutrauen würde.

Für Joshua, der seit dem zarten Alter von dreizehn Jahren als Aushängeschild für das Wechseln in die Lange Erde galt, war es erniedrigend. Denn jetzt bekam er eine Ahnung davon, wie sich das Wechseln für einen Phobiker anfühlen musste, seinen Schwager Rod Green etwa, der körperlich sehr darunter gelitten hatte, selbst wenn man ihn sediert auf einer Trage mitnahm. Aber allem Anschein nach gab es immer wieder Neues über die Lange Erde zu erfahren – sogar über die Trolle.

Dann glaubte er, ganz verschwommen und mit der kräftigen Hand des Trolls im Nacken als einzig verlässlicher Wirklichkeit, Sally Linsays Gesicht zu sehen und ihre spöttische Stimme zu hören: *Na, jetzt bist du nicht mehr so stark, Valienté, was? Das* hier *ist die Wirklichkeit des Wechselns. So fühlt es sich an, wenn man als Fisch das heimische Wasser verlassen hat ...*

»Lass mich in Ruhe, Sally!«

»Huuh?«

305

Plötzlich wurde ihm bewusst, dass Sancho ihn nicht mehr festhielt. Er stand aufrecht an seinen Krücken.

Aber er war von einer milchigen, blendend hellen Leere umgeben.

Es hätte einer der Schneestürme sein können, in die er während des langen Vulkanwinters auf der Datum geraten war, vielleicht auch ein weiterer Spielball-Joker. Aber die Temperatur war neutral, und er spürte, wie sich eine leichte Feuchtigkeit auf seinem Gesicht sammelte. Unter seinen Füßen befand sich eine undefinierbare Oberfläche, etwas wie fahlweißer Sand. Dann sah er gleich neben dem schaukelnden Stiefel an seinem verletzten Bein etwas, was wie ein Wurmhaufen aussah. Also kein Spielball.

Er sah zu dem Troll auf, der im weißen Nebel neben ihm aufragte. »Wo zum Teufel sind wir hier, Sancho?«

»Huuh?«

»Verdammt noch mal…« Er fischte den Trollrufer aus der Jackentasche und probierte es noch einmal. »Sind wir schon da?«

»Strand«, sagte der Troll einfach.

»Hä?«

Fast übertrieben komisch legte Sancho die Hand an sein behaartes Ohr.

Jetzt hörte auch Joshua, wenn er sich Mühe gab, das Rauschen einer sich brechenden Welle. Er drehte sich in die entsprechende Richtung.

Er befand sich in einem Nebel, einem Küstennebel vielleicht, dicht und feucht. Aber der Nebel hob sich ein wenig, und er erblickte einen Küstenstreifen, der mit etwas überzogen war, was ganz nach Seetang aussah, und einen grauen Ozean, auf dem träge Wellen heranrollten, bis sie sich beinahe elegant und mit dem Rascheln zerbrochener Muscheln am Strand brachen. Der Horizont war immer noch völlig unsichtbar.

Joshua, noch leicht benommen von der kosmischen

Reise, war von dem banalen Anblick wie vor den Kopf gestoßen. »Wo sind wir, Sancho? An welchem Strand?«

Sancho zuckte die Achseln. »Strand.«

Joshua lachte leise. Das Stehen ermüdete ihn bereits, deshalb ließ er sich an den Krücken hinab in den Sand sinken, spreizte das verletzte Bein leicht ab und ließ den Blick wieder über das friedliche Meer wandern, von dem inzwischen ein bisschen mehr zu sehen war. »Ist ja auch egal, was für ein Strand das ist, oder? Joshua, du musst wie ein Troll denken. Ein Strand ist ein Strand und letztlich nur ein Strand, der sich durch die Lange Erde erstreckt – und ein guter Ort, um was zu futtern …«

Sancho tippte ihm auf die Schulter. »Klettern.«

»Klettern? Worauf denn? Wo?«

»Baum.« Der Troll zeigte landeinwärts und setzte sich dorthin in Bewegung.

»Baum?« Joshua rappelte sich mühselig auf und wandte sich vom Meer ab. Der Nebel lichtete sich rasch, es musste hier früher Morgen sein, so wie auf der Welt, aus der sie gekommen waren, so wie vermutlich auf allen Welten der gesamten Langen Erde. Und im Morgenlicht löste sich der Meeresnebel auf, um, als er den Blick landeinwärts richtete, direkt oberhalb des Strandes, die Sicht freizugeben auf …

Gebäude. Türme?

Es waren große Gebäude, jedes mit einer zentralen Säule und mehreren Stützpfeilern, die sich an der Säulenbasis verzweigten und deren obere Enden vom Nebel verhüllt waren. Eine ganze Ansammlung von Säulen, aber immer noch kaum mehr als Silhouetten im perlmuttfarbenen Nebel. Gebäude? Nein, dafür sahen sie zu organisch aus. Eigentlich sahen sogar diese gespreizten Stützpfeiler wie riesige Krabben aus.

Er sah die hochgezogenen Schultern des Trolls im Nebel verschwinden, Sancho marschierte entschlossen den Strand hinauf auf die »Krabben« zu. Joshua versuchte, ihm auf den Krücken zu folgen. Der Nebel lichtete sich weiter. Und auf einmal erlebte Joshua einen jähen Perspektivwechsel.

Er sah einen Baum, einen sehr großen, mit einem dicken, festen Stamm und einem schweren, massiven Wurzelsystem, das ihn dazu verleitet hatte, an ein geducktes Tier, etwa eine Krabbe, zu denken. Die Zweige und das Blätterdach waren immer noch im aufsteigenden Nebel über ihm verborgen. Ein großer Baum, aber nichts als ein Baum – und noch mehr davon, wie er sah, als sich schlanke Umrisse aus dem Nebel schälten. Also etwas wie ein lichter Wald, zu dem ihn Sancho mit großen, entschlossenen Schritten führte.

»Ein Wald ist ein Wald«, murmelte Joshua, während er sich auf seinen Krücken voranzirkelte, immer einen Schritt nach dem anderen. »So wie ein Strand ein Strand ist. Nur dass… Das war die entscheidende Frage. Warum dieser Wald, warum diese Bäume?« Vielleicht erhielt er Antworten, sobald sie den Wald selbst erreicht hatten.

Bis jetzt befanden sie sich immer noch auf dem verdammten Strand. Joshuas Krücken sanken ärgerlich tief im Sand ein, sein verletztes Bein tat ihm bei jeder Bewegung weh, auch die Achselhöhlen waren von den Krücken schon wundgerieben. Dabei sahen die Bäume immer noch genauso weit entfernt aus wie zuvor, obwohl der Troll unermüdlich und unerbittlich weiter darauf zumarschierte.

»Was soll der Quatsch? Bin ich hier auf einem Laufrad? Ach, hör schon auf, dich zu beschweren.« Joshua senkte den Kopf, biss die Zähne zusammen und hielt durch. »Ich komme, Rod.«

Weiter oben am Strand, dort, wo Flecken von Dünengras die Oberfläche zusammenhielten, ging es etwas leichter. Dieser Streifen ging in eine sandige Grasnarbe über, dann kamen mehrere Reihen Dünen, die wie sanfte Wellen auf der Landschaft lagen. Sanft allerdings nur, wenn man nicht wie Joshua versuchen musste, sie auf einem Bein humpelnd zu überqueren, einen sandigen Hang hinauf und dann in eine grasbewachsene Mulde hinab, und das wieder und wieder. Aber er bewegte sich so schnell, wie er sich traute, ohne einen Sturz zu riskieren, um Sancho in der immer noch dunstigen Luft nicht aus den Augen zu verlieren.

Die Dünen gingen in eine Ebene über, ein mit niederen Büschen überzogenes Grasland. Der Nebel war immer noch so dicht, dass er den Horizont verschleierte. Und auch die großen Bäume selbst, wie Joshua mit neuerlichem Schreck feststellte. Sie waren immer noch so weit entfernt, dass ihre Stämme und Wurzeln vom hartnäckigen Bodennebel in blasses Grau getaucht wurden und der dichtere Nebel weiter oben die Zweige und Blätter verhüllte.

Er hörte auf zu denken und konzentrierte sich einfach nur auf den nächsten Schritt, auf einen Krückenschlenker nach dem anderen, und folgte dem sich entfernenden Troll. Trotzdem kribbelte das Unbehagen in ihm. Wenn er diese Wurzelmassen schon vom Strand aus hatte sehen können, noch hinter den Dünen, wie groß mussten diese Bäume dann sein?

Wie groß sie wirklich waren, merkte er erst, als er den Fuß des ersten Baumstammes endlich erreicht hatte und sich in das Wurzelsystem vorarbeitete. Nicht drum herum, auch nicht darüber hinweg – sondern hinein, wie eine Ameise, die sich einer Eiche näherte. Hölzerne Strukturen erhoben sich aus einem mit Mulch bedeckten Boden rings um ihn herum und verschwanden schon bald irgendwo über seinem Kopf. Und das waren nur die Wurzeln. Hätte er ihn nicht aus der Entfernung gesehen, hätte er dieses gewaltige Gebilde bestimmt nicht als Baum erkannt. Trotzdem führte Sancho ihn furchtlos immer weiter in das Wurzelwerk hinein, obwohl selbst der massige Leib des Trolls gegen die riesigen Formationen ringsumher zwergenhaft wirkte. Joshua kam sich klein und schwach vor und musste sich sehr anstrengen, um nicht zurückzufallen.

Dabei staunte er, wie still es hier war, nicht einmal der Ruf eines Vogels war zu hören.

Endlich blieb der Troll vor einer Wand aus Holz stehen, die steil vor ihm aus dem Boden aufragte. Überall lagen heruntergefallene Äste, dick genug, um in den meisten Wäldern, die Joshua bisher besucht hatte, selbst als Stämme durchzugehen. Sogar Sancho keuchte jetzt, stieß aber mit einer großen Faust gegen die Wand. »Baum«, sagte er.

»Ja, das sehe ich auch.« Joshua ließ sich auf den Boden plumpsen und sah nach oben. Der Stamm war so gewaltig, dass er keine sichtbare Krümmung aufwies, nicht aus dieser Nähe. Er war eine Wand, die sich, soweit er sehen konnte, von links nach rechts erstreckte und hinauf in die sich beständig hebende Nebeldecke. Auf den ersten Blick sah seine Oberfläche, eine dunkle, fast schwarze Borke, glatt aus, aber dann fielen ihm Spalten und Risse auf. Joshua nahm einen großen Schluck Wasser aus einer Flasche und griff nach dem Trollrufer. »Drei Fragen, Sancho.«

»Huuh?«

»Warum mussten wir den ganzen Weg vom Strand hierher laufen? Hätte uns dein verdammtes Sieben-Meilen-Wechseln nicht gleich näher heranbringen können?«

Sancho zuckte die Achseln.

»Na gut. Zweite Frage. Warum sind wir hier?«

Anstelle einer Antwort fing Sancho an, im Mulch am Fuß der Stammwand zu graben. Er warf alles beiseite, was wie große, abgestorbene Blätter aussah – bis Joshua auffiel, dass es sich nur um Blattfragmente handelte, Fetzen weitaus größerer Strukturen. Jetzt lag einer jener riesigen, abgefallenen Äste aufgedeckt vor ihnen im Mulch. Ohne zu zögern, packte Sancho mit einer Hand einen dicken Splitter am abgebrochenen Ende und schleuderte den gesamten Ast mit einer verächtlichen Geste hoch in die Luft. Der mächtige Holzklotz von der Größe eines ordentlichen Baumstammes flog davon und landete in einiger Entfernung weich auf dem Boden, er rollte noch ein Stück weiter, bevor er ein paar Meter weiter wie in Zeitlupe zur Ruhe kam.

Joshua sah dem Treiben ungläubig zu. »Alle Achtung. Ich wusste, dass Trolle stark sind, aber das ist ja wirklich lächerlich.« Neugierig erhob er sich und humpelte hinüber zu dem abgerissenen Ast. Da war der Splitter, den Sancho gepackt hatte, ein gezackter Dolch aus geborstenem Holz. Prüfend beugte sich Joshua an den Krücken nach unten, schloss die Hand um den Splitter und zog daran.

Der gesamte Ast hob sich vom Boden, eine Holzsäule von mindestens sieben Metern Länge. Er war nicht völlig gewichtslos, fühlte sich aber eher wie ein falscher, aus Papiermaché gefertigter Baumstamm an als wie ein echter. »Alle Achtung«, sagte Joshua noch einmal. »Wenn ich zwei gesunde Beine hätte, könnte ich das Ding auch durch die Gegend werfen. He, Sancho, was ist das für ein Zeug?«

»Streckholz«, war alles, was aus Sancho herauszukriegen war, während er in den alten Blättern herumwühlte und sich auf die hohe Holzwand zuarbeitete.

»Streckholz? Aber…«

»Huuh!« Mit diesem triumphierenden Aufschrei zog Sancho schließlich etwas aus dem Boden hervor. Einen länglichen, walzenförmigen Gegenstand. Einen grellroten länglichen Gegenstand.

Joshuas Herz machte einen Satz. Es war Rods Signalpistole. Und sie war, wie er sah, mit Blut verklebt.

Er fragte sich, woher Sancho gewusst hatte, dass er ausgerechnet an dieser Stelle suchen musste. Vielleicht leitete ihn sein Geruchssinn oder etwas im Trollruf. Es spielte auch keine Rolle.

»Na gut. Ich hab's kapiert. Das singende Monster hat ihn hierher gebracht. Was machen wir jetzt?«

Der Troll blickte an der Holzwand empor und grinste. »Klettern.«

41

Es gab nur eine Möglichkeit, wie Joshua Valienté mit seinen achtundsechzig Jahren und einem kaputten Bein auf diesen berghohen Baum klettern konnte: auf dem Rücken eines Trolls.

Joshua war seine Hilflosigkeit mehr als nur ein bisschen peinlich, aber Sancho ging die Sache absolut pragmatisch an und duldete keine Widerrede. Joshua durfte noch seine Tasche umpacken, er klappte seine Leichtgewichtkrücken zusammen und verstaute sie und hängte den Trollrufer an einer Schnur um seinen Hals. Dann half Sancho ihm dabei, auf seinen Rücken zu klettern und die Arme um seinen breiten Hals zu legen, und schlang zur Sicherheit ein Seil ein paarmal um ihrer beider Hüften. Sancho machte das so gekonnt, dass Joshua sich fragte, ob er in der Vergangenheit vielleicht als Träger eingesetzt gewesen war, vielleicht bei einem der großen Holzkonzerne wie der Handelsgesellschaft Lange Erde. Ein Humanoide mit einem großen, geräumigen Verstand und einem edlen Herzen, der von irgendwelchen geldgierigen Holzfällern als Maultier benutzt wurde? Durchaus. So waren die Menschen nun mal.

Als Sancho seine menschliche Fracht sicher verstaut hatte, sah er an der gewaltigen Holzwand empor, spuckte in die Hände und fing an zu klettern.

Bei den vielen Löchern und Vertiefungen in der Rinde hatte Sancho keine Probleme, einen Halt für die Hände zu finden. Sogar die Füße des Trolls waren sehr beweglich und geschickt, sie suchten sich ihren Halt mit beinahe derselben Beweglichkeit wie die großen Hände. Während Sancho kletterte, spürte Joshua die riesigen Schulter- und Rückenmuskeln des Trolls unter der behaarten Haut arbeiten, und obwohl er das Gewicht eines alten Mannes mittragen musste, schien Sancho weniger zu klettern als den Stamm in einer einzigen fließenden Bewegung hinaufzugleiten. Trolle hatten Joshua schon öfter eher an Orang-Utans als an Gorillas erinnert, und gerade jetzt drängte sich die Ähnlichkeit zu den Orangs, was die Länge, Kraft und Geschmeidigkeit der Arme und Beine des Trolls anging, geradezu auf.

Und während Joshua sich noch über die Geschicklichkeit des Trolls wunderte, kletterten sie immer höher.

Schon bald befand sich der Boden mit seinen abgefallenen Blättern und Ästen tief unter ihnen. Aus dieser Höhe sah er fast schon wieder normal aus. Aber als Joshua nach oben blickte, ragte die Steilwand aus Rinde immer weiter in den nach wie vor aufsteigenden Nebel, und falls es dort oben irgendwo Äste gab, so waren sie von hier aus immer noch nicht zu sehen.

Als er sich, ohne Sanchos muskulösen Nacken loszulassen, ein wenig nach hinten lehnte, konnte Joshua jetzt auch die anderen Bäume sehen, deren Stämme wie gewaltige senkrechte Schatten im Nebel standen. Einige Bäume schienen von Seilen umwickelt zu sein, dicken Ranken oder womöglich auch Lianen, was im Nebel kaum zu erkennen war. Vielleicht handelte es sich um einen Parasiten. Es war ein richtiger Wald, aus vielen Bäumen, aber die einzelnen Exemplare waren so riesig und standen deshalb so weit auseinander, dass es einem nicht wie ein Wald vorkam. Die Bäume erinnerten eher an gewaltige Gebäude, an Wolkenkratzer, an ein Datum-Manhattan aus Holz.

Der Troll bewegte sich zügig, aber nicht unermüdlich voran. Ab und zu machte er eine kurze Pause und atmete mehrmals tief durch, wobei Joshua das Grollen in seiner großen Lunge hörte.

Außerdem zupfte Sancho beim Klettern immer wieder an

der Rinde vor ihm. Dabei passte er auf, dass er die Rinde selbst nicht beschädigte, aber auf ihr wuchsen Pflanzen wie Farne, Orchideen und Bromelien, die sich direkt aus der Luft ernährten. Einige dieser Aufsitzerpflanzen trugen Früchte, die sich Sancho in den Mund stopfte. Dazu puhlte er aus den Rissen in der Rinde Larven und Käfer, die für ihn knuspriges Knabberzeug waren. Joshua blieb bei seiner Wasserflasche und den Energieriegeln aus Rods Ausrüstung, aber er war sehr beeindruckt. Überall auf oder in diesem großen Baum gab es Leben. Einmal scheuchte Sancho einen Vogel auf, einen riesigen Specht, der ungefähr so groß wie ein Adler war, aber mit farbenprächtigem Gefieder. Empört krächzend flatterte er davon, während Joshua erschrocken hinter Sancho in Deckung ging. Vielleicht hatte er deshalb auf dem Boden kein Vogelzwitschern gehört. Die Vögel waren einfach viel zu weit oben.

Sie kletterten immer weiter. Joshua hatte es warm und bequem, und vom gleichmäßigen Kletterrhythmus eingelullt, fühlte er sich in der Geborgenheit dieses erstaunlichen Trolls so sicher wie selten – und schlief ein.

Er wachte auf, als Sancho wieder einmal anhielt und vorsichtig anfing, Joshuas Halteseile zu lösen.

Joshua sah, dass sie endlich Äste erreicht hatten.

Nun ging auf dieser Welt der Baumkolosse die Sonne unter, das schräge Licht warf milchige Schatten durch den immer noch nicht völlig aufgelösten Nebel. Sie mussten fast den ganzen Tag geklettert sein. Sancho und Joshua wirkten in diesem gewaltigen dreidimensionalen Gewirr geradezu winzig: der Stamm, die dicken Äste, dazu Blätter, so groß wie grüne Flaggen. Die Äste selbst waren so gewaltig wie ausgewachsene Eichen auf der Datum und so massig, dass sie so aussahen, als könnten sie ihr Gewicht nicht tragen. Aber vermutlich bestanden sie ebenfalls aus diesem ungewöhnlich leichten »Streckholz«. Jetzt waren auch

Geräusche zu hören, Vogelrufe – oder etwas Ähnliches –, dazu das Quieken und Kreischen von Tieren, das in diesem riesenhaften, weitläufigen Gefüge hoch in der Luft widerhallte. Auf dieser Welt spielte sich das Leben also hoch über dem Boden ab. Dabei befanden sie sich wahrscheinlich erst in den unteren Bereichen des Blätterdachs dieses gigantischen Waldes.

Plötzlich starrte Sancho mit geblähten Nüstern aufmerksam nach oben. Joshua glaubte, einige Töne Trollruf aufzuschnappen, die aus dem Nebel über ihnen herabwehten.

Als er sich umblickte, sah Joshua, dass Sancho hier allem Anschein nach haltgemacht hatte, weil er so etwas wie einen kleinen Teich gefunden hatte, Wasser, das sich in einer Astgabel gesammelt hatte. Der Troll setzte Joshua nicht weit vom Teich vorsichtig ab und schlang das Sicherheitsseil um einen Seitenast, der ebenfalls gewaltig war. Dann ging er zum Teich, um etwas zu trinken.

Da er vermutete, dass sie die Nacht hier verbringen würden, befestigte Joshua das Seil mit ein paar zusätzlichen Knoten. Er stellte seinen Rucksack ab, band auch ihn vorsichtig an dem Ast fest und zog Sanchos Rettungsdecke und einen leichten Schlafsack für sich heraus. Die Oberfläche des Astes war mit Moos, Flechten und Pilzen bewachsen und ziemlich glitschig, weshalb er aufpassen musste, wo er Hände und Füße hinsetzte. Außerdem stellte er fest, dass seine wenigen Bewegungen ihn erstaunlich schnell außer Atem brachten, so als wäre er und nicht der Troll derjenige gewesen, der den anstrengenden Aufstieg bewältigt hatte. Im Vergleich zu ihm schien Sancho kein bisschen ermüdet zu sein, obwohl sich seine breite Brust kräftig hob und senkte.

Er ging zu Sancho an den Rand der Baumteichs. Sancho schlürfte das Wasser aus den bloßen Händen, aber Joshua füllte es in eine leere Flasche mit eingebautem Filter und warf dann eine Reinigungstablette hinein.

Danach saß Sancho in der geduldigen Haltung neben dem Teich, die er immer bei der Jagd auf die Kaninchen in ihren unterirdischen Bauen eingenommen hatte. Joshua wartete reglos und schweigend neben ihm. Aber er konnte in dem Teich nichts sehen, nur eine lilienartige Pflanze, die sich über die Oberfläche erstreckte, und ab und zu ganz sanfte Wellen...

Sancho stieß eine Hand ins Wasser, dass es hoch aufspritzte, und im nächsten Moment zog er die geballte Faust wieder heraus, in der sich eine Art Alligator wand, der wild um sich schnappte. Der Alligator war klein und blass, aber, wie Joshua vermutete, durchaus imstande, einen Finger abzubeißen. Sancho schlug ihn fest gegen den Baumstamm, woraufhin das Tier sofort zu zappeln aufhörte.

Der Troll streichelt ihm über den zerschmetterten Schädel, als wollte er es trösten. Dann riss er einen Splitter Rinde aus dem Stamm und schlitzte damit den Bauch der kleinen Kreatur auf. Als er Joshua eine Handvoll rohes, noch warmes und tropfendes Fleisch anbot, lehnte Joshua dankend ab. Er hatte noch eingesalzenes Fleisch und ein paar Notrationen aus dem Flugzeug dabei. »Wenn wir hier oben ein Feuer anmachen könnten, dann vielleicht...«

Sogar ohne den Trollrufer schien Sancho das Wort »Feuer« verstanden zu haben, denn er fing sofort wild zu gestikulieren an und gab in Zeichensprache zu verstehen: *Nein! Nein!,* dann schnappte er sich den Rufer und sagte: »Kein Feuer! Kein Feuer!«

Joshua hob entschuldigend die Hände. »Alles klar, Kumpel, war nur ein Vorschlag. Kein Feuer. Ich hab's kapiert.«

Sancho schien beruhigt zu sein, ließ aber Joshua, während er auf seinem Alligatorfleisch herumkaute, nicht aus den Augen, als könnte Joshua unvermittelt einen Flammenwerfer hinter dem Rücken hervorziehen.

Sobald sie gegessen hatten und es zusehends dunkel wurde, legten sie sich nebeneinander auf den Ast, der Troll unter der Rettungsdecke und der Mensch in seinem Schlafsack. Obwohl es ihn nach wie vor drängte, Rod zu suchen, war Joshua doch einigermaßen erleichtert, dass sie eine Pause einlegten. Sogar als Passagier hatte ihn der Aufstieg erschöpft.

Erstaunlicherweise war er immer noch außer Atem. Wie hoch waren sie eigentlich? Er dachte über Denver und seine Kopien nach: Die Stadt lag eine Meile hoch. Immer, wenn er dort gelandet war, hatte er ein paar Stunden gebraucht, um sich an die dünnere Luft zu gewöhnen. War es möglich, dass sie *so* hoch waren? Sancho war stundenlang flink und gleichmäßig geklettert. Aber selbst wenn sie schon eine Meile hoch waren, befanden sie sich noch keineswegs in der Krone dieses gewaltigen Baumes...

Ein Baum, der meilenweit aufragte? Und nicht nur *ein* riesiger Yggdrasil, sondern ein ganzer Wald. Wie war das physikalisch überhaupt möglich?

Wie auch immer, er war von Leben umgeben, rings um ihn und hoch oben im unsichtbaren Blätterdach. Als er so in der hereinbrechenden Dunkelheit lag, glaubte er, ein Tier zu sehen, das sich durch die Äste bewegte, ein Schatten vor helleren Schatten – kein Eichhörnchen und auch kein eichhörnchenähnliches Wesen, kein kletternder Primat, wie man es erwartet hätte... nein, es kam Joshua wie ein Reh vor, ein großes, vierbeiniges Tier, das leichtfüßig über die dicken Äste sprang. Außerdem vernahm er in dem Teich, der sich in der Astgabel gebildet hatte, lautere Wellen, etwa von der Größe des Alligators, den Sancho herausgezogen hatte, oder sogar noch größer, etwas, das in dieser himmelhohen Domäne auf der Jagd war. Der Baum war eine vertikale Landschaft.

Bäume!

Seit dem Wechseltag, seitdem er damals als Dreizehnjähriger aus einem Vorort von Madison, Wisconsin, in einen dichten Wald gewechselt war, waren Bäume Joshuas ständige Begleiter gewesen. Und letztendlich sah es überall so aus. Die meisten Erden waren große, wild wuchernde Wälder. Der Mensch war nur auf der Datum-Erde entstanden, und nur auf der Datum war der weltumspannende Wald verschwunden, nachdem kluge Affen über mehrere Jahrtausende mit scharfen Äxten Lichtung um Lichtung in ihn geschlagen hatten.

Aber Joshua hatte, anfangs noch mithilfe von Schwester Georgina, gelernt, dass Bäume mehr waren als eine bloße Hintergrundkulisse. Ihre Stämme speicherten einen bedeutenden Teil der Biomasse des Planeten, dank ihrer Wurzeln, die bis in tief unter der Oberfläche verborgene Wasserspeicher vordrangen, bewässerten sie ganze Ökosysteme, und genau wie er es hier gesehen hatte, boten ihre Risse und Vertiefungen Insekten und anderen Tieren, ja sogar anderen Pflanzen einen Lebensraum. Die ganze Gemeinschaft wurde letztendlich von der Energie des Sonnenlichts gespeist, das auf die Blätter der Baumkronen fiel. Auf dieser Welt schien sich die Logik der Bäume so weit wie möglich entwickelt zu haben, bis der Boden eigentlich keine Rolle mehr spielte, nur noch für die mächtigen Wurzeln dieser Weltenbäume.

Aber wenn sie sich schon jetzt ungefähr eine Meile über dem Boden befanden, wie weit entfernt konnte die Krone dann noch sein? Er wusste, dass es für die Größe von Bäumen Grenzen gab, jedenfalls auf der Datum. Sequoias konnten beispielsweise nicht höher werden, als ihre Holzstruktur den Stamm über ihnen noch tragen konnte, und nur so hoch, dass die inneren Strukturen des Baumes das Wasser vom Boden bis in die Blätter transportieren konnten. Deswegen war bei ungefähr hundert Metern Schluss. Nicht bei einer Meile.

Vielleicht funktionierten diese Bäume nach einer anderen Logik. Es musste so sein.

Und wo war er überhaupt?

Er erinnerte sich an einen Joker, den er mit Lobsang und

Sally auf der Großen Reise, ihrer ersten bahnbrechenden Expedition vor über vierzig Jahre in die Hohen Megas, entdeckt hatte. Wenn er sich an die markanten Punkte dieser ungeheuren Fahrt noch recht erinnerte, befand sich dieser Joker irgendwo zwischen Rechteck und der Lücke, eine Welt, auf der die *Mark Twain* hoch oben in den Wolken mit dem Kiel über großblättrige Zweige geschrammt war ... Und er erinnerte sich vage an einen Bericht von Maggie Kauffmans Flottenexpedition in die unbekannten Weiten der extremen Langen Erde. Irgendwo jenseits von einer Viertelmillion Schritte hatten sie eine Welt oder ein ganzes Weltenband gesichtet, übersät von gewaltigen Bäumen. Waren sie so groß wie diese Exemplare hier gewesen? Natürlich wusste man, dass die Trolle und andere wechselnde Hominide sich in jeder Richtung nicht weiter als bis zu den Lückenwelten ausgebreitet hatten, weil sie von diesen natürlichen Vakuumfallen in Ost und West aufgehalten wurden. So viel dazu: Gib den Trollen die Fähigkeit, durch weiche Stellen zu wechseln, schon findet man sie überall. Joshua stellte sich kleine Gruppen von Trollen vor, die überall in der ferneren Langen Erde verteilt waren und sich wechselwärts immer weiter ausbreiteten, wohin sie ihre bevorzugten weichen Stellen eben brachten ...

Konnte Joshua mit Sancho und seinem Superwechseln wirklich so weit hinausgelangt sein? Warum nicht? Er schien sein übliches Ortsgefühl für die Lange Erde dort am Flussufer bei Patrick, Matt und den anderen zurückgelassen zu haben, aber er spürte trotzdem, dass er sich irgendwo weit jenseits der Hohen Megas befand.

Stelle es nicht infrage, ermahnte er sich. Soll doch ein klügerer Kopf als du es irgendwann einmal herausfinden. Er war nicht Lobsang. Joshuas Methode bestand darin, die Dinge zu erleben und wertzuschätzen, nicht darin, sie zu analysieren. Abgesehen davon spielte das alles keine Rolle – er war auf der Suche nach Rod.

»Es ist wie am Wechseltag«, sagte er laut. »Auf der Suche nach dem verlorenen Kind im Wald irgendwo nebenan.«

Sancho brummte und schnarchte im Schlaf.

»Wir kommen, mein Sohn«, sagte Joshua leiser. »Halte durch. Wir kommen.«

Endlich schlief auch er ein.

42

Der nächste Tag unterschied sich nicht besonders vom ersten. Der Troll kletterte unbeirrt weiter.

Den ganzen Tag.

Joshua, der sich auf seinem Rücken festklammerte wie ein Kind an seinem Vater, wurde immer teilnahmsloser. Er war nicht mehr in Form und litt womöglich immer noch an den Nachwirkungen der Infektion, jedenfalls nahm er kaum etwas von der Welt ringsum wahr. Und der Troll kletterte immer weiter hinauf, und das mit einer fließenden Anmut, die seinen massigen Körper Lügen strafte. Die Luft schien mit jedem Atemzug dünner zu werden, aber Sancho kletterte immer noch so kraftvoll wie ganz zu Anfang.

Es wurde heller. Als Joshua sich umsah, stellte er fest, dass sie inzwischen aus dem Nebel heraus waren... nein, als er nach unten schaute, sah er, dass sie aus einer Wolkenschicht herausgeklettert waren, aus der der gigantische Baumstamm trotzig emporragte und sich wie ein Weltraumaufzug gen Himmel reckte. Sie befanden sich offensichtlich auch schon oberhalb der ersten Blätterschicht, denn die Stämme der Nachbarbäume ringsum ragten ebenfalls kahl und sauber aus der Wolkendecke heraus. Vage erinnerte er sich daran, dass er, wahrscheinlich mit der einen oder anderen Schwester im Heim, einmal gelesen hatte, dass der Kohlenstoff, der für das gesamte Holz in einem Baumstamm gebraucht wurde, aus der Luft kam. Wenn das stimmte, dann stellten diese Bäume einen riesigen Kohlenstoffspeicher dar. Vielleicht handelte es sich hier um eine Welt mit einem sehr hohen natürlichen Kohlendioxidanteil, der es den Bäumen erlaubte, sich dermaßen zu entwickeln.

Da spekulierte er also über die Evolution, hielt sich am haarigen Rücken des Trolls fest und keuchte dabei wie ein Fisch am Strand. »Bleib beim Thema, Joshua.«

Inzwischen schienen sie auch den Großteil des vertikalen Getiers hinter sich gelassen zu haben, das sich auf und von diesem Baum ernährte. Die wenigen Äste, an denen sie noch vorbeikamen, waren kahl und eher kurz und dick, und in dem klaren, kalten Licht sah er nur noch sehr wenige Teiche oder Tümpel wie den, an dem sie übernachtet hatten. Joshua vermutete, dass sie sich jetzt auch oberhalb der üblichen Wetterbedingungen befanden. Hier fiel wahrscheinlich kaum noch Regen.

Nur Sancho, der seit dem Aufwachen so gut wie ohne Nahrung und Wasser ausgekommen war, schien das alles egal zu sein. Er kletterte einfach immer weiter.

Joshua blieb nichts anderes übrig, als durchzuhalten. Er klammerte sich an Sanchos Rücken fest und vergrub das Gesicht in dichtem schwarzem Trollfell.

Als Sancho das nächste Mal halt machte, nahm Joshua benommen wahr, dass die Sonne wieder unterging. Unter ihm lagen weitere Wolkenschichten, Zirruswolken diesmal, eine dünne Schicht, durch die weiter unten andere Wolkenformationen zu erkennen waren, alle übereinander an den Baumstämmen aufgefädelt. Über ihm leuchtete ein dunkelblauer Astronautenhimmel, in dem eine Handvoll hell glitzernder Sterne verstreut waren. Von Wolken war hier, bis auf einen einzigen blassen, eisigen Streifen, keine Spur.

Er nahm kaum wahr, dass Sancho die Stricke löste, ihn vorsichtig absetzte und auf einer breiten Astgabel ablegte. Hinter ihm schwebten wie Monde die neugierigen Gesichter anderer Trolle (was für andere Trolle?). Joshua war verwirrt, ihm war übel und er atmete schwer. Außerdem war ihm kalt. Sancho schien es bemerkt zu haben, denn er klemmte mit grober Liebenswürdigkeit den Schlafsack um Joshuas reglosen Körper.

Joshua ließ sich nach hinten sinken. Über sich sah er noch mehr Äste, die sich über den Himmel ausbreiteten, eine Baumkrone aus riesigen Blättern, wie Decken, die man zum Trocknen in die Sonne gehängt hatte. Also ein zweites Blätterdach. Warum auch nicht? Hier oben in der wolkenlosen Luft mussten die Bedingungen für die Fotosynthese ideal sein, dachte er benommen, ideal zur Aufnahme des permanenten Sonnenlichts aus einem wolkenfreien Himmel – eine Ernte, die das Wachstum all dessen begünstigte, was er weiter unten gesehen hatte, auf den vielen Meilen ihres Aufstiegs.

Meilen?

War das überhaupt möglich? Wie hoch waren die höchsten Zirruswolken? Rod, der Pilot, würde es wissen. Wahrscheinlich befand er sich drei oder vier Meilen hoch. Mindestens. Wenn er den Kopf in den Nacken legte, sah er, dass der Stamm dieses riesigen Baumes noch über dieses Blätterdach hinauswuchs, immer weiter in den himmelblauen Himmel hinein. Wie hoch war dieser Baum letztendlich? Fünf Meilen?

Joshua musste lachen. »Sally, das müsstest du wirklich sehen.«

Und dort oben waren Trolle.

Im abnehmenden Licht sah er jetzt die Schatten von ausgewachsenen Exemplaren und Jungtieren, große schwere Trolle mit breiten Brustkästen, die sich bedächtig bewegten. Vielleicht lebten sie immer hier oben, und ihre Körper hatten sich an die dünne Luft angepasst. Ihre Silhouetten sahen vor dem sich verdunkelnden violetten Himmel wie schwere Früchte aus, die in dieser unmöglichen Höhe an den Zweigen hingen. Ganze Familien tummelten sich hier oben. Sie aßen Früchte und Raupen und etwas, das wie Fleischkeulen aussah, und tranken Wasser aus kelchartigen Blättern. Ihm fiel auf, dass sie darauf achteten, nichts von dem Baum selbst zu verzehren. Joshua hatte irgendwo einmal gelesen, dass manche Bäume, Eichen zum Beispiel, Gifte gegen hartnäckige Pflanzenfresser entwickelten – aber alles, was sich sonst an Passagieren und Parasiten darauf befand, war Freiwild.

Außerdem hörte er in der stillen Luft leise, aber ganz deutlich das immerwährende Lied der Trolle.

»Ja, wirklich schade, dass du nicht hier bist, Sally. Es würde dir sehr gefallen.«

Er zog die Decke enger um sich und den Hut bis über die Ohren, dann versuchte er zu schlafen.

Einmal wachte er in der Nacht vor Durst auf. Er wollte nach Sancho rufen, aber seine Stimme war nur ein trockenes Kratzen.

Er hob den Kopf. Rings umher waren die Trolle im hellen Licht der Sterne zu sehen, ganze Hügel der zum Schlafen zusammengedrängten Tiere. Als er krächzend nach Sancho rief, streifte eine schwere Hand seine Schulter. Er drehte sich um und sah Sanchos großes, ziemlich trauriges Gesicht.

»Wasser …«

Joshua dachte, Sancho würde zur Medizintasche gehen, um eine von Joshuas Flaschen zu holen. Stattdessen hielt er einen grünlichen Sack in die Höhe, ein organisches, eigenartig stromlinienförmiges Objekt, das wie eine Träne aussah, wie Joshua fand. Es war prall mit einer Flüssigkeit gefüllt. Sancho bohrte geschickt mit Daumen und Zeigefinger ein Loch hinein, hielt es über Joshuas Lippen, und klares, kaltes Wasser rann in Joshuas Mund. Als der Sack leer war, streckte Sancho einfach den Arm zur Seite und ließ los.

Der leere Sack segelte durch die Luft nach oben, hoch hinauf über Sanchos Kopf, bis er sich in den Ästen und Zweigen verlor.

Irgendwie wunderte Joshua überhaupt nichts mehr, hier an diesem fantastischen Ort. Was sollten die Gegenstände denn sonst tun, als einfach in den Himmel zu fliegen? Er tätschelte dankbar Sanchos Schulter und legte sich wieder schlafen.

43

Als er in tiefblauem Tageslicht erwachte, fühlte sich sein Kopf viel klarer an, seine Gedanken konzentrierter, der leichte Schwindel, der ihn geplagt hatte, wich von ihm. Allem Anschein nach gewöhnte er sich an die Höhe – und das eigentlich verdächtig schnell. Vielleicht war diese Welt sauerstoffreicher als die Datum. Warum sollte ein Planet voller Riesenbäume nicht auch eine völlig verquere Atmosphäre haben? Er hoffte, dass Maggie Kauffman eines Tages jemanden hierherschickte, um alles genauer untersuchen zu lassen.

Fürs Erste musste er aber dringend pinkeln, außerdem brauchte er mehr Wasser und etwas zu Essen, und zwar in dieser Reihenfolge. Er setzte sich ein bisschen zu rasch auf, denn sofort drehte sich alles in seinem Kopf. Ein starker Arm legte sich um seine Schultern, damit er nicht wieder nach hinten kippte. Es war natürlich Sancho. Und hinter Sancho sah Joshua jede Menge anderer Trolle, die sich auf einem langen, dicken Ast versammelt zu haben schienen.

Joshua grinste und schob Sanchos Arm langsam weg. »Danke, Kumpel. Mal sehen, ob ich das mit dem Wässern allein hinkriege.« Er versicherte sich, dass der Strick um seine Hüfte noch am Ast festgebunden war, dann erhob er sich vorsichtig und stützte sich an der rauen Oberfläche des Baumstamms ab. Er drehte sich ein Stück von Sancho weg, knöpfte die Hose auf und ließ den Dingen freien Lauf. Sein Urin plätscherte gegen große Zweige und fiel in gelben Tropfen nach unten, und Joshua fragte sich kurz, wie tief sie wohl fallen würden, ehe sie verdampften oder vielleicht sogar gefroren. Gelber Hagel!

Und was wäre, wenn er stolperte, wenn sein Seil ihn nicht hielt, wenn *er* aus dieser Höhe hinabfiel? Er hätte schon bald die Endgeschwindigkeit erreicht, sogar in dieser dünnen Luft. Es würde sicherlich mehrere Minuten dauern, bis er den Erdboden erreichte, er würde an dem Stamm dieses Himmelsbaums vorbeifallen, durch mehrere Schichten aus Zweigen und Ästen hindurchkrachen und dabei die luftige Fauna dieses seltsamen Waldes aufschrecken. Vielleicht würde er auch überhaupt nicht fallen. Vielleicht würde er zum Himmel hinaufschweben wie ...

Die Erinnerung setzte ein, klar und deutlich. Und wie er so dastand, vor der Baumwand, hätte er schwören können, eine Art Gurgeln zu vernehmen, wie aus verborgenen Leitungen, wie Wasser, das durch Rohre gluckerte.

Er drehte sich um, wäre dabei fast gestürzt, hielt sich an Sanchos Schultern fest, und suchte nach dem Trollrufer in seinem Rucksack. »Sancho. Wasser.«

»Feuer«, sagte der Troll feierlich.

»Was? Nein, Sancho. Wasser. So eine Schote, wie du mir letzte Nacht eine gegeben hast.«

Sancho schürzte die großen Lippen, griff dann in die Gabel eines kleinen Astes und zog daraus einen grünen Sack hervor, einen von einem ganzen Vorrat. Er sah aus wie derjenige, aus dem er Joshua in der Nacht zu trinken gegeben hatte.

Joshua griff zu. Das Ding war genauso, wie er es in Erinnerung hatte, und für einen Wassersack von der Größe einer Grapefruit erstaunlich leicht. Er riss ihn gierig auf und ließ das Wasser heraussprudeln – »Huuh!«, sagte ein erstaunter Sancho –, dann ließ er den leeren Beutel los.

Wie zuvor segelte der Sack nach oben, stieg wie ein Luftballon, der sich losgerissen hatte, in den Himmel.

Begeistert sagte Joshua: »Zeig's mir.«

»Huuh? Wasser?«

»Nein, das Wasser will ich nicht. Ich will die Beutel. Zeig mir, wo du die Wasserbeutel herhast.«

Sancho, der zwar verstand, was Joshua wollte, aber offensichtlich von dessen Verhalten verwirrt war, sagte nur immer wieder »Feuer«, was wiederum Joshua verwirrte. Dann führte er Joshua zum Stamm. In der Rinde klaffte ein tiefer Schnitt, vermutlich von Steinwerkzeugen hervorgerufen, die mühselig vom Boden heraufgebracht worden waren. Ein Schnitt, der breit genug war, dass eine Trollhand hineinfassen konnte. Joshua sah nichts dahinter, konnte aber mühelos hineingreifen und darin herumtasten.

Er fand noch mehr solcher Säcke voller Wasser, die durch einen glattwandigen Kanal im Inneren des Baumes emporstiegen.

Joshua saß neben Sancho und kaute auf seinen komprimierten Rationen herum. Der Troll hockte unter der Rettungsdecke, und es war fast so, als säßen sie wieder auf ihrem Rentnerplatz auf dem Felsen.

Nachdem er eine Weile nachgedacht hatte – »Mein Gott, wenn doch nur Lobsang hier sein könnte! Oder Schwester Georgina!« –, glaubte er, das Geheimnis der Himmelsbäume durchschaut zu haben.

»Also, ich habe so eine Theorie, alter Kumpel. Warum deine unmöglichen Bäume doch nicht ganz so unmöglich sind.«

»Huuh?«

»Diese Wassersäcke sind wie Luftballons. Sobald sie ihren Wasserballast verloren haben, fliegen sie in die Luft. Genau wie Spielzeugballons müssen sie mit etwas gefüllt werden, einem Gast, das leichter als Luft ist. Mit *heißer* Luft? Nein, sie fühlen sich nicht einmal warm an. Was dann? Helium oder Wasserstoff könnte ich mir denken, genau wie ein Twain. Nur, wo bekommt ein Baum Helium her? Das Zeug ist ziemlich selten, soweit ich weiß, jedenfalls auf den meisten Welten. Wasserstoff hingegen gibt es überall.« Er erinnerte sich an Chemieexperimente mit Schwester Georgina auf dem Küchentisch damals im Heim. »Wasserstoff kann man aus Wasser gewinnen. H-zwei-O. Man führt elektrischen Strom durch Wasser, die Wassermoleküle spalten sich in Wasserstoff und Sauerstoff, und man fängt den Wasserstoff einfach auf ... «

»Ha!«

»Genau.« Er hob den Blick in das Laubdach über ihnen, wo gewaltige Blätter an noch gewaltigeren Ästen im Sonnenlicht badeten. »Da oben hast du alle Energie, die du brauchst, um elektrischen Strom zu erzeugen, sie kommt direkt vom Himmel. Irgendwie, vielleicht mithilfe eines natürlichen Leiters, gelangt ein Teil dieser Energie bis zu den Baumwurzeln hinunter. Und jede Wette, dass man da unten so etwas wie ein natürliches Labor für Elektrolyse findet, in dem Grundwasser gespalten wird, damit es Wasserstoff abgibt. Der Wasserstoff wird in Gefäßen wie diesen Wassersäcken gesammelt – den Ballons. Ein wirklich interessanter Mechanismus.«

»So wird das Wasser vom Boden herauftransportiert, mehrere Meilen weit. Einfach in natürlichen Wasserstoffballons, die im Baum durch innere Kanäle emporsteigen. Und deshalb können diese Dinger auch siebzig oder achtzig Mal so hoch werden wie der höchste Mammutbaum.«

»Ha?«

Joshua schlug sich gegen die Stirn. »Und das Streckholz! Ich hab es doch selbst gesehen. Das ganze Holz ist voller Wasserstoff. Deshalb ist es so leicht, deshalb kann dieser verdammte Baum überhaupt aufrecht stehen. Er muss wahrscheinlich nicht mal sein eigenes Gewicht tragen; vielleicht sind seine oberen Schichten so leicht, dass sie vom Stamm und den Wurzeln am Boden verankert sind wie ein Twain an seinen Seilen. Genial!«

»Feuer!«

»Was, Kumpel? Was hast du denn immer mit deinem Feuer? Wasserstoff ist ziemlich brennbar. Klar, deshalb wolltest du auch nicht, dass ich auf dem Baum ein Lagerfeuer anzünde, stimmt's? Und wenn hier der Blitz einschlägt, ist bestimmt die Hölle los. Andererseits könnte ich mir vorstellen, dass die Bäume irgendwelche Maßnahmen entwickelt haben, um dem Feuer zu widerstehen. Schließlich sind sie voll mit Wasser... Andererseits... Holzfäller. Vielleicht ist genau aus diesem Grund etwas offensichtlich so Nützliches wie ultraleichtes Streckholz nie in die Nahe Erde gebracht worden. Weil jeder, der zufällig in dieses Weltenband geraten ist – falls überhaupt jemand so weit gekommen ist – bestimmt gleich am ersten Abend sorglos ein Lagerfeuer angezündet hat... Und dann: *Rumms.* Tschüs, Holzfäller.«

»Feuer?«

»Ich weiß, ich weiß. Was hätte Lobsang dazu gesagt? Er hätte bestimmt herausfinden wollen, wie sich das alles entwickelt hat. Ich glaube, sobald sich dieser Trick mit dem aufsteigenden Wasserstoff herausgebildet hat, entwickelt sich ein Rennen, wer der höchste und stärkste Baum ist, derjenige, der das Licht einfängt. Kein Wunder, dass diese Bäume so hoch werden, bis die Kälte oder der Mangel an Sauerstoff ihnen Grenzen setzt...«

»Feuer! Feuer!«

Erst jetzt ging Joshua darauf ein, was der Troll ihm eigentlich sagen wollte. Es waren nicht nur die Worte, denn Sancho zeigte dorthin, wo sich die anderen Trolle versammelt hatten, auf das andere Ende des langen Astes, der weit in die Luft ragte. Joshua blinzelte in die angezeigte Richtung und verfluchte seine alten Augen. Er glaubte, am äußersten Ende des Astes etwas zu sehen, eine noch seltsamere Frucht... nein, ein großes, schweres Tier, größer noch als ein Troll. Es saß dort draußen wie in die Enge getrieben, von den Trollen umringt.

Und er sah einen orangefarbenen Fleck. Fliegeranzugs-orange.

Joshuas Herz drohte stehen zu bleiben. Er schnappte sich den Trollrufer. »Das ist mein Junge.«

»Junges«, nickte Sancho zustimmend.

»Du hast ihn gefunden. Verflixt noch mal, Sancho. Ich könnte dich küssen. Aber jetzt müssen wir dorthin, oder?«

»Feuer!«

Joshua dachte kurz darüber nach. Dann kramte er in seinem Rucksack und zog eine Schachtel Streichhölzer hervor. »Du meinst, ich soll das hier zur Party mitnehmen?«

»Feuer, Junges, Feuer!«

»Du meinst, wir brauchen Feuer, um Rod wiederzube-kommen? Na gut, Kumpel, dann folge ich dir … Mir ist so, als würden wir diesen Weg nicht mehr zurückgehen.« Aufgeregt, konfus und entschlossen steckte Joshua die Streich-hölzer in eine Jackentasche, dann schob er hastig den Rest seiner Ausrüstung in die Medizintasche. Als er auf den Rücken des Trolls kletterte und das Seil fest um ihrer beider Hüften schlang, murmelte Joshua: »Also: Ein Krokodil, das auf Bäume klettern kann, hat meinen Sohn, und ich krieche auf dem Rücken eines Trolls über einen fünf Meilen hohen Turm aus Wasserstoff mit einer Schachtel Streichhölzer in der Tasche. Was kann jetzt noch schiefgehen?«

44

Joshua staunte, wie geschickt der Sänger mit dem biegsamen, gut proportionierten humanoiden Körper auf seinem Ast herumturnte. Schließlich war er dem Sänger zuerst in einem Fluss begegnet, aber falls er ursprünglich ein Wassertier war, so erwies er sich hier als nicht minder versierter Baumkletterer als die Trolle.

Joshua hatte keine Ahnung, woher Sancho gewusst hatte, dass dieses Sängertier auf diese Welt und ausgerechnet auf diesen Baum fliehen würde. Er wusste allerdings, dass Sancho und die hiesige Trollgruppe das Tier in die Enge getrieben hatten, bis auf das äußerste Ende seines Astes. Wenn es allerdings daran gewöhnt war, Trolle zu jagen, konnte es sich womöglich derselben Superwechselwege bedienen, auf denen Sancho sie beide hierher gebracht hatte. Offensichtlich gab es für die Menschheit – und auch für Lobsang – hinsichtlich der Trolle und ihrer Lebensweise, ihrer Fähigkeiten und auch ihrer natürlichen Feinde noch sehr viel zu lernen.

Jetzt saß dieser Sänger allem Anschein nach in der Falle, denn er stand kurz vor dem Ende seines Astes, der in einer unmöglichen Höhe weit in den Himmel hinausragte. Die Trolle, die ihn dort hinausgetrieben haben mussten, hatten ihm den Rückweg abgeschnitten und belagerten ihn. Erst jetzt sah Joshua auch seinen Sohn, der offenbar bewusstlos zu Füßen des Sängers auf dem Ast lag. Aus dieser Entfernung ließ sich nicht sagen, ob Rod tot oder noch am Leben war, und falls er verletzt war, wie schwer.

Dafür war später noch Zeit. Zuerst musste er seinen Sohn wiederhaben.

Sancho stand neben ihm mit einem Stück Streckholz in der Hand, einem Stück Ast, aber hohl wie ein Rohr. »Feuer.«

Joshua musterte den Prügel. »Was hast du vor? Willst du ihn ausräuchern?«

Sancho übergab den Zylinder aus Streckholz an Joshua und legte die für ihn sonst übliche phlegmatische Geduld ab. »Feuer!« Mit einem Finger klopfte er gegen Joshuas Hosentasche, in der sich die Streichhölzer befanden.

Joshua sah sich den Zylinder genauer an. Er war wie alles aus Streckholz viel leichter, als er aussah, selbstverständlich organisch, aber sehr seltsam geformt. »Das ist ein Stück Baum, oder? Innen hohl... das Holz ist voll Wasserstoff... kurz und gerade, fast stromlinienförmig. Und diese Rillen auf der Außenseite sind geradezu perfekte Spiralen.« Dann glaubte er, die Sache verstanden zu haben. »Mann! Im Ernst? Ich glaube, im Trollrufer gibt es keine Übersetzung für *Fernlenkgeschosse*... Aber warum sollten auf einem Baum wasserstoffgetriebene Raketen wachsen?«

»Feuer!«

»Ja, schon gut, ich hab's kapiert. Nicht denken, einfach nur machen. Du bist der Boss, Sancho.« Er nahm das Sängertier ins Visier, das über seinem Sohn stand und mit seinem großen Affenkopf die Trolle anfauchten, die es immer wieder reizten. »Na schön, vielleicht ist es ja unsere einzige Chance. Aber zuerst muss ich mal üben...«

Joshua richtete die »Rakete« ins Leere, weg von den Trollen und dem Sänger. Dann stopfte er trockenes Laub in den Lauf, improvisierte dabei ein bisschen, und schnitt einen Kerzenstummel ab, der als Lunte dienen sollte. »Ich hab nämlich keine Lust, mich jetzt, wo ich Rod endlich gefunden habe, selbst in die Luft zu jagen...« Dann riss er ein Streichholz an, zündete damit den Kerzenstummel an und entfernte sich eilig.

Der organische Stoff schwelte, entzündete sich jäh, Wasserstoffgefäße platzten auf. Als es kurz ganz still wurde, glaubte Joshua, dass er womöglich einen Blindgänger gebaut hatte, doch dann schoss eine helle weiße Flamme aus dem hinteren Teil der »Rakete«, und die Röhre sauste, eine dicke Rauchfahne hinter sich herziehend, davon. Joshua sah, wie sie sich um die eigene Achse drehte, weil die spiralförmigen Spurkränze die Luft einfingen, woraufhin das Geschoss gerade und zielgerichtet dorthin flog, wo Joshua es haben wollte – bis ihm, ziemlich schnell, der Treibstoff ausging und es lodernd ins Nichts fiel.

»Na, immerhin«, sagte Joshua erstaunt. »Ich glaube, es könnte tatsächlich funktionieren.

»Huuh!«

»Also los.«

Letztendlich war es eine Frage des Timings.

Die Trolle waren Jäger, die stets gemeinsam vorgingen. Deshalb ließ ihr Trommelfeuer aus lautem Geschrei und drohenden Fäusten kein bisschen nach, während der Sänger zurückfauchte und nach ihnen schnappte, wobei er nach wie vor über Rods vor ihm auf dem Bauch liegenden Körper stand. Sinn und Zweck war es, den Sänger von Sancho abzulenken, der sich still, gelassen und ohne besonders bedrohlich zu wirken, aus der Meute heraus immer ein bisschen näher an das Tier und an Rod heranschob.

Joshua zwang sich zu äußerster Konzentration und zielte mit seinem zweiten Raketenast, dem ersten und letzten, den er, wie er vermutete, im Zorn abfeuern würde, und deshalb musste er alles richtig machen. Er bastelte an der Zielvorrichtung herum, baute eine Art Abschussschiene aus Zweigen und Stöcken auf und fixierte sein Ziel an dem schlanken Ast entlang, wobei er wieder seine schlechten Augen verwünschte.

Als er der Meinung war, dass er das Ding nicht besser ausrichten konnte, zögerte er nicht. Wieder hielt er das

brennende Streichholz an einen Kerzenstummel, wieder
glomm und knackte die wasserstoffgesättigte Blattschicht.
»Ich mach's kurz und schmerzlos, du Drecksack.« Dann
ging er ein Stück entfernt in Deckung.

Die Lunte brannte herunter.

Wieder das Aufblitzen des Raketenschubs, wieder die
Flamme und der Rauch, als das Geschoss davonsauste –
dann knallte es direkt in den Bauch der Sängerkreatur. Das
Tier fiel von seinem Ast und stürzte ins Nichts. Joshua
heulte triumphierend auf.

Aber der Leib des Sängers war so massig, dass die Rakete, die immer noch brannte und sich drehte, davon abge-
prallt war und jetzt zurück in Richtung Baum schoss, wobei sie sich in der Luft um die eigene Achse drehte und
einen dichten Rauchschweif hinter sich herzog.

Während die Trollgruppe noch vor Jubel johlte und
heulte, sauste Sancho auf dem Ast auf allen vieren nach
vorne und hob Rods schlaffe Gestalt auf, als handelte es
sich lediglich um ein Lumpenbündel. Aber jetzt war Joshua
von dem hellen Licht tief unten abgelenkt. Seine Rakete
war, immer noch brennend, zwischen die Äste des Baumes
geschossen und prallte, wie Joshua sah, genau dort gegen
den Stamm, wo ein dicker Ast angewachsen war. Es gab
eine tiefe, heftige Explosion und der gesamte Baum erzit-
terte.

»Oha.«

Aber da kam Sancho schon mit Rod. Joshua half dem
Troll, seinen Sohn vorsichtig auf den Ast zu legen. Joshuas
Augen verschwammen vor Tränen, er arbeitete schnell,
zwang sich dazu, methodisch vorzugehen. Er prüfte Rods
Puls am Hals, beugte sich vor, um seinen Atem zu hören,
fühlte nach der Wärme in seinen Wangen. Dann tastete er
eilig Rods Gliedmaßen ab. »Er scheint intakt zu sein«, sagte
er zu Sancho. »Gleichmäßiger Puls, er atmet, keine gebrochenen Glieder. Was innere Verletzungen angeht, müssen

wir warten, bis er aufwacht. Er ist dehydriert und wahrscheinlich halb verhungert. Wir können von Glück sagen, dass der Sänger ihn nicht gleich getötet hat, aber vielleicht handelt es sich um eine Spezies, die ihre Beute lieber warm verzehrt.«

»Feuer«, sagte Sancho.

»Sancho, alter Freund – vielen Dank.«

»Feuer! Oha! Feuer!«

Jetzt erfolgte eine gewaltige Explosion, die aus der Tiefe des Baumkörpers kam. Der Ast, an dem sie sich festhielten, knarrte und schwankte.

Als er sich umschaute, sah Joshua, dass sich die Trollgruppe aufgelöst hatte, ein jeder hielt sich dort fest, wo er gerade Halt fand. Weiter draußen knackten und brachen Äste, große Stücke von der Größe ausgewachsener Bäume lösten sich. Ein heller Schein kam von weiter unten, gefolgt von einer rasch aufsteigenden Rauchwolke, dann noch mehr Explosionen, nachdem, wie Joshua vermutete, die Flammen weitere natürliche Konzentrationen von Wasserstoff erreicht hatten.

Er starrte Sancho fassungslos an. »Was habe ich getan?«

»Oha!«, rief Sancho. Dann hob er Rod hoch, warf sich Joshua buchstäblich über die andere Schulter und rannte auf dem Ast entlang zurück zum Stamm des explodierenden Baumes.

Während immer neue Explosionen in seinen Ohren trommelten, murmelte Joshua, der kopfüber hängend ordentlich durchgeschüttelt wurde: »Da würde selbst Colonel Quaritch vor Neid erblassen.«

Als Joshua und Rod später darüber redeten, kamen sie zu dem Schluss, dass man sich nicht zu einem himmelhohen Baum, einem fünf Meilen hohen Reservoir aus hochentzündlichen Wasserstoffgas – einer fünf Meilen hohen *Hindenburg* – entwickelte, wenn man nicht gleichzeitig Strategien dafür parat hatte, eine Feuersbrunst zu überleben. Oder solche Katastrophen sogar für die eigenen Zwecke zu nutzen. Denn Blitzeinschläge, Meteoreinschläge, vulkanische Ereignisse und andere Naturkatastrophen sorgten immer wieder mal für Brände, auf jeder Welt, sogar auf jenen Welten, die nicht von Joshua Valienté mit einer Schachtel Streichhölzer aufgesucht wurden.

Die fehlgeleitete Rakete hatte eine ganze Serie von Explosionen ausgelöst, die mit erstaunlicher Geschwindigkeit den mächtigen Stamm des Baumes auseinandergerissen hatten. Der Baum selbst konnte nicht überleben, und ein Großteil seiner Substanz fiel den Flammen zum Opfer. Der kolossale Scheiterhaufen erschuf eine Säule aus Rauch, Asche und Wasserdampf, die bis in die Stratosphäre reichte. Joshua fiel wieder ein, dass diese Produkte immer dann entstanden, wenn Wasserstoff zu Sauerstoff verbrannte, das Gegenteil von Elektrolyse.

Aber aus dieser gewaltigen Wolke segelten immer wieder beachtliche Stücke von Streckholz, die sich von dem zerfallenden Baum gelöst hatten, herab: Äste und große Teile des Stammes. Viele davon waren selbst schon fast Bäume, mit schlanken Stämmen, Ästen und dichtem Blattwerk, mit Wurzeln, die wie die Tentakel eines Tintenfischs in der Luft baumelten. Diese Teile schwebten vom Ort des Geschehens davon und landeten ganz langsam irgendwo anders auf dem Boden. Es waren Setzlinge, wie Joshua vermutete, Jungpflanzen, die Abkömmlinge des Baumes und Bewahrer seiner Gene, die Samen der nächsten Generation. Es schien sogar zwei verschiedene Sorten zu geben, wie Pollen, wie Blüten – vielleicht männliche und weibliche.

Um sicherzustellen, dass diese neuen Pflanzen Platz zum Gedeihen hatten, flogen mittlerweile aus der zentralen Feuersbrunst des sterbenden Baums Funken aus flüssigem Licht empor und zogen bald schon kilometerlange Rauchschweife hinter sich her. Dabei handelte es sich um dieselben Astgeschosse wie diejenigen, die Joshua mit seinen Streichhölzern entzündet hatte. Nur dienten sie hier ihrem eigentlichen Zweck. Diese blind und zufällig in alle Richtungen losschießenden Feuerspäne segelten ins Blattwerk der ebenso mächtigen Nachbarn des sterbenden Baumes. Nicht alle Geschosse erreichten ein Ziel, nicht alle Ziele erlagen den Flammen. Aber es kamen genug Raketen durch, genug Nachbarn wurden vernichtet, um sicherzustellen, dass die Sämlinge des ursprünglichen Baums wenigstens eine gewisse Chance hatten, genug Platz zu finden, um Wurzeln zu schlagen, genug Sonnenlicht zu trinken, abseits vom Schatten der schon voll entwickelten Nachbarn.

Da jeder zweite Baum in der Umgebung explodierte, schossen natürlich noch mehr Astraketen in den riesigen Wald, bis ein beträchtlicher Teil davon in Flammen stand. Joshua fragte sich bereits, ob am Ende der gesamte Kontinent von einer gewaltigen Feuersbrunst erfasst würde. Aber schon bald sah er, dass das Feuer an großen Schneisen aufgehalten wurde, die sich so breit wie sechsspurige Autobahnen durch den Wald zogen. Außerdem ballten sich über ihm schwere graue Wolken zusammen, angereichert vom Wasserdampf, der von den brennenden Bäumen aufstieg. Wahrscheinlich würden sie den Regen liefern, der das Feuer weiter eindämmte.

Einmal hatte Lobsang Joshua auf einer dicht mit Wald bewachsenen Welt gesagt, dass man Wälder seiner Meinung nach eher als eigene Lebewesen betrachten sollte. Als Kollektiv, beinahe wie die Trolle, das in der Kälte schlief, die Sommer träge durchstand, und in dem tagtäglich der Saft aufstieg wie ein gewaltiger Herzschlag. So war es auch hier: einfach nur ein anderer Lebenszyklus, auf einer völlig anderen Skala. »Vermutlich hattest du recht, alter Freund. Wie immer.« Der Wasserstoffwald nutzte das Feuer, um seinen Samen auszubringen, aber der Brand dämmte sich allem Anschein nach auch selbst wieder ein. In ein oder zwei Jahrhunderten waren die jungen Bäume herangewachsen, der Wald erholte sich und war stärker als zuvor, als wäre dieses Inferno nie geschehen. Nur eine Schicht Asche, die den Humusboden anreicherte, würde noch davon zeugen.

Und während sich der Wald in ein natürliches, wenn auch spektakuläres Schlachtfeld verwandelte, in dem eine ganze Flut von Tieren vor den brennenden Bäumen floh – Wesen wie Rehe, Kaninchen und sogar ein paar Trollrudel –, segelte ein Sämling sanft zu Boden, an dessen dünne Rinde sich ein älterer Troll klammerte, ein Troll, der links und rechts jeweils einen Menschen über der mächtigen Schulter liegen hatte.

45

Endlich öffnete Rod die Augen.

Joshua saß neben ihm und bemühte sich, seine Erleichterung zu verbergen. Er strich seinem Sohn eine Haarsträhne aus der Stirn. Rods Gesicht war geisterhaft blass, aber Joshua sagte sich, dass es ebenso gut an dem unheimlichen Licht in der Höhle liegen konnte, in die Sancho sie gebracht hatte.

Rod versuchte zu sprechen, leckte sich über die Lippen, versuchte es wieder, mit einer Stimme, die kaum mehr als ein trockenes Krächzen war. »Vater?«

Joshua konnte ihn durch die leisen Klänge des endlosen Trollrufs kaum hören. »Ich bin hier. Rede nicht zu viel.«

Rod lag auf einem Moosbett, mit Rettungsdecken über und unter sich, den eigenen orangenen Flieger anzug zum Kissen zusammengelegt unter dem Kopf. Die weiße Medizintasche stand neben ihm auf dem Boden. Jetzt hob Joshua Rods Kopf ein wenig an und setzte ihm eine Tasse Wasser an die Lippen. Zu Joshuas Erleichterung trank Rod gierig.

»Ah, gut«, sagte Rod, schon mit kräftigerer Stimme. »Schmeckt irgendwie... organisch. Aber gut.«

»Hast du Hunger?«

Rod überlegte. »Nein. Ich glaube nicht.«

»Gut. Ich habe versucht, dich zu füttern, während du geschlafen hast. Oder halb wach warst. Eine Brühe, mit der sogar deine Mutter einverstanden gewesen wäre, zusätzlich war sie mit der bewährten Kräutermedizin der Trolle bestreut.«

»Lecker.« Rod sah sich um. »Wo sind wir?«

»Irgendwo in der Gegend von West 230.000.000. Wahrscheinlich. Falls die Berichte der *Armstrong II* zutreffen ...«

»Das ist mir egal, Vater. Ich meine, wo sind wir hier? Ist das eine Höhle?«

»So etwas Ähnliches.« Joshua blickte nach oben an die aus vielen Einzelteilen zusammengesetzte Decke, sah die Pilze und Farne von der Größe kleiner Bäume, das schwache grünliche Leuchten, das vom Dach und den Wänden ausging und alles durchdrang – und er sah den unterirdischen See, dessen Ufer nur ein paar Schritte entfernt war, still, schimmernd und selbst so groß, dass es aussah, als hätte er dort, wo der »Himmel« dieser Kammer mit dem Boden zusammentraf, einen Horizont. Er versuchte, sich daran zu erinnern, wie schwer er sich selbst getan hatte, das alles in sich aufzunehmen, als die Trolle sie beide vor zwei Tagen – oder waren es schon drei? – hierher gebracht hatten. Die Zeit schien sich in diesem unveränderlichen Licht geradezu zu verflüssigen.

»Ganz ruhig«, riet er seinem Sohn. »Lass alles auf dich wirken. Wir haben keine Eile. Und hier sind wir sicher. So sicher, wie man in der Langen Erde sein kann, glaube ich. Den Trollen sei Dank.«

»Ich kann die Trolle hören«, sagte Rod jetzt. »Das Lied, das sie singen.«

Die ältesten Trolle, die an diesem Ort wohnten – allem Anschein nach »Bibliothekare« wie Sancho – verbrachten ihre Tage gerne damit, in kleinen Gruppen zu viert, zu fünft oder zu sechst leise zu singen, und die Stimmen dieser Gruppen fanden wiederum zusammen, wie ein Ensemble aus lauter einzelnen kleinen Chören. Das Ergebnis war eine Musik, die die ganze Höhle mit einem wellenartigen Auf und Ab erfüllte, das sich brach, wieder anschwoll, immer komplexer wurde und dann, wenn alle »Chöre« vereint waren, sich zu neuen Höhepunkten aufschwang.

»So ein Lied habe ich noch nie gehört«, sagte Rod.

»Gewöhn dich dran. Hier unten singen sie es ständig.«

»Es ist sehr schön.«

»Ich glaube, es ist ein Teil des Trollrufs. Trotzdem steckt etwas Vertrautes darin. Etwas Menschliches. Ich versuche, mich daran zu erinnern ...«

»Wir sind hier an einem Ort der Trolle, oder? An einem Ort der Zuflucht. Sie haben uns gerettet.«

»Allerdings. Nachdem du dich ins Gefecht geworfen und ein paar von ihnen gerettet hast. Niemals habe ich meine Hoffnung auf einen anderen als dich gesetzt, du mein Sancho.«

Rod ließ sich wieder auf sein Kissen sinken und verzog das Gesicht. »Was? Sogar jetzt noch Zitate aus alten Filmen, Vater?«

Joshua runzelte die Stirn. »Kein Filmzitat. Andererseits kann ich mich nicht daran erinnern, wo es herkommt.« Er massierte sich die Schläfen. Es war älter als jeder Film. Schwester Georgina hätte es gewusst.

Rod sah sich um. »Vater ... Welches Feuer? Ich weiß überhaupt nicht, wie ich hierhergekommen bin.«

»Woran erinnerst du dich?«

Er schüttelte den Kopf. »Dieses Untier im Fluss, das den kleinen Matt hypnotisiert hat.«

»Und du bist dazwischengegangen. Wenn du so was noch mal machst ...«

»Ach, hör doch auf. Du hättest es doch auch getan. Und was ist dann passiert?«

»Die Bestie hat dich mitgenommen, diese singende Kreatur aus dem Fluss. Rod, soweit ich es mir zusammenreime, ist dieses Tier ein humanoides Raubtier, das sich auf Trolle spezialisiert hat. Es scheint aus dieser Welt hier zu stammen, die für die Trolle wohl so etwas wie ein besonderer Ort zu sein scheint, wenn nicht sogar eine Heimatwelt. Jedenfalls gute Jagdgründe für einen Trolltöter. Wie auch immer, das Vieh hat dich hierher verschleppt.«

»Wie? Ist es gewechselt?«

»So ähnlich. Ist 'ne lange Geschichte. Und wir, Sancho und ich, mussten dich zurückholen. Davon weißt du wohl überhaupt nichts, oder? Die großen Bäume?«

»Welche großen Bäume? Vater, ich muss stundenlang bewusstlos gewesen sein…«

»Eher Tage. Der Sänger hat dich tagelang herumgeschleppt.«

Rod fuhr sich mit der Hand über den Hinterkopf und zuckte vor Schmerz zusammen. »Fühlt sich wie eine ziemlich große Beule an.«

»Der Sänger muss dich angezapft haben, damit du nicht zu dir kommst.«

»Angezapft? Du sagst das so einfach.«

»Jedenfalls hat er dir nichts zu essen oder zu trinken gegeben, du bist schwer dehydriert. Ich habe dir Wasser eingeflößt. Vom See, wahrscheinlich schmeckt es deshalb so eigenartig.«

»Welcher See? Ach, egal. Warum hat mich das Biest nicht einfach getötet? Ich war doch Beute.«

Joshua zuckte die Achseln. »Vielleicht hatte es irgendein Spielchen mit dir vor. Vielleicht sollten seine Jungen dich jagen, oder ihre falschen Trollgesänge an dir ausprobieren. Wahrscheinlich bist du ihm wie ein komisch aussehender Troll vorgekommen.«

»Das war wohl mein Glück«, sagte Rod skeptisch.

»Und es war unser beider Glück, dass Sancho uns gerettet hat.«

»Huuh.«

Der große Troll gesellte sich zu ihnen. Er hockte sich neben dem auf dem Rücken liegenden Rod auf den Boden und betastete wehmütig die Rettungsdecke.

Rod zog die Decke mit schwachen, aber entschiedenen Bewegungen von den Beinen und reichte sie Sancho. »Kannst sie wieder nehmen, Großer. Danke fürs Ausleihen.«

»Ha!« Mit zufriedenem Gesichtsausdruck legte sich Sancho die Decke um die Schultern, wo sie inzwischen ja schon fast hingehörte, dachte Joshua.

Als Joshua sich zu Rod umdrehte, war dieser schon wieder eingeschlafen.

46

Noch einmal vierundzwanzig Stunden später sah Rod schon wesentlich kräftiger aus. Und schon wurde er ungeduldig.

»Hilfst du mir auf, Vater?«

Dazu war Joshua nicht in der Lage. Aber Sancho. Er legte einen starken Arm um Rods Schultern und hob ihn vorsichtig hoch, bis er stand, so leicht wie ein Kind eine Puppe. So aufrecht stehend war Rod, wie er sagte, immer noch ein bisschen schummrig, aber er trank mehr Wasser und wartete so lange, bis die Welt sich nicht mehr um ihn drehte. Dann ließ er sich von Joshua in eine Ecke führen, wo er seine Blase entleerte.

Rod ließ den Blick leicht irritiert schweifen, betrachtete die Höhle mit der hohen Decke, den schimmernden unterirdischen See – und die Trolle, eine ganze Gruppe von ihnen. Joshua bildete sich ein, dass Rod mit einem Blick erkannte, um was für eine ungewöhnliche Gruppe es sich handelte, eine Gruppe mit umgekehrtem Altersprofil: sehr viele Alte, viele davon wahrscheinlich noch älter als Sancho, und nur eine Handvoll junger und ganz kleiner Exemplare.

»Ich kann mich schwach daran erinnern, dass du etwas von großen Bäumen erzählt hast, Vater. Aber hier sind wir in einer Höhle. Was denn für große Bäume? So wie Mammutbäume?«

»Größer. Viel größer. Sie sind so hoch, dass man die Luft ganz oben kaum atmen kann. Bäume so hoch wie Berge, Rod. Mehrere Meilen hoch. Überall auf diesem Planeten, soweit ich weiß.«

Rod starrte ihn ungläubig an.

»Wenn es ungefährlicher wäre, würde ich dich mit raufnehmen, damit du es selbst siehst. Aber das muss nicht sein. Sieh dich um. Sieh dir die Decke dieser Höhle an. Wir befinden uns unter der Erde, das hast du erkannt, oder? Was siehst du? Wie wird das Dach gestützt?«

Rod blickte auf gebogene schwarze Säulen, die sich hoch oben kreuzten, so weit oben, dass sich dort ein feiner Nebel gebildet hatte. Dazwischen waren Fels und festgebackene Erde zu erkennen. »Rippen. Wie das Skelett eines Twain. Sind sie aus Stein? Aber so eine Gesteinsformation habe ich noch nie gesehen. Sieht künstlich aus... nein, eher organisch. Als wäre sie hier gewachsen.« Rod sah sich abermals um, kniff die Augen zusammen und versuchte, Einzelheiten der Strukturen dieser Höhlendecke zu erkennen, dort, wo sie sich über dem Wasser noch viel höher wölbten. »Mein Gott. Sind das Baumwurzeln?«

Joshua hatte Zeit gehabt, um das alles herauszufinden; jetzt kam er sich unberechtigt schlau vor. »Weißt du, manche Bäume haben Wurzelsysteme, die so weit unter die Erde reichen, wie der Baum darüber hoch ist.«

»Ich verstehe, Vater. Ganz langsam. Dieses riesige Gewölbe hier ist lediglich ein Hohlraum unter dem Wurzelsystem eines deiner Yggdrasils.«

»Oder von mehr als einem, ja.«

Rod hob die Hand, um den Schatten zu betrachten. »Und das ganze Ding leuchtet auch noch? Ohne jede Lichtquelle. Hier reicht keine Sonne hin.«

»Es dürfte sich um eine Art Biolumineszenz handeln, glaube ich«, sagte Joshua. »Die Decke, einige dieser Pflanzen. Wie im Meer...«

»Irgendwie düster. Ziemlich viel Grün und Braun hier unten.«

»Nach einem oder zwei Tagen fehlt einem der blaue Himmel.«

»Aber hier unten gibt es auch Bäume«, sagte Rod. »Bäume, die in einer Höhle wachsen.« Er zeigte auf einige Exemplare. »Groß genug, dass sich Trolle daruntersetzen können.«

»Einige sind eher Pilze, glaube ich. Große Pilze, an die Lichtverhältnisse angepasst. Nicht gerade meine Lieblingspflanzen, es sei denn, sie sind essbar. Aber es gibt auch Farne und Sträucher, sogar Pflanzen, die Früchte tragen. Ein Gewächs wie eine große Bananenpflanze. Wenn man genau hinsieht, gibt es noch viel mehr Leben hier unten. Große Käfer wühlen in der Rinde, Ameisen bauen Nester im Mulch. Die meisten dieser Arten sind allerdings blind.«

»Und alle profitieren sie von… von dem Licht aus der Decke?«

»Ich denke ja. Ein ganzes Ökosystem am Tropf durchsickernder Sonnenenergie, die letztendlich ganz oben von den großen Blättern in der Krone eingefangen wird, meilenweit über uns. Es muss auch ein gewisser Luft- und Wasseraustausch stattfinden, sonst würde der See kippen und die Luft faulig riechen. Von den Trollfürzen mal abgesehen.«

»Das alles muss auf einer gewissen Wechselseitigkeit bestehen«, sagte Rod. »Anders funktioniert es nicht. Es muss einen Grund geben, weshalb der große Baum seine Energie so großzügig spendiert. Vielleicht ist das alles hier gut für die Baumwurzeln oder so.«

Joshua blickte auf den See und sagte: »Du hast recht. Jede Wette, dass der Baum hier unten seinen Wasserstoff herstellt. Ein natürlicher Elektrolysetank. Und das alles wird von den Lebensformen hier unten am Laufen gehalten. Lobsang würde es wissen.«

»Wasserstoff?«

»Erklär ich dir später…«

»Gut zu essen«, sagte Sancho durch den Trollrufer.

»Da hat er durchaus recht«, sagte Joshua. »Keine Raubtiere, dafür Früchte, die aus der Wand wachsen: das reinste Paradies für die Trolle hier.«

»Eher wie Fiddler's Green«, sagte Rod.

»Wie in *Piraten der Karibik*?«

»Du und deine alten Filme, Vater… Nein, das ist eine alte Seefahrerlegende, und es gab genug alte Seeleute, die zu meiner Zeit auf den Twains der Walhalla-Route gearbeitet haben. Fiddler's Green, der Ort, an dem Rum und Tabak niemals ausgehen und die Fiedler nie aufhören zu spielen.«

»Genau wie hier. Ein Ort, an den alte Trolle kommen, wenn sie lange genug durch die Lange Erde gewandert sind.«

»Vermutlich. Ich kann mir miesere Ort zum Aufhören vorstellen.«

»Nicht aufhören«, grollte Sancho durch das Horn.

Rod drehte sich um und sah ihn an. »Also kein Elefantenfriedhof. Aber was treibt ihr alten Käuze hier unten den lieben langen Tag?«

»Nicht alle alt.«

»Die meisten«, sagte Joshua.

»Die meisten«, gab der Troll zu. Dann tippte er sich mit dem Zeigefinger an den eigenen schweren Schädel. »Bibliothekare. Große, dicke Köpfe.«

»Ah, in denen die Erinnerungen der ganzen Spezies aufbewahrt sind?«

Rod legte die Stirn in Falten. »Ich dachte, das genetische Gedächtnis ist im Gesang der Trolle aufgehoben, im Trollruf.«

»Das stimmt, Rod«, erwiderte Joshua. »Aber es steckt noch mehr dahinter…«

Rod machte ein ungläubiges Gesicht, als Joshua es ihm zu erklären versuchte. »Ich muss dir wohl glauben«, sagte er schließlich. »Und diese Bibliothekare in der gesamten Langen Erde, mit ihren Köpfen voller Erinnerungen, die kommen hierher und tun… was?«

Joshua lächelte. »Ich glaube, Lobsang würde es synchronisieren nennen. Sie bringen alle ihre Erinnerungen zusammen, sie korrigieren sie, sie passen sie an ... Sie teilen sie einander mit.«

Wie auf Stichwort erreichte der Trollgesang rings um sie herum einen seiner rhythmischen Höhepunkte.

»Ich kann mir sogar denken, wie es sich entwickelt hat«, sagte Joshua. »Die Kundschafter verschiedener Trollgruppen kommen zu Kongressen zusammen, wo sie Jagdinformationen austauschen, über Raubtiere und Trockenzeiten. Hier findet ein Kundschafterkongress statt, aber auf einer wesentlich höheren Ebene und viel tiefgreifender.«

Sancho wedelte mit der Hand. »Bibliothekare von überall. Lieder von ganz weit weg. Alle hergebracht.«

»Lieder aus fernen Erden«, murmelte Joshua.

»Hm«, sagte Rod. »Erinnerungen, die weit zurückreichen ... aber wie weit?«

»Niemand weiß es. Wir wissen, dass die Trolle eine Geschichte haben, die die unsere wie eine Anekdote erscheinen lassen.«

»Na, zum Glück hat deine Generation sie nicht komplett ausgerottet, Vater.«

»Neu«, sagte Sancho unerwartet.

Joshua und Rod wechselten einen Blick, dann sah Joshua den Troll an. »Neu? Was ist neu?«

»Im Lied.« Sancho legte den Kopf ein wenig zur Seite, als lauschte er aufmerksam, dann machte er eine Handbewegung, als winkte er sie heran. »*Komm, komm. Mach mit.*«

Rod machte ein erschrockenes Gesicht. »*Mach mit.* Vater, das ist ...«

»Die Einladung. Ich weiß. Die Radioastronomen, das SETI-Ding von Carl Sagan. Es war überall in den Nachrichten, bevor ich aufbrach.« Er lächelte. »Also hören die Trolle die Einladung ebenfalls. War ja zu erwarten. Die Einladung ist ein Phänomen der gesamten Langen Erde. Und die Trolle sind in der Langen Erde genauso wichtig wie wir. Sogar wichtiger. *Mach mit...* Es passt alles zusammen. Ich glaube, ich habe sie irgendwie auch selbst gehört.«

»Vater?«

Joshua schloss die Augen. »Du weißt, mein Sohn, dass du mich für alle meine Auszeiten kritisieren darfst, dafür, dass ich vor meiner Familie weggelaufen bin, wie es deine Mutter letztendlich gesehen hat. Aber ich wurde in der Langen Erde geboren. In einer leeren Welt. Nur dass sie nicht leer war, für mich nicht. Ich habe sie gehört, als ich selbst zu wechseln anfing. *Die Stille,* so habe ich es immer genannt. Das ureigene Lied der Langen Erde – das Lied hinter allen anderen Liedern, das Lied hinter dem Vogelgesang und dem Rauschen des Windes. Und wenn ich auf meinen Auszeiten unterwegs war, habe ich die ganze Zeit eigentlich nur danach gesucht.«

»Weißt du was, Vater? Ich glaube, ich habe dich noch nie so viele Worte hintereinander sagen hören.« Rod legte zögernd die Hand auf Joshuas Schulter. »Ich will dich ja verstehen. Wir alle wollten dich verstehen. Auch Mutter.«

Joshua lächelte. »Wahrscheinlich darf niemand von uns sich je mehr erhoffen.«

»Aber wir können nicht hierbleiben.« Rod sah zu Sancho auf. »Wir müssen nach Hause.«

»Ich bringe euch«, knurrte Sancho.

»Danke.«

»Thomas Tallis«, sagte Joshua auf einmal.

»In welchem Film hat der mitgespielt?«

Joshua grinste seinen Sohn an. »Ein alter englischer Komponist, 16. Jahrhundert, glaube ich. Georgina hat mir ein paar von seinen Sachen vorgespielt. Ist wohl hängengeblieben. Ich glaube, das höre ich die ganze Zeit aus dem Trollgesang heraus. *Spem in alium,* vielleicht. Und deshalb musste ich auch an diese Textzeile denken: ›Niemals habe ich meine Hoffnung auf einen anderen als dich gesetzt, du mein Gott...‹«

»Warum sollten die Trolle irgendeine alte englische Melodie singen?«

»Eine Motette, so nennt man es, glaube ich. Vermutlich ist unsere Musik schon lange vor dem Wechseltag in die Lange Welt hinausgesickert. Ich frage mich, ob Thomas Tallis ein natürlicher Wechsler war...«

»Nach Hause«, sagte der Troll ernst.

47

Am Tag, an dem sie die Höhle der Bibliothekare verlassen wollten, ertappte Joshua Rod dabei, wie er etwas in die Oberfläche eines der großen Wurzelstämme schnitzte, die die Erdwände stützten. Rod machte ein leicht schuldbewusstes Gesicht, als er sah, dass er beobachtet wurde, aber dann zuckte er die Achseln und wich einen Schritt zurück.

Joshua beugte sich vor. »Schwer zu lesen, in diesem Licht. Und besonders leserlich hast du auch nicht geschrieben.«

»Tja, ich hab wohl nicht die Omnikompetenz-Gene der Valientés geerbt«, erwiderte Ron säuerlich.

»A, R, N ...« Dann erkannte er es.

ARNE SAKNUSSEMM

»Ich hoffe, dass ich es richtig buchstabiert habe«, sagte Rod.

»Die Schreibweise ändert sich wahrscheinlich je nach Übersetzung.«

»Das musste jetzt einfach sein, Vater. Ich habe das Buch gelesen, als es zu Hause in Weiß-der-Kuckuck-wo auf deinem Regal stand.«

»Ich dachte immer, du hättest nicht viel von meinem alten Sci-Fi-Zeug gehalten.«

»Ein bisschen reingeschnuppert habe ich schon. Es gibt keine Regeln, wie du weißt.«

Sancho kam zu ihnen herübergeschlendert, wie immer mit seiner Rettungsdecke um die Schultern. Er warf einen

Blick auf Rods Schnitzerei und schien wegen der Beschädigung des heiligen Baums nicht verärgert zu sein, zeigte aber auch kein besonders Interesse dafür. Dann richtete er sich zu seiner vollen Körpergröße auf und hielt den Trollrufer an den Mund. »Fertig?«

»Um hier abzuhauen?«, fragte Joshua. Er war sehr dankbar für diesen Zufluchtsort gewesen, aber das gedämpfte und unveränderliche Licht wirkte mit der Zeit deprimierend, außerdem schlief er dabei schlecht. Er freute sich darauf, den Himmel wiederzusehen – egal welchen. »Jederzeit, alter Freund!«

Sancho streckte die großen Hände aus. Joshua und Rod, die mit nicht mehr als den schmutzigen Kleidern dastanden, in denen sie hierhergebracht worden waren, und mit der weißen Medizintasche auf Joshuas Rücken, streckten ihm die ihren entgegen.

Joshua warf Rod einen Blick zu. »Wahrscheinlich erinnerst du dich nicht daran, wie es war, als du hergekommen bist. Es ist eine ziemliche Achterbahnfahrt.«

»Vater, ich habe nie eine Achterbahn gesehen.«

»Dann eben wie ein Fallschirmsprung aus einem Weltraumaufzug. Wir sind eher gefallen als gewechselt. Und ohne deine Medikamente …«

»Ein Schritt, zwei Schritte daheim«, sagte Sancho ungerührt.

Rod lächelte. »Also los.«

Sie ergriffen Sanchos Hände.

48

Als sie an dem Felsen mit Joshuas bescheidenem Lager ankamen, stand Rods Flugzeug nach wie vor nicht weit davon entfernt da, unversehrt und allem Anschein nach intakt. Ansonsten war der Ort verlassen, Sanchos Trollgruppe offensichtlich schon lange weg. Trotzdem schien Sancho sich dort gerne noch ein bisschen aufhalten zu wollen.

Joshua bestand darauf, Rod mit der medizinischen Ausrüstung aus dem Flugzeug zu untersuchen, die in dem weißen Rucksack, den er dabei hatte, keinen Platz mehr gefunden hatte. Wie sie beide vermutet hatten, ging es Rod bis auf ein paar blaue Flecken, einer Beule am Kopf und die noch nicht ganz überwundenen Folgen der schweren Dehydrierung gut. Rod ließ die Prozedur geduldig über sich ergehen, aber dann musste er sich dringend um sein geliebtes, schon so lange vernachlässigtes Flugzeug kümmern.

Sobald er weg war, stieg Joshua steif auf den Felsen hinauf und ließ sich mit einem Seufzer der Erleichterung neben Sancho nieder.

»Da wären wir also wieder, alter Kumpel.«

Sancho saß einfach da, mit der Rettungsdecke über der Schulter. »Huuh.«

»Als wäre das alles überhaupt nicht passiert.«

»Ha!«

»Philosophieren Trolle eigentlich? Wahrscheinlich schon, nach allem, was du mir gezeigt hast. Denkst du jemals darüber nach, wozu das alles gut sein soll, Sancho?«

»Huuh?«

»Was ist der Sinn des Lebens? Was sagt so ein Troll dazu?«
Sancho kratzte sich am behaarten Kinn. Dann griff er
zum Trollrufer. »Trolljunges. Wächst, Mama-und-Papa.
Mehr Junge, Mamas-und-Papas, Trollgruppe. Das Lied,
singen das Lied.«

»Ja, schon…«

»Jagen, essen, schlafen, vögeln…«

»Aha.«

»Singen, noch mehr Junge. Trollgruppe, Trollruf – be-
sorgen Essen. Klügere Gruppe kriegt mehr Essen. Machen
mehr Trolljunge.«

»Eine Trollgruppe ist eine Maschine zum Nahrungssam-
meln. Je besser die Gruppe funktioniert, desto mehr Nahrung sammelt sie. Willst du das damit sagen? Das ist der
ganze Sinn dahinter? Wahrscheinlich lässt du dir von mir
für die menschliche Gesellschaft nur schwer eine bessere
Definition entlocken. Aber was ist mit der Langen Erde,
Sancho? Ihr Trolle wart schon seit Millionen von Jahren
hier draußen, bevor wir am Wechseltag dazugestolpert sind.
Genau genommen hat sich eure Spezies hier draußen entwickelt – die Lange Erde hat euch geformt. Aber warum?«
Er gestikulierte hilflos. »Was soll das alles? Diese zahllosen
leeren Welten…«

Sancho grinste und tippte sich an die Stirn. »Platz zum
Weglaufen, vor Flusssänger-Biest. Platz für Trollruf. Platz
zum *Denken*… Und mehr Junge.«

Joshua dachte darüber nach, dann lächelte er zurück.
»Ich glaube…«

Rod kam vom Flugzeug zurück. »Vater? Ich bin so weit.
Wir können los, sobald du bereit bist.«

»Verdammt«, sagte Joshua. Zögernd rappelte er sich
auf. »Ich muss mich erst noch von meinem alten Kumpel
verabschieden.«

Rod blickte sich verdutzt um. »Sancho? Wo ist er denn?«
Als er sah, dass Sancho weg war, versetzte es ihm einen

Stich. Der Troll hatte sogar die silberne Rettungsdecke mitgenommen.

»Bis später, alter Sack.«

»Vater?«

»Schon gut. Würdest du mir rasch helfen, meine Sachen zusammenzupacken?«

49

Als sie in Weiß-der-Kuckuck-wo ankamen, war Joshua über ein ganzes Jahr von den Welten der Menschen weggewesen. Zu Hause wartete ein Haufen Nachrichten auf ihn, die meisten von Nelson, der Joshua erstaunlicherweise brauchte, um einen verlorenen Enkel zu suchen.

Er verbrachte einige Zeit mit Bill Chambers und anderen Freunden, und er verbrachte noch mehr Zeit im Krankenhaus, wo sein Bein und auch alles andere durchgecheckt wurde. Alles verlief recht gut, denn er ging auf Krücken hinein und kam an einem Spazierstock wieder heraus.

Erst im Juni 2071 kehrte Joshua wieder nach Madison, Wisconsin, auf der Datum-Erde zurück. In seine Heimatstadt.

Aber er war da, und er wollte ein Versprechen einlösen, das er seiner Frau gegeben hatte.

Er wechselte in eine kleine Gemeinde namens Pine Bluff hinein, etwas außerhalb des westlichen Autobahnrings, ungefähr zehn Meilen westlich von der Innenstadt an der Mineral Point Road. Er stand auf seinen Stock gestützt, hatte den ramponierten Rucksack auf dem Rücken und den breitkrempigen Hut auf dem Kopf.

So stand er auf einem rissigen Asphaltstreifen, der von den halb verfallenen Mauern rußfleckiger Gebäude gesäumt war. Auf mehreren sauber geräumten Flächen war eine Handvoll neuerer Gebäude emporgewachsen. Die aus Aluminium, Keramik und behandeltem Holz bestehenden Häuser, deren Material aus der Nahen Erde importiert worden war, erinnerten an bunte Pilze. Vor einigen parkten putzig aussehende Elektrofahrzeuge.

Wie üblich verspürte er bei der Rückkehr zur Originalerde, der Heimat der Menschheit, einen kulturellen, buchstäblich körperlichen Schock. Das schiere Ausmaß, in dem die Landschaft umgebildet, aufgerissen und überbaut worden war, war erschreckend, selbst wenn man es mit den zunehmend dicht besiedelten Nahen Erden verglich. Das galt sogar für diesen südlichen Vorort einer schon seit jeher recht kleinen Stadt. Was er sah, war das Erbe von Tausenden Jahren menschlichen Treibens auf dem Planeten. Sie hatten das Land aufgerissen und dann gebaut und gebaut, dann hatten sie alles wieder abgerissen oder zerbombt und wieder neu gebaut. Erst wenn man durch einige Versionen der Welt gewandert war, in die höchstens eine Handvoll natürlicher Menschenwechsler ihren Fuß gesetzt hatte, wurde einem so richtig klar, was dieses Treiben alles verändert hatte. Und das, bevor Yellowstone einen Großteil dieser Erde, und ganz besonders Nordamerika, in ein mit Asche bedecktes Leichenhaus verwandelt hatte.

Trotzdem erholte sich die Datum allmählich, dreißig Jahre nach Yellowstone. Wenn man hier so mitten auf der Straße stand, musste man es zugeben. An diesem Nachmittag sah der mittsommerblaue Himmel mit den paar hineingestreuten Wolken fast normal aus. Die aus dem gewaltigen Vulkankrater herausgeblasenen Feststoffe und Gase waren inzwischen mehr oder weniger aus der Luft herausgewaschen. Auch die Asche war weggespült, obwohl man sie außerhalb der Stadt immer noch in großen Haufen neben den Straßen liegen sehen konnte, und wenn man auf den Feldern ein wenig grub, stieß man nicht weit unter der Oberfläche auf eine dünne Ascheschicht. Aber sogar jetzt, dachte er, nach so vielen Jahren, glaubte man immer noch, Ruß und Benzin zu riechen, die Geister von Milliarden verrosteter Autos. Und es war kalt, viel kälter als früher. Wegen des Vulkanwinters war Wisconsin jetzt eher so wie Manitoba, jedenfalls wurde das behauptet...

Durch die Risse im Asphalt zu seinen Füßen wuchsen trotz der Kälte Blumen.

»Alles in Ordnung mit Ihnen?«

»Hm?«

Vor ihm stand eine junge Frau in einem praktisch aussehenden Overall. Sie hatte hellrotes Haar und musste so um die dreißig sein. »Mir gehört das Motel da drüben. Mir und meinem Partner Joe. Ich habe gerade das Schild für den Abend rausgehängt und Sie mitten auf der Straße stehen sehen.«

Er sah zu dem Motel hinüber. Eine Kreidetafel vor der Tür kündete von Getränken, Essen und einer Auswahl von Delikatessen auf der Grundlage von Wisconsin-Käse. »Manche Dinge ändern sich wohl nie«, sagte er.

»Da haben Sie recht. Sind Sie gerade eben reingewechselt?«

»Sieht man das?«

»Sie sahen ein bisschen verloren aus. Schon komisch, wenn man wieder hierher kommt, hm? Viele Geister.«

»Allerdings.«

»Sie sind doch nicht vielleicht Mr Valiant, oder doch?«

»Valienté. Joshua Valienté.«

»*Valienté*. Entschuldigen Sie. Ein ungewöhnlicher Name.«

Dazu ein Name, den sie anscheinend noch nie gehört hatte. So viel zum Thema Berühmtheit. »Kann schon sein.«

»Wir haben Sie erwartet. Sie sind der einzige Gast, den wir heute Abend erwarten. Möchten Sie vielleicht reinkommen ins Warme? Wir checken Sie ein, und Sie können es sich gemütlich machen. Wir haben aber keine Zimmer mit Klimaanlage. Sie haben ein Einzelzimmer, jedenfalls das, was wir so Einzelzimmer nennen. Es gibt Fernsehen und auch Netzverbindungen, mit ein bisschen Glück. Ach, und um 22 Uhr geht der Strom aus. Dabei geht es uns schon viel besser als zuvor. Wir haben eine Entschädigung bekommen, um alles wieder aufzubauen. Haben Sie davon gehört? Mit dem Geld sollen die Leute wieder auf die Datum zurückgeholt werden, jetzt, wo das Wetter angeblich wieder besser wird. Ich finde Präsidentin Damasio gut, glaube ich. Hab sie natürlich nicht gewählt... Ach, jetzt stehen wir immer noch hier, und ich quassele Ihnen die Ohren voll. Darf ich Ihren Rucksack nehmen?«

»Nein, vielen Dank.« Er humpelte neben ihr auf das Hotel zu.

»Das Bein sieht nach Schmerzen aus. Arthritis?«

»Es war gebrochen.«

»Soll ich Ihnen wirklich nicht helfen?«

»Nein danke.«

Unter dem Vordach blieben sie stehen, gleich neben der Tafel.

»Mir wurde gesagt, dass Sie einen Friedhof besuchen wollen.«

»Ja. Forest Hill. Meine Frau liegt dort.«

»Der ist auf dieser Seite der Stadt. Mit dem Auto ist man schnell dort. Sie können sich eins bei uns mieten... Ach, haben Sie einen aktuellen Führerschein?«

Er sah sie ungläubig an. »Man braucht einen Führerschein?«

»Ich kann Sie auch gerne hinfahren.«

»Nein, ich will Ihnen keine Mühe...«

»Ich muss morgen sowieso ein paar Sachen einkaufen gehen.« Sie lächelte. »Busse fahren nämlich keine. Nicht so weit draußen.«

Joshua unterdrückte einen Seufzer. Der große Valienté, der Wanderer durch die Lange Erde, der inzwischen auf einen Stock gestützt ging, war sogar hier in Datum-Madison vergessen und darauf angewiesen, sich von einem rotwangigen Kind herumfahren zu lassen. »Sehr freundlich von Ihnen.«

»Dann also morgen früh.«

»Vielen Dank, Mrs ... äh ...«

»Green. Phyllida Green.« Sie streckte ihm die Hand entgegen.

Er schüttelte sie verdutzt. Helens Familie hieß Green. Ein recht verbreiteter Name. Aber Madison war eine kleine Stadt, und auch die Haarfarbe passte. Konnte es wirklich sein? Na, wenn die Frau tatsächlich eine entfernte Verwandte seiner Frau war, dann war es wohl in Ordnung, dass sie sich um ihn kümmerte, wenigstens ein bisschen. Obwohl sie nie von ihm gehört hatte.

»Geht es Ihnen wirklich gut?«

»Alles bestens, Mrs Green. Nur ein paar alte Erinnerungen.«

»Dann bitte hier entlang. Vorsicht, Stufe.«

50

Das Zimmer war nur ein kleiner Verschlag, aber die Wände schienen zumindest so gut isoliert zu sein, dass Joshua nicht fror. Phyllida Green machte ihm Omelett, Pommes frites und Bohnen zum Abendessen, und in ihrem Kühlschrank lagerte so etwas wie einheimisches Bier in recycelten Cola-Flaschen.

Die Netzverbindung war ein Witz, aber der Fernseher funktionierte ganz gut. Joshua vermutete, dass er sein Signal von einem Satelliten empfing. Er surfte durch die Kanäle, so wie immer, wenn er mal wieder auf der Datum war, nicht zuletzt deshalb, weil hier so ziemlich der einzige Ort war, auf dem das ging. »So was gibt's in den Hohen Megas jedenfalls nicht«, brummte er. »Einen verstauchten Daumen von der Fernbedienung.«

Die meisten Sendungen waren jedoch angestaubte Komödien oder Dramen, einige davon sogar noch aus der Zeit vor dem Wechseltag. Es gab mehrere Nachrichtenkanäle, auf denen sprechende Köpfe die Schlagzeilen des Tages verkündeten, aber so gut wie keine Lokalnachrichten. Das Interessanteste waren noch Dokumentarfilme, auch wenn die meisten ziemlich dilettantisch gemacht waren, nur ein kleines Team mit ein oder zwei Kameras, das sich an irgendwelchen Ecken der Langen Erde herumtrieb. Es gab einen Beitrag über Geschäftemacher in Miami West 4, die unter dem eierschalenblauen Faden eines Weltraumaufzugs Stan-Berg-T-Shirts verkauften, bedruckt mit den elf Worten seiner Predigt unter dem Bohnenstängel. »Mehr an Bibel braucht keiner«, sagte ein Kaugummi kauender Verkäufer.

Dann gab es einen selbststilisierten Abenteurer mit breitkrempigem Hut, der aussah wie soeben in einem schicken Großstadtladen erstanden, der eine Ausgabe von *Per Anhalter durch die Lange Erde* in der Hand hielt und damit angab, an welche Orte er einen bringen könne, wenn man mit ihm eine Twain-basierte Reise in die Lange Erde buchte. »In einer Welt am Rande des Getreidegürtels habe ich das Bett eines knochentrockenen Mittelmeers erforscht. Auf einer Welt weit jenseits der Lücke habe ich die Hänge eines der größten jemals entdeckten Vulkane erstiegen, tausendmal so gewaltig wie der Yellowstone. Fünfunddreißig Millionen Schritte von der Erde bin ich über den einzigen Kontinent dieser Welt gewandert, der von einem einzigen Fluss entwässert wird, gegen den der Mississippi wie ein Rinnsal erscheint...«

»Kenn ich schon, blablabla. Nur das T-Shirt habe ich noch nicht. Weiter.«

Eine Reportage über Walhalla: »Mit ihrem schachbrettartigen Straßennetz, den Gewerbegebieten und Parks, mit den Schulen, Krankenhäusern und Läden, und mit dem berühmten Rathausplatz, der seit der mutigen Verkündung der Autonomie an dieser Stelle im Jahre 2040 den Namen Unabhängigkeitsplatz trägt, verweist Walhalla auf eine ganz eigene Geschichte. Eine unter allen Städten einzigartige Geschichte. Walhalla ist die größte Siedlung der Menschheit jenseits der Datum und der Nahen Erden und die einzige Großstadt in den Hohen Megas, die diesen Namen verdient. Und was Walhalla so anders macht als alle anderen Städte der Langen Erde, ist die Tatsache, dass rings um Walhalla niemand Landwirtschaft betreibt. Die Bürger dieses Ortes bewohnen eine große Bandbreite von Welten zu beiden Seiten hin, die größtenteils unentwickelt belassen wurden. Dort versorgen sich die Menschen mit Obst von den Bäumen, dort jagen sie die großen Tiere. Auf diese Weise kann eine Bevölkerung aus Jägern und Sammlern eine moderne Stadt unterhalten – eine Lebensweise, die vor dem Wechseln nicht möglich gewesen wäre. Die Leute hier genießen das Beste beider Welten!«

»Dennoch hängt eine gewisse Wehmut über dem Ort. Viele Gebäude, sogar ganze Stadtteile, sind dunkel und verrammelt, die Kneipen halb leer. Als würden die Leute die Stadt nach und nach verlassen. Vor dem Wechseltag zogen die Städte auf der Datum-Erde die Menschen wie Magnete an. Man zog vom Land in die Stadt, damit das Leben weniger beschwerlich wurde. Hier draußen in der Langen Erde ist es umgekehrt. Wenn man schmutziges Wasser und Stechmücken vermeiden kann, ist das Leben auf dem Land leicht und billig... In der Langen Erde zieht es die Leute nicht in die Städte, sondern weg von ihnen. Sie verlassen sogar Walhalla, den Traum eines jeden Wechslers...«

Deprimiert schaltete Joshua um und dachte dabei an seinen Schwiegervater Jack, einen der Hitzköpfe der Sanften Revolution von Walhalla.

Eine Dokumentation über den Langen Mars, ein Vierteljahrhundert nach der bahnbrechenden Expedition Sally Linsays und ihres Vaters: »In Australien gab es eine vierzigtausend Jahre alte Zivilisation, bevor die Wilden dort landeten. Es ist nicht unsere Schuld, dass Kapitän Cook nicht erkannte, was sich direkt vor seiner Nase befand. Meine Tochter, wissen Sie, also ihre Kunst besteht darin, Schilde aus Eukalyptusrinde zu fertigen, die auf der Rückseite mit ihrem Handabdruck signiert sind – man pustet das Pigment durch einen Strohhalm und zurück bleibt ein Schatten. In den europäischen Eiszeithöhlen findet man Sachen, die auf dieselbe Weise signiert sind...«

Im Hintergrund, hinter dem Gesicht der höflichen älteren Frau, spazierte eine Art Känguru über eine rostrote Ebene. Es war groß, größer als die Menschen in den Raumanzügen ringsum, außerdem schien es, vielleicht aufgrund der Anpassung an die niedrigere Schwerkraft, tatsächlich zu *gehen*, anstatt zu hüpfen, immer einen Schritt nach dem anderen.

»Natürlich will ich nicht behaupten, dass wir fortschrittlicher waren als ihr. Nur ein bisschen. Aber wir waren sesshaft, wir waren gebildet, wir lebten im Einklang mit unserer Landschaft und unserer Umwelt. Wir hatten den Kontinent vermessen, nicht mit Bildern, sondern mit Worten und Liedern. Und nicht nur das, wir sind auch gewechselt. Von Anfang an. In den Nahen Erden gibt es Höhlenmalereien, die es beweisen. Seit Tausenden von Jahren sind wir gewechselt, denn im Outback kann man eine solche Fähigkeit richtig gut gebrauchen. Zehntausende von Jahren, als wäre es ganz normal. Und als ihr anderen dann die Lange Erde ›entdeckt‹ habt, so wie ihr auch Australien ›entdeckt‹ habt, waren wir schon da. Kein Wunder, dass sich nach dem Wechseltag mehr von uns auf einen Walkabout durch die Lange Erde begeben haben als aus jeder anderen Volksgruppe auf dem Planeten ...«

Und hinter dem Känguru erhoben sich aus der glatten und flachen Ebene des ehemaligen Meeresbodens eine Reihe dunkler Bänder, die sich schlank, senkrecht und schwarz vor dem leicht violetten Himmel dieser Welt abhoben. Monolithen. Fünf Stück. Das Bild war scharf, die Beschriftung auf ihrer Oberfläche deutlich zu erkennen, wenn auch ganz und gar fremdartig.

»Und jetzt haben wir den Mars, den Langen Mars, auch eine raue, trockene, wunderschöne Landschaft, und eine unendliche dazu. Wahrscheinlich verbringen wir noch einmal vierhundert Jahrhunderte damit, unseren Weg hier hindurch zu singen. Dann denken wir uns etwas anderes aus ...«

»Schlaf gut, Sally, wo du auch bist.«

Schließlich fand Joshua einen alten Film, einen Lieblingsfilm Lobsangs: *Abgerechnet wird zum Schluss*. Noch vor dem Ende des Films schlief er ein und träumte von der Reise in einem Luftschiff.

Er erwachte vor Tagesanbruch.

Nein, der Ort hier fühlte sich nicht mehr an wie Madison. Es war zu kalt. Es roch auch nicht mehr so … es roch nicht mehr wie eine der Kopien der Stadt in der Nahen Erde, so drastisch hatte der Klimawandel alles verändert. Keine Verkehrsgeräusche mehr, aber wie Joshua so ohne elektrisches Licht in der Dunkelheit lag, hörte er das unverwechselbare Heulen von Wölfen und ganz in der Nähe ein ruppiges Knurren sowie das Klappern eines Mülleimerdeckels. Vielleicht ein Bär? Oder nur ein Waschbär? Angeblich wanderte die Tierwelt Kanadas nach Süden, floh vor den sich ausbreitenden Gletschern. Luchse, Elche und Karibus. Manche behaupteten, nicht weit nördlich von Madison könnte man sogar Eisbären sehen, wenn es im Winter sehr kalt wurde.

Er drehte sich auf die andere Seite und versuchte weiterzuschlafen.

51

Am nächsten Morgen um kurz nach neun machte sich Joshua mit Phyllida Green in Richtung Madison-Stadtmitte auf.

Das Elektromobil folgte der Mineral Point Road, einer schnurgeraden Piste, die nach Osten in die Innenstadt führte und sie fast vor die Tore von Forest Hill brachte. Der Straßenbelag war vergleichsweise gut in Schuss, die Risse vom Frost und die Schlaglöcher waren grob aufgefüllt worden, nur am Rand des Asphalts wuchsen derb aussehende Schösslinge, junge Kiefern und Fichten. Es gab keine Fahrbahnmarkierungen, auch die Ampeln und andere Verkehrsleitsysteme funktionierten nicht. Joshua vermutete, dass das geringe Verkehrsaufkommen die Instandhaltung nicht rechtfertigte.

Er stellte fest, dass sich das Leben hier auf der Datum sehr verändert hatte. Es lag nicht nur an der drastischen Verringerung der Bevölkerungsdichte oder daran, dass die alte, globalisierte Zivilisation mehr oder weniger zusammengebrochen war. Die Tage, als man ein Handy aus Finnland benutzte, um eine Pizza zu bestellen, deren Zutaten aus Ostasien stammten und die von einem jungen Mann geliefert wurde, der aus Chile eingewandert war, gehörten längst der Vergangenheit an. Die Menschen auf der Datum, aber auch auf den wechselwärtigen Welten, reisten viel weniger durch die Welt als früher und versorgten sich mit dem, was sie brauchten, meistens in der näheren Umgebung. Straßen, Eisenbahnen und Flugzeuge wurden kaum mehr benutzt.

Auch die Landschaft, durch die diese Straße führte, hatte sich verändert. An manchen Stellen war der Boden überflutet, eilig waren kleine Kanäle und Böschungen gegraben worden, um die Straßenoberfläche zu schützen. Joshua stellte sich vor, dass solche Rinnen nach einigen Jahren ohne regelmäßige Instandhaltung wieder verstopften und das Land sich in die Sumpflandschaft zurückverwandelte, der ein Großteil der Stadtfläche vor langer Zeit entrissen worden war. In höheren Lagen war die einstige Prärie größtenteils abgestorben, die hübschen hüfthohen Blumen, die einst in dieser Jahreszeit geblüht hatten, waren verschwunden und hatten lediglich karge, von kurzen Gräsern bewachsene Ebenen zurückgelassen, die, wie Joshua fand, beinahe wie arktische Tundra aussahen. Auch die Waldstücke sahen arg mitgenommen aus. Aus den abgestorbenen Eichen- und Fichtenhainen ragte hier und da das Grün einzelner Kiefern heraus. Sogar den Zuckerahorn, den offiziellen Baum dieses Bundesstaates, schien es nicht mehr zu geben.

Überhaupt war es sehr still, auch die Vögel schwiegen. Joshua fragte sich, was in den Seen vor sich ging, die wohl inzwischen von der Asche und der Verschmutzung durch die Menschen gereinigt sein mussten. Er vermutete, dass die Vögel wieder zurückkommen würden, zumindest die Arten, die an kaltes Klima gewöhnt waren. Aber was war mit den Fischen?

Das Problem nach Yellowstone war, dass sich die Klimazonen plötzlich Hunderte, vielleicht sogar Tausende Meilen nach Süden verschoben hatten, weshalb Madison klimatisch jetzt ungefähr dort lag, wo früher die Südküste Alaskas war. Allerdings konnte das Leben nicht so schnell darauf reagieren, nur eine Handvoll heimischer Arten gedieh in der neuen Umgebung. Eines Tages, so vermutete er, würde sich die nordkanadische Flora vollständig bis hierher ausgebreitet haben, die Kiefern und Birken, die Hochgrasprärie. Bis dahin würde die Landschaft jedoch noch sehr lange sehr trostlos aussehen.

Sie kamen an einer Wiese vorbei, auf der viele merkwürdige, aufgedunsene Gebilde standen, größer als ein erwachsener Mensch, und es roch eigenartig nach Käse. Joshua erinnerte sich daran, dass er und Lobsang solche Pilze auf einer Welt weit jenseits der Datum entdeckt hatten, damals, auf ihrer bahnbrechenden Pionierreise: Ein Pilz, der sich leicht anbauen ließ und dabei in hohem Maße nahrhaft war, weshalb Lobsang damit gedroht hatte, ihn mit nach Hause zu nehmen und an die Fastfood-Industrie zu verkaufen. Jetzt schien diese Entdeckung, in diesem langen Winter nach den Ereignissen von Yellowstone, doch noch zu ihrem Recht zu kommen.

Nach mehreren Meilen überquerten sie den westlichen Autobahnring. Dort gab es sogar noch eine funktionierende Verkehrsampel, weshalb sie warten mussten. Obwohl einige Fahrspuren geschlossen waren und die Brücke, auf der die Schnellstraße einst die Mineral Point Road kreuzte, offensichtlich nicht mehr benutzt wurde, war die Schnellstraße selbst immer noch offen, und es herrschte sogar ein, wenn auch sehr bescheidener, Verkehr. Die meisten Fahrzeuge fuhren elektrisch, wie das von Phyllida, aber es gab auch etliche ältere Modelle aus der Zeit vor Yellowstone, die mit dicken Vergaseraufsätzen ausgerüstet waren und durch das Verbrennen von Holz angetrieben wurden. Sie erinnerten Joshua an alte Filme aus dem Zweiten Weltkrieg.

Die Schnellstraßenkreuzung war mit leuchtend orangefarbenen Warnschildern geschmückt, was Phyllida die Gelegenheit verschaffte, über das System der Strahlungsgefahren-Zonen zu plaudern, das rings um Madison eingerichtet worden war. An einiges davon konnte sich Joshua noch erinnern, er hatte sich damals aber nicht so lange in Datum-Madison aufgehalten, als dass es für ihn eine Rolle gespielt hätte. Die Rote Zone erstreckte sich ein paar Meilen rings um das Kapitol, besser gesagt, um dessen Ruine, also die Stelle, an der die Atombombe der Wechselgegner im Jahre '30 explodiert war. Heute durfte man sie auf eigenes Risiko betreten, nur bei Nacht gab es Patrouillen von automatisierten Einheiten und Streifenpolizisten, die dafür sorgten, dass niemand dort übernachtete. Eine Braune Zone bildete einen Radius von ungefähr zehn Meilen rings um die Innenstadt, also über ganz Madison westlich des Autobahnrings, nach Süden bis über den Lake Monona nach Fitchburg, im Osten ein gutes Stück über die Autobahn bis in Gemeinden wie Cottage Grove und im Norden bis zum Flugplatz Dane County, nach De Forest und Sun Prairie. Phyllida zufolge erstreckte sich ein brauner Zipfel noch weiter nach Osten, weil der am Tag des Anschlags herrschende Wind einen Großteil des atomaren Niederschlags dorthin geweht hatte. In dieser Zone durfte man wohnen, musste sich aber einmal im Jahr einer gesundheitlichen Untersuchung unterziehen, insbesondere die Kinder. Dann gab es noch eine Gelbe Zone mit einem Radius von etwa fünfzig Meilen rings um die Innenstadt, die einfach nur an den Gifthauch erinnern sollte, der immer noch über dem Herzen dieses Gebietes lag.

Sie fuhren weiter, durch dichter bebaute, aber größtenteils verlassene Gegenden.

»Manche Leute finden, dass man die Zonen wieder abschaffen sollte«, sagte Phyllida fröhlich. »Die Reststrahlung ist inzwischen angeblich kaum höher als zuvor die Hintergrundstrahlung. Bis auf Cäsium-137 natürlich«, fügte sie mit einer eigentümlichen Vertrautheit hinzu. »Das ist immer noch eine Gefahr innerhalb der Nahrungskette, etwa bei Wild, Süßwasserfischen und Pilzen, also genau bei den Sachen, von denen sich die Leute ernährt haben, als sie nach Yellowstone nichts mehr zu essen hatten, war ja klar. Aber alle sagen, dass die Asche und das andere Zeug aus dem Vulkan viel mehr Schaden anrichtet als die Strahlung.

Die Behörden wollen alles weiterhin unter Beobachtung halten, glaube ich, und dagegen ist ja nichts einzuwenden.«

Joshua zuckte die Achseln. »Wahrscheinlich weiß es keiner so genau.«

»Stimmt«, erwiderte sie. »Aber wenn man so nahe an Madison wohnt, kriegt man doch einiges mit. Manchmal kommen Ärzteteams und so vorbei, um die aktuellen Auswirkungen zu untersuchen. Und manchmal kommen die Leute einfach nur her, um es sich anzusehen. Touristen. Einige brüsten sich damit, dass sie alle drei Orte besucht hätten, an denen die Zivilbevölkerung vor Yellowstone Atomschlägen ausgesetzt war, in Japan und hier. Als würden sie diese Erfahrungen sammeln.«

»Verrückt.«

»Sie bezahlen dafür, und wir verdienen Geld.« Sie warf ihm einen Blick zu. »Aber die meisten unserer Besucher sind wie Sie. Sie haben... oder hatten Familie hier.«

»Meine Frau und ich sind beide in Madison aufgewachsen. In den Tagen vor der Atombombe. Aber damals kannten wir uns noch nicht. Nach dem Wechseltag ging sie mit ihrer Familie mit einem Treck in die Lange Erde, später gründeten sie eine Stadt im Getreidegürtel.«

»Wo denn? Ich bin noch nie weiter als West 5 gewesen, dort sitzt die Verwaltung, und die Krankenhäuser sind auch dort.«

»Ach, über hunderttausend Schritte von hier. Nach unserer Hochzeit wohnten wir noch viel weiter draußen, über eine Million Schritte.«

»Krass.«

»Aber sie wollte nach ihrem Tod hierher gebracht werden. Ihre Asche.«

»Dann haben Sie ihre Asche zurückgebracht.«

Nein, ich nicht, dachte er. *Er* hatte sich in die andere Richtung aufgemacht, wieder mal weit weg, in die Hohen Megas, um allem zu entkommen. Und Rod, ihr Sohn, war ebenfalls geflohen, in die Lange Erde entschwunden, zusammen mit seinen unverlässlichen Gefährten. Katie und Harry, Helens Schwester und ihr Mann, mussten sie nach Forest Hill bringen. Seither redeten sie kaum noch mit Joshua.

Deshalb sagte er nur: »So ähnlich, ja.«

Die meisten Wohnhäuser in dieser Gegend waren schon lange verlassen. Dreißig Jahre nach Yellowstone waren die Vorgärten und Parkanlagen bereits mit hohen Sträuchern und Bäumen zugewachsen. Sie kamen an einem großen alten Einkaufszentrum vorbei, das, wie man auf einem großen Behördenschild lesen konnte, in ein »Rückgewinnungszentrum« umgewandelt worden war. Hierher konnte man den ganzen Müll bringen, der sich immer noch aus den Jahren vor Yellowstone finden ließ, nahezu unzerstörbare Kaffeebecher aus Styropor, Aluminiumdosen und Flaschen aus Plastik oder Glas, jahrzehntealt, aber manchmal so makellos, als wären sie gerade erst hergestellt worden. Man setzte das Rücksiedlungsgeld dafür ein, solchen Müll aus der Vergangenheit in nützliche Gegenstände zu verwandeln, die in der Zukunft gebraucht wurden.

Als sie Forest Hill erreichten, waren sie nur wenige Meilen von der Innenstadt entfernt. Schilder auf den Bürgersteigen zeigten die Entfernung zur inneren Roten Zone an. Hier und da sah Joshua Schäden, die noch von der Atombombe herrühren mussten: Holzwände ohne Dach, die vor sich hinfaulten, Betongebäude, die nur noch fensterlose Hüllen waren. Aber das Leben spross überall, wo es nur konnte, grünes Unkraut drang aus den Ritzen verlassener Straßen, Blumen wiegten sich auf dreckverkrusteten Fensterbänken im Juniwind.

Phyllida stellte das Auto ab und bot Joshua an, ihn zum Grab zu begleiten, aber das wollte er nicht. Sie vergewisserte sich, dass er ein funktionierendes Handy dabeihatte, und er musste versprechen, sie anzurufen, wenn er wieder nach Hause gebracht werden wollte. Er ärgerte sich ein bisschen über ihre übertriebene Fürsorge, aber die Greens hatten schon immer ein gutes Herz gehabt. Außerdem war sein Stolz, seit er sich von einem Troll den Hintern abwischen lassen musste, auch nicht mehr so unerschütterlich wie früher.

Doch sobald er den Friedhof betreten und sich humpelnd auf seinen Erkundungsgang begeben hatte, bedauerte er, dass er ihre Hilfe abgelehnt hatte. Er hatte sich zuvor eingeloggt und sich die Nummer der Grabstätte sowie den ungefähren Weg dorthin heruntergeladen, aber er hatte nicht bedacht, dass die Friedhöfe in Madison seit Yellowstone gezwungenermaßen viel größer geworden waren. Forest Hill hatte sich bis auf einen ehemaligen Golfplatz ausgedehnt und auch, wie Joshua feststellte, auf ein Wohngebiet zwischen der ehemaligen Südgrenze des Friedhofs und der Monroe Street. Vermutlich war das Viertel nach dem Anschlag abgebrannt. Selbst dort lagen die Gräber sehr dicht beieinander.

Es war eine schaurige Odyssee.

Als er Helens Grabstelle fand, stand die Sonne hoch am wolkenbetupften Himmel. Joshua schwitzte und stellte fest, dass er auch ein bisschen schnaufte. Vielleicht befand sich in dieser fauligen Datumluft immer noch ein Rest Asche. Als er auf die kleine Grabplatte hinabblickte, stützte er sich schwer auf seinen Stock. Es war ein bescheidener Marmorstein in einem mit Kies bestreuten Rechteck, die Inschrift in einer hübschen, offenbar von einer Maschine eingravierten Type gehalten. Er las die Worte laut vor. »In Erinnerung an Helen Green Valienté Doak, Ehefrau von Joshua Valienté, Ehefrau von Benjamin Doak, Mutter von Daniel Rodney. 2013–2067. Und in Erinnerung an Rodney Green, 2012–2051 ...«

Ich habe mein Versprechen gehalten, sagte er schweigend zu Helen.

Eine Hand berührte seine Schulter. »Du hast sie also gefunden.«

Joshua drehte sich um. »Nelson. Hab dich gar nicht kommen hören. Meine Überlebensinstinkte lassen deutlich nach.«

»Wahrscheinlich. Wenn schon ein schwerfälliger Ochse wie ich sich an dich anschleichen kann.« Nelson Azikiwe trug einen schlichten schwarzen Mantel. Ein wenig steif beugte er sich nach vorne, um den Stein genauer zu betrachten.

»Am Ende wollte sie wieder nach Hause.«

»Kann ich gut verstehen. Ich habe mir auch schon einen Platz in meiner alten Gemeinde St. John am Wasser ausgesucht. Na, und als ehemaliger Amtsinhaber steht mein Name bereits auf einer Plakette in der Kirche, in Blattgold.«

»Sehr geschmackvoll. Helens Familie ist überall verstreut. Ihr Vater ist in Walhalla begraben. Ihre Schwester Katie und ihre Familie bleiben in Reboot.«

»Und du, Joshua? Wo wird deine letzte Ruhestätte sein?«

Joshua zuckte die Achseln. »Wahrscheinlich dort, wo ich umkippe. Aber ich möchte auch nicht gerne im Bauch irgendeines hässlichen Raubtiers in den Hohen Megas enden. Schon gar nicht von einem dieser Krokodilviecher.«

Nelson kniff die Augen zusammen. »Dann liegt ihr Bruder Rodney also hier bei ihr.«

»Ich glaube, das war einer der Gründe dafür, warum sie nach Hause gebracht werden wollte. Wegen Rod. Er hat vor seinem Tod im Gefängnis keinen aus der Familie je wiedergesehen. Sie hat seine Asche hierherbringen lassen. Ich glaube, sie hat sich wegen Rod schon immer schuldig gefühlt.«

»Ich erinnere mich an die Geschichte.«

»Hier in Madison sind die Atombombenleger nach wie vor verrufen, was nicht weiter verwunderlich ist. Also haben wir versucht, diese Grabstätte geheim zu halten. Ich wollte nicht mal Rods Namen auf den Stein schreiben, aber Helen hat darauf bestanden. Sollte der Stein jemals entweiht werden...«

»Hier liegt sie sicher«, ertönte plötzlich eine andere Stimme. »Darauf kannst du dich verlassen, Joshua.«

Erschrocken drehten sich die beiden um.

Der Neuankömmling schien ebenfalls ein älterer Mann zu sein. In in Jeans und einer weiten Jacke sah er fast so gesetzt aus wie Nelson in seinem Mantel. Er war völlig kahl und glatt rasiert, mit unauffälligen Zügen. Die Falten um seine Augen, den Mund und auf der Stirn ließen ihn alt erscheinen, aber wie alt, blieb seltsam unbestimmt.

»Du hast ein neues Gesicht«, sagte Joshua anstelle einer Begrüßung.

Nelson musterte den Ankömmling von oben bis unten. »Eine völlig neue mobile Einheit. Sehr beeindruckend. Aber ziemlich stämmig, oder?«

»Und deinen Arm hast du auch wieder«, sagte Joshua.

»Ach, Joshua, die beschädigte Kopie, die du aus der Durchquerer-Welt mitgebracht hast, hatte ihren Zweck erfüllt. Sie befindet sich jetzt in einem Tresorraum von trans-Earth, wo die verschiedenen Verbesserungen, die mir aufgezwungen wurden, um die Jahre der Isolation zu überstehen, auf ihren zukünftigen Gebrauch hin untersucht werden.«

»Aber glatzköpfig wie immer«, sagte Joshua. »Keine Sandalen und kein Mönchsgewand mehr?«

»Heutzutage bleibe ich lieber anonym.«

»Es sei denn, du willst lieber nicht anonym bleiben«, erwidert Joshua ironisch. »Du sagst, du beschützt Helens Grab...«

»Du kennst mich, Joshua. Ich sehe, wie sich die Welt dreht, wie sich alle Welten drehen, und ich sehe Distelwolle auf einen Grabstein fallen.« Er seufzte. »Aber ich kann dafür sorgen, dass manche Augen woanders hinsehen – zumindest elektronische Augen. Der Stein ist auf den meisten Friedhofskarten nicht einmal vermerkt. Ich habe darauf geachtet, dass du eine Version mit dem korrekten Eintrag herunterlädst.«

Joshua musterte ihn misstrauisch. »Du hast also gewusst, dass ich komme?«

Nelson gab ihm einen leichten Stups. »Er wacht mit den allerbesten Absichten über uns.«

»Das behauptet er jedenfalls immer, Nelson.« Joshua wandte sich wieder der mobilen Einheit zu. »Wie sollen wir dich diesmal nennen? George Abrahams?«

Die mobile Einheit lächelte schließlich doch noch, und ihr eher starres Gesicht verwandelte sich. »›Lobsang‹ reicht völlig.«

»Freut mich, dich wiederzusehen«, sagte Joshua widerwillig.

Die Einheit überlegte. »Trotz allem, was vorgefallen ist?«

»Nimm's als meinen üblichen Vorbehalt.«

»Gewiss. Du hast mir auch gefehlt. Tja, da wären wir also wieder vereint. Drei Veteranen aus einer längst vergangenen Zeit. Erinnert ihr euch noch an den Film *Space Cowboys?* In dem Clint Eastwood und ein paar andere alte Haudegen …«

Joshua hob abwehrend die Hände. »Den kenne ich auswendig.«

»Na ja, so wie diese Cowboys müssen auch wir noch einen letzten Auftrag ausführen, Gentlemen.«

»Wir sollen also Nelsons Enkelsohn finden und zurückbringen«, sagte Joshua. »Ein letztes Husarenstück. Obwohl ich nicht den geringsten Schimmer haben, wie wir dabei vorgehen sollen. Wohingegen du, Lobsang …«

»Ich habe natürlich einen Plan.«

Nelson war auf einmal wie neu belebt. »Ehrlich?«

»Und ich weiß schon genau, wo wir anfangen. Wir folgen der Spur der Brotkrümel, die von viel fähigeren Akteuren ausgelegt wurde, als ich es je gewesen bin.«

»Du meinst die Next«, riet Joshua.

»Und wir fangen dort an, wo alles für dich angefangen hat, Joshua. Mit einem Jungen in einem Kinderheim, das einst am Allied Drive stand und inzwischen nach Madison West 5 umgesiedelt wurde. Wie du siehst, gehen wir weit zurück, bis zu den Anfängen. So lautet jedenfalls mein Plan. Wir gehen zurück nach West 5, sobald wir soweit sind. Ich könnte mir allerdings denken, dass du dir vorher noch die Innenstadt von Madison anschauen willst.«

»Ich bin seit Yellowstone nicht mehr dort gewesen«, brummte Joshua.

»Es sind nur ein paar Meilen von hier. Wäre zu Fuß leicht zu bewältigen, aber ich habe sogar einen Elektrokarren dabei.« Er sah die beiden an, den steif wie in einem Korsett dastehenden Nelson und den schwer auf seinen Stock gestützten Joshua. »Ich dachte, das kommt euch wahrscheinlich entgegen.«

»Vorausschauend wie immer, Lobsang«, erwiderte Joshua. Er atmete tief durch, richtete sich auf und wandte sich von Helens Grab ab.

52

Für Joshuas ungeschultes Auge sah der offene Elektrokarren genauso aus wie der von Phyllida Green: eine Kiste aus glattem weißem Plastik mit Rädern dran. Er fragte sich, woher das Ding seine Energie bezog. Aus Versorgungspunkten auf der Straße?

Anfangs fuhr Lobsang respektvoll langsam, und der Karren bewegte sich fast lautlos über den grob ausgebesserten Asphalt der Monroe Street. Inzwischen befanden sie sich schon ein Stück innerhalb von Phyllidas Roter Zone, wie Joshua an den vielen Schildern mit ihren knallroten Warnscheiben, Hinweisen auf erhöhte Strahlung und Notrufnummern ablesen konnte. Am Straßenrand hatte sich haufenweise Yellowstone-Asche gesammelt, auch in den Eingängen der dachlosen Häuser lag sie, als hätte sie jemand dorthin geschüttet.

Jetzt kamen sie in die Stadtmitte, den Mittelpunkt der nuklearen Zerstörung, und Lobsang fuhr noch langsamer. Die vielen roten Warnschilder rings umher waren grell und unübersehbar. Hier hatte es viele Gebäude bis auf die Grundmauern weggerissen, einige meist solider gebaute Büro- und Verwaltungsgebäude hatten den Schlag jedoch in unterschiedlicher Verfassung überstanden. Natürlich war nichts davon wieder aufgebaut worden, in den Ruinen hatte man nur bunte Kontrollstationen und medizinische Notfallzentren eingerichtet. Trotzdem spross überall, wo es nur ging, neues Grün, drückte sich durch die Schichten geborstenen Betons und Asphalts, der Strahlung und dem Klimakollaps zum Trotz. Das Leben ging weiter.

Der Hügel, auf dem das Kapitol gestanden hatte, war völlig zerfetzt. Sie blieben mitten im Schutt stehen.

»Ich glaube, ich muss mich bei euch entschuldigen«, sagte Nelson. »Es ist meine Schuld, dass ihr beide hier seid. Dabei wärt ihr gewiss viel lieber woanders.«

»Ich nicht«, erwiderte Joshua prompt. »Ich bin erst neulich fast verloren gegangen, draußen in den Hohen Megas.«

»Natürlich freut es mich sehr, dass du uns erhalten geblieben bist«, sagte Lobsang. »Und sei es auch nur, um von deiner Begegnung mit einer völlig neuen Trollart zu erfahren. Zumindest ist sie für mich neu.«

»Ha! Sogar du weißt nicht alles, Lobsang?«

»Noch nicht.«

»Und es tut mir auch leid, dass ich dich aus Tibet zurückgeholt habe, Lobsang«, sagte Nelson.

Die mobile Einheit zuckte die Achseln, eine eher mechanische Geste. »Irgendwann musste ich ja mal zurück. Für einen wie mich ist es natürlich eine endlose Herausforderung, sich in so eine virtuelle Umgebung zurückzuziehen, in den eigenen Kopf. Und doch scheine ich solche kleinen Fluchten von Zeit zu Zeit zu brauchen.« Er ließ den Blick über das zerstörte Kapitol wandern. »Ich weiß noch, dass du nach der Atomexplosion meine Firma jahrelang gemieden hast, Joshua. Du hast dich gefragt, warum ich, ein Wesen wie ein Gott, eine so offensichtlich böse Tat wie das Attentat auf die Stadt nicht verhindern konnte. Dabei kann ich mich manchmal selbst nicht retten. Jetzt stehen wir hier in diesem Museum der Zerstörung, zu dem, wie du vielleicht weißt, die jungen Leute kommen, die Generationen aus der Langen Erde, weil sie das alles verstehen wollen. Und genau diese Begeisterung und Neugier der jungen Menschen wird uns, so hoffe ich, Nelson, zu deinem verlorenen Enkel führen. Ich spreche von der Einladung aus dem Himmel und dem Denker-Projekt, das die Next als Reaktion darauf entwickelt haben.«

Nelson runzelte die Stirn. »Was hat das mit Troy und den verschwundenen Durchquerern zu tun?«

»*Mach mit*«, sagte Joshua, der allmählich begriff. »Das ist die Verbindung. Die Einladung aus dem Himmel. Die Next haben sie durch ihre Radioteleskope vernommen. Irgendwie ist sie ins Bewusstsein der Trolle durchgedrungen. Und sogar ich habe sie gehört, glaube ich«, fügte er reumütig hinzu. »*Mach mit*. Wie ein quälendes Bohren im Hinterkopf... Vermutlich haben sie auch die Durchquerer gehört... auf welche Weise auch immer.«

»Die Lange Erde ist schon immer zu gleichen Teilen ein Phänomen des Geistes wie des Körpers gewesen«, sagte Lobsang. »Verstehst du, Nelson? Ich habe keine Ahnung, wo die Durchquerer deinen Enkel hingebracht haben, oder wie wir ihnen dorthin folgen sollen. Aber die Next bauen eine gigantische Maschine als Reaktion auf dieselbe Einladung, die auch die Durchquerer angelockt zu haben scheint. Ich glaube, dass wir Troy und die Durchquerer am ehesten finden, wenn...«

»Wenn wir mit den Next zusammenarbeiten und ihnen folgen«, keuchte Nelson. »Verstehe. Und wie sollen wir das anstellen?«

Also erzählte Lobsang ihnen von Jan Roderick, einem Jungen unter der Obhut der Schwestern im Heim, und von seinem Materiedrucker.

»Begeisterung und Neugier. Genau das sprechen die Next an, damit ihre Maschine gebaut wird. Eine Million junger Menschen wie Jan, die irgendwelche erstaunlichen Komponenten produzieren und in den riesigen Fluss an Material und Arbeit einspeisen, in die Baustelle, die eine ganze Welt umfasst. Ich dachte, dass wir die Spur verfolgen, die vom Heim zur Baustelle führt. Ihr genauer Standort ist kein Geheimnis, aber durch Jan hoffe ich, eine Möglichkeit zu finden, an die Leute heranzukommen, die das alles in Bewegung gesetzt haben. Und durch sie vielleicht...«

Er fuhr fort: »Also das wäre der Plan. Und der erste Schritt besteht darin, mit Schwester John zu reden. Sollen wir nach West 5 zurück? Wenn wir einfach rüberwechseln, landen wir natürlich mitten in der Stadt, wo uns ein wesentlich komfortableres Transportmittel zur Verfügung steht. Dieser Karren findet auch allein nach Hause.«

»Und dann müssen wir unsere nächsten Schritte planen«, sagte Nelson fest entschlossen.

Nachdem sie verschwunden waren, blieb der Elektrokarren, dessen strahlend weiße Seitenteile mit Ruß und Asche verschmiert waren, noch fünf Minuten still an Ort und Stelle stehen. Einige Insekten, die um die Blumen, die auf dem zerstörten Hügel des Kapitols sprossen, herumschwirrten, inspizierten ihn neugierig. Da sie dort keinen Nektar fanden, wandten sie sich rasch wieder ab.

Dann machte der Karren eine elegante Kehre und rollte auf dem Weg, den er gekommen war, wieder zurück nach Westen. Er bewegte sich fast lautlos, und in der gesamten Roten Zone war er das einzige sich bewegende Objekt, das größer als eine Katze war.

53

Letztendlich brauchten die Space Cowboys einen ganzen Monat, um den ausgestreuten Brotkrumen zu folgen, angefangen bei ihrem ersten Treffen mit den Schwestern im Heim in Madison bis zu dem Augenblick, als Lobsangs Twain mit einem *Plopp* wie aus dem Nichts am Himmel über der Welt namens Apple Pi auftauchte.

Joshua, der neben Lobsang auf der Brücke des kleinen Luftschiffs saß, sah unter sich plötzlich eine glitzernde Techniklandschaft, soweit das Auge reichte. Es war ein Julimorgen auf allen Welten der Langen Erde, die niedrig stehende Sonne warf Glanzlichter auf weit entfernte Oberflächen, die wie Reflexionen in den Fenstern von Hochhäusern aussahen. Hin und wieder wurde der technoide Teppich von gewaltigen zylindrischen Schächten unterbrochen, über denen heiße Luft flimmerte. Überall schwebten Twains mit riesigen Bauteilen unter den Bäuchen wie tiefe Wolken über der Landschaft. Abgesehen von einigen Flecken natürlichen Grüns, auf denen sich Zelte und Hütten drängten und ein paar Firmen- und Nationalflaggen an ihren Masten flatterten, war es ein vollkommen unnatürlicher Anblick.

Außer Lobsang und Joshua gab es nur noch einen dritten Passagier an Bord: Sancho, dem Bibliothekstroll, der auf Joshuas Bitte hin ausgewählt und mitgenommen worden war. Nach den vielen Wundern, die Sancho bereitwillig mit Joshua und Rod geteilt hatte, erschien es ihm nur richtig, dass der Troll bei ihnen war, um im Interesse aller Trolle dieses neue Wunder seinem voluminösen Erinnerungsspeicher hinzuzufügen. Jetzt heulte Sancho erstaunt auf und drückte die flache Nase ans Fenster. Nicht viel anders fiel auch Joshuas Reaktion aus.

Lobsang ließ das vom Wind hin und her gebeutelte Twain sinken. »Ganz schöne Turbulenzen«, murmelte er und konzentrierte sich. »Dieser Maschinenpark gibt ordentlich Hitze ab. Die dicken Rohre sind Kühlungsschächte. Sie stoßen so viel Hitze aus, dass darüber permanente Niederdrucksysteme entstehen – endlose Unwetter und heftiger Regen.«

»Ein Computer, der sein eigenes Wetter macht?«, fragte Joshua. »Für mich sieht es eher wie Fäulnis aus. Als wäre der Boden von etwas befallen. Vom Weltraum aus muss es wie eine hässliche Narbe wirken.«

»Stimmt. Kein schlechter Vergleich. Am Anfang wuchs diese Konstruktion durch importiertes Material und Arbeitskräfte aus anderen, von Menschen besiedelten Welten der Langen Erde. Jetzt sieht es so aus, als hätte ein anderer, ein Selbstmontageprozess eingesetzt. Selbstreplikation. Es hat an den Rändern angefangen und verwandelt das Material dieser Erde nach und nach in die eigene Substanz. Genau wie ein Parasit, zumal es hauptsächlich aus Materialien bestehen wird, die aus den Rohstoffen dieser Welt gewonnen wurden.«

»So wie die Silberkäfer.«

»Eine eher unglückliche Parallele, ja.«

»Aber wozu das alles?«, fragte Joshua staunend.

»Wenn wir die Durchquerer jemals finden wollen, müssen wir genau das herausfinden, Joshua.«

»Ich kann Ihnen nicht sagen, wozu das alles gut sein soll«, sagte Maggie Kauffman. »Noch nicht und nicht mit letzter Gewissheit. Nicht einmal unsere Kollegen von den Next sind dazu in der Lage … Glaube ich jedenfalls.«

Die Admiralin war selbst an die Rampe gekommen, um sie zu empfangen, nachdem das Twain auf einer Insel innerhalb des Denkers gelandet war, einer Stelle, die, wie Joshua erfuhr, »Little Cincinnati« genannt wurde. In ihrer Uniform stand Kauffman sehr straff und gerade vor ihnen und sah stark, entschlossen und wesentlich besser in Form aus als Joshua, obwohl sie ungefähr so alt sein musste wie er. Neben ihr befand sich eine junge Offizierin, die ihre Waffen deutlich sichtbar trug. Joshua war beeindruckt, dass Lobsang die Befehlshaberin dieser Operation dazu bewegen konnte, zu ihrer Begrüßung zu erscheinen. Allem Anschein nach wurden sie als Berater willkommen geheißen. Andererseits sollte er inzwischen gelernt haben, Lobsang nie zu unterschätzen.

»Die großen Geheimnisse bleiben also bestehen«, fuhr Kauffman fort. »Fürs Erste freue ich mich, Sie wiederzusehen, Mr Valienté.« Forsch reichte sie Joshua die Hand. Ihr Händedruck war so eindrucksvoll wie die ganze Frau. »Ich habe nicht vergessen, wie Sie mir damals bei Happy Landings aus diesem grässlichen Dilemma mit der Atombombe herausgeholfen haben.«

Er zuckte die Achseln. »Ich wollte nur einem Freund helfen.«

»Viel mehr können wir vermutlich alle nicht leisten. Aber wie geht es Ihrem Bein? Sieht aus, als wären Sie im Krieg gewesen.«

»Geht schon.«

»Sollen meine Schiffsärzte mal einen Blick darauf werfen? Das Militär ist momentan viel besser ausgerüstet als die gesamte Zivilmedizin. Jedenfalls müssten Sie nicht weit laufen. Ich begleite Sie gleich zu Ihrem Fahrzeug. Was meine anderen Gäste angeht...« Sie drehte sich zu Sancho um.

Der Troll sah sie ebenfalls an, angegraut, furchtlos und neugierig. »Huuh.«

»Du wirst Sancho genannt.« Sie benutzte beim Reden die provisorische Zeichensprache, die sich überall dort entwickelt hatte, wo Trolle in der Nachbarschaft von Menschen wohnten und arbeiteten, oder auch, wo sie von ihnen eingesperrt und beobachtet wurden. »Tut mir leid, dass ich keinen Trollrufer dabei habe. Im Fahrzeug müssten welche sein.«

Sancho gestikulierte zurück. *Ganz bestimmt.*

»Vielleicht kann er uns helfen«, sagte Joshua. »Manchmal denke ich, dass er mehr über die Einladung und über diese ganze seltsame Geschichte weiß als wir.«

»Ich hatte schon Trolle und andere intelligente Nichtmenschen in meiner Besatzung. Ich wüsste nicht, weshalb die Einladung für sie weniger gelten sollte als für uns. Sancho hat jedes Recht, hier zu sein.« Dann wandte sie sich Lobsang zu. »Genau wie Sie. Soll ich Sie Mr Abrahams nennen?«

»Lobsang reicht völlig.« Er lächelte, leise und bescheiden wie immer. »Ich glaube, wir sind inzwischen alle zu alt für falsche Identitäten und solche albernen Tricks.«

»Allerdings. Wir sind schon ein seltsamer Haufen, und alle so alt wie Methusalem. Aber es dürfte noch seltsamer werden. Hier entlang, bitte.« Sie führte sie über den Asphalt. »Ach ja, und nennen Sie mich bitte Maggie. Aber nicht vor den Unteroffizieren und Mannschaften...«

Joshua humpelte an seinem Stock vorbei an ordentlich angelegten Reihen aus Zelten und Fertighütten. Elektrische Last- und Kleinwagen rollten über ein Netz unbefestigter Straßen, und Militärangehörige, die meisten noch jung und in einwandfrei sitzenden Uniformen, eilten mit leuchtenden Tablets und Papierstapeln von hier nach da. Über ihm reckte sich ein Antennenwald in den Himmel. Dieses kleine Lager war offensichtlich ein wichtiger Kommando- und Kommunikationspunkt, von dem aus Kauffman die menschliche Seite der Operation Denker mit der ihr eigenen militärischen Präzision kontrollierte. Trotzdem fiel ihm auf, dass das gesamte Areal von einem Drahtzaun umgeben war, mit Wachtürmen, auf denen bewaffnete Soldaten standen. Allem Anschein nach musste Little Cincinnati sehr gut gesichert werden.

Sie wurden zu einem kleinen Konvoi gebracht, mehrere bullig aussehende Panzerfahrzeuge, die eine Art Touristenbus flankierten, einen großen, schweren Doppeldecker mit gewölbten Sichtfenstern.

Als sie in den Bus stiegen, sagte Kauffman: »Wir machen eine kleine Besichtigungstour. Ich bin ohnehin spät dran mit meiner üblichen Inspektion, außerdem soll ich unbedingt bei der Installierung einer neuen Komponentensorte dabei sein. Dafür ist wiederum diese junge Kollegin zuständig ...«

Eine etwa fünfundzwanzigjährige Frau stand nervös vor ihnen, hielt sich an einem kristallartigen Brett fest, das ungemein kompliziert aussah, und starrte den grau melierten Troll hinter Lobsang an.

»Da hat wohl jemand seine Zunge verschluckt«, sagte Maggie trocken. »Sie heißt Lee Malone. Eine Freiwillige, ursprünglich von GapSpace und deshalb technisch hervorragend ausgebildet. Ich möchte Ihnen auch Ihren Fahrer vorstellen. Dev Bilaniuk ist ebenfalls ein Freiwilliger aus der Lücke.«

Ein lächelnder Mann von vielleicht dreißig Jahren. »Weltraumpilot in Ausbildung«, sagte Dev. »Zur Zeit Busfahrer.«

Joshua schüttelte ihm auf Präsidentenart die Hand. »Ich bin sicher, dass wir bei Ihnen in den besten Händen sind.«

»Ich möchte Sie an das breite Spektrum von Gemeinwesen und Interessen erinnern, die hier repräsentiert sind. Die Verwaltung der Ägide hat mir die Verantwortung für die Sicherheit, die Polizeigewalt und die allgemeine Leitung übertragen. Dabei handelt es sich nicht einmal um ein Militärprojekt. Genau betrachtet ist es eine Aktion der gesamten Menschheit, so weit über die Lange Erde verstreut sie auch sein mag. Deshalb haben wir Freiwillige, wie diese beiden Kadetten ... Der Anstoß ging jedoch nicht von uns aus, ich meine, von der Menschheit. Das Projekt steht auch nicht unter der Kontrolle der Menschen.«

Mit einiger Mühe kletterte Joshua in den Bus, gefolgt von Sancho und Lobsang. Der Sicherheitsgurt, den er anlegen sollte, war eher wie ein Harnisch, ansonsten war der Bus ziemlich luxuriös eingerichtet. Ein halbes Dutzend bewaffneter Flottenangehöriger kam zusammen mit Maggie an Bord.

»Nette Kutsche«, sagte Joshua und schnallte sich an.

»Wüsste nicht, warum wir unbequem reisen sollten«, erwiderte Maggie. »Der Zusammenbau des Denkers hat sich für unsere Partner aus der Industrie bereits als hochprofitables Projekt erwiesen, wenn man an die außerirdische Technologie denkt, die sie sich patentieren lassen können. Und ein Teil dieses neuen Reichtums ist hierher zurückgeflossen, um uns das Leben leichter zu machen.«

Lobsang lächelte. »Ich erkenne das Design dieses Fahrzeugs. Black Corporation?«

»Sie haben recht, wie immer, Lobsang«, ertönte eine neue Stimme.

Ein an der Decke befestigter Bildschirm leuchtete auf und zeigte etwas, das Joshua wie eine Krankenstation vorkam. Ein sehr runzeliger, sehr alter Mann lag in einem Bett, von mehreren Kopfkissen gestützt. Der Schlauch eines Tropfes schlängelte sich in seinen Arm, eine durchsichtige Maske war auf seinem Gesicht festgeschnallt.

»Aber ich würde mich, nebenbei gesagt, von alldem nicht zu sehr beeindrucken lassen. Größe ist nicht alles. Ich bin gerade alt genug, um mich noch an die ersten Handys zu erinnern; sie waren so groß wie Backsteine. Jede Wette, dass sie das Ding hier auf dem Planeten Tatooine oder wo das alles auch herkommen mag, inzwischen auf die Größe einer Geldmünze schrumpfen können.«

»Douglas Black«, murmelte Lobsang.

»Schön, Sie wiederzusehen! Wir müssen uns über die Ertragslage des transEarth-Instituts unterhalten, solange Sie hier sind.«

»Stimmt«, sagte Lobsang leicht verlegen. »Ich wusste nicht, dass Sie zurück sind.«

»Ich vermisse mein Shangri-La auch sehr. Aber Sie kennen mich, Lobsang, ich bin und bleibe ein Technik-Freak. Von diesem technischen Wunderwerk konnte ich mich einfach nicht fernhalten. Leider bin ich nicht mal mehr in der Lage, mit einem Bus zu fahren. Aber ich bin im Geiste bei Ihnen, Lobsang. Und schaue Ihnen über die Schulter, wie immer!«

»Wie immer«, wiederholte Lobsang ausdruckslos.

Joshua fragte sich, wie es mit Lobsangs lebenslanger Beziehung zu Black eigentlich bestellt war. Soweit Joshua wusste, hatte es Blacks finanzielle Gönnerschaft überhaupt erst ermöglicht, dass Lobsang »wiedergeboren« wurde, indem er die entsprechenden Mittel, in erster Linie informationsverarbeitendes Gel sowie die nötigen Gelder zum Hochfahren von Lobsangs »Reinkarnation«, zur Verfügung gestellt hatte. Lobsang hatte sich seit diesen Ursprüngen sehr weit entwickelt, genau genommen zu einer weltenumspannenden Einheit – aber seinen Fähigkeiten waren von jeher Grenzen gesetzt. So wie die Next ihn lediglich als Brücke zur Menschheit benutzt hatten, hatte Black ihn schon immer in der Hand gehabt. Als Black sich jahrelang in seine Zufluchtsstätte auf einer weit entfernten Erde zurückgezogen hatte, war Lobsang, soweit Joshua wusste, nicht einmal um Rat gefragt worden. Und jetzt war Black wieder aufgetaucht, mitten in Lobsangs Leben.

Es war erstaunlich, dass Lobsang sich eigentlich nicht selbst gehörte und nie in der Lage gewesen war, sich freizukaufen, obwohl sich seine loyale Verbündete Selena Jones jahrelang darum bemüht hatte. Und das lag in erster Linie an Douglas Black.

Joshua berührte Lobsangs Arm. »Alles klar, Kumpel?«

»Er führt was im Schilde«, murmelte Lobsang.

»Wer? Black? Was denn?«

»Na, offensichtlich hat er mich nicht ins Vertrauen gezogen. Aber einer wie er gibt sich nie mit Zuschauen zufrieden. Wart's ab.«

Maggie tippte auf den großen Bildschirm, auf dem drei weitere Leute erschienen: ein älterer Mann und eine ältere Frau sowie ein junges Mädchen von vielleicht achtzehn Jahren. Die Frau hatte einen praktischen Overall an, der Mann und das Mädchen trugen schwarze Gewänder.

»Sie müssen noch ein paar mehr Leute kennenlernen«, sagte Maggie. »Diese drei befinden sich bei uns im Bus, haben allerdings auf einem eigenen, abgeschlossenen Abteil bestanden.«

Joshua sah genauer hin. »Das sind Next. Die Frau ist Roberta Golding.«

Maggie nickte. »Ich kenne sie schon lange. Sie ist inzwischen so etwas wie eine inoffizielle Botschafterin der Next bei den Menschen. Glättet die Wogen zwischen *uns* und *ihnen*.« Sie grinste. »Und zwar so gut, dass ich mich manchmal frage, ob sie überhaupt eine von diesen superschlauen Übermenschen ist. Der Mann neben ihr nennt sich Marvin Lovelace, ebenfalls ein Next, ursprünglich aus Miami West 4. Er hat dort wohl eine Zeit lang undercover gearbeitet. Jetzt ist er der Sprecher einer Gruppe, die sich Die Bescheidenen nennt.«

»Von denen habe ich schon gehört«, sagte Lobsang. »Priester der Next, die bei den Menschen arbeiten, besonders an Orten mit viel Armut, Arbeitslosigkeit und Unruhe. Berufen sich auf die Lehren von Stan Berg. Ihre Themen und Absichten decken sich nicht unbedingt mit dem Mainstream der Next – falls diese Bezeichnung überhaupt etwas aussagt. Sie stehen sogar dem Denker-Projekt relativ skeptisch gegenüber. In gewisser Weise sind die Next, was die

Reaktion auf diesen Kontakt angeht, ebenso gespalten wie die Menschheit.«

»Also ich überlasse die Theologie den Geistlichen«, erwiderte Maggie. »Praktisch gesehen führen sich Lovelace und die anderen hier auf Apple Pi auf wie grimmige Gewerkschaftsbosse. Wenn man bei den Arbeitern irgendetwas erreichen will, muss man sich an sie wenden. Aber das überlasse ich gerne der Unternehmensführung der Black Corporation oder der HGLE. Diese Machtposition ist ein Grund dafür, dass Lovelace heute hier ist. Das Mädchen heißt Indra Newton. Eine Großcousine von Stan Berg. Superschlau. Und wie es aussieht, hat sie auch etwas von seiner außergewöhnlich versierten Wechselfähigkeit geerbt.«

Joshua erinnerte sich. Sally Linsay hatte Stan Berg kennengelernt. Abgesehen von seiner altklugen Moralphilosophie konnte Stan so wechseln, wie es Sally, der Königin der weichen Stellen, nie möglich war – als würde er im großen Netz der Verbindungen, aus dem die Lange Erde bestand, überall neue Verknüpfungen finden oder gar *schaffen*. Dieses Talent hatte letztendlich sowohl Stan als auch Sally das Leben gekostet, damals in New Springfield …

»Und warum ist Indra hier?«, wollte Lobsang wissen.

»Das wissen wir noch nicht«, antwortete Maggie. »Die Next scheinen irgendeine Strategie im Umgang mit dem Denker zu verfolgen, und Indra soll dazu wohl einen Beitrag leisten. Aber sie vertrauen uns nicht alles an. Obwohl wir die Flotte sind. Das wär's – Vorstellungsrunde beendet. Wenn alle angeschnallt sind, kann sich unser Konvoi in Bewegung setzen.«

54

Als der Bus losfuhr, sah Joshua, wie sich vor und hinter ihnen unauffällig Militärfahrzeuge einreihten. Vorneweg fuhren zwei Motorräder. Lobsang deutete nach oben, und Joshua sah durch die Deckenfenster ein bullig aussehendes Militär-Twain direkt über ihnen schweben.

»Erstaunlich strenge Sicherheitsmaßnahmen«, sagte Joshua zu Maggie.

»Wir bekommen nach wie vor viele Drohungen. Ich hoffe jedoch, dass meine Gegenmaßnahmen etwas subtiler ausfallen als die meines Vorgängers.«

»Ich frage mich, wie der Denker selbst reagieren würde, wenn er angegriffen wird.«

»Ich vertraue darauf, dass unsere Sicherheitsmaßnahmen so gut sind, dass wir das nie herausfinden müssen.«

Trotz Maggie Kauffmans offenkundiger Kompetenz wechselten Joshua und Lobsang einen skeptischen Blick. Dann wanderte Lobsangs bedeutungsvoller Blick wieder zu dem lächelnden, entspannten Gesicht von Douglas Black, das groß auf dem Bildschirm an der Wand prangte.

Als sie die Sicherheitskontrollen passiert und Little Cincinnati verlassen hatten, wurde die Landschaft vor den Fenstern schon bald absolut fremdartig. Sie fuhren nach Osten, wie Joshua am Sonnenstand ablesen konnte, denn es war ungefähr Mittag und die Sonne stand im Süden. Dabei folgten sie einer schnurgeraden, unbefestigten Straße, die offenbar frei gehalten wurde, damit solche Fahrzeuge ungehindert passieren konnten. Links und rechts wurde sie von hochaufragenden Bestandteilen des Denkers gesäumt. Sie fuhren zwischen Diamantenklippen dahin, deren Oberflächen aus komplexen Texturen aus Facetten und Tafeln bestanden. Das Material war größtenteils so klar wie Quarz oder Diamant, und das eingefangene Sonnenlicht brach sich, vielfach reflektiert, als kühlblauer Glanz. Joshua hatte Erden durchquert, die in Eiszeiten gefangen waren; er wusste, dass sehr altes Eis so aussah, es schimmerte wie Wände aus blauem Licht. In diesem durchsichtigen Material sah er jedoch Strukturen, die ihr eigenes Licht erzeugten, blitzende Sterne wie gefangene Konstellationen. Ab und zu fuhren sie *über* Gebilde, die quer über der Straße lagen, wie Bodenschwellen zur Verkehrsberuhigung, nur deutlich strukturierter ... beinahe wie umgestürzte gläserne Säulen. Die gewaltigen, wärmeausstoßenden Gruben – kreisförmige, in Beton eingefasste Schächte – mussten der Bus und seine Begleitflotte umfahren.

»Das Staunen nimmt kein Ende«, murmelte Joshua.

Lee Malone kam nach hinten, um sich mit ihnen zu unterhalten, doch auf Maggies strengen Blick hin setzte sie sich wieder und schnallte sich an. Sie hielt das Bauteil hoch, das sie zuvor in der Hand gehalten hatte. »Das hier werde ich später einsetzen.« Eine Kristallscheibe, blinkende Lichter. »Hier können Sie schön sehen, warum wir diese Maschine den Denker nennen. Jedes Gramm davon dient der Informationsverarbeitung. Der Intelligenz.«

»Und wir fahren mitten hindurch«, sagte Joshua. »Als würden wir durch ein riesiges Gehirn fahren. Was zum Teufel macht das Ding mit dem vielen Gehirnschmalz?«

Sie erreichten einen Ort, an dem sich die technologisch umgekrempelte Landschaft entlang einer gewaltigen Bruchstelle gespalten zu haben schien. Der Bus wurde langsamer, und die Passagiere blickten auf eine hoch aufragende Wand, die sich gut fünfzig Meter über die Straße erhob. Die Kante sah abgebrochen aus, über die geborstene Oberfläche knisterten Funken wie Miniblitze. Joshua konnte Verbindungen erkennen, narbenartige Ausbuchtungen, die aus den oberen Bereichen nach weiter unten tropften oder sickerten. Vielleicht ein einsetzender Heilungsprozess. Der Anblick ließ Joshua unbewusst erschauern.

»Erdbeben«, sagte Maggie. »Kein besonders heftiges, aber es hat großen Schaden angerichtet. Na ja, ich sage großen Schaden, aber gemessen an den Ausmaßen des Denkers doch nur recht begrenzt. Wie Sie sehen, scheint er sich selbst zu reparieren. Wir haben Teams hergeschickt, aber sie wussten nicht, wo anfangen.«

Joshua, der die gewaltige Computronium-Wand immer noch anstarrte, glaubte, eine Bewegung zu sehen, kurze Mittagsschatten, die über die beschädigten Flächen huschten. »Ich könnte schwören, dass sich da drin jemand bewegt.«

»Schon möglich.« Maggie schnippte mit dem Finger, um die Aufmerksamkeit eines Unteroffiziers auf sich zu lenken, der sofort anfing, irgendwelche Anrufe zu tätigen. »Diese Maschine ist so groß wie ein ganzer Kontinent, Joshua. Wir hatten schon Leute, die versucht haben, das Zeug abzubauen, schließlich besteht es teilweise aus Gold und Platin. Man kann nicht alles überwachen, obwohl wir es versuchen. Fahr weiter, Dev.«

Die ganze Kulisse wurde jedoch schon bald eintönig und langweilig, denn das schiere Ausmaß war buchstäblich übermenschlich.

Joshuas Kopf kippte einige Male kurz nach vorne, der Troll schlief tatsächlich fest ein und schnarchte hemmungslos.

Ungefähr eine Stunde später bremste der Bus wieder ab. Laut Dev Bilaniuk hatten sie Hillsboro erreicht, vielmehr die hiesige Kopie dieser Gemeinde auf der Datum. Sie fuhren wieder in ein umzäuntes Gelände, viel kleiner als Little Cincinnati, ein paar Hundert Quadratmeter, auf die sich die allgegenwärtigen Denker-Elemente nicht ausgebreitet hatten. In der Mitte dieser Anlage befand sich ein weiterer Drahtzaun, der ein noch kleineres Gebiet einfasste, mit eigenen Wachtürmen und Soldaten mit automatischen Waffen. Joshua fragte sich, welches Geheimnis hier wohl bewacht wurde.

Nicht weit dahinter erblickte Joshua in östlicher Richtung offenes Gelände. Die kristallinen Schichten des Computroniums, die das umzäunte Gelände umschlossen, fanden hier ein jähes, zerklüftetes Ende. Es war die Grenze des Denkers.

»Alles aussteigen«, sagte Maggie, als der Bus zum Stehen gekommen war. »Es gibt was zu essen und Kaffee. Ich rate Ihnen, die Toilette im Bus zu benutzen, denn die Einrichtungen vor Ort sind für die Soldaten und von daher bestimmt nicht tipptopp ...«

Joshua kletterte etwas umständlich aus dem Bus, lehnte aber jede Hilfe ab. Erst als er auf seinen Stock gelehnt neben Lobsang stand, ließ er sich einen Kaffee reichen.

An der Flanke des Busses leuchtete ein Display, auf dem Douglas Black zu sehen war. Sein Kopf war anscheinend auf frische Kissen gebettet.

Als er Lobsang erblickte, machte der alte Mann eine Geste aus Joshuas längst vergangenen Kindheit: Zwei gespreizte Finger, die erst auf seine eigenen Augen, dann auf Lobsang zeigten. *Ich beobachte dich.* Dabei grinste Black wie ein Lausbub.

Maggie war von Lobsang fasziniert. »Sie trinken Kaffee?«

»Des Geschmacks wegen, und um nicht ungesellig zu sein. Ich kann die meisten menschlichen Funktionen imitieren.«

»Ich habe Essen und Trinken für den Troll bestellt«, sagte Maggie. »Eine kleine Auswahl. Ich bin daran gewöhnt, meine eigene Trollbesatzung zu versorgen. Ich weiß, dass sie ziemlich wählerisch sind.«

»Sancho eigentlich nicht«, sagte Joshua. »Aber geben Sie ihm kein Koffein. Ich habe es einmal mit einem Espresso versucht, den Versuch aber sehr schnell bereut.«

Ein Offizier kam angetrabt. »Die Lollipops sind so weit.« Joshua und Lobsang wechselten einen Blick. Lollipops? Dieses Wort hatte für Joshua nur eine Bedeutung, und die war nicht angenehm.

Maggie führte sie zu dem eigens eingezäunten Bereich in der Mitte des Geländes. »Nur als Vorwarnung: Was Sie gleich sehen werden, ist ein Projekt der Next, nicht von uns. Mir wurde gesagt, dass die Individuen, zumindest ihre Eltern, sich frei entscheiden konnten, ob sie daran teilnehmen wollen. Versuchen Sie das, was Sie sehen, nicht zu beurteilen, und auch nicht darauf zu reagieren ...«

Die beiden Next saßen in Sesseln einander gegenüber. Ihre Köpfe wurden von Metallstützen gehalten, Infusionsschläuche schlängelten sich in ihre nackten Arme. Die Körper wirkten beinahe normal proportioniert und waren in leichte Gewänder gekleidet, wie Krankenhaushemden. Ihre Köpfe hingegen waren auf groteske Weise angeschwollen, die Schädeldecken so gut wie kahl, und die großen, blasenförmigen Köpfe wölbten sich über den vergleichsweise kleinen Gesichtern. Es handelte sich offenbar um einen Mann und eine Frau, deren Alter sich nur schwer schätzen ließ.

Neben dieser Szenerie standen mehrere Begleitpersonen, von denen Joshua nicht sagen konnte, ob es sich um Next oder um Menschen handelte. Die Wachen rings um den Drahtzaun waren eindeutig US-Marineinfanterie.

Lollipops. Ganz allmählich stieg die Erinnerung in ihm auf. Es war schon vierzig Jahre her. Joshua und Lobsang hatten auf ihrer Großen Reise auf einer Welt haltgemacht, die mehr als hundertdreißigtausend Schritte von der Datum entfernt war. Dort hatten sie Hinweise auf ein Massaker an menschlichen Kolonisten vorgefunden ... Und später dann eine sehr merkwürdige Kreatur. Bei seinem Versuch, der Elfin mit dem riesigen Gehirn bei der Geburt zu helfen, hätte Joshua sie in seiner Ahnungslosigkeit beinahe umgebracht.

Die Wesen in dem Gehege sahen aus wie Joshuas Lollipops, gekreuzt mit Menschen.

Roberta Golding kam aus dem Bus und gesellte sich zu ihnen. »Sie haben keine Schmerzen.«

Joshua sah sie stirnrunzelnd an. »Warum sagen Sie das?«

»Weil diese Frage normalerweise als Erste kommt.«

»Und warum die Bewachung?«

»Weil schon versucht wurde, die beiden umzubringen«, antwortete Maggie finster. »Sogar Leute aus unseren eigenen Reihen haben es probiert.«

Roberta sagte: »Die Soldaten beschützen Ronald und Ruby vor derlei fehlgeleiteten Mitleidsaktionen.«

Joshua sah sie verdutzt an. »Ronald und Ruby?«

»Sie sind durch genetische Experimente entstanden, basierend auf einem humanoiden Typus, den Sie selbst entdeckt haben, Joshua Valienté...«

»Was zum Teufel sollen sie denn hier?«

Roberta seufzte. »Wir versuchen, mit dem Denker zu kommunizieren. Ronald und Ruby selbst haben uns dazu ermuntert, die ziemlich abstrakte und völlig fremdartige Vision der Einladung in angewandte Technik zu übersetzen. Auf diese Weise stehen sie immer in sehr enger Verbindung dazu, verstehen Sie. Dieser besondere Ort hier besteht aus ungewöhnlich dichten und komplexen elektromagnetischen Feldern. Auch das menschliche Gehirn beziehungsweise das, was darin vor sich geht, ist eine Angelegenheit komplexer elektromagnetischer Felder. Und mittels einer ausreichend avancierten Technik könnten diese Felder manipuliert werden, das heißt: Ihre Gedanken könnten umgeformt werden, Ihre Wahrnehmungen, sogar Ihre Erinnerungen ließen sich verändern, ohne direkten Eingriff, aber umso tiefgreifender. Deshalb haben wir Ronald und Ruby hierher gebracht, in der Hoffnung, dass sie Kontakt aufnehmen können. Falls es funktioniert, lässt sich kaum eine umfassendere Kommunikation vorstellen ...«

Joshua sah, dass Sancho an den Zaun gegangen war. Die Soldaten sahen beunruhigt aus, aber Maggie gab ihnen durch Handzeichen zu verstehen, dass sie den Troll passieren lassen sollten. Sancho drückte das Gesicht an den Draht und starrte die Lollipops an.

Joshua stellte fest, dass er selbst den bestürzten Blick nicht abwenden konnte. »Sag mir eins, Lobsang«, murmelte er. »Wie können so kluge Leute etwas tun, was offensichtlich so falsch ist wie das hier?«

»Ich weiß, was du meinst«, erwiderte Lobsang grimmig. »Vielleicht liegt es daran, dass der Verstand der Next noch so neu ist. Schließlich wurde bei ihnen ein System, das immerhin schon Millionen von Jahren alt ist, sehr eilig neu verdrahtet. Wenn man zu schnell wächst, geht das eine oder andere schief. Wir glauben, dass es auf der Farm und an anderen Orten Heime für die geistig Kranken gibt, außerdem wissen wir natürlich von einigen Verrückten, die es bis auf die Menschenwelten geschafft haben. Leute wie die Napoleons, die aus Happy Landings flohen, indem sie ein Twain entführten.«

»Sieh dir die beiden an«, sagte Joshua. »Sie sehen nicht besonders gesund aus, oder?«

»Aber vielleicht sind sie nützlich«, erwiderte Lobsang finster. »Wir werden es herausfinden.«

Sie gingen zur Gruppe zurück.

Dort fragte Lobsang Roberta: »Welche Erfolge haben Sie mit Ihrem Kommunikationsexperiment erzielt?«

»Noch keine«, antwortete Maggie, ohne zu zögern.

»Einige«, widersprach ihr Roberta.

Maggie stemmte die Hände in die Hüften und starrte sie an. »Das ist mir neu.«

Die schlanke, stille Roberta sah sie alle durch ihre dicke

Brille an. »Sie müssen die Schwierigkeiten in Betracht ziehen. Der Intellekt des Denkers ist fast jenseits dessen, was wir überhaupt begreifen können. Die Gesamtheit allen menschlichen Denkens könnte seinen Verstand in wenigen Tagen durchlaufen. *Alles, was wir je gedacht haben.* Wie sollen wir mit einem solchen Bewusstsein kommunizieren? Ruby hat gesagt, dass der Denker mit kompletten Denksystemen hantiert – mit ganzen Wissenschaften, kompletten Philosophien –, so wie wir Worte in einem Satz arrangieren.«

Lobsang dachte darüber nach. »Trotzdem haben die beiden mit der Maschine geredet, gewissermaßen. Wissen sie, was die Maschine will?«

Roberta sah zu den Lollipops hinüber. »Mach mit. Das ist nach wie vor die Nachricht, die sie uns übermittelt.«

Maggie schüttelte den Kopf. »Mach mit? Wie denn? Sollen wir so etwas wie ein Wurmloch bauen, wie in *Contact*?«

»Nichts Derartiges. Die Lollipops sagen, dass sie davon träumen, Türen zu öffnen.«

»Türen öffnen.« Plötzlich sah Joshua es deutlich vor sich. Schließlich hatte er den Wechseltag miterlebt. »Wechseln. Es dreht sich alles ums Wechseln.«

Lobsang trat ein Stück zurück und lächelte. »Genau. Wir hätten es von Anfang an sehen müssen. Es ist genau wie in New Springfield. Ich war dort.«

Maggie sah ihn stirnrunzelnd an, stets auf der Hut vor raschen Veränderungen, vor Störungen ihrer sorgsam kontrollierten Ordnung. »Reden Sie mit mir, Lobsang.«

»Admiral, diese Einladung ist ein Phänomen der gesamten Langen Erde. Das wissen wir bereits. Was liegt der Langen Erde letztendlich zugrunde? Das Wechseln. Die Fähigkeit, unseren Körper und unseren Geist von einer Welt in die andere zu befördern. Aber Wechseln kann viel mehr sein. Erinnern Sie sich an Sally Linsay und ihre weichen

Stellen? Ihre Sprünge quer durch die Lange Erde? Und dann stießen wir in New Springfield auf die Silberkäfer...«

»Die fähig waren, zwischen verschiedenen Planeten zu wechseln«, sagte Joshua. »Zwischen Langen Welten, die sich ineinander verheddert hatten.«

»Vielleicht haben wir die Einladung deshalb ausgerechnet jetzt erhalten«, sagte Dev aufgeregt. »Weil die Absender von irgendwoher wissen, dass jemand diesen Schritt nach Norden gemacht hat, in eine andere Welt.«

Lobsang und Joshua sahen sich kurz an. »Die Erste Direktive«, sagte Joshua. »Er hat recht. Deshalb haben wir die Einladung ausgerechnet jetzt erhalten.«

Lobsang nickte. »Wir haben uns schon immer gefragt, wo die anderen alle sind. Sie waren da draußen, aber sie haben gewartet, bis wir dazu bereit waren. Wir wurden erst zur großen Party eingeladen, als wir soweit waren, auf höher entwickelte Art und Weise wechseln zu können. Und in New Springfield haben wir das Stadium erreicht, das ungefähr dem Warp-Antrieb entspricht. Stan Berg war unser Zefram Chochrane. Und schon tauchen wie aufs Stichwort die Vulkanier auf.«

Maggie seufzte. »Sie sind sich darüber schon im Klaren, dass niemand hier weiß, wovon Sie gerade reden, ja?«

Aber Roberta sagte vorsichtig: »Admiral, nach allem, was ich über unsere Kommunikation mit dem Denker weiß, kommt mir das durchaus plausibel vor. Eine unvollständige Wahrnehmung, aber eine gute Intuition.« Sie lächelte strahlend. »Ich bin von Anfang an dafür gewesen, die Menschen direkt an diesem Projekt zu beteiligen. Jetzt stellt sich heraus, dass ich recht hatte!«

»Freut mich für Sie«, sagte Maggie schroff. »Und was jetzt, Lobsang?«

»Wir müssen die Einladung annehmen, Admiral. Je besser der Verstand entwickelt ist, desto perfektionierter die Fähigkeit zu wechseln. Ich glaube, dass dieser Denker, dieses gewaltige Bewusstsein uns in die Lage versetzen wird, ganz aus dieser Welt hinauszuwechseln. Und dann gelangen wir... irgendwo anders hin. Genau wie die Käfer.«

Maggie sah ihn immer noch stirnrunzelnd an. »Vermutlich habe ich Ihnen beiden genau deshalb erlaubt, hierher zu kommen. Um solche Verbindungen zu knüpfen. Aber ich mag es nicht, wenn alles viel zu schnell geht. Also: Wohin?«

Lobsang blickte zum Himmel. »Wer weiß? Womöglich kann uns der Denker darüber Auskunft geben...«

»*Ich* würde gehen«, sagte Lee sofort. Alle sahen sie an. »Ich mein' ja nur.«

Lobsang warf Indra Newton, die ein wenig beiseitestand, einen Blick zu. »Außerdem brauchen wir vielleicht noch ein weiteres Mitglied im Team. Eine Spezialistin. Wie Sie alle wissen, haben wir bei der Schnittstelle der Käfer am Ende Stan Berg gebraucht, einen Superwechsler.... Aha, verstehe. Ihr Next habt das alles natürlich vorausgesehen. Deshalb ist Indra hier.«

Roberta lächelte nur eine kleine Spur zu selbstgefällig, wie Joshua fand. »Wir haben versucht, es zu antizipieren. Ja, wir sind davon ausgegangen, dass es sich um eine neue Art des Wechselns handeln könnte; ja, wir haben aus der Erfahrung von New Springfield Schlüsse gezogen. Die wechselwärtige Verbindung mit der Welt der Käfer scheint ungewollt entstanden zu sein, rein zufällig. Aber wir haben gesehen, dass Stan Berg die Konnektivität der Langen Erde absichtlich verändern konnte, auch wenn er dabei zugrunde ging. Das alles legt die Vermutung nahe, dass es sich um die Fähigkeiten noch viel fähigerer Intelligenzen handelt, die ihre eigenen Langen Welten womöglich manipulieren... Jedenfalls hoffen wir, dass Ronald und Ruby, wenn sie mit dem Denker in Verbindung stehen, ihrerseits Indra die notwendigen Fähigkeiten vermitteln können.«

»Ich bin Stans Cousine«, sagte Indra leise. »Die Familie

ist sehr stolz auf sein Opfer. Wenn ich zu dieser Mission etwas beitragen kann, bin ich bereit, mich dem Team anzuschließen.«

»Wer zum Teufel hat was von einem Team gesagt?«, blaffte Maggie. »Sie reden hier von einer Reise, die vermutlich ins absolut Unbekannte führt. Zum Teufel mit der Selbstaufopferung. Ich will wissen, ob die Sache gefährlich ist. Können wir dort atmen? Wechseln wir vielleicht mitten in ... was weiß ich ... den Kern einer Sonne?«

Lobsang lächelte. »Wie ich sehe, haben Sie Mellanier gelesen.«

»Wen?«

»Wir brauchen so etwas wie eine Gondel oder eine Kapsel«, sagte Joshua. »Wie in *2001*, Bowman durch das Sternentor. Wir bauen eine Kapsel und wechseln darin hinüber. So was wie eine Tiefseetauchkapsel.«

»Genau«, sagte Lobsang. »Sehr gut. Etwas, das zumindest so lange durchhält, dass die Besatzung überlebt und zurückwechseln kann, um zu berichten, was auf der anderen Seite ist.«

»Ich bin dabei«, sagte Dev prompt. »Sie brauchen einen Piloten.«

Maggie hob abwehrend die Hände. »Immer langsam mit den jungen Pferden. Dieses Schiff, das noch nicht mal existiert, wird, falls es je gebaut wird, ein Schiff der Flotte sein, und die Flotte entscheidet, wer mit an Bord geht. Wenn überhaupt. Und das heißt: ich.«

»Was für eine erstaunlich konstruktive Begegnung«, sagte Roberta Golding. »Jetzt haben wir einen Plan, ein Produkt unserer Zusammenarbeit, zwischen uns und ...«

»Uns Dumpfbirnen?«, fragte Joshua.

Die Next-Frau lächelte alle Anwesenden strahlend und, wie Joshua fand, ohne jede Ironie an. Trotzdem verspürte er keinen Ärger. Wieder sah er einer Reise entgegen, eine neue Richtung tat sich auf. Er kam sich vor wie am Tag nach dem Wechseltag, als er es kaum erwarten konnte, seine Wechselbox in Händen zu halten und sich hinauszuwagen ins Unbekannte.

»Na schön«, sagte Maggie und sah auf die Uhr. »Ehe wir ins Unbekannte davonfliegen, wollen wir diese Führung zu Ende bringen. Schließlich haben wir einen Zeitplan zu beachten. Miss Malone, ich glaube, Sie haben noch etwas zu erledigen.«

»Selbstverständlich.« Lee sprang in den Bus und kam mit ihrem Stück Computronium zurück. »Wir wollten Ihnen etwas genauer zeigen, wie wir hier arbeiten. Diese Komponente lässt sich nicht weit von hier an der Peripherie des Denkers installieren. Wenn Sie mir bitte folgen würden...«

Lee führte sie an die Grenze der Computronium-Oberfläche.

Als Joshua sich umdrehte, sah er, dass Douglas Black ihnen von dem Bildschirm auf dem Bus aufmerksam nachsah. Auch die Next, Lovelace und Indra, beobachteten sie. Sie hatten sich vom Gehege der Lollipops ferngehalten, aber jetzt folgten sie ihnen, nachdem Lovelace und Black einige bedeutsame Blicke gewechselt hatten. Joshua verspürte ein leises Misstrauen. Die Atmosphäre hatte sich verändert; irgendetwas ging hier vor. Er erinnerte sich an Lobsangs Argwohn gegenüber Black.

Nur Sancho kam nicht mit. Der Troll blieb zurück und drückte das Gesicht an den Drahtzaun, stocherte mit den Fingern in den Zaunlücken und sah Ruby und Ronald wehmütig an.

Sie versammelten sich am Rand der Computronium-Platte. Hier war der smarte Belag nur wenige Fuß dick, wie Joshua sah, und noch nicht fest im Boden verankert. Dahinter wuchs grünes Gras, das Gras dieser Erde, das noch nichts von der fremdartigen Maschinerie wusste, die es schon bald verschlingen würde.

Lee ging in die Hocke und hielt die mitgebrachte Komponente vor sich. »Sehen Sie, wie es sich mit diesem Spalt in der Kante vereint? Genau wie im Entwurf vorgesehen. Die Toleranzen liegen im Nano-Bereich, und sobald es eingefügt ist, ist es fugenlos integriert... Natürlich werden Zehntausende solcher Teile Tag für Tag ganz automatisch installiert. Dieses Teil hier gehört zu der letzten Welle von Komponenten, die auf diese Weise angebaut werden.«

»Selbstreplikation«, murmelte Maggie. »Damit fängt der Denker gerade an. Er frisst sich von ganz allein immer tiefer in die Erde, wächst an den Rändern... Stellt seine eigenen Komponenten aus Gestein und Luft her. Von nun an können wir ihn nicht mehr aufhalten...«

»Miss Malone, *installieren Sie diese Komponente nicht.*«

55

Die Stimme, die aus einem Lautsprecher kam, ließ sie alle zusammenzucken.

Lee schaute verwirrt auf die Komponente in ihrer Hand, als hätte sie sich in eine Klapperschlange verwandelt.

Joshua drehte sich um. Auch die Soldaten innerhalb des abgesperrten Bereichs sahen verdutzt aus und fingerten an ihren Waffen herum.

Nur Douglas Black, dessen Bild hell und bunt auf dem Bildschirm an der Flanke des Busses prangte, grinste. »Tut mir leid, wenn ich hier sozusagen den *Deus ex Machina* spiele.«

»Dir tut überhaupt nichts leid«, murmelte Lobsang. »Ich hab dir gleich gesagt, dass er was im Schilde führt, Joshua.«

Black gab mit barscher Stimme Befehle: »Marvin Lovelace, du solltest ein Stück beiseite gehen. Maggie, vielleicht überlegen Sie sich, ihn vorläufig in Gewahrsam zu nehmen.«

Maggie, die offensichtlich keinen Schimmer davon hatte, was vor sich ging, nickte einigen Soldaten zu, die sofort zu Lovelace hinübereilten. »Mr Black, falls Sie mehr wissen als ich …«

»Ach, in diese Kategorie fällt so einiges, meine liebe Frau Admiral. Hier geht es jedoch vor allem darum, dass ich weiß, was sich in dieser Komponente von Miss Malone befindet. Keine Angst, Kindchen, es ist ziemlich harmlos – noch. Aber Sie sollten es lieber wieder in Ihre Fabrik zurückbringen und genauestens überprüfen. Miss Malone ist, nebenbei gesagt, an alldem hier völlig unschuldig. Wissen

Sie, Admiral Kauffman, vor einiger Zeit sind Marvin Lovelace und einige seiner Kollegen von Den Bescheidenen mit der Bitte an mich herangetreten, ihnen bei der Durchführung eines geheimen Projekts zu helfen...«

Joshua erfuhr, dass in Lees Komponente eine Art Waffe eingebaut worden war. Ein Computervirus oder ein intensiv bearbeiteter Abkömmling jener antiken Bedrohungen – ein Virus, der von Technikern der Next entwickelt worden war, eine von superschlauen Nachmenschen ausgedachte Waffe. Genauer gesagt war die Konstruktion sogar von Ronald und Ruby selbst ausgeklügelt worden, als sie ihre unwahrscheinlich avancierte Alien-Maschine entworfen hatten. Allem Anschein nach hatten ihre eigenen Bedenken, ob es klug war, eine solche Maschine zu bauen, sehr tief in sie hineingewirkt. Deshalb wollten sie dafür sorgen, dass es auch einen Ausschalter gab.

Black zufolge konnte niemand mit Sicherheit sagen, ob die Waffe funktionierte, aber er war zu dem Schluss gekommen, dass die Chancen ziemlich gut standen. »Wenn sie im Denker installiert worden wäre, hätte sich eine Infektion sowohl der Software als auch der Hardware sehr rasch verbreitet.«

»Verdammt«, entfuhr es Maggie. »Da habe ich so viele Sicherheitsmaßnahmen getroffen, und dann war die eigentliche Bedrohung direkt hier... vor unserer Nase.«

»Das war ja der Witz daran«, sagte Marvin verächtlich.

»Es war eine schizophrene List, aber das Ding sollte den Denker komplett zerstören«, sagte Black. »Und das hier war unsere letzte Möglichkeit, sie einzusetzen. Zu handeln, bevor, wie Sie sagen, Miss Golding, die Selbstreplikation den Konstruktionsprozess der menschlichen Kontrolle ganz und gar entreißt. Ob es funktioniert hätte? Die Waffe wurde von Next entworfen, ich kann es nicht beurteilen. Aber die Next brauchten meine Hilfe, verstehen Sie, um sicherzustellen, dass das Virus in eine Komponente geladen wird, die in einer meiner Fabriken zusammengebaut wurde, und dass sie verlässlich absolut funktionsfähig ausgeliefert wird ...«

Nach einer kurzen Pause fuhr er fort: »Admiral Kauffman, ich habe mit diesen cleveren, aber unklugen Saboteuren aus zwei Gründen zusammengearbeitet. Zum einen, weil ich dachte, dass die Kontaktpessimisten der Next vielleicht nicht ganz unrecht haben. Und zum anderen, weil ich die Kontrolle darüber behalten wollte, ein letztes Veto.« Er hielt in seiner knochigen Hand eine Art Fernbedienung hoch. »Ein Ausschalter allein für mich, falls ich beschließen sollte, dass das Virus *doch* nicht eingepflanzt werden soll. Und zu diesem Schluss bin ich gekommen. Das Bauteil ist jetzt ziemlich harmlos. Und das wird die Grundlage meiner Verteidigung sein, wenn die Strafverfolgung eingeleitet wird.«

Maggie wandte sich an Marvin Lovelace. »Warum? Warum zum Teufel tun Sie so etwas? Was gibt Ihnen das Recht dazu?«

Er lächelte, aber seine Augen waren hinter der dunklen Brille verborgen. »Es ist keine Frage von Recht. Wir sind die Next. Wir wollen Sie vor sich selbst beschützen ...«

»Das stimmt nicht«, platzte Indra heraus. Sie sah sich verunsichert um.

»Sprich weiter, Indra«, sagte Maggie.

»Ich habe sie reden gehört.« Sie hatte eine seltsame Aussprache, dachte Joshua, als wäre Englisch eine Fremdsprache für sie, die sie mithilfe von Aufzeichnungsgeräten gelernt hatte. »Nicht Ruby und Ronald: Ihr Dilemma war aufrichtig, tief empfunden und rein philosophischer Natur. Bei Marvin und den anderen war es anders, ihnen sind die Menschen egal. Sogar die Next sind ihnen ziemlich egal. Sie glaubten, der Denker würde schlauer werden als sie, und das wollten sie nicht. Sie wollten die Schlauesten sein, für alle Zeiten. Und ...«

»Ja?«

»Sie langweilen sich. Sie sind von lauter Welten voller dummer Leute umgeben. Es langweilt sie, dumme Leute herumzukommandieren, sie zu manipulieren. Es ist zu einfach. Deshalb wollen sie irgendetwas kaputtmachen. Nur so zum Spaß.«

Marvin wollte sich auf das Mädchen stürzen, aber die Soldaten hielten ihn zurück.

»Ich glaube dir, Indra«, sagte Maggie. »Ich kannte mal einen Next namens David. Ein superintelligentes Monster.«

»Stimmt«, sagte Lobsang nachdenklich. »Ein gelangweilter Gott. Und was soll so ein Gott schon tun? Die Götter auf dem Olymp haben gegeneinander Krieg geführt und dabei viele Menschenleben vernichtet ... Es ist scheinbar ein immanenter Makel in der Psyche der Next. Trotzdem ist es sehr ... enttäuschend, so etwas mitzuerleben.«

»Ja«, sagte Joshua. »Man hätte wirklich mehr von ihnen erwartet, oder?«

»Wir sind noch nicht fertig, Mr Black«, sagte Maggie. »Sie haben recht. Die ganze Angelegenheit muss untersucht werden. Aber warum sind Sie am Ende *doch* eingeschritten?«

»Wegen ... *Mach mit!* Ich finde, wir müssen diesen Wesen, die uns von einem anderen Stern aus zurufen, Vertrauen entgegenbringen. Andernfalls müssten wir der Zukunft ein für alle Mal den Rücken zukehren. Ich will sehen, wie Ihre Tauchkapsel in See sticht!«

Komischerweise erntete er damit kurzen Beifall von Lee, von Dev und sogar von ein paar Soldaten.

»Aber Sie haben doch bestimmt noch etwas anderes in der Hinterhand«, sagte Lobsang jetzt zynischer. »So wie immer, Douglas.«

Blacks Lächeln zerknitterte sein Gesicht. »Sie haben natürlich recht, alter Freund. Es schadet nichts, wenn ich meinen Ruf bei diesen Next festige, die alles daranzusetzen scheinen, in unser aller Zukunft eine bedeutende Rolle zu spielen. Man muss sich allerdings fragen, wer dabei am meisten zu verlieren hat, falls so etwas wie ein *Homo superior* neben uns existiert. Nein, gewiss nicht der kleine Mann mit seinem bisschen Eigentum und seinen kleinen Träumen. Dem geht es in einer Welt mit einer besseren Führung wahrscheinlich sogar besser. Es sind vielmehr die Reichen und Mächtigen, die Politiker, Banker und Industriellen, die ihre Stellung an der Spitze unserer Gesellschaft gefährdet sehen. Leute wie ich. Auch der Herrscher der Neandertaler dürfte für die Cromagnon-Menschen bloß einer von vielen haarigen Menschenaffen gewesen sein, richtig? Ich jedoch hoffe, dass ich die Kontrolle, die ich immer noch über meine Angelegenheiten besitze, bei den neuen Herren unseres Universums in irgendeine Münze umwandeln kann. Daher mein Bestreben, diese kleine Verschwörung zu zerschlagen.«

Lobsang musterte ihn. Die Züge in seinem künstlichen Gesicht waren undurchdringlich. »Ein Zyniker könnte vermuten, dass Sie die ganze Sache allein zu diesem Zweck aufgezogen haben.«

Black hob die schneeweißen Augenbrauen. »Lobsang! Ich bin entsetzt!«

Joshua klopfte Lobsang auf die Schulter. »Lass ihn doch. Noch eine Reise, Lobsang? Wie in alten Zeiten?«

Lobsang sah sich um. »Na schön. Wir haben noch sehr viel zu erledigen. Und ich muss Nelson mitteilen, dass wir endlich seinen Enkel suchen gehen…«

»Natürlich sollte man stets misstrauisch bleiben«, sagte Black. »Trotzdem kann ich unmöglich leugnen, dass diese Einladung, dieses Projekt, eine unmittelbare Attraktivität hat. Wir haben so etwas wie eine Art Diaspora erlitten. Die Menschheit hat sich über die Lange Erde verstreut, hat sich gespalten und geteilt. Vielleicht beneiden wir tief in uns die Trolle, die eine Methode entwickelt haben, in ihrem Ruf immer wieder zueinanderzufinden. Jetzt werden wir von dieser Einladung wieder zusammengerufen, von diesem Traum, der uns geschenkt wurde.«

Indra berührte Joshua am Arm. »Ich will trotzdem noch in Ihrer Kapsel mitfahren, Mr Valienté.«

»Bravo«, rief Black von seinem Bildschirm herüber. »Bravo, mein Kind!«

56

[Auszug aus: *Sehen Sie zu, dass Sie das wenigstens einmal im Leben auf die Reihe kriegen, Jokaste: Die autorisierte Biografie von Professor Wotan Ulm, von Constance Mellanier. Walhalla: Transworld Harper, 2061.* Abdruck mit Genehmigung.]

Gegen Ende seines Lebens spekulierte Ulm auch weiterhin sehr konstruktiv, wenn auch kontrovers, über die Beschaffenheit der Langen Erde und die Tatsache, dass die Menschheit durch den Prozess des sogenannten Wechselns Zugriff auf sie bekommen hatte. Natürlich konnte er gelegentlich recht respektlos auf unbegründetes Theoretisieren reagieren, wie in dieser wortgetreuen Transkription einer Unterhaltung mit der Autorin kurz vor Ulms Tod ersichtlich wird:

»Dieser ganze Quatsch, den die Leute über die Lange Erde verbreiten, den sie schon verbreitet haben, als ich noch kurze Hosen anhatte, und sie sind keinen Deut weitergekommen. Was haben wir nicht alles über die entkräuselten Dimensionen auf einer höheren Ebene vernommen. Oder man erzählt uns, dass es zehn hoch fünfhundert und was weiß ich wie viele mögliche Universen da draußen im ›Multiversum‹ gibt, wie von der Stringtheorie vorausgesagt. Vielleicht gibt es auch m-Branes und p-Branes, die wie kleine Hunde in einem Sack voneinander abprallen. Was für ein Unsinn das alles ist.

Wechseln ist menschlich. Und allein in unserer Menschlichkeit werden wir eine Erklärung dafür finden.

Eine ganze Reihe meiner Studien, besonders die zum Thema Hirnverletzungen, hat mir klargemacht, dass das *Wechseln* – zumindest das, was man als den klassischen ›Linsay-Schritt‹ kennt – große Überschneidungen mit dem *Sehen* aufweist. Und mit *Sehen* meine ich nicht die rein physikalische Sehfähigkeit des Auges und schon gar nicht die Transkription visueller Signale zu Nachrichten, die in der Hirnrinde vor sich geht. Ich meine vielmehr die tiefe innere, bewusste Empfindung des Sehens, das Aufnehmen von Informationen aus einer bestimmten Umgebung. Und von da aus ist es nur ein kurzer gedanklicher Weg zwischen der Fähigkeit des *Sehens* und der Fähigkeit der *bildlichen Vorstellung.*

Mit all dem hängt unsere Fähigkeit des Wechselns zusammen.

Der Fall Bettany Diamond (siehe: Mann, 2029) verdeutlicht das. Bei diesem Fall ging es um eine Frau, die körperlich nicht wechseln, trotzdem aber in die benachbarten Welten *sehen* konnte. Sie sah ihre Kinder in einem Garten spielen, und zwar in einer wechselwärtigen Kopie ihres Wohnzimmers. Aber sie konnte sie nicht berühren.

Also ist das Wechseln mit dem *Sehen,* mit dem *Vorstellungsvermögen* verwandt. Und je ausgeprägter die Fähigkeit, sich etwas vorzustellen, desto größer die Fähigkeit zu wechseln.

Aber das kann noch nicht alles sein, oder? Also was noch, Jokaste? Wenn dir nur genügend Verstand gegeben wäre, würdest du dir genau diese Frage stellen. Die Antwort darauf könnte dich überraschen. Denn die andere Fähigkeit, die man zum Wechseln benötigt, ist, meiner Meinung nach, dass man sich selbst davon überzeugen muss, dass man *unbestimmt* ist.

Man denke an die berühmte Quantenkatze in der Kiste, die durch den Zerfall oder Nichtzerfall eines instabilen Atomkerns vom Gift bedroht ist. Lebt sie, oder ist sie tot? Das sind zwei mögliche Quantenzustände, und die Quantenunschärfe oder Quantenunbestimmtheit sorgt dafür, dass wir nicht wissen können, was nun ›wirklich‹ ist, bis wir die Kiste aufmachen und nachsehen. Erst dann ist einer dieser potenziellen Zustände verwirklicht. Na schön.

Jetzt sieh dich mal an, Jokaste. Dein Zustand ist in jeder Sekunde von vielen Quantenzuständen bestimmt. Der eine besagt, dass du hier in diesem Raum bei mir bist. Ein anderer, dass du auf dem Mond bist. Wieder ein anderer besagt, dass du draußen auf dem Flur bist und mir eine bessere Tasse Tee machst als diese Teerplörre, die du mir zuletzt serviert hast. Wieder ein anderer verankert dich auf Erde West 2, einen Schritt weg vom Hier und Jetzt. Und so weiter und so fort. Einige dieser Orte sind für dich deutlich wahrscheinlichere Zustände als andere.

Du bist dir sicher, dass du hier bist, stimmt's? Aha, aber mal angenommen, du stellst dir vor – vorausgesetzt, du könntest dir so was vorstellen –, dass du nicht mit *Bestimmtheit* sagen kannst, wo du eigentlich bist. Denn wenn du im quantenphysikalischen Sinne *unbestimmt* bist, wird auch dein Aufenthaltsort unsicher – schließlich bist *du* der verlässlichste Zustandsbeobachter deiner selbst. Du wirst sozusagen über alle angrenzenden Möglichkeiten, über die unendliche Anzahl möglicher Zustände, in denen du möglicherweise existieren könntest, verteilt. Wenn du dir dann sicher bist, dass du dich tatsächlich auf West 2 und nicht mehr hier bei mir auf West 1 befindest, dann *bist du auf einmal genau dort* – verstehst du? Du hast die Zustandsfunktionen wieder zusammengefaltet. Du bist gewechselt.

Vorstellungsvermögen und so etwas wie eine absichtlich herbeigeführte Unschärfe. Mehr ist nicht dran am Wechseln, Jokaste. Und je präziser der Verstand, desto ausgeprägter die Fähigkeit zu wechseln. Wir sehen das bei Naturtalenten, die ›weiche Stellen‹ ausfindig machen, offensichtliche Schwachstellen in der Konnektivität der Langen Erde, mit deren Hilfe sie Tausende Welten auf einmal davonwechseln können. Die womöglich noch merkwürdigere Schwachstelle, die auf New Springfield entdeckt wurde, ist der Beweis, dass man mit einem anderen Verstand, mit einer anderen Intelligenz durchaus in der Lage sein kann, in eine völlig andere Lange Welt zu wechseln.

Ich rede natürlich von ›besser entwickelter Intelligenz‹. Ich glaube, dass wir *Homo sapiens* nicht vergessen sollten, dass nicht wir mit unserem Verstand und Vorstellungsvermögen die Lange Erde erschaffen haben. Es waren vielmehr unsere Vettern, die Trolle und andere Humanoide, die schon vor Millionen von Jahren dort hinausgezogen sind und die Lange Erde herbeigeträumt haben, während sie Schritt für Schritt weitergingen. Nicht wir.

Und was die Frage angeht, warum solche Langen Welten überhaupt existieren, merk dir eins: Wenn man sich ein junges Sonnensystem vorstellt, um das ein paar Steinbrocken herumkreisen, kann man sich nur schwer eine Welt ausmalen, die so etwas wie Intelligenz und Bewusstsein hervorbringt. In unserem Sonnensystem dauerte es Milliarden von Jahren, bis sich eine fruchtbare Erde entwickeln konnte. Aber wenn es eine solche Welt erst einmal erschaffen hat, und man davon einfach immer neue Kopien anfertigen könnte wie Seiten, die aus einem Drucker kommen… Aber es ist ein Prozess der Kooperation. Intelligentes Leben hat die Lange Erde hervorgebracht. Vielleicht setzt die Lange Erde, nachdem sie dergestalt intelligentes Leben hervorgebracht hat, diese Intelligenz inzwischen selbst ein, um sich in die Unendlichkeit zu träumen.

Zu welcher Art des Wechselns wäre ein beliebig leistungsfähiger Intellekt wohl in der Lage? Darüber kann sogar ich nur grob spekulieren. Ganz gewiss werde ich das nicht mehr erleben. Aber du vielleicht, meine Liebe. Du wirst es vielleicht noch erleben. Aber jetzt bin ich müde, so schrecklich müde. Mach bitte das Licht aus, wenn du gehst, Jokaste, ja?«

57

An einem klaren Oktobertag stand, mehr als drei Millionen Erden von der Datum entfernt, eine Kapsel mitten auf dem Gelände von Little Cincinnati, jener Insel menschlichen Unternehmungsgeistes im großen technologischen Ozean, den der Denker ausmachte. Das gedrungene Fahrzeug war auf eine breite Betonplatte gestellt worden, auf der normalerweise schwere Lasten-Twains landeten, aber heute schwebten die beiden einzigen sichtbaren Twains in der Herbstluft über der Platte, wachsam und mit schimmernden Kameragehäusen.

Joshua Valienté humpelte neben Lobsang, Maggie Kauffman und Dev Bilaniuk über den Asphalt. Alle trugen blaue Overalls und Atemmasken, so ähnlich wie bei der NASA. Da sie spät dran waren, beeilten sie sich. Eine schwer bewaffnete und nach allen Seiten wachsame aus Flottenpersonal bestehende Eskorte unter dem Kommando von Jane Sheridan begleitete sie. Vonseiten der extremeren Kontaktpessimisten waren einzelne Drohungen gegen das Projekt ausgesprochen worden, weshalb niemand ein Risiko eingehen wollte. Als sie sich der Kapselkamera näherten, funkelten Lichter in ihren Augen, und sie mussten sich durch eine kleine Menge applaudierender Arbeiter und anderer Sympathisanten schieben. Joshua kam sich mit seinem Gehstock irgendwie ausgestellt, fast ein wenig lächerlich vor. Aber solche Gedanken hätte er nie laut ausgesprochen.

»Verflixt noch mal«, knurrte Maggie. »Für so einen *Heldenstoff-Quatsch* hab ich keine Zeit. Wir sind auch so schon überfällig.«

Lobsang lächelte lässig. »Immer schön mit dem Strom schwimmen, Maggie. Die Industrie und die Regierung haben das alles bezahlt. Ohne sie hätten wir unser kleines Schiff niemals in drei Monaten bauen können. Obendrein musste die Lobby der Kontaktpessimisten in der Regierung überredet werden. Jetzt wollen sie was für ihr Geld sehen und das Ereignis in politische Münze verwandeln, indem sie uns in den Nachrichten präsentieren, so schnell sie das Outernet verbreiten kann. Also immer schön in die Kameras lächeln.«

Dev sagte: »Wenigstens beschweren sie sich jetzt nicht mehr, dass wir ein Altersheim auf die Reise schicken.«

»Ich bin Admiral der Flotte, verdammt noch mal. Wir verkaufen unsere Seelen an diesen Zirkus!«

»Meine Lebensgeschichte beweist, dass man seine eigene Seele immer wieder zurückkaufen kann …«

Endlich hatten sie die Menge hinter sich gelassen und gelangten hinter eine Absperrung aus Seilen zu ihrem Schiff. Der gedrungene Kegel stand auf vier Stummelbeinchen, war rundum mit schwarz-weißem Dämmstoff verkleidet, aus dem kurze Antennen und glitzernde Linsen herausragten sowie Steuerdüsen, die wie die Schnäbel kleiner Vögel aussahen. Joshua hatte den Eindruck, als hätte man überall, wo noch Platz war, Fahnen aufgestellt, in erster Linie die holografischen Sternenbanner der US-Ägide, dazu das Siegel der Long Unity mit den Händen, die eine Erde umschlossen hielten, sowie mehrere Firmenlogos: die marschierenden Holzfäller der HGLE, das Schachpferd von Lobsangs eigenem transEarth Institut und die Scheibe von GapSpace mit Erdsichel und Sternen. Mehrere Lastwagen standen nah bei dem Schiff und pumpten Treibstoff, Wasser, Luft und andere notwendigen Güter hinein. Ingenieure in weißen Kitteln trafen die allerletzten Vorkehrungen.

Die ganze Angelegenheit nahm sich, verglichen mit dem, was Joshua aus den Tagen der Space Shuttles und dem alten

Cape Canaveral in Erinnerung hatte, ziemlich bescheiden aus. Trotzdem wirkte die Kapsel ziemlich vertraut. »Wie eine aufgeblasene Apollo-Kommandokapsel«, sagte er.

Dev Bilaniuk war mit dieser Technik vollkommen vertraut – was natürlich der Grund dafür war, dass er zur Besatzung gehörte. »Es ist der besondere Stil der Lücke, Joshua. Ja, schon so ähnlich wie bei den Apollos. Das Design basiert auf den Entwürfen unserer Wechsel-Shuttles, die die Besatzungen durch die Lücke bringen. Und die wiederum basieren, nein, nicht auf Apollo, sondern auf SpaceX-Technologie – eine Art Ableger von Apollo aus den 2010er Jahren. Größer, geräumiger und mit moderneren Materialien...« Dev strich mit der Hand über die Flanke des Schiffes. »Wir haben uns mehrere Varianten für die Kapsel ausgedacht. Eine sah tatsächlich wie eine Tauchglocke aus der Meeresforschung aus, die Dinger waren ziemlich robust. Auch das Chassis eines Panzerwagens der Flotte wurde vorgeschlagen. Aber wir haben uns für ein minimalistisches Raumschiffdesign entschieden, falls wir in eine Art Lücke fallen. Das Schiff ist vakuumdicht, und mit den Düsen können wir Schub und Position korrigieren, um wieder zurückzugelangen.«

»Ich dachte, wir kriegen noch eine Schicht Computronium drauf«, sagte Joshua grinsend. »Mir gefiel die Vorstellung, in einem Raumschiff aus Diamanten zu sitzen.«

»Dagegen habe ich mein Veto eingelegt«, sagte Maggie ernst. »Wir wollen doch nicht in einer Hülle aus unbekanntem Material ins Unbekannte vorstoßen. An dieser Stelle sollten wir die Risiken möglichst gering halten.«

»Ich bin froh, dass Sie mit an Bord sind, Admiral Kauffman«, sagte Lobsang.

»Eins ist sicher: Die Flotte behält bei dieser Sache das Kommando.«

»Dafür brauchen wir doch aber keinen Admiral. Es gibt bestimmt viele weniger hochrangige Offiziere, die diesen

Zweck erfüllt hätten.« Lobsang hörte sich an, als wollte er sie auf den Arm nehmen, dachte Joshua. »Jemanden, der jünger ist, mit besseren Reflexen und besserer Koordination, jemanden, der besser sieht, hört und ...«

»Schon gut, Lobsang, vielen Dank. Es war meine eigene Entscheidung. Nachdem Sie das Ding mit Ihrer wild zusammengewürfelten Mannschaft vollgestopft hatten, blieb nur noch für einen einzigen Flottenoffizier Platz. Außerdem verfüge ich über eine gewisse Erfahrung bei der Führung von Expeditionen in ferne wechselwärtige Regionen, wie Sie sich vielleicht erinnern.« Sie grinste verschlagen. »Abgesehen davon: Wie hätte ich auf so eine Spritztour verzichten können? Außerdem gehöre ich nach wie vor zu den wenigen Kommandeuren, die einen Troll auf ihrem Schiff akzeptieren.«

»Sancho kommt mit«, erwiderte Joshua entschlossen. »Es ist ebenso seine Mission wie meine ...«

»Vater! He, Vater!«

Joshua drehte sich so schnell um, dass er an seinem Stock beinahe das Gleichgewicht verloren hätte.

Dort stand Rod. Er war innerhalb der abgesperrten Zone, wurde jedoch von einem Techniker in weißem Kittel zurückgehalten. Hinter ihm, auf der anderen Seite des Seils, stand eine junge Frau, braun gebrannt, brünett und in eine Art Sally-Linsay-Chic gekleidet: abgewetzte Jeans, eine Jacke mit vielen Taschen und ein ramponierter, ausgeblichener Hut. Außerdem war sie, wie Joshua sofort erkannte, hochschwanger – es musste schon bald so weit sein, aber bei solchen Sachen war sich Joshua nie so ganz sicher.

Er ignorierte die Techniker, die aufgescheuchten Soldaten und Maggie Kauffmans gereizten Blick und humpelte hinüber. Er und Rod standen sich einen Moment einfach nur mit hängenden Armen gegenüber.

Dann rief die junge Frau: »Mann, Rod, um Himmels willen! Wir sind extra von so weit hergekommen!«

Rod zuckte die Achseln. Joshua ebenfalls. Dann umarmten sie sich.

»Vorsicht mit dem Astronautenanzug«, sagte Joshua und versuchte, die plötzliche Rührung zu überspielen, die ihn zu überwältigen drohte. »Und häng mir bloß keine Erkältung an, echt.« Er blickte über Rons Schulter. »Ist das ...?«

Ron winkte. »Komm her, Sofia. Kümmere dich nicht um die Wichtigtuer. Vater – Joshua Valienté – Sofia Piper.«

Joshua gab ihr förmlich die Hand. Sie hatte einen festen Griff. »Rod hat schon von Ihnen erzählt. Und, äh ...«

Sie grinste und wurde ein bisschen rot. »Und von der nächsten Generation. Ich weiß.« Sie tätschelte ihren Bauch.

»Also, Vater«, sagte Rod, »diesmal wollte ich dich verabschieden, nachdem du schon wieder auf eine lange Reise gehst. Sogar ich finde, dass ihr da ein ziemlich cooles Ding vorhabt, soweit ich es beurteilen kann.«

»Allerdings.«

»Und ich wollte ... also ... ach, verdammt.«

Sofia schnaubte verächtlich. »Du bist echt so was von emotional verkorkst. Sehen Sie, Mr Valienté, Rod wollte, dass dieses Kleine hier Sie auf jeden Fall kennenlernt, sozusagen bevor Sie aufbrechen. Was auch geschieht, wir können ihm oder ihr erzählen, dass wir heute hier waren.«

»Sie meinen, falls ich nicht wiederkomme?« Joshua grinste. »Ihr könnt euer Haus darauf verwetten, dass ich wiederkomme.«

»Wir haben kein Haus, Vater.«

Jetzt stand Maggie Kauffman neben ihm. »Wenn Sie ihren Arsch nicht sofort rüber zum Schiff bewegen, bleiben Sie sowieso hier, Valienté. Während wir hier plaudern, verdampfen flüchtige Stoffe, und so etwas Ähnliches kommt mir auch gerade aus den Ohren.«

»Alles klar.« Joshua umarmte Rod eilig ein zweites Mal und kniff Sofia in die Wange – und das war's.

Er humpelte hinter Maggie her zum Shuttle.

Dev stand unverhohlen stolz vor dem kleinen Schiff. »Wir brauchen einen Namen. Alle Forschungsschiffe haben Namen. Eagle, Intrepid, Aquarius…«

»Wie wär's mit Onkel Arthur?«, meinte Joshua.

Lobsang lächelte. »Nach Arthur C.?«

»Klar.«

»Sehr passend.«

Jane Sheridan eilte mit einem dicken Textmarker voraus. »Gestatten Sie?« Dann schrieb sie mit erstaunlich fließender Schrift »Onkel Arthur« auf einen weißen Flecken der Dämmung unweit der stumpfen Nase des Schiffes.

Maggie nickte zustimmend. »Gehen wir jetzt an Bord?«

Eine Technikerin hielt eine Luke auf.

Joshua kletterte mithilfe seines Stocks ein wenig unbeholfen über die niedrige Stufe. Die Technikerin, eine strahlende junge Frau, die Joshua nicht älter als zwölf vorkam, bot ihm ihren Arm, was er eigensinnig ablehnte. Vom Einstieg aus warf er einen letzten Blick zurück und erspähte von seiner leicht erhöhten Position aus Rod und Sofia. Und hinter den Köpfen der dicht gedrängten Menge sah er jenseits der Industrieanlagen, Zelte, Wohngebäude und Chemietoiletten von Little Cincinnati die unheimliche, technisch mutierte Landschaft, die das alles umfasste: den Denker, künstlich und fremdartig, in dessen Träume er heute eintreten würde.

Das alles kam ihm völlig unwirklich vor. Vielleicht lag es auch an seinem Alter. Er drehte sich weg.

Es war eine Erleichterung, der Oktobersonne, dem Gedränge der Leute, den Scheinwerfern, den Kameras und der allgemeinen Fremdheit der Umgebung zu entkommen und in die Stille im Inneren der *Onkel Arthur* einzutauchen. Da das Schiff in allergrößter Eile erbaut worden war, hatte Joshua es noch nie von außen gesehen, aber er hatte viel Zeit in einem Simulator der Innenräume verbracht. Das Ganze kam ihm auf einmal wie eine weitere Übung vor.

Er fand seinen Platz, einen klobigen Astronautensessel mit schweren Gurten. Auf diesem Mitteldeck saß Joshua auf dem zentralen Platz, Maggie ließ sich zu seiner Rechten und Lobsang zu seiner Linken nieder. Gnädigerweise hatte er nicht die Leiter zum Oberdeck erklimmen müssen, das sich nicht weit über ihm befand und nur durch ein Metallgitter von ihnen getrennt war. Dort oben saßen ihre »Piloten«, falls man sie so nennen konnte: Dev Bilaniuk, der den Laden führte, Lee Malone als seine Unterstützung, und Indra Newton, das sehr zerbrechlich wirkende Next-Mädchen, dessen Wechselfähigkeiten, so hoffte man, sie ans Ziel bringen würden – welches Ziel der Denker und seine Schöpfer sich auch für sie ausgedacht haben mochten.

Weiter unten, ebenfalls durch ein Metallgitter zu sehen, befand sich Sancho. Das Unterdeck war der Laderaum, weshalb der Troll von allerlei Ausrüstung umgeben war – Luftbehälter und Wiederaufbereitungseinheiten, Batterien, Medizinkoffer sowie anonyme weiße Kisten, die Joshuas Vermutung nach etwas mit den wissenschaftlichen Zielen der Mission zu tun hatten. Der alte Troll lag in einem Haufen Stroh auf dem Rücken, die mächtigen Arme hinter dem Kopf verschränkt und in Joshuas alte Rettungsdecke gehüllt.

Joshua klopfte mit dem Stock auf den Boden. »He, alter Knabe. Wie geht's dir da unten?«

»Huuh.« Sancho reckte einen Daumen in die Höhe. Er sah ausgesprochen zufrieden aus. Andererseits, überlegte Joshua, sah er immer so aus.

Mit einem metallischen Scheppern wurde die Luke geschlossen, woraufhin auch der restliche Lärm von draußen verstummte. In der plötzlichen Stille hörte Joshua das Surren von Ventilatoren und Pumpen. Durch das kleine Fenster vor ihm, eine runde Scheibe aus dickem Glas, sah er, wie die Techniker sich entfernten und die weiter weg stehenden Schaulustigen immer noch fleißig winkten. Die bewaffneten Soldaten standen immer noch an Ort und Stelle, kehrten dem Schiff den Rücken zu und hatten die Gesichter der Menge zugewandt. Joshua wusste, dass es noch weitere Sicherheitsvorkehrungen gab, etwa die Beobachter in den Türmen und den am Himmel schwebenden Twains. Sogar kleine Drohnen patrouillierten über ihnen, falls irgendjemand auf die Idee kommen sollte, am Ende doch noch eine Granate auf das Schiff zu werfen.

Lobsang ging seine letzten Checks durch und murmelte: »Na, wie fühlst du dich, Joshua?«

Er überlegte kurz. »So ähnlich wie am Wechseltag, glaube ich. Ich weiß noch, dass ich meine Wechselbox so gut wie möglich zusammengebastelt hatte, und wie gespannt ich darauf war, endlich den Schalter umzulegen, aber ich hatte nicht den leisesten Schimmer, was passieren würde...«

»Aber Sie haben den Hebel trotzdem umgelegt«, sagte Maggie.

»Allerdings.«

Sie grinste entschlossen. »Dann also los. Mr Bilaniuk?«

»Ich bin so weit«, antwortete Dev. »Wir haben soeben bestätigt bekommen, dass die Luke verschlossen und versiegelt ist. Außerdem haben wir die Innenluken und die Luftklappen verschlossen. Alle internen Systeme laufen, und unsere Umgebungssensoren zeigen an, dass alles in Ordnung ist...«

»Hören Sie auf, für die Geschichtsbücher zu reden und legen Sie los, Mann«, blaffte Maggie.

Lee sagte trocken: »Okay. Bist du bereit, Indra?«

»Ich glaube ja...«

Joshua wusste, dass die Hauptlast auf Indra ruhte, genau wie auf Stan Berg damals in New Springfield. Sie musste zum Wechseln bereit sein, aber nicht nach Osten oder Westen, nicht quer durch die Lange Erde, sondern nach *Norden* oder *Süden,* komplett aus der Ebene der menschlichen Vorstellung hinaus. Und dazu bereit, diese ganze Kapsel mitsamt ihren Passagieren mitzunehmen.

Oder so ähnlich. Im Laufe seiner Karriere in der Langen Erde und all ihrer Mysterien hatte Joshua es stets vermieden, die vielen verqueren Theorien des Wechseln zu verfolgen. Wenn das hier funktionierte, prima. Wenn nicht, würden sie schon bald mit roten Gesichtern wieder aus der Kapsel auf die Betonplatte steigen.

Lee sagte: »Indra, wir gehen die Prozedur noch ein letztes Mal durch. Alles genau so, wie wir es geprobt haben. Ich fahre die Systeme hoch, und Dev übernimmt die Steuerung. Ich muss den Raketenantrieb des Schiffs vorbereiten, falls wir in eine Lücke fallen und ich unsere Rotationsgeschwindigkeit abfangen muss. Außerdem muss ich die Abbruchsequenz scharf machen, falls umgekehrt etwas mit den Raketen schiefgeht. Wenn beides zugleich passiert, haben wir echt Pech, aber man muss auf alles vorbereitet sein. Du konzentrierst dich einfach auf das Wechseln. Ich gebe dir einen Countdown. Bei fünf Sekunden mache ich den Abbruch scharf. Dann fahre ich den Antrieb hoch. Und wenn wir bei Eins sind, sage ich ›Los!‹, und bei Null fängst du an.«

»Verstanden.«

Indra hörte sich kein bisschen nervös an, dachte Joshua. Andererseits war sie eine Next, noch dazu eine der Klügsten. Vielleicht hatte sie alle möglichen Konsequenzen ihrer heutigen Handlungen bereits durchdacht und die Risiken akzeptiert. Lee wiederum wirkte erstaunlich ruhig und kompetent. Drei gute junge Leute, dachte Joshua und freute sich insgeheim darüber. Alle drei.

Jetzt rief Lee nach unten: »Es geht los, Leute. Zwanzig, neunzehn, achtzehn… Vielen Dank für die Beachtung aller Sicherheitsmaßnahmen.«

Joshua warf Lobsang einen strengen Blick zu. »Hast du den Kindern etwa deine alten Filme gezeigt?«

»Du vielleicht?«

Dev murmelte: »Denken Sie nicht an alte Filme. Erinnern Sie sich einfach an Shepards Gebet: ›Herr im Himmel, lass es mich nicht versauen.‹«

»An *die* Version kann ich mich nicht erinnern«, schnaubte Maggie.

Lee sagte: »Neun, acht, sieben, sechs, fünf, Abbruchstufe, Antrieb aktiviert, klar, und – los!«

Dann wechselten sie.

58

Joshua spürte, wie er fest in seine Liege gepresst wurde.
»Au! Fühlt sich an, als wäre mir gerade ein Troll auf die Brust gesprungen!«

»Huuh!«

»Nicht du, Sancho. Alles klar bei dir, Kumpel?«

»Ha!«

Joshua sah, dass sich das Licht vor dem Fenster in ein silbriges Blau verändert hatte.

»Alle bleiben ganz ruhig sitzen«, sagte Maggie. »Lehnt euch entspannt zurück. Ich habe keine Lust auf Knochenbrüche oder Herzanfälle, bloß weil ihr ganz plötzlich aufstehen wollt. Kurze Bilanz: Wir befinden uns auf einer soliden Oberfläche. Wir befinden uns nicht in Bewegung. Und wir befinden uns definitiv nicht im freien Fall, wir sind nicht im All. Aber die Schwerkraft ist hier, wo wir auch sein mögen, höher als zu Hause. Korrigieren Sie mich, wenn ich etwas Falsches sage, Lobsang.«

»Bis jetzt stimmt alles, Admiral.«

»Nennen Sie mich Captain. An Bord meines Schiffes bin ich der Captain ... Um wie vieles höher?«

»Ungefähr zwanzig Prozent. Wir befinden uns womöglich auf einer Art Super-Erde.«

»Alle melden. Lobsang, Joshua ...«

»Alles klar, Captain.«

»Dev?«

»Alles überprüft«, antwortete Dev.

»Ich will wissen, wie's Ihnen geht, Sie Knallkopf.«

»Alles klar, Captain.«

»Lee?«

»Klärchen.«

»Das darf doch nicht ... Indra?«

»Ich sehe Sterne.«

Jetzt konnte Joshua sich nicht mehr beherrschen. Er löste seinen Gurt und beugte sich nach vorne zu dem kleinen Fenster.

Sein Blick fiel auf eine trostlose, mit Kratern übersäte Ebene, die mit scharfkantigen Steinbrocken übersät war. Mondartig, vielleicht. Aber hier gab es allem Anschein nach Luft. Der Himmel war von einem tiefen Blauviolett. Gut möglich, dass hinter dem Horizont zu seiner Rechten eine Sonne versteckt war. Er sah, dass sich dort Helligkeit ausbreitete, ein Hauch von Rosa.

Der Himmel war jedoch mit Sternen übersät – Sterne, die unmöglich groß und hell wirkten, verglichen mit denen auf der Erde. Er zählte fünf, sechs sehr helle Sternscheiben und vielleicht ein Dutzend weniger heller Lichter, dahinter ein Panorama weiter entfernter Konstellationen.

»Dürfen wir raus?«, fragte Dev.

»Dazu würde ich nicht raten«, antwortete Lobsang. »Abgesehen von der höheren Schwerkraft besteht die Luft hauptsächlich aus Stickstoff und Kohlendioxid. Nur ein Hauch von Sauerstoff. Eher wie auf einer toten Erde. Sogar in Druckanzügen dürfte es durch die höhere Schwerkraft gefährlich sein. Wir hatten durchaus recht damit, die Kapsel vorzubereiten und gut zu schützen ...«

»Außerdem scheint es da draußen sowieso nicht viel zu sehen zu geben«, sagte Maggie.

Joshua war sich nicht sicher, ob das stimmte. Er glaubte, am Horizont etwas zu erkennen, etwas Komplexeres als die steinigen Wellen der Kraterränder. Ein Gebäude vielleicht? Seine alten Augen waren zu schwach, um mehr zu erkennen.

»Wo sind wir überhaupt?«, fragte Indra.

»Die naheliegende Frage. Eindeutig nicht im Sonnensystem.«

Diese einfache Tatsache hatte sich noch nicht in Joshuas Bewusstsein verankert. »Wow. Natürlich nicht. Wir sind irgendwie quer durchs All gereist. Mit einem einzigen Sprung.«

»Ich weiß, wo wir sind«, sagte Dev.

»Ich kann rasch herausfinden, ob die Sterne dort oben von der Erde aus zu sehen sind«, sagte Lobsang, »und wenn ja, kann ich auch bestimmen, wo wir sind. Wie wir alle wissen, ist unser Schiff mit Teleskopen und Spektroskopen gespickt. Abgesehen von atmosphärischen Sensoren können wir die Temperatur und die Strahlung messen. Wir haben Sonden, die Gesteinsproben einsammeln, und Schnapper, die sich irgendwelche Lebensformen schnappen können…«

»Ich sehe nirgendwo Blumen, die wir pflücken könnten, Lobsang…«

»…außerdem ist die KI an Bord sehr schlau.«

»Woher weißt du das?«

»Tja, weil ich hier die KI an Bord bin.«

»Hört ihr mich nicht zu?«, rief Dev. »Entschuldigung: Hören Sie mir nicht zu? *Ich weiß, wo wir sind.* Ich kenne mich aus mit Astronomie. Ich habe in der Lücke und auf dem Backsteinmond viel Zeit damit verbracht, mir die Sterne anzusehen…«

»Wo sind wir?«

»In den Plejaden.«

Lobsang wartete ein paar Sekunden, bis sein eingebauter Sensorensatz Resultate lieferte. »Gut geraten.«

»Ich habe nicht geraten.«

»Wir befinden uns auf einem Planeten, der einen der Hauptsterne jenes Sternenhaufens umkreist. Die schwachen Schlieren da oben befinden sich womöglich außerhalb der Atmosphäre.«

»Ich weiß, dass es so ist«, sagte Dev. »Durch den Cluster zieht eine Wolke interstellaren Nebels. Sieht man mit jedem Teleskop.«

»Ich bin beeindruckt«, sagte Joshua.

»Gut gemacht, Mr Zulu«, brummte Lobsang trocken. »In diesem Falle haben wir uns bis jetzt nur ungefähr vierhunderttausend Lichtjahre von zu Hause entfernt.«

Joshua ließ sich das durch den Kopf gehen. *Nur* vierhunderttausend Lichtjahre...

»Wenn wir ein bisschen weiter rausfliegen, lässt sich unsere Position wahrscheinlich besser bestimmen.«

Maggie hob abwehrend die Hände. »Es reicht jetzt mit dem Imponiergehabe. Gehen wir noch mal durch, was gerade passiert ist. Wir sind also... gewechselt. Aber statt auf der Kette der Langen Erde hinauf- oder hinabzureisen, sind wir in eine andere Richtung gewechselt...«

»Sozusagen«, stimmte ihr Joshua zu.

»Und sind hier gelandet. Auf dem Planeten eines anderen Sterns.«

»Genau das habe ich erwartet«, meldete sich Indra zu Wort. »Aus den bruchstückhaften Hinweisen der einseitigen Kommunikation der Lollipops mit dem Denker. Die Lange Erde ist eine Weltenkette, wie eine Halskette, die in einem höherdimensionalen Raum schwebt. Diese Kette kann sich irgendwann schließen, sie könnte aber auch andere Ketten kreuzen, andere Lange Welten, die in dem höheren Kontinuum dahintreiben.«

»So wie diese hier«, sagte Maggie.

»Ja. Wir glauben, dass der Denker eine Maschine ist, um diese entfernteren Welten, diese gewaltigen Sprünge zu imaginieren. Und wenn sich das mit meinem eigenen Willen vereint, meiner Fähigkeit zur Dekohärenz...«

»Hoppla, jetzt kann ich dir nicht mehr folgen«, sagte Maggie.

»Wechseln ist eine geistige Fähigkeit«, sprang Lobsang

427

ein. »Der Denker, den wir gerade gebaut haben, ist der mächtigste Geist, den unser kleiner Planet wahrscheinlich je zu sehen bekommt. Von daher dieser gewaltige Sprung.«

»Auf diese Weise sind die Silberkäfer also in ihre eigene Lange Welt gewechselt?«, wollte Joshua wissen.

»Ja«, antwortete Lobsang. »Aber nur durch Zufall. Diesmal haben wir es unter Kontrolle.«

»Wir oder der Denker?«, fragte Joshua.

»Was denn jetzt?«, sagte Maggie. »Ihrer Meinung nach besagt die Theorie, dass wir durch eine Verbindung zwischen einer Langen Welt – der Erde – zu einer anderen gewechselt sind. Ich dachte, Lange Welten sind mit der Entstehung intelligenten Lebens verknüpft. Ich sehe hier überhaupt kein Leben.«

Joshua schaute immer noch angestrengt hinaus auf diese Strukturen am Horizont. »Wegen diesen...«

»Wenn es eine *Lange* Welt ist«, sagte Dev, »dann müsste es uns möglich sein, durch sie hindurch zu wechseln. Nach Osten oder Westen, meine ich.«

»Ja«, erwiderte Lobsang. »Genau wie Sally Linsay und ihr Vater quer durch den Langen Mars gewechselt sind. Wenn Sie gestatten.«

»Verdammt noch mal.« Joshua schob seinen Stolz beiseite und zog seine Sonnenbrille mit den geschliffenen Gläsern hervor, damit er die fernen Gebilde besser erkennen konnte.

Aber noch ehe er sie aufgesetzt hatte, gab es eine weitere Unterbrechung.

Das Licht veränderte sich wieder, und die fernen Gebilde verschwanden – aber das Gewicht auf Joshuas Brust blieb.

Maggie wandte sich an Lobsang. »Was haben Sie denn jetzt angestellt?«

»Ich bin gewechselt«, antwortete Lobsang wahrheitsgetreu. »Auf die konventionelle Art. Nach Westen, in diesem

Fall. Ich habe *Onkel Arthur* wie eine vorübergehende Erweiterung meines Körpers mitgenommen.«

»Wenn Sie beim nächsten Mal so ein Kunststück vorführen, fragen Sie mich zuerst.«

Wieder setzte sich Joshua vorsichtig auf und spähte aus dem Fenster. Wieder waren die Plejaden als dichter Sternenhaufen am Himmel zu sehen, nur wurde ihr Schein jetzt von einem hellblauen Himmel überstrahlt, in dem ein paar Streifenwolken hingen. Nirgendwo gab es Mondkrater, stattdessen sah er sanfte Hügel und nicht allzu weit entfernt einen See mit offenbar blauem Wasser.

Und Leben: etwas Ähnliches wie Gras, wie Bäume, mit Stämmen und einer Krone aus Ästen mit Blättern.

»Könnte fast die Erde sein«, sagte er. »Wenn nicht die vorherrschende Farbe so... lila wäre.«

Die Kapsel schepperte wie ein Gong.

»Was zum Teufel war das denn?«, entfuhr es Maggie.

»Meine Schuld«, sagte Lobsang. »Ich habe gerade eine Aufklärungsrakete rausgeschickt.«

»Ich wusste gar nicht, dass wir Aufklärungsraketen dabeihaben.«

Joshua lachte, obwohl auch sein Herz heftig klopfte. »Ach, Lobsang ist ein großer Freund von Aufklärungsraketen.«

»Ich dachte mir, wir brauchen mehr Überblick. Die Resultate kommen gerade über meine Sensoren rein. Die Atmosphäre da draußen besteht aus einer Sauerstoff-Stickstoff-Mischung. Nicht besonders atembar, da zu viel Sauerstoff, auch zu viel Kohlendioxid. Aber nahe dran. Und instabil: Ich meine, chemisch gesehen. Davon leite ich die Anwesenheit von Leben auf dieser Welt ab.«

»Du hast also die Anwesenheit dieser Bäume und des Grases, das wir da draußen sehen können, einfach abgeleitet«, sagte Joshua trocken.

»Ganz genau«, antwortete Lobsang ohne jede Spur von

Ironie. »Meine Luftaufklärung kommt zurück ... Ich kann ein paar Hundert Meilen rings um unseren Standort sehen. Kein Anzeichen von intelligentem Leben, zumindest keine Anzeichen von Technik.«

»Woher wissen Sie das so schnell?«, rief Dev herunter.

»Keine regelmäßigen Strukturen. Ich habe Algorithmen, die nach bestimmten Mustern suchen. Außerdem keine Anzeichen von Waldrodung, kein Feuer, keine industriellen Veränderung der Gase in der Luft. Ich würde irgendwelche Neandertaler, die in diesen dichten Wäldern um ihre Feuerstellen herumschleichen, sehr schnell ausfindig machen, glauben Sie mir. Um sicher zu sein, müssen wir natürlich eine globale Vermessung vornehmen. Aber ich habe noch nicht mal Anzeichen für tierisches Leben feststellen können ...«

Rumms. Wieder wurde die Kapsel durchgeschüttelt. Diesmal wurde Joshuas Fensterluke dunkel, und er zuckte zurück.

»Was jetzt?«, knurrte Maggie. »Noch eine Rakete, Lobsang?«

»Diesmal ist er unschuldig«, sagte Joshua und zeigte aus dem Fenster. Maggie beugte sich vor.

Gemeinsam spähten sie in einen feuchten, klebrigen Tunnel hinaus, mit schwarzvioletten Wänden, die vom Kabinenlicht nur schwach erleuchtet wurden.

»Das ist der Schlund von irgendwas«, sagte Maggie staunend.

»Ich glaube, wir haben Anzeichen von tierischem Leben gefunden, Lobsang«, raunte Joshua.

Dev erhob sich vorsichtig und spähte oben aus seinem eigenen Fenster hinaus. »Oha. Ich kann es von hier aus sehen. Stellt euch eine riesige Schildkröte vor. Eine sehr riesige. Mit einem Rückenpanzer. Mann, das sind echt beeindruckende Klingen. Und Beine wie ein Tyrannosaurus. Und ein Maul wie ein Krokodil. Ich glaube nicht, dass sie die Hülle knacken kann ...«

»Wegwechseln, Lobsang, schnell«, rief Maggie.

»Warten Sie«, sagte Joshua. »Wir wollen das Vieh ja nicht umbringen. Was unweigerlich passiert, wenn wir es mitnehmen.«

»Überlass das mir«, erwiderte Lobsang und drückte auf einen Knopf.

Diesmal gab es einen kurzen Schlag, als hätte jemand gegen die Außenhülle geboxt. Joshua hörte ein eigenartiges Brüllen, dann war das Untier weg.

Er drehte sich zu Lobsang um. »Was war das? Eine Waffe?«

»Ich habe eine unserer Einschlagsonden eingesetzt«, antwortete Lobsang. Eine kleine Kapsel, die sich in Gestein bohrt und eine Mineralanalyse zurückfunkt ...«

»Das reicht«, sagte Maggie. »Bringen Sie uns zurück, Lobsang.«

Erneut ein leichter Ruck, und sie befanden sich wieder auf der mondartigen Ebene unter dem hellen Sternenbündel.

»Ich kapier's nicht«, sagte Dev. »Hier müsste doch intelligentes Leben sein. Deshalb ist diese Welt doch überhaupt nur eine Lange Welt, oder? Trotzdem haben wir nichts gesehen.«

»Stimmt nicht«, erwiderte Joshua. »Da ist etwas, zumindest auf dieser Kopie der Welt. Seht euch mal den Horizont an, ungefähr auf zehn Uhr. Dort steht ein Gebäude, glaube ich jedenfalls. Ich habe es vorhin schon gesehen ...«

Maggie zog ein großes Militärfernglas hervor. »Ja, sieht so aus. Wie ein Bunker. Ohne Dach. Verlassen.« Sie ließ das Glas sinken. »Hier *gab* es einmal intelligentes Leben.«

»Aber jetzt nicht mehr«, sagte Joshua.

»Und diese Krater gab es auf der Welt nebenan auch nicht.«

»Die stammen nicht von Einschlägen wie auf dem Erdmond. Ich vermute, dass die Leute, die hier lebten, wer oder was sie auch waren, sich selbst in die Luft gejagt haben.«

»Also eine sogar noch dümmere Rasse als die Menschheit«, sagte Lobsang. »Das vermerke ich im Logbuch. Eine erstaunliche Entdeckung.«

»Vielleicht gibt es irgendwo Überlebende«, sagte Indra Newton. »Wir wissen, falls eine Lange Welt irgendeinen Zweck erfüllt, dann den, einer intelligenten Art als Zuflucht zu dienen, sogar gegen ihren eigenen Wahnsinn.«

»Es könnte ewig dauern, bis wir sie finden«, sagte Maggie. »Das kann eine zukünftige Expedition erledigen. Nicht wir. Weiter geht's.«

»Aber in welche Richtung?«, erkundigte sich Indra Newton. »Nach Süden? Ich könnte uns nach Hause bringen ...«

»Nach Norden«, sagte eine leise Stimme von irgendwo unter Joshuas Sitz. »Immer weiter.«

Joshua drehte seinen Sessel und schaute nach unten durch das Bodengitter. Die höhere Schwerkraft machte ihn kurz schwindelig. »Sancho?«

»Huuh?«

»Wer zum Teufel ist da unten bei dir?«

»Niemand.«

»Komm sofort raus da, Niemand«, befahl Maggie streng.

Es raschelte in den Strohhaufen, die den großen Troll umgaben, mehrere Vorratskisten fielen um. Dann stand ein kleiner Mensch auf und richtete das Gesicht mutig nach oben.

Es war Jan Roderick.

Joshua lachte. »Na, damit dürfte das Durchschnittsalter der Besatzung deutlich gesunken sein.«

»Du«, sagte Maggie. »Der Junge aus Madison, Wisconsin. Der diese Schrauben gemacht hat.«

»He, Kleiner«, rief Dev nach unten. »Setz dich hin. Auf

einen Strohballen oder auf den Troll, egal. Nicht dass du dir bei dieser Schwerkraft noch einen Knochen brichst.«

Jan gehorchte.

»Wie bist du an Bord gekommen?«, fuhr ihn Maggie an.

Jan zeigte auf Joshua. »Ich hab gesagt, dass ich zu ihm gehöre.«

Maggie rieb sich über das Gesicht. »Das darf ja wohl nicht wahr sein.«

Joshua musste wieder lachen. »Ich kann nichts dafür.«

Lobsang sagte: »Wahrscheinlich konnte er nicht mehr entdeckt werden, nachdem er erst mal an Bord war. Wir haben keine kritische Masse, wir verfügen über keine entsprechenden internen Sensoren. Jedenfalls keine, die Eindringlinge ausfindig machen. Mit so etwas haben wir einfach nicht gerechnet.«

»Man fragt sich, warum«, erwiderte Maggie. »Was, wenn er ein Selbstmordattentäter wäre? Wenn wir zurück sind, rollen ein paar Köpfe in meinem Sicherheitsteam. Warum zum Teufel hast du das gemacht, Junge?«

»Liegt das nicht auf der Hand?«, fragte Indra Newton. »Er ist aus demselben Grund hier wie wir alle. Neugier.«

»Die hätten mich nie mitgehen lassen«, sagte Jan, der immer noch nach oben sah. »Egal, wie viele Schrauben ich gemacht habe. Ich bin ja nur ein Kind.«

»Da hast du dich einfach reingeschlichen«, sagte Dev. »Ich weiß nicht, ob ich mich das getraut hätte ...«

»Klappe, Bilaniuk«, fiel ihm Maggie ins Wort. »Ermutigen Sie ihn nicht auch noch. Was, wenn wir wegen dir hätten umkehren müssen, du blinder Passagier? Wenn wir wegen dir die ganze Sache hätten abblasen müssen?«

Joshua berührte sie am Arm. »He, nicht so streng.«

»Na schön, alles klar. Lobsang, ich nehme an, dass Ihre Sauerstoffvorräte die zusätzliche Last eines zehnjährigen Rotzlöffels verkraften.«

»Ich bin schon elf!«

»Ich korrigiere mich: eines elfjährigen Rotzlöffels.«

»Solange wir die Mission nicht über Gebühr ausdehnen, ja«, antwortete Lobsang. »Wir haben jede Menge Reserven. Der fehlende Sitz für den Jungen macht mir mehr Sorgen.«

»Aha.«

»Alle unsere Sitze sind dem jeweiligen Körper angepasst.«

»Stimmt, wobei ich dieses Angepasse nicht so schnell vergessen werde«, sagte Joshua und verzog das Gesicht.

»Wir haben keinen Ersatzsitz. Selbst wenn, würde er für den Jungen nicht passen.«

»Das Stroh reicht mir«, sagte Jan.

»Von wegen«, sagte Maggie.

»Kommen Sie«, sagte Joshua. »Das Stroh ist doch gut genug für den alten Sancho. Und zehnjährige Jungen sind sowieso aus Gummi.«

»Elf!«

»Entschuldige. Hör mal, Junge. Kuschel dich einfach fest an Sancho. Kriegst du das hin?«

»Klar.«

»Sancho, du sorgst dafür, dass es ihm da unten gut geht und dass ihm nichts passiert. Hast du verstanden?«

Sancho winkte mit dem Trollrufer. »Huuh.«

»Prima. Dann also weiter. Aber wenn wir zurück sind, mein Junge, und ich dich im Heim abliefere, musst du dich bei Schwester Coleen entschuldigen, und du musst Schwester John erzählen, was du getan hast, und dann kriegst du ein ganzes Jahr Hausarrest.«

»Damit kann ich leben.«

»Wie bitte?«

»Ich meinte, tut mir leid, Mr Valienté.«

Maggie starrte Joshua wütend an. »Sind wir fertig?«

Joshua zuckte mit den Achseln.

»Der reinste Zirkus! Also, Leute, anschnallen. Mr Bilaniuk, Miss Malone, wenn Sie so weit wären?«

Lee sagte: »Okay, Indra, dieselbe Prozedur wie vorhin...«

Wieder nach Norden.

59

Die Schwerkraft fühlte sich sofort erträglicher an. Diesmal betrug sie womöglich sogar weniger als auf der Erde. Nachdem er sich fast schon an das Trollgewicht auf dem Brustkorb gewöhnt hatte, kam es Joshua jetzt vor, als würde er plötzlich *fallen,* als wäre das Seil am Aufzug gerissen. Er spürte seine Kehle nach oben steigen und schluckte schwer. Mit solchen Schwerkraftwechseln hatte er keine Erfahrung, mit Ausnahme von damals, als sie in die Lücke gestürzt waren.

Wieder herrschte ein anderes Licht, ein sanftes, grünliches Blau.

Dieses Mal schnallten sich alle rasch los und beugten sich nach vorne. Der neue Himmel war eindeutig grün gefärbt. Eine graurote Sonne ging auf oder unter und hing, von der Brechung verwischt, dicht über einem Horizont, der nicht sehr weit entfernt aussah.

Die Landschaft war von einer grünlichen Decke überzogen, die fast dieselbe Farbe wie der Himmel hatte. Sie reichte bis an steil aufragende Berge heran und ergoss sich in einen friedlich aussehenden See. Es handelte sich um Leben, eine Art Filz, der Joshua jedoch so unvertraut war, dass er kaum Einzelheiten ausmachen konnte. Vielleicht waren diese aufrecht stehenden Gebilde mit den buschigen Spitzen so etwas wie Bäume, vielleicht auch eine Art Pilz, wie ein großer Schirmpilz – aber nein, einer von ihnen bewegte sich jetzt und schob sich in einem flüssigen Gleiten über den Boden, was ziemlich unheimlich aussah. Umgekehrt fing das, was wie ein Stück Wiese vor dem See ausgesehen hatte, zu pulsieren an, wellte sich und floss näher ans Wasser heran. Die ganze Fläche war ungefähr einen halben Hektar groß, bewegte sich aber wie ein einziger Organismus.

Die *Onkel Arthur* schepperte und erbebte.

»Aufklärungsrakete abgefeuert«, rief Lobsang.

»Würden Sie bitte damit aufhören?«

»Entschuldigung, Captain. Tja, ich sehe Leben da draußen, Joshua, aber nicht, wie wir es kennen.«

»Um es mal so auszudrücken.«

Maggie knurrte: »Können Sie das bitte lassen?«

»Aber er hat recht.«

Jan rief nach oben: »Wenn ich aus dem Fenster kucke, sehe ich einen großen Mond aufgehen. Mit einer Schale drumrum.«

»Sei still, Junge«, blaffte Maggie. »Und setz dich hin, bis ich dir sage, dass du dich rühren darfst.«

»Wieder besteht die Luft aus einem Sauerstoff-Stickstoff-Wasser-Mix«, verkündete Lobsang, »nicht unbedingt angenehm zu atmen und ein bisschen säurehaltig. Wir scheinen auf Welten geführt zu werden, die ähnlich der unseren sind, mit ähnlicher Zusammensetzung, aber nicht identisch. Aber die Grenzen, die wir auf die Lebensfamilien zu Hause anwenden – Bakterien, Tiere, Pflanzen, Pilze und so weiter –, müssen hier nicht zutreffen. Es sieht alles ziemlich seltsam aus. Eine EVA würde ich nicht empfehlen, es sei denn, es ist unbedingt notwendig, weil wir nicht genau wissen, worauf wir da draußen treten.«

»Eine EVA? Diesen John-Glenn-Jargon können Sie auch ruhig lassen. Haben Sie eine Ahnung, wo wir hier sind? Immer noch in den Plejaden?«

»Ich glaube, wir sind ein ganzes Stück weitergekommen, Captain. Wenn Sie nach oben schauen, kommen Sie vielleicht drauf.«

Joshua beugte sich steif nach vorne und spähte zum

Zenit, wo jetzt, da die Sonne allmählich unterging, die Sterne herauskamen. Es handelte sich jedoch nicht um Konstellationen, die er von irgendeiner Langen Erde kannte, und auch nicht um die Plejaden. Er sah eine Streuung von sternenartigen Objekten, die sich am Himmel drängten, von denen sich einige jedoch bei näherer Betrachtung zu ganzen Sternenhaufen auflösten: Der Himmel war voll mit tausend Kopien der Plejaden.

Außerdem waren größere Strukturen zu sehen. Ungefähr in der Mitte des Zenits sah Joshua einen riesigen, orangegelben Lichtkreis, wie leuchtendes Gas, aber klumpig, wie zerfleddert oder zerbrochen. Innerhalb des äußeren, fast kreisrunden Bandes befand sich ein dünneres, konzentrisches Band. Ein Stück von der Mitte der beiden Bänder entfernt war ein hell leuchtender Punkt zu sehen, wie ein Stern, aber irgendwie intensiver, und so hell, dass er Joshua in die Augen stach. Er versuchte, nicht direkt in diesen zentralen Punkt zu blicken, und konnte, nachdem sich seine Augen angepasst hatten, weitere Details erkennen: große violette Wolkenschlieren, kleinere, leuchtend grüne Flecken und etwas, was aussah wie sehr viele Sterne, die diesen winzigen, schmerzhaft hellen Mittelpunkt wie Glühwürmchen umschwärmten. Der gesamte Anblick kam Joshua auf eine merkwürdige Weise *falsch* vor. Wie beschädigt... ein kaputter Himmel.

»Meine Güte«, sagte Maggie. »Wie viele Sterne kann man mit bloßem Augen an unserem Nachthimmel sehen, Lobsang? Ein paar Tausend?« Sie rahmte ein Stück Himmel mit den Fingern ein. »Da oben müssen Zehntausende sein, vielleicht Hunderttausende.«

»Wir befinden uns im Zentrum der Galaxis«, sagte Indra einfach.

Joshua hielt den Atem an und sah in Maggies erschrockenes Gesicht.

»Nicht direkt im Zentrum«, erwiderte Lobsang seelenruhig. Er zeigte nach oben. »Wenn das dort das zentrale Schwarze Loch ist, dann würde ich seiner Helligkeit nach schätzen, dass wir ungefähr fünftausend Lichtjahre davon entfernt sind.«

»Dann sind wir ungefähr zwanzigtausend Lichtjahre von zu Hause weg«, sagte Indra. »Mindestens.«

Lee lachte. »Das glaubt mir keiner in der Lücke.«

»Wie sicher sind wir hier, Lobsang?«, wollte Maggie wissen.

»Gute Frage. Das ist hier ein Sammelbecken hochenergetischer Strahlung, Röntgenstrahlen, Gammastrahlen und so weiter. Supernovas in nächster Nähe sind nicht selten. *Onkel Arthurs* Hülle schützt uns bis zu einem gewissen Grad, vielleicht auch die Lufthülle des Planeten, aber wir sollten nicht allzu lange bleiben. Ich habe ein Luftbild dieser Welt von der Aufklärungsrakete. Sie haben alle Tablets in der Wand vor Ihnen. Mit Ausnahme von dir, Jan Roderick.«

»Huuh.«

»Entschuldigung. Und von dir, Sancho.«

Auf Joshuas Tablet erschien eine von weit oben aufgenommene Kraterlandschaft. Sie war jedoch nicht grau und tot, nicht wie der Mond, nicht einmal wie die Welt in den Plejaden. Dieses Bild war bunt und sehr detailreich. Einige Krater waren geflutet und sahen aus wie runde Seen, die wie Münzen im Sternenlicht funkelten, und das Graugrün des hiesigen Lebens schwappte über kreisförmige Randgebirgsketten. »Sieht aus wie ein terraformierter Mond«, sagte er.

»Apropos Mond«, sagte Jan, aber niemand beachtete ihn.

»Wenn die Sterne so dicht beieinanderstehen, dürfte es jede Menge herumschwirrende Kometen geben«, sagte Lobsang. »Also viele Einschläge. Häufiges Massenaussterben. Aber solche Auslöschungen können ein Anreiz für die Evolution sein …«

»Falls überhaupt etwas überlebt«, sagte Maggie.

»Könnt ihr vielleicht alle mal *aus dem Fenster kucken*!«, rief Jan jetzt laut. »Entschuldigung!«

Endlich schauten sie hinaus. Jan hatte einen Teil des Horizonts beobachtet, der den anderen entgangen war.

Dort ging, wie Joshua jetzt sah, ein Mond auf. Ein dicker fetter Mond, leicht elliptisch, mit bunten, verschwommenen Bändern vor seiner Oberfläche. Und um ihn herum legte sich eine rissige, an den Rändern bröckelnde Schale, unter der eine gasförmige Welt zu sehen war. Aber es handelte sich eindeutig um eine Schale.

Eine Schale rings um eine ganze Welt.

»Also so was sieht man wirklich nicht jeden Tag«, murmelte Maggie.

»Es ist ein Mond, seht ihr?«, rief Jan herauf. »Ich hab's doch gleich gesagt.«

»Genauer gesagt«, ergänzte Lobsang, »ist diese Welt hier ein Mond dieses Gasriesen.«

»Jetzt tu nicht so«, spöttelte Joshua. »Dir ist es ja nicht aufgefallen.«

»Aufhören mit dem Geplänkel«, fuhr Maggie dazwischen. »Mich interessiert viel mehr, was das für eine Schale ist.«

»Sie ist eindeutig künstlich«, antwortete Lobsang mit einem Blick auf die teleskopischen Bilder auf seinem Tablet. »Anzeichen von Rippenmuster auf der Unterseite, dort, wo sie zu sehen ist. Wenn Sie wollen, habe ich einen Namen dafür: supramondänes Habitat.«

Das musste Maggie erst mal verdauen. »Supramondän. Also... über der Welt?«

»Solche Dinge sind bereits untersucht worden, natürlich nur hypothetisch. Eine solche Hülle um den Saturn, beispielsweise, müsste hundertmal so groß wie die Erdoberfläche sein und ungefähr die normale Schwerkraft der Erde haben.«

»Sie sagen ›untersucht‹«, erwiderte Maggie. »Ich vermute mal, dass niemand weiß, wie man so etwas tatsächlich bauen könnte.«

»Aber hier sehen Sie, warum man es tun würde«, sagte Dev. »Es ist ein Schutz.«

»Aha«, sagte Lobsang jetzt. »Natürlich ... daran hatte ich nicht gedacht. Ein Schutz vor diesem todbringenden Himmel. Man lebt auf der Innenseite. Man stattet die äußere Oberfläche so aus, dass sie die Energie der örtlichen Sonne aufnimmt. Man ist vor der Strahlung von Supernovas und allem anderen geschützt. Sogar ein Asteroid, der sämtliche Saurier aussterben lässt, würde einfach hindurchsausen und lediglich ein Einschussloch hinterlassen, das man reparieren muss, bevor die Luft entweicht.«

»Aber die Hülle ist total kaputt«, sagte Jan. »Wo sind die alle hin? Sind sie ausgestorben?«

»Vielleicht sind sie ... weitergezogen«, antwortete Lobsang. »Zu etwas Höherem geworden, etwas, für das sogar eine Schale um einen Gasriesen bloß ein Spielzeug ist.«

»Cool«, meinte Jan.

Da musste Maggie laut lachen. »Diese Kinder heutzutage. Mehr habt ihr nicht dazu zu sagen als ›cool‹?«

»Was jetzt?«, rief Dev. »Wir könnten diese Welt wechselwärtig erkunden.«

Lobsang schüttelte den Kopf. »Jede wechselwärtige Welt dürfte immer noch dicht am galaktischen Zentrum und damit unpassend für uns sein. Wir ziehen weiter.«

»Weiter nach Norden?«, fragte Indra.

»Nach Norden. Wir haben genug Vorräte, Luft und Treibstoff für noch mindestens einen Sprung.«

»Na schön, Leute. Bitte anschnallen«, sagte Maggie. Als alle saßen, sagte sie zu Lobsang: »Ich verstehe nicht, warum wir so herumhüpfen. Ich meine, sind die Plejaden nicht weiter entfernt vom Zentrum der Galaxis als die Sonne? Ich habe auf meinem Tablet nachgesehen. Und dann sind wir fast mitten ins Herz der Galaxis gesprungen.«

Indra antwortete von oben: »Wir bewegen uns an einem Knäuel Langer Welten entlang. Es gibt keinen Grund dafür, dass Entfernungen innerhalb dieses Knäuels, was die durchgeführten Sprünge angeht, mit räumlichen Entfernungen, also mit galaktischer Geographie korrespondieren sollten. Vielmehr bestimmen die Beziehungen zwischen den Elementen des Knäuels die Entfernung. Tatsächlich gibt es Relationstheorien der Physik, die unsere gesamte Wahrnehmungsrealität beschreiben, sogar solche Qualitäten wie Entfernung und Zeit als emergente Eigenschaften von Beziehungen zwischen fundamentaleren Objekten…«

»Schon verstanden«, sagte Maggie rasch. »Es ist kompliziert. Also sehen wir mal nach, was es da draußen noch so alles gibt. Dev, Indra, Lee, seid ihr so weit?«

»Nach dem nächsten Halt«, murmelte Joshua, »brauche ich eine Pinkelpause.«

»Ich auch, mein Lieber«, sagte Maggie. »Jahrmilliarden alte Aliens hin oder her…«

Helles Licht durchflutete die Kabine.

Ein Übelkeit erregendes Fallgefühl setzte ein.

Dann platschte es gewaltig.

Vor den Fenstern herrschte Dunkelheit, die *Onkel* schaukelte und drehte sich. Joshua klammerte sich an seinem Sitz fest und wünschte sich, er hätte seine Pinkelpause schon früher gemacht.

»Bericht, Lobsang!«, schrie Maggie.

»Wir sind unter Wasser!«, rief Lobsang zurück. »Oder, um genauer zu sein, in irgendeiner Flüssigkeit untergetaucht.«

»Es ist Wasser«, rief Dev nach unten, »wie ich hier an den Messwerten ablese. Salzig, nicht sehr säurehaltig. Wie Meerwasser auf der Erde.«

»Stabilisieren, Mr Bilaniuk«, befahl Maggie.

»Bin dabei, Captain. Wir haben Luftkissen im Bug, die uns ausrichten, und einen Schwimmkragen rings um die Unterseite. Außerdem ist der Druck nicht sehr hoch. Wir können viel Heftigeres überstehen… Der Druck fällt auch schon wieder.«

»Wir steigen«, sagte Lobsang.

»Weiß ich«, rief Joshua. »Ich spüre es in meiner Blase.«

Dann durchbrachen sie die Oberfläche. Joshua sah durch das über sein Fenster ablaufende Wasser strahlend blauen Himmel.

»Aufgetaucht!«, rief Dev.

»Und warum steigen wir immer noch?«, fragte Lee.

Maggie beugte sich vor und spähte aus dem Fenster. »Weil wir uns auf einer Art Insel befinden. Und *die* steigt.«

»Cool«, sagte Jan Roderick.

»Huuh!«, sagte der Troll.

Joshua und Lobsang sahen einander irritiert an.

»Eine auftauchende Insel?«, fragte Lobsang.

Und Joshua sagte: »Denkst du dasselbe, was ich denke?«

60

Die *Onkel Arthur* stand auf ihren vier Beinen leicht schräg auf dem abfallenden Strand, dort, wo die Wellen sie abgesetzt hatten. Das zurückweichende Meer schwappte sanft ans Ufer. Ringsum herrschte ein gespenstisches violettes Zwielicht. Die Sonne dieser Welt war, laut Lobsang, noch nicht aufgegangen. Der Himmel mit seinen viel zu vielen hellen Sternen und grellen Wolken, durch die wie durch einen hauchdünnen Schleier noch mehr Sterne blinkten, sah wie ein schlechter Spezialeffekt aus, dachte Joshua. Er hatte keine Ahnung, wo er sich befand. Es war nicht der Himmel des Zentrums der Galaxis. Andererseits war es auch nicht der gewohnte Himmel von zu Hause. Doch abgesehen von der Lightshow am Himmel war diese Welt der guten alten Erde erstaunlich ähnlich. Sogar die Schwerkraft fühlte sich richtig an...

Weit draußen auf dem Meer war die Silhouette des Durchquerers zu erkennen, der die Kapsel aus der Tiefe nach oben gebracht hatte. Sie sah aus wie eine flache Insel, deren Bewegung nur wahrzunehmen war, wenn man mehrere Minuten aufmerksam hinsah, so wie Joshua, der durch sein kleines Fenster schaute.

»Hierher sind die Durchquerer also verschwunden«, sagte er. »Aber warum?«

»Vermutlich, weil sie eingeladen wurden«, antwortete Lobsang. »Selbst wenn wir von ihrer Einladung ebenso wenig mitbekommen haben, wie sie wahrscheinlich von der unseren.« Er hörte sich unangenehm triumphierend an. »Ich hatte von Anfang an die Vermutung, dass es bei der

Evolution dieser Kreaturen eine Einmischung von außen gegeben hat, Joshua. Sie sind von irgendeiner Macht in Sammler verwandelt worden. Botaniker, wenn du willst, oder Kuratoren, die auf einen Ruf aus dem Himmel gewartet haben. Als er erfolgte, sind sie mittels der ihnen eigenen Superfähigkeit zum Wechseln hierhergereist. Mitsamt ihrer Fracht an Leben, die sie in den Langen Welten, aus denen sie kamen, eingesammelt haben.«

»Welten, Lobsang?«

»Klar. Warum hätten sie dieselbe Strategie nicht auf anderen Welten einsetzen sollen? Vielleicht wird dieser Ozean auch von Durchquerern aus anderen wohltemperierten, wasserreichen Planeten wie dem unseren genutzt. Vielleicht gibt es da draußen noch eigenartigere Ozeane, in denen man Kuratoren aus ammoniakhaltigen Planeten wie zum Beispiel Europa findet, oder sogar aus den Säurewolken von Welten wie der Venus ... Es handelt sich, so glaube ich wenigstens, um die vollständigste Ausprägung des Wechselns, Joshua. Wir befinden uns hier in einem kreuz und quer verbundenen Knäuel völlig unterschiedlicher Langer Welten, mit allen möglichen Arten intelligenter Bewohner.«

Wie vieles von dem, was Lobsang so von sich gab, und das schon von Beginn ihrer Bekanntschaft an, ging das ein wenig über Joshuas Verständnis hinaus. Er versuchte, es sich vorzustellen. »Wie der Plan von einem U-Bahn-Netz? Auf dem sich alle möglichen Linien kreuzen?«

»So ähnlich«, antwortete Lobsang nicht unfreundlich. »Aber diese Welt hier ist gewissermaßen noch einen Schritt weiter. Es ist ein Ort, an dem sich viele Weltenlinien kreuzen, ein großer Umsteigebahnhof. Deshalb konnten die Durchquerer aus so vielen unterschiedlichen Welten zusammenkommen. Wir sind hier in einer Art Hauptbahnhof der Galaxis, Joshua. Die Luft da draußen kann man übrigens atmen.«

Sie klappten die Luke der *Onkel Arthur* auf und kletterten nach draußen.

Fast ohne weitere Diskussionen holten sie allerlei Ausrüstung aus der Kapsel: mehrere Zelte, Schlafsäcke und Decken, Wasserflaschen und Lebensmittelpakete, Laternen und Moskitonetze. Sie mussten ohnehin ein paar Stunden hierbleiben, um ihre Sauerstoffvorräte zu erneuern, aber abgesehen davon kam es Joshua so vor, als hätte keiner etwas dagegen, hier eine längere Pause einzulegen, etwas zu essen und vielleicht sogar zu übernachten. Es wäre ihnen unpassend vorgekommen, sofort wieder nach Hause zurückzukehren, ohne sich ein wenig umgesehen zu haben.

»Aber dann geht es ohne Umwege zurück«, sagte Maggie Kauffman streng. »Wir haben drei dieser Superschritte gemacht und sie alle überlebt. Das war mehr als genug Risiko. Wir haben unsere Aufgabe erfüllt, wir haben bewiesen, dass diese neue Art des Reisens machbar ist. Jetzt müssen wir heil zur Erde zurückkehren und allen mitteilen, was wir herausgefunden haben. Und uns mit Präsidentin Damasio fotografieren zu lassen. Der Rest bleibt zukünftigen Expeditionen überlassen.«

»Genauer gesagt, zukünftigen Generationen«, sagte Indra Newton ernst. »Dieses Netzwerk der Langen Welten, das wir entdeckt haben, könnte unendlich sein. Es dürfte sich dann nicht mehr um eine Erforschung handeln, sondern um eine Migration. Eine endlose Migration.«

»Eine Migration in das Geflecht«, murmelte Lobsang und sah zu dem merkwürdigen Himmel hinauf. »Ein Knäuel Langer Welten rings um das Zentrum der Galaxis. *Das Geflecht* – wäre das ein passender Ausdruck dafür?«

»Passt schon«, erwiderte Maggie.

Jan Roderick betrachtete Lobsang, der immer noch in den Himmel starrte. Joshua begriff, dass der Junge zum ersten Mal so nahe bei Lobsang stand. »Sie sehen irgendwie komisch aus, Mr Lobsang.«

Lobsangs Blick wanderte nach unten. »Du auch.«

»Sind Sie ein Roboter?«

»Das ist eine lange Geschichte.«

Jan stieß Lobsangs Bein mit dem Zeigefinger an. »Ich wette, Sie sind nicht mal lebendig.«

»Doch.«

»Beweisen Sie's.«

Lobsang beute sich zu ihm hinab und stützte die Hände auf die Knie. »Tja, das ist ein bisschen knifflig. Du könntest mich in alle meine Moleküle zerlegen und kein einziges Anzeichen für Leben oder Bewusstsein in mir finden. Andererseits könnte ich dasselbe mit dir anstellen.«

Jan dachte darüber nach. »Gute Antwort.« Dann rannte er über den Strand davon.

Lobsang warf Joshua einen Blick zu. »Was für ein Junge.«

»Die Schwestern haben ihn im Griff. Glaube ich …«

Joshua sah, dass auch Sancho davonspazierte, immer einen langsamen Schritt nach dem anderen, und dabei den Himmel, das Land und das Meer betrachtete. Der Troll reckte die mächtigen Arme, als wäre er froh darüber, der Enge der Kapsel endlich entronnen zu sein. Dann ließ er die Schultern fallen. »Huuh!«

Joshua nahm den Trollrufer und humpelte zu ihm. »Na, Kumpel, wie geht's dir so?«

Sancho bleckte die Zähne und reckte beide Daumen.

»Gut, hm? Aber … ich traue mich nicht so recht, einem Bibliothekar diese Frage zu stellen … Weißt du, wo du hier bist?«

»Zu Hause«, antwortete der Troll.

Zu Hause. Joshua glaubte zu verstehen, was der Troll damit meinte. Zu Hause. Nicht an dem Ort, an dem man geboren wurde, sondern an dem Ort, der einen aufgenommen hat. Es war dieses »Geflecht«, wie es Lobsang genannt hatte.

Wie das Heim am Allied Drive. Und das war nun wieder ein überaus beruhigender Gedanke.

»Tja, sie haben es ja schon immer gesagt – die Einladung galt nicht nur den Menschen...«

»Bring Sancho.«

»War mir ein Vergnügen, Großer.«

Dann ging Sancho weiter am Strand entlang und leise vor sich hinsingend seiner eigenen Wege. Joshua war zwar kein Experte in solchen Sachen, aber seiner Meinung nach handelte es sich bei der Melodie um »Pack Up Your Troubles In Your Old Kit Bag«.

Nach einer kurzen Unterredung beschlossen die »Erwachsenen« – Maggie, Lobsang und Joshua –, eine kleine Wanderung zur erodierten Hügelkette nicht weit im Hinterland zu unternehmen. Die »Jungen« – Lee, Dev und Jan – wollten lieber ein bisschen Dampf ablassen. Sie streiften ihre Schuhe ab und spielten am Strand Fußball. Nur Indra widersetzte sich der groben Alterseinteilung. Die ernsthafte junge Next behauptete, sie müsse in erster Linie diese neue Umgebung erkunden.

Maggie ließ die Fußballspieler nicht ohne ein paar Anweisungen zurück: »Also, wir sind in ein paar Stunden wieder zurück. Sobald Sie irgendetwas Ungewöhnliches bemerken, ziehen Sie sich sofort in die Kapsel zurück, schließen die Luke und reinigen die Atemluft. Außerdem unterwerfen Sie sich später den toxischen Tests, falls wir irgendetwas übersehen haben. Verstanden?«

»Alles klar.«

»Ich habe nichts gehört!«

»Verstanden, Captain!«

»Und keiner von Ihnen trinkt von diesem Wasser. Das Meer ist sowieso salzig, aber auch das Süßwasser rühren Sie nicht an. Sie essen nichts, was von hier stammt. Es scheint nur wenig Leben zu geben, aber die Käfer, die Lobsang getestet hat, bestehen nicht aus den Aminosäuren wie Sie, sie benutzen nicht dieselbe Proteinstruktur wie Sie...«

»Captain, die sind doch bloß Schleim. So was essen wir nicht.«

»Nein, und es wird auch Sie nicht essen, und falls Sie es runterschlucken, stehen die Chancen nicht schlecht, dass es einfach durchgeht. Aber wir gehen kein Risiko ein, verstanden?«

»Ja.«

»Wir halten uns an die Rationen, die wir mitgebracht haben. Verstanden?«

»Ja.«

»Ich kann Sie nicht hören.«

»Verstanden, Captain!«

Als die Jungen Sancho hinterherrannten, gesellte sich Maggie zu Joshua. »Ich kann nicht glauben, dass sie einen Fußball mit in den Weltraum mitgenommen haben.«

»Und *ich* kann nicht glauben, dass sie einen Troll ins Tor stellen«, erwiderte Joshua.

»Andererseits haben wir einen kompletten Zehnjährigen im Frachtraum übersehen.«

»Elf.«

»Im Vergleich dazu ist ein eingeschmuggelter Fußball ein Klacks.«

Jetzt trat noch Lobsang zu ihnen. Alle hatten kleine Rucksäcke dabei, nur der von Lobsang sah ein bisschen umfangreicher aus und blinkte vor Sensorlinsen.

Als sie die Rucksäcke geschultert hatten, scharrte Joshua, auf seinen Stock gestützt, mit der Fußspitze seines gesunden Beins über den fremdartigen Sand. »Dann also ... ab durch das Sternentor, oder, Lobsang?«

»Allerdings.«

»Wo zum Teufel sind wir? Ich vermute, dass du eine ziemlich gute Vorstellung davon hast.«

Lobsang blickte zum hellen Himmel auf, den hinter bunten Wolken verschwommen leuchtenden Sternen und zu diesem einzelnen hellen, Schatten werfenden winzigen Punkt. »Ich glaube, wir sind hier halbwegs wieder zu Hause. Vom Zentrum der Galaxis aus gemessen, meine ich. Das verraten mir der Himmel und die Zusammensetzung der Sterne, die wir sehen können – die, meinen Spektroskopen zufolge, einen höheren Anteil an Schwerelementen haben als die Sterne näher an unserer Sonne. Wenn ich raten müsste, würde ich sagen, dass wir ungefähr vierzehntausend Lichtjahre vom Kern entfernt sind. Und ungefähr zwölftausend Lichtjahre vom Sonnensystem.«

»Immer angenommen, dass wir uns auf demselben Radius bewegen«, bemerkte Indra. »Rein und raus, hin zum Zentrum und wieder weg davon.«

»Ganz genau. Die Galaxis hat eine zirkuläre Symmetrie ...«

»Trotzdem«, mischte sich Joshua ein, »stehen wir hier auf einem Strand, mit Sand in den Schuhen und sanft plätschernden Wellen.«

»Universelle Formationen, Joshua.«

»Vermutlich.« Er sah zu den Fußballern hinüber. Die Rufe der jungen Leute und das Heulen des Trolls wehten durch die Stille heran, die sonst nur vom leisen Rauschen der Wellen gestört wurde. »Diese Kapsel sieht unglaublich fehl am Platz aus.«

»Wohingegen diese Kinder dort«, sagte Maggie, »so aussehen, als gehörten sie hierher. Und der verdammte Troll auch.«

»Allerdings. So wie die Durchquerer im Ozean. Na schön. Wollen wir los?«

61

Es war ein sehr profaner Spaziergang, trotz der bizarren psychedelischen Himmelsfahne über ihnen.

Sie gingen den Strand hinauf und dann durch ein paar Dünen. Maggie marschierte mit kühnen Schritten voran. Hinter ihr ging Lobsang, auf dessen Rucksack Kameralinsen und andere Sensoren eifrig surrten.

Joshua bildete ganz gerne die Nachhut der kleinen Gruppe, da er mit seinem Stock langsamer vorankam und niemanden aufhalten wollte. Indra Newton blieb jedoch bei ihm, und Joshua bemerkte rasch, dass sie ein wenig auf ihn aufpasste. Dass überhaupt jemand glaubte, man müsse auf ihn aufpassen, irritierte ihn. Andererseits fand er es auch rührend, denn ausgerechnet von einer Superhirn-Next wie Indra hätte er so viel Rücksicht nicht erwartet. Die Leute erstaunten einen doch immer wieder.

Der Marsch über den Sand war anstrengend. Er musste immer wieder an die elende Plackerei auf einem anderen Strand denken, auf der Welt mit den Yggdrasil-Bäumen.

Sobald sie weiter oben aus dem trockenen, weichen Sand heraus waren, kamen sie besser voran. Hier wurde der Boden fester. Joshua fiel auf, dass der Sand hier von einer Art fast grün aussehendem Moos zusammengehalten wurde, obwohl Joshua unter diesem merkwürdigen Himmel seinem Farbensinn nicht über den Weg traute.

Dann durchstieß sein Stock so etwas wie eine Kruste und sank im Boden ein. Joshua wäre fast gestolpert, aber Indra packte ihn am Arm und stützte ihn.

Er blickte in ein aufgebrochenes Nest, in dem mehrere

Moosklumpen lagen, aus denen ihn ein Tier mit seinen Jungen erschrocken ansah. Er musste sofort an die Nester der Maulwurfkaninchen denken, die er zusammen mit Sancho geplündert hatte, aber dieses Tier hier war kein Maulwurfkaninchen. Das Wesen mochte ungefähr einen Meter Durchmesser haben und besaß sechs stummelige, fast dreieckige Gliedmaßen, die aus der Körpermitte herauswuchsen. Es sah aus wie ein Seestern mit himmelblauem Fell. Aber in diesem Mittelteil befand sich ein Maul und drei sehr menschlich wirkende Augen, die ihn anstarrten. Um das Wesen herum lagen drei, vier, fünf kleiner Ausgaben davon, winzige, sich windende Seesterne von der Größe einer Münze. Das alles nahm er mit einem Blick auf.

Das Muttertier öffnete das Maul und fauchte ihn an, die Kleinen quiekten und krochen über sie hinweg, dann bewegte sie ihre Gliedmaßen und rollte sich um ihre Jungen zu einem Fellknäuel zusammen. Im nächsten Augenblick rollte sie aus dem eingestürzten Bau heraus und sauste mit erstaunlicher Geschwindigkeit über einen Dünenkamm davon.

»Wie ich sehe, haben Sie schon neue Freunde gefunden, Joshua«, bemerkte Maggie trocken.

»Zumindest hat bis jetzt noch niemand irgendjemand anderen umgebracht.«

Als sie weitergingen, sagte Indra: »Also gibt es hier doch Leben. Allerdings nicht besonders viel. Auf diesen Dünen wächst nichts als Gras.« Sie schaute ins Landesinnere, auf nackte, ausgewaschene Hügel. »Ich sehe nirgendwo Bäume, obwohl Bäume eine universelle biologische Form zu sein scheinen. Auch keine Tiere, bis auf Mr Valientés ... Seesterne? Selbst im Ozean schien es kaum Leben zu geben, bis auf die Durchquerer natürlich.«

»Damit hast du fast recht«, erwiderte Lobsang. »Aber es gibt noch mehr Leben hier. Ein gutes Stück entfernt sind noch mehr Seesterne, wie mir meine Sehhilfe verrät. Ihr könnt sie wahrscheinlich nicht erkennen. Ziemlich große Exemplare, die dort drüben am Hang des Hügels grasen...«

Joshua sah angestrengt in die angezeigte Richtung, sah aber nur große Schatten, die sich im violetten Licht bewegten. »Also eine Seesternwelt«, murmelte er.

»Ich glaube, dieser Planet hat womöglich ein Massensterben hinter sich«, sagte Lobsang. »Vor noch nicht allzu langer Zeit. Vielleicht eine sehr nahe Supernova. Deshalb gibt es nur so wenig Leben, deshalb die Dominanz einer einzigen Tiergruppe. Die Seesterne könnten zufällige Überlebende sein, vielleicht, weil sie unter der Erdoberfläche nisten. Auf der Datum-Erde ist nach einem Massensterben vor einer Viertelmilliarde Jahren etwas Ähnliches passiert. In den Schichten, die in dem Zeitalter danach abgelagert wurden, findet sich kaum etwas anderes als die Knochen von Tieren, die die Biologen Lystrosaurus nennen – die sahen aus wie hässliche Schweine.«

Maggie sah ihn spöttisch an. »Wie jeder Wissenschaftsoffizier, mit dem ich je geflogen bin, an dieser Stelle bemerken würde: Das ist eine ziemlich gewaltige Vermutung aufgrund sehr weniger Tatsachen, Mister.«

»Stimmt. Aber da wir keine besseren Hinweise haben, müssen wir davon ausgehen, dass der Ort, den wir hier vor uns haben, typisch für diese gesamte Welt ist.«

»Wenn Sie recht haben«, sagte Indra, »dann sind wir nicht in einer typischen *Zeit*epoche hier eingetroffen. Jedenfalls dann nicht, wenn wir kurz nach einer Massenvernichtung angekommen sind. Es sei denn...«

»Mach weiter«, sagte Lobsang lächelnd. »Zieh deine Schlüsse.«

»Es sei denn, Massensterben findet hier regelmäßig statt. Dann wäre das jetzt ein typischer Zeitpunkt.«

»Sehr gut. Ich glaube, so ist es. Kommen Sie, wir gehen weiter.« Er führte die Gruppe jetzt an und marschierte schnurstracks auf die Hügel etwas weiter im Landesinneren zu. »Wir könnten uns hier in der Nähe des inneren Randes des Arms des Schützen befinden. Eine der größten Sternfabriken der Galaxis, ein überaus aktiver Ort. Ganz anders als der ruhige Nebenarm, durch den unsere Sonne treibt. Aber das sehen Sie ja selbst, wenn Sie zum Himmel schauen.«

»Aha«, sagte Indra. »Deshalb die vielen Supernovas in der Nähe. Ein fast ebenso tödlicher Ort wie das Zentrum der Galaxis. Diese Welt muss immer wieder intensiver Strahlung und hochenergetischen Partikeln ausgesetzt sein.«

»Dann brauchen wir auch nicht damit zu rechnen, hier Reste von intelligentem Leben vorzufinden«, knurrte Joshua.

»Nicht unbedingt«, sagte Indra. »Es muss sich um eine Lange Welt handeln, sonst wären wir nicht hierher geführt worden. Und ohne intelligente Wesen vor Ort kann eine Welt nicht lang sein.«

»Ganz recht«, pflichtete ihr Lobsang bei. »In der Geschichte unserer Galaxis hat es eine große Welle der Sternenbildung gegeben, die von ihrem Zentrum ausging. Je näher man dem Zentrum also kommt, desto älter sind die Welten und die Sonnen. Ich schätze diese Welt auf eine Milliarde Jahre älter als unsere Erde. Und auf einer so alten Welt hat sich komplexes – und intelligentes – Leben entwickelt, womöglich immer und immer wieder, trotz der Trommelschläge der Massenvernichtung. Hier sind Zivilisationen wie Kinder, die in einem Minenfeld aufwachsen. Einige von ihnen kommen durch, werden erwachsen und vollbringen große Dinge. Sonst wären wir überhaupt nicht hier; das Geflecht könnte nicht existieren.«

Joshua runzelte die Stirn. »Welche ›großen Dinge‹ haben sie denn erreicht, Lobsang? Ich sehe hier keinerlei Anzeichen für intelligentes Leben.«

»Die sind womöglich nur schwer zu erkennen. Vielleicht sind sogar diese Seesterne so angepasst worden, dass sie unter der Erde leben, damit, falls es wirklich hart auf hart kommt, wenigstens sie überleben.«

Maggie schüttelte den Kopf. »Alles haltlose Spintisiererei. Aber mein Magen spintisiert auch schon haltlos in Richtung Mittagessen herum. Wie weit wollen Sie denn noch spazieren, Lobsang?«

Lobsang blickte landeinwärts und hielt sich ein ungewöhnliches Fernglas an die künstlichen Augen. In jener Richtung wurde der Himmel heller, der grelle Hintergrund aus Sternen und interstellaren Wolken verblasste allmählich. Vielleicht ein Sonnenaufgang, dachte Joshua.

Lobsang sagte: »Nur noch ein kleines Stück. Ich glaube, ich sehe da etwas auf dem Gipfel des nächsten Hügels ...«

»Gut. Aber nur noch bis dorthin«, sagte Maggie und übernahm wieder die Führung.

Joshua biss abermals die Zähne zusammen und folgte ihr. Indra wich nicht von seiner Seite.

Als sie eine kleine Erhebung erklommen hatten, blieben sie wie angewurzelt stehen.

Auf dem nächsten Hügel zeichnete sich eine Reihe schlanker, senkrechter schwarzer Gebilde vor dem grellen Himmel dieser Welt ab.

Monolithe.

62

Die Wanderer warfen sich ihre Rucksäcke über und durchquerten eilig die letzte Senke. Joshua bemühte sich, Schritt zu halten, denn er war so wissbegierig wie alle anderen.

Bis sie keuchend am Fuß der großen Gebilde standen, sagte keiner mehr ein Wort.

Monolithe. Fünf an der Zahl.

»Ich glaub's nicht«, sagte Maggie.

»Nicht zu fassen«, schnaufte Joshua. »Und da drüben steht ein Typ im Affenanzug und wirft einen Knochen in die Luft.«

»Seien Sie still, Valienté.«

»Entschuldigung, Captain.«

»Sie tragen so etwas wie eine Inschrift«, sagte Indra. »Ich habe solche Zeichen schon gesehen.«

»Wie wahrscheinlich wir alle«, kommentierte Lobsang.

»Auf dem Mars?«, fragte Maggie.

»Genau«, antwortete Indra. »Diese hier scheinen dieselbe Anordnung zu haben wie das, was Willis Linsay und seine Gruppe auf dem Langen Mars gefunden haben.«

Vorsichtig berührte Maggie einen der Monolithen mit der bloßen Hand. Die Oberfläche war mit Symbolen bedeckt, wie Runen vielleicht, und jedes Element war ungefähr so groß wie ein Menschenkopf. Die Inschrift war sauber und gestochen scharf, wie mit einem Laser geschnitten. Die Zeit schien ihr keinen Schaden zugefügt zu haben.

»Diese Steine sind riesig«, sagte Maggie. »Und voll mit diesen Symbolen. Das ist eine Menge Information, oder?«

»Genau wie die Exemplare auf dem Mars«, sagte Lobsang in Gedanken. »Ich vergleiche das hier mit den Bildern, die Linsay mitgebracht hat. Die Symbole gleichen sich... dasselbe Alphabet... aber die Nachricht scheint eine andere zu sein...«

»Niemand weiß, was uns die Monolithe auf dem Mars zu sagen haben«, sagte Maggie. »Obwohl man schon ein Vierteljahrhundert daran herumforscht. Stimmt doch?«

»Willis Linsay glaubte, deutliche Fortschritte gemacht zu haben«, murmelte Lobsang.

»Was Sie nicht sagen«, brummte Maggie leicht spöttisch.

»Vielleicht sehen wir hier lediglich Bestandteile eines Schlüssels. Wenn wir den hier mit den Inschriften vom Mars zusammenbringen und sie uns noch mal genauer ansehen...«

»Ein Schlüssel wozu, Lobsang?«

Lobsang lächelte nur. »Das wissen wir, wenn wir ihn in der Hand halten, vermute ich. Aber das hier ist eindeutig ein künstlich hergestellter Gegenstand...«

»Vielleicht ist alles, was wir hier sehen, alles, was wir ringsum wahrnehmen, künstlich hergestellt«, sagte Indra auf einmal.

Joshua sah sie argwöhnisch an. »Wie meinen Sie das?«

»Die Langen Welten, das Geflecht... sie sind vielleicht nicht bewusst entworfen worden«, antwortete Indra langsam, »aber vielleicht sind sie das Ergebnis einer gewissen Kooperation zwischen kreatürlicher Empfindungsfähigkeit und der Struktur des Kosmos selbst. So kompliziert wie die Evolution der Bienen und der Blütenpflanzen, und für beide Seiten gleich vorteilhaft.«

Joshua gab sich Mühe, ihr zu folgen. »Ja, das gefällt mir. Als ich noch ein kleiner Junge war, gab es diese Vorstellung von Gaia. Schwester Georgina hat mir mehr darüber erzählt, als ich wissen wollte. Die gesamte Erde und alles in ihr war für sie so etwas wie ein einziger großer, kooperativer Organismus, wie die Mutter aller Durchquerer. Ein

Organismus, der alles am Laufen hielt: Die Lufttemperatur und die Ozeane, immer genau richtig temperiert, die großen Zyklen des Lebens und der Steine, alles kehrte immer wieder und wieder. Vielleicht funktioniert diese Lange Gaia auf dieselbe Art und Weise. Wir betrachten keine riesige Baustelle. Wir müssen einfach nur mitmachen, allem etwas Zeit lassen und es wachsen und gedeihen lassen. Herrje, jetzt höre ich mich schon an wie du, Lobsang.«

»Sei bescheiden im Angesicht des Universums«, erwiderte Lobsang lächelnd. »Ich glaube, damit liegst du absolut richtig, Joshua.«

»Danke«, erwiderte Joshua trocken.

»Nelson, der eine Zeit lang bei den Durchquerern gelebt hat, so wie ich auch, hat sich gefragt, ob nicht Kooperation letztendlich die Norm des Lebens ist – ob nicht wir zerstrittenen und miteinander wetteifernden Menschen die Ausnahme sind.«

Joshua versuchte immer noch, das Paradoxon der Monolithe zu begreifen. »Willis und Sally sind wechselwärts in den Langen Mars gereist. Und zwar nicht von einem Mars aus, den sie von der Datum-Erde aus erreicht hätten, sondern von der Lücke aus, weit weg von der Datum, weit draußen in der Langen Erde. Wir hingegen sind noch weiter bis ins Zentrum der Galaxis gewechselt, und wir finden eine Kopie dessen, was sie gefunden haben…«

»Mein Kopf macht da auch nicht mehr mit«, sagte Maggie. »Und wenn mir jetzt jemand erzählt, das liegt daran, dass ich versuche, mir mit meinem dreidimensionalen Verstand einen fünfdimensionalen Raum vorzustellen, stelle ich ihn sofort unter Arrest.«

»Aber ich glaube, dass es dem sehr nahe kommt, Maggie«, sagte Lobsang lächelnd. »So funktioniert das Leben im Geflecht. Viele ineinander verhedderte Lange Welten. Wir müssen uns an ein Universum gewöhnen, das nicht auf einfache Weise zusammenhängt.«

»Er meint das in einem streng mathematischen Sinn«, sagte Indra leise.

»Danke«, erwiderte Maggie gequält. »Na, wenigstens spendet uns dieses Denkmal für was auch immer ein bisschen Schatten für unser Mittagessen.« Sie machte ihren Rucksack auf, setzte sich am Fuße des Monolithen auf den Boden und zog mehrere Plastikboxen hervor. »Es gibt Flotteneinheitsrationen. Belegte Brote. Hühnerpaste, Thunfischpaste oder ... einfach Paste.«

Lobsang machte seinen Rucksack auf. »Vielleicht können wir uns diese Delikatessen für später aufheben. Ich habe auch was Leckeres mitgebracht. Hilfst du mir mal, Joshua? Wir müssen nicht extra Feuer machen, ich habe einen kleinen Campingkocher dabei.«

Joshua stellte erstaunt fest, dass Lobsang gefrorene Austern und Schinken dabei hatte. Sogar Worcestersauce. »Austern Kilpatrick«, sagte er grinsend.

»Kam mir irgendwie passend vor«, sagte Lobsang. »In Gedenken an eine nicht anwesende Freundin.«

»Wenn wir jetzt noch ein paar in der Sonne badende Dinosaurier hätten, könnte es fast vierzig Jahre früher sein ...«

Das Funkgerät meldete sich krächzend. »Captain Kauffman, hier Bilaniuk. Captain, bitte kommen. Hören Sie mich?«

Maggie blies die Wangen auf. »Vergessen Sie nicht, was Sie sagen wollten, Mr Valienté«, sagte sie und drückte eine Taste auf ihrer Ausrüstung. »Wir sind hier, Dev. Schießen Sie los.«

»Danke, Admiral«, sagte Dev. »Sie kommen jetzt wohl besser zurück, Admiral. Wir wissen nicht, wie sie einfach so aufgetaucht sind. Vielleicht verständigt ein Durchquerer den anderen, da draußen in ihrem großen Ozean. Vielleicht sind wir auch irgendwie erkannt worden, oder zumindest Sie oder Joshua, keine Ahnung. Jedenfalls ist es hier. *Sie* sind hier ...«

Lobsang und Joshua sahen einander an.

»Dann müssen die Austern wohl noch warten«, sagte Maggie mit Bedauern.

63

Schon lange, bevor sie den Strand erreicht hatten, auf dem die *Onkel Arthur* immer noch leicht schräg stand, konnte Joshua alles sehen.

Draußen auf See war nicht mehr nur ein Durchquerer zu sehen, nicht nur die lebende Insel, die die *Onkel* aufgefischt hatte. Es waren jetzt viele, vielleicht ein Dutzend oder sogar noch mehr. Die flachen Rücken dieser Wesen ließen sich auf diese Entfernung nicht sehr gut voneinander unterscheiden.

»Ein Archipel«, sagte Maggie. »Ein Archipel aus Durchquerern. Ist doch keine schlechte Bezeichnung, oder? Seht nur, wie sie immer wieder gegeneinanderstoßen.«

»Sie… tollen herum«, sagte Lobsang staunend. »Lebewesen, so groß wie Inseln, wahrscheinlich aus vielen verschiedenen Welten hierher gebracht, tollen miteinander herum. An jedem anderen Tag würde einem das sehr merkwürdig vorkommen.«

»Vielleicht nicht ganz so merkwürdig«, sagte Joshua. »Es erinnert mich an die Treffen der alten Bergbewohner in der Pionierzeit. Ein Ort, an dem man sich trifft, um Handel zu treiben, Informationen über das Wetter, die Bären und die Indianer auszutauschen, und um ordentlich einen zu heben. In den Hohen Megas gibt es so etwas auch. Diese Burschen sind von weither gekommen. Es gibt viele Neuigkeiten auszutauschen…«

Jetzt sah Joshua, dass einer der Durchquerer näher als alle anderen ans Ufer gekommen war. Auf seinem Rücken öffneten sich große, glitzernde Klappen, aus denen Wesen hervorkamen, die wie ganz normale Menschen aussahen.

Einige von ihnen stiegen in primitive Boote, die sie aus dem Inneren des Durchquerers mitbrachten, und paddelten damit aufs Ufer zu.

Die Besatzung der *Onkel Arthur* schaute mit offenstehenden Mündern zu.

Die Frau, die den Strand heraufkam, mochte dreißig Jahre alt sein, der Junge neben ihr war vielleicht zehn. Sie waren fast nackt, ihre Beine mit Meerwasser und Sand paniert, und sie musterten die Reisenden in ihren Hightech-Anzügen ohne Scheu. Der kleine Junge klammerte sich fest an die Hand seiner Mutter.

»Du weißt, wer das ist, oder?«, murmelte Lobsang.

»Ich glaube, du jagst ihm Angst ein«, flüsterte Joshua zurück. »Lass mich das machen.« Joshua humpelte lächelnd auf sie zu. »Lucille? Troy?«

Die Frau nickte knapp.

»Ich heiße Joshua Valienté. Das hier ist Lobsang. Dein Großvater, Nelson Azikiwe, hat uns gebeten, dich zu suchen. Und dein Vater, Sam. Ich bin mir zwar nicht ganz sicher, wie wir es geschafft haben, aber jetzt sind wir hier.«

»Na«, sagte die Frau unbeeindruckt. »Ihr habt euch ja ganz schön Zeit gelassen.«

64

Die *Onkel Arthur* kehrte mit einigen sterneübergreifenden Sprüngen zur Erde West 3.141.592 zurück.

Den Großteil der Reise verbrachte Joshua mit dem Versuch, seinen neuen Gästen Lucille und Troy zu erklären, was da eigentlich mit ihnen geschah. Und wie es ihm gelungen war, eine Methode ausfindig zu machen, sie eines Tages nach Hause zurückzubringen, in ihren eigenen Ozean, siebenhunderttausend Schritte von der Datum entfernt, zurück zu Sam und den gestrandeten Fischern.

Als die *Onkel* in Little Cincinnati eintraf, stand ausnahmsweise nicht ein Computer von der Größe eines Kontinents im Mittelpunkt des Interesses. Im Himmel über der Flottenbasis schwebte ein riesiges Twain, und zwar nicht irgendeins, wie Joshua sah, kein x-beliebiger Frachtkahn, auch kein ramponiertes Lastschiff der Long Mississippi-Linie, nicht einmal ein hochmodernes Modell der US-Flotte – nein, dieses Twain war wie eine Insel am Himmel. Es war riesig und hatte einen gewaltigen Bauch, aus dessen Fenstern und Bullaugen künstliches Licht hervorstrahlte. Seine Hülle bestand nicht aus irgendeinem Stoff, sondern aus Holz, aus riesigen Holzpaneelen, wie Joshua staunend feststellte. Es sah aus wie ein überdimensioniertes Möbelstück.

Als Jan Roderick aus der *Onkel* herausstolperte, riss er die Augen weit auf, und sein Mund bildete einen perfekten Kreis. »Ach. Du. Schande.«

Joshua grinste. »Keine unangemessene Reaktion.«

Auch Lee und Dev, die beiden Technofreaks, starrten das

Schiff ungläubig an. »Wow«, sagte Dev einfach nur. »Das Ding muss eine ganze Meile lang sein.«

»Es ist sogar ein bisschen länger«, erwiderte Maggie. »Das, meine lieben jungen Forscher, ist die USS *Samuel L. Clemens*. Über fünfmal länger als die *Duke*. Douglas Black, der Erbauer dieses Prototyps, schuldet mir noch den einen oder anderen Gefallen...«

»Black«, sagte Lobsang. »Ich wusste es.«

Joshua schnippte mit den Fingern. »Streckholz«, sagte er. »Deshalb bleibt das Ding in der Luft. Hätte ich mir denken können, dass die Information durchsickert.«

Maggie schürzte die Lippen. »Ich bin auch schon einmal auf diese Wälder gestoßen, wenn auch nur kurz, damals an Bord der *Armstrong II*. Als Sie mit Ihrem Bericht zurückkamen, konnten wir uns die Gelegenheit nicht entgehen lassen, noch einmal dort nachzusehen. Mr Black hat mir versichert, dass die Abholzung streng unter nachhaltigen Aspekten erfolgt. Und so ein Versprechen hat man noch nie gehört, oder? Wie auch immer, das Schiff ist, soweit ich weiß, hierhergekommen, um Sie alle nach Hause zu bringen. Auch dieses Mal dachte ich mir, dass wir ebenso gut stilgerecht reisen können.«

Jan kam mit besorgter Miene zu ihnen. »Ich krieg doch keinen Ärger, oder?«

Maggie sah ihn streng an. »Weil du dich als blinder Passagier eingeschmuggelt hast? Falls ja – war es die Sache nicht wert?«

Jan dachte kurz nach. »Doch. Natürlich.«

Joshua räusperte sich. »Gut, mein Junge, richtige Antwort. Stell dir einfach vor, dass Schwester John jedes Wort, das du sagst, hören kann. Ich bin jetzt über sechsmal so alt wie du und glaube immer noch daran, dass Nonnen über Superkräfte verfügen.«

»Niemand kriegt Ärger«, sagte Maggie. »Aber du musst wieder nach Hause, junger Mann. In die Schule gehen. Und ich muss zurück nach Datum-Pearl-Harbour und Ed Cutler Bericht erstatten, meiner eigenen Mutter Oberin ... «

»Aber Sie müssen noch nicht gleich los«, war eine kultivierte Stimme zu vernehmen. Roberta Golding und Stella Welch kamen auf sie zu. Roberta lächelte Maggie an. »Ich hoffe doch, dass Sie uns alle noch ein paar Stunden schenken, um über Ihre Erfahrungen zu reden. Wir haben die Aufzeichnungen der *Onkel Arthur* bereits heruntergeladen, aber wir sind der Meinung, dass Ihre individuellen Reaktionen auf die Umgebungen, die Sie aufgesucht haben, ebenso wertvoll sind, ganz egal, wie naiv diese Reaktionen auch ausgefallen sein mögen.«

»Vielen Dank auch«, sagte Dev grinsend.

Indra feuerte eine Breitseite Schnellsprech auf Roberta ab.

Maggie quittierte diese Ausgrenzung mit einem ungeduldigen Knurren. »Worüber zum Teufel reden Sie da?«

»Ich muss mich entschuldigen, Admiral«, erwiderte Roberta. »Wir sind auf der Grundlage von Indras Berichten bereits zu einigen Schlussfolgerungen gekommen. Sie sind da draußen Zeugen eines ... galaktischen Vereins geworden, eines Zusammenschlusses von Himmelsgenies, in der prächtigen Topologie des Geflechts. Der Verstand vieler dieser Wesen dürfte natürlich weitaus höher entwickelt sein als der unsere. Ich meine, höher als bei den Next.«

»Natürlich«, sagte Maggie mit unbewegter Miene.

»So jung Indra noch sein mag, so klar sieht sie die Gegebenheiten bis zur offensichtlichen Konsequenz. Wir müssen unsere Beziehung zu den anderen intelligenzbegabten Bewohnern, mit denen wir uns die Lange Erde teilen, neu überdenken. Zu den Menschen, den Trollen und allen anderen Humanoiden, sogar zu den Beagles. Indra schlägt vor, dass wir eine Art Kongress einberufen, der uns alle repräsentiert, auf dem sich alle gleichberechtigt einbringen dürfen. Ein Kongress des Wissens.«

»Gut«, sagte Lobsang gleichmütig. »Denn jetzt habt ihr die Aufmerksamkeit anderer erregt. Ihr werdet in Zukunft danach beurteilt werden, wie ihr euch heute dem *Homo sapiens* gegenüber verhaltet.«

Joshua musste grinsen. »Ist Ihr Held Stan Berg nicht zum gleichen Ergebnis gekommen, ohne dass er dazu erst die ganze Galaxis erobern musste? Er hat Ihre Farm verlassen, weil er mit den Leuten arbeiten wollte. Und Sie haben nicht auf ihn gehört, wenn ich mich recht erinnere.«

Roberta hob beschwichtigend die Hand. »Wir haben schon verstanden. Auch bei uns ist niemand perfekt. Wir können uns nur darum bemühen, es in Zukunft besser zu machen. Wir planen sogar schon neue Missionen ins Geflecht.«

»Um weitere Forschungen anzustellen.« Indra lächelte. »Nicht, um zu kolonisieren.«

»Halleluja«, sagte Maggie. »Ich gehe schon mal rauf ins Twain, dusche mich, ziehe mir was anderes an und genehmige mir eine ordentliche Flottenmahlzeit. Falls jemand mitkommen will, nur zu.«

»Sehr freundlich«, erwiderte Indra ernst. »Ich würde wirklich gerne mal eine ordentliche Flottenmahlzeit zu mir nehmen.«

Eine merkwürdige Stille trat ein. Indra Newton hatte einen Witz gemacht.

Joshua lachte als Erster.

Am darauffolgenden Morgen verabschiedeten sie sich auf sehr berührende Weise von Indra. Sie war immerhin das erste Besatzungsmitglied der *Onkel Arthur*, das sich von ihnen trennte. Es gab Tränen und Beteuerungen, in Verbindung zu bleiben.

Dann saßen Joshua und Lobsang nebeneinander in einem Aussichtssalon, der wie die Wurzelhöhle eines Streckholzbaumes aussah, vor riesigen Fenstern, die in die Hülle des gewaltigen Luftschiffs eingelassen waren. Auch Sancho war bei ihnen. Er saß auf einem Strohballen, hatte seine Silberdecke um sich geschlungen und Joshuas verbogene Sonnenbrille auf der Nase. Die *Clemens* lichtete den Anker und stieg in den Himmel hinauf. Little Cincinnati unter ihnen wurde immer kleiner, eine Insel aus Staub und Zeltplane in einem Ozean aus Computronium, der sich bis zum Horizont erstreckte und durchscheinend und funkelnd die Konturen der Landschaft unter sich begrub.

Maggie Kauffman kam mit einem Tablett voller Kaffeebecher herein. »Und schon sind wir wieder unterwegs. Drei Millionen Welten bis nach West 5. Bitte sehr: Mit allem für Joshua, fettarmer Latte für Lobsang und koffeinfrei für den Troll.«

»Huuh.«

Joshua grinste. »Wenn Sie Jan zu Hause vor seinen Kumpels mit diesem Koloss hier absetzen, machen Sie sich damit einen Freund fürs Leben.«

»Wenn ich ihn dafür als Flottenfähnrich kriege, salutiere ich vor ihm auch noch, wenn er furzt. Eigentlich will ich ihn nicht auch noch dafür belohnen, dass er sich heimlich an Bord geschlichen hat, aber der Junge hat wirklich Grips, Initiative und beachtliche Fähigkeiten. Und er hat echt Nerven bewiesen. Ich glaube nicht, dass ich als Zehnjährige mit dem Zentrum der Galaxis klargekommen wäre.«

»Elf.«

Sie trank einen Schluck Kaffee und verzog das Gesicht. »Was nebenbei gesagt einen ziemlichen Kontrast zu dem Haufen Praktikanten und Expraktikanten darstellt, die wir sonst so an Bord haben. Dieser Flug soll so etwas wie eine Testfahrt für die *Clemens* sein. Zum Teufel damit. Wir legen in drei Tagen drei Millionen Welten zurück, wechseln zwölf Stunden lang und machen zwölf Stunden Pause. Bei Nacht wird nicht gewechselt, wie Sie wissen. Ich glaube, Jane Sheridan traut ihren Navigatoren nicht mal zu, dass sie im Dunkeln mit beiden Händen ihren Hintern finden, vom Rückweg zu den Nahen Erden ganz zu schweigen. Am Ende dieses ersten Tages müssten wir an der Lücke angekommen sein, wo wir Dev Bilaniuk und Lee Malone von Bord gehen lassen. Sie werden dort ihre eigene Zukunft im All aufbauen, schön für sie.«

»Wo sind Dev und die anderen jetzt?«

»Beim Sport. Das Trainingsdeck ist ein gigantisches Spielzimmer von hundert Metern Länge. Sollen sie dort ein bisschen Dampf ablassen und sich wieder jung fühlen. Aber wenn Sie mich jetzt bitte entschuldigen würden, ich muss noch ein paar Leuten hinten reintreten.« Damit nahm sie ihren Kaffeebecher in die Hand und eilte davon.

Nach einer Weile sagte Joshua: »Ich spüre den ersten Schritt kommen.«

»Ganz bestimmt.«

»Huuh«, sagte der Troll.

Joshua hob die künstliche Hand. »Drei, zwei, eins...«

Der Denker verschwand wie ein Tischtuch, das von einem kosmischen Magier hinweggezaubert wurde.

Es tauchte die Landschaft von Erde West 3.141.591 auf. Joshua sah einen Fluss, mit Bäumen bewachsene Hügel, in denen dichter Farn wucherte, und weite Flächen, auf denen so etwas wie Gras wuchs. Unten am Fluss graste eine langsam dahinziehende Herde großer Tiere. Es war die Welt gleich nebenan, ein typischer Vertreter dieses namenlosen Weltenbands. Aber als er direkt nach unten schaute, erblickte Joshua mehrere große Ausrüstungsstapel sowie etliche Zeltreihen. Er vermutete, dass diese Welt der Basis Little Cincinnati als Lager diente, so wie die Nahen Erden rings um die Datum nach dem Wechseltag genutzt wurden.

Doch kurz darauf erfolgte der nächste Schritt, und das Vorratslager verschwand. Dafür war das Land jetzt mit einer leicht veränderten Vegetation aus Wald und offenen Wiesen bedeckt. Wieder wechselte das Schiff, und wie-

der. Das Grün verwischte, der Fluss zuckte in wechseln-
den Betten hin und her wie eine sich windende Schlange.
Die Schritte erfolgten immer schneller aufeinander. Joshua
wurde kurz schwindelig, als die Welten immer fließender
ineinander übergingen, von Sonnenschein zu Wolken zu
Regen und wieder zu Sonnenschein. Aber dann überschritt
die Wechselgeschwindigkeit eine bestimmte Schwelle, und
er nahm die einzelnen Sprünge gar nicht mehr wahr, während die Welt jenseits der Beständigkeit des Twains zu
einem verschwommenen Wabern wurde. Die grundsätzliche Form der Landschaft blieb – die Hügel und das Fluss-
tal –, aber jegliches Leben war nur noch ein graugrüner
Nebel, der Fluss ein unscharfes Band, und der Himmel
rings um die Sonne wurde, und zwar auf allen Welten, zu
einer verwaschenen silbergrauen Kuppel.

Als er durch die zahllosen Welten dahinglitt, fühlte
Joshua Valienté sich wie zu Hause.

Nach der Lücke legte das Twain noch einen überraschen-
den Halt ein, ehe sie die Nahen Erden erreichten, und zwar
auf West 3.141, dem Supernova-Wrack.

Dort wollte Sancho, der große Troll, das Twain verlassen.

Er hatte immer noch seinen Trollrufer, mit dem er Joshua
mitteilte: »Lied schlecht hier schlecht. Trolle tot, Junge tot.
Vergessen vergessen.«

»Aha. Die Trolle hier sind in Gefahr, und deine Aufgabe ist, ihnen zu helfen und sie daran zu erinnern, wer sie
sind…«

»Wieder Lied singen.«

»Verstehe.«

Der Troll blickte Joshua tief in die Augen. Ein Blick, der
einen evolutionären Abgrund von einer Million Jahre über-
brückte. Joshua hatte das Gefühl, in einen Zerrspiegel zu
schauen.

»Matt. Rod«, sagte Sancho und klopfte sich an den Kopf. »Nicht vergessen. Niemals.«

Dann packte er seinen Trollrufer, ging wie ein Orang-Utan im Seemannsgang durch die geöffnete Tür und war verschwunden.

Lobsang stand neben Joshua am Aussichtsfenster des Twain und trank noch mehr Flottenkaffee.

»Er wird uns fehlen«, sagte Joshua.

»Stimmt.«

»Wenigstens ist jetzt die Luft besser.«

»So gesehen. Toller Anblick, dieser Himmel«, murmelte Lobsang. »*Evil. Thunder*...«

»Steinman.« Joshua starrte ihn an und kramte in seinem Gedächtnis nach dem Songtext, dem Titel des Liedes. Früher mal hatte er das gesamte Œuvre des Mannes auswendig gekonnt.

Lobsang sah ihn einfach nur an.

Joshua kannte noch den alten Lobsang. Nichts, was er sagte, war bedeutungslos. »Willst du mir damit etwas sagen, du animatronisches Arschloch? Etwas, was mit Agnes zu tun hat? Rod hat mir erzählt, dass Agnes gestorben ist, gerade, als sie sich dazu entschlossen hatte... *Was hast du getan, Lobsang?*«

»Tut mir leid, Joshua. Ich konnte sie nicht gehen lassen. Nicht ganz. Ich brauche sie zu sehr. Ich habe es auf mich genommen, ihr Wesen und ihre Überzeugungen in mir wiederherzustellen...«

»Du sprichst doch nicht etwa von einer weiteren Inkarnation, einem weiteren Roboterkörper?«

»Ganz und gar nicht. Sie ist eindeutig tot. Aber alles, was sie war, habe ich in mich verpflanzt. Sie ist nicht irgendwo in einer Flasche oder so, sondern mitten in meinem Bewusstsein, unveränderlich und für immer in Ehren gehalten.«

Darüber musste Joshua eine Weile nachdenken. »Gut, in mir ist sie schließlich auch. Aber dafür musste ich sie nicht downloaden oder so was.«

Lobsang musterte ihn mit schmerzlichem Gesichtsausdruck. »Dann beneide ich dich.«

Wieder saßen sie eine Weile schweigend nebeneinander, jeder mit seinem Kaffee in der Hand.

»Was hast du jetzt vor, Lobsang?«

Lobsang zuckte mit den Achseln. »Vielleicht lasse ich diese Weltenkette hinter mir. Ich würde zu gerne wissen, was aus diesem ›Galaktischen Verein‹ wird. Ambitionen oder Träume. Vielleicht ist die Langlebigkeit eines künstlichen Wesens, wie ich eines bin, besser für die galaktischen Maßstäbe von Raum und Zeit geeignet als der Mensch. Aber ich habe nicht vor, meine Menschlichkeit hinter mir zu lassen.«

Joshua grinste. »Außerdem machst du bestimmt ein Backup. Du machst immer ein Backup.«

»Da hast du natürlich recht. Und egal, wo ich hingehe, *sie* nehme ich überallhin mit. Wir werden zusammen sein, wir beide, gemeinsam ein Teil der Oort'schen Wolke.«

Joshua hätte Agnes bei dem alten Witz beinahe aufstöhnen hören.

»Ich nehme Agnes öfter mal auf eine Fahrt auf ihrer Harley mit, weißt du? Ich kümmere mich um die Kiste so gut, wie eine KI es nur kann. Sie steht in einer Garage. Auf der Datum natürlich. Genau gesagt in New Mexico. Das ganze Eisen kann man nicht mit rüberwechseln. So ordentlich eingelagert, wie du es auch machen würdest, Joshua: Die Räder ein Stück über dem Boden, ein bisschen mehr Druck auf die Reifen, der Tank leer und alles schön eingefettet. Und da draußen...«

»Ja?«

»Da draußen bringen sie gemeinsam etwas wieder in Ordnung. Empathie und Kooperation – gute buddhistische Grundsätze, nebenbei bemerkt. Sie reparieren eine beschädigte Schöpfung, damit sie Leben und Verstand entwickeln kann, für immer … und vielleicht sogar über das Ende der Zeit hinaus. Damit bin ich voll einverstanden. Ich war ja mal Motorradmechaniker. Gewissermaßen bin ich das immer gewesen, ich bin es sogar immer noch. Auch ich habe immer nur repariert.«

»Es gibt keine höhere Berufung, Lobsang.«

»Genau. Aber eine angenehme Pflicht muss ich noch erledigen, bevor ich gehe …«

Lobsang lächelte. Und Joshua hatte plötzlich das deutliche Gefühl, dass hinter diesem künstlichen Gesicht auch Agnes lächelte.

65

Nelson Azikiwe sah zu, wie der Schäfer Ken ein trächtiges Mutterschaf packte und es sich über die Schultern warf.

Für Nelson zeugte das von erstaunlicher Körperkraft, denn Kens Schafe waren keine Leichtgewichte. Aber er wusste noch, dass auch der alte Ken so stark gewesen war. Der alte Ken, der als erster Pionier seine Farm in England West 1 erbaut hatte, nur einen Schritt von Nelsons alter Pfarrgemeinde von St. John am Wasser auf der Datum-Erde entfernt. Der alte Ken, der bis zu seinem Tod einfach nur Ken war, hatte alles dem jungen Ken vermacht, der nach dem Tod seines Vaters zu Ken wurde. So war das nun mal.

Jetzt ging Ken – der junge Ken – auf die Hecke zu und war mit dem nächsten Schritt spurlos verschwunden.

Nelson zögerte. Für ihn war jeder Schritt eine Bestrafung, dachte er leise seufzend. Aber seit dem Frühstück war bereits eine geraume Zeit vergangen. Er legte einen Finger auf den Schalter am Wechsler in seiner Tasche, presste ein Taschentuch an den Mund...

Als er sich einigermaßen erholt hatte, fielen ihm in diesem England zwei Schritte von zu Hause als Erstes die Bäume des noch verbliebenen Waldes jenseits der Trockensteinmauer auf. Rings um Kens frisch gerodete Weide standen große Bäume, alte Bäume. Wahre Riesen.

»Ich erinnere mich«, sagte Nelson leicht keuchend.

»Mhm«, erwiderte Ken.

»Dein Vater hat mir oft erzählt, wie sie nach dem Wechseltag immer wieder hierhergekommen sind. Dass sie den Wald gerodet und die großen Bäume gefällt haben. Und wie sie die Tiere losgelassen haben, damit sie jeden optimistischen neuen Trieb abfraßen und so weiter.«

»Ja, bei so was kannte mein Vater sich wirklich gut aus, Reverend.«

»Allerdings. Weißt du was, Ken, ich bin immer sehr gerne hier in der Gemeinde gewesen.«

»Mhm«, brummte Ken.

»Aber ich habe tief in mir drin immer eine gewisse Spannung verspürt, einen Widerstreit zwischen dem Wissenschaftler und dem Geistlichen. Darwin hätte es wahrscheinlich verstanden.«

»Was? Robert und Ann Darwin, die den *Star* herausgeben?«

»Nein, nein … Vielleicht ein entfernter Vorfahr von Robert, wer weiß? Eine Anspannung, die mich von hier weggezogen hat. So weit weg, und für so lange Zeit. Und doch bin ich jetzt …«

»Und doch bist du jetzt nach Hause zurückgekommen«, sagte eine neue Stimme.

Nelson drehte sich steif um. An der Trockensteinmauer stand ganz ruhig ein hochgewachsener, schlanker Mann mit kahl rasiertem Kopf. Er war offensichtlich gerade hereingewechselt. Nelson hatte ihn nicht kommen hören. Aber er erkannte ihn sofort.

»Lobsang!«

Ken reagierte als Erster. »Ich habe von Ihnen gelesen.« Schon ging er forsch auf Lobsang zu und schüttelte ihm die Hand.

»Freut mich, Sie kennenzulernen«, sagte Lobsang.

»Guter, fester Händedruck«, kommentierte Ken anerkennend, dann drehte er sich grinsend zu Nelson um. »Was meinen Sie, Rev – ist er wohl lebendig?«

Nelson überlegte. »Er selbst glaubt, dass er lebendig ist, und das reicht mir völlig aus.«

Lobsang nickte. »Warte hier.«

Er verschwand.

Kurz darauf kam er mit einem ziemlich erschrocken dreinblickenden kleinen Jungen an der Hand wieder. Der Junge war trotz der recht milden Spätherbstsonne warm eingepackt. Dann lächelte der Junge, riss sich von Lobsangs Hand los und rannte auf Nelson zu. »Opa!«

Nelson beugte sich steif nach vorne und streckte die Arme aus. »Troy! Ach, das ist ja...«

»Ich habe doch gesagt, dass ich ihn zurückbringe«, sagte Lobsang.

»Ich hoffe nur, dass es dir nicht allzu viel Mühe bereitet hat.«

Lobsang lächelte. »Ach was. Der reinste Spaziergang.«

66

Die Prärie war flach, grün und fruchtbar. Hier und da standen kleinere Eichenhaine. Der Himmel war so blau wie in der Reklame. Am Horizont bewegte sich etwas wie ein Wolkenschatten: eine riesige Herde langsam dahinziehender Tiere.

Das Baby war ganz allein.

Allein, bis auf das Universum. Das auf es einströmte und mit unendlich vielen Stimmen mit dem kleinen Mädchen redete. Und hinter alldem herrschte eine gewaltige Stille.

Ihr Weinen wurde leiser, wurde zu seinem leisen Glucksen. Die Stille wirkte beruhigend.

Ein Seufzen war zu vernehmen, wie ein Ausatmen. Joshua war wieder in der grünen Wildnis, unter dem blauen Himmel.

Wenn man unterwegs war, bedeutete »nach unten« immer in Richtung Datum-Erde. Hinab zu den geschäftigen, trubeligen Erden. Hinab zu den Millionen von Menschen. »Nach oben« bezeichnete die Richtung zu den stillen Welten und der sauberen Luft der Hohen Megas.

Aber für Joshua Valienté bedeutete »nach unten« letztendlich auch immer »nach Hause«.

Mit seiner steifen, künstlichen Hand auf einen Stock gestützt, nahm er das Baby hoch, wickelte es in eine eigens mitgebrachte alte silberne Rettungsdecke, die nach Troll roch, und wiegte es in den Armen. Ihr kleines Gesicht sah seltsam ruhig aus. »Helen«, sagte er. »Dein Name ist Helen Sofia Valienté.«

Dann waren sie mit einem leisen *Plopp* verschwunden.

Auf der Ebene blieb nichts zurück als das Gras und der Himmel.

DANKSAGUNG

Ich bedanke mich abermals bei unseren guten Freunden Dr. Christopher Pagel, Eigentümer des Companion Animal Hospital in Madison, Wisconsin, und seiner Frau Juliet Pagel, für – unter anderem – ein Gespräch über die zufällige Bemerkung, dass Ellie Arroway aus *Contact* ihre Nachbarin gewesen zu sein scheint, und für die verständnisvolle Lektüre des Textes. Ebenso bedanke ich mich bei Professor Ian Stewart für seine stimulierenden Spekulationen bezüglich der besonderen Wälder auf Erde West 230.000.000 wie auch für seine sehr hilfreiche Durchsicht des Textes. Sämtliche Irrtümer und Ungenauigkeiten habe natürlich ich allein zu verantworten.

S. B.
Dezember 2015, Datum-Erde

Autoren

Terry Pratchett, geboren 1948, war einer der erfolgreichsten Autoren der Gegenwart. Von seinen Romanen wurden weltweit über 80 Millionen Exemplare verkauft. Seine Werke sind in 38 Sprachen übersetzt. Für seine Verdienste um die englische Literatur wurde ihm sogar die Ritterwürde verliehen. Terry Pratchett starb im März 2015. Mehr zum Autor unter www.pratchett-buecher.de und www.pratchett-fanclub.de.

Stephen Baxter, 1957 in Liverpool geboren, studierte Mathematik und Astronomie, bevor er sich ganz dem Schreiben widmete. Er zählt zu den weltweit bedeutendsten Autoren wissenschaftlich orientierter Literatur. Etliche seiner Romane wurden preisgekrönt und zu internationalen Bestsellern. Baxter lebt und arbeitet im englischen Buckinghamshire.

Terry Pratchett im Goldmann Verlag:

Die Scheibenwelt-Romane: Voll im Bilde · Alles Sense! · Total verhext · Einfach göttlich · Lords und Ladies · Helle Barden · Rollende Steine · Echt zauberhaft · Mummenschanz · Hohle Köpfe · Schweinsgalopp · Fliegende Fetzen · Heiße Hüpfer · Ruhig Blut! · Der fünfte Elefant · Die volle Wahrheit · Der Zeitdieb · Die Nachtwächter · Weiberregiment · Ab die Post · Klonk! · Schöne Scheine · Der Club der unsichtbaren Gelehrten · Steife Prise · Toller Dampf voraus

Märchen von der Scheibenwelt: Maurice, der Kater · Kleine freie Männer · Ein Hut voller Sterne · Der Winterschmied · Das Mitternachtskleid · Die Krone des Schäfers

Von der Scheibenwelt außerdem erschienen: Wahre Helden. Ein illustrierter Scheibenwelt-Roman · Die Kunst der Scheibenwelt · Nanny Oggs Kochbuch · Die Scheibenwelt von A – Z · Narren, Diebe und Vampire. Die besten Geschichten aus zehn Jahren Scheibenwelt-Kalender · Vollsthändiger und unentbehrlicher Stadtführer von gesammt Ankh-Morpork · Mrs. Bradshaws Handbuch · Vollsthändiger und unentbehrlicher Atlas der Scheibenwelt

Außerdem erschienen: Die gemeine Hauskatze. Illustriert von Gray Jolliffe · Eine Insel. Roman · Dem Tod die Hand reichen

Die Lange-Erde-Romane gemeinsam mit Stephen Baxter: Die Lange Erde · Der Lange Krieg · Der Lange Mars · Das Lange Utopia · Der Lange Kosmos

Terry Pratchetts Johnny-Maxwell-Romane: Nur du kannst die Menschheit retten/Nur du kannst sie verstehen/Nur du hast den Schlüssel. Drei Romane in einem Band

(alle auch als E-Book erhältlich)